KNAUR

Von Marita Spang sind bereits folgende Titel erschienen:
Hexenliebe
Blut und Seide
Die Frauenburg

Über die Autorin:
Marita Spang hat in Psychologie promoviert und arbeitet heute als selbstständige Beraterin überwiegend in der freien Wirtschaft. Sie ist Jahrgang 1959 und wuchs in Trier auf. Heute lebt sie in einem Weinort nahe Bingen am Rhein. Die Historie ist ihre ganz große Leidenschaft. »Die Rose des Herzogs« ist nach »Hexenliebe« , »Blut und Seide« sowie »Die Frauenburg« ihr vierter historischer Roman. Für »Hexenliebe« erhielt sie den HOMER-Preis 2015 für den besten historischen Roman in der Kategorie »Beziehungen und Gesellschaft«.
Mehr über die Autorin finden Sie unter www.maritaspang.de

Marita Spang

Die Rose des Herzogs

Roman

KNAUR

Besuchen Sie uns im Internet:
www.knaur.de

FSC
www.fsc.org
MIX
Papier aus verantwortungsvollen Quellen
FSC® C083411

Vollständige Taschenbuchausgabe November 2018
Knaur Taschenbuch

Ein Imprint der Verlagsgruppe
Droemer Knaur GmbH & Co. KG, München

Redaktion: Dr. Heike Fischer
Covergestaltung: ZERO Werbeagentur, München
Coverabbildung: Bridgeman images; Wikimedia/Matthäus Merian; FinePic/shutterstock
Karten: Computerkartographie Carrle
Satz: Adobe InDesign im Verlag
Druck und Bindung: CPI books GmbH, Leck
ISBN 978-3-426-52022-2

2 4 5 3

Für Tina,
die ich für immer in meinem Herzen behalten werde

»Was ich tat, brachte sowohl die Royalisten
als auch die Jakobiner ein für alle Male zum Schweigen.«

Aus den auf St. Helena geschriebenen Memoiren von Napoleon Bonaparte

»Das war schlimmer als ein Verbrechen. Das war ein Fehler.«

Charles-Maurice von Talleyrand, französischer Außenminister,
über den Mord am Herzog von Enghien

Dramatis personae

Aufgrund der großen Zahl der Beteiligten werden nur die für die Handlung wichtigen Personen aufgeführt. Historische Persönlichkeiten sind mit einem * gekennzeichnet.

Charlottes Herkunftsfamilie

*Charlotte Louise Dorothée von Rohan-Rochefort**, Großnichte des Kardinals Louis von Rohan
Jules von Rohan, Prinz von Rochefort*, ihr Vater
*Marie Henriette Charlotte d'Orléans-Rothelin**, ihre Mutter
*Charles**, ihr älterer Bruder
*Henri**, ihr jüngerer Bruder
*Clémentine**, ihre jüngere Schwester
*Louis René Édouard von Rohan-Guéméné**, spöttisch »Kardinal Collier« genannt, ihr Großonkel
Clément, ihr Großneffe

Louis-Antoines Herkunftsfamilie

Louis-Antoine Henri von Bourbon-Condé, Herzog von Enghien, Henri von Bourbon**, sein Vater
*Bathilde von Orléans**, seine Mutter

*Louis-Joseph von Bourbon, Prinz von Condé**, der Familienpatriarch, Vater von Henri von Bourbon und Großvater Louis-Antoines

*Louis-Philippe II. Joseph von Bourbon, Herzog von Orléans**, genannt Philippe Égalité, Louis-Antoines Onkel mütterlicherseits

*Louise von Bourbon-Condé**, seine Tante väterlicherseits

Die französische Königsfamilie

*Ludwig XVI. Auguste**, regierender Monarch beim Ausbruch der Französischen Revolution

*Marie-Antoinette**, Tochter der Kaiserin Maria Theresia von Österreich, seine Gemahlin

*Ludwig XVIII. Stanislas Xavier, Graf von Provence**, zweitältester Bruder Ludwigs XVI. und dessen Nachfolger auf dem französischen Thron nach Napoleons Sturz

*Charles Philippe, Graf von Artois**, jüngster Bruder von Ludwig XVI., als Karl X. späterer Nachfolger von Ludwig XVIII. auf dem französischen Thron

*Charles Ferdinand von Artois**, Herzog von Berry, zweiter Sohn von Karl X.

Persönlichkeiten am Hof von Versailles

*Marie-Louise von Savoyen-Carignan, Prinzessin von Lamballe**, beste Freundin und Obersthofmeisterin von Marie-Antoinette

Vincent von Carignan, ihr Neffe und Adoptivsohn, Charlottes erster Verlobter

*Jeanne von La Motte**, betrügerische Gräfin in der »Halsbandaffäre«

Gefolgsleute und Dienerschaft von Charlotte und Enghien

*Baronin von Würmb**, Charlottes Hofdame
Agnès, Charlottes französische Zofe
Piroschka, Charlottes ungarische Zofe
Madame Helène und Madame Anne, Pflegerinnen der greisen Charlotte
Dr. Matin, Leibarzt der greisen Charlotte
*Marquis von Thuméry**, Enghiens Adjutant
*Schmidt**, Bürger mit Aufenthalt in Ettenheim, im Roman Enghiens Sekretär
Jeannette, Milchmagd in Chantilly und Enghiens erste Liebe
Felix, Enghiens deutscher Bursche
*Joseph Canone**, Enghiens französischer Bursche
*Abbé François Weinborn**, Beamter in der Regierung des Kardinals von Rohan in Ettenheim
*Dr. Ehrhard**, Leibarzt des Kardinals von Rohan

Haustiere von Charlotte und Enghien

*Mohiloff**, männlicher Doggenmischling
Mimi, Kätzchen, Geschenk Enghiens an Charlotte
Namenloses Kätzchen, am Sterbebett der greisen Charlotte

Bewohner von Ettenheim

*Michael Stuber**, Amtmann
*Franziska Stuber**, seine Frau, mit Charlotte befreundet
*Henriette Stuber**, deren Tochter und Charlottes Zofe
*Baron Franz Reinhard Albertini von Ichtratzheim**, französischer Emigrant und späterer Vermieter des Herzogs von Enghien
*Franz-Xaver Mast**, Stadtpfarrer

Persönlichkeiten im direkten Umkreis von Napoleon Bonaparte

*Napoleon Bonaparte**, ehemaliger Revolutions-General, danach Erster Konsul der Republik Frankreich und später französischer Kaiser

*Joséphine von Beauharnais**, seine Gemahlin

*Madame Letizia Bonaparte**, seine Mutter

*Charles-Maurice von Talleyrand**, Außenminister unter Napoleon

*Joseph Fouché**, Polizeiminister unter Napoleon, von 1802–1804 jedoch Senator von Aix

*Jean-Jacques Régis de Cambacérès**, Zweiter Konsul

*Charles-François Lebrun**, Dritter Konsul

*Joachim Murat**, damaliger Militärgouverneur von Paris und Kommandeur der Konsulargarde sowie Napoleons Schwager

*René Savary**, Leiter der Pariser Geheimpolizei

Weitere historische und fiktive Persönlichkeiten von Bedeutung

*Jacques-René Hébert**, fanatischer Revolutionär und Richter an einem Revolutionstribunal

*Markgraf Karl Friedrich von Baden**, Kurfürst des Heiligen Römischen Reiches und später Erster Großherzog von Baden

*Erbprinzessin Amalie**, seine Schwiegertochter

*Karoline von Baden**, seine Enkelin

*Julian von Espiard**, Attentäter auf Kardinal von Rohan

*Charles-François Dumouriez**, Revolutionsgeneral, läuft 1793 zu den Österreichern über

*Cäcilie von Dreer**, Quartierwirtin des Gasthofs »Alte Post« in Mindelheim und Retterin der Stadt

*General Peter Ferino**, französischer General im Ersten Koalitionskrieg
*Paul I.**, russischer Zar und Sohn Katharinas der Großen
*Erzherzog Karl von Österreich**, Oberbefehlshaber der alliierten Truppen im Ersten und Zweiten Koalitionskrieg
Mademoiselle Geneviève, Geliebte Enghiens
Mademoiselle Rosalie Perrier alias Elsa Scherer, französische Spionin
*Georges Cadoudal**, Rebellenführer in der Vendée
*General Jean-Charles Pichegru**, ehemaliger Revolutionsgeneral und Cadoudals Mitverschwörer gegen Napoleon
*General Jean-Victor Moreau**, französischer General und gleichfalls Mitverschwörer gegen Napoleon
*Monsieur Charlot**, Leiter der Straßburger Gendarmerie
*General Michel Ordener**, Leiter des Expeditionskorps nach Ettenheim
Jacques Rénard, Zweiter Bürgermeister von Straßburg und Freund Michael Stubers
*Monsieur Harel**, Festungskommandant in Vincennes
Jeannette Harel, seine Frau
*Monsieur Hulin**, Leiter des Militärtribunals

Eine Zeittafel über die bedeutendsten Ereignisse zur Zeit des Romans befindet sich im Anhang.

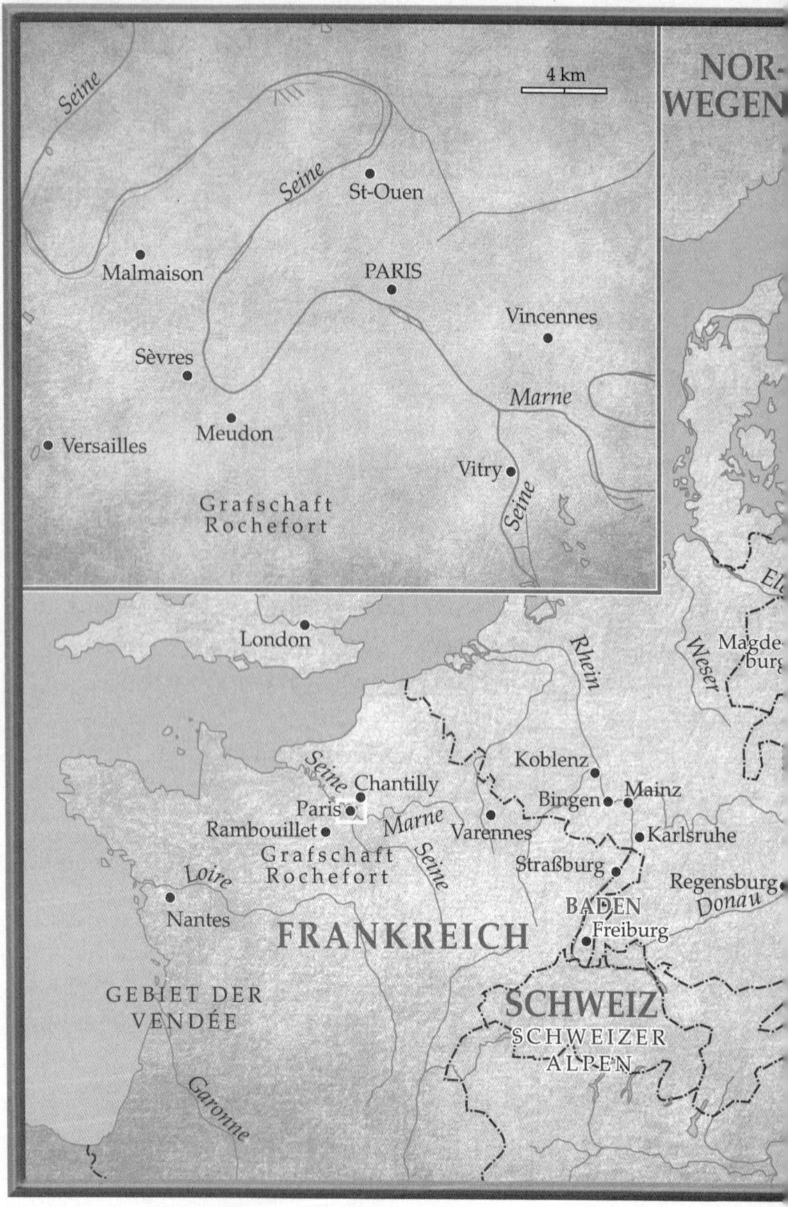

NOR-
WEGEN
4 km
Seine
Seine
St-Ouen
Malmaison
PARIS
Vincennes
Sèvres
Marne
Meudon
Versailles
Vitry
Seine
Grafschaft
Rochefort
London
Rhein
Weser
Koblenz
Seine
Chantilly
Bingen
Mainz
Paris
Rambouillet
Marne
Varennes
Karlsruhe
Grafschaft
Rochefort
Seine
Straßburg
Loire
Regensburg
Nantes
BADEN
Donau
Freiburg
FRANKREICH
GEBIET DER
VENDÉE
SCHWEIZ
SCHWEIZER
ALPEN
Garonne

FINNLAND
St. Petersburg
SCHWEDEN
RUSSLAND
Daugava
Moskau
Nemunas
PREUSSEN
Wisla
Berlin
Dubno
Warschau
SACH-
SEN
P O L E N
Oder
GALIZIEN
N
NW
NE
W
E
SW
SE
S
ÖSTERREICH
UNGARN
Wien
Steyr
Graz
Donau
200 km

FRANK-
REICH
BADEN
Karlsruhe
Ettlingen
Berstheim
Zabern
Straßburg
Kehl
GEBIET DER
ORTENAU
Offenburg
Gengenbach
Rhinau
Lahr
Kappel
Grafenhausen
Ettenheim
Ettenheimmünster
Ettenheimweiler
Riegel
Rhein
Freiburg
Müllheim
Nonnenweier
SCHWEIZ

Rhinau
Rhein
Elz
Neckar
Kippenheimweiler
Sulz
Kappel
Kippenheim
Mahlberg
Schmieheim
Grafenhausen
Orschweiler
Rust
Wallburg
Ettenheim
Ringsheim
Niederhausen
Rheinhausen
Ettenheimweiler
Ettenheimmünster
Oberhausen
Herbolzheim
Boggingen
Tutschfelden
2 km
Donau
Oberkammlach
Mindelheim
Memmingen
tockach
Überlingen
Konstanz
Bodensee
N
NW
NE
W
E
SW
SE
S
30 km

Prolog

Val-sous-Meudon, früher Morgen des 1. Mai 1841

Charlotte von Rohan erwachte vom lauten Zwitschern der Vögel vor ihrem geöffneten Fenster. Durch die Spitzengardinen schimmerte das erste Licht des beginnenden Tages.

Sie fühlte sich merkwürdig matt. Es war nicht die beinahe schon gewohnte Schwäche, die auf die unerträglichen Schmerzen folgte, welche sie in den letzten Wochen immer häufiger heimgesucht hatten. Es war auch keine Müdigkeit aufgrund der frühen Morgenstunde. Ganz im Gegenteil fühlte sie sich hellwach.

Heute werde ich sterben. Der Gedanke war plötzlich da, füllte ihr ganzes Bewusstsein und ließ ihr Herz schneller schlagen. Sie spürte es mit untrüglicher Sicherheit. *Heute ist der Tag meines Todes.*

Gespannt horchte sie in sich hinein. Doch da war keine Furcht, keine Verbitterung, sondern zu ihrem eigenen Erstaunen nichts als reine Vorfreude. *Mein Liebster, heute komme ich endlich zu dir. Heute werde ich endlich wieder mit dir vereint sein.*

Ein leises Maunzen ließ sie aufmerken. Sie hob mit einiger Mühe den Kopf. Madame Anne, die Nachtpflegerin, eine stämmige Frau in mittleren Jahren, schnarchte leise mit geöffnetem Mund in ihrem Lehnstuhl neben dem Bett mit den schweren, halb zurückgezogenen Vorhängen aus blauem Brokat.

Leise, um die Wärterin nicht zu wecken, schnalzte Charlotte mit der Zunge. Die zierliche, dreifarbige Katze ließ sich nicht zweimal bitten. Mit einem eleganten Satz sprang sie aufs Bett und kuschelte sich sofort in die weichen Daunenkissen. Dann blitzten ihre gelbgrünen Augen Charlotte mutwillig an.

Die musste lächeln. Nur der Himmel konnte wissen, wie es dieses schlaue, geschmeidige Tier wohl geschafft hatte, sich an der gestrengen Madame Anne vorbei in ihr Schlafgemach zu schleichen. Charlotte hob die Hand und streichelte der Katze über den Kopf. Das Tier erwiderte die Zärtlichkeit und leckte Charlotte mit seiner rauen Zunge leicht über die Hand.

»Meine Süße«, murmelte die alte Frau. »Wie du ihr gleichst, meiner kleinen Mimi. Sie hatte ein ebenso weißes Fell mit schwarzen und rötlich braunen Flecken wie du.«

Unwillkürlich wurden Charlottes Augen feucht, als sie sich an den Tag im fernen Ettenheim erinnerte, an dem Louis-Antoine ihr einst das kleine Fellknäuel in die Arme gelegt hatte. »Ich habe sie ganz allein draußen auf den Feldern gefunden. Jemand muss sie dort ausgesetzt haben. Sie ist sicherlich halb verhungert.«

Selbst in der Erinnerung spürte Charlotte die Zärtlichkeit, die sie in solchen Momenten gegenüber Louis-Antoine empfunden hatte, noch genauso stark wie damals. Louis-Antoines Leidenschaft war die Jagd gewesen, und kaum ein anderer konnte mit seiner Treffsicherheit mithalten. Es wäre ihm ein Leichtes gewesen, das herrenlose Tier zu erschießen, schon damit es nicht zu wildern begann. Doch nein, Louis-Antoine hatte es zu ihr nach Hause gebracht. Das war nur wenige Monate gewesen, bevor sie ihn bei Nacht und Nebel geholt hatten.

»Und damals war Mimi lange mein einziger Trost«, flüsterte Charlotte dem Tierchen zu, das nun leise zu schnurren begann. »Zumal auch Mohiloff nicht mehr da war.« Der abgrundtief hässliche Hund mit dem Herzen aus Gold hatte seinem Herrn treu zur Seite gestanden und war ihm bis in den Tod gefolgt.

»Aber nun dauert es ja nur noch eine kleine Weile«, flüsterte Charlotte dem Kätzchen zu. »Nur noch wenige Stunden, dann sehe ich Louis-Antoine wieder.«

Ihre Blicke schweiften im zunehmenden Tageslicht durch ihr kostbar möbliertes Schlafzimmer. Die Strahlen der aufgehenden Sonne leuchteten mit dem goldgerahmten venezianischen Spiegel auf der Kommode aus poliertem Nussbaumholz um die Wette. Daneben stand die Sitzgruppe mit dem schwarzen, glänzenden Tisch, in dessen Platte feine japanische Motive aus Perlmutt eingelegt waren: Geishas in prächtigen Gewändern in exotischen Gärten. Er war ein Geschenk von Louis-Antoines Mutter, Bathilde von Orléans. Die beiden Lehnsessel, in einem schnarchte noch immer die Nachtpflegerin, und die dazugehörige Chaiselongue waren mit dem gleichen blauen Brokat bezogen, aus dem auch die Bettvorhänge genäht waren.

Auf einem Wandbord stand eine fein gemusterte, hellblaue Tulpenvase aus chinesischem Porzellan. In jeder ihrer zahlreichen Öffnungen steckte eine einzige rote oder gelbe Blume. Es mussten die letzten Tulpen aus dem kleinen Schlossgarten sein.

Die Vase hat mir Louis-Antoine aus St. Petersburg geschickt. Es war ein Geschenk des Zaren, das er an mich weitergab.

Das Gefäß gehörte zu den wenigen Gegenständen, die sie aus Ettenheim mit zurück nach Frankreich gebracht hatte. In Paris hielt sie es allerdings nur wenige Jahre aus. Nach der Zeit in dem beschaulichen badischen Städtchen und auf ihrem abgelegenen ungarischen Gut, auf das sie sich nach Louis-Antoines Tod zurückgezogen hatte, war ihr die Hauptstadt rasch zu laut und von zu vielen düsteren Erinnerungen an die Französische Revolution überschattet gewesen. Gar nicht zu reden von den Emporkömmlingen und aalglatten Opportunisten, allen voran Charles-Maurice von Talleyrand, der sowohl der Revolutionsregierung als auch Napoleon Bonaparte gedient und es danach trotzdem geschafft hatte, unter Ludwig XVIII. erneut hohe politische Ämter auszuüben und einen Herzogstitel verliehen zu bekommen.

Nun lebte sie schon seit über zwanzig Jahren im kleinen Schloss Val-sous-Meudon, weit genug entfernt vom Pariser Trubel und doch nahe genug, um die Hauptstadt gelegentlich aufsuchen zu können. Sie fühlte sich zwar auch hier nicht so wohl wie dereinst in Ettenheim, aber es kam dem badischen Städtchen doch näher als jeder andere Ort, an dem sie gelebt hatte. Auch wenn ihre Lebensumstände in Deutschland damals viel ärmlicher und bescheidener gewesen waren.

Wohlhabend war sie erst wieder nach ihrer Rückkehr in die Heimat geworden. Denn dass es den vor und während der Revolution ins Ausland geflohenen und später zurückgekehrten Emigranten gut ging, dafür sorgte allein schon der jetzt amtierende französische König Ludwig XVIII., der jüngere Bruder des 1793 hingerichteten sechzehnten Ludwigs. *Restauration* bedeutete für diesen Abkömmling der Bourbonen auch, den geflüchteten und vertriebenen Adeligen zumindest einen Teil ihres Eigentums zu erstatten, um das die Revolution sie gebracht hatte. Selbst sie, die Erbin des ehemals so mächtigen und dann so verachteten Kardinals von Rohan, dem »Kardinal Collier«, wie man ihren Großonkel nach seiner Verwicklung in die sogenannte Halsbandaffäre nannte, war für einen Teil der vielen Güter entschädigt worden, die man während der Revolution enteignet hatte.

Das Kätzchen gähnte und schloss die Augen. Genau in diesem Augenblick erwachte Madame Anne nach einem mächtigen Schnarchlaut. Sie sah die Katze, sprang trotz ihrer Leibesfülle behände auf und stürzte zum Bett. »Was fällt dir denn ein, du freches …«, schnauzte sie das Kätzchen an, das sich sogleich näher zu Charlotte flüchtete.

»Madame Anne!« Obwohl Charlotte das Reden mittlerweile schwerfiel, versuchte sie, so energisch wie möglich zu sprechen.

»Dieses freche Wesen, wie Sie meinen kleinen Gast zu nennen belieben, steht unter meinem ganz besonderen Schutz.«

»Aber, Hoheit, ich bitte Sie ...« Charlotte hasste diesen Tonfall, eine Mischung aus Nachsicht, Ehrerbietung und Geringschätzung, in dem man so oft mit ihr sprach, seitdem sie vor einigen Monaten schwer erkrankt war.

Mit einer Kraftanstrengung hob sie gebieterisch die Hand. Auch wenn diese sofort wieder zurück auf die Kissen fiel, da sie seit Tagen viel zu schwach war, um schnelle Bewegungen auszuführen, tat die Geste ihre Wirkung. Die Pflegerin stoppte mitten im Schritt und verschränkte die schon ausgestreckten Arme missmutig vor der Brust.

»Wer weiß, wo das Geschöpf herstammt«, murrte sie. »Vielleicht hat es sogar Ungeziefer.«

Charlotte lächelte. »Und wenn schon, dann sterbe ich heute eben mit ein paar Flohbissen.«

Nun nahm Madame Annes Miene jenen berufsmäßigen Ausdruck von Besorgtheit an, den man Pflegerinnen anscheinend für solche Momente anriet. »Hoheit, so etwas sollten Sie nicht sagen!«

»Warum nicht?«, gab Charlotte gleichmütig zurück. »Wenn es doch nichts als die reine Wahrheit ist.« Sie wedelte leicht mit der Hand. »Und nun gehen Sie hinaus und lassen mich allein!«

»Aber, Hoheit, was ist mit Ihrem Frühstück und Ihrer Morgentoilette?« Nun klang Madame Anne sogar entsetzt. »Sie können doch nicht ...«

»Am Tag seines Todes kann man alles«, fiel Charlotte ihr ins Wort. »Bringen Sie dem Kätzchen lediglich eine Schale Milch! Und dann lassen Sie mich allein! Ich will es Ihnen nicht noch einmal sagen. Ihnen nicht und auch niemandem sonst. Ich wünsche ausdrücklich, nicht gestört zu werden, es sei denn, ich läute.«

Sie wies mit ihrer welken Hand auf das kleine Glöckchen, das neben ihr mit einem Samtband am Betthimmel befestigt war.

Einen Augenblick lang zögerte Madame Anne noch, dann knickste sie und watschelte, offensichtlich beleidigt, hinaus.

Aufatmend legte Charlotte sich zurück in die Kissen. Die kurze Auseinandersetzung hatte sie mehr Kraft gekostet, als sie vermutet hatte. Sie schloss die Augen.

Das Kätzchen kuschelte sich wieder eng an sie. Sein leises Schnurren lullte sie ein. Schon bald fing Charlotte an zu träumen.

Plötzlich war sie wieder achtzehn, jung und schön und auf einem großen Fest am Hof von Versailles.

Teil 1:

VINCENT

Kapitel 1

Schloss Versailles, April 1786

Charlotte musste sich auf die Zehenspitzen stellen, um den Einzug der Täuflinge und der königlichen Familie in die Schlosskapelle zu beobachten. Ihr Platz wie auch der ihrer Familie befand sich in einem Winkel des prächtigen Raumes und war dazu noch halb hinter einer der stuckverzierten, mit goldenen Ornamenten geschmückten Säulen verborgen.

Sie verlor in ihren hochhackigen Seidenschuhen das Gleichgewicht und taumelte gegen ihren älteren Bruder Charles, der sie unsanft zurückstieß. »Pass doch auf!«, zischte er ihr zu. »Oder willst du Aufsehen erregen und uns alle in noch mehr Misskredit bringen?«

Charlotte verzog unwillig die Lippen, verbiss sich aber die schnippische Antwort, die ihr auf der Zunge lag. Unwillkürlich schweifte ihr Blick nach vorne, wo Vincent von Carignan in der vordersten Reihe an der linken Seite des Altars neben seiner Patin und Adoptivmutter, der Prinzessin von Lamballe, saß. Sie bekleidete als Obersthofmeisterin eines der wichtigsten Ämter in Versailles und war die beste Freundin der Königin Marie-Antoinette.

Charlotte seufzte leise. *Dort hätten wir vor einem Jahr auch noch gesessen.* Denn das Geschlecht der Familie Rohan gehörte zum französischen Hochadel, leitete es seine Herkunft doch unmittelbar von den bretonischen Königen ab. Auch durften sich seine Mitglieder Prinzen und Prinzessinnen nennen. Im Rang kamen die Rohans ebenso wie die Prinzessin von Lamballe gleich hinter den Prinzen königlichen Geblüts, den Orléans und den Bourbon-Condés. Zwei Knaben aus diesen Geschlechtern würden heute durch ihre zweite Taufe feierlich in die königliche Familie aufgenommen werden.

Doch das mächtigste Mitglied der Familie Rohan, ihr Großonkel Kardinal Louis, fehlte bei dieser Zeremonie. Noch vor einem Jahr hätte er diese als einstiger Großalmosenier und damit mächtigster Kleriker in Frankreich sogar geleitet. Aber nun war ihr geliebter Onkel tiefer gesunken, als es Charlotte je für möglich gehalten hätte.

Als »Kardinal Collier« verspottet, war er einer der Hauptangeklagten in der mittlerweile nicht nur in ganz Frankreich, sondern sogar dem benachbarten Ausland bekannten »Halsbandaffäre«. In deren Mittelpunkt stand ein ungemein wertvolles Diamantcollier, das die Königin vorgeblich durch seine Vermittlung erwerben wollte. Als sich dies im vergangenen Sommer als inszeniertes Täuschungsmanöver der Hochstaplerin Jeanne von La Motte, einer Gräfin von höchst zweifelhaftem Ruf, herausstellte, die den Kardinal belogen und Marie-Antoinettes Interesse nur vorgetäuscht hatte, war es bereits zu spät gewesen. Die Gräfin La Motte hatte die Steine des von ihm erworbenen Halsbands bereits größtenteils heimlich verkauft, um an Geld zu kommen. Charlottes Onkel geriet dennoch mit in den Strudel der Verdächtigungen. Man hatte ihn am 15. August, dem Fest von Maria Himmelfahrt, vom Altar des Hochamts hinweg verhaftet. Nun wartete er in der Bastille auf seinen Prozess.

Mit ihm zusammen war die ganze Familie von Rohan in königliche Ungnade gefallen. Denn Marie-Antoinette, die bereits vorher nicht gut auf den Kardinal zu sprechen gewesen war, schäumte vor Wut, als sie vom Missbrauch ihres Namens im Rahmen dieses gigantischen Schwindels erfuhr, für den sie vor allem Louis von Rohan verantwortlich machte. Zumal das französische Volk die »Autrichiènne«, wie man die Österreicherin noch immer verächtlich nannte, schon vorher für die Zerrüttung der Staatsfinanzen verantwortlich gemacht hatte und die Lügen nun Wort für Wort glaubte, die man über sie verbreitete. Sowohl in Paris als auch in den Provinzen prangerten Schmähpamphlete und Spottlieder die Verschwendungssucht der Königin an, mochte die Geheimpolizei auch noch so eifrig bemüht sein, die Lage wieder unter Kontrolle zu bringen.

»Wir können von Glück sagen, dass wir überhaupt eingeladen worden sind«, beschwichtigte Charlottes Vater Jules den Zorn seines ältesten Sohnes Charles, nachdem der Platzanweiser in der Livree des Versailler Hofs die Familie daran gehindert hatte, ihre gewohnten Plätze in der Nähe des Altars einzunehmen, und sie stattdessen zu den Stehplätzen in diesem Winkel geführt hatte.

Doch Charlotte quälte noch eine ganz andere Sorge. Ihr Lebensglück hing vom Freispruch ihres Onkels im Halsband-Prozess ab, der in weniger als einem Monat beginnen würde. »Sonst wird meine Tante ihre Zustimmung zu unserer Verbindung mit Sicherheit verweigern«, hatte ihr Vincent noch vor wenigen Tagen bei einem heimlichen Treffen erklärt.

Jetzt spürte der Geliebte ihren Blick, wandte den Kopf suchend um und lächelte ihr fast unmerklich zu, als er sie entdeckte. Trotz ihrer Freude fühlte Charlotte einen heftigen Stich in der Brust.

Ich liebe ihn so sehr, dass es schmerzt. Wir dürfen uns nicht verlieren.

Ein Puff in die Seite, diesmal vom Ellenbogen ihrer Mutter, riss sie aus ihren Gedanken. »Lächele gefälligst und folge der Zeremonie, anstatt Löcher in die Luft zu starren. Was sollen der König oder gar die Königin von dir denken, wenn sie das bemerken?«

Ergeben senkte Charlotte zum Zeichen ihrer Zustimmung den Kopf und richtete den Blick auf das Geschehen rund um den Altar. Mit etwas Glück würde sie Vincent beim anschließenden Ball im Spiegelsaal sprechen können. *Vielleicht sogar mit ihm tanzen*, erlaubte sie sich einen weiteren Augenblick der Träumerei, bevor sie sich auf die Zeremonie konzentrierte.

Die Orgeltöne, die den festlichen Einzug der Täuflinge begleitet hatten, verklangen. Der Erzbischof von Paris hob segnend die Hände über den beiden halbwüchsigen Knaben, die vor ihm knieten.

Erst als sich die beiden erhoben, konnte Charlotte ihre Gesichter erkennen. Zuerst trat Louis-Philippe, der Sohn des Herzogs von Orléans, mit seinen Eltern vor, um dem königlichen Paar vorgestellt zu werden. Er war zwar der jüngere der beiden Knaben, doch die Familie der Orléans stand dem Thron noch ein wenig näher als die Familie der Bourbon-Condé, aus der der zweite Täufling stammte.

Da Charlotte die Worte von ihrem entfernten Platz aus kaum verstand, nutzte sie ihre freie Sicht auf die Königin, um Marie-Antoinette genauer zu betrachten.

Selbst aus dieser Entfernung wirkten die Wangen der Königin unnatürlich rot in ihrem ansonst bleichen Gesicht. Auch ihre Augen waren trotz des aufgetragenen Puders umschattet. Man munkelte, dass Marie-Antoinette kaum mehr schlief, seit die Halsbandaffäre sie derart in Verruf gebracht hatte.

Ihre sonstige Erscheinung war allerdings so prächtig wie eh und je. Die Königin trug eine weiße, golddurchwirkte Robe unter einem mit den königlichen Lilien bestickten, ärmellosen Überwurf aus blauem Samt. Der Stoff über dem überweiten querovalen Reifrock lief in Volants aus kostbaren Spitzen aus, mit denen auch die Halbärmel verbrämt waren. Eine kostbare Brosche mit einem riesigen, rautenförmigen Saphir zierte den ebenfalls aus Spitzen bestehenden Brusteinsatz des Festkleides.

Weiteren Schmuck konnte Charlotte nicht erkennen, sah man einmal von der pompösen Frisur ab. Das Haar der Königin war zu einem Gebilde von sicherlich anderthalb Ellen Höhe aufgetürmt. In ihm steckten blaue und weiße Federn in gleichfarbigen Haarbändern, um die eine Perlenschnur gewunden war.

Charles war Charlottes Blick gefolgt und betrachtete die Königin nun ebenfalls mit gerunzelter Stirn. »Wenn das einfache Volk Ihre Majestät so sieht, glaubt es auf jeden Fall, dass sie aus den leeren Staatskassen mehr als eineinhalb Millionen Livres für dieses Diamantcollier genommen hat. Kein Wunder, dass unser Onkel ebenfalls davon ausging.« Trotz der nur leise geflüsterten Worte hörte sie den Ingrimm in seiner Stimme.

Auch Charlotte plagte außer der Sorge um ihre Beziehung zu Vincent die Befürchtung, dass die Halsbandaffäre ihren Onkel selbst im Falle eines Freispruchs um den größten Teil seines beträchtlichen Vermögens bringen würde. Schließlich bürgte er gegenüber den Juwelieren Böhmer und Bassenge für die ungeheure Summe von eins Komma sechs Millionen Livres, die das Halsband kosten sollte und von der noch kein Sou entrichtet worden war.

Das Wohl der Rohan-Rocheforts hing aber von der Großzügigkeit ihres Onkels ab, der diesen verarmten Zweig der Familie bislang immer unterstützt hatte. Verlöre er nun sein Vermögen, würden ihre Brüder Charles und Henri weder ein Offizierspatent erwerben können, noch sie und ihre kleine Schwester Clémentine eine Mitgift erhalten.

Selbst wenn die Lamballe meinem Onkel verzeihen sollte, wird sie Vincent noch lange nicht erlauben, ein mittelloses Mädchen zu heiraten!

Schon jetzt machten sich die fehlenden Zuwendungen des Kardinals schmerzlich bemerkbar. Charlotte und ihre Mutter trugen die Roben des Vorjahres zu diesem Fest, eigentlich undenkbar am modebewussten Hof von Versailles. *Hoffentlich fällt es wenigstens Vincent nicht auf.*

Wieder puffte ihre Mutter sie leicht, und wieder zwang sich Charlotte, der Taufzeremonie zu folgen. Nun trat der zweite Knabe vor, Louis-Antoine, der Herzog von Enghien – wie in dieser Familie der Titel für den Ältesten der dritten lebenden männlichen Generation lautete. Ihm folgten sein Großvater, der Prinz von Bourbon-Condé, und sein Vater, der Herzog von Bourbon. An dessen Seite schritt seine Frau, Bathilde von Orléans, von der man munkelte, dass ihr Gatte ihrem Bett seit der Geburt seines einzigen Sohnes fernblieb. Somit hing nun das Überleben des mächtigen Geschlechts mit seiner ruhmreichen Vergangenheit einzig von diesem Jüngling ab, der in diesem Moment vor dem königlichen Paar niederkniete.

Nachdenklich betrachtete Charlotte den jungen Enghien. Er war außerordentlich hübsch für einen Jungen. *Kein Wunder, dass man ihn* Cherubino *nennt,* dachte sie.

Louis-Antoine mochte dreizehn oder vierzehn Jahre alt sein. Aus seinem fein geschnittenen Gesicht mit den hohen Wangenknochen, dem spitz zulaufenden Kinn und dem sinnlichen herzförmigen Mund stach nur die mächtige Condé'sche Nase wie ein Fremdkörper hervor, was dem ansprechenden Gesamteindruck aber seltsamerweise keinen Abbruch tat. Louis-Antoines Augen, deren Farbe aus der seitlichen Perspektive heraus nicht genau zu bestimmen war, wurden von Brauen überwölbt, die weit dunkler waren als sein rötlich braunes Haar. Dieses trug er zu einem langen Zopf gebunden, der mit einer großen silbernen Moiré-Schleife verziert war. Auch seine übrige Kleidung: Wams, Weste und Kniehose bestand aus dem gleichen silberfarbenen Stoff und war für die Taufzeremonie vorgeschrieben, sollte sie doch in vager Anlehnung an das weiße Taufkleid des Säuglings Reinheit und Unschuld symbolisieren.

Sein Vater und Großvater waren dagegen in kräftige Farben gekleidet. Das goldbestickte Wams des Herzogs von Bourbon war von einem leuchtenden Rot, das des Großvaters von einem etwas gesetzteren dunklen Violett. Beide trugen darunter cremefarbene Westen und zum Überrock passende Kniehosen, weiße seidene

Strümpfe und die gerade in Mode gekommenen Schnallenschuhe aus schwarzem Leder.

Auch das Kleid von Louis-Antoines Mutter zeugte vom Reichtum der Familie. Das Überkleid aus zartgrüner Seide öffnete sich in der Taille mittig über dem breiten Panier in zartem Gelb. *Sicher ist es mit ebenso vielen Brüsseler Spitzen verbrämt wie das Kleid der Königin,* sinnierte Charlotte. *Wenn es nicht sogar noch ein paar mehr sind.*

»Wie geschickt von Prinz Condé, seinem Enkel jeweils die Vornamen des Königspaares zu geben«, flüsterte ihre Mutter ihr ganz leise ins Ohr. Charlotte nickte. Erst jetzt wurde ihr bewusst, dass der junge Herzog Louis-Antoine wohl nur deshalb den König und die Königin als Taufpaten haben würde. »Zudem wäre Ihre Majestät sicherlich nicht erfreut gewesen, auch Patin beim Sohn des Herzogs von Orléans stehen zu müssen.«

Während Charlotte mechanisch die Choräle mitsang und der weiteren langwierigen Zeremonie scheinbar aufmerksam folgte, ließ sie sich die letzten Worte ihrer Mutter durch den Kopf gehen.

Es stimmt, was Maman sagt. Denn der jetzige Herzog von Orléans war ebenfalls schon einmal vom Hof verbannt. Er soll sich wie unser Onkel den Unmut der Königin zugezogen haben, weil er allzu begeistert den Grundsätzen der englischen Monarchie anhängt, die ihrem Volk viel mehr Mitbestimmungsrechte einräumt als die unsrige.

Neue Hoffnung beflügelte sie und wärmte ihr Herz. *Und sind solche liberalen Ideen nicht sehr viel gefährlicher für die Macht unseres Königs als ein paar Gerüchte um ein überteuertes Halsband? Hat nicht sogar der vorige König Ludwig XV. dieses Collier für seine Geliebte, die Dubarry, bestellt? Was also kann meinem Onkel schon passieren, wenn er freigesprochen wird? Und das wird er mit Sicherheit, wenn er den Richtern seine Argumente genauso überzeugend darlegt wie mir, als ich ihn zuletzt in der Bastille besucht habe.*

In diesem Augenblick gab es einen kleinen Moment der Unruhe in einer der Reihen vor ihnen. Ein wie ein Pfau herausgeputzter Kavalier tauschte seinen Platz mit einer Dame, offensichtlich, damit diese die Zeremonie, die sich langsam dem Höhepunkt näherte, besser verfolgen konnte. Ihre ebenfalls zu einem Turm aufgebaute Frisur versperrte Charlotte jetzt den Blick auf das Geschehen rund um den Altar.

Eine Zeit lang vertrieb sie sich ihre zunehmende Langeweile mit der Betrachtung der prächtig ausgestatteten Kapelle. Doch schon bald vermochten die mit vergoldetem Stuck verzierten Wände und Decken, die Gemälde und Statuen und die bunten Glasfenster sie nicht mehr von ihren schmerzenden Füßen in den unbequemen Schuhen abzulenken. So kehrte sie mit ihren Gedanken zu dem Gespräch zurück, das sich vor einigen Wochen zwischen ihr und ihrem geliebten Onkel in der Bastille entsponnen hatte.

Die Bastille in Paris
März 1786, einige Wochen zuvor

»Meine liebe Charlotte! Wie freue ich mich, dich zu sehen!« Mit ausgebreiteten Armen kam Kardinal Rohan auf seine Nichte zu und umarmte sie herzlich zur Begrüßung.

»Wie geht es Ihnen, verehrter Oheim?« Vorsichtig blickte sich Charlotte im Gemach ihres Onkels um. Was sie sah, beruhigte sie ein wenig.

Der Kardinal bewohnte eine geräumige Suite, die aus einem Zimmer und einem Vorzimmer bestand. Das Ambiente erinnerte sie eher an die Salons in seinem Pariser Stadtpalais an der Place Royale als an eine Gefängniszelle. Wände und Fußböden waren mit Teppichen verhängt und belegt. Die Einrichtung bestand aus den eigenen Möbeln ihres Onkels, die man ihm offensichtlich aus seinem Haus gebracht hatte.

Im Kamin brannte ein lustiges Feuer und vertrieb die Kühle des ausgehenden Winters. Der Tisch war mit den Resten einer üppigen Mahlzeit gedeckt, die sein Leibdiener, der Charlotte im Innenhof der Bastille in Empfang genommen hatte, jetzt abzuräumen begann.

»Mein Liebes, setze dich zu mir und sage, was ich dir bringen lassen darf. Möchtest du Wein oder bei dieser grimmigen Kälte lieber eine schöne Tasse Schokolade?«

»Oh, gibt es hier in der Bastille sogar Schokolade?«, entfuhr es Charlotte, die sich ihrer Taktlosigkeit sofort bewusst wurde und sich beschämt auf die Lippen schlug. »Onkel Louis, verzeihen Sie mir …«

»Schon gut, schon gut«, fiel ihr der Kardinal ins Wort. »Du hast ja recht! Natürlich erhalte ich diese Annehmlichkeiten nur gegen einen saftigen Preis, den ich Woche für Woche entrichten muss. Selbst dass mein treuer Jacques mir hier zu Diensten sein darf, kostet mich ein Vielfaches seines Lohns.«

»Das dauert mich sehr, lieber Onkel«, murmelte Charlotte.

Der Kardinal winkte ab. »Lass es gut sein. Die La Motte, diese scheinheilige Heuchlerin, hat es in der Gefängnisabteilung der Salpêtrière sicher nicht halb so bequem.«

Charlotte fasste sich ein Herz. »Möchten Sie mir von ihr erzählen, Oheim?« Es war von ungeheurer Wichtigkeit für sie, ein wenig mehr über den bevorstehenden Prozess zu erfahren. Denn ihre Liebe zu Vincent war noch ganz frisch, keine drei Monate alt. Doch sie spürte, dass sie nicht mehr ohne den Angebeteten leben wollte.

Einen Moment lang betrachtete der Kardinal seine Nichte mit gerunzelten Brauen. Dann nickte er lächelnd. »Warum nicht, meine Liebe? Du warst schon immer außerordentlich klug für ein Mädchen. Aber zuerst soll dir Jacques deine Schokolade bringen.«

Doch als das köstliche Getränk vor ihr stand, stellte ihr der Kardinal erst noch eine weitere Frage. »Was verschafft mir überhaupt die Ehre deines Besuchs, Liebes? Bislang hat mich nur dein Vater im Gefängnis besucht.«

Charlotte errötete und entschied sich dann für die Wahrheit. »Die Eltern wissen nicht, dass ich hier bin«, gestand sie errötend. »Sie hätten es nicht gebilligt, zumal ich nur meine Zofe Agnès dabeihabe, die im Vorzimmer wartet.« Sie holte tief Luft und meinte dann: »Aber ich setze Vertrauen gegen Vertrauen. Erzählen Sie mir, wie Ihre Chancen für einen Freispruch stehen, dann erzähle ich Ihnen, warum ich mich dem Willen der Eltern widersetzt habe.«

Der Kardinal lächelte schelmisch und zwinkerte ihr zu. »Nun, ich hoffe doch, die Sehnsucht nach deinem alten Onkel trieb dich hierher?« Sein durch die lange Haft bleiches Gesicht zeigte einen Augenblick lang den Charme des bekannten Lebemannes, dem die Herzen der Frauen nur so zuflogen, deren Gunst er trotz seines geistlichen Standes ausgiebig genossen hatte.

Dann wurde seine Miene wieder ernst. »Du willst wissen, ob ich mich schuldig gemacht habe?«, fragte er.

Charlotte schüttelte heftig den Kopf. »Dass Sie schuldig sind, habe ich keine Minute lang geglaubt. Auch die Eltern und Charles glauben es nicht. Eher …« Sie stockte und biss sich auf die Lippen.

»Eher was?«, insistierte der Kardinal.

Charlotte senkte den Blick. »Eher … dass Sie den Reizen der Gräfin La Motte erlegen sind«, flüsterte sie schließlich und spürte ihr Gesicht heiß werden.

»Den Reizen der La Motte?« Einen Lidschlag lang war ihr Onkel verblüfft, dann lehnte er sich in seinem Sessel zurück und begann, herzhaft zu lachen. Charlotte musterte ihn verlegen.

»Oh nein, mein Kind«, japste der Kardinal schließlich, verschluckte sich und hustete heftig. Als er sich endlich wieder gefangen hatte, wurden seine Züge grimmig.

»Oh nein, mein Liebes! Die Reize der La Motte ließen mich kalt. Ich will nicht verhehlen, dass ich anfangs Mitgefühl für sie hegte. Jeanne von La Motte ist eine Nachfahrin der Valois, die lange vor den Bourbonen die französische Krone trugen. Da das Geschlecht jedoch völlig verarmt ist, wuchs sie in unbeschreiblichem Elend auf und wurde als Mädchen sogar zum Betteln geschickt. Zwar fand sie später eine reiche Gönnerin, die ihr eine Ausbildung zuteilwerden ließ. Doch sie war leichtsinnig und oberflächlich und brachte es auch zu nichts, nachdem sie diesen Taugenichts, den Grafen La Motte, geheiratet hatte. Anfangs unterstützte ich sie ab und zu mit ein paar Louisdor, obwohl ich rasch merkte, dass sie es darauf anlegte, mich auszunehmen.« Ein Ausdruck von Selbstverachtung trat in seine blauen Augen. Erst jetzt bemerkte Charlotte, dass er keine Perücke trug. Sein bislang braunes Haar war in den Monaten der Haft weiß geworden.

»Was für ein elender Narr ich doch war, ihre Lügen zu glauben und ihr so vollständig zu vertrauen!«

Eine kleine Weile lastete Schweigen im Raum. Dann gab sich Charlotte einen Ruck. »Und was war der Grund, dass Sie dieser Unwürdigen Ihr Vertrauen geschenkt haben? Wenn Sie sie doch durchschaut hatten?«

Onkel Louis seufzte. »Der Grund war Ihre Majestät, die Königin. Sie war und ist die Frau, die ich so sehr verehre, dass ich Jeanne von La Motte nur zu leicht auf den Leim ging. Die Heuchlerin gab vor, mit Marie-Antoinette befreundet zu sein. Und sie verfügte über so intime Kenntnisse über das Geschehen im Boudoir Ihrer Majestät, dass ich dies nie bezweifelte.«

»Ihr verehrt unsere Königin?« Charlotte merkte erschrocken, wie entrüstet sie klang.

Ihr Onkel lächelte bitter. »Nicht so, wie ich meine Mätressen geliebt habe, meine Teuerste, sondern nur aus der Ferne und vollkommen platonisch.« Er hielt inne und musterte Charlottes Gesicht. »Oder ist es dir peinlich, wenn ich so offen spreche? Schließlich bist du unverheiratet und kennst die erotische Liebe noch nicht.«

Charlotte errötete wieder und wich seinem Blick aus. »Ich bin achtzehn Jahre alt, Onkel«, vermied sie eine direkte Antwort.

»Soso«, erwiderte der Kardinal. Nach einer kleinen Pause fuhr er fort: »Du weißt, dass ich einige Jahre französischer Botschafter am Hof der Kaiserin Maria Theresia in Wien war. Der prüden Mutter unserer Königin missfiel mein Lebenswandel. Sie beklagte sich häufig bei ihrer Tochter und dem König und erzeugte so bei Hofe eine tiefe Abneigung gegen mich. Als ich nach Paris zurückkehrte, zeigte Marie-Antoinette mir deshalb von Anfang an die kalte Schulter. Kein einziges Mal hat sie mich bei einem der vielen Empfänge in Versailles beachtet. Und die wenigen Worte, die sie an mich richtete, schien sie sich jeweils abzuringen. Ich litt sehr unter dieser Kühle, zumal ich als Großalmosenier das wichtigste geistliche Amt in Frankreich bekleidete und eine solche Behandlung beileibe nicht gewohnt war.«

»Aber wie konnten Sie dann glauben, die Königin wolle *Sie* als Bürgen für den Kauf des Halsbands gewinnen?« Kaum waren die Worte heraus, schlug sich Charlotte erneut auf den Mund. »Verzeihen Sie die Frage, verehrter Onkel, sie war vorlaut.«

Der Kardinal schüttelte den Kopf. »Nicht doch, wo du recht hast, hast du recht. Es war überaus töricht von mir, der La Motte zu glauben, die Königin habe mir meinen Lebenswandel verziehen. Doch sie brachte mir gefälschte Briefe von Marie-Antoinette und manchmal«, er seufzte schwer, »ja, manchmal ist eben der Wunsch der Vater des Gedankens.«

»Und unsere Königin ist ja leider bekannt dafür, dass sie haben will, was sie sich einmal in den Kopf gesetzt hat«, erklärte er weiter. »Bedenke nur, was der Kleine Trianon für Unsummen verschlungen hat. Sie hat sich dort ein eigenes Theater einrichten lassen, in dem sie selbst als Schauspielerin auftritt. Gar nicht zu reden von ihrem Dörfchen, in dem sie mit ihrem Gefolge das einfache Landleben nachstellt und ihre Hofdamen dazu anhält, eigenhändig Ziegen zu melken. Zudem liebt Marie-Antoinette kostbares

Geschmeide. Und dieses Collier«, er stockte und holte tief Luft. »Ja, dieses Collier war die aufwendigste Halskette, die ich je gesehen habe. Wer sonst sollte sie tragen, wenn nicht die Königin?«

Charlotte verkniff sich die Bemerkung, dass sie das Halsband übertrieben prächtig fand. Überall in Paris kursierten Zeichnungen des Schmucks. Wenn sie ganz ehrlich zu sich selbst war, fand sie ihn sogar hässlich, mochte er auch viele Hunderttausende Livres wert sein.

Ihr Onkel las ihr die Gedanken vom Gesicht ab. »Du wirst lachen, Liebes. Auch mir gefiel das Collier nicht. Zu protzig für meinen Geschmack und allein aufgrund des Gewichts der vielen Steine sicherlich auch reichlich unbequem zu tragen. Aber ich war schon immer zu nachsichtig mit den Schwächen der Frauen. Die La Motte überzeugte mich jedenfalls davon, dass das Halsband dem Geschmack der Königin vollkommen entspräche. Und dass sie sich Tag und Nacht danach verzehren würde, aber nicht wagte, es offiziell zu erwerben, da man sie bereits der Verschwendungssucht bezichtigte. Also glaubte ich der La Motte auch, als mich diese in Marie-Antoinettes Namen bat, für die Kaufsumme zu bürgen, um der Königin das Geschmeide auf diese Art schon jetzt zu beschaffen, noch bevor sie die Mittel dazu aufgebracht hätte, um es in Raten abzuzahlen.«

Nun wirkte der Kardinal sehr traurig. Wieder schwiegen beide eine Weile. Dann fasste Charlotte sich erneut ein Herz. »Ist es wahr, dass die La Motte sogar eine Schauspielerin anwarb, die Ihnen gegenüber die Königin mimte, um Sie vollends in Sicherheit zu wiegen?«

Der Kardinal nickte. Seine Stimme klang bitter, als er ihr antwortete. »So ist es, mein Kind. Aber genau das ist mein Glück in all dem Unglück. In jener milden Vollmondnacht im Park von Versailles fiel ich auf die Intrige herein und bewahrte die Rose, die mir die falsche Königin als Zeichen ihres Dankes reichte, noch monatelang auf. Die Schauspielerin, die die Königin mimte und die man ausfindig gemacht und ebenfalls inhaftiert hat, ist nun meine Hauptentlastungszeugin. Sie war zwar nicht in den Diebstahl des Halsbands eingeweiht, aber sie wird bezeugen, dass die La Motte sie angeworben hat, um mich zu täuschen.«

»Weiß denn die Königin wirklich nichts von alledem?«, fragte Charlotte leise. »Sie müsste Ihnen doch sogar dankbar sein, dass Sie ihr diesen Gefallen erweisen wollten.«

Der bittere Zug um den Mund ihres Onkels vertiefte sich. »Dankbar ist mir Ihre Majestät beileibe nicht, mein gutmeinendes Kind. Im Gegenteil! Sie ist empört darüber, dass ich die Frechheit besessen habe, zu glauben, sie hätte mir ihre Gunst auf diese Art gewähren wollen. Besonders wütend ist sie darüber, dass ich glauben konnte, sie habe mir über die La Motte heimlich Briefe gesandt. Wobei ich nicht einmal bemerkte, dass ihre Unterschrift gefälscht war. Alle Briefe waren mit ›Marie-Antoinette, Reine de France‹ unterzeichnet. Die Königin unterschreibt jedoch niemals mit ihrem Titel, sondern nur mit ihrem Namen.«

»Also besteht selbst im Falle Ihres Freispruchs kaum die Chance, dass die Königin Ihnen verzeiht?«, fragte Charlotte verzagt.

Der Kardinal merkte auf und betrachtete sie prüfend. »Das weiß allein Gott, der Herr, meine Teure. Gekrönte Häupter sind immer unberechenbar. Doch kommt es mir so vor, als ob dich nicht nur die Sorge um mich umtreibt.«

Charlotte spürte, wie ihr das Blut in die Wangen stieg. Ihrem Onkel entging dies natürlich nicht. Er lehnte sich zurück, legte die Fingerspitzen beider Hände aneinander und stützte sein Kinn darauf. »Du versprachst mir Vertrauen gegen Vertrauen.«

Charlotte trank hastig einen Schluck der mittlerweile kalt gewordenen Schokolade. Dann holte sie tief Luft und hob den Kopf. »Es ist auch wegen Vincent von Carignan«, sagte sie tonlos.

»Vincent von Carignan?« Der Kardinal wirkte verblüfft. »Was hat denn der Adoptivsohn der Prinzessin von Lamballe mit alldem zu tun?« Er machte eine Geste der Verwunderung.

Doch bevor Charlotte eine passende Antwort formuliert hatte, huschte ein Ausdruck des Verstehens über sein Gesicht. »Ah, ich glaube, ich weiß, worum es geht. Ihr beide habt zarte Liebesbande geknüpft. Und nun fürchtest du, dass die Prinzessin, die Marie-Antoinette mit Leib und Seele ergeben ist, eine Beziehung ihres Neffen, den sie an Sohnes statt angenommen hat, mit der Großnichte des verachteten Kardinals Collier missbilligen würde.«

Charlotte nickte beklommen. Ihre Kehle fühlte sich an wie ausgedörrt. Sie brachte kein Wort über die Lippen. Würde der geliebte Onkel sie jetzt für eine jener taktierenden Hofschranzen halten, die Versailles zu Dutzenden bevölkerten? Würde er glauben, ihr Mitgefühl für seine schlimme Lage wäre nur vorgetäuscht? *Ach, was soll ich nur tun? Auf Vincent zu verzichten, kann ich nicht ertragen.*

Doch ihr Onkel überraschte sie einmal mehr. »Heureka!«, rief er plötzlich. »Heureka, das ist die Lösung!«

Verwirrt schaute Charlotte auf. »Ich verstehe nicht, was Sie …«

»Du hast mich auf eine wunderbare Idee gebracht, Charlotte. Die Prinzessin von Lamballe ist ein Musterbeispiel für völlige Ergebenheit. Sie würde sogar ihr Leben für Marie-Antoinette aufs Spiel setzen.«

Er schlug mit der rechten Faust in die Handfläche seiner Linken.

»Und genau so werde ich vor Gericht argumentieren. Und es ist sogar nichts als die reine Wahrheit. Ja, in meiner Verblendung erkannte ich den Betrug der La Motte nicht. Aber warum erkannte ich ihn nicht? Weil ich niemals gewagt hätte, das Wort Ihrer Majestät infrage zu stellen oder ihre Unterschrift auf Wahrhaftigkeit zu prüfen, ihre Wünsche zu missbilligen. Stattdessen war ich bereit, mein eigenes Vermögen in die Waagschale zu werfen, um ihr zu Diensten zu stehen. Hätte ich der La

Motte nicht geglaubt, wäre ich das Risiko eingegangen, die Wünsche Ihrer Majestät zu missachten. Diese Taktik ist mir bislang nicht eingefallen! So werde ich argumentieren. Und dabei verweise ich auf die Prinzessin von Lamballe und stelle sie als das Paradebeispiel für unverbrüchliche Treue dar, das mich inspiriert hat.«

Er beugte sich über den Tisch und streichelte Charlotte über die Wange. »Wenn ich die Richter auf diese Art von meiner Unschuld überzeuge, wird das auch dir zugutekommen, mein Liebes. Denn wie kann Marie-Antoinette mir weiterhin gram sein, wenn sie erkennt, dass nur meine Treue mich blind und taub für das falsche Spiel der La Motte gemacht hat? Wie kann sie die Ergebenheit der Lamballe Tag für Tag in Anspruch nehmen und gleichzeitig meine Motive gering schätzen?«

Der Kardinal sprühte auf einmal geradezu vor Energie. »Und verzeiht mir Ihre Majestät, wird die Lamballe nichts gegen eine Verbindung zwischen Vincent und dir einzuwenden haben. Schließlich entstammst du einer der ältesten Familien Frankreichs! Und bist darüber hinaus eine wahre Schönheit!«

Nach diesem Gespräch war Charlotte voller Euphorie aus der Bastille nach Hause zurückgekehrt. Doch ihre Zuversicht war schon bald darauf wieder geschwunden. Bei jedem ihrer seltenen Treffen bedeutete ihr Vincent, dass weder die Königin noch seine Tante ein gutes Haar an dem Kardinal ließen. Weshalb es auch ausgeschlossen sei, ihre Liebe zum jetzigen Zeitpunkt offenzulegen.

So blieb Charlotte nur die Hoffnung, dass sich doch noch alles zum Guten wenden würde. *Vielleicht stehen die Chancen ja wirklich besser für Onkel Louis, als Vincent glaubt. Wo doch auch der Herzog von Orléans wieder in Gnaden bei Hofe aufgenommen wurde,* dachte sie und wandte ihre Aufmerksamkeit nun wieder der Zeremonie in der Schlosskapelle von Versailles zu. Dort schritten gerade unter Führung des Erzbischofs die Täuflinge mit ihren Familien, gefolgt vom König und der Königin als Paten, zum Taufbecken aus weißem Marmor. Ihnen schlossen sich die Prinzen von Geblüt mit ihren Familien an, die die Ehrenplätze zu beiden Seiten des Altars eingenommen hatten.

Vincent suchte die Reihen der Stehenden ab, während er, seine Adoptivmutter am Arm, den Mittelgang entlangkam. Als sich sein Blick mit dem Charlottes traf, zwinkerte er ihr zu und bedachte sie darüber hinaus mit einem so leidenschaftlichen Blick aus seinen schwarzen Augen, dass ihr die Knie ganz weich wurden.

Voller Sehnsucht sah sie ihm nach, bis er aus ihrem Blickfeld entschwand. *Vincent ist der Mann meiner Träume. Ich kann und darf ihn nicht verlieren.*

Ein Park in Paris, 2. Juni 1786

Vincent erblickte Charlotte schon von Weitem, noch bevor sie ihn bemerkt hatte. Das Herz wurde ihm schwer, als er trotz der Freude über ihre bevorstehende Begegnung daran dachte, welche Nachricht er ihr überbringen musste.

Um den Augenblick noch ein wenig hinauszuzögern, trat er in den Schatten eines weiß blühenden Busches, der einen betörenden Duft verströmte, und betrachtete sie eine Weile aus der Entfernung.

Charlotte war nicht groß, sie reichte ihm selbst in ihren hochhackigen Schuhen nur eine Handbreit über die Schulter. Doch trotz ihrer geringen Körpergröße fiel sie jedermann sofort ins Auge. Und daran trugen ihre schlanke Gestalt, die gepflegten feingliedrigen Hände und ihre immer geschmackvolle Kleidung nur den geringsten Anteil. Es waren zuerst ihre Haare, die jedermann auffielen. Sie waren von einem hellen, reinen Blond und reflektierten die Sonnenstrahlen wie gesponnenes Gold. Vincent hatte sie noch nie offen gesehen, doch Charlotte hatte ihm erzählt, dass sie ihr bis zur Taille reichten.

In Bann gezogen hatten ihn seit ihrer ersten Begegnung aber vor allem Charlottes Augen. Sie waren von einem intensiven dunklen Blau, das zu einem tiefen veilchenfarbenen Violett changierte, wenn sie etwas gefühlsmäßig stark berührte.

Ein Maler, gewohnt, Gesichter ohne jede Emotion zu taxieren, hätte vielleicht angemerkt, dass ihre Stirn ein wenig zu hoch, ihre Lippen zu schmal, ihre Nase eine Spur zu lang seien. Doch das war Vincent einerlei. Für ihn war sie die schönste Frau der Welt.

Umso schlimmer ist, was ich ihr heute mitteilen muss.

Jetzt drehte Charlotte sich suchend um und schaute in seine Richtung, als hätte sie seine Blicke gespürt.

Seufzend trat Vincent hinter dem Busch hervor und ging, um kein Aufsehen zu erregen, gemessenen Schrittes auf die Geliebte zu.

Charlottes Herz begann schneller zu schlagen, als Vincent über den Kiesweg zwischen den Blumenrabatten auf sie zukam. Er war wie immer tadellos und erlesen gekleidet.

Sein mit goldenen Borten verbrämter Überrock mit den langen Schößen war aus dunkelgrüner Seide. Darunter trug er eine ebenfalls goldverbrämte Weste in hellerem Grün über einer braunen Kniehose und zartgelben Strümpfen. Das schwarze Haar hatte er im Nacken zu einem Zopf gebunden. Es war wie seine ebenso dunklen Augen das Erbe seiner italienischen Eltern, die an den Blattern gestorben waren, als er noch ein Kleinkind war. Seit Charlotte ihn kannte, hatte niemals auch nur ein Stäubchen Puder die glänzende, lockige Haarpracht verunziert.

Rasch sah sie an sich hinab. Ihr bis zum Brustansatz dekolletiertes Nachmittagskleid aus hellblauer Seide mit dem dazu passenden Sonnenschirm war aus der vorigen Saison. In diesem Jahr hatte sich kein Mitglied der Familie Rohan-Rochefort neue Kleidung leisten können. Nicht einmal die Dienstboten hatten zu Neujahr neue Livreen erhalten.

Doch jetzt wird sich das hoffentlich bald ändern. Seit ihr Onkel Louis vor zwei Tagen im Prozess um die Halsbandaffäre freigesprochen worden war, hätte Charlotte am liebsten die ganze Welt umarmt. Der Kardinal war bereits in sein Stadtpalais zurückgekehrt, wo ihm die ganze Familie am gestrigen Tag ihre Aufwartung gemacht hatte.

Charlotte hatte mit ihren Eltern und ihrem ältesten Bruder jeden Tag des Prozesses verfolgt und dabei feststellen können, was für ein glänzender Redner ihr Onkel Louis war.

Der Kardinal verteidigte sich in einer geschliffenen Rede mit wohlbedachten Worten. Er stellte sich überzeugend als unschuldiges Opfer der Gräfin La Motte dar, die seine glühende Verehrung für die Königin, die er als kluge Regentin und huldvolle Landesmutter bezeichnete, schamlos ausgenutzt habe. Charlotte hörte einige adlige Damen, die die Verhandlung ebenfalls verfolgten, bei seinem Plädoyer sogar leise vor Rührung schluchzen.

Für sie alle und halb Paris, das die Partei des Kardinals ergriff, und sei es auch nur aus Opposition gegen die »Autrichiènne«, stand außer Frage, wie perfide die Täuschung war, die die Gräfin La Motte ausgeheckt hatte. Vor Gericht kam rasch heraus, dass sie und ihre Helfershelfer die Beute sogar noch am selben Abend, an dem ihr Onkel der Betrügerin das Schmuckstück übergeben hatte, unter sich aufteilten. Während man ihn im guten Glauben ließ, das Collier würde unverzüglich der Königin überbracht werden. Stattdessen hatte die Bande das kostbare Geschmeide mit einem Küchenmesser zerschnitten, und die meisten Steine waren unmittelbar danach in London, Antwerpen oder Amsterdam verkauft worden.

Mit Genugtuung vernahm Charlotte daher, dass das Gericht die La Motte zur Brandmarkung als Diebin, öffentlicher Auspeitschung und hernach zu lebenslanger Haft verurteilte. Ebenso wie ihren flüchtigen Gemahl, der sich angeblich in England aufhielt. Er würde den Rest seines Lebens als Ruderer auf einer königlichen Galeere verbringen müssen, würde man seiner je habhaft werden.

Doch obwohl ihr Onkel sich so brillant verteidigt hatte, kam auch er nicht ganz ungeschoren davon. Er musste sich öffentlich bei der Königin entschuldigen, vor allem für seine unverzeihliche Annahme, sie hätte sich dazu herabgelassen, ihn heimlich zu einem Stelldichein im Schlosspark zu treffen. Schwerer fiel jedoch ins Gewicht, dass die Richter ihm auferlegten, den Juwelieren Böhmer und Bassenge den ihnen entstandenen finanziellen Schaden zu ersetzen.

Das sei allerdings ein lösbares Problem, hatte der Onkel ihr und ihrer Familie gestern versichert. Die Pfründe seiner geistlichen Ämter wären ausreichend, um die Schulden zu decken und sie alle weiterhin zu unterstützen. So war Charlottes anfängliche Sorge aufgrund des Urteils schnell in helle Freude umgeschlagen.

Und nun brachte ihr der Geliebte zweifellos die Nachricht, dass er sich bald seiner Tante eröffnen und ihren Vater um ihre Hand bitten würde. Ein strahlendes Lächeln erhellte Charlottes Gesicht.

Es schwand, als Vincent herankam. Schon ein kurzer Blick in seine nachtschwarzen Augen zeigte Charlotte, dass er keine guten Neuigkeiten brachte.

Doch ihr Geliebter wahrte die Form. Er verbeugte sich mit einer vollendeten höfischen Geste vor ihr und zog ihre weiß behandschuhte Rechte an seine Lippen. Nach einigen Floskeln über das strahlende Juniwetter und ihr entzückendes Seidenkleid reichte Vincent Charlotte den Arm und führte sie zu einer Bank in einer Rosenlaube, wo sie den allzu neugierigen Blicken anderer Parkbesucher entzogen waren. Agnès, Charlottes verschwiegene Zofe, bezog Wachtposten vor dem Eingang.

Auch als beide nebeneinander Platz genommen hatten, was mit Charlottes Reifrock kein leichtes Unterfangen war, schickte Vincent sich an, weiterhin harmlose Konversation zu machen. Mitten in der Schilderung eines Theaterstücks, dem er im Kleinen Trianon beigewohnt und in dem Marie-Antoinette eine Hauptrolle gespielt hatte, fiel sie ihm schließlich ins Wort.

»Vincent, ich kenne zwar den ›Barbier von Sevilla‹ nicht, dennoch dünkt mich, dass die Rosina in der Tat keine angemessene Rolle für unsere verehrte Majestät gewesen ist, doch was bringen Sie für Nachrichten von Ihrer Tante? Haben Sie ihr von unserer gegenseitigen Zuneigung gesprochen?« Trotz ihrer Leidenschaft füreinander wählten Charlotte und Vincent die förmliche Anrede, wenn sie sich trafen. Nur zwischen ihren wenigen leidenschaftlichen Küssen, die sie im Schutze der Nacht bei einigen Festlichkeiten im Park von Versailles ausgetauscht hatten, benutzten sie das »Du« für ihre Liebesschwüre.

Vincents Miene verdüsterte sich. Die aufgesetzte Fröhlichkeit wich einem Ausdruck tiefer Niedergeschlagenheit. Er griff nach Charlottes Händen.

»Ich fürchte, meine Teure, ich bringe alles andere als gute Nachrichten. Im Gegenteil hat sich die Lage womöglich sogar noch verschlechtert. Meine Tante teilte mir mit, dass die Königin nahezu außer sich über den Freispruch Ihres Onkels wäre und nach dem Urteil die ganze Nacht hindurch geweint hätte. Erst heute Morgen hat meine Tante gewagt, ihr von der Seite zu weichen, um mich zu empfangen.«

Charlotte merkte, wie sich ihr Atem beschleunigte. »Also haben die Ausführungen meines Onkels über die glühende Verehrung, die er unserer Regentin entgegenbringt, rein gar nichts bei Ihrer Majestät bewirkt?« Ihre Stimme zitterte leicht.

Vincent schüttelte den Kopf. »Ganz im Gegenteil. Meine Tante Marie-Louise behauptet, die Rede Ihres Onkels hätte die Gerüchte, die überall in Paris kursieren, erst recht angefacht. Angeblich glaubt der Pöbel nicht einmal, dass diese Schauspielerin Ihren Onkel getäuscht hat. Es ist stattdessen die Rede davon, dass die Frau unschuldig sei und gegen eine hohe Bestechungssumme dazu gedungen wurde, vor Gericht davon abzulenken, dass natürlich die Königin selbst den Kardinal in jener Nacht im Park von Versailles traf, um sich ihm hinzugeben. Es gibt sogar bereits Flugblätter mit überaus obszönen Darstellungen dieser angeblichen Begegnung.«

Charlotte fühlte, wie ihre Glieder taub wurden. Trotz der lauen Luft bekam sie am ganzen Körper Gänsehaut.

»Und Ihre Tante ist natürlich auf der Seite Ihrer Majestät.« Ihre Stimme klang rau, und sie räusperte sich.

Vincent seufzte tief. »Schlimmer noch, meine Geliebte. Sie ist ebenfalls außer sich und fühlt ihren Namen von Ihrem Onkel missbraucht, da er sie als Vorbild für seine Treue zur Königin bezeichnete.«

Wie betäubt starrte Charlotte vor sich hin. Vincents nächste Worte drangen nur bruchstückhaft in ihr Bewusstsein. Erst eine Redewendung ließ sie aufhorchen. »Verbannt? Wer wird aus dem Antlitz der Majestäten verbannt?«

Vincent musterte sie beklommen. »Ihr Onkel natürlich. Der König hat ihm heute befohlen, sich unverzüglich in ein Kloster in der Auvergne zu begeben und bis auf unabsehbare Zeit dort zu verweilen. Seines Amtes als Großalmosenier wird er auf Dauer enthoben. Er kann von Glück sagen, dass ihm wenigstens noch die Fürstbischofswürde von Straßburg bleibt.«

»So sind wir also gänzlich ruiniert«, murmelte Charlotte tonlos.

Vincent widersprach ihr nicht, wie sie es gegen jede Vernunft gehofft hatte. Er drückte stattdessen ihre Hände. »Wir müssen uns weiterhin in Geduld üben, Liebste«, sagte er. »Sie haben keine eigenen Mittel, wenn Ihr Onkel keinen Zugriff auf sein Vermögen hat, und Tante Marie-Louise würde mich sofort enterben, wenn ich jetzt gegen ihren Willen eine Verbindung mit Ihnen einginge.«

Obwohl Charlotte ihm nicht widersprach, fuhr Vincent mit beschwörender Stimme fort: »Das könnte ich ihr niemals antun, Liebste. Tante Marie-Louise hat wie eine Mutter für mich gesorgt, als ich zur Vollwaise wurde, bevor ich zwei Jahre alt war. Sie hat durch den frühen Tod ihres Mannes nie eigene Kinder gehabt. Es würde ihr das Herz brechen. Doch ehe sie unsere Königin derart düpiert, würde sie mich verstoßen. Was allezeit wie ein dunkler Schatten auf unserer Liebe läge.«

Charlotte nickte mechanisch. Innerlich fühlte sie sich wie tot.

Vincent legte ihr eine Hand unters Kinn, hob ihren Kopf an und zwang sie, ihm in die Augen zu sehen. Die seinen schimmerten feucht. »Du bist die Liebe meines Lebens«, wechselte er plötzlich zum Du und wiederholte nahezu Charlottes eigene Gedanken. »Ich werde dich niemals verlassen. Das Schicksal wird sich auch wieder wenden. Wir müssen auf unser Glück vertrauen und warten. Ab und zu können wir uns auch wie heute treffen. Das ist besser als nichts. Wer weiß, vielleicht sind uns die Götter ja in ein paar Jahren gewogener als heute.«

»In ein paar Jahren«, echote Charlotte.

Mit einem letzten Händedruck stand Vincent auf. »Ich muss jetzt gehen, Geliebte. Man darf uns nicht miteinander sehen. Hier kann ich dich nicht küssen, doch fühle dich so, als hätte ich es getan.«

Ein letztes Mal streichelte er ihr über die Wange, dann drehte er sich um und verließ die Laube.

Mit leerem Blick starrte Charlotte ihm nach.

Kapitel 2

Schloss Versailles, 13. Juli 1789

Noch einmal stand Charlotte auf, um sich prüfend in einem der großen goldgerahmten Spiegel zu mustern, die im Vorzimmer der Prinzessin von Lamballe zwischen Gemälden und kostbaren Fayencen auf kleinen Regalen die Wände zierten. Marie-Louise von Savoyen-Carignan, wie die Prinzessin gemäß ihrer oberitalienischen Herkunft mit Geburtsnamen hieß, bewohnte im Schloss von Versailles ein großzügiges Appartement, wie es ihrem Rang als Obersthofmeisterin der Königin zukam.

Was Charlotte im Spiegel sah, stellte sie einerseits zufrieden, andererseits befürchtete sie nach wie vor, Vincents Adoptivmutter könnte irgendetwas an ihr nicht gefallen. Nervös biss sie sich auf die Lippen und kniff sich leicht in die Wangen, damit ihr Gesicht rosiger wirkte. Dann inspizierte sie zum wiederholten Male ihr Kleid, ob sich nur ja kein Fussel oder gar ein Fleck darauf befänden.

Allerdings musste sie nicht befürchten, altbacken zu wirken, wie während der Haft ihres Onkels Louis in der Bastille. Ihr Kleid aus luftigem, fliederfarbenem Musselin entsprach der neuesten Pariser Mode und stand ihr ausgezeichnet. Es betonte gleichermaßen den Violettton ihrer Augen und ihr hellblondes Haar.

Auch Charlottes Frisur war aufwendig mit fliederfarbenen Blüten und Straußenfedern geschmückt. Agnès, ihre Zofe, hatte fast zwei Stunden damit verbracht, einen Teil der Haare vorne auf fast eine Elle Höhe zu toupieren, und noch so viel am Hinterkopf übrig zu lassen, dass sie diese mit der Brennschere zu zwei langen Stablocken formen konnte, die Charlotte elegant über Schulter und Rücken flossen.

Vincent zumindest war vollkommen verzückt gewesen, als er sie heute Morgen im Stadtpalais ihres Onkels abgeholt hatte.

»Du bist schöner denn je«, raunte er ihr ins Ohr. Seit ihrem Abschied anlässlich der Verbannung des Kardinals vor mehr als drei Jahren verwandten sie die vertraute Anrede, wenn keine Lauscher in der Nähe waren.

So verzweifelt Charlotte an jenem Tag auch gewesen war, so glücklich fühlte sie sich trotz ihrer Aufregung heute. Vincent hatte sein damaliges Versprechen gehalten. Er stand treu zu ihr und hatte sich sogar erfolgreich zwei Versuchen der Prinzessin von Lamballe widersetzt, ihn vorteilhaft zu verheiraten. Mindestens einmal pro Monat hatten sie es zuwege gebracht, sich zu treffen. Und ihre Liebe war durch die erzwungene Geheimhaltung immer stärker geworden, anstatt, wie Charlotte es damals befürchtet hatte, zu verblassen.

Dazu hatte allerdings auch beigetragen, dass Vincent mit seinem Glauben, das Blatt könne sich auch wieder zu ihren Gunsten wenden, recht behielt. Tatsächlich war der Kardinal nur wenige Monate nach seinem Freispruch aus der Verbannung in der Auvergne entlassen worden. Anfangs hatte er sein Schloss in Zabern aufgesucht, die Residenz seines Fürstbischoftums Straßburg, dessen Herrschaftsgebiet sich zu beiden Seiten des Rheins im französischen Elsass und dem deutschen Baden befand. Danach durfte er sich auch immer häufiger in Paris aufhalten.

Denn die Zeiten waren unruhig. Überall im Lande gärte und brodelte es. Zum ersten Mal seit dem Jahr 1614 sah sich ein französischer König dazu genötigt, die Generalstände einzuberufen, die sich zu je gleichen Teilen aus Klerus und Adel als erstem und zweitem Stand und aus der großen Masse des Volkes vom Großbürger bis zum Bettler als dem dritten Stand zusammensetzten. Mithilfe dieser Versammlung hoffte er, die vielen Probleme in den Griff zu bekommen, zu denen die zerrütteten Staatsfinanzen ebenso gehörten wie die Bewältigung der Wirtschafts- und Hungerkrisen, die das Land erschütterten.

Da sich auch konservative Teile des Adels Ludwigs Reformplänen widersetzten und der zweite Stand sich somit zunehmend in verschiedene Lager spaltete, war der König auf jeden seiner ihm treu ergebenen Gefolgsleute angewiesen. Schon längst hatte er dem Kardinal die Halsbandaffäre verziehen, brauchte er doch dessen Unterstützung wie die der anderen französischen Prinzen von Geblüt im Kampf gegen die Kräfte, die seine Macht bedrohten. Und unbedingt loyal gegenüber der Monarchie war ihr Onkel, ungeachtet der Kränkungen, die ihm das Königspaar während seiner Haft und des Prozesses zugefügt hatte.

Nach seiner Verbannung hatte Charlottes Familie ihr eigenes Stadthaus verkaufen müssen und war ins Palais des Kardinals übergesiedelt. Auch nach seiner Rückkehr durften sie dort bleiben. Ihr Onkel ernannte ihre Eltern, sie selbst und ihre jüngere Schwester Clémentine kurzerhand zu Angehörigen seines Hofstaates und setzte ihnen eine großzügige Apanage aus, die sie alle in die Lage versetzte, wieder standesgemäß zu leben.

Charles, ihr ältester Bruder, hatte bereits eine Stelle als Major in einem Kavallerieregiment Seiner Majestät inne und sich darüber hinaus vorteilhaft verheiratet. Er lebte in der Vendée, einem Landstrich in der südlichen Bretagne. Henri, das jüngste der Geschwister, sollte in einigen Jahren ebenfalls ein Offizierspatent erhalten.

So wäre alles in bester Ordnung gewesen, hätte sich doch nur die Königin gleich ihrem Gemahl dazu durchringen können, dem Kardinal zu vergeben. »Doch Marie-Antoinette ist nachtragend, meine Geliebte«, erklärte ihr Vincent wieder und wieder. »Wir müssen noch eine Weile abwarten. Bedenke dabei auch den Charakter meiner Tante Marie-Louise! Sie ist eine Dame mit Prinzipien. Man könnte sie durchaus halsstarrig nennen, wollte man es weniger höflich ausdrücken. Was sie sich in den Kopf gesetzt hat, daran hält sie fest. Und hat sie erst einmal Nein zu unserer Verbindung gesagt, bliebe es auch dabei.«

»Ist dieser Charakterzug auch der Grund, warum sie sich nicht wieder vermählt hat, obwohl ihr Gatte bereits ein Jahr nach der Hochzeit starb?«

Vincent bejahte. »Ihr Mann war ihre große Liebe, so wie du die meine bist.«

Charlotte schürzte die Lippen. »Nun, ich habe überdies jedoch gehört, dass sie es schwer gehabt hätte, je wieder eine so glänzende Partie zu machen. Sie ist die Schwiegertochter eines der reichsten Männer von ganz Frankreich und darüber hinaus durch ihre Heirat ein Mitglied der französischen Königsfamilie. Durch Wiederheirat hätte sie also sowohl ein reiches Erbe als auch ihre bevorzugte Stellung bei Hofe aufs Spiel gesetzt.«

Vincent wirkte verblüfft. »Von dieser Seite habe ich es noch nie betrachtet«, räumte er ein. »Doch, nein!«, fuhr er nach kurzer Überlegung fort. »Selbst wenn du in diesem Falle recht hättest, gibt es noch immer genügend Beweise für meine These. Immerhin hat sie ihrem eigenen Schwager, dem Herzog von Orléans, die Tür gewiesen, als er sich in ihrem Salon respektlos über Ihre Majestäten äußerte. Seither begegnen sich die beiden außerordentlich kühl und wechseln kaum mehr ein Wort miteinander.«

So hatte es also nahezu drei lange Jahre gedauert, bis Vincent vor einer Woche freudestrahlend im Palais ihres Onkels erschienen war.

»Ich glaube, es ist jetzt so weit. Anlässlich neuer Vorschläge meiner Tante, um wessen Hand ich mich bemühen könnte, habe ich ihr reinen Wein eingeschenkt und ihr eingestanden, dass mein Herz nicht mehr frei ist. Als sie darauf bestand zu erfahren, wer meine Auserwählte sei, forderte ich im Gegenzug ihr Versprechen, meine Wahl nicht zu missbilligen. Anfänglich lehnte sie dies ab, begehrte jedoch täglich zu wissen, um wen es sich handelte. Heute Morgen nun gab sie mir ihr Wort, und ich enthüllte ihr deine Identität. Und siehe da, du wirst es nicht glauben: Sie verzog keine Miene! Im Gegenteil, sie war sogar erleichtert.

Die Familie von Rohan-Rochefort ist von uraltem Adel, sagte sie, und dass sie schon befürchtet hätte, ich könnte eine nicht standesgemäße Braut erwählt haben, möglicherweise sogar eine Bürgerliche! Nun möchte sie dich kennenlernen, da sie dich bislang ja nur aus der Entfernung wahrgenommen hat. Bestehst du diese Probe, wird unserem Glück nichts mehr im Wege stehen.«

Bereits am nächsten Tag hatte Vincent ihr die Einladung seiner Tante überbracht. Und nun saß Charlotte in deren Vorzimmer und versuchte, ihre Nervosität zu beherrschen.

Werde ich die Probe bestehen?, fragte sie sich nun wohl schon zum hundertsten Mal. *Und was geschieht, wenn ich versage?*

»Daran darfst du nicht einmal denken«, hatte Vincent sie auf dem Weg nach Versailles gescholten, weshalb sie sich seitdem auch ständig Mut zuzusprechen versuchte.

Im Nebenzimmer ertönten Schritte. Charlottes Puls beschleunigte sich. Ein Diener in den Farben derer von Lamballe öffnete die Tür zum Vorzimmer und verbeugte sich vor Charlotte.

»Ihre Hoheit, die Prinzessin von Lamballe, und der Graf von Carignan lassen bitten.«

Mit klopfendem Herzen folgte Charlotte dem Mann in den Empfangssalon.

Kaum hatte Charlotte die Prinzessin erblickt, fuhr ihr der Schreck durch alle Glieder. *Ich habe mir so viel Mühe mit meinen Haaren gegeben! Und nun ist sie fast genauso frisiert wie ich!* Um ihren Schock zu verbergen, versank sie in einen tiefen Knicks und verharrte mit gesenktem Kopf in dieser Haltung.

»Treten Sie näher, ma chère!« Die Stimme der Prinzessin war angenehm, tief, aber wohltönend. Charlotte blieb nichts anderes übrig, als ihrem Wunsch Folge zu leisten. Zögernd erhob sie sich.

Marie-Louise von Savoyen-Carignan musterte sie mit einem undefinierbaren Lächeln um die Mundwinkel. Nach einer kleinen Weile sagte sie: »Ich sehe, Prinzessin von Rohan-Rochefort, dass Sie über eine ausgezeichnete Kammerzofe verfügen. Diese Frisur ist ganz neu und erfordert höchstes Geschick.«

Charlotte lächelte erleichtert, während die Prinzessin nun zu schmunzeln begann. »Wer hätte gedacht, dass ich noch am selben Nachmittag unmittelbar nach dieser endlosen Prozedur, der mich der Coiffeur Ihrer allergnädigsten Majestät unterzogen hat, schon nicht mehr die Einzige bin, die ihr Haar auf diese Art trägt.«

In der Tat glichen sich die Frisuren Charlottes und der Prinzessin bis auf eine Einzelheit fast vollständig. Marie-Louise trug die großen, langen Stablocken zu beiden Seiten ihres Gesichts, Charlotte fielen sie asymmetrisch über die rechte Schulter und den Rücken.

Zum Glück unterschieden sich zumindest die Garderoben der Damen voneinander.

Vincent war der Szene mit einer Mischung aus Spannung und Amüsement gefolgt. Nun stand er auf und verbeugte sich. »Wollen die Damen sich denn nicht setzen?« Er wies auf den mit feinem, bemaltem Porzellan gedeckten, runden Tisch, um den drei mit grünem Samt gepolsterte Stühle gruppiert waren. An seine Tante gewandt, fuhr er mit leicht vorwurfsvollem Tonfall fort: »Sie hatten mir doch diese mit Sahne gefüllten Eclairs versprochen, die ich so liebe.«

An dem Blick, den die Prinzessin ihrem Adoptivsohn zuwarf, konnte Charlotte deren tiefe Zuneigung zum einzigen Sohn ihrer früh verstorbenen Schwester erkennen, den sie mit viel Liebe und Sorgfalt aufgezogen hatte. »Entschuldigen Sie bitte, mein Teuerster! Wie konnte ich nur derart pflichtvergessen sein!« Sie lächelte Vincent schelmisch an und gab gleichzeitig dem livrierten Diener einen Wink, der an einem mit Schnitzereien verzierten Buffet bereitstand.

Sobald dieser den Damen auf ihre Plätze geholfen hatte, kehrte er mit einem silbernen Tablett zurück, auf dem verschiedene Kuchenstücke geschmackvoll angerichtet waren. Während Vincent herzhaft zulangte und auch die Prinzessin sich ein Obsttörtchen vorlegen ließ, winkte Charlotte ab. Unter anderen Umständen hätte sie eher die Qual der Wahl bei all diesen Köstlichkeiten gehabt. Heute jedoch war ihr der Magen wie zugeschnürt. Sie würde keinen Bissen hinunterbekommen.

»Aber Sie nehmen doch wenigstens eine Tasse Tee«, insistierte die Prinzessin. »Es ist ein wunderbar aromatisches, chinesisches Kraut, das wir von der Ostindischen Gesellschaft beziehen.«

»Sehr gerne, Hoheit«, flüsterte Charlotte, fügte Milch und ein Zuckerstück hinzu und nahm einen Schluck. Sie mochte Tee in der Regel nicht, und auch dieser war ihr zu bitter. Aber sie verzog keine Miene.

Vincent, der ihre Abneigung kannte, zwinkerte ihr verschwörerisch zu. Sie erwiderte sein Lächeln schüchtern.

»Sie sind also die Demoiselle, an die mein geliebter Neffe sein Herz verloren hat«, eröffnete die Prinzessin die Konversation. »Wie lange nehmen Sie diesen bevorzugten Rang denn schon ein?«

»Seit mehr als drei Jahren«, antwortete Charlotte leise. Die Worte waren heraus, bevor sie Vincents Stirnrunzeln bemerkte, mit dem er sie warnen wollte. Doch es war zu spät.

»So lange schon, mein Kind?« Die Prinzessin klang erstaunt. Sie wandte sich an Vincent. »Aus welchem Grund haben Sie mir die Dame denn nicht schon viel früher vorgestellt?«

Sie zog ihre dichten dunklen Augenbrauen in die Höhe. Zusammen mit den tiefbraunen Augen, die denen Vincents glichen, waren sie die einzigen Attribute, die ihre italienische Herkunft verrieten. Ihre aschblonden Haare und ihr heller Teint hätten eher zu einer Nordfranzösin gepasst. Marie-Louises von Savoyen rundes Gesicht mit der zu großen Nase und den vollen Wangen war nicht eigentlich schön zu nennen, aber sehr ausdrucksvoll. Hier saß eine gereifte Persönlichkeit, keine um die Gunst der Majestäten buhlende Hofschranze. Und schon gar keine Frau, die sich die Zuneigung der Königin durch lesbische Liebe erkaufte, wie es einige der jüngsten, widerwärtigen Schmähschriften behaupteten, die Paris nach der Aufhebung der Zensur überschwemmten.

Vincent errötete unter dem forschenden Blick seiner Tante. Während er noch nach Worten suchte, huschte ein Ausdruck des Verstehens über das Gesicht der Lamballe. »War es etwa wegen dieser unappetitlichen Angelegenheit, in die der Großonkel Ihrer Angebeteten«, sie blickte kurz zu Charlotte, »vor Jahren verwickelt war?«

Vincent nickte. »So ist es, verehrte Tante.« Trotz der Adoption sprach er die Prinzessin nicht mit »Mutter« an. Charlotte wusste, dass es Marie-Louise pietätlos gegenüber ihrer verstorbenen Schwester erschienen wäre. »Ich wollte Sie nicht verärgern oder uns gar Ihrem dauerhaften Unmut aussetzen.«

Marie-Louises Miene blieb zunächst undurchdringlich. Charlottes Herzschlag setzte einen Moment lang aus. Auch Vincent mied den Blick seiner Tante.

Dann reagierte die Prinzessin vollkommen anders, als beide es befürchtet hatten. Sie ergriff über den Tisch hinweg Vincents Hand. »So teuer bin ich Ihnen, geliebter Neffe, dass Sie Ihr eigenes Glück so lange hintangestellt haben, um mich nicht zu beunruhigen?« Ihre Augen schimmerten feucht. Dann drehte sie sich zu Charlotte um.

»Und Ihre Liebe muss wahrhaftig tief und rein sein, wenn Sie so lange geduldig auf meinen Adoptivsohn gewartet haben.«

Sie seufzte. »Es ist in der Tat wahr, meine teure Charlotte, dass ich mich sehr über Ihren Großonkel geärgert habe. Er hat die Königin, die ich über alles verehre, aufs Schwerste düpiert, mögen seine Absichten auch ehrenwert gewesen sein. Doch Sippenhaft liegt mir nicht. Was hatten Sie und Ihre Familie mit der Halsbandaffäre zu tun? Und mit der Schmach, die Ihre Majestät dadurch erlitt? Sie waren wahrhaftig schon genug damit gestraft, dass man Ihre Familie bei Hofe eine Zeit lang kaum mehr empfing.«

Sie machte eine kleine Pause und schien zu überlegen. »Andererseits hätte es tatsächlich sein können, dass Ihre Majestät eine Verbindung zwischen Ihnen und Vincent kurz nach der Halsbandaffäre missbilligt hätte. Wie klug und rücksichtsvoll Sie beide gehandelt haben!«

Diesmal deutete Charlotte Vincents fast unmerkliches Kopfschütteln richtig und schwieg. Marie-Louise brauchte nicht zu wissen, wie schwer ihr die Wartejahre gefallen waren.

»Nun, mein Kind … ich darf Sie doch so nennen?«, wandte sich die Prinzessin jetzt wieder an Charlotte. »Sie kommen aus guter Familie und tragen einen großen alten Namen. Hübsch sind Sie auch und mit nunmehr einundzwanzig Jahren reif für die Ehe und zudem in Vincents Alter. Erzählen Sie mir ein wenig von sich! Was sind Ihre Vorlieben? Womit verbringen Sie Ihre Tage?«

Der Nachmittag verging bei angenehmstem Geplauder wie im Flug. Schließlich schlug eine elegante emaillierte Wanduhr im japanischen Stil die sechste Nachmittagsstunde.

»Ach herrje!«, erschrak die Prinzessin. »Schon so spät! Ihre Majestät erwartet mich zu den abendlichen Vergnügungen in ihren Gemächern. Ich habe ihr eine Partie Tric-Trac versprochen, zudem hat sie heute Abend einen bekannten Künstler eingeladen, der für uns singen und auf der Harfe spielen wird. Und ich bin noch nicht einmal für den Abend umgekleidet.«

Sie erhob sich von der Chaiselongue, auf der sie nach Beendigung des Nachmittagstees geruht hatte. »Doch es ist ja bereits alles gesagt. Vincent wird schon in der nächsten Woche bei Ihrem Vater offiziell um Ihre Hand anhalten. Dessen Zustimmung wird nichts im Wege stehen, wenn ich Sie recht verstanden habe. Die Verlobung könnte dann«, sie überlegte kurz, »Ende September oder Anfang Oktober gefeiert werden. Über den Hochzeitstermin sprechen wir ein anderes Mal. Dazu möchte ich auch das Einverständnis Ihrer Majestät einholen, die mich ja dann eine Weile zum Teil entbehren muss, solange die Hochzeitsvorbereitungen mich in Anspruch nehmen.« Sie reichte Charlotte die Hand. Die ergriff sie mit einem weiteren tiefen Knicks.

»Nun verabschiede ich mich für heute, meine Liebe. Mit dem allergrößten Vergnügen, Sie endlich kennengelernt zu haben. Und Sie bleiben doch sicherlich über Nacht? Meine Zofe wird Ihnen eines der Gästezimmer herrichten. Heute ist es doch schon viel zu spät, um nach Paris zurückzukehren. Zumal sich immer mehr Gesindel auf den Straßen herumtreibt. Vincent, bitte begleiten Sie mich in mein Boudoir!«

Als die beiden den Raum verließen, bemerkte Charlotte, dass Marie-Louise ihrem Neffen leise etwas ins Ohr flüsterte.

Schloss Versailles
14. Juli 1789, eine Stunde nach Mitternacht

Auf den Ellenbogen gestützt, betrachtete Vincent die schlafende Charlotte. Zärtlichkeit überflutete ihn wie eine warme Woge.

Wieder rief er sich ihren Gesichtsausdruck in Erinnerung, als er ihr das großzügige Angebot seiner Tante, ihnen ein diskretes Stelldichein zu ermöglichen, übermittelte.

»Wenn du möchtest, kann ich dich nach dem Souper in deinem Gästezimmer besuchen. Tante Marie-Louise hat dir einen Raum anweisen lassen, der über eine verborgene Tapetentür verfügt. Sie geht von einem entlegenen Flur ab, den um diese abendliche Stunde niemand mehr betritt. Alles würde vollkommen diskret vonstattengehen, sodass dein Ruf unbefleckt bliebe.«

Zu seinem eigenen Erstaunen hatte er bemerkt, dass sein Puls sich beschleunigte, während er fragte. Nicht nur vor Verlangen, die Geliebte nach dieser langen Zeit der Zurückhaltung endlich ganz zu besitzen, sondern auch, weil er fürchtete, sie könne sein Ansinnen mit tugendhafter Entrüstung zurückweisen.

Entzückt und ängstlich zugleich beobachtete er, wie ihr das Blut in die Wangen stieg, als sie die Tragweite seiner Frage begriff. In diesem Augenblick fand er sie schöner und begehrenswerter denn je.

»Es wäre eine unglaubliche Freude, dir schon jetzt so nahe kommen zu können«, hauchte sie. Ihre Augenlider flatterten. »Mein Ruf an sich bereitet mir dabei die geringste Sorge, da wir ja schon bald als Eheleute vereint sein werden. Aber wird deine Tante mich nicht für leichtfertig halten, wenn ich einwillige? Sie gilt als ein Musterbeispiel weiblicher Tugend.«

Vincent lächelte. »In der Tat hat man meiner Adoptivmutter in all den Jahren ihrer Witwenschaft keine einzige Liaison nachgesagt. Obwohl sie nicht einmal zwanzig Jahre alt war, als ihr Mann starb. Doch derart enthaltsam zu leben, war ihre eigene Entscheidung, um das Andenken ihres geliebten Gatten zu ehren. Das verlangt sie keineswegs von anderen. Man munkelt sogar, sie habe seinerzeit eine Affäre der Königin mit dem schwedischen Grafen Axel von Versen gedeckt.«

»Oh! Dann ist es also nicht nur ein böses Gerücht, dass Ihre Majestät dem König Hörner aufsetzte?«

Angesichts der unverhohlenen Neugier Charlottes bereute Vincent seine Indiskretion sofort. »Das hätte ich dir gar nicht erzählen dürfen. Du darfst niemandem gegenüber ein Wort darüber verlieren«, antwortete er beschwörend.

Charlotte zog den reizenden Schmollmund, den er so an ihr liebte. »Wie kannst du so etwas nur von mir denken, Vincent! Klatsch und Tratsch liegen mir fern. Und ich maße mir auch kein Urteil über die Königin an. Jedermann weiß doch, wie unglücklich sie in ihren ersten Ehejahren war. Der König blieb ihrem Bett so beharrlich fern, dass ich als kleines Mädchen meine Eltern und meinen Onkel Louis oft um den Fortbestand der Dynastie fürchten hörte.«

Sie stellte sich auf die Zehenspitzen und küsste ihn auf die Nase. »Ich bin nur so überrascht von der Großzügigkeit deiner Tante. Anscheinend kennst du sie gar nicht so gut, wie du dachtest.« Diese kleine Spitze konnte sie sich nun doch nicht verkneifen.

Vincent nickte reumütig. »Da magst du recht haben, mein Schatz. Aber warum sollen wir uns heute den Kopf darüber zerbrechen, was hätte sein können und was nicht? Selbst wenn Tante Marie-Louise unsere Beziehung schon früher gebilligt hätte, wer weiß, wie die Königin reagiert hätte? Und ihrem Willen hätte sich meine Tante niemals widersetzt!«

Er streichelte ihr über die Wange und küsste sie zart auf die Lippen. »Also möchtest du die Entschädigung für unsere Rücksichtnahme in Anspruch nehmen, wie es meine Tante ausgedrückt hat?«

Die Röte in Charlottes Gesicht vertiefte sich. »Von Herzen gern, mein Geliebter.«

Und so war er vor zwei Stunden durch die Tapetentür getreten. Charlotte erwartete ihn, in ein hauchzartes, spitzenbesetztes Negligé gehüllt, das sie auf der Decke des Himmelbetts mit den gelben Damastvorhängen gefunden hatte. Tante Marie-Louise hatte wirklich an alles gedacht. Selbst ein kleiner Tisch mit Früchten, Gebäck und Wein stand bereit.

Ganz behutsam näherte er sich ihr. *Wird sie merken, dass es für mich nicht das erste Mal ist?* Mit seinen zweiundzwanzig Jahren hatte er schon einige amouröse Abenteuer hinter sich. Auch in den drei Jahren ihrer Wartezeit war er nicht immer enthaltsam gewesen.

Doch zum zweiten Mal an diesem Tag überraschte ihn eine Frau, die er gut zu kennen glaubte. Charlotte zog ihn in ihre Arme. »Lehre mich«, flüsterte sie.

Und eine gelehrige Schülerin war sie wahrhaftig gewesen. Nun schlief sie mit leicht geöffnetem Mund den Schlaf der seligen Erschöpfung. Ihr im Mondlicht beinahe silbrig glänzendes Haar umgab ihren zarten Körper. Es reichte ihr tatsächlich bis zur Taille. Die rosigen Brustwarzen lugten darunter hervor. Vincent musste sein Verlangen bezähmen, sie erneut zu liebkosen. Denn er wollte Charlotte nicht wecken.

Nur eine kleine Sorge nagte tief in seinem Innern. Seine Tante hatte ihm nicht nur das Angebot gemacht, die Nacht mit Charlotte zu verbringen. Sie hatte auch eine Bedingung für ihre Zustimmung zur Hochzeit gestellt.

»Es gibt da etwas, das Sie mir versprechen müssen, Vincent. Ich bitte Sie, immer in meiner Nähe zu bleiben und vor allem Paris und den Hof in Versailles nicht zu verlassen. Die Königin vertraut mir bedingungslos und ist auf meine Treue und Loyalität angewiesen. So wie ich es auf die Ihre bin.«

Vincent erschrak. »Halten Sie die Lage im Königreich denn für so brisant?«

Ein Schatten verdunkelte Marie-Louises Augen. »Ich weiß es nicht, Vincent. Niemand weiß, was auf uns zukommen wird. Die Unruhen nehmen jedenfalls zu. Täglich erreichen den Hof Berichte von neuen Revolten im Land. Und nun hat der König den beim Volk beliebten Finanzminister Necker entlassen. Ich selbst erlaube mir kein Urteil darüber, doch es gibt Leute, die dies für unklug halten. Die ersten Mitglieder des Hochadels rüsten sich schon, um Frankreich, zumindest vorübergehend, zu verlassen.«

»Von wem sprechen Sie?«, fragte Vincent alarmiert.

»Allen voran vom Prinzen Condé. Ich weiß es von Bathilde von Orléans, der Schwester meines furchtbaren Schwagers Philippe und Mutter seines einzigen Enkels Louis-Antoine, Sie erinnern sich sicherlich noch an dessen Taufe vor einigen Jahren …«

Vincent fiel ihr ins Wort. »Ja, natürlich habe ich die Taufe des Herzogs von Enghien nicht vergessen. Und Sie meinen also, der Prinz von Condé rüstet sich zur Flucht?«

Marie-Louise zuckte mit den Schultern. »Zumindest hat er Paris verlassen und sich auf sein Stammschloss nach Chantilly begeben. Sein Sohn und sein Enkel haben ihn begleitet. Bathilde dagegen will Paris unter keinen Umständen verlassen.« Sie sah ihm gerade in die Augen. »Also, wollen Sie mir das versprechen?«

Einen Augenblick lang griff eine kalte Hand nach Vincents Herzen und verursachte ihm eine Enge in der Brust. Trotzdem nickte er. »Ich verspreche es Ihnen, Tante.«

Sie strich ihm liebevoll über die Wange. »Dann wünsche ich Ihnen einen schönen Abend mit Charlotte. Ich nehme das Nachtmahl im Appartement der Königin ein, doch mein Leibkoch wird es Ihnen an nichts fehlen lassen.«

In diesem Augenblick regte sich Charlotte neben ihm. Sie schlug ihre veilchenfarben schimmernden Augen auf. »Mein Liebster«, flüsterte sie. »Also war das doch kein schöner Traum, sondern Wirklichkeit.«

Sie streckte die Arme nach ihm aus. Vincent ließ sich voller Wonne hineinsinken. Ihre Lippen fanden sich zu einem langen leidenschaftlichen Kuss.

Die Gespenster drohenden Unheils verschwanden ein letztes Mal in ihren Höhlen.

Paris, 14. Juli 1789, drei Uhr nachmittags

»Was ist das für ein fürchterliches Gebrüll?«, fragte Charlotte ängstlich. »Es klingt fast so, als gäbe es einen Aufruhr!«

In diesem Augenblick verlangsamte die Equipage mit dem Wappen der Prinzessin von Lamballe, mit der Vincent Charlotte zurück zum Palais Rohan bringen wollte, ihre Fahrt. Vincent zog den Vorhang zur Seite und streckte den Kopf aus dem Fenster. Als er sich wieder auf den gepolsterten Sitz fallen ließ, war er voller Besorgnis.

»Es scheint tatsächlich ein Aufruhr zu sein. Da ziehen Leute mit Piken und Gewehren bewaffnet durch die Straßen. Sie rufen immer wieder die Worte: ›Tod dem Tyrannen‹ und ›Es lebe die Freiheit‹!«

Tatsächlich wurde das Geschrei ständig lauter, je näher sie dem Stadtzentrum kamen. Vincent überlegte schon, ob er den Wagen nicht besser wenden lassen und nach Versailles zurückkehren sollte, doch dafür war es bereits zu spät. Auch in ihrem Rücken erschienen nun immer größere Scharen Bewaffneter.

Die Menschen drängten sich schließlich so dicht an dicht, dass der Kutscher die Pferde nur noch im Schritt gehen lassen konnte.

»Wie weit ist es noch bis zum Palais?« Charlotte wurde immer unruhiger. Was war nur in der Hauptstadt los?

Vincent zuckte mit den Schultern. »Unter anderen Umständen kaum mehr als zwanzig Minuten. Eher weniger. Aber im Augenblick scheint es kein Durchkommen zu geben.«

In diesem Moment prallte etwas mit Wucht gegen die Seitenwand der Kutsche. Dann noch einmal und noch einmal. Gleichzeitig hörten Charlotte und Vincent einen Aufschrei. Er schien von einem der beiden livrierten Diener zu kommen, die hinten auf dem Kutschwagen standen.

»Sie werfen mit Steinen nach uns!« Vincent zog seinen Degen und griff gleichzeitig nach der Pistole, die in einem Halfter unter seinem Sitz steckte. Panisch packte Charlotte ihn am Arm. »Was hast du vor, Liebster?«

»Ich werde mich doch nicht von diesem Straßenpöbel aufhalten lassen.« Schon hatte er die Kutschentür aufgerissen und sprang hinaus.

»Vincent!«, schrie Charlotte ihm nach. Ohne nachzudenken, riss sie nun die Vorhänge des kleinen Fensters zur Seite und streckte den Kopf hinaus. Die Schreie ließen keinen Zweifel daran, dass ihre Equipage die Wut der Meute auf sich gezogen hatte.

»Da fährt sie, die Lamballe. Diese widernatürliche Kreatur! Schaut her, das ist ihr Wappen!«

»Blutsauger!«

»Speichellecker!«

»Ausbeuter!« Von überall her drangen die Schreie nun an ihre Ohren. Auch kreischende Frauenstimmen waren darunter.

Jetzt klatschte ein stinkender Gegenstand dicht neben Charlottes Kopf an die Kutschenwand und verfehlte ihr Gesicht nur um wenige Zoll! Es war ein Pferdeapfel. Die Menge grölte vor Lachen.

Wieder kreischten die Stimmen rund um sie herum. »Das ist nicht die Lamballe! Wahrscheinlich eine ihrer Hofdamen! Werft noch einmal nach ihr!«

Instinktiv zog sich wieder Charlotte ins Wageninnere zurück. Die Kutsche war jetzt völlig zum Stehen gekommen. *Wo ist Vincent?*

Mit dem Mut der Verzweiflung riss Charlotte den Kutschenschlag auf. Was sie sah, ließ ihr das Blut in den Adern gefrieren. Vincent stand mit gezücktem Degen in der Rechten und der Pistole in der Linken inmitten eines Kreises wütend aussehender Männer. Drei von ihnen hatten Piken dabei, die sie auf Vincent gerichtet hatten. Doch noch hielten sich beide Parteien gegenseitig in Schach.

»Was wollt ihr von uns?«, rief Vincent. »Lasst uns durch! Wir möchten keinen Streit, nur friedlich passieren.«

Die Männer rührten sich nicht.

»Was ist denn überhaupt hier los?« Vincent versuchte, einen kühlen Kopf zu bewahren, und wandte sich an einen der Männer, der ihm am nächsten stand und ein Gewehr über der Schulter trug.

»Das Monument der Tyrannei ist gefallen!«, antwortete der mit lauter Stimme. »Das Volk hat endlich zu den Waffen gegriffen und die Bastille gestürmt!«

»Die Bastille gestürmt?«

»Jawohl, Durchlaucht!« Unwillkürlich benutzte der Kerl nun doch die seit jeher gewohnte höfliche Anrede gegenüber einem Mann von Adel.

»Gestern hat uns Camille Desmoulins im Palais Royal zu den Waffen gerufen! Und heute haben wir die Bastille erobert!«

Von allen Pariser Gefängnissen war die Bastille das symbolträchtigste. Denn in ihm wurden die Gefangenen des Königs eingekerkert wie zuletzt Charlottes Onkel, der Kardinal, anlässlich des Halsbandprozesses.

Während Charlotte diese ungeheuerlichen Neuigkeiten noch zu verarbeiten suchte, bewies ihr Geliebter einmal mehr, wie kaltblütig er war.

»Meinen aufrichtigen Glückwunsch!« Charlotte hoffte, dass man im Getöse den sarkastischen Unterton in seiner Stimme nicht wahrnahm. »Doch was haben wir mit alledem zu schaffen? Lasst uns passieren!«

Stattdessen rückten die Männer noch einen Schritt näher. »Das ist die Kutsche der Lamballe, dieser Hure der Königin. Ist sie da drinnen?«

»Ich bin der Graf von Carignan! Meine verehrte Tante ist in Versailles. Ich bringe eine Dame nach Hause, die gestern bei ihr zu Gast war.«

Die Männer rührten sich nicht. »Zerrt sie aus der Kutsche!«, kreischte die Stimme einer Frau hinter ihnen.

»Ich schieße«, drohte Vincent.

»Dann tötest du einen oder zwei von uns. Danach landet dein Kopf auf der Pike. Und auch der deines Liebchens, oder wer auch immer da mit dir in der Kutsche hockt!«

Mittlerweile war der Kreis um die Kutsche herum immer größer geworden. Die Mienen der Männer und Frauen, die sie umstanden, waren finster und drohend. Doch plötzlich wurden Jubel- und Triumphschreie hinter ihnen laut. Bewegung kam in die

Menge. Köpfe fuhren herum. Zuerst konnte Charlotte die Ursache dafür nicht erkennen. Dann erblickte sie im Hintergrund auf der Spitze einer hoch in die Luft gereckten Pike etwas Entsetzliches: einen bluttriefenden Kopf. Die Gesichtszüge konnte sie nicht erkennen. Ihr wurde schwarz vor Augen. Sie musste sich an der Kutschentür abstützen.

Sofort war Vincent an ihrer Seite. Auch sein Gesicht war nun bleich wie ein frisch gewaschenes Laken.

Er warf seinen Degen und die Pistole ins Innere der Kutsche und hob beide Hände. »Gute Leute! Lasst uns passieren! Wir haben mit alledem hier nichts zu schaffen und wollen keinen Streit!«

Die Menge grinste höhnisch. »Wohin soll es denn gehen?«, fragte ein pockennarbiger, untersetzter Kerl, der mit einem dicken Knüttel bewaffnet war.

»Zum Palais Royal«, antwortete Vincent zu Charlottes Überraschung. »Der Herzog von Orléans ist mein Onkel!«

»Philippe Égalité ist dein Onkel?«, grölte der Mann, der nun alle Förmlichkeiten außer Acht ließ. »Na, das wollen wir ja einmal sehen! Und wenn du Bastard gelogen hast, kannst du dich jetzt schon auf etwas gefasst machen!« Zwei Piken richteten sich so dicht auf Vincent, dass sie fast seine Brust berührten.

Der drängte die kreidebleiche Charlotte zurück in die Kutsche, die sich sofort in Bewegung setzte. Vincent zog die Vorhänge wieder vor und legte den Arm um Charlotte, die am ganzen Leib zitterte.

»Ruhig, ruhig, meine Geliebte. Dem Pöbel darf man keine Angst zeigen, das macht ihn nur noch wilder!«

Der schreckliche Anblick des toten Kopfes ging Charlotte nicht mehr aus dem Sinn. »Weißt du, wen sie gemordet haben?«

Vincent nickte grimmig. »Das war der Kommandant der Bastille, Monsieur von Launay. Er war vor einigen Wochen noch Gast bei einem Souper meiner Tante.«

»Also ist es wahr! Die Bastille ist gestürmt worden!«

»Es sieht ganz danach aus, Liebes!«

»Und dieser Camille Des… ach, ich habe den Namen vergessen, soll vom Palais deines Onkels aus zu den Waffen gerufen haben? Glaubst du das?«

Vincent nickte grimmig. »Leider ja. Mein Onkel hat dem revolutionären Pack die Gärten seines Palastes zur Verfügung gestellt. Sie betreiben dort Läden und Spelunken und halten ihre Versammlungen ab. Das ist auch einer der Gründe, warum sich meine Tante mit ihrem Schwager entzweit hat.«

»Und trotzdem glaubst du, er wird uns helfen?« Charlotte hörte selbst, wie ängstlich sie klang.

Vincent zuckte mit den Schultern und nahm sie noch fester in den Arm. »Blut ist dicker als Wasser«, meinte er lakonisch. »Es bleibt uns zumindest nichts anderes übrig, als darauf zu hoffen.«

Palais Royal in Paris
14. Juli 1789, am späten Abend

Völlig erschöpft ließ sich Charlotte auf das einfache Bett in der schlichten Kammer sinken, die ihr Madame Buffon, die aktuelle Mätresse des Herzogs von Orléans, angewiesen hatte. »Sie müssen entschuldigen, Prinzessin von Rohan-Rochefort. Doch unser Haus ist heute voller Gäste, wie Sie gesehen haben. Sie und der Graf von Carignan sind nicht die Einzigen, die bei uns Zuflucht gesucht haben.«

Tatsächlich saßen mehr als fünfzehn Personen an der abendlichen Tafel. Es waren entfernte Verwandte, Freunde und Bekannte des Herzogs, die sich, wie sie und Vincent, vor dem marodierenden Pöbel in dessen Palais geflüchtet hatten.

Die einfache, nur mit einem Bett, einem Schemel, einer Waschgarnitur und einigen Kleiderhaken eingerichtete und offensichtlich für einen Dienstboten bestimmte Kammer, machte Charlotte allerdings nicht das Geringste aus. Trotzdem würde sie ebenso wenig Ruhe finden, wie sie dem üppigen Abendessen zusprechen konnte. Mit Mühe hatte sie etwas Fleischbrühe und Kompott hinuntergewürgt.

Während sie sich mit den Bändern und Haken ihres mittlerweile reichlich zerknitterten, fliederfarbenen Musselinkleides abmühte, da man ihr keine Zofe zur Verfügung gestellt hatte, klopfte es an die Tür. Zu ihrer großen Erleichterung streckte Vincent seinen schwarz gelockten Kopf herein.

»Darf ich eintreten?«, fragte er überflüssigerweise. Ohne ihre Antwort abzuwarten, ging er zum kleinen Fenster und öffnete es. »Puh, hier drin ist es ja so stickig und heiß wie in einem Backofen!« Die Kammer lag gleich unter dem Dach, auf das die Julisonne den ganzen Tag über gebrannt hatte.

Dann nahm er sie in die Arme. Sein Kuss ließ sie die Schrecken des Tages eine Zeit lang vergessen. Dann holte die brutale Wirklichkeit sie wieder ein. Von draußen klangen, wenn auch aus der Ferne, misstönende Gesänge, ein Stampfen wie von tanzenden Füßen und weinseliges Gegröle herein.

»Das Pack feiert seinen Sieg hier in den Gärten des Herzogs«, kommentierte Vincent den Lärm mit finsterer Miene. »Was für eine unaussprechliche Schande!«

Obwohl Charlotte dies genauso sah, widersprach sie ihrem Geliebten. »Immerhin hat dein Oheim uns Obdach gewährt. Wir müssen mehr als froh darüber sein, wenn die Gerüchte stimmen, dass heute dreizehn Unschuldige erschlagen wurden, darunter auch Edelleute, die wie wir nur ihres Weges gehen wollten.«

Eine Frage brannte ihr auf der Zunge. Sie holte tief Luft. »Glaubst du, dein Onkel heißt dieses Töten gut?«

Vincent hob die Achseln. »Er tut zumindest nichts, um ihm Einhalt zu gebieten. Aber du hast recht. Wir schulden ihm Dank dafür, dass er uns eingelassen hat.«

Charlotte schauderte ein weiteres Mal zusammen. Nie würde sie die bangen Minuten vergessen, die sie vor dem verschlossenen Portal in der Kutsche gewartet hatten, bis ihnen endlich mitgeteilt wurde, der Herzog sei zu Hause und bereit, sie zu empfangen. Bis dahin hatten sie und Vincent wohl oder übel den hämischen Stimmen der Menge lauschen müssen, die sich schon darauf freute, »den Schmarotzern den Hals durchzuschneiden«. Auch die langen Gesichter der geifernden Meute, als sich das Doppelportal endlich öffnete, würden sie bis in ihre Träume hinein verfolgen. Der pure Hass war ihnen daraus entgegengeschlagen.

»Ich fürchte, ich werde heute Nacht kein Auge schließen«, sprach Vincent ihre Gedanken aus.

»Wo bist du denn untergebracht?«

Vincent grinste schief. »Mit dem Kutscher und den beiden Dienern in einem Raum über den Ställen. Ganz kann es mein verehrter Onkel doch nicht lassen, uns zu zeigen, dass wir zur Bagage seiner missliebigen Schwägerin gehören. Ich bin sicher, er hätte weit bessere Zimmer für uns gehabt.«

Er machte eine weit ausholende Geste, die die schäbige Dienstbotenkammer umfasste. »Wahrlich ein Kontrast zur vorherigen Nacht, wie er schärfer nicht sein könnte.« Dann küsste er Charlotte auf die Nasenspitze.

»Deshalb komme ich auch nur kurz hierher, um mich wenigstens bis morgen früh von dir zu verabschieden. Ich hoffe, dass sich der Aufruhr bis dahin gelegt hat und wir diese ungastliche Stätte verlassen können.«

»Du kannst gar nicht bleiben?«

Trotz der unangenehmen Lage, in der sie steckten, glomm angesichts der unverhohlenen Enttäuschung in Charlottes Stimme ein amüsierter Funke in Vincents schwarzen Augen auf. »Nein, meine Geliebte. Wobei es mich wundert, dass dir nach einem solchen Tag der Sinn nach fleischlicher Liebe steht.«

Charlotte puffte ihn in einer Aufwallung von Empörung. »Wie kannst du nur so etwas Abscheuliches denken! Ich fürchte mich einfach unsäglich in diesem Haus und hätte dich deshalb gerne bei mir gehabt!« Ärgerlich merkte sie, dass ein Zittern in ihrer Stimme mitschwang.

Vincent wirkte reumütig. Er nahm sie wieder in die Arme, wiegte sie und drückte einen Kuss auf ihr Haar. »Verzeih mir die törichten Worte, mein Liebes. Auch mich haben die heutigen Ereignisse mitgenommen. Aber es wäre mir sehr peinlich vor den Bediensteten, wenn ich nicht zurückkäme. Selbst wenn sie vermuten, dass ich hier bei dir bin, könnten sie mich dennoch für zu hochmütig halten, um die Kammer mit ihnen zu teilen. Ich kenne die drei nicht. Wer weiß, was in diesen unsicheren Zeiten, in denen die alte Welt kopfsteht und das Unterste zuoberst gekehrt wird, daraus erwachsen könnte.«

Charlottes Augen füllten sich gegen ihren Willen mit Tränen. Tapfer versuchte sie, ihre Angst zu bezwingen. »So geh, mein Geliebter, und versuche, etwas Ruhe zu finden. Ich komme schon zurecht.«

Trotz seiner gegenteiligen Worte wirkte Vincent unschlüssig. Er trat ans Fenster und sah hinaus. Der Himmel war klar, tausend Sterne blinkten darin. Eine leichte laue Brise brachte etwas Abkühlung nach der Hitze des Tages.

»Zumindest Gottes Natur bleibt ungerührt von all den Schrecken, die wir Menschenkinder anrichten«, sagte er mit einem Anflug von Bitterkeit. »Die Nacht ist wunderbar mild. Lass uns noch einen kleinen Spaziergang im Garten machen. Das bringt uns vielleicht auf andere Gedanken und verhilft uns doch noch zu einem kurzen Schlummer.«

Er fasste Charlottes Hand. Sie entzog sie ihm. »Aber da draußen ...«, sie suchte nach den richtigen Worten. »Da draußen sind diese furchtbaren Leute!«

Zu ihrer erneuten Empörung schmunzelte er. »Hab keine Sorge! So egalitär«, er betonte das letzte Wort verächtlich, »ist unser verehrter Herzog nun doch wieder nicht. Den schönsten Teil des Gartens hat er natürlich für sich behalten! Dort lässt er das Pack nicht hinein.«

Charlotte war erleichtert. Sie drehte Vincent den Rücken zu. »Dann schließe bitte die Haken, die ich so mühsam geöffnet habe. Halbnackt möchte ich nicht hinausgehen.«

Zehn Minuten später traten sie über die hintere Terrasse aus dem Palais. Tatsächlich gab es in Paris Gärten, die so reich und prächtig angelegt waren wie die in Versailles. Die breite Treppe aus weißem Marmor mündete in eine runde, mit weißem Kies bestreute Fläche, in deren Mitte ein Springbrunnen Fontänen hoch in die Luft schoss und erfrischende kühle Tropfen versprühte.

Beim Näherkommen erkannte Charlotte jedoch, dass die beiden ineinander verschlungenen Figuren in seiner Mitte eine zwar vom Künstler stilisierte, aber ebenfalls gewalttätige Szene wiedergaben: Ein bärtiger Kentaur hielt eine sich verzweifelt wehrende, nackte Nymphe in seinen Armen, offensichtlich, um sie zu entführen. Beklommen wandte sie den Blick ab.

An mit niedrigen Buchsbaumhecken eingefassten Rabatten vorbei, in denen bunte Zinnien, Nelken und Dahlien blühten, kamen sie in ein kleines Wäldchen aus duftenden Nadelhölzern. Plötzlich schien der Lärm der Feiernden, den sie zunächst nur von fern wahrgenommen hatten, lauter zu werden.

Später konnte Charlotte sich nicht erklären, was sie beide zu ihrem Handeln bewogen hatte. Denn anstatt sofort umzukehren, schlichen sie sich einträchtig ohne ein Wort der Verständigung näher heran. Schließlich lugten sie, hinter blühenden Büschen verborgen, auf eine kleine Lichtung, auf der Männer und Frauen, die sich an den Händen hielten, im Kreis um eine Pike herumtanzten, an deren spitzem Ende etwas steckte, das mit einem roten Kranz aus Nelken geschmückt war. Zu Charlottes unendlicher Erleichterung war es kein Kopf.

»Dieser Teil der Gärten ist eigentlich tabu für den Pöbel«, flüsterte ihr Vincent ins Ohr. »Aber heute scheinen alle Schranken gefallen zu sein.«

»Horch! Was singen sie da?« Die beiden lauschten, ohne die Worte zu verstehen. Die zerlumpte Kleidung der Tanzenden wies diese als die Ärmsten der Armen aus, die sich hier amüsierten. Einige in die Erde gesteckte Pechfackeln beleuchteten die Szene. Charlotte sah die Gesichter der Feiernden, sobald sie in deren Lichtkreis traten. Die Männer waren unrasiert, hatten schwarze Bartstoppeln und rote Nasen. Ihre Augen waren bereits glasig, zweifellos aufgrund des Inhalts einiger bauchiger Flaschen, die sie kreisen ließen. Die drei Frauen unter ihnen hatten trotz ihrer Jugend verlebte Züge. Sie waren grell geschminkt. Zwei trugen ihre nackten Brüste zur Schau. Es waren offensichtlich Prostituierte.

Vincent zog sanft an Charlottes Arm. »Komm, lass uns schnellstens von hier verschwinden. Das ist unterster Abschaum. Wenn sie uns entdecken, sind wir unseres Lebens nicht mehr sicher.«

In diesem Augenblick riss einer der Männer eine Fackel aus der Erde und trat unter die Pike. Er hob lauthals zu singen an. Diesmal verstanden Vincent und Charlotte die Worte.

Ach, was wär das schönste Fest
ohne Herz, das uns feiern lässt!

Er hob die Fackel in die Höhe und beleuchtete das nelkenbekränzte Etwas auf der Spitze der Pike.

Vincents Versuch, Charlotte die Augen zuzuhalten, misslang. In seiner Hast griff er daneben. Starr vor Schock starrte sie auf die Pike, auf der ein rohes Stück Fleisch steckte, aus dem noch vereinzelte Blutstropfen zur Erde fielen. Auch ohne es jemals zuvor gesehen zu haben, wusste Charlotte sofort, was es war. *Das ist das Herz eines Menschen! Mit Nelken bekränzt!*

Bittere Galle stieg ihr die Kehle empor, während sie sich mit Vincent, so schnell als möglich und ohne Lärm zu machen, aus dem Dickicht zurückzog und dem Palais zustrebte. Als sie die kiesbestreuten Wege erreichten, begannen sie zu laufen. Außer Atem erreichten sie den Springbrunnen.

Der Mond beschien das feixende Gesicht des Kentauren. In hohem Bogen erbrach sich Charlotte auf die Röcke ihres fliederfarbenen Musselinkleides.

Kapitel 3

Schloss Versailles, 4. Oktober 1789

Die Prozession der Gratulanten nahm schier kein Ende. Charlottes Mundwinkel begannen, vom vielen Lächeln schon zu schmerzen, von ihren Füßen in den hochhackigen weißen Seidenschuhen gar nicht zu reden.

Wie sehr hatte sie den Tag doch herbeigesehnt, an dem ihre Verlobung mit Vincent von Carignan gefeiert wurde. Und noch immer verflogen ihre Zukunftsängste, wenn sie zu ihm aufsah. Obwohl sie wusste, dass sie zurückkommen würden. Ruhig wie ein Fels in der Brandung stand er neben ihr und nahm die Glückwünsche der zahlreichen Gäste entgegen. Als versierter Höfling scherzte er mit den Herren, den Damen machte er reizende Komplimente.

Längst waren die hochrangigsten Gratulanten an ihnen vorbeigezogen. Ehrfürchtig knickste Charlotte vor dem Herzog von Penthièvre, dem Schwiegervater der Prinzessin Lamballe. Der alte Grandseigneur verfügte über ein riesiges Vermögen und galt als überaus großzügiger Wohltäter.

Bathilde von Orléans, die Schwester des Herzogs Philippe, der seinen Beinamen »Égalité« mittlerweile wie einen Ehrentitel trug, richtete Grüße ihrer inzwischen ins Ausland emigrierten Verwandten aus. »Ich vermisse vor allem meinen Sohn Louis-Antoine. Wer weiß, ob und wann er je wieder in die Heimat zurückkehren wird.« Der junge Herzog von Enghien war auf Befehl seines Großvaters, des Prinzen Condé, schon wenige Tage nach dem Sturm auf die Bastille mit der gesamten restlichen Familie nach Deutschland geflüchtet. »Als sie abreisten, gaben sie vor, sich auf eine Bildungsreise begeben zu wollen. Doch in Wahrheit warten sie dort ab, wie sich die Lage hier im Lande entwickeln wird.«

Und die Situation gab wahrlich genügend Grund zur Sorge. Überall erhoben sich die Bauern gegen ihre Grundherren, vernichteten die Urkunden, in denen ihre Rechtlosigkeit niedergeschrieben war, und plünderten die Schlösser des Adels. Etliche wurden niedergebrannt. Es kam zu Misshandlungen und vereinzelt sogar zu Ermordungen.

In ganz Frankreich herrschte darüber hinaus eine ständig zunehmende Teuerung. Selbst Brot, das Grundnahrungsmittel der kleinen Leute, war nahezu unerschwinglich für all diejenigen geworden, die über keinen eigenen Besitz verfügten, sondern von ihrer Hände Arbeit leben mussten. Auch deshalb kam es immer wieder zu Unruhen, vornehmlich in der Hauptstadt Paris.

All diese Ereignisse hatten die Monate überschattet, die seit Charlottes Vorstellung bei der Prinzessin Lamballe vergangen waren. Unter dem Eindruck der »gewalttätigen Revolte des Pariser Pöbels«, wie Vincents Tante das Geschehen rund um die Erstürmung der Bastille hartnäckig nannte, weigerte sich diese anfangs sogar, die zugesagte Verlobung zu feiern. Nur Vincents beständige Bitten konnten sie schließlich umstimmen.

»Doch die Hochzeit wird erst stattfinden, wenn wieder Ordnung in Frankreich herrscht«, erklärte sie unmissverständlich.

Und der Herrgott allein weiß, wann das sein wird, dachte Charlotte verzagt.

»Lächle weiter, mein Schatz«, raunte Vincent ihr ins Ohr. Charlotte zuckte zusammen. Offensichtlich verriet ihr Gesichtsausdruck ihre trüben Gedanken. Sie riss sich zusammen und dankte einem ihr völlig unbekannten Grafen mit ihrer freundlichsten Miene für seine Glückwünsche.

Alles, was in Versailles Rang und Namen hatte und nicht ins Ausland geflohen war, schien sich heute in den Gemächern der Prinzessin von Lamballe versammelt zu haben. Denn pompöse Feste waren seit dem Beginn der Revolution, wie die Erhebung des Volkes nun unverhohlen genannt wurde, überaus rar geworden. Spätestens nachdem die Nationalversammlung – keine drei Wochen nach der Erstürmung der Bastille – dem Klerus und Adel seine uralten Privilegien abgesprochen hatte, wollte man angesichts der drohenden Hungersnot im Lande um jeden Preis vermeiden, sich der Verschwendung verdächtig zu machen. Hatten Lustbarkeiten und Vergnügungen aller Art in der ersten Jahreshälfte noch zum Alltag in Versailles gehört und mehrmals wöchentlich stattgefunden, bedurfte ein größeres Fest nun eines speziellen Anlasses.

»An der Verlobungsfeier meines Adoptivsohnes wird ja wohl hoffentlich niemand Anstoß nehmen.« Die Worte ihrer zukünftigen Schwiegermutter klangen Charlotte noch in den Ohren, hinter deren aufgesetzter Fröhlichkeit sich schlecht verhohlener Trotz verbarg.

Und tatsächlich hatte sich Vincents Tante nicht lumpen lassen, so als wolle sie mit dieser prachtvollen Feier dem drohenden Niedergang ihres Standes die Stirn bieten. Über einhundertfünfzig Gäste drängten sich im Festsaal ihres Versailler Appartements, der mit seinen zahlreichen Spiegeln, goldenen Kronleuchtern und Wandlüstern dem großen Spiegelsaal des Schlosses nachempfunden war.

Die mit blütenweißen Leinentüchern bedeckten Tafeln, die entlang der Wände standen, bogen sich unter der Last köstlicher Speisen, die dort aufgebaut waren. Jedermann konnte sich nach Herzenslust Wildbret, Geflügel und Fisch aller Art vorlegen lassen. Platten mit in kunstvollen Mustern angerichtetem buntem Gemüse, überquellende Obstschalen, Etagèren und Bonbonnieren mit Süßigkeiten reihten sich aneinander. Dazu servierte man die besten französischen Weiß- und Rotweine.

Die Tische waren mit feinstem Porzellan aus Sèvres eingedeckt, das das Monogramm der Prinzessin von Lamballe trug. In ihrer Mitte stand als Blickfang ein riesiges Blumenbouquet aus Rosen und Lilien in einer kostbaren Meißener Vase. Diese war das Geschenk der Königin an die Verlobten.

Marie-Antoinette selbst blieb dem Fest allerdings fern. Denn mit dem Kardinal von Rohan und dem Herzog von Orléans waren gleich zwei Verwandte der Verlobten geladen, die sie zutiefst verabscheute.

Im Hintergrund spielte eine Kapelle Stücke von Gluck, dem Lieblingskomponisten der Königin, und einem ihrer noch unbekannteren Landsleute. »Er heißt Mozart«, erklärte Vincent Charlotte, als sie sich nach dem Urheber der wunderschönen Melodien erkundigte.

Endlich war auch der letzte Gratulant vorbeidefiliert. Aufatmend ließ sich Charlotte zur Familientafel am unteren Ende des Saales führen. Es war der einzige Tisch, um den herum Stühle gruppiert waren und an dem livrierte Diener servierten. Alle anderen Gäste mussten aus Platzgründen mit Stehtischen oder Schemeln vorliebnehmen, die im großen Saal und den angrenzenden Räumen aufgestellt worden waren.

Vincent führte Charlotte zum Ehrenplatz, der für die Verlobten reserviert war. Als vollendeter Kavalier half er ihr auf den bequemen Lehnstuhl. Charlotte bemühte sich, die Röcke ihres zartrosafarbenen Seidenkleides mit den Volants aus feiner Brüsseler Spitze nicht allzu sehr in Unordnung zu bringen. Dann hob sie unter dem Tisch verstohlen die Füße und bewegte die schmerzenden Zehen in den engen, mit silbernen Schnallen verzierten Seidenschuhen.

Sie musste dabei wohl unwillkürlich den Mund verzogen haben, denn jetzt traf sie ein amüsierter Blick ihres Onkels, des Kardinals Louis von Rohan, der ihr gegenübersaß.

»Sie sehen bezaubernd aus, meine Liebe, trotz der Anstrengung, die ein solches Fest notgedrungen mit sich bringt.« Bereits seit ihrem zwanzigsten Geburtstag war der Kardinal dazu übergegangen, Charlotte in der Öffentlichkeit zu siezen. Nur wenn sie vertraulich ohne Zuhörer sprachen, gab er der Bitte seiner Lieblingsnichte nach, sie weiterhin zu duzen. »Das Kleid steht Ihnen ganz vortrefflich, eine ausgezeichnete Wahl. Doch zweifelsohne hatten Sie eine äußerst sachkundige Ratgeberin.« Er hob sein Glas in Richtung von Charlottes Mutter Marie, die ihm schräg gegenübersaß.

»Ich danke Ihnen für das Kompliment, verehrter Vetter«, erwiderte Marie von Orléans-Rothelin trocken und hob ihrerseits das Glas. »Doch die Ehre gebührt nicht mir. Die Mutter des Bräutigams hat es sich nicht nehmen lassen, jede Einzelheit dieser großartigen Feier zu planen. Die Garderobe ihrer zukünftigen Schwiegertochter stand dabei an erster Stelle.«

Tatsächlich hatte Marie-Louises eigener Schneider Charlottes Robe entworfen und nähen lassen. Und obwohl dies wunderbar gelungen war, fühlte Charlotte sich peinlich berührt von der spitzen Bemerkung ihrer Mutter.

Tatsächlich war neben der unsicheren politischen Lage ein weiterer Wermutstropfen, dass Charlottes Familie nicht vollzählig an ihrer Verlobungsfeier teilnahm. Ihr Bruder Charles hatte die unsichere Lage im Land als Begründung dafür genannt, die weite Reise aus der Vendée nach Versailles nicht antreten zu können, zumal sich seine Gattin in anderen Umständen befand.

Im Gegensatz zu ihrem Vater Jules, der Vincents Werbung mit Begeisterung aufgenommen hatte, war Charlottes Mutter eher unbeteiligt geblieben. Seit jeher war das Verhältnis zu ihrer ältesten Tochter eher kühl. Marie von Orléans-Rothelin vergötterte ihren älteren Sohn Charles und die jüngere Tochter Clémentine. Charlotte und ihr jüngster Bruder Henri waren dagegen die bevorzugten Kinder des Vaters.

Wenigstens nahm ihr geliebter Onkel Louis an diesem wichtigen Tag ihres Lebens teil. Der Kardinal war zum Abgeordneten der Nationalversammlung gewählt worden, in der er seinen Stand, den Klerus, vertrat. Schon vor einigen Wochen war er deshalb von seinem Elsässer Schloss in Zabern nach Paris gekommen.

Allerdings war Onkel Louis der Prinzessin von Lamballe noch immer nicht wirklich willkommen, wie Charlotte rasch feststellte. Auch jetzt wirkte ihr Lächeln gezwungen, als der Kardinal einen Toast auf ihren guten Geschmack aussprach. Die Prinzessin selbst war ebenfalls überaus prächtig in eine burgunderrote Seidenrobe mit schwarzen Spitzenbesätzen gekleidet.

Unbeabsichtigt lenkte nun Marie-Louises Schwager Philippe von Orléans vom angeschlagenen Ansehen ihres Onkels ab. Wohl oder übel hatte man den Herzog ebenfalls zur Feier laden müssen, da er einerseits zur näheren Verwandtschaft Vincents gehörte und den Verlobten andererseits Schutz am Tage des Sturms auf die Bastille gewährt hatte.

Auch der Herzog hob nun sein Glas. »Ich trinke auf das hungernde Volk«, provozierte er einmal mehr die Prinzessin. »Wie gut, dass kein Familienvater, der vom Morgengrauen bis in die Nacht hinein schuftet, ohne die hungrigen Mäuler seiner Familie stopfen zu können, weiß, dass hier bei einer einzigen Feier mehr Nahrung verschwendet wird, als es bedarf, um seine Lieben ein Vierteljahr lang gut zu ernähren. Und seine Nachbarn gleich mit dazu. Ich habe allein mehr als zwanzig Süßspeisen und Kuchen gezählt.«

Die Prinzessin runzelte die Stirn. Doch bevor sie etwas erwidern konnte, sprang der Kardinal für sie in die Bresche.

»Und wie gut, dass Ihre Schützlinge im Palais Royal nicht wissen, dass Sie sich selbst dieser Dekadenz und Völlerei hingeben. Sehe ich da nicht sowohl Gänseleberpastete als auch Krabbenschwänze auf Ihrem Teller?«

Das runde Gesicht Philippes verfärbte sich vor Ärger puterrot. »Erwarten Sie, dass ich mich mit trockenem Brot begnüge?«

»Nun, selbst daran mangelt es doch dem Volke, wie man allenthalben hört. Mit dem feinen Weißbrot, das hier gereicht wird, wären Sie also noch immer privilegiert.«

Philippe knirschte sichtlich mit den Zähnen. Er schob seinen halb gefüllten Teller zurück. »Sie wagen es, mich dekadent zu schimpfen und der Prasserei zu bezichtigen, weil ich als Gast dieser Feier am allgemeinen Mahl teilnehme? Haben nicht allen anderen voran Sie der Dekadenz Vorschub geleistet, indem Sie glaubten, unser aller hochverehrte Majestät«, er betonte die Worte verächtlich, »würde ein Schmuckstück begehren, das so viel kostet wie ein Kriegsschiff?«

Er hob die Hand, um den Einwänden der Prinzessin und des Kardinals zuvorzukommen. »Doch verzeihen Sie, ich vergaß, um wen es sich handelt. Denn es hätte ja tatsächlich sein können, dass unsere Königin, die zu Recht ›Madame Defizit‹ genannt wird, sogar noch leere Staatskassen plündert, um ihre Gelüste zu befriedigen. Heißt es nicht, sie habe dem Volk empfohlen, Kuchen zu essen, wenn es kein Brot gäbe?«

»Das ist eine infame Lüge, Herzog! Ich verbiete Ihnen, als Gast an meiner Tafel solche niederträchtigen Gerüchte zu verbreiten!« Die Prinzessin war vor Empörung schier außer sich. Ihre dunklen Augen schossen Blitze. »Niemals würde Ihre Majestät einen solchen Unfug sagen!«

Philippe zuckte mit den Schultern. »So erzählt man es sich aber in den Pariser Gassen. Und ein Körnchen Wahrheit steckt in jedem Gerücht!«

Die Prinzessin sprang so heftig auf, dass ihr Stuhl umfiel. »Wagen Sie nicht noch einmal, Ihre Majestät unter meinem eigenen Dach zu beleidigen! Sie ist eine Dame von makellosem Anstand, während Sie nichts anderes als ein ehrloser Schuft sind!«

Sie wies zur Tür des großen Saales. »Verlassen Sie auf der Stelle meine Wohnung! Ich habe Sie schon einmal hinausgewiesen und hätte Sie niemals wieder empfangen dürfen!«

Während Charlotte und die Mehrzahl der übrigen Gäste rund um den Tisch wie erstarrt vor Schreck waren, stand Vincent jetzt ebenfalls auf und legte Marie-Louise begütigend eine Hand auf den Arm. »Ich bitte Sie, teuerste Tante! Ersparen Sie mir, meiner Verlobten und uns allen diesen Skandal, der die Erinnerung an dieses bislang so wunderbare Fest auf immer trüben würde.«

Der Kardinal kam Vincent zu Hilfe. »Auch ich appelliere an Ihre Großmut, verehrte Dame. Der Abend ist schon weit fortgeschritten, und guter Burgunder«, er streifte das gefüllte Glas Philippes mit einem anzüglichen Blick, »löst manchmal in unbedachter Weise die Zunge. Vergeben Sie Ihrem Schwager! Ich bin sicher, dass er seine Worte bereits bereut.«

Doch Philippe machte alle Versöhnungsversuche zunichte. Er stand nun seinerseits auf. »Weder waren meine Worte unbedacht gesprochen noch lassen sich die Ihren zurücknehmen, Prinzessin von Lamballe. Ich verlasse nunmehr nur allzu gern diese Stätte der zügellosen Verschwendung und Heuchelei.« Damit drehte er sich grußlos um und strebte zur Tür. Dabei bahnte er sich rücksichtslos mit den Ellenbogen seinen Weg durch die dichte Menge der Gäste, von denen eine große Anzahl auf den Streit aufmerksam geworden war und zumindest die letzten Wortwechsel mitgehört hatte.

Charlottes Mutter murmelte leise, was ihre entsetzte Tochter dachte: »Wahrlich ein schlechtes Omen für diese Ehe!«

Schloss Versailles
In der Nacht auf den 5. Oktober 1789

Zärtlich spielte Charlotte mit den dunklen Härchen, die auf Vincents Brust sprossen. Mit dem Finger fuhr sie die Konturen seiner Schultern, seiner vom Fechten und Jagen muskulösen Arme und seines männlich schönen Gesichts nach. Die Stoppeln an seinem Kinn waren noch ganz weich. Als sie mit dem Zeigefinger über seine Lippen fuhr, öffnete er die Augen und schnappte spielerisch mit den Zähnen zu.

Sie zuckte in gespieltem Schrecken zurück. »Ich dachte, du schläfst«, neckte sie ihn.

Er sah sie liebevoll an. Trotzdem lag eine Traurigkeit in seiner Miene, die ihr ans Herz griff.

Unfähig, ihre erneut aufkommende Beunruhigung weiterhin zu verbergen, fragte sie leise: »Meinst du, der Auftritt heute Abend wird Folgen zeitigen?«

Vincent wusste sofort, was sie meinte. Einen Moment lang wirkte er unschlüssig. Dann entschloss er sich zur Ehrlichkeit. »Ich denke schon. Der Herzog wird diese Kränkung vor den Augen und Ohren des Hofes nicht vergeben.«

»Aber was könnte er tun?«

Die Sorgenfalten, die nun auf Vincents Stirn traten, waren Charlotte neu. So bedrückt hatte er trotz der sich überschlagenden Hiobsbotschaften in den vergangenen Monaten noch nie auf sie gewirkt.

»Ich wollte, ich wüsste es, mein Liebes. Philippe ist ein mächtiger Agitator. Das Volk hängt an seinen Lippen und verehrt ihn wie einen Halbgott. Er wird sicher Mittel und Wege finden, sich an meiner Tante zu rächen.«

Und so lange diese Bedrohung währt, wird sie uns nicht heiraten lassen. Charlotte biss sich auf die Lippen, um nicht auszusprechen, was sie dachte. Doch Vincent durchschaute sie und seufzte. Überhaupt schien er in ihrem Innersten lesen zu können wie in einem aufgeschlagenen Buch.

»Das kommt daher, dass wir so seelenverwandt sind«, hatte er ihr einmal erklärt, als sie sich darüber wunderte.

»Aber dann müsste es doch auch umgekehrt sein«, protestierte Charlotte, der Vincent in mehr als einer Hinsicht nach wie vor ein Rätsel blieb – so auch am heutigen Abend.

Nach dem Eklat hatte Vincent den köstlichen Speisen scheinbar seelenruhig und mit ungetrübtem Appetit zugesprochen. Er lachte und scherzte mit den Gästen, allen voran mit dem Kardinal, der ebenfalls unbekümmert wirkte. Doch Charlotte wusste, dass auch ihr Onkel seine wahren Gefühle hervorragend zu verbergen verstand.

Nach dem Mahl führte Vincent mit Charlotte, die kaum einen Bissen zu sich genommen hatte, den Tanz an. Erst weit nach Mitternacht verabschiedete er sich munter und lebhaft von den letzten Gästen, während sie sich zu diesem Zeitpunkt vor Müdigkeit kaum mehr auf den Beinen halten konnte.

Dass er sie auch in dieser Nacht in dem Zimmer mit der verborgenen Tapetentür aufsuchen würde, hatte sie dennoch nicht erwartet. Sie schlief bereits den tiefen Schlaf der Erschöpfung, als sie von seinen Küssen sanft geweckt wurde.

Erst die ungewohnt heftige Leidenschaft, mit der er sie im Anschluss liebte, zeigte ihr, wie aufgewühlt Vincent innerlich war. Seinen Umarmungen und Liebkosungen haftete etwas Verzweifeltes an, so als ob er befürchtete, dies wäre das letzte Mal für lange Zeit.

Nun nahm er sie wortlos in die Arme und wiegte sie, wie er es immer tat, wenn sie den Mut zu verlieren drohte.

»Und wie soll es nun weitergehen?«, drang ihr die bange Frage bezüglich ihrer gemeinsamen Zukunft schließlich doch noch über die Lippen.

Vincent runzelte die Stirn. Er öffnete schon den Mund, als Charlotte ihm den Finger auf die Lippen legte. »Nein! Sage mir nicht ein weiteres Mal, dass wir uns nur in Geduld üben müssen. Die Lage in Frankreich wird sich so rasch nicht ändern, sonst wären der Prinz Condé mit seinem Sohn und seinem Enkel sowie die jüngeren Brüder des Königs nicht geflohen. Und sogar die Gräfin von Polignac, eine der besten Freundinnen der Königin!«

Vincent zog Charlottes Hand sanft, aber bestimmt von seinen Lippen, drückte einen Kuss darauf und setzte sich halb in den Kissen auf.

»Genau aus diesem Grund kann ich nicht ebenfalls fliehen. Wusstest du, dass der Prinz Condé, bevor er nach Deutschland ging, noch einmal in Versailles vorsprach, um den König zu überreden, mit ihm zu kommen?«

Charlotte schüttelte aufrichtig erstaunt den Kopf. »Und warum hat der König es abgelehnt?«

»Er soll geantwortet haben, dass ihm das wie eine Desertion vorkomme. Und auch Marie-Antoinette weigerte sich, ihren Gemahl zu verlassen. Ihr Platz sei in der Stunde der Gefahr bei ihm.«

Plötzlich spürte Charlotte eine ungeheure Wut in sich aufsteigen. Sie löste sich aus Vincents Armen und rückte ein Stück von ihm ab. »Das hat dir deine Tante erzählt«, sagte sie ihm auf den Kopf zu. »Und natürlich um die Worte ergänzt, ihr eigener Platz sei an der Seite der Königin!«

Vincents Schweigen war Charlotte Antwort genug.

»Das mag sie für sich so entscheiden! Doch sie hat kein Recht, unser Glück ebenfalls aufs Spiel zu setzen. Auch wir könnten Paris verlassen und zum Beispiel in die Vendée zu meinem Bruder fliehen. Mein Onkel, der Kardinal, könnte uns zuvor heimlich trauen. Uns beide ganz allein in seiner Privatkapelle. Ich brauche kein zweites, ähnlich pompöses Fest wie das heutige. Dann könnte uns auch niemand der Verschwendung zeihen, und wir wären in Sicherheit und würden uns …« Angesichts Vincents Reglosigkeit hielt sie inne, brachte ihren Satz dann aber dennoch tapfer zu Ende: »… nie wieder verlieren.« Danach brach sie in Tränen aus.

Wieder nahm Vincent sie in die Arme und wiegte sie sanft, bis ihr Schluchzen verebbte.

»Wir werden uns nie verlieren, mein Lieb«, flüsterte er ihr ins Ohr. »Zumindest nicht, solange wir Ehre und Anstand hochhalten«, fügte er plötzlich hinzu, als Charlotte nicht reagierte.

Erschrocken sah sie auf. »Wie meinst du das?«

Er zog sie in eine sitzende Position und hielt sie mit beiden Armen ein Stück von sich weg, um ihr in die Augen sehen zu können. »Ich habe meiner Tante Marie-Louise mein Ehrenwort gegeben, sie in der Stunde der Gefahr nicht im Stich zu lassen. Dies war die einzige Bedingung, die sie an ihre Zustimmung zu unserer Heirat knüpfte.«

»Oh!« Charlotte war fassungslos. »Davon hast du mir nie erzählt!«

Vincent zuckte zwar mit den Achseln, wirkte aber dennoch schuldbewusst. »Ich habe zunächst keinen Anlass dazu gesehen«, räumte er ein. Und mit dem schiefen Lächeln, das er immer aufsetzte, wenn er verlegen war, fügte er hinzu: »Ich bin eben ein unverbesserlicher Optimist und hoffe immer das Beste. Wie hätte ich wissen können, dass sich die Lage im Land so dramatisch verschlechtern würde? Schließlich habe ich Marie-Louise mein Ehrenwort noch vor dem Sturm auf die Bastille gegeben.«

Charlotte fühlte sich plötzlich kraftlos. Aus Vincents grünsilbernem Festwams, das er achtlos auf die Erde geworfen hatte, war seine goldene Taschenuhr herausgeglitten. Die Zeiger standen auf fünf Uhr morgens.

»Lass uns noch ein wenig schlafen, mein Schatz«, nahm Vincent ihren Vorschlag vorweg. »Eng aneinandergekuschelt, als wären wir schon in unserem Ehebett. Immerhin verdanken wir der Großmut meiner Tante, dass wir uns hier treffen können, wann immer wir wollen.«

Charlotte war zu bedrückt, um etwas zu entgegnen. Vincent bettete sie sanft auf die Kissen, zog die Decke über ihre nackten

Körper und presste sich eng an sie. Trotz ihrer Aufgewühltheit tat seine Nähe die gewohnte Wirkung. Binnen Sekunden fiel sie in einen tiefen Schlaf.

Der Hufschmied wurde einfach nicht fertig. Immer wieder schlug er auf das rotglühende Eisen. Dabei musste sie dringend weiter. Es war höchste Eile geboten!

Erst als Vincent sie an der Schulter rüttelte, wachte Charlotte auf. Draußen klopfte jemand heftig an die Tür.

»Erlaucht, Erlaucht!«, hörte Charlotte jemanden rufen. »Sind Sie dort drinnen?«

Mit einem Fluch sprang Vincent aus dem Bett, zog sich die Kniehose an und die Bettvorhänge neben Charlotte zu und stürzte zur Tür, die ins nebenan liegende Ankleidezimmer führte, das zu dieser Gästesuite gehörte.

»Was gibt es denn, Georges?«, hörte Charlotte ihn unwirsch fragen. »Du hast uns aus tiefstem Schlaf geweckt.«

»Ich bitte um Verzeihung, Graf, aber die Prinzessin von Lamballe schickt mich. Es ist jetzt elf Uhr vormittags. Soeben traf ein Bote aus Paris ein. Eine Meute Fischweiber und anderer Pöbel sind auf dem Weg nach Versailles. Es sind wohl mehrere tausend Leute, heißt es. Sie sind mit Piken und Knüppeln bewaffnet. In wenigen Stunden werden sie hier eintreffen.«

Schloss Versailles, Vormittag des 6. Oktober 1789

»Und der König wird sich der Meute beugen und ihr mit seiner ganzen Familie nach Paris folgen?« Der Kardinal klang entsetzt und ungläubig zugleich.

Im kleinen Salon der Prinzessin von Lamballe war Charlottes Familie versammelt, die ebenso wie sie selbst nach der Verlobungsfeier im Schloss übernachtet hatte. Niemand hatte es gestern noch gewagt, sich zurück auf den Weg nach Paris zu machen und dabei eine Begegnung mit der hungrigen und aufgebrachten Menge zu riskieren.

Vincents Tante nickte. Sie war ungeschminkt und hatte offensichtlich geweint.

»Es bleibt ihnen wohl nichts anderes übrig. Eine Bande Mörder ist in der Nacht in die Gemächer Ihrer Majestät eingedrungen und hat zwei Leibwachen erschlagen. In letzter Minute hat sich die Königin retten können. Man trachtete wohl auch ihr selbst nach dem Leben.«

Charlotte lauschte den furchtbaren Neuigkeiten wie erstarrt. Seit gestern glaubte sie sich in einem nicht enden wollenden Albtraum gefangen. Der König hatte zwar sofort seinen Jagdausflug abgebrochen, als er von der anrückenden Menge erfuhr. Aber ebenso wie nach dem 14. Juli hatte er die Gefahr unterschätzt und so lange mit der Entscheidung, was nun am besten zu tun wäre, gezögert, bis es für eine Flucht in das entfernter liegende Schloss Rambouillet zu spät war.

Unwillkürlich schoben sich die Ereignisse des gestrigen Tages wieder in Charlottes Bewusstsein:

Bereits gegen vier Uhr nachmittags war die Vorhut des Pöbels in Versailles eingetroffen und in den nahezu ungeschützten Innenhof des Schlosses geströmt. Eine Stunde später quoll der Platz fast über von Menschen.

Hinter einem Vorhang verborgen, hatte Charlotte die aufgebrachte Menge betrachtet. Es waren tatsächlich vorwiegend Frauen, die sich auf den Weg hierher gemacht hatten. Alle Altersgruppen waren vertreten, von jungen, kaum fünfzehnjährigen Mädchen bis hin zu Greisinnen mit schlohweißem Haar. Viele trugen die Tracht der Pariser Marktweiber mit den charakteristischen Schürzen. Ihre Gesichter wirkten ausnahmslos wütend. Drohend hoben sie ihre Fäuste gegen den Balkon, auf dem der König erscheinen sollte, wie sie lautstark forderten.

»Was wollen sie denn nur?«, fragte Charlottes Mutter Marie, genauso schreckensbleich wie alle anderen, die das Geschrei hörten und auch gestern im Salon der Prinzessin saßen.

»Sie verlangen Brot. Der König soll seine verborgenen Kornspeicher öffnen, damit das Volk von Paris endlich wieder genug zu essen hat«, erklärte Vincent.

»Aber gibt es denn solche versteckten Vorräte überhaupt?«

»Nennen sie den König deshalb einen Bäcker?«

»Die Leute müssen wirklich sehr arm sein. Viele sind nur mit Lumpen bekleidet. Sie gehen barfuß und haben keine Mäntel bei diesem furchtbaren Wetter.« Es regnete tatsächlich seit Stunden in Strömen.

Vincent hob beide Hände, um die aufgeregten Stimmen zum Schweigen zu bringen. Während seine Tante Marie-Louise wie gelähmt in ihrem Sessel verharrte, bewahrte er als Einziger die Ruhe.

»Das ist wahr, Prinzessin Clémentine«, wandte er sich als Erstes an Charlottes jüngere Schwester, die die Bemerkung über die Kleidung der Frauen gemacht hatte. »Viele Menschen in Paris leiden große Not. Sie entbehren das Nötigste zum Leben.«

»Doch daran ist nicht der König schuld«, wandte er sich danach an Charlottes Vater Jules. »Es gibt keine verborgenen Vorräte, die Seine Majestät dem Volk vorenthält. Es gibt nur die Kornspeicher in Paris, die dem Hof gehören und die jedermann kennt. Die Ernte war schlecht, und Spekulanten haben das wenige Getreide aufgekauft und halten es zurück, um die Preise dafür weiter in die Höhe zu treiben.«

»Und ›Bäcker‹ nennt das Volk den König deshalb, weil es sich von ihm nun sein Brot erhofft«, gab sich Charlotte selbst die Antwort auf ihre Frage.

»So ist es«, nickte ihr Onkel Louis, der bislang noch kein Wort gesagt hatte. »Der König und vor allem die Königin sind die perfekten Sündenböcke für die Wut des Volkes.«

»Und ich allein bin daran schuld! Ich allein mit meinem Hochmut und meiner Hoffart!«

Aller Augen richteten sich auf die Prinzessin von Lamballe, die diese Worte hervorgepresst hatte. Sie schien kurz vor einer Ohnmacht zu stehen.

Vincent war mit zwei schnellen Schritten bei ihr und kniete sich vor ihren Sessel. »Wie kommen Sie denn darauf, liebste Tante?« Er griff nach ihren Händen, die sie ihm heftig entzog.

»Ich allein, ich bin schuld!« Sie richtete den Zeigefinger ihrer rechten Hand wie eine Waffe auf ihre Brust. »Hätte ich diesen Kretin auf der Verlobungsfeier nicht aus meiner Wohnung gewiesen, hätte er die Meute gestern Morgen nicht aufgehetzt!«

»Sie meinen, der Herzog von Orléans steckt hinter diesem Aufruhr?« Jetzt klang auch der Kardinal entsetzt.

»So hat man es den Majestäten berichtet. Ich habe die Königin auf Knien um Verzeihung gebeten.« Die Prinzessin schlug die Hände vors Gesicht und brach in ein haltloses Schluchzen aus. Vincent nahm sie tröstend in die Arme und bedeutete den anderen, den Raum zu verlassen.

Gegen Abend schien sich die Situation etwas entspannt zu haben. Ludwig XVI. hatte eine Frau aus der Menge empfangen, die ihm im Auftrag ihrer Genossinnen das Begehren des Volkes nach Getreide oder Mehl übermittelte. Ludwig gab daraufhin sofort den Befehl, zwei Kornspeicher in Paris zu öffnen und das Getreide zu verteilen. Außerdem unterschrieb er alle Dekrete der Nationalversammlung, die sich auf die neue Verfassung bezogen und denen er bislang nicht hatte zustimmen wollen.

Doch letztlich hatte es nichts genützt. Während Charlottes Familie ein frugales Abendessen aus den kalten Resten des gestrigen Festmahls einnahm, musste sie immer wieder an Vincents Worte am Tag des Sturms auf die Bastille denken. »Dem Pöbel darf man keine Angst zeigen, das macht ihn nur noch wilder.«

Tatsächlich zog die Menge nach den Zugeständnissen des Königs auch nicht ab, wie es alle gehofft hatten, sondern forderte nun, die königliche Familie solle mit ihr nach Paris ziehen. Die erneut in Betracht gezogene Flucht nach dem besser befestigten Schloss Rambouillet kam nicht mehr infrage: Sämtliche Kutschen des Königs waren fahruntüchtig gemacht worden, und außerdem hätten die Gefährte nicht durch die vieltausendköpfige Menge gelangen können, die sie alle als Geiseln hielt.

Vincents Tante Marie-Louise suchte die Königin immer wieder auf und gab die Neuigkeiten hernach weiter. »Es werden mehr und mehr Rufe laut, Marie-Antoinette den Kopf abzuschneiden oder ihr noch Schlimmeres anzutun«, berichtete sie am Abend mit erstickter Stimme. »Noch mehr als ihren eigenen Tod fürchtet sie jedoch um die Unversehrtheit ihrer Kinder. Ich werde die Nacht gemeinsam mit ihr in ihren Gemächern verbringen.«

Mit erhobener Hand unterbrach sie die entsetzten Zwischenrufe der Anwesenden. »Das zumindest bin ich Ihrer Majestät schuldig.«

Charlotte erstarrte zu Eis, als Vincent aufsprang. »Ich begleite Sie, liebe Tante!« Er griff an den Knauf seines Degens, den er schon seit dem Morgen trug. »Sollte der Pöbel wagen, Sie oder die Königin anzugreifen, werde ich Sie zu verteidigen wissen.«

Aber zu Charlottes unendlicher Erleichterung lehnte Marie-Louise ab. »Ich weiß Ihre Tapferkeit und Treue sehr zu schätzen, Sohn meines Herzens«, sprach sie ihn auf ungewohnt vertrauliche Weise an. »Doch ich habe schon genug Gefahr über uns alle gebracht. Kümmern Sie sich um den Schutz Ihrer Verlobten! Und walten Sie, Kardinal von Rohan, Ihres geistlichen Amtes und beten Sie mit den Ihren. Vielleicht geht der Kelch ja noch einmal an uns vorüber.«

Diese Hoffnung hatte jedoch getrogen, wie sich nun im blassen Licht des neuen Morgens zeigte. Weder Charlotte, die zitternd in Vincents Armen gelegen hatte, noch sonst ein Mitglied ihrer Familie war in der Nacht zur Ruhe gekommen. Mit dunklen Ringen unter den Augen saßen sie allesamt bleich und übernächtigt im kleinen Salon und nippten an den heißen Getränken, die ihnen die ebenfalls verschreckte Dienerschaft servierte.

In der Nacht hatten sie ununterbrochen auf die Geräusche gelauscht, die aus dem Schlosshof in ihre Gemächer drangen. Stimmengewirr, das sich immer wieder zu Rufen und Schreien steigerte. Poltern und Rumoren im Innern des Schlosses, das sie in Angst und Schrecken versetzte.

Nun brachte Vincents Tante die furchtbare Aufklärung. Zwei Leibwachen lagen im Vorzimmer des Appartements der Königin in ihrem Blut. Schon schwer verwundet, hatte einer der Männer Marie-Antoinette und ihre Damen mit letzter Kraft gewarnt. »Sie kommen, um Sie zu ermorden! Fliehen Sie!«

Nur unzureichend bekleidet, waren die Frauen über die Geheimtreppe, die zu den Räumen des Königs führte und einst angelegt worden war, um diesem diskrete Besuche im Schlafgemach seiner Gattin zu ermöglichen, geflohen. Noch auf dem Weg nach oben hörten sie, wie der Pöbel unter wüsten Drohungen die Türen aufbrach.

Heute Morgen hatte sich Madame Campan, die erste Kammerfrau der Königin, hinunter gewagt, um Wäsche und Kleidungsstücke zu holen. Sie fand das Bett der Königin von Pikenstichen durchlöchert vor.

»Nur fünf Minuten später, und man hätte sie ermordet!« Trotz des Entsetzens, das der Prinzessin ins Gesicht geschrieben stand, war ihre Stimme nun ruhig. Mit eiserner Selbstbeherrschung ergänzte sie: »Die gesamte königliche Familie wird mit den Marktweibern zurück nach Paris ziehen und Wohnung in den Tuilerien beziehen. Ich werde Ihre Majestäten selbstverständlich begleiten.«

Die Anwesenden ließen diese Nachricht noch auf sich wirken, als der Lärm, der ununterbrochen aus dem Schlosshof zu ihnen heraufdrang, frenetisch anschwoll. Alarmiert stürzten alle zu den Fenstern und lugten, hinter den Vorhängen verborgen, hinaus.

Auf dem Balkon über dem Schlosshof mit dem fein ziselierten, vergoldeten Gitter erschienen der König, die Königin, Marie-Thérèse, ihre Tochter, der kleine Dauphin Louis-Charles sowie Madame Élisabeth, die jüngere Schwester Ludwigs XVI. Sie hoben die Hände zaghaft zum Gruß, während die Menge heulte, pfiff und Fäuste und Piken in die Luft reckte. Charlotte konnte nicht unterscheiden, ob die Marktweiber den Gruß erwiderten oder den Majestäten drohten. Vielleicht war es beides.

Langsam kristallisierte sich ein einziger Ruf aus dem zunächst unverständlichen Geschrei heraus. »Nach Paris! Nach Paris!« Dann stimmte der Pöbel eines der populärsten Revolutionslieder an: *Der Bäcker, die Bäckersfrau und der Bäckerjunge geben uns Brot! Brot für alle an jedem Tag! Endlich werden wir wieder satt!* So lautete der Text des Gesangs, der Charlotte eher wie das Geheul der Verdammten am Tag des Jüngsten Gerichts anmutete.

Ihr Onkel Louis teilte ihre Vorstellung. »Wie eine Szene aus der Apokalypse«, murmelte er. Er wandte sich an die Prinzessin. »Und Sie sind ganz sicher, dass Ihr eigener Schwager Philippe diese Revolte angezettelt hat? Und damit den Tod seiner Verwandten billigend in Kauf nimmt?«

Marie-Louise von Savoyen nickte mit versteinerter Miene. »So hat man es mir aus zuverlässiger Quelle berichtet.«

»Und was bezweckt er damit?«

Ein gespenstisches Lächeln verzerrte die aufgrund der Schlaflosigkeit verhärmten Züge von Vincents Tante zu einer höhnischen Maske. »Oh, vielleicht glaubt der Herzog ja, er könnte damit gleich zwei Fliegen mit einer Klappe schlagen. Er hasst Marie-Antoinette, die ihn immer spüren ließ, wie sehr sie seine liberalen Ideen verachtet.«

Sie zog die Luft mit einem zischenden Laut durch die Zähne. »Aber noch mehr mag es ihn reizen, selbst hier zu residieren.« Sie machte eine weit ausholende Geste, die das Schloss Versailles umfasste. »Vielleicht will er ja selbst König werden. Ein König von Pöbels Gnaden, bei dem er ja ungemein beliebt ist.«

Ihre Zuhörer schwiegen schockiert. Charlotte sah Vincent grimmig nicken. *Er glaubt das auch! Mein Gott, was soll nur aus uns allen werden?*

Die Prinzessin erhob sich aus dem Sessel, in dem sie bislang verharrt hatte. Ihr Gesicht und ihre Bewegungen wirkten wie die einer uralten Frau, obwohl sie die vierzig kaum überschritten hatte.

»Doch ich muss Sie nun verlassen, meine Teuren, um den Damen der Königin beim Packen zu helfen und hernach noch selbst etwas für mich zusammenzusuchen. Ich reise gegen Mittag mit Ihren Majestäten ab. Nein, Vincent«, kam sie seiner Frage zuvor, »Sie müssen mir nicht helfen. Geleiten Sie Ihre Verlobte und deren Familie sicher zurück nach Paris, sobald die Meute abgezogen ist.«

Sie warf ihm einen durchdringenden Blick zu, der Charlotte durch Mark und Bein fuhr. »Danach erwarte ich Sie in meinem Stadtpalais an den Champs Élysées!«

Schloss Versailles
6. Oktober 1789, zwei Uhr nachmittags

»Ich glaube, sie sind endlich weg!« Charlottes jüngere Schwester Clémentine war ans Fenster des kleinen Salons getreten, in dem die Familie noch immer verweilte.

Vincent und Charlotte blickten ihr über die Schulter. Der Schlosshof war leer. Nur die Abfallhaufen aus Lumpen, Resten von Nahrungsmitteln und menschlichem Unrat zeugten noch vom Aufenthalt des Pöbels.

»Dann lassen Sie uns rasch aufbrechen«, drängte Charlottes Mutter Marie. »Ich sehne mich nach meinen Gemächern im Palais Rohan!«

Der Kardinal räusperte sich. »Anlässlich der jüngsten Ereignisse möchte ich Sie alle von dem Entschluss unterrichten, den ich gefasst habe. Schon länger trage ich mich mit dem Gedanken, Paris endgültig zu verlassen und mich auf meinen Bischofssitz nach Zabern zurückzuziehen. Zwar kam es auch im Elsass zu Revolten, diese blieben aber vor allem auf Straßburg begrenzt. Die Zaberner Bevölkerung ist mir nach wie vor treu ergeben.«

»Sie wollen Paris verlassen?«, fragte Marie von Orléans-Rothelin ungläubig. »Aber dort ist unser Zuhause!«

»Dort herrschen Chaos und Anarchie«, beharrte der Kardinal. »Auch in meinem Palais an der Place Royale sind wir möglicherweise unseres Lebens nicht mehr sicher. Jedermann weiß doch, dass der König nicht die Möglichkeiten und Mittel hat, um der Hungersnot Herr zu werden. Wie lange wird es noch dauern, bis die verzweifelte Meute beginnt, die herrschaftlichen Anwesen zu plündern?«

»Aber was ist mit Ihrem Abgeordnetensitz in der Nationalversammlung?«, wandte Charlottes Vater ein.

Der Kardinal lächelte bitter. »Ich vertrete dort das ›Ancien Régime‹, wie mir einer meiner eigenen Standesgenossen bereits vorwarf. Im Sinne des Königs kann ich dort nichts mehr bewirken. Im Gegenteil, wann werden sie beginnen, auch alle unliebsamen Abgeordneten zu meucheln?«

»Aber die Nationalgarde wird uns beschützen, mon cher«, versuchte Marie einen letzten Einwand. »War das nicht auch das Hauptargument, warum der König mit nach Paris zog? Dass dies sicherer für ihn und seine Familie sei, weil die Nationalgarde dort seine Unversehrtheit besser garantieren kann als hier in Versailles?«

Der Kardinal schürzte verächtlich die Lippen. »Auch die Nationalgarde ist zunehmend von Revolutionären unterwandert. Immer mehr königliche Regimenter laufen zu den Aufständischen über.« Sein Blick streifte die Runde. »Ich werde Paris schon morgen verlassen und fordere Sie alle auf, mit mir zu kommen. Den Fehler des Königs, zu lange zu zögern, werde ich nicht begehen.«

Die Zuhörer zogen angesichts dieser respektlosen Bemerkung erschrocken den Atem ein. Zu Charlottes Überraschung pflichtete Vincent dem Kardinal bei. »Ich denke, Sie haben recht, verehrter Oheim«, sprach er den Kardinal an, als sei er bereits mit ihm verwandt. »Sie alle sollten Paris verlassen. Dort ist es fürwahr nicht mehr sicher.«

Charlottes Herzschlag setzte für einen Moment aus. *Und was ist mit dir? Willst du nicht mit uns kommen?* Sie blickte Vincent flehend an.

Er verstand ihre Bitte auch ohne Worte und schüttelte mit einer Mischung aus Entschlossenheit und Bedauern den Kopf. »Mich selbst bindet die Pflicht meiner Tante Marie-Louise gegenüber an Paris. Aber es wäre mir eine große Beruhigung, Charlotte und Sie alle in Sicherheit zu wissen.«

»Werden Sie uns denn wenigstens dort besuchen kommen?« Charlottes Stimme drohte zu brechen, als sie ihm diese Frage leise stellte.

Vincent blickte sie zärtlich an. »So oft es mir meine Geschäfte erlauben, ma chère. Das verspreche ich Ihnen.«

Kapitel 4

Bischofsschloss in Zabern, Ende Juni 1790

Träumerisch ließ Charlotte eine Hand durch das kühle Wasser gleiten und blickte zum strahlend blauen Sommerhimmel empor. Vincent ruderte sie über den künstlich angelegten Kanal zu einer kleinen, ebenfalls künstlich angelegten Insel, auf der ein Pavillon im griechischen Stil stand. Die Zeit schien einen glücklichen Moment lang stillzustehen.

Auch wenn das Rohan'sche Schloss in Zabern mit der Pracht von Versailles nicht mithalten konnte, hatte man doch keine Kosten und Mühen gescheut, um den im Jahr 1779 zum Teil niedergebrannten Palast mit allem erdenklichem Luxus neu zu errichten. Im vorderen Schlosshof erhob sich ein bronzenes Reiterstandbild des Sonnenkönigs Ludwig XIV. Der Park mit den zahllosen Blumenrabatten, den Gewächshäusern voller exotischer Pflanzen, den Springbrunnen und verwunschenen Lauben erstreckte sich eine halbe Meile weit hinter dem Schloss.

Die Räume waren mit exquisiten Möbeln und Kunstgegenständen ausgestattet. Goldgerahmte Spiegel aus venezianischem Glas, reich geschnitzte Schränke und Truhen, mit wertvollen Intarsienarbeiten eingelegte Sekretäre und mit gemusterten Stoffen in leuchtenden Farben bezogene Sitzmöbel füllten die Räume. Allerorten fanden sich aufwendig gestaltete Uhren, japanische Lackarbeiten und chinesische Vasen. Gemälde berühmter Meister schmückten die Wände, die mit Seidentapeten bezogen waren. Das Schloss stand der Pracht des Pariser Kardinalpalais in nichts nach.

Charlotte seufzte. Sie liebte diesen Ort und hatte sich in besseren Zeiten immer auf einen der seltenen Besuche gefreut. Doch jetzt waren auch hier die Tage ihres Bleibens gezählt. Schon im vergangenen November waren alle kirchlichen Besitztümer verstaatlicht worden. Dies betraf zunächst die reichen Einkünfte, die Kardinal von Rohan bislang aus seinen zahlreichen Besitztümern erzielt hatte und die er nun einbüßte. Es war nur eine Frage der Zeit, bis auch das Zaberner Schloss enteignet werden würde.

»Es wird uns dann nichts anderes übrig bleiben, als über den Rhein nach Ettenheim zu ziehen«, hatte Onkel Louis der entsetzten Verwandtschaft vor einigen Tagen erklärt.

»Nach Ettenheim?«, fragte Maries Mutter. Ihrer Stimme war anzuhören, was sie von dieser Perspektive hielt. »Das ist doch nicht viel mehr als ein Dörfchen!«

Der Kardinal seufzte. »Wir können alle von Glück sagen, dass sich mein Fürstbischoftum Straßburg über die Landesgrenze hinweg bis nach Baden erstreckt. So haben zumindest *wir* diese Ausweichmöglichkeit. Kein anderer meiner französischen Standesgenossen verfügt über eine solche Alternative. Zumal ich dadurch auch deutscher Reichsfürst bin und weiterhin Einkünfte beziehe, auch wenn sie im Vergleich zu meinen bisherigen Einnahmen bescheiden sein mögen.«

»Aber … aber verfügen Sie denn dort drüben überhaupt über einen angemessenen Wohnsitz?«

Der Kardinal zog die Augenbrauen zusammen. »Über keinen so prächtigen wie hier, meine liebe Marie«, antwortete er kühl. »Doch wir dürfen in diesen Zeiten nicht wählerisch sein. Immerhin sind wir dort nicht mehr den Wirren der Revolution ausgesetzt. Es heißt, dass sie hier sogar den Klerus zwingen möchten, einen Eid auf die neue Verfassung abzulegen.«

Charlottes Mutter presste die Lippen zusammen. Sie verkniff sich offensichtlich eine Erwiderung. Der Rest der Mahlzeit verlief in ungemütlichem Schweigen.

Dies war auch unverändert die Lage in Zabern, als sich Vincent zu Charlottes großer Freude zu einem seiner seltenen Besuche ankündigte. Trotz seines Versprechens im Oktober, sie möglichst häufig aufzusuchen, war dies erst die dritte Gelegenheit, die er wahrnehmen konnte. Zu bewegt waren die Ereignisse in Paris, nahezu täglich änderte sich dort die Lage.

Doch hier im Zaberner Schloss war alles noch friedlich. Das sanft dahingleitende Boot, die laue Sommerbrise und das leise Plätschern des Wassers lullten Charlotte ein. Weit weg waren die Tage der Unruhe und Angst in Paris.

»Es ist hier so wunderschön«, seufzte sie leise. »Warum kann es nicht immer so sein?«

Vincent spitzte die Lippen und sandte ihr einen Kuss. »*Du* bist wunderschön«, murmelte er heiser. Begehren lag in seiner Stimme und verursachte in Charlottes Schoß das ihr schon bekannte angenehme Ziehen, das sich langsam ausbreitete.

Dennoch wehrte sie sein Kompliment spielerisch ab. »Du unverbesserlicher Schmeichler«, neckte sie ihn. »Wo ich doch heute nicht einmal ein besonderes Kleid trage!«

»Es steht dir ganz wunderbar! Diese Fliederfarbe kleidet dich ungemein.« Vincent zog die Stirn kraus. »Doch mich dünkt, dass ich das Kleid schon kenne. Irgendetwas daran ist allerdings anders.«

Charlotte lachte spitzbübisch. »Es ist dasselbe Kleid, das ich letztes Jahr in Versailles trug, als ich deiner Tante vorgestellt wurde. Nur etwas anders aufgeputzt. Du erinnerst dich doch, beim Spaziergang in den Gärten des Palais Royal habe ich den Rock ruiniert. Die Flecken ließen sich nicht mehr auswaschen.«

Plötzlich schien es, als verdunkele sich der Himmel. Die quälenden Bilder des 14. Juli 1789 stürmten wieder auf Charlotte ein. Die wunderbare Stimmung drohte zu kippen. Sie atmete tief durch und versuchte, die Schatten der Vergangenheit zu verdrängen.

»Doch Agnès, meine tüchtige Zofe, kam auf die Idee, diese Rüschenborten über die besudelten Stellen zu nähen. Damit alles zusammenpasst, fasste sie auch den Ausschnitt und die Ärmel mit ihnen ein«, plapperte sie scheinbar unbekümmert weiter.

Vincent blickte sie durchdringend an. Ihre Stimme erstarb.

»Dir geht das alles noch immer nach«, konstatierte er schließlich nach einer Pause des Schweigens. Charlotte nickte stumm. Sie hätte sich so gerne in Vincents Arme geschmiegt, der aber voll und ganz damit beschäftigt war, sie zügig auf die kleine Insel zu rudern. Außerdem hätte das leichte Boot kentern können, wenn sie beide auf derselben Seite gesessen hätten.

Stattdessen wiederholte sie die Frage, die sie ihm bereits kurz nach seiner Ankunft gestellt hatte. »Und du kannst wirklich nur drei Tage bleiben?«

Vincent blickte sie mit dem Ausdruck liebevoller Nachsicht an, den Charlotte inzwischen zu fürchten gelernt hatte. Bedeutete er doch jedes Mal, dass er seine Verpflichtungen über ihren Wunsch, mit ihm zusammen zu sein, stellen würde. Deshalb kannte sie seine Antwort auch bereits im Voraus.

»Liebes, ich habe dir doch erzählt, dass ganz Paris sich auf das große Fest zum Jahrestag der Erstürmung der Bastille vorbereitet. Dazu wird auch der König mit seiner Familie erwartet. Er soll öffentlich den Eid leisten, seine Macht nur noch zum Wohle des Volkes und im Sinne der neuen Verfassung auszuüben. Das will gut vorbereitet sein. Überhaupt muss jeder Schritt Ihrer Majestäten sorgsam geplant werden, damit nicht neuer Unmut im Volke entsteht. Marie-Antoinette fürchtet sich sehr vor diesem Auftritt, und meine Tante Marie-Louise ist ihr unentbehrlicher denn je.«

Charlotte patschte unwillig mit der Hand aufs Wasser, sodass eine kleine Fontäne aufspritzte. »Du sagst es gerade, mon cher. Deine *Tante* ist unentbehrlich. Du aber …«

»Charlotte, wir haben das doch schon so viele Male erörtert.« Vincents Miene verdüsterte sich. »Ich habe es ihr versprochen.«

Charlotte spürte, wie ihr die Kehle eng wurde. Wieder nahm Vincent ihre unausgesprochene Erwiderung vorweg.

»Ich weiß ja, meine Geliebte, du fürchtest, wir könnten uns gar nicht mehr sehen, wenn ihr wirklich nach Ettenheim geht.« Nun klang seine Stimme wieder zärtlich. »Nun, das wird sich weisen. Aber ich habe für alle Fälle eine kleine Überraschung für dich.«

Der Bootsrumpf knirschte über den weißen Kies des Inselstrandes. Vincent sprang an Land, zog das Boot weiter ans Ufer und half Charlotte beim Aussteigen. Dann griff er nach dem Picknickkorb.

»Lass uns erst eine kleine Erfrischung einnehmen, dann verrate ich dir, was es ist. Ich bin sicher, es wird dir gefallen.«

Nach dem Imbiss, der aus kalter Hühnerbrust, Lachspastete und Erdbeertörtchen bestand und dem Charlotte wie immer, wenn sie aufgeregt war, kaum zusprach, griff Vincent mit einem geheimnisvollen Lächeln in die Innentasche seiner Jacke aus feinem englischem Tuch. Er zog eine kleine, mit rotem Samt bezogene Schatulle hervor.

»Hier, schau hinein!«

Gespannt betätigte Charlotte den zarten Mechanismus. Das Kästchen sprang auf.

»Oh!« Vor Entzücken vergaß sie ihre Sorgen einen Moment lang vollständig. »Wie wunderschön!«

In der Schatulle lag ein goldenes Medaillon. Mit kleinen Saphiren waren die ineinander verschlungenen Buchstaben »V« und »C« oberflächenbündig in dessen Deckel eingetrieben worden.

»Vincent von Carignan«, murmelte sie.

»Oder Vincent und Charlotte. Die Buchstaben sind doppeldeutig«, ergänzte Vincent. »Aber nun mach es auf!«

Charlotte drückte auf den kleinen Verschluss, der die beiden Hälften des Medaillons zusammenhielt, und öffnete es. Die rechte Hälfte zeigte ein Miniaturporträt von Vincent. Es war so lebensecht, als säße Vincent vor einem winzigen Spiegel. Die linke Hälfte enthielt eine Locke seines schwarzen Haars.

Wie gebannt blickte Charlotte auf das kostbare Geschenk. »Herrlich!«, flüsterte sie. »Der Künstler ist ein Meister seines Fachs.«

»Der beste am ganzen Hof von Versailles«, bestätigte Vincent. »Denn ich wollte kein Risiko eingehen. Dieses Schmuckstück soll dich an mich erinnern, meine Geliebte, wenn wir wieder voneinander getrennt sind.«

In Charlottes große Freude mischte sich Wehmut. »Also kannst du mich wirklich nicht mehr besuchen, wenn wir nach Ettenheim ziehen?«, fragte sie ängstlich.

Vincent hob die Achseln. »Ich weiß es nicht, meine Geliebte.« Er zögerte kurz, ehe er weitersprach. »Doch was ich weiß, ist, dass ich meine Tante nach England begleiten werde, sobald uns die Reise möglich ist. Sie möchte am englischen Hof um Unterstützung für die Bourbonen werben.«

Charlotte starrte ihn sprachlos an.

»Deshalb habe ich den Maler beauftragt, Charlotte«, sprach Vincent hastig weiter. »Damit du jeden Tag an mich denkst.«

»Also wirst auch du nicht mehr nach Frankreich zurückkehren?« Die Angst schnürte Charlotte die Kehle zu.

Vincents lächelnde Miene verwandelte sich, als würde er eine Theatermaske ablegen. Die Sorgenfalten um seinen Mund ließen ihn plötzlich viel älter aussehen als seine dreiundzwanzig Jahre.

»Unsere alte Welt zerbricht, Charlotte!« Er zeigte auf die liebliche Landschaft um sie herum und auf das prächtige Schloss im Hintergrund. »All dies ist vielleicht schon bald nicht mehr als ein schöner Traum, eine Erinnerung an unbeschwerte, sorglose Zeiten, die nicht wiederkehren werden.«

»So glaubst also auch du nicht mehr daran, dass dieser Revolutionsspuk bald vorüber ist?«

Vincent wirkte einen Lidschlag lang unschlüssig. Dann schüttelte er den Kopf. »In den Tagen des Abschieds sollten wir ehrlich zueinander sein, Charlotte. Eine neue Zeit ist angebrochen. Wo einmal unser Platz in ihr sein wird, ist ungewiss.«

Eine Träne löste sich aus Charlottes rechtem Auge und rollte ihr über die Wange. »Und ich habe gar nichts für dich!«, flüsterte sie.

In Vincents Augen blitzte es auf, als käme ihm plötzlich eine Idee. »Doch, meine Geliebte! Etwas kannst du mir schenken.« Er reichte Charlotte die Hand. »Steh auf!«

Verblüfft ließ sie sich von den seidenen Kissen hochziehen, auf denen sie während des Picknicks gesessen hatten.

»Beantworte mir einfach diese Frage. Willst du, Prinzessin Charlotte Louise Dorothée von Rohan-Rochefort, den hier anwesenden Grafen Vincent Alphonse Pierre von Carignan zu deinem Ehemann nehmen, ihn lieben und ehren in guten und in schlechten Tagen, bis dass der Tod uns einst scheidet?«

Er blickte ihr tief in die Augen. »So antworte mit: ›Ich will‹!«

»Ich will!«, flüsterte Charlotte wie in Trance.

»Und jetzt du!«

Die Worte kamen ihr wie von selbst über die Lippen. »Und willst du, Graf Vincent Alphonse Pierre von Carignan, die hier anwesende Prinzessin Charlotte Louise Dorothée von Rohan-Rochefort zu deinem Eheweib nehmen, sie lieben und ehren in guten wie in schlechten Tagen, bis dass der Tod uns scheidet?«

»Ich will!«, antwortete Vincent mit fester Stimme, ohne ihre Aufforderung dazu abzuwarten.

Er ergriff ihre Rechte, an der sie wie jeden Tag seit der Verlobung den Ring trug, den er ihr geschenkt hatte, und hob sie an seine Lippen. »Diesen Verlobungsring mit den kostbaren Steinen möchte ich so rasch wie möglich durch einen schlichten Goldreif ersetzen, in den mein Name und ein Datum eingraviert sind.« Dann nahm er sie in die Arme und küsste sie leidenschaftlich. »Heute Nacht besiegeln wir unser Versprechen«, flüsterte er ihr ins Ohr. »Ich kann es kaum erwarten. Ab jetzt wirst du spüren, dass uns nichts auf der Welt mehr trennen kann.«

Noch am selben Tag, beim Abendessen, verkündete der Kardinal, dass man in zwei Wochen nach Ettenheim aufbrechen werde.

Ettenheim, 12. Dezember 1790

Ein eisiger Wind wehte, als das Städtchen Ettenheim mit seinem hoch über die Stadtmauern aufragenden Kirchturm in Sicht kam. Wie zum Ausgleich strahlte eine helle Wintersonne vom fast wolkenlosen Himmel. Da es in der Nacht gefroren hatte, glitzerte der Raureif auf den Bäumen und Büschen wie Diamanten.

Die vierspännige Kutsche mit dem Wappen des Kardinals, in der Charlotte gemeinsam mit ihrem Onkel Louis und den zwei wichtigsten Würdenträgern der neuen Residenz saß, rumpelte weiter über die ungepflasterte Straße. Zu beiden Seiten des Wagens ritten Charlottes Vater, Prinz Jules von Rohan-Rochefort, und ihr dreizehnjähriger Bruder Henri auf ihren Grauschimmeln. Aus den Nüstern der Pferde stieg ihr warmer Atem in Form kleiner Nebelwolken auf. Hinter der Kutsche folgten fünf weitere Wagen mit den verbliebenen Mitgliedern des Hofstaats ihres Onkels.

Heute war ein besonderer Tag. Der Kardinal würde endlich offiziell Wohnsitz als Landesherr im umgebauten ehemaligen straßburgischen Amtshaus nehmen.

Die Kutsche hielt am östlichen Stadttor an. Hier erwarteten die geistlichen Würdenträger der rechtsrheinischen Gebiete des Straßburger Fürstbischoftums den Kardinal, um ihn zuerst zum Rathaus und danach in die Kirche zu geleiten.

Während der Kardinal und die restlichen Insassen der Kutschen ausstiegen und durch das Tor schritten, spielte ein Posaunenchor eine feierliche Weise, die eine Abordnung der Stadtsoldaten mit einem Trommelwirbel begleitete. Der Abt des Klosters Ettenheimmünster, in dem die Rohans während der Renovierung des Amtshauses gewohnt hatten, hielt eine kleine Ansprache in Latein, von der Charlotte, die die Unterrichtsstunden in diesem Fach immer nach Kräften gemieden hatte, kaum ein Wort verstand.

Die Gruppe der in ihre festlichsten Gewänder gekleideten übrigen Geistlichen wurde von dem Erzpriester Sartori aus Lahr angeführt. Die Stadt Lahr in der Ortenau gehörte zwar nicht zum weltlichen Herrschaftsgebiet des Kardinals, aber sehr wohl zur Diözese Straßburg, deren oberster geistlicher Hirte er war. Sartori begrüßte Charlottes Onkel zu deren Erleichterung auf Französisch. Sie hatte schon befürchtet, dass dieser Tag, den sie ohnehin eher als trübselig denn als beglückend empfand, sehr langweilig werden würde.

Zu ihrem nicht geringen Erstaunen stieg der Kardinal aber nicht wieder in die Kutsche, sondern beabsichtigte offensichtlich, entgegen des Protokolls, schon jetzt zu Fuß weiterzugehen. Eigentlich war dies aufgrund der engen Gassen, die zum Kirchberg führten, erst ab dem Rathausplatz vorgesehen.

Charlotte schauderte unwillkürlich vor Kälte zusammen und hüllte sich enger in ihren Pelzumhang. Zum Glück trug sie unter ihrem Kleid aus dunkelbraunem Samt wollene Unterwäsche und Strümpfe und hatte auch die flachen, gefütterten Halbstiefel angezogen. Von etlichen Ausritten nach Ettenheim während der Sommermonate wusste sie, wie holprig und steil der Weg war, der zur Kirche St. Bartholomäus hinaufführte.

Ich hoffe, auch der Onkel hat meinen Rat befolgt und trägt die Fellstiefel unter dem Talar.

Seit der Entlassung aus der Bastille und seiner Verbannung in die Auvergne stand es um die Gesundheit des Kardinals nicht zum Besten. Zwar hatte er wieder an Gewicht zugelegt und sein Gesicht die rundliche Form zurückgewonnen, doch die Sorgenfalten um seine blauen Augen herum, die denen seiner Nichte glichen, hatten sich angesichts der Ereignisse in Frankreich vertieft. Im Gegensatz zu früher, wo man ihn, auch aufgrund seines wenig klerikalen Lebensstils, eher für jünger gehalten hatte, sah man ihm sein Alter heute an. An manchen Tagen wirkte er sogar älter als seine sechsundfünfzig Jahre. Bis vor zwei Tagen hatte er außerdem noch an einer heftigen Erkältung gelitten. Trotzdem zog er es keine Sekunde lang in Betracht, den seit Monaten für diesen 12. Dezember geplanten Festtermin zu verschieben.

Unter den lauten Jubelrufen der Ettenheimer Bevölkerung formierte sich der Zug zum Rathausplatz. Die Trommler und Posaunisten setzten sich an die Spitze, gefolgt von vier Ministranten und dem Pfarrer der Kirche St. Bartholomäus, der das zum Kirchenschatz gehörende silberne Kreuz auf einer langen Stange trug.

Flankiert von Stadtsoldaten, schritt dahinter der Kardinal, der huldvoll nach rechts und links in die Menge grüßte. Dahinter kamen die Geistlichen, schließlich Charlotte zwischen ihrem Bruder und Vater, die ihre Pferde am Zügel führten, und die Mitglieder des Hofstaats. Den Abschluss des Zuges bildeten wiederum Stadtsoldaten. Einige schwenkten Fahnen mit dem vielfarbigen Wappen des Kardinals, dem Stadtwappen von Ettenheim, der roten Burg auf silbernem Grund, sowie dem bretonischen Originalwappen der Familie Rohan: Neun goldene Rauten auf rotem Grund, die Diamanten und damit immerwährenden Wohlstand symbolisieren sollten.

Auch eine Fahne mit dem Wahlspruch des Hauses Rohan war zu sehen: *Roy ne puis, Duc ne daine, Rohan suis.* Charlotte überlegte, welcher der zahlreich erschienenen Ettenheimer die Bedeutung des Spruches »König kann ich nicht sein, Fürst will ich nicht sein, Rohan bin ich« wohl kannte.

Reichtum, Macht und zweifellos Hochmut! Eine Reminiszenz an bessere Zeiten, dachte Charlotte. Eine unbestimmte Traurigkeit hatte bereits am Morgen von ihr Besitz ergriffen, obwohl dieser Tag eigentlich Anlass zur Freude sein sollte. Schließlich fand der Aufenthalt in den kargen Räumen des nahe gelegenen Klosters Ettenheimmünster, der sich Monat um Monat hingezogen hatte, heute ein Ende. Jetzt erst entsprach das neue Stadtschloss den Bedürfnissen ihres Onkels und seines Gefolges.

Doch Charlotte war mit ihren Gedanken bei den Lieben, die ihr seit Monaten fehlten. Bereits am Morgen nach der Ankündigung ihres Onkels, Zabern zu verlassen, hatte ihre Mutter Marie mit entschlossener Miene verkündet, sie wolle nicht mit nach Ettenheim ziehen, sondern nach Paris zurückkehren. »Meine Heimat ist Frankreich. Ich reise zu meinem Sohn Charles in die Vendée. Clémentine wird mich begleiten. Auf dem Weg nach Paris dürfen wir wehrlosen Frauen uns sicherlich dem Schutz des Grafen von Carignan anvertrauen«, wandte sie sich an Vincent.

Ihrem Verlobten blieb nichts anderes übrig, als gute Miene zum bösen Spiel zu machen. Wenigstens verlängerte sich sein Aufenthalt in Zabern dadurch um zwei kostbare Tage.

Bis zum heutigen waren es die letzten gewesen, die er und Charlotte miteinander verbracht hatten. Er weilte zwar nach wie vor in Paris, da sich die geplante Reise seiner Tante nach England hinzog. Doch nach Ettenheim war er noch nie gekommen, genau wie Charlotte es befürchtet hatte. Denn wie alle Emigranten war auch ihr Onkel bei den Pariser Machthabern mittlerweile in Misskredit geraten. »Man könnte mich nicht nur der Spionage, sondern sogar der Verschwörung verdächtigen, wenn ich die Grenze überschreite und mich bei euch in Ettenheim aufhalte«, hatte Vincent Charlotte geschrieben. Dies umso mehr, als der geflohene Prinz Condé in der Tat mittlerweile eine Armee ausrüstete, um die Revolutionäre zu stürzen.

Auch von ihrer Mutter, die die Vendée unbeschadet erreicht hatte, traf nur selten ein Brief ein. Obwohl ihr Verhältnis nie sehr herzlich gewesen war, vermisste Charlotte auch sie und die jüngere Schwester. Zumal sie ja keineswegs wusste, wann und wo sie ihre Verwandten und ihren Verlobten je wiedersehen würde – wenn überhaupt.

Es waren die immer lauteren Vivat-Rufe der Einwohner, die Charlotte schließlich aus ihren trüben Gedanken rissen. Sie standen trotz der Kälte so zahlreich am Wegrand, dass auf den schmalen Gehsteigen kein Durchkommen mehr war, und jubelten ihrem Landesherrn begeistert zu.

Sie musterte die ihrem Onkel so treu ergebenen Untertanen, während sie ihnen freundlich zuwinkte und dafür mit so manch strahlendem Lächeln belohnt wurde. Männer, Frauen und Kinder waren in ihre Festgewänder gekleidet. Die frisch gestärkten, blütenweißen Hauben der Frauen leuchteten in der Sonne und verliehen den gedeckten Blau-, Braun- und Grautönen ihrer schlichten Kleider unter den wollenen Umhängen oder Schultertüchern etwas Glanz. Die Männer trugen die für diese Gegend charakteristische Tracht: runde schwarze Hüte, dicke rote Wämser unter rot gefütterten Überröcken mit langen Schößen, dazu Kniehosen, gestrickte Strümpfe und auf Hochglanz polierte, schwere Lederschuhe.

Jetzt hatte der Zug den Rathausplatz erreicht, wo der zweite Teil der Zeremonie beginnen sollte und bereits die Honoratioren der Stadt auf ihren Onkel warteten. Der straßburgische Amtmann Michael Stuber, der das Gebiet im Auftrag ihres Onkels verwaltete, überreichte dem Landesherrn symbolisch den großen, aus Silber gegossenen Stadtschlüssel auf einem blauseidenen Kissen. Der Bürgermeister, erkennbar an seiner goldenen Amtskette, hielt eine weitere Rede, diesmal auf Deutsch.

Vorübergehend verschlechterte sich Charlottes Laune wieder, denn sie verstand erneut kein Wort. *Mir wird wohl nichts anderes übrig bleiben, als zumindest ein paar Brocken dieser schwierigen Sprache zu erlernen.* Einen Moment lang drohte das Heimweh nach Frankreich sie zu überwältigen.

Da begannen alle Glocken des Städtchens zu läuten und ließen ihr keine Ruhe zu weiterem Sinnieren. Wieder formierte sich die Prozession, diesmal um den steilen Berg zu St. Bartholomäus zu erklimmen. Nun setzten sich allerdings hinter den Musikern zwölf Paare aus je einem Mädchen und einem Buben an die

Spitze. Vier Ratsherren hielten einen roten, mit goldenen Fransen verbrämten Baldachin, unter dem ihr Onkel Aufstellung nahm. Angeführt vom Pfarrer mit seinem silbernen Kreuz schritten dahinter die Geistlichkeit und Charlotte mit ihrem Vater und Bruder.

Hinter den Fahnenträgern am Abschluss des Zuges strömte nun die Bevölkerung den Kirchberg hinauf. Die wenigsten Ettenheimer würden im Innern der Kirche Platz finden, wo unter dem Gemälde mit dem Martyrium des heiligen Bartholomäus der feierliche Dankgottesdienst stattfinden würde.

Kaum hatte Charlotte die Kirche betreten, sah sie sich staunend um. Schon die Straßen der Stadt, durch die der Festzug gekommen war, hatte man mit Girlanden aus Tannenzweigen mit roten und goldenen Schleifen geschmückt. Doch die Pracht, die fleißige Hände im Innern der Kirche entfaltet hatten, übertraf alle ihre Erwartungen und vertrieb auch die letzten düsteren Gedanken.

Die Menschen in Ettenheim scheinen sich wirklich darüber zu freuen, dass mein Onkel hier seinen Wohnsitz nehmen wird, dachte sie gerührt, als sie den Blick über die vielen brennenden Wachskerzen gleiten ließ. *Das müssen weit über hundert Stück sein.* Besonders beeindruckte sie der reiche Blumenschmuck. *Wo haben sie mitten im tiefsten Winter nur so viele Rosen her?*

Erst auf den zweiten Blick erkannte Charlotte, dass es keine echten Blumengebinde waren. Fleißige Hände mussten in wochenlanger Arbeit all die Blüten aus rotglänzender Seide genäht haben, die mit goldenen Schleifen zu Kränzen gewunden und zu Buketten gesteckt waren. *Die Rohan'schen Farben.*

Hinter dem Kardinal schritt sie über den roten Teppich bis zu dem mit rotem Samt bezogenen thronähnlichen Lehnsessel mit Baldachin, auf dem ihr Onkel Platz nahm. Sie selbst saß gemeinsam mit den Honoratioren und ihrer Familie im reich geschnitzten Chorgestühl. Hinter ihnen füllte sich die Kirche bis auf den letzten Stehplatz.

Abbé François Weinborn, einer der Vertrauten ihres Onkels, zelebrierte gemeinsam mit dem Stadtpfarrer Franz-Xaver Mast und dem Erzpriester Sartori das feierliche Hochamt.

Die auf Französisch gehaltene Predigt des Stadtpfarrers war ganz der Freude über den Einzug des Kardinals in Ettenheim gewidmet. Denn bislang hatte ihr Onkel diese rechtsrheinische Enklave seines Bischoftums eher stiefmütterlich behandelt. Selbst in Zabern hatte er sich kaum jemals aufgehalten, solange ihn in Paris die weltlichen Genüsse seines Ranges mehr reizten als die Ausübung seiner geistlichen Pflichten.

Als Charlotte gemeinsam mit der Gemeinde zum Abschluss der heiligen Messe das Gloria Dei anstimmte, fühlte sie sich auf seltsame Weise getröstet. Vor dem Kirchenportal segnete der Kardinal die versammelte Menge, die ehrfürchtig auf dem gefrorenen Boden niederkniete.

So hat die Halsbandaffäre und sogar die Revolution am Ende doch etwas Gutes gezeitigt, schoss es ihr durch den Kopf. *Nun kann mein Onkel zeigen, dass er ein guter und gerechter Landesvater ist. Überdies sind wir hier alle in Sicherheit.*

Palais Rohan in Ettenheim
12. Dezember 1790, zwei Stunden später

Die letzten Salutschüsse zu Ehren des Kardinals verklangen, als die Familie nach der Messe das neue Palais erreichte. Den roten Wangen und triefenden Nasen nach zu schließen, waren alle ziemlich durchgefroren. Sie sehnten sich nach einer kurzen Rast vor dem warmen Ofen, bevor die Feierlichkeiten mit einem großen Festmahl weitergehen würden. Den Abschluss würde ein Feuerwerk bilden, auf das sich die Bevölkerung besonders freute.

Der Kardinal hatte Wein an die Stadtsoldaten ausschenken lassen. Auf dem Rathausplatz wurden Bier, Würste und Brot an die Ettenheimer Bürger verteilt.

Auch auf Charlotte wartete eine Überraschung. Der Kardinal freute sich wie ein Kind darauf, ihre Miene zu sehen, sobald sie seine Gaben in ihren neuen Gemächern entdecken würde.

Während die Zofe Charlotte Hut und Pelzumhang abnahm und diese ihre gefütterten Halbstiefel gegen bequeme Hausschuhe vertauschte, betrachtete ihr Onkel, der sich ebenfalls aus seiner Fest-Kasel schälen ließ, sie unauffällig.

Sie ist mir wie die Tochter, die mir mein Amt nie erlaubte, sinnierte er mit einer Spur von Wehmut. Dieser Gedanke kam ihm nicht zum ersten Mal. *Ich wünsche ihr alles Glück auf dieser Erde. Denn sie ist ein Mensch mit ganz wundervollen Eigenschaften.*

Ihre Warmherzigkeit gehörte dazu, ihre Uneigennützigkeit sowie der vollständige Mangel an Eitelkeit und Hoffart. *Obwohl sie keine Schönheit im klassischen Sinne ist, bezaubert sie die Menschen doch mit ihrem Charme. Wenn sie auch viel zu nachgiebig ist.* Der Anflug von Sorge um sie, den er in den letzten Jahren immer wieder verspürt hatte, wurde in jüngster Zeit stärker. *Längst hätte sie den jungen Carignan zwingen müssen, sie endlich zu heiraten. Das Versprechen gegenüber seiner Tante hin oder her.*

Dem Kardinal waren die Ängste nicht entgangen, die Charlotte um ihren Geliebten ausstand, der weiterhin im immer gefährlicher werdenden Paris lebte. Er ärgerte sich auch schon länger über den Egoismus der Prinzessin von Lamballe. *Sosehr ich ihre Königstreue auch schätze, hat sie das Recht, dem Glück dieser jungen Leute im Wege zu stehen?*

Mehr als einmal hatte er deshalb schon versucht, seine Nichte mit jungen Edelleuten zusammenzubringen, die wie sie über den Rhein emigriert waren. Sie war ihnen gegenüber höflich und freundlich geblieben, aber mehr hatte sich nicht daraus ergeben.

Das einzige Mal, als er Vincents Weigerung, sich endlich zu ihr zu bekennen, kritisierte, hatte sie ihren Verlobten sogar heftig verteidigt. »Ich möchte nicht, dass ein Schatten über unserer Liebe liegt, Onkel Louis. Wie soll Vincent mich ehren und achten, wenn er sich meinetwegen mit seiner Adoptivmutter, der er alles verdankt, entzweit?«

Doch noch gab sich der Kardinal nicht geschlagen. »Und wie sollst du einen Mann ehren und achten, der die Blüte eurer Jahre verstreichen lässt, um stattdessen einen sinnlosen Kampf auszufechten?«

Charlotte riss erschrocken die Augen auf. »Glauben Sie denn, die Revolution wird siegen?«

Angesichts der Angst in ihrem Gesicht ruderte er zurück. »Das glaube ich nicht, mein Kind. Ich bete täglich darum, dass dieser Kelch an uns vorübergehen möge. Doch was vorher noch alles in Paris geschehen mag, weiß nur unser Herrgott.«

Sie straffte den Rücken. »Ich glaube auch nicht an einen Sieg dieses Gesindels, Onkel. Und warte daher geduldig auf Vincent, wie ich es ihm versprochen habe.«

Nun, die neuesten Nachrichten aus Frankreich waren alles andere als vielversprechend. Nach der Beschlagnahmung des kirchlichen Vermögens hatte die Nationalversammlung tatsächlich ein Gesetz verabschiedet, das alle Geistlichen dazu verpflichtete, den Eid auf die Verfassung abzulegen, und sie damit zu Staatsbeamten machte. Aus Rom verlautbarte bereits, dass der Papst dieses Gesetz nicht billigen würde. Und selbstverständlich würde er, Kardinal Louis René Édouard von Rohan-Guéméné, diesen Eid unter keinen Umständen leisten.

Er unterdrückte ein Seufzen. Dann verdrängte er die düsteren Gedanken. Er wollte Charlotte doch überraschen.

»Warte eine Sekunde auf mich, mein Kind«, sprach er sie an, als sie sich bereits anschickte, die geschwungene Treppe hinaufzusteigen. »Ich möchte dir selbst deine Zimmer zeigen.«

Charlotte drehte sich verwundert um. Er zwinkerte ihr geheimnisvoll zu. »Warte es ab, meine Liebe!«

Er stieg hinter seiner Nichte die Treppe bis in den zweiten Stock hinauf. Dort lagen die beiden Räume, die er Charlotte zugedacht hatte und die mit einer Zwischentür verbunden waren. Der vordere Raum war eine Mischung aus Salon und Schreibzimmer, in dem Charlotte auch eigene Gäste empfangen konnte, ohne auf die Repräsentationsräume im ersten Stock angewiesen zu sein. Der zweite, etwas größere Raum war ihr Ankleide- und Schlafzimmer. Verglichen mit ihren Räumen im Palais Rohan in Paris oder dem Zabener Schloss waren die Wohnverhältnisse bescheiden. Doch mehr Platz hatte leider nicht zur Verfügung gestanden.

Vor dem ersten Raum, dessen Einrichtung Charlotte noch nicht gesehen hatte und die größtenteils von einem örtlichen Möbelschreiner stammte, drängte er sich an ihr vorbei und hielt ihr dann selbst die Tür auf. Sie trat ein und schaute sich um.

»Deine Mutter hätte es zweifellos ›schlicht‹ genannt«, versuchte er, ihrer möglichen Enttäuschung zuvorzukommen. Doch er irrte sich in seiner Nichte.

Sie war offensichtlich erfreut und lächelte herzlich. »Es ist gut so, wie es ist. Der Raum ist hell und freundlich. Dass die Schränke keine aufwendigen Schnitzereien haben, vermisse ich nicht. Die Sitzmöbel sehen auf jeden Fall recht bequem aus …« Jetzt streifte ihr Blick die besondere Ecke.

»Oh!« Mit einem Ausdruck des Entzückens schlug sie beide Hände vor den Mund. Dann drehte sie sich um und umarmte ihn spontan. »Oh! Was für eine wundervolle Überraschung!« Sie küsste ihn auf beide Wangen. »Ich dachte, wir hätten keine Möbel aus Zabern mitnehmen können.«

»Diesen kleinen Sekretär habe ich noch in einem der Gepäckwagen untergebracht. Ich wusste doch, wie sehr du an ihm hängst.«

Vor einigen Jahren hatte er ihr das wertvolle Möbelstück aus Rosenholz zum Geburtstag geschenkt. Es wies feine Einlegearbeiten in Form von Ornamenten und Blüten auf. Innen hatte es zierliche Fächer und Schubladen. Sogar ein Geheimfach befand sich in ihm.

»Und das Sesselchen ist auch dabei!« Charlotte klatschte in die Hände, als sie den kleinen, mit Petit-Point-Stickerei bezogenen Stuhl entdeckte. Die Handarbeit für den Sitz hatte sie selbst angefertigt. Ihre Mutter hatte den Stoff für die Lehne bestickt.

Die Kirchturmuhr schlug die vierte Stunde. Draußen begann es bereits zu dämmern. Der Kardinal merkte auf. »Nun müssen wir uns sputen, mein Kind«, sagte er. »Bald beginnt das Festmahl, und zuvor müssen wir uns umkleiden und sollten noch ein wenig ruhen. Im Schlafzimmer findest du auch deinen geliebten Waschtisch mit dem geblümten Geschirr aus Meißen.«

Wieder jauchzte Charlotte auf. Auch an diesem Stück, einem Geschenk ihrer Eltern, hing sie sehr.

Dem Kardinal ging ob ihrer Freude das Herz auf. *Mit wie wenig man ihr doch eine große Freude bereiten kann,* verglich er Charlottes Begeisterung mit den Ansprüchen seiner ehemaligen Mätressen, die sogar über Geschenke von weit größerem Wert gelegentlich die Nase gerümpft hatten. Wieder zog sich sein Magen ein wenig zusammen.

Gebe unser Herrgott, dass sie so glücklich wird, wie sie es verdient.

Palais Rohan in Ettenheim, Januar 1792

Charlotte drehte sich vor ihrem Spiegel mit dem schlichten Holzrahmen, um den Sitz ihrer Frisur zu prüfen. Agnès, ihre Kammerzofe, lag mit einer heftigen Erkältung zu Bett, und da es keine weitere Zofe im Rohan'schen Haushalt gab, hatte sich Charlotte selbst die Haare aufstecken müssen.

Sie verrieb eine Spur Rouge auf ihren Wangen und zupfte ein Stäubchen von ihrem Rock aus silbergrauer Seide. Dann tupfte sie sich noch ein wenig Parfum auf Hals und Handgelenke und ging in ihren kleinen Salon, wo sie bleiben wollte, bis die Glocke die Ankunft der Gäste verkündete. Man erwartete heute Abend hohen Besuch: Prinz Joseph von Bourbon-Condé höchstpersönlich war in Begleitung seines Enkels Louis-Antoine, dem Herzog von Enghien, zum Souper geladen.

Vorsichtig, um den Rock nicht zu zerknittern, setzte sich Charlotte vor ihren kleinen Sekretär und griff sicherlich zum zehnten Mal an diesem Tag zu Vincents letztem Brief, der gestern eingetroffen war.

Meine teure Geliebte, schrieb er. *Ich sehne mich unendlich nach Dir und kann die Stunde kaum mehr erwarten, bis ich Dich endlich wieder in meine Arme schließen kann.*

In der Tonart dieser Liebesschwüre, die Charlotte noch vor einem Jahr mit heller Freude erfüllt hätten, die jetzt allerdings mit einem bitteren Beigeschmack verbunden waren, ging es noch einige Sätze weiter. Bis Vincent zur unvermeidlichen Passage überging, in der er ihr wie üblich erläuterte, warum sich ihr Wiedersehen nochmals hinauszögern würde.

Kurz vor Weihnachten sind wir aus England heimgekehrt. Dort gab man uns alle guten Wünsche für die königliche Familie mit. Mehr haben wir leider nicht erreicht. Man erklärte uns wieder und wieder, dass man wegen der Revolution keinen Krieg beginnen würde und daher eine englische Invasion in Frankreich völlig ausgeschlossen sei. Zumal man in London auch die entsprechenden Androhungen von Österreich und Preußen nicht ernst nimmt und für bloße Rhetorik hält. Es ist zum Verzweifeln!

Charlotte ließ den Brief einen Moment lang sinken. Wie gut, dass ihn ein Bote gebracht hatte. Das Siegel war unversehrt. Es war nicht auszudenken, was Vincent hätte geschehen können, wenn er französischen Spionen oder Grenzposten in die Hände gefallen wäre.

Denn die Lage in Frankreich spitzte sich von Tag zu Tag weiter zu. Seit nicht nur der Prinz Condé, sondern sogar ihr eigener Onkel Louis eine Armee ausrüstete, um gegen das revolutionäre Frankreich zu Felde zu ziehen, war hier, an der nur durch den Rhein getrennten Grenze, der Ton zwischen den verfeindeten Parteien immer schärfer geworden. Anfangs waren es hauptsächlich adlige Emigranten gewesen, die den Großteil der Truppen ausmachten. Nun warb man zum Ärger der örtlichen Bevölkerung auch deutsche Rekruten an, die dann bei der Ernte oder der Arbeit im väterlichen Handwerksbetrieb fehlten.

Einen herben Rückschlag für die Pläne der Emigrantenarmee bedeutete die schon nach vierundzwanzig Stunden gescheiterte Flucht der französischen Königsfamilie im Juni des vergangenen Jahres. Wäre sie erfolgreich verlaufen, hätten die Chancen gut gestanden, eine Koalition mit den ausländischen Mächten bilden und nach einer Invasion in Frankreich König Ludwig XVI. wieder in seine alten Rechte einsetzen zu können.

Aber so hielten sich die übrigen europäischen Mächte bedeckt, wie es auch Vincent erfahren hatte. Selbst deren anfängliche Unterstützung der Emigranten verkehrte sich nun ins Gegenteil. Die französischen Truppen fielen der deutschen Bevölkerung bald zur Last und mussten viele Gebiete, in denen man sie zunächst gastfreundlich aufgenommen hatte, schließlich wieder verlassen.

Deshalb hatte Charlottes Onkel Louis zu Beginn des Jahres auch die über zweitausend Mann starke Armee des Prinzen Condé in seinem kleinen Herrschaftsgebiet aufgenommen, als sie in Worms am Rhein nicht länger geduldet wurde. Jetzt herrschte in seiner winzigen Residenzstadt überall drangvolle Enge. In nahezu jedem Haus gab es Einquartierungen fremder Soldaten. Selbst das Kloster in Ettenheimmünster war nicht verschont geblieben.

Unzählige Adlige haben Frankreich mittlerweile verlassen, nur Vincent ist sogar aus England wieder nach Paris zurückgekehrt, dachte Charlotte resigniert.

Tante Marie-Louise ist sofort zur Königin in die Tuilerien geeilt, schrieb ihr Verlobter weiter. *Ich selbst habe meinen Wohnsitz in unserem Stadthaus genommen, das zum Glück noch immer unversehrt ist.*

»Was für ein Dummkopf«, hatte Onkel Louis gestern beim Abendessen Vincents Verhalten kommentiert, nachdem sie ihm dessen Brief vorgelesen hatte. »Begibt sich geradewegs erneut in die Höhle des Löwen. Dabei soll die Teuerung im Land und dadurch der Mangel an Brot schlimmer sein denn je. Würde man nicht noch das Veto des Königs fürchten, hätte die Nationalversammlung schon längst ein Gesetz beschlossen, um auch den Besitz des Adels zu konfiszieren. Aber bald wird es so weit sein«, prophezeite er düster. »Dann wird sich der Pöbel nicht mehr um die Meinung des Königs scheren.«

Die Glocke hallte durch das Treppenhaus des Palais. Die Gäste waren eingetroffen. Charlotte seufzte. Dann verschloss sie den Brief in der Lade ihres Sekretärs und verließ den Salon, um den hohen Besuch an der Seite ihres Onkels und ihres Vaters zu begrüßen.

Das ist fürwahr eine sehr schöne Frau! Bewundernd betrachtete Louis-Antoine, der Herzog von Enghien, Charlotte von Rohan, die die Treppe herabschritt.

Die Bemerkung, die ihr Onkel Louis heute Mittag gemacht hatte, als er gemeinsam mit ihm und seinem Großvater sein Regiment »Royal Rohan« visitierte, schoss ihm durch den Kopf. »Sie werden heute Abend meine Nichte Charlotte kennenlernen, werter Herzog. Heitern Sie sie etwas auf! Trotz der vielen Männer, die meine Lande bevölkern, ist sie ein wenig einsam!«

Das kann ja ein heiterer Abend werden, hatte er sich in diesem Moment respektlos gedacht. *Doch was tut man nicht alles für Frankreichs Wohl.*

Nun war er aufrichtig überrascht. Louis-Antoine hatte sich Charlotte, die fast fünf Jahre älter war als er, als farblose alte Jungfer vorgestellt. Jetzt wurde der Jagdinstinkt des Neunzehnjährigen geweckt. Der Herzog galt landauf, landab als Frauenheld.

»Enchanté, Prinzessin von Rohan«, begrüßte er sie galant und beugte sich über ihre weiß behandschuhte Rechte. »Ich bin wahrhaft entzückt!«

»Bon soir, Durchlaucht«, grüßte sie förmlich zurück. »Seien Sie willkommen in diesem Haus! Ich hoffe, Sie fühlen sich wohl in Ihrem Quartier!«

»In der Tat, ich kann nicht klagen!« Er reichte ihr, ganz Kavalier, den Arm, den sie nur zögernd ergriff, und führte sie in den großen Salon, in dem kleine Erfrischungen bereitstanden, bevor die Glocke zum Souper rief.

Oh, là, là, sie ist spröde, die Kleine. Wer hätte das gedacht! Das wird ein sehr interessanter Abend werden.

»Natürlich vermisse ich Paris sehr, Herzog!« Stirnrunzelnd pickte Charlotte eine Scheibe Karotte von ihrem Teller. *Was für ein eingebildeter Laffe.* »Allerdings vermisse ich weniger die Lustbarkeiten als die vertraute Atmosphäre der Heimat«, fügte sie leicht spöttisch hinzu.

In diesem Augenblick fing sie einen warnenden Blick ihres Onkels auf. Waren ihr ihre Gefühle so deutlich anzusehen? Sie nahm sich zusammen und verzog die Mundwinkel zu einem Lächeln.

Prinz Condé rettete die heikle Situation, wahrscheinlich ohne zu merken, dass sie überhaupt entstanden war. »Wir alle vermissen Paris und unsere Heimat, Prinzessin. Daher erhebe ich mein

Glas auf Ihren Oheim, der uns so großzügig aufgenommen hat. Möge unsere vereinte Armee bald groß genug sein, um die Usurpatoren zu vertreiben.« Die Anwesenden tranken einander zu.

»Was war denn der Grund dafür, dass Sie Worms verlassen mussten?«, fragte Charlottes Vater Jules.

Der Prinz zuckte mit den Achseln. »Der Mainzer Kurfürst hat uns fast ein Jahr lang Aufenthalt in seinem Territorium gewährt. Doch tüchtige Soldaten sind anstrengende Gäste. Es wurde Zeit, dass wir weiterziehen.«

Der junge Herzog lächelte anzüglich. Charlotte beobachtete es aus den Augenwinkeln. Sie musste zugeben, dass sich Louis-Antoine seit dem Tauffest im Jahr 1786 von einem hübschen Jüngling zu einem überaus stattlichen jungen Mann entwickelt hatte. Sein schlanker Körper war durch das viele Reiten und Exerzieren muskulös und wies kein überflüssiges Gramm Fett auf. Die Sonnenbräune in seinem Gesicht war noch nicht verblasst und verlieh ihm etwas Verwegenes. Entfernt erinnerte er Charlotte an einen der Freibeuter aus den Romanen, die sie gelegentlich las. Aber der Blick aus seinen blaugrauen Augen hatte auch etwas Arrogantes, das sie ärgerte.

»Was bedeutet ›anstrengend‹ denn genau?«, fragte sie mit einem süßen Lächeln.

Prinz Condé schwieg betreten. Onkel Louis kam ihm zu Hilfe. »Sicher nichts, was wir bei Tisch vor den Ohren einer jungen Dame erörtern sollten.« Wieder warf er Charlotte einen warnenden Blick zu.

Die ließ sich nicht einschüchtern. »Sie meinen, Ihre Soldaten stellten den Frauen nach? Randalierten bei Nacht in den Wirtshäusern, preschten betrunken durch die Gassen und ritten Menschen und Tiere nieder? Oder bestahlen sogar die Bewohner, die sie gastfreundlich aufgenommen haben?«

»Charlotte, ich bitte Sie um Mäßigung«, zischten ihr Vater und ihr Onkel nahezu gleichzeitig.

Sie hob trotzig den Blick. »So berichtet man es auch von den bereits hier stationierten Truppen der ›Royal Rohan‹. Erst gestern hat sich eine Abordnung von Bauern aus dem Amt Oberkirch beschwert.«

Der Prinz war errötet. Während er noch nach einer Antwort suchte, sprang sein Enkel in die Bresche. »Ich versichere Ihnen, Prinzessin, dass wir alles tun werden, um die Manneszucht aufrechtzuerhalten.«

Charlotte blitzte ihn spöttisch an. »Und Sie gehen dabei sicherlich mit gutem Beispiel voran?« Dies war eine unverhohlene Anspielung auf Enghiens Ruf als notorischer Schürzenjäger.

Jetzt errötete auch Louis-Antoine zu Charlottes nicht geringem Vergnügen. Er deutete eine Verneigung an. »Ich werde mein Bestes tun, Prinzessin!«

Peinliches Schweigen drohte sich auszubreiten. Diesmal rettete Charlottes jüngerer Bruder Henri die Situation.

»Durchlaucht«, sprach er den Herzog von Enghien an. »Darf ich Sie etwas fragen?«

Erleichtert wandte sich Louis-Antoine ihm zu. »Gerne, mein Junge! Was willst du wissen?«

»Ich bin jetzt schon vierzehn Jahre alt und möchte gerne Soldat werden. Wie kann ich das bewerkstelligen?«

»Nun, Henri.« Enghien zögerte mit der Antwort. »Das erscheint mir noch ein wenig zu jung für diese Laufbahn zu sein. Wenn dein Vater und dein Onkel einverstanden sind, könntest du in zwei Jahren, wenn du sechzehn wirst, in die Armee eintreten.«

»Aber dann sind die Revolutionäre doch längst verjagt«, protestierte Henri.

Niemand widersprach ihrem Bruder direkt. Doch die betretenen Mienen rund um den Tisch sprachen Bände.

Wieder war es Enghien, der eine schlagfertige Antwort parat hatte. »Natürlich wird das so sein, Henri. Doch gute Soldaten werden immer gebraucht. Ist das Ancien Régime erst wiederhergestellt, muss es ja vor seinen Feinden geschützt werden.«

Henris Miene hellte sich auf. Aber es kam noch besser.

»Weißt du was?«, schlug der Herzog vor. »Komm doch morgen früh mit mir auf den Exerzierplatz. Ich hole dich aber schon um sieben Uhr in der Frühe hier ab.«

Henri strahlte über das ganze Gesicht. »Das macht mir nicht das Geringste aus«, beteuerte der notorische Langschläfer.

Charlotte musste unwillkürlich lächeln. Zum ersten Mal an diesem Abend zeigte Louis-Antoine sympathische Züge.

»Ich hätte mir sehr gewünscht, dass Sie als Dame des Hauses mehr Höflichkeit gegenüber unseren Gästen zeigen, Charlotte.« Obwohl sie allein waren, siezte der Kardinal sie förmlich, ein sicheres Zeichen dafür, dass er verärgert war.

Charlotte biss ein wenig das schlechte Gewissen. »Am Ende des Abends war der junge Herzog ganz erträglich«, räumte sie ein. »Doch anfangs fand ich ihn ausgesprochen unsympathisch.«

»Er verfügt über vollendete höfische Manieren«, wandte ihr Onkel ein. »Was ich mir auch von Ihnen gewünscht hätte.«

Charlotte schwieg trotzig.

»Zumal ich den jungen Herzog gebeten hatte, sich ein wenig um Sie zu kümmern.«

Charlottes Wangen färbten sich zornrot. »Um mich? Dieser Knabe, dem noch kaum der Bart sprießt? Er ist fünf Jahre jünger als ich! Zudem eilt ihm der Ruf voraus, ein ausgesprochener Frauenheld zu sein.«

»Er ist Leutnant der Avantgarde seines Regiments.« Auch der Kardinal konnte stur sein. »Er wird sein Leben für Frankreichs Befreiung von diesem Gesindel aufs Spiel setzen. Und das ist mehr, als …« Er biss sich auf die Lippen.

»Mehr, als man von Vincent von Carignan sagen kann, Onkel. Das meinten Sie doch?«

Der Kardinal sah ihr fest in die Augen. »Auch er könnte an unserer Seite kämpfen. Und längst Ihr Gemahl sein, anstatt Ihre Jugend derart zu vergeuden!«

Eine kurze Weile starrte Charlotte zurück. Dann gab sie nach und senkte den Blick. Ihr Onkel meinte es gut mit ihr und hatte schließlich auch nicht ganz unrecht. Vincent hatte einen hohen Offiziersrang in der »Royal Rohan« abgelehnt, den ihm der Kardinal schon vor seiner Abreise nach England angeboten hatte.

»Verzeihen Sie mir, Onkel Louis. Ich wollte Sie nicht erzürnen.«

Sie holte tief Luft und hob den Kopf. »Aber ich bin mit Vincent verlobt. Bitte respektieren Sie das! Mein Herz gehört ihm, in guten wie in schlechten Tagen.«

Kapitel 5

Auf dem Weg nach Kappel, 20. August 1792

Besorgt warf Louis-Antoine der neben ihm reitenden Charlotte einen Blick aus den Augenwinkeln zu. Sie war sehr blass und schweigsam.

»Nun, Prinzessin Charlotte. Für den letzten Urlaubstag eines Kriegshelden machen Sie mir ein gar zu finsteres Gesicht.« In seinem Wunsch, ein Lächeln von ihr zu erhaschen, fiel Enghien nichts anderes ein, als zum oberflächlichen Gefasel des typischen Höflings Zuflucht zu nehmen. Er ärgerte sich über sich selbst.

Schon erwartete er, dass sie ihm einen ihrer zornigen Blicke zuwerfen würde, die ihre Augen so dunkelblau wie einen tiefen Waldsee erscheinen ließen. Zu seinem Erstaunen rang sie sich stattdessen jedoch ein Lächeln ab.

»Sie haben recht, Herzog«, räumte sie ein. »Eigentlich sollte dieser Ausflug zu Ihrer Erbauung dienen, wo Sie doch schon morgen wieder in den Kampf ziehen müssen.«

»Noch gibt es wenig zu kämpfen am Rhein!«

Seit April herrschte Krieg. Die Republikaner hatten sich von den im August 1791 ergangenen Drohungen Preußens und Österreichs so provoziert gefühlt, dass Frankreich seinerseits zunächst Österreich den Krieg erklärte. Kurz danach war auch Preußen als Verbündeter der Österreicher in den Krieg eingetreten. Ebenso wie sein Großvater Prinz Condé ärgerte sich der Herzog darüber, dass der Oberbefehlshaber der alliierten Truppen, dem auch die Emigrantenarmee unterstand, nach Belieben mit dieser verfuhr, und ihnen bislang kaum sinnvolle Aufgaben bei der Befreiung ihres eigenen Heimatlandes zugewiesen hatte.

Louis-Antoine verdrängte diese unangenehmen Gedanken und fasste sich ein Herz. »Wollen Sie mir nicht anvertrauen, was Sie so bedrückt, Prinzessin Charlotte?«

Sie seufzte, und Enghien glaubte, einen feuchten Schimmer in ihren Augen wahrnehmen zu können. Unwillkürlich ballte er die Hände um die Zügel seines Rappens zu Fäusten.

»Sie haben schlechte Nachrichten aus Paris erhalten?«, traf er ins Schwarze. »Von Ihrem Verlobten?«

Eigentlich lag es Louis-Antoine fern, mit Charlotte ausgerechnet über Vincent von Carignan zu sprechen. Viel lieber wäre es ihm gewesen, sie hätte diesen in seiner Gegenwart wenigstens einmal für kurze Zeit vergessen.

Aber er wusste im Grunde seines Herzens, dass sie nicht mehr als einen guten Kameraden in ihm sah. Er konnte von Glück sagen, dass sie zumindest ihre spöttische Geringschätzung ihm gegenüber abgelegt hatte, mit der sie ihm bei seinen ersten Besuchen im Palais Rohan begegnet war. Vor allem sein gutes Verhältnis zu ihrem Bruder Henri, den Charlotte sehr liebte, hatte dies bewirkt.

Jetzt nickte sie traurig. »Vincent schreibt, dass die Lage in Paris von Tag zu Tag schlimmer wird. Er fürchtet mittlerweile um das Leben seiner Tante und sogar um das des Königs und seiner Familie.«

Louis-Antoine spürte den altvertrauten Unmut, den er schon seit der missglückten Flucht der Königsfamilie im Juni 1791 empfand. Wie sehr hatten sie sich damals doch gefreut, als die Nachricht, der König sei aus Paris entkommen, die Emigranten erreichte.

»Jetzt jagen wir diese Revoluzzer wie die Ratten zurück in ihre Löcher«, hatte Enghiens Vater, der Herzog von Bourbon, großspurig getönt. Und mit etwas mehr höfischer Etikette äußerte sich sein Großvater in ähnlicher Weise.

Tatsächlich hatte man entlang des Rheins überall Freudenfeiern veranstaltet und den Truppen des Gegners über den Fluss hinweg Spottverse zugerufen.

Die Ernüchterung folgte auf dem Fuße, zumal die Emigranten erst Tage nach der Ergreifung des Königs erfuhren, dass die Flucht gescheitert war. Die Elsässer Truppen revanchierten sich mit offenem Hohn.

»Er hat es auch gar zu ungeschickt angehen lassen«, äußerte sich Louis-Antoine in seiner Enttäuschung über den König, was ihm damals einen scharfen Verweis seines Großvaters eintrug.

Fast ein Jahr später war es dann vor einigen Wochen bei einem seiner Besuche in Ettenheim, das er unter allen möglichen Vorwänden aufsuchte, um Charlotte zu begegnen, beim Nachtmahl an der Tafel ihres Onkels zu einer ähnlichen Diskussion gekommen.

»Wie konnte die Königsfamilie auch nur in diesen auffälligen Kutschen reisen?«, fragte Charlotte. »Warum hat man sich nicht mit dem Nötigsten begnügt, sondern so viel Gepäck mitgeführt, dass es dem ohnehin aufgebrachten Volk unterwegs auffallen musste? Warum konnten sie nicht zu Pferd fliehen?«

»Ein König muss standesgemäß reisen«, warf Charlottes Vater Jules ein. »Ludwig hätte doch nicht wie ein Bettler jenseits der Grenze ankommen können.«

»Weshalb denn nicht? Dann wäre er zumindest in Sicherheit gewesen«, entgegnete Charlotte. »Zusammen mit seiner Frau und den hilflosen Kindern.«

»Das Ansehen Ihrer Majestäten hätte Schaden genommen«, pflichtete der Kardinal Charlottes Vater bei.

»Und Sie glauben, die Festnahme hat dem Ansehen der französischen Monarchie besser gedient?« Enghien hatte seinen Spott nicht zügeln können.

Zunächst gab niemand Antwort. Man stocherte betreten oder starrköpfig in den köstlichen Speisen herum. Nur Charlottes Bruder Henri ließ sich den zarten Rehrücken mit Klößen und glasierten Möhrchen schmecken. Er kaute noch auf seinem letzten Bissen, als er plötzlich den Kopf hob und eine Frage stellte.

»Glauben Sie denn wirklich, verehrter Vater, verehrter Onkel, dass unserem König Ludwig niemand neue Kleider und Schuhe gegeben hätte, wenn er ohne Gepäck entkommen wäre?« Ein wenig Preiselbeermus verschmierte einen seiner Mundwinkel. »Man hätte ihn und die Königin doch nicht nackt gehen lassen können«, fügte er hinzu, bevor sich die allgemeine Verblüffung in den unterschiedlichsten Reaktionen entlud.

»Aber Henri, Sie vergessen sich ganz und gar«, tadelte ihn Charlottes neue Hofdame, Madame von Würmb. Sie war eine Baronin aus dem Elsass, die im vergangenen Dezember über den Rhein geflüchtet und vom Kardinal in seinen kleinen Hofstaat aufgenommen worden war, da sie all ihr Eigentum hatte zurücklassen müssen. Nun oblag ihr die mühsame Aufgabe, dem jüngsten Spross der Rohans höfische Manieren beizubringen.

In Charlottes Augen waren dagegen Funken aufgeblitzt. Als sie Enghiens Blick begegnete, brachen beide in herzhaftes Lachen aus und mussten sich die Servietten vor die Münder halten, um keine Speisestückchen über das weiße Tischtuch zu spritzen. Selbst der gestrenge Kardinal hatte schließlich in ihr Gelächter mit eingestimmt.

In diesem Moment hatte sich Louis-Antoine, dem die Frauen in der Regel zu Füßen lagen, endgültig in Charlotte verliebt. Doch auf dem Weg zu ihrem Herzen gab es ein unüberwindliches Hindernis – Vincent von Carignan.

Jetzt klopfte er seinem schnaubenden Pferd, das vor einer Wespe zurückgezuckt war, den Hals. »Die alliierten Truppen sind auf dem Vormarsch«, versuchte er, Charlotte zu trösten. »Ist die Stadt Verdun erst einmal eingenommen, ist der Weg nach Paris frei.«

Charlotte blickte sich um. Ihr Bruder Henri, die Hofdame von Würmb und zwei Soldaten des in Ettenheim verbliebenen Teils der Armee »Royal Rohan« des Kardinals begleiteten sie auf dem Ausritt. Louis-Antoine verstand ihre Geste richtig.

»Reite doch einmal mit deinen Begleitern voraus«, forderte er Henri auf. »Sie auch, Baronin von Würmb. Ich habe Vertrauliches mit der Prinzessin zu besprechen.«

Als ihn die ältliche Matrone, die wie ein Mehlsack auf ihrer sanftmütigen Stute hockte, daraufhin misstrauisch ansah, fügte er mit einer Handbewegung, als wolle er ein Huhn verscheuchen, hinzu: »Nun machen Sie schon! Ich werde mir nichts Unschickliches zuschulden kommen lassen.«

Zu seinem Entzücken lächelte Charlotte, als er sich zu ihr umdrehte. »Nun habe ich Sie ja tatsächlich etwas aufgeheitert!«, freute er sich.

Sie kicherte. »Madame von Würmb ist auch gar zu drollig.« Dann wurde ihre Miene wieder ernst.

»Was schreibt Graf Vincent denn genau?«, hakte Louis-Antoine nach und bemühte sich aufrichtig, seinen Widerwillen zu verbergen. Wenn er nur auf diese Weise Charlottes Sympathie gewinnen konnte, war der Preis nicht zu hoch.

»Sie wissen, dass das sogenannte ›Volk‹ am 10. August die Tuilerien gestürmt und ein grässliches Blutbad unter der Schweizergarde angerichtet hat?«

Enghien bejahte bedrückt. Seine Einheit der Condé'schen Emigrantenarmee lag bei Philippsburg am Rhein, um die Grenze vor einer französischen Invasion zu schützen. Die Nachricht war schon eingetroffen, bevor er gestern in Ettenheim angekommen war. Zusammen mit einer noch weit schlimmeren.

»Und drei Tage später wurde König Ludwig mit seiner Familie im Temple inhaftiert.« Der Temple war das ehemalige Ordenshaus der Tempelritter, dessen Turm nun als Gefängnis diente.

Wieder nickte Enghien. »Auch das ist mir bekannt, Prinzessin. Irgendwann musste es so weit kommen.«

Zu seinem Schrecken brach Charlotte nun in Tränen aus. »Vincents Adoptivmutter ist ebenfalls im Temple. Sie hat Königin Marie-Antoinette freiwillig dorthin begleitet.«

»Was hat sie getan? Ist die Lamballe jetzt ganz und gar verrückt geworden?« Sofort riss er sich zusammen. »Verzeihen Sie die respektlose Rede …«

»Aber Sie haben doch recht«, unterbrach ihn Charlotte. »Die Prinzessin würde es Treue nennen. Aber ich nenne es Wahnsinn! Selbstmörderischen Wahnsinn!«

»Was wird Ihr Verlobter denn nun tun?«

»Ich weiß es nicht«, weinte sie. »Ausharren und sein Leben aufs Spiel setzen, um ihr beizustehen, vermute ich.«

Enghien überlegte noch, welche taktvolle Antwort er geben könnte, als ein furchtbarer Schrei die Stille des lauen Nachmittags zerriss.

Palais Royal in Paris
20. August 1792, zur selben Zeit

Mit zunehmender Verzweiflung sah Vincent von Carignan wohl zum zwanzigsten Mal auf seine goldene Taschenuhr. Mittlerweile wartete er bereits über drei Stunden im Vorzimmer des Herzogs von Orléans. Er wusste dieses Zeichen richtig zu deuten. Die Wahrscheinlichkeit, dass sich der Herzog für seine Schwägerin, die Prinzessin von Lamballe, einsetzen würde, war nicht groß.

Als die Uhr die vierte Nachmittagsstunde schlug, stand er auf, um zu gehen. Just in diesem Augenblick öffnete sich die Tür. Ein livrierter Diener mit gepuderter Perücke erschien und verbeugte sich. »Der Herzog lässt jetzt bitten.«

Vincent bemühte sich, seine angespannten Gesichtsmuskeln zu entkrampfen und eine möglichst freundliche Miene aufzusetzen. Er folgte dem Diener ins Audienzzimmer des Palais Royal und verbeugte sich vor seinem angeheirateten Onkel. »Ich bedanke mich für Ihre Zeit, Durchlaucht«, begann er seine wieder und wieder überdachte Rede. »Höchst traurige Entwicklungen führen mich heute zu Ihnen und lassen mich erneut auf Ihre Großmut hoffen.« Damit spielte Vincent auf den Tag des Sturms auf die Bastille an, an dem der Herzog ihm und Charlotte Zuflucht vor dem marodierenden Pöbel gewährt hatte.

Das feiste Gesicht des Herzogs verzog sich zu einem mokanten Lächeln. »Seien Sie willkommen, Graf«, begrüßte er Vincent förmlich und wies auf einen unbequemen Schemel. »Verzeihen Sie, dass Sie ein wenig warten mussten. Aber Sie wissen ja, es sind bewegte Zeiten. Dringende Geschäfte hinderten mich daran, Sie früher zu empfangen.«

Wie zum Beispiel dein ausgiebiges Mittagsmahl. Vincent hoffte, dass man ihm seinen Unmut nicht anmerkte. *Dem großen Fettfleck auf deinem Wams nach zu schließen, war es wohl eine saftige Gans oder Ente, an der du dich gerade delektiert hast.*

Derweil das Volk, dem du ja angeblich mit Leib und Seele dienst, nach wie vor darbt und hungert.

Laut antwortete er: »Auch mich führt eine sehr dringliche Angelegenheit zu Ihnen. Haben Sie bereits gehört, dass man meine Tante und Adoptivmutter, Ihre Schwägerin Marie-Louise von Savoyen, vom Temple ins Gefängnis de la Force überführt hat?«

Der Herzog fixierte Vincent und nickte. »Es ist mir zu Ohren gekommen, Graf. Außerordentlich betrüblich. Doch was kann ich diesbezüglich für Sie tun?«

Vincents Herz begann vor Wut schneller zu schlagen. Er atmete tief durch und versuchte, in möglichst ruhigem Ton fortzufahren. »Sie wissen, Durchlaucht, dass dies das Gefängnis für lose Weiber und Prostituierte ist. Ich halte die Überführung daher für eine bewusste Demütigung der Prinzessin.«

Der Herzog machte eine geringschätzige Geste.

»Mein verehrter Graf! Wer mag dies der Pariser Kommune, die es angeordnet hat, verübeln? Sie wissen so gut wie ich, dass der Herzog von Braunschweig, der Oberbefehlshaber der feindlichen Truppen, die in unser schönes Land eingefallen sind, damit gedroht hat, Paris dem Erdboden gleichzumachen, sollte dem König etwas passieren. Zudem gilt die Prinzessin von Lamballe im Volk als Mätresse der Königin.«

Nun verlor Vincent doch die Beherrschung. »Sie wissen sehr wohl, dass dies böswillige Verleumdungen sind, Herzog. Meine Tante hat die Königin freiwillig in den Temple begleitet. Sie sollte ursprünglich gar nicht verhaftet werden.«

Der Herzog runzelte die Stirn angesichts Vincents aufgebrachten Tonfalls. »Mein lieber Graf, ich bitte Sie doch ausdrücklich um Contenance.« Er machte eine demonstrative Pause, in der sich Vincent eine Entschuldigung abrang, an der er beinahe erstickte. Dann fuhr Orléans fort: »Sie kennen doch das alte Sprichwort: Mitgegangen, mitgefangen …« Das unheilschwangere fehlende, letzte Wort ersetzte er erneut durch eine beredte Pause.

Vincent versuchte, die Ruhe zu bewahren, denn von diesem Scheusal in Menschengestalt hing das Schicksal seiner geliebten Tante ab.

»Ich komme auch im Auftrag Ihres gemeinsamen Schwiegervaters, des ehrwürdigen Herzogs von Penthièvre. Er ist bereit, jede geforderte Lösegeldsumme zu bezahlen, um meine Tante zu befreien.«

Der Herzog setzte wieder sein mokantes Lächeln auf, das seine dunklen Augen jedoch nicht erreichte. »Wollen Sie mich etwa bestechen?«

Vincent spürte eine leichte Übelkeit in sich aufsteigen. Er verabscheute diesen Mann mehr als jemals zuvor. Trotzdem erwiderte er das Lächeln und verließ sich auf die jahrelang einstudierte Maske des aalglatten Höflings.

»Wo denken Sie hin, verehrter Onkel?« Demonstrativ betonte er die Verwandtschaft zwischen dem Herzog und sich selbst. »Wir dachten nur an einen Ausgleich für die Auslagen, die der Kommune durch den Aufenthalt der Prinzessin im Gefängnis entstanden sind.«

Von Orleáns überlegte einen Moment. »Ich will sehen, was sich tun lässt. Übergeben Sie Monsieur Manuel, dem zuständigen Prokurator der Kommune, hundertfünfzigtausend Livres. Dann müsste eine Lösung möglich sein. Ich spreche mit ihm.«

Vincent stockte der Atem angesichts dieser ungeheuren Summe. Doch er wusste, dass er keine andere Wahl hatte. Er glaubte schier, an seiner Wut zu ersticken. *Wenn ich noch eine Minute länger hierbleibe, erwürge ich ihn.*

Brüsk stand er auf und verbeugte sich knapp. »Ich bedanke mich für Ihre außerordentliche Großmut und Hilfsbereitschaft sowie insbesondere für Ihren unschätzbaren Rat.« Diesmal bemühte er sich nicht mehr, den Sarkasmus in seinem Tonfall zu unterdrücken. »Ich werde dem Herzog von Penthièvre Ihr Angebot unterbreiten. Nun wünsche ich Ihnen einen angenehmen Tag.«

Gasthaus in Grafenhausen, 20. August 1792

Die Reitergruppe um Charlotte war nur noch zweihundert Schritt vom Ortsrand des Dorfs Grafenhausen entfernt. Dort lag das zweistöckige Gasthaus »Zum Bären«, in dem man eigentlich eine Rast einlegen wollte, aus dem nun aber weitere Schreie zu ihnen drangen. Dem Tonfall nach zu urteilen, handelte es sich dabei um die Stimmen mehrerer junger Frauen.

Dazwischen mengten sich jetzt die Rufe: »Feurio, Feurio!«, die unzweifelhaft von einer tiefen männlichen Stimme kamen.

»Was ist da los? Man sieht doch gar keinen Rauch?«, fragte Henri aufgeregt.

Da hatte Enghien seinen beiden Soldaten bereits ein Zeichen gegeben, zu ihm aufzuschließen. Alle zogen die Degen und trabten an.

»Du nicht«, schnauzte der Herzog Henri an, der Anstalten machte, mitzukommen. »Du bleibst als Schutz bei den Frauen!«, rief er Charlottes Bruder über die Schulter dann noch in etwas milderem Ton zu. Henri gehorchte, gekränkt und geschmeichelt zugleich. Noch nie hatte der Herzog ihn angeschrien.

Die drei Reiter preschten los. Vor der Wirtshaustür sprang Enghien mit einem eleganten Satz von seinem Rappen und stürzte, ohne zu zögern, ins Haus, gefolgt von den Soldaten der »Royal Rohan«. Man hörte Brüllen, dann das Klirren von aufeinandertreffendem Metall. Schließlich ertönte sogar ein Schuss.

Spontan gab Charlotte ihrer Stute die Sporen und trabte ihrerseits auf das Fachwerkhaus zu, wobei sie nicht auf die empörten Rufe Henris achtete, der sie zurückzuhalten versuchte. Offenbar war er ihr gefolgt, denn er sprang zeitgleich mit ihr vom Pferd, als sie das Gasthaus erreichte. »Du sollst doch nicht …«, begann er, aber da war Charlotte schon durch die niedrige Tür in die von Ruß geschwärzte Gaststube getreten.

Eine wilde Szenerie erwartete sie. Enghien hielt einem fremden Soldaten, der heftig aus dem Mund blutete, den Degen an die Kehle. Ein anderer Mann wälzte sich stöhnend am Boden und hielt sich den Bauch. Ein dritter lag leblos vor dem mächtigen Kamin, in dem jetzt im Sommer kein Feuer brannte. Die Brust seiner Uniformjacke war blutig.

»Charlotte!«, rief Enghien entsetzt, als er sie bemerkte. »Was tun Sie hier?«

Sie beachtete ihn gar nicht, sondern stürzte zu einem weinenden Mädchen mit zerfetztem Mieder, das schluchzend beide Hände vors Gesicht geschlagen hatte. Zwei andere Mädchen, alle drei mochten zwischen vierzehn und sechzehn Jahre alt sein, hielten sich, ebenfalls weinend, fest umschlungen. Auch ihre Kleidung war in Unordnung, die Schürzenbänder hingen lose herab, die Röcke saßen schief. Ihre Gesichter waren verquollen.

Charlotte kniete sich vor das Mädchen mit dem zerrissenen Mieder. »Beruhige dich! Die Gefahr ist vorüber«, sagte sie auf Deutsch. Mittlerweile beherrschte sie die Sprache schon ganz gut. Vorsichtig versuchte sie, die Hände des Mädchens vom Gesicht zu lösen. Es stöhnte vor Schmerz auf. Erschrocken ließ Charlotte los.

»Schau mich einmal an!«, sagte sie freundlich, aber bestimmt und streichelte ihm über die dicken hellbraunen Zöpfe. Als sich die Kleine noch immer nicht rührte, fügte sie hinzu: »Ich bin die Prinzessin von Rohan.«

Der Titel tat seine Wirkung. Das Mädchen ließ die Hände sinken. Charlotte spürte eine jähe Wut. »Diese Kerle haben dich geschlagen!«

Es nickte stumm. Tatsächlich war die Oberlippe des Mädchens aufgeplatzt und blutete. Ihr linkes Auge begann bereits zuzuschwellen.

»Ich kenne dich doch«, sagte Charlotte. »Du bist die Tochter des Amtmannes Stuber.«

Das Mädchen nickte wieder, immer noch schluchzend.

»Wie heißt du?« Wieder bemühte sich Charlotte um einen freundlichen, aber zugleich klaren Tonfall.

»Henriette.«

»Nun sage mir, Henriette! Diese verdorbenen Burschen haben dich geschlagen und dein Kleid zerrissen, das kann ich sehen. Haben sie dir noch etwas Schlimmeres angetan?«

Zu Charlottes großer Erleichterung schüttelte Henriette den Kopf.

In diesem Moment kam ein älteres Paar die Treppe aus dem oberen Stockwerk hinab. Aufschluchzend stürzten sich die beiden anderen Mädchen in ihre Arme. Es waren offensichtlich die Töchter der Wirtsleute.

Louis-Antoine trat vor und sprach den Mann an, ebenfalls auf Deutsch. »Was ist hier geschehen?«

Der Wirt verneigte sich. »Die drei da«, er wies verächtlich auf die fremden Soldaten und spuckte auf den festgestampften Lehmboden. »Verzeihung«, sagte er, als er sein ungebührliches Verhalten realisierte. Enghien wehrte unwillig ab. »Sprich!«

Der Mann holte tief Luft. »Die drei da kamen herein und verlangten Braten und Bier. Meine Frau bediente sie, da meine Töchter ihre Freundin Henriette zu Besuch hatten. Als die Mädchen herunterkamen, versuchten die Schweine zuerst, mit ihnen zu tändeln und sie zu begrapschen. Die Jungfern wehrten sich natürlich. Da wurden die Kerle grob und gewalttätig. Uns beide trieben sie mit geladener Pistole die Treppen hoch und drohten uns allen mit dem Tod, wenn wir nicht stillhielten.«

Die Wirtin näherte sich Enghien und fiel vor ihm auf die Knie. »Zum Glück haben Sie uns alle gerettet!« Sie versuchte, seine Hände zu küssen. Doch der Herzog entzog sie ihr mit einer unwilligen Geste.

»Das ist nicht nötig, Frau. Steh auf! Ich und meine Männer haben nur unsere Pflicht getan.«

»Doch warum habt ihr ›Feurio‹ geschrien?«, fragte Henri.

Der Wirt lächelte bitter. »Marodierende Deserteure machen das Land unseres verehrten Herrn Kardinals unsicher, seit er das Gesindel über die Grenzen gelassen hat. Alleweil rauben und plündern sie uns aus und tun den Frauen Gewalt an. Deshalb schert sich kaum noch jemand darum. Wenn aber ein Feuer droht, eilen alle zu Hilfe herbei.«

Tatsächlich lugten nun einige bäuerlich gekleidete Männer durch die Wirtshaustür. Sie trugen Ledereimer bei sich.

Charlottes Wut wuchs. Sie trat vor. »Ich werde meinem Onkel Louis von Rohan berichten, was hier vorgefallen ist.«

Erschrocken trat der Wirt einen Schritt zurück. »Oh, ich bitte vielmals um Verzeihung, Hoheit.« Er verneigte sich tief. »Ich habe Sie nicht erkannt. Bitte verzeihen Sie mir meine unehrerbietige Rede.«

Charlotte schnaubte. »Nicht ich habe dir etwas zu verzeihen, sondern du meinem Onkel und allen Offizieren der Regimenter, die hier in unseren Landen weilen.« Sie warf auch Enghien einen zornigen Blick zu. »Was ist das hier für ein Gesindel?« Sie wies auf die fremden Soldaten.

»Den Uniformen nach zu schließen, Deserteure des Regiments Mirabeau.« Dies war eine Abteilung der Emigrantenarmee, wie Charlotte wusste. »Sie müssen sich schon vor der Verlegung ihrer Truppe nach Flandern entfernt haben.« Enghien versetzte dem Soldaten, den er noch immer mit dem Degen in Schach hielt, einen Fußtritt. »Sprich, Kerl, ist es nicht so?«

Der Mann glotzte ihn an. Enghien wiederholte die Frage auf Französisch.

»Wir, wir haben nichts Unrechtes getan, Herr«, stammelte der Soldat ebenfalls in seiner Muttersprache.

Enghien musterte ihn verächtlich. Er winkte den draußen stehenden Bauern zu. »Ergreift ihn! Den anderen auch!« Er wies auf den Mann, der sich noch immer den Bauch hielt. »Der hat einen tüchtigen Tritt abbekommen! Der dritte da, der das Mädchen so schlimm zugerichtet hat, muss sich bereits vor dem himmlischen Richter verantworten.«

»Hast du Stricke?«, wandte er sich an den Wirt. Der nickte und brachte das Gewünschte herbei.

»Bindet sie«, befahl Enghien den Bauern. »Und bringt sie nach Ettenheim in den Turm. Ich werde persönlich dafür sorgen, dass sie durch die Spießruten laufen und über die Landesgrenze gejagt werden. Und nehmt auch den Toten mit und beerdigt ihn auf dem Schindanger!«

Die Bauern ließen sich das nicht zweimal sagen. Schon nach wenigen Minuten stießen sie die Gefesselten grob vor sich her.

»Henri, sieh nach der Baronin von Würmb. Sie steht sicherlich Todesängste aus. Wirtin, kannst du uns trotz des Schreckens einen Imbiss zubereiten? Ich möchte die Damen nicht mit leerem Magen zurück nach Hause bringen.« Der Herzog erwies sich trotz seiner Jugend ganz als Herr der Lage.

Charlotte kümmerte sich in der Zwischenzeit um das verletzte Handgelenk Henriettes. »Er hat es mir ganz verdreht«, erklärte das Mädchen, das sich mittlerweile beruhigt hatte.

»Das ist schmerzhaft, doch es scheint nicht gebrochen zu sein. Kannst du auf einem Pferd sitzen?«

»Ich denke schon.«

»Dann nehme ich dich hinter mir auf dem Sattel mit nach Ettenheim!«

Enghien blickte sie an und gab ihr ein Zeichen. Stumm bedeutete Charlotte ihm mit einem unmerklichen Kopfschütteln, dass sein Angebot bei dem Mädchen nicht gut ankommen würde. Sie vermutete, dass Henriette für einige Zeit nicht einmal die körperliche Nähe eines ihr wohlgesinnten jungen Mannes ertragen könnte.

Als sie vor einem irdenen Teller dampfender Kartoffelsuppe saßen, fragte Charlotte den Herzog: »Wissen Sie jetzt, was ich an Ihrem ersten Abend als Gast im Palais Rohan damit meinte, als ich von den Leiden der Bevölkerung durch die vielen Truppen im Lande sprach?«

Louis-Antoine wirkte zerknirscht. »Sie haben recht, Prinzessin. Zu viele Männer auf zu engem Raum in Zucht zu halten, ist ein Ding der Unmöglichkeit. Und längst nicht jeder emigrierte Franzose ist ein guter Franzose.«

Er seufzte. »Aber jetzt wird sich die Lage hoffentlich langsam entspannen. Die meisten Truppen stehen im Felde und werden, so Gott will, bald den Sieg davontragen. Sie werden sehen, dann wird alles besser.« Ganz überzeugt klang er jedoch nicht.

»Doch Sie sollten sich besser vorsehen, Prinzessin. Hier drinnen hätte es auch für Sie gefährlich werden können.«

»Sie wollte durchaus nicht draußen warten«, verteidigte sich Henri unaufgefordert. »Ich konnte nichts dagegen tun!«

Enghien lächelte ihn begütigend an. Wieder einmal fiel Charlotte auf, dass er viel reifer wirkte, als es seine neunzehn Jahre vermuten ließen.

»Mach dir keine Vorwürfe, mein Junge! Es ist ja nichts passiert. Doch es hat mir die Gelegenheit verschafft, einen weiteren Charakterzug an deiner wunderbaren Schwester zu entdecken.« Er hob seinen Humpen mit Bier und trank Charlotte zu. »Unerschrockenheit und Mut. Seltene Eigenschaften bei einer Frau!«

Der Blick seiner blaugrauen Augen drückte Bewunderung aus. *Bewunderung, aber auch noch etwas anderes. Begehren! Er begehrt mich,* erkannte Charlotte mit gemischten Gefühlen.

Paris, Revolutionstribunal im Gefängnis de la Force
3. September 1792

Der Gerichtssaal war bereits brechend voll, als sich Vincent durch die Menge drängte. Das Gerücht, heute würde gegen die Prinzessin von Lamballe verhandelt, hatte noch mehr Schaulustige angelockt als an anderen Tagen.

Im Spiegel der Auslage einer Modistin, die noch eins der wenigen Geschäfte dieser Art unterhielt, hatte Vincent zuvor ein letztes Mal seine Aufmachung überprüft. Er hoffte, dass sie gut genug war, um keinen Verdacht zu erregen.

Das weiße lose Hemd hatte er in die ungewohnte, schwarzweiß gestreifte, knöchellange Hose gesteckt und anstatt eines Gürtels die Taille mit einer roten Schärpe umwunden. Diese Kleidung, die ihm ein vertrauenswürdiger Diener bei einem Trödler besorgt hatte, gab einer ganzen Gruppierung von Revolutionären ihren Namen: Sansculottes nannten sich die radikalsten Anhänger der neuen Bewegung. Mit ihren langen Arbeitshosen wollten sie sich demonstrativ von den Trägern der Culottes, den für den Adel und Klerus typischen Kniehosen, abgrenzen, die sie allesamt als Ausbeuter und Schmarotzer betrachteten.

Auf dem Kopf trug Vincent die sogenannte rote Jakobinermütze, mit ihrem seitlich lang herabhängenden Zipfel, die ebenfalls ein Zeichen für eine radikale Gesinnung war. Zusätzlich hatte er die blau-weiß-rote Kokarde, das Symbol der Revolution, daran befestigt.

Hoffentlich wirke ich überzeugend genug in diesem Aufzug. Zumal mir die Mütze ein paar Läuse einbringen wird, dachte er mit dem letzten Rest seines ihm noch verbliebenen und eher verzweifelten Humors. Eins der Krabbeltiere hatte er gerade noch geknackt, bevor er die schmutzige Kopfbedeckung auf seine schwarzen Locken setzte, die er zuvor bis auf Kinnlänge abgeschnitten hatte. Mit Walnusssaft bräunte er sich Gesicht und

Hände und fuhr mit seinen sorgfältig manikürten Nägeln so lange durch die Erde, bis sie schwarze Ränder aufwiesen. Nun sah er hoffentlich aus wie einer jener kleinen Handwerker oder Händler, aus denen sich die Sansculottes größtenteils rekrutierten.

Viel mehr, als dem Prozess seiner Tante beizuwohnen, hatte er allerdings nicht geplant. Vor einer Woche schon hatte er Monsieur Manuel, dem Prokurator der Pariser Kommune, das gewünschte Geld übergeben. Doch anders als ihre Mitgefangenen wie zum Beispiel Madame von Tourzel, die Gouvernante des Dauphins, kam seine Tante nicht frei. Täglich sprach Vincent im Gefängnis de la Force vor, bis ihm Manuel vorgestern mitteilte, der Herzog von Orléans persönlich habe die Entlassung seiner Tante verboten.

Erwartungsgemäß hatte ihn der Herzog diesmal gar nicht erst vorgelassen. In seiner Verzweiflung wandte sich Vincent an die Schwester des Herzogs, Bathilde von Orléans, die ihren Bruder Philippe tatsächlich noch in derselben Stunde aufsuchte.

Doch auch sie hatte nichts erreicht. Allerdings gestand sein Onkel, den das Volk in Unkenntnis seiner Korruptheit noch immer Philippe Égalité nannte, Bathilde zynisch ein, dass er die Lösegeldsumme selbst eingestrichen hatte. »Schließlich stellt die Summe ja einen Teil des Erbes meiner Gattin dar«, erklärte er unverfroren.

»Er spekuliert darauf, dass die Prinzessin exekutiert wird«, mutmaßte Bathilde bedrückt. Marie-Louise von Savoyen war als verwitwete Schwiegertochter des Herzogs von Penthièvre gemeinsam mit dessen Tochter, mit der Orléans verheiratet war, in seinem Testament bedacht. »Philippe ist hoch verschuldet«, erklärte Bathilde weiter. »Er braucht jeden Livre, um seinen aufwendigen Lebensstil zu finanzieren.«

Nach einer durchwachten Nacht übergab Vincent Bathilde einen Brief an Charlotte. »Nur für den Fall, dass ich nicht unbeschadet zurückkehre.« Bathilde schlug die Hände über dem Kopf zusammen. »Was haben Sie vor?«

Mit einem schiefen Grinsen hob Vincent die Schultern. »Das weiß ich selbst noch nicht so genau.«

Nun drängte er sich rücksichtslos durch die Menge, um einen Platz möglichst nahe der Barriere zu ergattern, die das Richterpodium vom Zuhörersaal trennte. Als einzige Waffe trug er sein Jagdmesser bei sich, verborgen unter der breiten Schärpe.

Eine Art Gerichtsdiener in der Tracht der Sansculottes läutete eine Handglocke aus Messing. Das war das Zeichen, dass das Revolutionstribunal nun zusammentreten würde. Zu Vincents Entsetzen trat Jacques-René Hébert ein, einer der schärfsten Hetzer gegen die Monarchie und die Aristokratie. Er war ein eher kleiner und gedrungen wirkender Mann, der zwar als Sprachrohr der Sansculottes galt, selbst allerdings ganz konservativ in einen Anzug aus schwarzem Tuch mit der typischen Kniehose gekleidet war. Ihm folgten zwei Beisitzer, ebenfalls schwarz gekleidet, die links und rechts von ihm Platz nahmen.

Hébert ließ seinen stechenden Blick über die Menge schweifen, der kurz an Vincent hängen blieb, dessen Herz einen Schlag aussetzte. Doch er beruhigte sich rasch, denn schließlich war er für die radikale Szene von Paris ein völlig unbeschriebenes Blatt – niemand kannte ihn. *Ganz bestimmt hält er mich für irgendeinen Revolutionär aus der Provinz, wie sie sich gerade in Massen in Paris aufhalten,* dachte er im selben Moment, in dem Hébert mit einem hölzernen Hammer auf den Richtertisch schlug, um die Zuhörer zum Schweigen zu bringen.

Vincents Erleichterung war nicht von langer Dauer. Erschüttert beobachtete er, wie die Prinzessin von Lamballe hereingeführt wurde. Seit er denken konnte, hatte er seine Tante als Erscheinung von makelloser Eleganz in Erinnerung. Nun war ihr unbedecktes Haar zerzaust, die blonden Locken fielen ihr wirr ins Gesicht. Das ehemals hellgelbe Seidenkleid wies hässliche Flecken auf, die Rüschen rund um den Ausschnitt und den Saum waren teilweise abgerissen. Dennoch hielt sie sich kerzengerade und schaute dem Richter, ohne Furcht zu zeigen, in die unerbittlichen Augen. Vincent bemerkte sie nicht. Wahrscheinlich hätte sie ihn in seiner Verkleidung ohnehin nicht erkannt.

»Bürgerin Lamballe«, Hébert dachte gar nicht daran, die Prinzessin mit ihrem Titel anzusprechen, »was wissen Sie von der konterrevolutionären Verschwörung am Hofe des Königs in den Tuilerien?«

»Von einer Verschwörung ist mir nichts bekannt, Monsieur.« Die Stimme seiner Tante war klar.

»Man sagt, Sie sind eine der intimsten Freundinnen der Bürgerin Capet.« Dies war die bürgerliche Namensgebung der Revolutionäre für die Königin Marie-Antoinette. »Entspricht dies der Wahrheit?«

»Das ist wahr. Ich bin eine Vertraute Ihrer Majestät.«

»Wie vertraut genau?« Aus dem süffisanten Tonfall des Richters war deutlich zu erkennen, dass er auf den böswilligen Tratsch über die lesbische Beziehung der beiden Frauen anspielte. Die Menge rings um Vincent nahm dies auch sofort mit Pfeifen und Johlen auf, bis ein erneuter Hammerschlag sie wieder zum Schweigen brachte.

Einen Moment lang rang Marie-Louise von Savoyen nach Worten. »Ich war die Obersthofmeisterin Ihrer Majestät«, antwortete sie dann. »Verantwortlich für ihren gesamten Haushalt. Da erfährt man auch manches von den Sorgen und Nöten in der königlichen Familie.«

»Von den Sorgen und Nöten?« Hébert hob die Stimme und zeigte mit dem Finger auf die Prinzessin. »Etwa darüber, ob Schnitt und Stoff des neuen Ballkleides Anklang finden oder die Staatskasse genügend Livres enthält, um sich mit walnussgroßen Diamanten zu schmücken?«

Diese verfluchte Halsbandaffäre, dachte Vincent verzweifelt, während die Menge um ihn herum erneut zu randalieren begann. Diesmal bat Hébert nicht mit dem Hammer um Ruhe. Stattdessen sprang er so heftig auf, dass sein Stuhl polternd umkippte. Geifer sprühte von seinen Lippen, als er zu schreien begann.

»Oder erfährt man in Wahrheit nicht viel mehr von den Nachrichten aus dem monarchistischen England, die Sie Ihrer Mätresse vertraulich überbracht haben? Pläne, die Konterrevolution zum Erfolg zu führen? Nachrichten von den verräterischen Emigranten, die gegen unser neues Frankreich hetzen?«

Der Lärm der Menge wurde ohrenbetäubend. Héberts Augen funkelten. Er genoss die Schmährufe und Drohungen, die vor Hass verzerrten Gesichter, die zu Fäusten geballten, erhobenen Hände der Zuhörer. Erst viel zu spät realisierte Vincent, dass er sich an den Hetzreden beteiligen musste, wollte er als Sansculotte glaubhaft bleiben. Zum Glück schien seine Sprachlosigkeit niemandem aufzufallen.

»Also, gestehen Sie, Bürgerin Lamballe?« Hébert nutzte den ersten Moment, in dem es wieder etwas ruhiger wurde.

Vincents Tante schüttelte den Kopf. »Ich habe nichts zu gestehen, Monsieur.«

»Das ist Ihr letztes Wort?«

»So ist es.«

»Dann leisten Sie nun den Eid auf die Republik als Zeichen Ihrer uneingeschränkten Loyalität. Sprechen Sie mir nach: Ich schwöre, der Freiheit, der Gleichheit und dem Hass gegen den König treu zu sein.«

Vincent stockte der Atem. Was würde Marie-Louise nun tun?

Sie hob stolz den Kopf. »Ich will gern auf die Freiheit und Gleichheit schwören. Auf den Hass gegen den König kann ich jedoch nicht schwören, denn das wäre eine Lüge und somit ein Meineid.«

Im erneut aufbrausenden Johlen der Menge ging Héberts Schlusssatz beinahe unter. »Führt sie ab!« Seine Hand wies auf die Pforte zu seiner Rechten. Die Zuschauer tobten noch lauter. Diesmal stimmte Vincent zum Schein in das Geschrei mit ein.

Zwei Männer in der Tracht der Sansculottes nahmen Marie-Louise in die Mitte. Vincent fasste sich ein Herz. »Wohin führen sie die Schlampe?«, brüllte er seinem Nachbarn, einem nach Zwiebeln und faulenden Zähnen stinkenden Metzger, der noch seine blutige Schürze trug, ins Ohr.

»Das ist die Pforte der Exekution«, brüllte der Mann zurück. Seine Augen funkelten begeistert. »Auf jeden, der da durchkommt, warten die Henker aus dem Volke, um das Urteil sofort zu vollstrecken.«

Die Henker aus dem Volke? Sollten die Massaker, denen gestern in einigen Gefängnissen hauptsächlich Priester zum Opfer gefallen waren, die den Eid auf die Verfassung verweigert hatten, gar keine spontanen Gewaltausbrüche gewesen sein? Sondern stattdessen gezielt durch Agitation provozierte Gräueltaten? Hervorgerufen durch Subjekte wie diesen verkrachten Advokaten Hébert?

Ohne nachzudenken, zog Vincent den Dolch aus der Schärpe und drängte sich, Püffe und Stöße austeilend, durch die Menge. »He!«, schrie ihm sein unappetitlicher Nachbar nach. »Du kommst ohnehin zu spät. Bis du draußen bist, haben sie ihr längst den Garaus gemacht.«

In blinder Panik stürmte Vincent weiter. Als er endlich den Hof vor dem Gerichtssaal erreichte, sah er seine Tante inmitten einer rasenden Menge, die mit Hämmern und Piken bewaffnet war. Mit den Händen versuchte sie, ihren Kopf vor den Schlägen zu schützen, die von allen Seiten auf sie niederprasselten. Das Blut lief ihr bereits zwischen den Fingern hindurch.

Ein grobschlächtiger Kerl in der Lederschürze eines Schmieds holte mit einem Hammer aus. Instinktiv rammte ihm Vincent seinen Dolch bis zum Heft in den Bauch. Der Mann taumelte zurück.

Doch schon im nächsten Augenblick verspürte Vincent einen rasenden stechenden Schmerz. Das Letzte, was er erblickte, war die Spitze einer Pike, die aus seiner Brust herausragte. Dann wurde die Welt rings um ihn schwarz.

Paris, Palais der Bathilde von Orléans
5. September 1792

Meine liebe Charlotte,
mir stockt die Feder angesichts des Grässlichen, das mir meine Pflicht gleichwohl gebietet, Ihnen zur Kenntnis zu bringen. Ihr Verlobter Vincent von Carignan wurde vorgestern beim Versuch, seine Tante vor dem Pöbel zu schützen, ermordet.
Seit nunmehr vier Tagen toben die aufgebrachten Massen durch die Straßen von Paris und bringen wahllos alle Inhaftierten in den Gefängnissen um, derer sie habhaft werden können. Auch Vincent und seine Tante und Adoptivmutter Marie-Louise von Savoyen, Prinzessin von Lamballe, die auch mir eine geschätzte Freundin war, fielen den Massakern zum Opfer.
Es geschah im Hof des Gefängnisses de la Force, in das man die Prinzessin von Lamballe aus dem Temple überführt hatte, um ihr den Prozess zu machen. Sie besiegelte selbst ihr Todesurteil, als sie sich weigerte, einen unsäglichen Eid zu leisten, der neben Freiheit und Gleichheit auch den Hass auf den König verlangte. Der Pöbel schlug sie mit Hämmern nieder, als der grausame Richter Hébert sie durch die Exekutionspforte schickte, wie jene Tür im Tribunal von de la Force seit einigen Tagen genannt wird. Sie wird nur von jenen durchschritten, die des Todes sind.
Vincent erstach einen der Angreifer, bevor er selbst von

einer Pike durchbohrt wurde. Zum Glück blieb sein Leib unversehrt. Er trug die Tracht der Sansculottes, deshalb hielt man ihn wohl für einen fehlgeleiteten Anhänger der Revolutionäre und begnügte sich mit seinem Tod.

Mir stockt aufs Neue die Feder, mit der ich berichten muss, welches Schicksal dagegen seiner Tante widerfuhr. Ihr hoffentlich bereits toter Leib wurde entkleidet und geschändet. Dann schnitt man ihr den Kopf ab und riss ihr die Eingeweide heraus. Beides trug man im Triumph auf der Spitze von Piken bis zum Temple, wo man die Königin zwingen wollte, sich den Kopf anzusehen und ihn zu küssen. Zum Glück gelang es den Gefängnisverantwortlichen, obgleich selbst Mitglieder der diktatorischen Pariser Kommune, die Königin davor zu bewahren.

Als das Interesse des Packs am geschundenen Leib der Prinzessin erstarb, gelang es ihrem Schwiegervater, dem Herzog von Penthièvre, die Leiche und den Kopf gegen eine erkleckliche Summe auszulösen. Vincent, dessen Leib zum Glück nicht verstümmelt wurde, wie ich bereits erwähnte, ruht nun an ihrer Seite in der Familiengruft auf dem Cimitière von Picpus. Ich bete jeden Tag mehrmals für ihr Seelenheil.

Nun bin ich mit meinem traurigen Bericht am Ende. Diesem Schreiben liegt ein versiegelter Brief Ihres Verlobten bei, den er mir am Vorabend seines Todes für Sie übergab. Möge er Ihnen zumindest einen geringen Trost für diesen furchtbaren Verlust bieten.

Ich werde auch Sie in meine Gebete einschließen, auf dass Sie die Kraft finden, diesen entsetzlichen Schicksalsschlag zu ertragen.

Es grüßt Sie mit wehem Herzen
Ihre Bathilde von Orléans

Ettenheim, Palais Rohan, 21. September 1792

Charlotte genoss die milde Septembersonne, als sie die kurze Distanz zwischen dem Haus des Amtmannes und dem Palais Rohan zu Fuß zurücklegte. Hinter ihr stapfte missmutig und wortlos ihre Hofdame Baronin von Würmb, die selbst für diese paar Schritte lieber die Kutsche genommen hätte.

Zum Glück war Henriette wieder vollkommen gesund. Die blauen Flecken in ihrem Gesicht waren schon längst verschwunden, auch das verstauchte Handgelenk war verheilt. Länger dauerte die seelische Genesung. Anfangs hatte Henriette sich geweigert, das Haus ihrer Eltern überhaupt zu verlassen, jetzt ging sie zumindest in Begleitung ihrer Mutter wieder auf den Markt und mit der ganzen Familie Stuber zur sonntäglichen Messe. Heute hatte Charlotte sie zum ersten Mal nach der gescheiterten Vergewaltigung auch wieder herzhaft lachen gehört, als die Hauskatze, ein noch junges Tier, beständig und fruchtlos ihren eigenen Schwanz jagte.

Auch den beiden Wirtstöchtern, ihren Freundinnen, ging es mittlerweile wieder gut. Anders als Henriette, der die Eltern die nötige Zeit zugestanden hatten, um das ihr Widerfahrene zu überwinden, mussten die Wirtstöchter schon längst wieder im Gasthaus mithelfen und trotz ihrer Ängste natürlich auch die vielen Soldaten bedienen, die dort einkehrten.

Vielleicht ist das sogar die bessere Alternative, mit so einem schlimmen Erlebnis umzugehen. Sich nicht wochenlang vor der Welt zu verstecken, sondern sich ihr trotz aller Gefahren, die darin lauern, so rasch wie möglich wieder zu stellen, sinnierte Charlotte, als sie den Schlosshof betrat.

Ein verschwitztes Pferd stand mit Schaum vor dem Maul noch gesattelt und ungetränkt vor dem Eingang. Charlottes Herzschlag beschleunigte sich. Das musste das Reittier eines Kuriers sein, der dem Kardinal oder auch ihr selbst eine wichtige Nachricht überbrachte. Seit mehr als einem Monat hatte Charlotte nichts mehr von Vincent gehört.

Erwartungsvoll trat sie in die Eingangshalle und reichte dem Kammerdiener ihres Onkels Hut und Umhang. Der Mann verbeugte sich. »Ihr Onkel erwartet Sie in der Bibliothek, Hoheit. Sie mögen sofort zu ihm kommen.«

»Ist etwas Schlimmes geschehen?«, fragte Charlotte alarmiert. »Ich sah das Pferd eines reitenden Boten im Hof.«

Der Mann verbeugte sich wieder. »Das weiß ich nicht zu sagen, Hoheit.«

Mit einer düsteren Vorahnung betrat Charlotte den kleinen Raum mit den hohen Bücherregalen, die allerdings nur wenige Bestände aus dem Besitz des Kardinals enthielten. Die meisten der in Leder gebundenen Werke hatte ihr Onkel von den Klöstern und Pfarrämtern seiner verbliebenen Diözese erhalten. Er nutzte den Raum auch als privates Schreibzimmer.

Charlottes schlechtes Gefühl trog sie nicht. Auch der Kardinal wirkte bedrückt.

»Was ist geschehen?«, fragte Charlotte zum zweiten Mal. Ihr Onkel stand auf und nahm ein dickes versiegeltes Schreiben aus seinem Sekretär.

»Das ist heute eingetroffen. Es ist an dich gerichtet.« Er gab ihr den Brief.

»Von Vincent?« Sie wusste die Antwort schon, bevor sie das unbekannte Siegel sah.

»Nein, von der Herzogin von Bourbon, Bathilde von Orléans.«

Charlotte war erstaunt. »Was mag sie von mir wollen? Sie hat mir noch nie geschrieben.«

Rasch erbrach sie das Siegel. Ein zweites Schreiben fiel aus dem Brief heraus. Charlotte hob es auf. Ein riesiger Stein fiel ihr vom Herzen. »Es ist doch ein Brief von Vincent.«

Sie stockte. »Aber warum liegt er dem Schreiben von Bathilde bei?«

»Lies ihren Brief, dann werden wir alles erfahren.« Onkel Louis' Stimme klang ungeduldig.

Charlotte entfaltete das Schreiben. Wie betäubt las sie die ersten Zeilen. Ihr ganzer Körper erstarrte zu Eis.

Ihr Verlobter Vincent von Carignan wurde vorgestern beim Versuch, seine Tante vor dem Pöbel zu schützen, ermordet.

Ihr Verlobter Vincent von Carignan wurde vorgestern beim Versuch, seine Tante vor dem Pöbel zu schützen, ermordet.

Ihr Verlobter Vincent von Carignan wurde vorgestern beim Versuch, seine Tante vor dem Pöbel zu schützen, ermordet.

Wie ein Karussell kreiste dieser Satz in ihrem Kopf. Dann brach sie zusammen.

Val-sous-Meudon
Vormittag des 1. Mai 1841

Das Kätzchen rührte sich und drehte sich um die eigene Achse. Charlotte kehrte in die Gegenwart zurück. Erstaunt stellte sie fest, dass ihr Gesicht tränennass war.

Wie lange schon hatte sie nicht mehr so intensiv an Vincent, die große Liebe ihrer Jugend, gedacht! Mehr und mehr hatten all ihre Gefühle Louis-Antoine von Enghien gegolten, auch wenn es etliche Jahre gedauert hatte.

Doch an jenem Tag im September 1792 war sie so todunglücklich gewesen wie noch nie zuvor in ihrem Leben. Als sie aus ihrer Ohnmacht erwachte, saß Onkel Louis an ihrem Bett.

»Hast du es gewusst?« Charlottes Stimme war nur ein Krächzen.

»Nicht gewusst, mein Kind. Aber ich hatte bereits von den Septembermassakern gehört. Mehr als tausend Menschen sind ihnen zum Opfer gefallen, darunter auch die Prinzessin von Lamballe. Deshalb befürchtete ich für Vincent das Schlimmste, auch wenn ich vor Bathildes Brief keine Nachricht über ihn hatte.«

Sie weinte ganze Tage und Nächte hindurch. Außer ihrem Onkel und ihrer treuen Zofe Agnès ließ sie niemanden zu sich.

Das Kätzchen spürte die innere Unruhe der alten Frau, erhob sich und streckte sich gähnend. Dann sprang es vom Bett und lief zur Tür, wo Charlotte es kratzen hörte.

Doch draußen rührte sich nichts. *Madame Anne hat die Milch nicht gebracht,* realisierte Charlotte mit leichtem Ärger. *Ihre Art, mir zu zeigen, dass sie mit meinem kleinen Gast nicht einverstanden ist.*

Sie hörte ein leises Plätschern. Seufzend streckte sie die Hand nach dem Klingelband aus und läutete. Wenig später öffnete sich die Tür. Madame Helène, die Tagespflegerin, war weitaus umgänglicher als die griesgrämige Madame Anne.

»Sie haben gerufen, Hoheit? Möchten Sie nun etwas frühstücken?«

Charlotte machte eine abwehrende Geste. »Ich nicht. Aber das Kätzchen hat sicherlich Hunger. Außerdem ist ihm ein Malheur passiert, fürchte ich.«

Madame Helène sah sich im Schlafzimmer um und entdeckte sogleich den Schaden. »Oha, das könnte Flecken auf dem Parkett hinterlassen. Außerdem riecht es streng.« Rasch holte sie einen Lappen aus dem Vorzimmer und wischte die Ecke sauber. Dann goss sie sich Wasser in die Waschschüssel und säuberte sich sorgfältig die Hände.

Charlotte beobachtete es mit Rührung. Auch die Waschgarnitur hatte sie aus Ettenheim mitgebracht und all die Jahre über wie ihren Augapfel gehütet. Das zahlte sich aus. Nur an einer einzigen Stelle war ein Stück Porzellan aus dem kostbaren Geschirr der Meißener Werkstätten herausgebrochen.

»Was kann ich denn nun für Ihre Hoheit tun?«, fragte Madame Helène beflissen.

»Nichts für mich, aber für das Kätzchen. Bringen Sie ihm eine Schale Milch.«

»Und Sie möchten gar nichts haben?«

Charlotte fasste einen Entschluss. »Doch, etwas brauche ich. Dort in der untersten Schublade des Sekretärs befindet sich eine braune Lederschatulle. Bringen Sie mir die!« Auch diesen Gegenstand besaß sie schon sehr lange. Ihr Onkel Louis hatte ihr die Schatulle einst geschenkt und aus dem Zaberner Schloss mit nach Ettenheim gebracht.

Die Pflegerin rührte sich nicht. »Sie müssen zumindest etwas trinken, Hoheit. Das hat der Doktor befohlen. Sonst trocknen Sie aus!«

Charlotte seufzte und erwiderte zunächst nichts. Die Pflegerin kam ihr zuvor.

»Ich mache Ihnen einen Vorschlag, Hoheit. Ich gebe Ihnen das Kästchen und hole der Katze Milch aus der Küche. Und im Gegenzug trinken Sie eine schöne Tasse Pfefferminztee.«

Einen kurzen Moment lang verfluchte Charlotte ihre Hilflosigkeit. Dann gab sie nach. *Am Tag seines Todes soll man nicht starrsinnig sein.* Außerdem mochte sie Pfefferminztee.

»Nun gut«, stimmte sie zu. »Aber bringen Sie mir jetzt die Schatulle.«

Als die Schwester das Zimmer verlassen hatte, versuchte Charlotte, den Deckel zu öffnen. Der Verschluss klemmte ein wenig. Viele Jahre lang hatte sie die Schatulle nicht mehr zur Hand genommen. Genauer gesagt, seit dem Tag nicht mehr, an dem sie ihre selbst gewählte Klausur in ihren Zimmern im Palais Rohan in Ettenheim beendet hatte, um wieder am Leben teilzunehmen. Wenn auch mit dem festen Entschluss, sich nie mehr zu verlieben.

Der Deckel sprang auf. Wehmütig betrachtete Charlotte den Inhalt des Kästchens. Da war das Medaillon mit den verschlungenen Buchstaben V und C, Vincents Abschiedsgeschenk bei ihrer letzten Begegnung in Zabern, zwei Jahre vor seiner Ermordung. Sie öffnete es. Die Haarlocke, mit einem schmalen Samtband im linken Deckel befestigt, war mit den Jahren brüchig geworden. Teile davon lösten sich ab, als sie darüber strich.

Die Miniatur im rechten Deckel zeigte Vincents männlich schönes Gesicht. *So sah er aus.* Mit der Zeit war die Erinnerung an ihn verblasst. *Damals war mir gar nicht bewusst, wie italienisch er mit seinen schwarzen Augen und Locken wirkte.*

Ihr Verlobungsring. Ein Saphir, umrahmt von Diamanten. *Saphire passen so gut zu deinen Augen,* vermeinte sie auf einmal, Vincents Stimme wieder zu hören.

War es tatsächlich so, dass kurz vor dem Tod das ganze Leben noch einmal an einem vorbeizog? *Früher habe ich das nie geglaubt.*

Ihre Hand zitterte leicht, als sie den zweiten Ring ergriff, der in der Schatulle lag. Ein schlichter Goldreif, den ihr Vincent damals in Zabern versprochen hatte, als sie sich ihr Ehegelöbnis gaben.

Charlotte, in ewiger Liebe, war in ihn eingraviert. Sie konnte die Buchstaben mit ihren altersschwachen Augen nicht mehr lesen, aber sie sah sie so deutlich vor sich wie an dem Tag, an dem der Ring aus Vincents letztem Brief herausgefallen war. Das Datum fehlte.

Vorsichtig, um das brüchig gewordene Papier nicht zu beschädigen, entfaltete Charlotte Vincents Schreiben.

Meine über alles geliebte Charlotte,

stand da in Vincents steiler Schrift.

es macht mich unendlich traurig, mir vorzustellen, dass Du diesen Brief jemals liest. Denn Du wirst ihn nur erhalten, wenn ich morgen sterbe. Meiner Tante soll vor einem Revolutionstribunal der Prozess gemacht werden.

Noch habe ich Hoffnung, dass alles glimpflich vonstattengehen wird. Meine Tante hat sich nicht das Geringste zuschulden kommen lassen. Im Gegenteil, vor der Revolution wurde sie für ihre Mildtätigkeit weit über die Grenzen von Paris hinaus gerühmt. Das kann doch heute nicht alles in Vergessenheit geraten sein.
Außerdem weiß ich gar nicht, wessen sie angeklagt werden soll. Denn sie hat die Königin ja freiwillig in den Temple begleitet. Also hoffe ich, dass Dich dieser Brief niemals erreicht, da ich ihr nicht zu Hilfe eilen und dabei mein Leben aufs Spiel setzen muss.
Sollte es dennoch der Fall sein, möchte ich Dir sagen, dass ich keine Frau so geliebt habe wie Dich. Daran hat Deine Geduld mit mir maßgeblichen Anteil. Du hältst mir seit vielen Jahren die Treue, mein Augenstern, und warst mein sicherer Hafen in all der schlimmen Zeit.
Daher sollst Du wissen, Charlotte: Sterbe ich morgen, gilt mein letzter Gedanke Dir und unserer unsterblichen Liebe.

Charlotte hatte damals Tage gebraucht, um den Brief vollständig zu lesen. Dann war ihre Reaktion darauf vollkommen anders gewesen, als sie sich Vincent wahrscheinlich vorgestellt hatte.

Eine ungeheure Erbitterung löste die Niedergeschlagenheit ab, in der sie wochenlang verharrt hatte. *Damals habe ich gedacht, um seiner selbstmörderischen Treue zu seiner Tante willen hat er unsere Liebe geopfert. Ich war so zornig und wütend auf ihn.*

Merkwürdig. Jetzt als alte Frau sah sie die Ereignisse aus einem milderen Blickwinkel. *Vincent war innerlich zerrissen zwischen der Loyalität zu seiner Adoptivmutter, die ihn aufgezogen hatte, und seiner Liebe zu mir. Und haben wir nicht alle viele Monate lang geglaubt, der Spuk in Paris ginge schnell vorüber? Nicht nur Vincent, auch mein Onkel Louis und Enghien haben doch gehofft, dass sich die Revolution binnen kurzer Zeit erschöpfen würde.*

Ihr kam ein neuer Gedanke. *Hätte Vincent gewusst, was dem Adel in Frankreich noch alles bevorsteht, hätte er die furchtbare Zeit der Schreckensherrschaft vorhergesehen, hätte er womöglich ganz anders entschieden. Er wäre wie wir 1790 emigriert oder doch zumindest nicht mehr von England nach Frankreich zurückgekehrt.*

Die Verbitterung, die sie jahrzehntelang empfunden hatte, löste sich auf einmal in nichts auf. *Nicht nur Louis-Antoine, auch Vincent hat mich geliebt. Wie viele Frauen können am Ende ihres Lebens von sich sagen, dass gleich zwei Männer sie aufrichtig geliebt haben? Und was für Männer! Beide waren sie tapfer und unerschrocken, dabei edelmütig und gut.*

Charlotte merkte, dass ihr schon wieder die Tränen die Wangen hinabrannen. Doch das Weinen tat nicht weh, es war eher eine Erleichterung.

Von draußen näherten sich Schritte. Rasch wischte sich Charlotte das Gesicht mit der Bettdecke ab. Madame Helène trat ein. Auf einem Tablett balancierte sie eine Kanne Pfefferminztee samt Tasse und Untertasse und das Schälchen Milch für die Katze.

Sie trat ans Bett, stellte das Tablett auf dem Nachttischchen aus Rosenholz ab und betrachtete Charlotte prüfend. »Geht es Ihnen gut, Hoheit?«

»Ja, ja. Kümmern Sie sich nicht um mich. Ich schwelge gerade in rührseligen Erinnerungen. Wo ist denn das Tierchen?«, lenkte sie ab.

Die Schwester sah sich um. »Ich glaube, es hat sich dort hinten in die Ecke verkrochen. Das lebende schlechte Gewissen, weil es sein Geschäft im Zimmer verrichtet hat.«

»Ach was. Das ist doch nicht der Rede wert. Locken Sie es mit der Milch!«

Schon kurz danach hörte sie das Kätzchen eifrig schlecken und schlabbern.

»Und nun trinken Sie Ihre Tasse Tee. Sie haben es versprochen«, mahnte die Pflegerin. »Ich habe keinen Zucker hineingetan, so wie Sie es mögen.«

»In Ettenheim, wo ich diesen Tee zum ersten Mal getrunken habe, gab es auch keinen Zucker.«

Der würzige Duft stieg ihr in die Nase. Sie nahm einen Schluck. Der Tee war gut und stark.

»Und nun gehen Sie wieder hinaus, Madame Helène. Ich läute, wenn ich etwas brauche.«

Kaum hatte die Pflegerin die Tür hinter sich zugemacht, sprang die Katze wieder zu Charlotte aufs Bett und kuschelte sich dicht neben sie.

Die alte Frau schloss die Augen. Der würzige Duft aus der Kanne hüllte sie ein. *Der Duft von Ettenheim.*

Ettenheim, die kleine badische Stadt. Heimat für viele Jahre. Wieder begann Charlotte zu träumen.

Teil 2:
ETTENHEIM

Kapitel 6

Mädchenschule in Ettenheim, 20. Oktober 1793

»Ihr habt ganz wunderbar gesungen, meine Lieben. Ich bin begeistert! Das ist ein sehr schönes Lied über den Herbst!«

Charlotte freute sich, als sie an den stolzen Mienen der kleinen Mädchen erkannte, dass sie ihr Lob nicht nur angenommen, sondern vor allen Dingen auch verstanden hatten.

In der Tat machte ihr Deutsch von Tag zu Tag größere Fortschritte. Zwar sprach man im Palais Rohan noch überwiegend Französisch, aber ihre täglichen Lektionen bei dem alten Schulmeister, mit denen sie schon kurz nach ihrer Ankunft begonnen hatte, zeigten den gewünschten Erfolg. Sie sprach jetzt nahezu fließend und verstand auch den regionalen Dialekt.

»Und nun lasst mich sehen, wie gut ihr rechnen könnt!« Charlotte gab der Lehrerin, Mademoiselle Robert, ein Zeichen, mit dem Unterricht fortzufahren. Die junge bleiche Frau stammte aus einer jener mittellosen Emigrantenfamilien, die nach wie vor Monat für Monat über den Rhein auf die badische Seite flohen und die der Kardinal weiterhin gastfreundlich aufnahm.

Wie so viele Flüchtlinge hatte auch Mademoiselle Robert einst bessere Tage gesehen. Weil ihr Vater, ein ehemaliger Gutsverwalter im Elsass, seinem gräflichen Herrn bis zuletzt die Treue gehalten hatte, war auch ihre Familie in Gefahr geraten. Im Januar hatte man König Ludwig XVI. zum Tode verurteilt und guillotiniert. Als der Graf seinen Protest gegen diese abscheuliche Tat zum Ausdruck brachte, wurde er verhaftet und kam nur drei Tage später im Gefängnis in Straßburg unter ungeklärten Umständen ums Leben. Hals über Kopf setzte der verwitwete Verwalter mit seiner Tochter daraufhin bei Nacht und Nebel über den Rhein, da ein Gerücht umlief, eine zügellose Meute nähere sich dem Gut, um es auszuplündern.

Es gehörte zu Charlottes vielen Aufgaben, die sie sich nach dem Tod ihres Verlobten Vincent auferlegt hatte, sinnvolle Tätigkeiten für all diese Heimatlosen zu finden. Mademoiselle Robert erwies sich dabei als besonderer Glücksfall. Sie sprach genauso gut Deutsch wie Französisch, da ihre verstorbene Mutter aus der Ortenau stammte. Und sie begeisterte sich für Charlottes Idee, auch den Ettenheimer Mädchen eine Schulbildung zukommen zu lassen.

Etliche Tage hatte Charlotte ihrem Onkel mit dieser Anregung in den Ohren gelegen, bis er zustimmte, zu diesem Zweck die untere Etage des Spitals zur Verfügung zu stellen, das er nach dem Ausbruch des Krieges gegen Frankreich gegründet hatte. Seither unterrichtete Mademoiselle Robert die einheimischen Mädchen im Alter von acht bis vierzehn Jahren in den Fächern Lesen, Schreiben und Rechnen. Für die besonders Begabten bot sie sogar Französischstunden an. Zwei Nonnen, ebenfalls Flüchtlinge aus dem Elsass, vervollständigten den Lehrkörper. Sie lehrten den Katechismus und brachten den Mädchen Nähen, Stricken und andere nützliche Handarbeiten bei.

Charlotte war als Patronin der Mädchenschule ein gern gesehener Gast. Und ebenso wie ihre Arbeit im Spital lenkte sie diese Aufgabe von ihrem unterschwelligen Schmerz um Vincent ab, dessen Tod sie noch nicht verwunden hatte.

Während ein Mädchen nach dem anderen an die Tafel trat, um einfache Multiplikationen und Divisionen zu lösen, ließ Charlotte ihre Gedanken in die Vergangenheit schweifen.

Nach Vincents Tod und ihrem Zusammenbruch hatte sie ihre Mansardenzimmer im Palais Rohan drei volle Monate lang nicht mehr verlassen. Erst die feierliche Christmette, die ihr Onkel persönlich in der Stadtkirche St. Bartholomäus zelebrierte und für die er sich ihr Erscheinen als Weihnachtsgeschenk erbeten hatte, bewog sie dazu, zum ersten Mal wieder unter Menschen zu gehen.

Nach der Messe stand sie neben ihrem Onkel an der Kirchentür, um den Ettenheimern persönlich ein gesegnetes Christfest zu wünschen. Unter den Besuchern war auch Henriette Stuber mit ihren Eltern gewesen. Das Mädchen knickste schüchtern vor ihr und küsste ihr beide Hände. Ihr Vater, der Amtmann, ein Mann von mittlerer Größe mit dunklen lockigen Haaren und blauen Augen, wurde nochmals deutlicher. Er verneigte sich vor Charlotte. »Ich freue mich sehr, Sie zu sehen, Hoheit«, sagte er. »Und ich möchte Ihnen mein tief empfundenes Mitgefühl für Ihren Verlust aussprechen.«

Eine Erinnerung brach sich Bahn. *Am Tag, als ich von Vincents Tod erfuhr, kam ich von Henriette, die sich nach dem Vergewaltigungsversuch gerade wieder zu erholen begann. Habe ich nicht damals gedacht, das beste Mittel, mit einem schlimmen Ereignis umzugehen, sei nicht, sich vor der Welt zu verstecken, sondern ihr jetzt erst recht die Stirn zu bieten?*

Es waren sicher nicht die gleichen Worte, die Charlotte damals gedacht hatte, aber sie taten ihren Dienst. Schon am nächsten Tag besuchte sie auch das Hochamt und nahm im Palais wieder an den gemeinsamen Mahlzeiten teil.

Von dort war es nur ein kleiner Schritt, bis sie die Andenken an Vincent in einer Schatulle verschloss und sich ihre Trauer um ihn in Zorn und Erbitterung verwandelte. *Nur weil er sein Leben sinnlos verschleudert hat, sollte ich nicht das Gleiche mit dem meinen tun. Auch wenn ich mich niemals wieder verlieben will.*

Was den letzten Punkt betraf, war sie konsequent geblieben. In der Zeit ihrer selbst gewählten Klausur hatte Louis-Antoine von Enghien immer wieder im Palais Rohan vorgesprochen, um sich nach ihrem Befinden zu erkundigen. Natürlich empfing sie ihn nicht. Auch seine Briefe ließ sie unbeantwortet. Erst seit er fern von Ettenheim bei Bingen am Rhein weilte, wo die Condé'schen Truppen erfolgreich den Nachschub für die französische Garnison in Mainz abschnitten, hatte sie begonnen, nichtssagend und kühl mit ihm zu korrespondieren. In den letzten Monaten waren seine Briefe spärlicher eingetroffen, was sie richtigerweise als eine unmittelbare Folge ihrer distanzierten Antworten auffasste.

Die ersten Monate nach ihrer Rückkehr in die Welt waren dennoch härter gewesen, als Charlotte ursprünglich gedacht hatte. Es schien in Ettenheim kaum eine sinnvolle Beschäftigung für sie als hochadliges Fräulein zu geben. Erst nach hartnäckigen Diskussionen erlaubte ihr der Kardinal, sich im Spital zur Krankenpflegerin ausbilden zu lassen. Seither verrichtete Charlotte dort an jedem zweiten Tag ihren Dienst. Werktags wie sonntags fütterte sie Alte und Gebrechliche, säuberte die eiternden Wunden verletzter Soldaten der Emigrantenarmee, betete mit den Sterbenden und war sich auch für die Reinigung der Nachtgeschirre und Bettschüsseln nicht zu schade.

Eines Tages bat sie eine junge Pflegerin, ihr eine bestimmte Arznei aus dem Nebenzimmer zu holen, mit der sie eine Wunde desinfizieren wollte. Erst als sie die Flüssigkeit schon auf einen Tupfer gegossen hatte, erkannte sie im letzten Moment, dass das Mädchen ihr die falsche Flasche gebracht hatte. Zornig stellte sie es zur Rede.

»Wieso hast du nicht besser aufgepasst? Dies hier ist eine ätzende Säure. Sie hätte den Arm des Soldaten zerfressen, anstatt die Wunde zu reinigen. Wie konntest du nur so unaufmerksam sein?«

Das Mädchen hatte zu weinen begonnen. Es stellte sich rasch heraus, dass es nicht lesen konnte und die einander ähnlich sehenden Flaschen deshalb verwechselt hatte. »Nicht einmal die Pflegerinnen hier können lesen?«, fragte Charlotte empört die

Oberschwester, ihres Zeichens eine Benediktinerin aus dem Elsass. Die zuckte mit den Achseln. »Kaum eins der Mädchen in Ettenheim kann lesen und schreiben.« So war die Idee der Mädchenschule entstanden, für die sich der Kardinal letztendlich rascher erwärmen ließ als für die Krankenpflege.

Die ersten unbeschwerten Augenblicke nach Vincents Tod erlebte Charlotte allerdings in der Natur. Zwar war sie schon zuvor ausgeritten und hatte die liebliche Umgebung von Ettenheim am Fuße des Schwarzwalds erkundet. Nun aber entdeckte sie das Wandern. »Keine adlige Dame geht weite Strecken zu Fuß«, hielten ihr alle männlichen Mitglieder des Rohan'schen Haushalts vor, angefangen vom Kardinal bis hin zu ihrem jüngeren Bruder Henri. Madame von Würmb, ihre Hofdame, brachte vor Entsetzen kaum einen Ton hervor. Charlotte war es einerlei.

In Begleitung eines zuverlässigen Jägers, den ihr der Amtmann Stuber empfohlen hatte, erkundete sie nun die Umgebung des Städtchens. Die blühenden Blumenwiesen des Frühsommers, die ehrerbietige Freundlichkeit der Bauersleute, deren Höfe auf dem Weg lagen und mit denen Charlotte ein einfaches Mahl teilte, der Anblick scheuer Wildtiere, Eichhörnchen, Kaninchen und ab und an sogar Rehe, vertrieben die traurigen Gedanken aus ihrem Kopf und brachten das Lächeln zurück, das andere Menschen so oft bezauberte.

Ettenheim ist nun meine Heimat. Mit den schlimmen Nachrichten aus Frankreich, allen voran der Hinrichtung des Königs im Januar 1793, verfestigte sich dieser Gedanke mehr und mehr. *Niemand weiß, wann und ob wir jemals zurückkehren werden.* Diese Gedanken motivierten sie auch dazu, die deutsche Sprache noch besser zu erlernen. Nun fiel es ihr von Tag zu Tag leichter, sich zu verständigen, zumal sie mit der Familie des Amtmannes Stuber echte Freunde gewonnen hatte, die sie häufig besuchte und mit denen sie natürlich nur Deutsch sprach, um ihre Kenntnisse zu vervollkommnen.

Nun stand eine weitere Veränderung ins Haus. Vor ein paar Wochen war ihre Zofe Agnès auf sie zugekommen. »Ich möchte um meinen Abschied aus Ihren Diensten bitten, Hoheit«, eröffnete sie der anfangs entsetzten Charlotte. »Meine Mutter wird alt und gebrechlich, und ich will sie vor ihrem Tod noch einmal wiedersehen. Außerdem habe ich großes Heimweh. Ich könnte bei meinem verwitweten Bruder wohnen, der ein kleines Gut in Burgund bewirtschaftet, und ihm den Haushalt führen, was meine Mutter nicht mehr vermag.«

»Und … und was soll aus mir werden?« Obwohl die Frage Charlotte durchaus egoistisch vorkam, konnte sie sie nicht zurückhalten.

Zu ihrer Überraschung lächelte Agnès verschmitzt. »Oh, da habe ich eine gute Lösung vorzuschlagen, Hoheit. Ich könnte die kleine Henriette zu Ihrer Zofe ausbilden. Sie ist jetzt fünfzehn Jahre alt, sehr geschickt beim Frisieren und kann auch gut nähen. Was sie noch nicht weiß, könnte ich sie lehren.«

Tatsächlich war Henriette von Agnès' Vorschlag begeistert gewesen. Und auch ihre Eltern hatten nichts gegen die neue Stellung einzuwenden. »Natürlich wird sie uns im Haushalt fehlen«, räumte Franziska, Henriettes Mutter, ein. »Zumal die Familie wachsen wird.« Franziska Stuber erwartete im März des neuen Jahres ein weiteres Kind. »Doch ich möchte ihr nicht im Wege stehen, da sie sich doch so sehr wünscht, in Ihre Dienste zu treten.«

Nun näherte sich das Ende von Henriettes Lehrzeit. Schon in zwei Wochen würde sich Agnès zurück nach Frankreich aufmachen.

Die nächste Schülerin trat an die Tafel und löste ihre Rechenaufgabe richtig. Charlotte klatschte mechanisch den obligatorischen Beifall, obwohl sie auf einmal tieftraurig war.

Es war nicht nur der bevorstehende Abschied von ihrer langjährigen Zofe, die sie von Herzen lieb gewonnen hatte. Nein, der Gedanke an ihre eigene Mutter Marie bedrückte Charlotte. Schon vor einigen Monaten hatte sich ihr Vater Jules von ihr scheiden lassen, angeblich, um die Erbansprüche seiner Nachkommen auf einige Güter im Elsass zu sichern. Doch Charlotte wusste es besser.

Die beiden sind einander schon lange überdrüssig geworden, bereits als sie noch zusammenlebten. Und nun sind sie schon seit fast drei Jahren getrennt. Es verbindet sie nichts mehr miteinander. Mutter würde auch unter keinen Umständen mehr zu Vater zurückkehren wollen.

Mittlerweile gab es dafür allerdings auch schlimmere Hindernisse als die Gleichgültigkeit ihrer Eltern füreinander. In der Vendée, wo Marie bei ihrem ältesten Sohn Charles lebte, hatten sich die Bauern gegen die Revolution erhoben – ein einmaliger Vorgang in Frankreich. Denn während die neuen Ideen der Freiheit und Gleichheit überall sonst frenetisch begrüßt wurden, standen die katholischen Bauern in der Vendée loyal zu ihren Priestern, die den Eid auf die neue Verfassung verweigerten und dafür gnadenlos verfolgt wurden. Zudem lehnten sie es ab, ihre Söhne zum Wehrdienst zu schicken, der seit dem Beginn des Krieges im letzten Jahr für alle jungen, unverheirateten Männer zwischen achtzehn und fünfundzwanzig Jahren verpflichtend war. Nun war schon seit Monaten kein Brief ihrer Mutter mehr in Ettenheim eingetroffen, und Charlotte war in großer Sorge um sie und die anderen Familienmitglieder.

»Hoheit?« Charlotte schreckte auf. Mademoiselle Robert sah sie mit einer Mischung aus Verwirrung und Missbilligung an.

»Ja, bitte? Was haben Sie gerade gesagt? Entschuldigen Sie, ich war abgelenkt.«

»Der Unterricht ist für heute zu Ende. Sollen die Mädchen Ihnen noch ein letztes Lied singen?«

Charlotte lächelte. »Gerne, ich würde mich freuen.«

Sie bemühte sich, aufmerksam zu lauschen, und lobte die Kinder aufs Neue, als sie zum Ende gekommen waren. Dann machte sie sich durch die Gassen von Ettenheim auf den Heimweg.

Als sie in die Hauptstraße einbog, die zum Palais Rohan führte, fiel ihr zuerst die Flagge mit dem Stadtwappen am Rathaus auf, die auf Halbmast gesetzt war. Beunruhigt legte sie die letzten Schritte bis zum Schloss ihres Onkels zurück. Auch die Fahne mit dem Wappen des Kardinals stand auf Halbmast. Um das Geländer der Freitreppe, die zu den Räumen ihres Onkels im ersten Stock führte, war ein schwarzer Trauerflor gebunden.

Was hat das zu bedeuten? Charlottes erster Gedanke galt ihrer Mutter und ihrem Bruder in der Vendée. *Ist ihnen etwas zugestoßen?*

Mit klopfendem Herzen hastete sie die Treppe empor. In der Halle empfing sie der Kammerdiener ihres Onkels. Er verneigte sich.

»Was ist geschehen? Nun sag es mir schon«, herrschte Charlotte den Mann an. Ob ihres ungewohnt harschen Tons zuckte er zusammen. Noch bevor er antworten konnte, betrat ihr Onkel die Halle. An seinen geröteten Augen erkannte Charlotte, dass er sogar geweint hatte.

»Oh Gott, Oheim! Was ist geschehen?«, presste sie hervor.

Ihr Onkel holte tief Luft, wobei sich seiner Kehle ein Schluchzen entrang.

»Die Königin«, sagte er tonlos. »Marie-Antoinette!« Charlotte wusste die Antwort, bevor er fortfuhr.

»Am 16. Oktober hat man sie hingerichtet!«

Berstheim im Elsass, 8. Dezember 1793

»Lasst sie noch ein Stück näher kommen!«

Kaltblütig blickte der Herzog von Enghien den auf sie zugaloppierenden Truppen der Republikaner entgegen. Er ließ sie bis auf dreihundert Schritt herankommen, dann hob er seinen Degen.

»Vive le roi!«, schrie er, während er seinem Rappen die Sporen gab und auf den Feind zupreschte.

»Vive la république!«, schallte es ihm vielstimmig entgegen. Mit dem weit vorgestreckten Degen in der rechten Hand stürmte Enghien vorwärts. Schon durchbohrte die scharfe Waffe die Brust eines feindlichen Kavalleristen, der aufstöhnend hinterrücks aus dem Sattel fiel. Enghiens Pferd durchbrach die erste feindliche Linie.

Plötzlich sah er sich von vier Reitern umzingelt. Ein rascher Blick über die Schulter zeigte ihm, dass er zu weit vorgestoßen war, seine Truppen waren fast noch einhundert Schritt entfernt. Er war auf sich allein gestellt.

»Ludwig!« Laut rief er den Namen des hingerichteten Königs und sah dessen abgeschlagenen Kopf vor seinem inneren Auge. Das Bild wirkte wie ein Aufputschmittel. Wie schon zuvor blendete es jeden Gedanken an die eigene Todesgefahr aus. Heiße Wut durchströmte seine Adern wie Lava.

Er ließ die Zügel los und lenkte sein schlachterprobtes Ross nur mit den Schenkeln. Dann zog er die Pistole mit einem raschen Griff seiner linken Hand aus dem Halfter am Sattel. Entsichern, abdrücken, sich blitzschnell um die eigene Achse drehen, den zweiten Angreifer niederstechen! Jede Bewegung war tausendfach geübt und hundertfach in den Kämpfen des vergangenen Jahres erprobt. Er handelte instinktiv wie ein gefährliches Raubtier.

»Marie-Antoinette!« Im letzten Moment wich er dem Schlag aus, den der dritte Gegner von hinten gegen ihn führte. Er duckte sich unter dem erhobenen Säbel hindurch und versetzte dem Mann einen Schlag mit der Pistole, der ihn aus dem Sattel warf. Der vierte Angreifer wich zurück.

»Vive le roi!«, brüllte Enghien, als er das Pferd noch einmal wendete und auf seine Truppen zuritt, die mittlerweile um fünfzig Schritt näher gekommen und in heftige Zweikämpfe verwickelt waren. Die hinter ihm knallenden Flintenschüsse beachtete er nicht einmal.

»Vive le roi!«, hallte der Ruf seiner Mitstreiter über das Feld.

Die ehemals geschlossenen Linien der feindlichen Kavallerie wiesen die ersten Lücken auf. Der Ruf »Vive la république!« wurde schwächer. Nun warfen sich auch die Truppen des Herzogs von Bourbon, Enghiens Vater, wieder in das Getümmel. Mit dem Mut der Verzweiflung trieb die Emigrantenarmee die Feinde zurück. Schließlich ertönte ein Hornstoß. Die Republikaner, die sich noch auf ihren Rössern gehalten hatten, wendeten daraufhin und preschten davon.

Erst jetzt merkte Enghien, dass er völlig außer Atem war. Etwas Warmes floss ihm über die Wange. Er wischte es mit dem Ärmel ab: Blut! Nun spürte er auch den Schmerz.

»Nichts Ernstes, nur eine kleine Schramme über der Schläfe«, erklang eine wohlvertraute Stimme in seinem Rücken. »Leider hat es mich schlimmer erwischt.«

Louis-Antoines Vater streckte ihm seine blutige Rechte entgegen. »Ich habe drei Fingerkuppen eingebüßt. Nichts, woran man krepiert, aber dennoch ärgerlich!«

Enghiens Wut verrauchte so rasch, wie sie gekommen war. Der Kampf war vorbei, der Rausch zu Ende, die Wirklichkeit holte ihn wieder ein.

»Man sollte Ihnen einen Orden verleihen«, sagte sein Vater bewundernd. Im Kampf duzte man sich. Mit dem Ende der Schlacht kehrte man zu den Höflichkeitsformeln zurück.

Louis-Antoine hob die Schultern. »Ich tue nur meine Pflicht! Nicht der Rede wert«, wiegelte er ab.

»Sie haben Ihre Schwadronen tief in die feindlichen Linien stoßen lassen und die fast schon verlorene Schlacht von Berstheim wieder gewendet«, insistierte sein Vater, »und außerdem vier Reiter, die sie umzingelten, niedergeworfen oder in die Flucht geschlagen. Ich habe es durch das Fernrohr beobachtet. Das nennt man wahren Heldenmut!«

»Und dennoch ist es nur ein unbedeutendes Scharmützel! Sie wissen so gut wie ich, dass wir ohne Nachschub diese Stellung im

Elsass nicht halten können«, erwiderte Enghien. »Doch unsere österreichischen Befehlshaber scheinen keine Anstalten zu machen, uns mit Munition und Proviant zu beliefern.« Die Frustration drückte ihn buchstäblich nieder.

»Weihnachten werden wir überall sein, nur nicht in Paris«, fügte er noch hinzu.

Sein Vater seufzte. »Das wird wohl so kommen, mein Sohn«, gab er zu. »Doch warum kämpfen Sie wie ein Löwe, wenn Sie doch nicht an den Sieg unserer Sache glauben?«

Enghien lächelte spöttisch. »Vielleicht weil die Hoffnung zuletzt stirbt, Vater. Vielleicht will ich es auch nur meinem herrschsüchtigen Großvater recht machen.«

»Das können Sie ohnehin nur, wenn Sie sich recht bald verheiraten.«

Louis-Antoine schnaubte. »Ich lasse mich nicht verschachern wie ein Stück Vieh.«

Der Herzog von Bourbon ging darauf nicht weiter ein. »Lassen Sie uns zum Verbandsplatz reiten. Das Tuch hier ist schon ganz durchgeblutet.« Er hob die verletzte Hand, um die er sich ein Taschentuch gebunden hatte.

Enghien nickte und folgte ihm schweigend. Auf dem Rückweg streifte sein Blick über die heutigen Opfer der Schlacht.

Da liegen sie in ihrem Blut! Halbwüchsige Knaben mit der Kokarde an der Mütze! Dahingemetzelt in der Blüte ihrer Jugend! Franzosen wie wir! Ist das die Glückseligkeit, von der die Revolutionäre faseln, die mittlerweile nicht einmal mehr davor zurückschrecken, ihre eigenen Anhänger aufs Schafott zu schicken?

Erst vor wenigen Wochen hatte man auch Philippe Égalité, den Herzog von Orléans, geköpft. Enghien nahm die Nachricht wie alle Emigranten anfangs mit grimmiger Freude auf. Denn nur neun Monate zuvor war es die Stimme des verräterischen Herzogs gewesen, die zur Hinrichtung Ludwigs XVI. geführt hatte.

Nur dank seiner Stimme war die hauchdünne Mehrheit für den Tod des Königs zustande gekommen.

Doch heute, nur wenige Wochen später, verstärkte Philippes Hinrichtung Louis-Antoines Trübsinnigkeit eher, anstatt sie zu mildern. Aber es war kein plötzliches Mitgefühl für diesen intriganten Mann, der den Tod vieler ihm unliebsamer Gegner zu verantworten hatte, es war die Sinnlosigkeit des endlosen Sterbens in seinem geliebten Heimatland Frankreich, die ihm zu schaffen machte.

»Wer von den Unsrigen ist gefallen?« Selbst wagemutig bis zur Tollkühnheit, fürchtete sich Enghien vor der Antwort auf diese Frage mehr als vor seinem eigenen Tod.

Die Miene seines Vaters verdüsterte sich. »Es hat Hauptmann Dumont erwischt. Und auch den jungen Marquis de Blancpierre.«

»Hubèrt?« Enghien war erschüttert. »Er war jünger als ich!«

»Und ebenfalls der einzige männliche Spross seines Hauses. Nun wird dieses alte Geschlecht mit dem gebrechlichen Vater erlöschen.«

Louis-Antoine knirschte mit den Zähnen. »Wir werden es ihnen tausendfach vergelten!« Einen Moment lang kehrte die Wut zurück.

Sein Vater schlug ihm unbeholfen mit der unverletzten Hand auf die Schulter.

»Aber nicht heute Abend, mein Sohn. Kommen Sie mit, Ihre Männer warten sicher schon auf den Sieger der heutigen Schlacht.«

Doch sein Versuch, Enghien aufzumuntern, misslang. Dessen Wut verpuffte wie ein Strohfeuer. Er rang sich mühsam ein Lächeln ab.

»Sie haben recht, Vater. Lassen Sie uns den Sieg feiern!«, antwortete er, obwohl er sich am liebsten in ein Mauseloch verkrochen hätte.

Spital in Ettenheim, Januar 1794

»Wie geht es Ihnen denn jetzt, meine Liebe?« Charlotte beugte sich besorgt über Henriettes Mutter Franziska, die am Morgen mit heftigen Unterleibsschmerzen und Blutungen ins Spital gebracht worden war. Ihr zu zwei Zöpfen geflochtenes dunkelblondes Haar war verschwitzt, tiefe Schatten lagen unter ihren graugrünen Augen.

»Schon etwas besser, Hoheit.« Franziska Stuber lächelte unter Schmerzen. »Ich glaube, das wird ein ganz wilder Bub.« Sie legte die Hand auf ihren gewölbten Leib. »So wie er mir zu schaffen macht. Keins der Mädchen hat sich so aufgeführt.« Sie seufzte. »Aber ich bin ja auch nicht mehr die Jüngste.«

Charlotte ergriff Franziskas Hand und fühlte ihr den Puls. Er war noch immer zu schnell.

»Ich bringe Ihnen noch eine Tasse Melissentee. Dann müssen Sie ruhen.«

»Aber das ist doch nicht nötig«, wehrte Henriettes Mutter ab. »Bemühen Sie sich doch nicht selbst. Das kann doch eine der Schwestern tun!«

»Frau Stuber, ich bin eine der Schwestern, die heute Dienst haben.« Charlottes Stimme klang eine Spur ungeduldig. Immer wieder genierten Patienten sich, wenn sie von ihr, der Prinzessin, gepflegt wurden.

»Verzeihen Sie!« Franziska war so feinfühlig wie ihre Tochter Henriette. »Ich wollte Sie nicht kränken.«

Charlotte errötete leicht. »Schon gut!«, wehrte sie ab. »Ich bringe Ihnen jetzt Ihren Tee.«

Wenig später kehrte sie mit der dampfenden Tasse zurück. Als Franziska sich aufsetzen wollte, drückte Charlotte sie sanft in die Kissen zurück. »Frau Stuber! Der Doktor hat angeordnet, dass Sie unbedingt liegen müssen. Ich lege Ihnen noch ein Kissen unter und halte Ihnen den Kopf, wenn Sie trinken.«

Ein besorgter Zug erschien um Franziskas Mund. »Wie lange muss ich denn hierbleiben, Hoheit?«

»Nennen Sie mich doch Prinzessin Charlotte! ›Hoheit‹ ist mir zu förmlich!« Sie machte eine kurze Pause, während Franziska etwas befangen nickte. »Der Doktor kann es noch nicht sagen. Aber einige Tage sind es bestimmt. Vielleicht müssen Sie sogar bis zur Geburt hierbleiben!«

Franziska zog erschrocken den Atem ein. »Bis zur Geburt? Aber das sind ja noch Wochen oder sogar Monate! Wer soll denn währenddessen daheim den Haushalt besorgen?«

Charlotte lächelte. »Da habe ich schon eine Idee. Ich gebe Henriette jeden Tag ein paar Stunden frei, um bei Ihnen zu Hause nach dem Rechten zu sehen. Die kleine Joséphine ist ja in der Obhut Ihres Kindermädchens. Und die Köchin meines Onkels kann Ihrer Familie jeden Tag etwas zum Essen schicken lassen.«

Sie missdeutete Franziskas zweifelnde Miene. »Mamsell Käthe kocht sehr gut, Frau Stuber.«

Die blickte verlegen drein. »Das ist es nicht, Hoh… Prinzessin Charlotte. Ich überlegte nur, ob Sie Henriette denn entbehren können.«

Charlotte lächelte spitzbübisch. »Eigentlich nicht, Madame. Ihre Tochter macht sich als Zofe so gut, dass ich es schwer haben werde, ohne sie zurechtzukommen. Aber der Zweck heiligt die Mittel.«

Ein stolzes Leuchten erhellte Franziskas Gesicht und ließ sie zehn Jahre jünger aussehen. »Dann danke ich Ihnen sehr schön, Prinzessin Charlotte.«

»Ach was«, wehrte Charlotte ab, obwohl sie sich über den Mutterstolz Franziskas ebenso freute, wie diese sich über das Lob für ihre Älteste. Plötzlich kam Charlotte eine Idee. »Und wenn Sie und Ihr Gatte einverstanden sind, stehen mein Onkel und ich Pate bei Ihrem Sohn.«

»Oh«, hauchte Frau Stuber. Einen Moment lang fehlten ihr die Worte. »Das wäre überaus gnädig von Ihnen. Aber Sie müssen sich nicht verpflichtet …«

Ein heftiges Pochen erklang an der Tür. Charlotte blickte unwillig auf. Wer konnte das sein? Franziska Stuber lag allein in einer kleinen Kammer und sollte auf keinen Fall gestört werden.

Da wurde die Tür auch schon aufgerissen. Zu ihrem Erstaunen stand Dr. Ehrhard davor, der Leibarzt des Kardinals, der nur bei schwierigen Fällen im Spital zurate gezogen wurde. »Kommen Sie rasch, Hoheit. Sie bringen gerade den Herzog von Enghien. Er ist offenbar sterbenskrank.«

Alarmiert hastete Charlotte hinter Dr. Ehrhard die Stufen hinab und betrat hinter ihm den Hof, wo man soeben eine Bahre mit einer in Decken vermummten Gestalt von einem offenen Wagen hob.

»Ist der Herzog verwundet?«

»Die Begleiter verneinen es, Prinzessin. Er scheint schon seit Neujahr an einem heftigen Fieber zu leiden und nichts bei sich behalten zu können. Heute Morgen wurde er ohnmächtig. Deshalb hat sich sein Großvater, der Prinz Condé, entschlossen, ihn von Lahr nach Ettenheim bringen zu lassen. Morgen will Seine Hoheit nachkommen, da sie in heftiger Sorge um die Gesundheit des Herzogs ist.«

»Bringt ihn rasch herein!«

Während die Männer mit der Bahre die Treppen zum Haupteingang des Spitals hinaufgingen, überlegte Charlotte fieberhaft, wo man den Herzog unterbringen könnte. Es gab außer dem großen Krankensaal nur zwei kleine Kammern im Spital, in denen jeweils ein Bett stand. In der einen Kammer lag ein sterbender Soldat, in der anderen Franziska Stuber, die nicht bewegt werden durfte, um die Gefahr einer Frühgeburt zu bannen.

Charlotte fasste einen Entschluss. »Bringt den Herzog in mein Zimmer«, befahl sie und ging den Trägern voran in die kleine

Mansarde unter dem Dach, in der sie bei den Nachtdiensten zwischen ihren Rundgängen ein wenig ruhte. Ein Klingelzug verband die Kammer mit der wachhabenden Schwester im großen Saal.

»Es ist der einzige freie Platz, wo der Herzog völlig zur Ruhe kommen kann«, erklärte sie Dr. Ehrhard, der keine Einwände erhob.

Das schmale Bett hatte sie zufällig am Morgen frisch bezogen. Vorsichtig betteten die Träger Louis-Antoine um. Als sie die Decke von seinem mit Bartstoppeln bedeckten Gesicht zogen, erschrak Charlotte zutiefst. Die Wangen des Herzogs waren eingefallen, die geschlossenen Augen lagen tief in den Höhlen. Die Gesichtshaut spannte so stark über den Knochen, dass der Kopf bereits an einen Totenschädel erinnerte. Das Leinenhemd schlackerte um den völlig abgemagerten Körper. Enghien bewegte sich nicht, er war ohne Bewusstsein. Sein Atem ging flach.

»Oh Gott!« Unwillkürlich schlug Charlotte die Hände vor den Mund. »Was ist nur mit ihm geschehen? Überall ist doch die Rede von seinen Heldentaten! Wenn er nicht verwundet ist, was hat ihn denn dann so niedergestreckt?«

Dr. Ehrhard überflog ein Schreiben, das ihm einer der Träger übergeben hatte. »Hier steht, dass die Krankheit ihren Ausgang von einer tiefen Niedergeschlagenheit des Herzogs genommen hat. Die Armee des Prinzen Condé hatte schon Fuß im Elsass gefasst, musste sich auf Befehl des österreichischen Heerführers aber wieder auf die deutsche Seite zurückziehen. Dadurch fielen natürlich alle eroberten Gebiete an die Rebellen zurück. Viele Emigrantensoldaten, die sich schon auf dem Weg nach Paris wähnten, waren tief betroffen. Der junge Herzog von Enghien nahm es besonders schwer.«

Charlotte nickte traurig. »Auch mich und meinen Onkel Louis hat die Nachricht vom Rückzug der Armee Condé tief betrübt. Wir hatten deshalb hier in Ettenheim ein trauriges Weihnachten, wie Sie wissen.«

Dr. Ehrhard ging nicht weiter auf ihre Bemerkung ein und fuhr fort: »Die Niedergeschlagenheit ging mit Appetitlosigkeit einher. Schließlich traten immer wieder Fieberschübe auf. Und schließlich lehnte der geschwächte Leib jede Nahrung ab. Selbst Wasser konnte der Herzog nicht mehr bei sich behalten.«

Der Arzt seufzte schwer. »Ich fürchte, er wird die nächsten Tage nicht überleben!«

»Nein!« Charlotte wunderte sich selbst über die Heftigkeit ihres Ausbruchs. Sie riss mehr am Klingelband, als dass sie zog. »Das werde ich nicht zulassen!«

Kurz darauf kam eine der Hilfspflegerinnen, atemlos vom Treppensteigen, herein.

»Was kann ich ihm geben?«

Der Arzt blickte sie ratlos an. »Gar nichts, Hoheit, befürchte ich, solange er noch bewusstlos ist. Er kann doch weder kauen noch schlucken.«

Charlotte ließ sich nicht beirren. »Wie wäre es mit einer kräftigen Fleischbrühe? Die ist salzig, nahrhaft und flüssig, enthält also alles, was er jetzt dringend braucht.«

Dr. Ehrhard zuckte mit den Achseln. »Sie können es versuchen, Hoheit. Aber es darf nichts in die Luftröhre kommen. Sonst könnte er ersticken.«

Zwei Stunden später konnte Charlotte ihren rechten Arm kaum noch bewegen. Immer wieder hatte sie den Löffel mit der Brühe an die Lippen Enghiens geführt, ihm Tropfen für Tropfen eingeflößt. Ein Großteil der Flüssigkeit war anfangs daneben geflossen, hatte das Leinenhemd, die Bettwäsche und ihren Ärmel durchnässt. Zweimal hatte man Wäsche und Hemd des Herzogs gewechselt. Sie selbst hatte sich nur ein Handtuch um den Ärmel gewunden.

Nun war endlich die zweite Tasse mit Brühe leer. Und gegen Ende der Prozedur hatten die Augenlider Enghiens manchmal geflattert, so als würde er jeden Moment wieder zu sich kommen.

Es pochte an der Tür. Dr. Ehrhard trat ein. Er fühlte dem Herzog die Stirn und den Puls. »Mein Kompliment, Prinzessin von Rohan. Das Fieber scheint mir etwas gesunken zu sein, und der Puls hat sich beruhigt. Nun sollten Sie nach Hause gehen und ein wenig ruhen.« Draußen war es mittlerweile stockdunkel.

Charlotte schüttelte den Kopf. »Ich fühle mich noch frisch genug, um die Nachtwache zu übernehmen. Schließlich muss jemand bei ihm bleiben, und meines Wissens steht keine Schwester dafür zur Verfügung.«

Der Arzt runzelte die Stirn. »Schwester Berthina kann einspringen. Nonnen sind eher daran gewohnt, auf Schlaf zu verzichten, als Sie.«

»Schwester Berthina hatte den ganzen Tag Dienst im großen Saal. Das war schwerere Arbeit als die Pflege eines einzelnen Mannes.«

Dr. Ehrhard seufzte. »Dann lasse ich sie aber wenigstens rufen, um ihn frisch zu machen. Sie selbst sollten ihm seine Windel nicht wechseln, Hoheit. Wenn er überlebt, ist er doch sicherlich bald wieder Gast in Ihrem Haus. Er könnte Ihnen nicht mehr ohne Scham in die Augen blicken, wenn er wüsste, dass Sie ihn so hilflos und nackt gesehen haben.«

Charlotte sah ein, dass der Arzt recht hatte, und nickte.

»Derweil ruhen Sie wenigstens eine halbe Stunde im Nebenzimmer. Ich habe Ihnen das Bett dort ebenfalls frisch beziehen lassen. Und Schwester Berthina soll sich ihrerseits dort später zur Ruhe begeben. Wenn Sie sie in der Nacht brauchen, ist sie ganz in der Nähe.«

Kapitel 7

Spital in Ettenheim
Januar 1794, eine Woche später

»Wie geht es dem Herzog heute, Prinzessin Charlotte?« Enghiens Großvater, Louis-Joseph de Bourbon, Prinz von Condé, sah ihr forschend ins Gesicht.

Der Familienpatriarch war Ende fünfzig und trotz seiner vergleichsweise geringen Körpergröße eine beeindruckende Erscheinung. Er hielt sich so kerzengerade, als hätte er einen Ladestock verschluckt. Seine buschigen, mittlerweile grau gewordenen Brauen betonten die eisblaue Farbe seiner Augen. Die Condé'sche Nase stach wie ein Felsvorsprung aus seinem vom vielen Reiten wettergegerbten Gesicht hervor. Die weiß gepuderte Perücke saß tadellos, der Anzug aus dunkelbraunem Samt wies kein Stäubchen und keine Falte auf.

Seit seiner Ankunft logierte der Prinz als Gast des Kardinals im Palais Rohan. Schlag neun Uhr sprach er jeden Tag im Spital vor, um sich nach dem Wohlergehen seines Enkels zu erkundigen.

Charlotte, die heute den Frühdienst übernommen hatte, neigte den Kopf. »Hoheit, ich freue mich sehr, Ihnen mitteilen zu dürfen, dass es dem Herzog heute Morgen etwas besser zu gehen scheint«, antwortete sie förmlich. »Er ist gegen sieben Uhr aufgewacht, hat etwas Haferschleim zu sich genommen und zum ersten Mal das Bett verlassen, um den Leibstuhl …« Sie stockte verlegen.

Nicht zu Unrecht, wie sie sogleich erkannte. Der Prinz zog die buschigen Augenbrauen zusammen. »Eine so detaillierte Schilderung ist nicht vonnöten, Prinzessin«, erwiderte er steif. »Mich dünkt jedoch, wir schulden Ihnen großen Dank.«

Charlotte wich seinem stechenden Blick aus. »Ich habe nur meine Pflicht getan, Hoheit«, sagte sie bescheiden. »Mehr Dank als die Wiederherstellung der Gesundheit des Herzogs bedarf es nicht.«

Die nächsten Worte des Prinzen trieben ihr die Röte in die Wangen.

»Das freut mich zu hören, Prinzessin, und es beruhigt mich zugleich. Sie wissen sicherlich, dass mein Enkel sehr beeindruckt von Ihrer Schönheit und Ihrem Geist ist. Doch Louis-Antoine ist noch sehr jung«, betonte er bedeutungsschwanger. »Er stellt sich tapfer seinen Pflichten in diesem Krieg. Es ist seiner Jugend geschuldet, dass er sich der Pflichten gegenüber seiner Familie noch nicht in gleichem Maße bewusst ist.«

Wie meinen Sie das?, lag es Charlotte schon auf der Zunge. Doch sie schwieg.

Der Blick des Prinzen schien sie bis ins Mark zu durchbohren. »Sie hingegen, liebe Prinzessin Charlotte, sind wesentlich älter und reifer als mein Enkel«, betonte Condé, während sie nun tiefrot vor Ärger und Scham wurde, »und werden deshalb verstehen, dass es die Aufgabe des letzten Erben unseres Geschlechts ist, sich mit einem mächtigen, europäischen Fürstenhaus zu verbinden, um den Fortbestand unserer einst so großartigen Dynastie zu gewährleisten.«

Die Gastfreundschaft und die Soldaten meines Onkels nehmen Sie gerne in Anspruch. Doch würde Louis-Antoine um mich werben, wäre Ihnen unsere Familie, die dem französischen Thron in direkter Erblinie als Abkömmlinge der bretonischen Könige fast so nahe ist wie die Ihrige, für eine Heirat nicht gut genug, sinnierte Charlotte, war aber klug genug, ihre Gedanken nicht auszusprechen. *Dabei haben Sie einst selbst ein Mitglied meiner Familie geehelicht. Und leben nun in Sünde mit Ihrer Mätresse.*

»Es war nicht meine Absicht, Sie zu kränken, Prinzessin.« Condé schien ihr die Gedanken vom Gesicht abzulesen.

Charlotte fuhr auf. »Ich weiß nicht, was Sie meinen, Hoheit«, entgegnete sie spitz. »Womit sollten Sie mich gekränkt haben? Nach dem gewaltsamen Tod meines Verlobten Vincent von Carignan, von dem Sie sicher gehört haben«, der Prinz neigte zustimmend den Kopf, »habe ich das Gelübde abgelegt, mein Herz an niemanden mehr zu verschenken, solange ich lebe.«

Condé ließ sich nicht beeindrucken. »Eine Entscheidung, die meinen ganzen Respekt verdient, Prinzessin«, sagte er. »Und mich als Großvater zudem beruhigt. So weiß ich meinen Enkel bei Ihnen also in besten Händen.«

Damit ergriff er seinen Dreispitz, verbeugte sich vor Charlotte und stolzierte hinaus. Sie starrte ihm wütend nach.

Er ist sogar noch arroganter, als man ihn mir schilderte.

Zu ihrem eigenen Erstaunen ließ ihre Wut auf ihn bis zum Abend nicht nach.

Spital in Ettenheim
Ende Januar 1794, zwei Wochen später

»Ich fürchte, mein Freund, wir müssen unseren ersten Ausflug an die frische Luft noch ein wenig verschieben.«

Charlotte trat ans Fenster von Louis-Antoines Krankenzimmer und spähte hinaus. Dichte Schneeflocken trieben vorbei. Dunkle Wolken verdüsterten den Himmel, obwohl die Mittagsstunde gerade erst vorbei war.

Der Herzog verzog die Mundwinkel zu einem schmerzlichen Lächeln. »Wie überaus schade, Charlotte. Ich hatte mich so darauf gefreut.«

Kurz nachdem Louis-Antoine vor drei Wochen aus seiner Bewusstlosigkeit erwacht war, hatten die beiden vereinbart, einander beim Vornamen zu nennen, wenn sie allein waren.

Enghien wies auf den klobigen Rollstuhl, der in einer Ecke der Kammer stand. Mittlerweile war Franziska Stuber wieder nach Hause entlassen worden, und der Herzog hatte ihre Kammer bezogen. »Immerhin habe ich noch nie zuvor in einer solchen Kutsche gesessen.«

»Kommt Zeit, kommt Rat«, lächelte Charlotte. »Unser Ausflug wird uns nicht davonlaufen.«

Ein Schatten huschte über das immer noch magere Gesicht des Herzogs. »Ich hatte mich trotzdem sehr darauf gefreut. Zumal ich den Tag herbeisehne, an dem ich Ihnen endlich wieder als Mann anstatt als kranker Schwächling gegenübertreten kann.«

Vor der Intensität seines Blicks senkte Charlotte den Kopf. »Mein lieber Louis-Antoine«, antwortete sie spaßhaft, obwohl ihr alles andere als nach Scherzen zumute war. »Sie sind wirklich ein rechter Schwerenöter. Ihr Großvater tat gut daran, mich vor Ihnen zu warnen.« Kaum waren die letzten Worte heraus, bereute sie sie schon.

Enghiens Miene verfinsterte sich. »Was hat mein Großvater zu Ihnen gesagt?«

Charlotte spürte, dass sie errötete. »Nichts, mein Freund, das nicht alle Welt bereits weiß«, wich sie ihm aus. Um keinen Preis wollte sie die versteckte Mahnung, sich von seinem Enkel fernzuhalten, preisgeben, die sie aus den Worten des Prinzen Condé herausgehört hatte. Stattdessen erwähnte sie ein Gerücht, das im Ort schon länger die Runde machte. »Schließlich drang die Kunde von Ihrem Liebchen in Rüdesheim den ganzen Rhein hinauf bis hierher ins entlegene Ettenheim.«

Nun errötete auch Enghien. »Es war nur eine kleine Affäre«, entgegnete er wegwerfend.

»Oh, là, là!« Charlotte behielt den leichten Ton bei. In Enghiens Ohren klang er unecht. »Man munkelt, Sie hätten der Schönen das Herz gebrochen. Und die halbe Emigrantentruppe amüsierte sich über den armen Vater des Mädchens, den Schneidermeister, der Ihnen die Hosen und Röcke flickte, während Sie sein Töchterlein in der guten Stube beglückten.«

Ein Ausdruck der Scham trat in Louis-Antoines Augen. »So klatscht und tratscht man über uns beide? Das arme Mädchen!«

Auch Charlotte waren ihre Worte bereits peinlich. »Entschuldigen Sie, Louis-Antoine. Ich wollte wirklich nicht frivol klingen.«

Sie unterbrach das peinliche Schweigen mit einer weiteren Frage, bevor es sich zwischen ihnen ausbreiten konnte.

»War ihr Name nicht Jeannette?«

»Jeannette? Wie kommen Sie darauf? Das ist ein französischer Name. Nein, sie hieß Rosemarie.«

»Aha.« Charlotte war zunächst zu perplex, um die Konversation fortzusetzen. *Was für ein Filou!* Zu ihrem Erstaunen schwang Ärger in ihren Gefühlen mit.

Wieder überbrückte sie das Schweigen. »Nun, und wer ist dann Jeannette? Sie riefen diesen Namen mehrmals in Ihren Träumen, während ich an Ihrem Bett wachte.«

Um Louis-Antoines Mundwinkel herum zeigten sich auf einmal schmerzliche Falten. Er sah plötzlich viel älter aus als einundzwanzig.

»Jeannette war eine Milchmagd in Chantilly, wo ich aufwuchs«, sagte er leise. »Und meine erste Liebe, als ich vierzehn Jahre alt war.«

»Was ist aus ihr geworden?«

Enghien hob die Schultern. »Sie heiratete eines Tages und zog fort. Ungefähr zwei Jahre, bevor wir aus Frankreich flohen.«

Ein plötzlicher Schmerz durchbohrte Charlottes Brust wie ein Dolchstoß. »Die erste Liebe«, murmelte sie. Vincents Gesicht erschien vor ihrem inneren Auge. »Man vergisst sie nicht, wie alt man auch werden mag.«

Louis-Antoine griff nach Charlottes Hand. »Sie trauern noch immer um Ihren Verlobten«, deutete er ihre Miene richtig. Dann holte er tief Luft. »Sagen Sie mir, Charlotte! Werden Sie je über seinen Tod hinwegkommen?«

»Nein, niemals!« Sie war von der Heftigkeit ihrer eigenen Worte überrascht.

»Also hat kein anderer Mann je die Chance, zu Ihrem Herzen vorzudringen?«

»Nein. Das habe ich nach seinem Tod gelobt.« Der Satz klang brüsk und tat ihr unendlich weh. Denn er gemahnte sie gleichzeitig an Vincent und ihre selbst gewählte Einsamkeit als Konsequenz seines Todes. Daher ergriff sie der Wunsch, auch ihm wehzutun.

»Doch das muss Sie nicht kümmern, Louis-Antoine. Ihnen ist ja Großes vorherbestimmt, wie mir Ihr Großvater anvertraut hat.«

Zu ihrer Überraschung knirschte Enghien mit den Zähnen. »Was hat der Alte noch alles gefaselt?« So despektierlich hatte der Herzog noch nie über das Condé'sche Familienoberhaupt gesprochen.

»Nur dass Sie sich einem überaus mächtigen Fürstenhaus anvermählen werden.« Erschrocken versuchte Charlotte, ihn zu beschwichtigen.

Abrupt ließ Enghien sich zurück in die Kissen sinken. »Ich bin plötzlich sehr müde, Charlotte«, sagte er. »Da wir unseren Ausflug heute nicht machen können, lassen Sie mich ein wenig ruhen.«

Er murmelte noch einige Worte, die Charlotte nicht verstand. »Was haben Sie gesagt?«

»Jedem das Seine!« Enghiens Stimme klang bitter. »Der uralte Wahlspruch unserer Familie. Auch ich werde ihm nicht entgehen!«

Stadtkirche St. Bartholomäus in Ettenheim
April 1794

Die letzten Orgeltöne vor der Predigt des Stadtpfarrers Franz-Xaver Mast, der heute die Taufmesse zelebrierte, verklangen. Louis-Antoine beobachtete den Kardinal auf seinem samtbezogenen Sessel unter dem roten Baldachin. Charlotte, die gemäß des noch immer winterlichen Wetters in einen hellgrauen, pelzverbrämten Mantel mit dazu passendem Hütchen gekleidet war, ließ sich im Chorgestühl nieder.

In der ersten Bankreihe gleich vor dem Altar saß die Familie des Amtmannes Michael Stuber, deren jüngst geborener Sohn heute auf den Namen Louis-Charles getauft werden sollte, gemäß der Vornamen seiner hochadligen Taufpaten, dem Kardinal und seiner Nichte, der Prinzessin Charlotte.

Louis-Antoine selbst hatte es abgelehnt, der Messe im Chorgestühl oder in den ersten Reihen der Kirche beizuwohnen. Er saß versteckt für sich allein in einer seitlichen Nische, von wo aus er das Geschehen am Altar zwar gut beobachten, aber selbst nicht gesehen werden konnte. Noch hatte er seine Menschenscheu nicht überwunden, die ihn kurz vor Beginn seiner Erkrankung im Dezember ergriffen hatte.

Charlotte wird den Amtsleuten erklärt haben, warum ich ihre Einladung abgelehnt habe. Sie werden es nicht als Affront auffassen, tröstete er sich ohne rechte Überzeugung. Denn schon bald würde er Ettenheim verlassen müssen, um sich an den Hof des badischen Markgrafen zu begeben. Dort würde er sich um dessen älteste Enkelin Karoline bemühen, sollte er tatsächlich nachgeben und den Wünschen seines Großvaters Folge leisten.

Noch wusste Enghien, der selbst die kleine Taufgesellschaft scheute, nicht, wie er dieser Anforderung gerecht werden sollte. Seine Genesung schritt nur langsam voran, und es hatte mehrere

Rückschläge gegeben. Erst seit knapp zwei Wochen war er zum ersten Mal über einen längeren Zeitraum hinweg fieberfrei.

Schuld an seiner schlechten Verfassung waren auch die schrecklichen Ereignisse in Frankreich. Sie drückten ihn regelrecht nieder. Tag für Tag verrichtete die Guillotine in Paris, Toulouse und anderen großen Städten ihre blutige Arbeit. In Nantes inmitten der aufständischen Vendée wurde verdächtigen Konterrevolutionären nicht einmal diese schnelle, gnädige Todesart vergönnt. Man ersäufte wahllos Männer und Frauen jeden Alters nackt aneinandergebunden in der Loire, oft sogar ohne Prozess.

Auch der Krieg der europäischen Verbündeten kam nicht voran. Die Niederlage von Valmy hatte den Siegeszug der österreichisch-preußischen Koalition schon im September 1792 beendet. Seither schien Fortuna zu überlegen, welcher Seite sie ihre Gunst schenken sollte. Keine Kriegspartei konnte dauerhaft die Oberhand über die andere gewinnen. Enghiens Großvater gingen langsam die Mittel aus, um die Emigrantenarmee zu unterhalten, welche, eine Last für die deutsche, oft arme Bevölkerung, ziellos von Ort zu Ort zog.

Nun, zumindest kann uns niemand mehr des Dünkels zeihen. Ein zynisches Lächeln verzerrte Enghiens Lippen. Nicht nur Barone und andere Angehörige des niederen französischen Adels, nein, selbst Marquis- und sogar Herzogssöhne gingen zu Fuß mit zerlöcherten Stiefeln in vielfach geflickten Uniformen und hatten kaum mehr einen Sous in der Tasche.

Immerhin zählten die großen französischen Namen noch an den europäischen Höfen. Weder Enghien selbst noch sein Großvater Prinz Condé zweifelten daran, dass man sie in der Karlsruher Residenz empfangen würde. Dort sollte Louis-Antoine seinen Charme spielen lassen, um die markgräfliche Prinzessin Karoline als Ehefrau zu gewinnen.

Charlotte von Rohan schien das einerlei zu sein. Zwar musste Enghien sich eingestehen, dass er ihr menschlich als schwacher Kranker weit nähergekommen war denn als schneidiger Offizier.

Doch es war offenkundig nur Freundschaft und Sympathie, die sie für ihn empfand. Der Weg zu ihrem Herzen schien durch den Tod ihres Verlobten Vincent für alle Zeiten blockiert zu sein.

Sie schützt sich vor einer neuen Verletzung, erkannte Louis-Antoine nur zu klar. Des Nachts, wenn er oft schlaflos in seinem Bett lag, blieb ihm reichlich Muße zum Grübeln.

Aber was empfand er selbst für Charlotte? Auch seiner Gefühle für sie war er sich nicht ganz sicher. Zu Anfang hatte ihn ihre Spröde gereizt wie ein scheues Wild, das sich seiner Büchse immer wieder entzog. Denn Erfolg bei der Weiblichkeit war er gewöhnt. Hatte er die Dame allerdings erst einmal erobert, verlor sie schnell ihren Reiz für ihn. Selbst jetzt, nachdem er Charlotte schon seit zwei Jahren kannte, war er sich nicht sicher, dass seine Gefühle für sie Bestand haben würden, wenn sie sich auf ihn einließe. *Spürt sie das, und zieht sie sich deshalb von mir zurück?*

Doch selbst wenn es anders wäre, hätte ihre Liebe denn je eine Chance? Was war mit den Erwartungen, die seine Familie an ihn hatte? Während die Taufgäste einen neuen Choral sangen, füllte erneut der Zorn, dass alle Hoffnungen auf den Fortbestand der Dynastie Bourbon-Condé nur auf ihm ruhten, seine Brust. Dabei hatten es sich sowohl sein Vater als auch sein Großvater auf seine Kosten leicht gemacht.

Nach dem Tod seiner Frau hatte Prinz Condé nicht wieder geheiratet, sondern war eine Liaison mit der geschiedenen Madame von Monaco eingegangen. *Selbst wenn er einen weiteren Sohn mit ihr gezeugt hätte, wäre der illegitim gewesen. Also hat er sich in seinem Egoismus ganz auf meinen Vater verlassen, was die Zeugung eines Erben angeht. Denn auch meine Tante Louise konnte keine Seitenlinie mehr begründen, seitdem sie den geistlichen Stand gewählt hat und jetzt Äbtissin ist.*

Prinz Condés einziger Sohn, Enghiens Vater Henri, der den Titel eines Herzogs von Bourbon trug, hatte seine Verpflichtung ebenfalls auf die leichte Schulter genommen. Bereits mit sechzehn Jahren zeugte er Louis-Antoine und betrog seine Frau Bathilde von Orléans danach hemmungslos. *Sicherlich hat er mehr Bastarde in die Welt gesetzt, als er selbst weiß. Doch ich gelte als sein einziger legitimer Nachkomme. Und soll nun ausbaden, was er und mein Großvater versäumt haben.*

Der Wortgottesdienst näherte sich seinem Ende. Vor dem Altar formierte sich der Zug zum Taufbecken im hinteren Teil der Kirche. Charlotte trug den Säugling mit einem teils zärtlichen, teils staunenden Gesichtsausdruck in ihren Armen, der Louis-Antoine ins Herz schnitt.

Er selbst wurde von einer plötzlichen Traurigkeit überwältigt. Bilder aus der Vergangenheit strömten auf ihn ein. Er sah sich mit vierzehn Jahren bei seiner zweiten Taufe in der Schlosskapelle von Versailles. Zu seiner Rechten kniete König Ludwig XVI., zu seiner Linken Marie-Antoinette. War das noch nicht einmal ein Jahrzehnt her? Enghien schien es ein ganzes Menschenalter zu sein. *Oder sogar ein ganzes Zeitalter.*

Ein unterdrücktes Schluchzen würgte ihn. Verstohlen drückte er sich sein Taschentuch vor den Mund. *Einundzwanzig Jahre bin ich erst alt und fühle mich doch wie ein Greis. Als läge der größte Teil meines Lebens schon hinter mir.*

Er ahnte nicht, wie richtig er mit dieser Vermutung lag.

Charlotte nahm den Säugling wie einen kostbaren, zerbrechlichen Schatz in die Arme. Sie betrachtete ihn zärtlich, während sie behutsam den Gang entlangschritt. *Nur nicht stolpern, um den Kleinen nicht zu erschrecken.*

Inmitten der Orgelklänge und der Choräle war das Bübchen eingeschlafen. Es machte leise schmatzende Geräusche mit seinem kleinen Mündchen. Die hellbraunen Härchen klebten wie zarte Seidenfäden an seinem rosafarbenen Schädel.

Was ist der Mensch doch für ein Wunder der Schöpfung, dachte Charlotte andächtig. Sie spürte auf einmal Enghiens Blick auf sich ruhen und schaute auf. Da stand er, halb verborgen hinter den übrigen Besuchern des Gottesdienstes. In seinem Blick lag etwas Verzweifeltes, das sie zutiefst anrührte. Er wirkte sehr unglücklich.

Auch Charlottes Entzücken über den Täufling schlug nun in Traurigkeit um. *Bist du wirklich ein Wunder der Schöpfung? Oder nur dazu geboren, Kanonenfutter zu werden, Menschen auf dem Schlachtfeld niederzumetzeln, mit anzusehen, wie alles vergeht, an dem du gehangen hast? Schließlich hat dir dein Taufpate ein Hauptmannspatent geschenkt. Großzügig fürwahr, aber ist damit nicht auch dein Schicksal bereits vorherbestimmt?*

Ihr gestriges Gespräch mit Louis-Antoine kam ihr in den Sinn. Sie hatten über die Ereignisse in ihrer Heimat gesprochen, wo das Töten und Morden immer sinnloser wurde. Nach langer Zeit hatte Charlotte endlich wieder einen Brief ihrer Mutter erhalten. Er stammte schon aus dem Dezember.

Die ganze Vendée lag in Trümmern, die Revolutionstruppen hausten dort schlimmer als die Vandalen. Marie von Orléans-Rothelin lebte mit ihrer Schwiegertochter und den zwei kleinen Enkeln versteckt in einem abgelegenen Weiler von ihrer eigenen Hände Arbeit. *Wir bestellen ein kleines Feld und einen Gemüsegarten, halten ein Schwein und ein paar Hühner und Enten und beten jeden Tag, dass wir unentdeckt bleiben.* Charlottes Bruder Charles hatte sich den Aufständischen angeschlossen. *Wenn er den Jakobinern in die Hände fällt und uns unter der Folter verrät, sind auch wir verloren. Erst in der letzten Woche wurden in Nantes vier Schwestern guillotiniert. Sie waren Kusinen eines Generals der Rebellen. Das war ihr einziges Vergehen. Das älteste Mädchen war siebzehn, das jüngste erst zehn Jahre alt. Die Haushälterin, die die Kinder schützen wollte, wurde gleich mit aufs Schafott geschickt.*

»Warum tun Menschen anderen Menschen so etwas an?«, hatte Charlotte Louis-Antoine gefragt. »Noch dazu im Namen so hehrer Werte wie Freiheit und Brüderlichkeit?«

»Ich weiß es nicht, liebe Charlotte.« Louis-Antoine wirkte hilflos und tieftraurig. »In Paris haben sie jetzt sogar Danton und seine Gefolgsleute zum Tode verurteilt. Die Revolution frisst ihre eigenen Kinder.«

Zorn und Rachsucht sprangen Charlotte wie zwei Raubtiere an. »So gibt es doch noch einen gerechten Gott. Der Schuft Danton hat die Septembermorde auf dem Gewissen, denen auch Vincent zum Opfer fiel.«

Louis-Antoines Melancholie hatte sich darauf noch verstärkt, und plötzlich hatte Charlotte sich geschämt.

Auge um Auge, Zahn und Zahn, dachte sie jetzt, während das Kind erwachte und sich in ihren Armen zu winden begann. *Spürt das kleine Wesen meine schlimmen Gedanken?*

Der Zug hatte das Taufbecken erreicht. Charlotte hielt den Kleinen behutsam über das Becken. Der Junge begann durchdringend zu krähen, als das angewärmte Wasser über seine Stirn geträufelt wurde.

»Und so taufe ich dich im Namen des Vaters, des Sohnes und des Heiligen Geistes auf den Namen Louis-Charles«, sprach der Priester feierlich. Dann salbte er die Stirn des Säuglings behutsam mit Öl.

Mittlerweile schrie Louis-Charles aus Leibeskräften. Franziska Stuber trat an Charlottes Seite und streckte die Arme nach ihrem Jüngsten aus. Mit einem leisen Gefühl des Bedauerns übergab ihr Charlotte das Kind. Franziska wiegte es zärtlich und flüsterte ihm leise Worte ins Ohr. Noch bevor die Gemeinde das letzte Vaterunser gesprochen hatte, war es wieder eingeschlafen.

Der Gedanke kam aus dem Nichts. *Ich werde niemals ein Kind austragen. Niemals werde ich Mutter sein.* Charlotte wurde es eng um die Brust.

Sie spürte eine leichte Hand auf ihrer Schulter. Zu ihrer Überraschung war Louis-Antoine aus seiner Nische getreten und hatte sich zur Gruppe rund um das Taufbecken gesellt. Er schien bis auf den Grund ihrer Seele zu sehen.

Sie wich seinem Blick aus und straffte die Schultern, woraufhin er seine Hand sofort zurückzog. *Doch es ist gut so, wie es ist. Denn wenn ich niemals mehr jemanden liebe, werde ich auch niemals wieder so leiden. Weder wegen eines meiner Kinder noch wegen ihres Vaters.*

Haus des Amtmannes Stuber in Ettenheim
April 1794, eine Stunde später

»Meine Frau und ich sind außerordentlich darüber erfreut, Herzog, dass Sie uns doch noch die Ehre Ihres Besuchs erweisen.«

Michael Stuber verbeugte sich, während seine Frau Franziska vor Charlotte und Louis-Antoine in einen tiefen Knicks versank.

»Bitte, Monsieur Stuber, Madame Stuber«, wehrte Enghien verlegen ab. »Erheben Sie sich! *Ich* habe um Entschuldigung zu bitten, dass ich Ihre freundliche Einladung zuerst abgelehnt habe.«

Er verschwieg dabei geflissentlich, dass Charlotte ihm auf dem Weg von der Kirche ins Palais Rohan, wo sie die Taufgeschenke abholen wollte, gründlich den Kopf gewaschen hatte.

»Ich verstehe Sie wirklich nicht, Louis-Antoine. Stubers Haus ist ein Treffpunkt der Emigranten, die in Ettenheim leben. Er kann Ihre Weigerung, seiner Feier beizuwohnen, nur als Affront auffassen. Als sei seine Familie *Ihnen* nicht gut genug für einen Besuch.«

»Aber so ist es doch nicht gemeint«, erwiderte er erschrocken.

Charlotte zuckte mit den Schultern. »So wirkt es aber, Herzog von Enghien.« Sie betonte seinen Titel. »Es ist also an Ihnen, das Gegenteil zu beweisen.«

Ihr leichtes Lächeln, als er schließlich nachgab, entging ihm.

Nun reichte er dem Amtmann einen mit einem Tuch zugedeckten Henkelkorb und nahm Charlotte den Mantel ab.

»Das Taufgeschenk der Prinzessin«, sagte er geheimnisvoll.

Der Amtmann verbeugte sich erneut und reichte den Korb an seine Tochter Henriette weiter, die gerade im Hausflur erschien. »Bring den Korb auf den Gabentisch. Nach der Teestunde packen wir die Geschenke aus.«

»Warte noch einen Moment!«, rief Louis-Antoine Henriette nach, die schon zur Tür der großen Stube eilte, wo die Taufgesellschaft versammelt war. »Meine Gabe möchte ich dir auch noch mitgeben.« Er zog ein kleines Lederbeutelchen aus der Tasche seines Schoßrocks. Die darin enthaltenen Münzen klimperten leise. Charlotte entging nicht, dass Franziska Stubers Augen einen Moment lang aufleuchteten, während sie angesichts des Henkelkorbs nur höfliches Interesse bekundet hatte.

Charlotte war verwirrt, vergaß die Sache aber zunächst, als sie am Arm des Herzogs die Stube betrat. Es duftete herrlich nach dem Pfefferminztee, den sie in Frankreich immer verschmäht, hier aber zu schätzen gelernt hatte. Kaffee oder schwarzen Tee gab es in Ettenheim schon lange nicht mehr, nicht einmal im Palais ihres Onkels. Selbst wenn der Kardinal bereit gewesen wäre, die dafür verlangten exorbitant hohen Preise zu zahlen, hätte er Boten bis nach Freiburg schicken müssen, um diese Aufgussgetränke zu besorgen. Ins ländliche Ettenheim verirrte sich seit Beginn des Krieges kein Kaufmann mehr, der mit Luxuswaren handelte.

Auch die Kuchen und Torten, die Franziska Stuber gebacken hatte, ließen ihr das Wasser im Munde zusammenlaufen. Sie nahm auf dem Ehrenplatz am Kopfende des großen Esstisches Platz, den man für sie reserviert hatte. Louis-Antoine blieb stehen, da es keinen freien Stuhl mehr gab. Nur der mit Petit-Point-Stickerei bezogene Lehnstuhl neben Charlotte war unbesetzt. Ein Tuch mit dem Wappen des Kardinals lag über der Lehne. Trotz seiner Volksnähe und Leutseligkeit zeigte sich hierin noch der uralte Unterschied zwischen Herrscher und Untertanen. Als Landesherr nahm Louis von Rohan nicht persönlich an der Feier eines seiner Untergebenen teil, sondern ließ sich durch den symbolisch aufgestellten Stuhl vertreten.

Auch alle kleineren Tische und die Stühle längs der Wände waren von Taufgästen besetzt. Tatsächlich befanden sich etliche Emigranten unter ihnen. Schon sprang der Baron von Ichtratzheim auf, der ein Haus im Pfarrgässle besaß, um dem ranghöheren, wenn auch deutlich jüngeren Herzog seinen Platz anzubieten. Schon sah Charlotte den Amtmann mit seiner Gattin flüstern und schnappte die Worte »Nachbar« und »Stuhl ausleihen« auf. Da fasste sie einen Entschluss. Vorsichtig zog sie das Tuch mit dem Wappen ihres Onkels von dem Lehnstuhl neben sich und reichte es Henriette. »Falte es sorgfältig zusammen, meine Liebe. Mein Onkel wird es sicherlich nicht übel nehmen, wenn sich der Herzog von Enghien darauf niederlässt.«

Wenig später genossen alle Gäste in der wieder entspannten Atmosphäre den köstlichen Kuchen, den ihnen Henriette und Franziska Stuber servierten. Auch Charlotte ließ sich die Kirschtorte schmecken, die sie so liebte. Und selbst Louis-Antoine langte herzhaft zu, als Frau Stuber ihm ein weiteres Stück Streuselkuchen anbot.

Schließlich kam der Moment, in dem der Amtmann zum überfüllten Gabentisch in der Ecke trat, um die Geschenke für den Täufling, der trotz des Lärms der Gäste friedlich in seiner Wiege schlief, auszupacken. Was kam da nicht alles zum Vorschein! Unter den Ah- und Oh-Rufen der Geladenen wurden bestickte Jäckchen, Strampelhöschen und Schühchen für den Säugling in die Höhe gehalten. Es gab aus weicher Wolle gestrickte Decken für den geflochtenen Stubenwagen, ein kleines hölzernes Schaukelpferdchen und eine ganze Armee Zinnsoldaten in den aufgemalten weißen Uniformen mit den goldenen Rockaufschlägen der Truppe »Royal Rohan«. Die in Ettenheim lebenden Emigranten, die zu alt oder zu krank waren, um zu kämpfen, hatten für diese kostbare Gabe zusammengelegt. Der Stadtpfarrer schenkte ein in Leder gebundenes Gebetbuch, der Lehrer gar eine blitzblanke Schiefertafel für seinen zukünftigen Schüler.

Franziska Stuber bedankte sich für jedes Geschenk mit einem höflichen Knicks. Charlotte bemerkte jedoch, dass ihr Lächeln gefror, je mehr Pakete ausgepackt wurden.

Schließlich kam die Reihe an den Henkelkorb, in dem Charlottes Gabe und die ihres Onkels lagen. Gespannt richtete sie sich auf. »Ich scheine die Einzige zu sein, die mit ihrem Geschenk auch an die Mutter des Täuflings gedacht hat«, flüsterte sie Enghien zu.

Unter der Abdeckung des Korbs kamen zunächst einige Süßigkeiten zum Vorschein, kandierte Früchte und zartes, mit echtem Hagelzucker bestreutes Gebäck. Das Hauptmannspatent für den kleinen Louis-Charles trug das Siegel des Kardinals. Vor allem die Emigranten waren entzückt. »Was für eine Ehre!«, hörte Charlotte sie raunen. »So hat diese furchtbare Revolution auch etwas Gutes hervorgebracht. Noch vor zwanzig Jahren wäre es undenkbar gewesen, dass ein Bürgerlicher Offizier werden kann.«

Ein zufälliger Seitenblick auf Louis-Antoine zeigte Charlotte zu ihrem Erstaunen, dass der Herzog die Stirn runzelte. »Was haben Sie?«, flüsterte Charlotte. »Missbilligen Sie das Präsent meines Oheims?«

»Mitnichten«, gab Enghien zurück. »Doch in welcher Armee wird der Täufling einmal kämpfen, wenn er alt genug ist?«

Charlotte war es, als ob plötzlich ein kühler Lufthauch durch den von dem bollernden eisernen Ofen und den vielen Menschen überhitzten Raum zog.

Doch ihre Aufmerksamkeit wurde rasch abgelenkt, als Michael Stuber nach ihrer Gabe griff, einem Ballen echter Brabanter Spitze. Er reichte das kostbare Material an seine Gattin zur Begutachtung weiter, die plötzlich errötete. Zu Charlottes Verwirrung wirkte sie aber eher ärgerlich als erfreut.

Charlotte wusste dies nicht zu deuten. *Kennt Franziska etwa den Wert dieses Stoffes nicht? Es sind fünfzig Ellen auf eine Elle Breite. Sie kann einen Himmel für die Wiege und den Stubenwagen daraus schneidern, und es bleibt immer noch mehr als genug für kostbare Brusteinsätze und Volants, Halstücher und Manschetten übrig, oder was immer sie damit herstellen will.*

Michael Stuber verbeugte sich, um seinen Dank an die Gäste zum Ausdruck zu bringen. Er setzte schon zu einer kleinen Rede an, als Henriette ihn leicht am Ärmel zupfte und auf den kleinen Lederbeutel mit Münzen wies, den der Herzog geschenkt hatte.

»Kein Wunder, dass man ihn fast übersehen hat«, hörte Charlotte Louis-Antoine flüstern. »In der Eile hatte ich ja keine Zeit für ein weniger profanes Geschenk als Geld.«

»Wie viel ist es denn?«, raunte Charlotte.

»Zehn läppische Kronentaler. Mehr habe ich gar nicht mehr zur Verfügung. Ich werde mir etwas Geld von Ihnen oder dem Kardinal leihen müssen.«

Jetzt hatte Stuber die Schnur des Beutelchens aufgezogen und schüttete die Münzen in seine hohle Hand. Einen Lidschlag lang spitzte er die Lippen, als wolle er pfeifen. Dann hatte er seine Mimik wieder im Griff.

Ganz anders Franziska und Henriette Stuber, die beide über das ganze Gesicht strahlten.

Ettenheim, Charlottes Schlafzimmer im Palais Rohan
April 1794, am nächsten Morgen

»Horch, Henriette! Ich möchte dich etwas fragen. Aber du musst freiheraus antworten.«

Erstaunt blickte das junge Mädchen, das gerade Charlottes Haare kämmte, auf. Die Prinzessin musterte das Gesicht ihrer Zofe im Spiegel.

Dann holte sie tief Luft und beschloss, ihr Anliegen geradeheraus ohne Umschweife vorzubringen. Seit gestern hatte sie immer wieder darüber gegrübelt.

»Hat deine Mutter sich über die Brabanter Spitzen gefreut?«

Eine plötzliche Röte schoss Henriette in die Wangen. Sie knickste mit dem Kamm in der Hand und zog dabei versehentlich eine Strähne mit. Charlotte sog die Luft durch die Zähne ein.

»Verzeihen Sie meine Ungeschicklichkeit, Hoheit! Natürlich hat sich meine Mutter darüber gefreut. Das Geschenk ist überaus kostbar.«

Charlottes Verdacht verstärkte sich, nicht zuletzt wegen der formellen Anrede, die sie sich von den Stubers schon mehrmals verbeten hatte.

»Kostbar sind die Spitzen schon. Aber sind sie auch nützlich?«, insistierte sie.

Diesmal schwieg Henriette. Ihre Röte vertiefte sich.

Charlotte drehte sich um und sah Henriette direkt ins Gesicht. »Du darfst mir die Wahrheit sagen, mein Kind. Ich werde dir darüber nicht gram sein.«

Henriette schwieg noch immer und mied Charlottes Blick. Die beschloss deshalb, ihr noch einen Schritt weiter entgegenzukommen. »Ich habe den Eindruck, die einzige Gabe, die deine Eltern wirklich erfreut hat, waren die Münzen des Herzogs von Enghien.«

Henriettes Schweigen war beredt genug. Charlotte griff nach ihrer Hand und zog sie neben sich auf einen niedrigen Schemel. »Du darfst und musst mir jetzt die Wahrheit sagen, Henriette. Gibt es Mangel in deiner Familie? Oder am Ende sogar Not?«

Henriettes Augen füllten sich mit Tränen. »Die Mutter tut ja, was sie kann, um mit dem Wirtschaftsgeld auszukommen. Doch wir haben alleweil Gäste im Haus, die essen und trinken wollen. Wir möchten niemanden abweisen, denn es sind ja adlige Herrschaften. Doch dafür reicht das Salär meines Vaters nicht. Auch wenn ich meinen Lohn noch dazugebe. Und die Ersparnisse sind schon bald aufgezehrt.«

Charlotte war entgeistert. »Ihr müsst das meiste eures Haushaltsgeldes ausgeben, um Emigranten zu bewirten?«

Henriette nickte nur und blickte bedrückt zu Boden.

»Aber warum hast du mir denn nie etwas davon erzählt? Oder deine Mutter?«

Henriette wich Charlottes Blick aus. »Wir wollten doch nicht den Eindruck erwecken, dass wir uns über die Gäste unseres Landesherrn beklagen. Schließlich hat Ihr ehrwürdiger Oheim sie nach Ettenheim eingeladen.«

»Aber nicht, damit sie bei ehrbaren Leuten schmarotzen!«

»Aber die Armen haben doch selbst nichts mehr«, erwiderte Henriette. »Neulich hörte ich die alte Baronin von Wehrheim sagen, sie könne sich weder Holz noch Kohle leisten. Deshalb sei sie so dankbar, wenigstens für ein paar Stunden am Tag in unser Haus kommen zu dürfen, um dort einen heißen Pfefferminztee zu trinken. Meine Mutter brächte es nie übers Herz, die alte Dame abzuweisen!«

»Aha!« Charlotte verschlug es die Sprache. Plötzlich ging ihr ein Licht auf. »Und deshalb hatten deine Eltern auf mehr Geldgeschenke zur Taufe gehofft!«

Sie traf ins Schwarze. Henriette nickte eifrig. »So ist es, Hoheit. Zumal wir beim Krämer anschreiben ließen, um all die Torten backen zu können. Zum Glück hat wenigstens der Her…« Sie stockte und biss sich auf die Lippen.

»Hat wenigstens der Herzog von Enghien etwas Geld gegeben«, vollendete Charlotte den Satz des jungen Mädchens.

Henriette nickte wieder. »Wir können damit den Krämer bezahlen. Und endlich wieder unsere Vorräte aufstocken. Vater sagt, er zahlt dem kleinen Louis-Charles den Betrag zurück, wenn er erwachsen ist.«

Charlotte kam plötzlich eine Idee. »Höre, Henriette! Sag deiner Mutter, ich bin nicht böse, wenn sie die Brabanter Spitzen nicht behalten, sondern verkaufen will. Ich wollte ihr damit eine Freude machen. Ursprünglich waren sie für mein neues Ballkleid gedacht, aber Bälle gibt es ja keine mehr. Da brauche ich auch die Spitzen nicht.«

Henriette schwieg wieder und kaute auf ihrer Unterlippe.

»Deine Mutter kann sicher zwanzig oder mehr Kronentaler dafür erlösen«, ermunterte sie Charlotte.

»Aber es gibt doch niemanden weit und breit, der genug Geld hat, um die Spitzen zu kaufen. Wenn nicht einmal Sie selbst dafür Verwendung haben, wer sollte in diesen schlechten Zeiten sonst etwas so Teures kaufen?«, platzte Henriette heraus. Erschrocken über ihren Ausbruch hielt sie sich unwillkürlich den Mund zu. »Das habe ich die Mutter gestern Abend sagen hören«, flüsterte sie dann fast unhörbar.

Charlotte war betroffen. *Was bin ich nur für eine weltfremde Närrin! Wir alle sind weltfremde Narren. Louis-Antoine hat sich sogar für sein schnödes Geldgeschenk geschämt! Vielleicht hat sich der Adel mit seinen Gepflogenheiten tatsächlich überlebt!*

Sie dachte angestrengt nach, während Henriette wie ein gescholtenes Schulmädchen vor ihr stand. Dann sagte sie laut: »Horch, Henriette! Bitte deine Mutter heute Abend, mir die Spitzen zurückzubringen. Ich will ihr fünfundzwanzig Kronentaler dafür geben. Und ich spreche mit meinem Onkel über ein höheres Salär für deinen Vater, damit ihr weiterhin eure Gäste bewirten könnt, ohne selbst Mangel zu leiden. So bleibt jedermanns Gesicht gewahrt.«

Kapitel 8

Ettlingen bei Karlsruhe, Juni 1794

Enghien drehte sich vor dem Spiegel seines kleinen Zimmers im Ettlinger Gasthof »Zum Hirschen« nach rechts und nach links und überprüfte den Sitz seiner Galauniform. Der dunkelblaue Rock mit den goldenen Knöpfen, der vorne kaum bis zur Taille reichte, hinten aber lange, bis zu den Knien fallende Schöße hatte, saß wie angegossen. Darunter trug er eine rote Weste, ein weißes Hemd mit Spitzenmanschetten und eine gelbe Kniehose zu langen, blitzblank geputzten Stiefeln. Zum Schluss legte er noch die weiße Armbinde mit den drei Lilien an, das Kennzeichen der königstreuen Franzosen, und richtete die blauseidene Schleife, mit der er die dunkelblonden Haare im Nacken zum Zopf gebunden hatte.

Diese Frisur kommt langsam aus der Mode. Einige seiner Offizierskameraden hatten sich die Haare bereits auf Kinnlänge kürzen lassen. Enghien wagte das bisher nicht, aus Sorge, sein Großvater würde es missbilligen. *Dem Alten kann ich es ohnehin nicht recht machen,* sinnierte er verbittert. *Einmal mache ich mich für seinen Geschmack zu gemein mit den einfachen Soldaten, wenn ich mit ihnen in diesen traurigen Zeiten einmal scherze und lache. Ein andermal kümmere ich mich zu wenig um meine militärischen Pflichten, wenn ich nicht jeden Tag ab sechs Uhr in der Frühe exerziere, bis uns der Schweiß aus allen Poren rinnt. Dabei geht der Krieg nicht voran, und wir ziehen nach wie vor heimatlos von Ort zu Ort.*

Die nahe Kirchturmuhr schlug die sechste Nachmittagsstunde. Es war Zeit, nach Karlsruhe aufzubrechen. Erbprinzessin Amalie, die Schwiegertochter des badischen Herrschers Karl Friedrich, hatte ihn, seinen Vater und seinen Großvater zum Ball mit Souper geladen. Er würde ihre älteste Tochter, die siebzehnjährige Karoline, wiedersehen, die er bereits bei seinem Antrittsbesuch flüchtig kennengelernt hatte.

Ginge es nach seinem Großvater, sollte er an diesem Abend beginnen, dem Mädchen den Hof zu machen. Seit zwei Wochen lagerte die Emigrantentruppe schon im Städtchen Ettlingen. Enghien hatte Prinz Condé im Verdacht, diesen Ort nur deshalb ausgewählt zu haben, um in der Nähe der Karlsruher Residenz zu sein.

»Ihre Chancen stehen gut, Louis-Antoine«, hatte ihm sein Großvater noch beim Frühstück bedeutet. »Karolines jüngere Schwester Luise hat mit dem russischen Thronfolger Alexander, der sie im vergangenen Jahr zur Gemahlin genommen hat, bereits eine glänzende Partie gemacht. Es ist ungewöhnlich, dass die jüngere Schwester vor der älteren heiratet. Daher wird man nicht abgeneigt sein, jetzt auch Karoline schnellstmöglich unter die Haube zu bringen. Denn je länger sie unvermählt bleibt, derweil ihre jüngere Schwester längst eine Ehefrau ist, desto eher gilt sie als alte Jungfer.«

»Und Sie glauben tatsächlich, ich könnte mit dem zukünftigen Zaren mithalten? Als landloser Herzog ohne Vermögen?«

Prinz Condé runzelte ärgerlich die Stirn. »Sie tragen einen großen Namen und besitzen ein ansprechendes Äußeres, Louis-Antoine. Sie müssen Ihr Licht also nicht unter den Scheffel stellen. Aber wenn Sie nicht glauben, dass wir schon in Kürze siegreich in die Heimat zurückkehren werden und unsere Ämter und Besitztümer zurückerhalten, wozu kämpfen Sie dann?«

Das frage ich mich jeden Tag, Großvater, hatte Enghien gedacht. Gesagt hatte er jedoch nichts.

Doch Prinz Condé war noch nicht fertig. »Ich hoffe doch nicht, dass Ihnen die Prinzessin von Rohan den Kopf verdreht hat?« Er musterte seinen Enkel streng. »Sie hat mir versprochen, Ihre familiären Verpflichtungen zu achten.«

»Das hat sie gesagt?« Enghien wurde zornig. »Darf ich fragen, bei welcher Gelegenheit?«

»Das ist mir entfallen«, entgegnete der Prinz barsch. Er warf seine Serviette auf den Tisch. »Doch es will mir scheinen, die Prinzessin ist erwachsener als Sie. Kein Wunder, Sie sind ja auch um fünf Jahre jünger.«

Mit dieser letzten Spitze stand er auf und verließ mit großen Schritten das kleine Zimmer neben dem Schankraum des »Hirschen«, in dem sie ihre Mahlzeiten einzunehmen pflegten.

Charlotte! Was bedeutete er ihr wirklich? *Sie hatte Tränen in den Augen, als ich mich vor vier Wochen von ihr verabschiedete. Und gab mir bei unserem letzten traulichen Spaziergang ihr Spitzentüchlein, als ich sie um ein Andenken bat.* Nachdenklich nahm Louis-Antoine den zarten Stoff aus der Lade seiner Waschkommode und drehte ihn zwischen den Fingern hin und her. Das gestickte Monogramm, über das er wieder und wieder gestrichen hatte, begann sich bereits aufzulösen.

Aber gesagt hat sie nichts. Kein einziges Wort, um mich zu ermutigen. Im Gegenteil.

»Ich wünsche Ihnen Glück bei Ihrem zukünftigen Unterfangen, Herzog.« Der offizielle Abschied war förmlich gewesen, wohl auch, weil der Kardinal neben Charlotte stand. Das war kaum eine Stunde nach dem Spaziergang zur Bank hinter der Bartholomäuskirche gewesen, wo sie während seiner Genesung der herrlichen Aussicht wegen häufig gerastet hatten.

Louis-Antoine hielt Charlottes Hand dennoch einen Augenblick länger fest als nötig, nachdem er sie an seine Lippen geführt hatte. »Was haben Sie selbst für Pläne?«

»Ich tue das Meine, so wie Sie das Ihre tun werden. Sie wissen doch ›Jedem das Seine‹. Das ist doch Ihr Wahlspruch?«

»In der Tat, Prinzessin.« Ihre brüske Antwort verletzte ihn tiefer, als er sich eingestehen mochte.

Es klopfte energisch an der Kammertür. Sein Vater streckte den Kopf herein. »Sind Sie fertig? Der Alte wartet bereits voller Ungeduld.«

Enghien seufzte. Er ließ das Tüchlein unauffällig in der Lade verschwinden und folgte seinem Vater nach unten.

Stadtkirche St. Bartholomäus in Ettenheim
Juni 1794

»Gehet hin in Frieden!« Kardinal Louis von Rohan hob segnend die Hände über der Gemeinde, die sich wie immer an den Donnerstagen, an denen er selbst die Vesperandacht leitete, zahlreich in der Stadtkirche St. Bartholomäus versammelt hatte.

»Dank sei Gott, dem Herrn!«, antworteten die Gläubigen fromm.

Während die Orgel den Auszug der Kirchenbesucher begleitete, erhob sich auch Charlotte von der harten Kirchenbank des Chorgestühls und rieb sich verstohlen die schmerzenden Knie. Ihr Blick traf sich mit dem ihres Onkels. Sie lächelten einander zu.

Dennoch war Charlotte bedrückt. *Wie alt er geworden ist!* In den nunmehr vier Jahren seines Exils in Ettenheim hatten sich die Falten im Gesicht des Kardinals vertieft. Noch immer wirkte er nach außen hin unverzagt und betonte, er hoffe, bald in die Heimat zurückkehren zu können. Doch Charlotte wusste, wie es wirklich in ihm aussah.

Schon im Frühjahr 1791 hatte ihn die französische Regierung als Bischof abgesetzt, nachdem er den Eid auf die neue Verfassung verweigert hatte. Der größte Teil seines ehemaligen Fürstbistums Straßburg war damit verloren gegangen. Seither hatte Kardinal Rohan nicht nur zahlreiche adlige Emigranten aufgenommen, sondern gewährte auch mittellosen Priestern, die nach wie vor bei Nacht und Nebel die Grenze überquerten, Obdach und Zuflucht in seiner kleinen deutschen Herrschaft.

Da die Ausgaben des Kardinals seine Einnahmen mittlerweile bei Weitem überstiegen, war er heillos verschuldet. Noch vor fünf Jahren hatte Louis von Rohan über ein jährliches Einkommen von eins Komma fünf Millionen Livres verfügt. Nun war die Summe, die für ihn, Charlottes Familie und die zahlreichen Emigranten reichen musste, auf wenige tausend Gulden pro Jahr gesunken. Davon mussten zudem die Löhne der Stadtbediensteten beglichen werden. Auch die Armee »Royal Rohan« benötigte immer neue Mittel, obwohl sie inzwischen in der Condé'schen Truppe aufgegangen und ein Sieg über das aufständische Frankreich nicht in Sicht war.

Gerührt beobachtete Charlotte, wie ihr Onkel ein letztes Mal vor dem Altar niederkniete und sich mit einem Gesichtsausdruck tiefer Frömmigkeit bekreuzigte. *Schwere Zeiten rufen in manchen Menschen das Schlechteste hervor,* dachte sie. *Bei Onkel Louis ist es umgekehrt. Er galt jahrzehntelang als Verschwender und Lebemann, dem seine kirchlichen Ämter nur deshalb etwas bedeuteten, weil sie ihm reiche Einkünfte bescherten. Doch nun, wo er ärmer ist als je zuvor in seinem Leben, findet er endlich seinen Weg zu Gott.*

Tatsächlich ließ ihr Onkel es sich nicht nehmen, mehrmals im Monat selbst die Messe zu lesen. Die Donnerstagsvesper zu leiten, war inzwischen zu einer festen Gewohnheit geworden. Seine deutschen Untertanen dankten ihrem Landesherrn diese Volksnähe und Leutseligkeit mit unverbrüchlicher Treue.

Charlotte trat in den milden Juniabend hinaus und nahm auf der Bank hinter der Kirche Platz, um dort zu warten, bis ihr Onkel die geistlichen Gewänder abgelegt hatte. Sie bedeutete dem Stadtsoldaten, der ihr folgen wollte, in einigem Abstand zu warten. Seit Amtmann Stuber vor ein paar Monaten in Ettenheim etliche französische Spione dingfest gemacht und des Landes verwiesen hatte, wagte sich ihr Onkel nicht mehr ohne einen Leibwächter aus dem Palais Rohan. Zu groß war seine Angst vor einem Mordanschlag.

»Mittlerweile weiß man nicht nur in Straßburg und Paris, sondern in ganz Frankreich, dass ich den Emigranten Schutz gewähre, und nimmt es mir übel«, begründete er diese Vorsichtsmaßnahme. Und obwohl sie Charlotte übertrieben erschien, erhob sie keinen Einspruch, auch nicht gegen ihren eigenen Leibwächter, der sie auf Schritt und Tritt begleitete.

Aber im Augenblick wollte sie lieber allein sein. Eine merkwürdige, sehnsüchtige Schwermut ergriff Besitz von ihr, als sie das weite sattgrüne Land rings um den Kirchberg betrachtete. *Hier habe ich oft mit Louis-Antoine gesessen. Wie es ihm wohl ergehen mag?*

Ein Gast hatte vor einigen Tagen berichtet, die Condé'sche Truppe habe sich im Städtchen Ettlingen niedergelassen. »Das wundert mich über die Maßen«, hatte Onkel Louis erwidert. »Wo mir doch der Markgraf von Baden das Leben schwer macht mit seiner Weigerung, Franzosen länger als einige Tage in seinem Herrschaftsbereich zu dulden.« Tatsächlich grenzten badische Gebiete unmittelbar an das Rohan'sche Land. Und in der Tat verging keine Woche, in der nicht französische Flüchtlinge, die aus den badischen Herrschaften Mahlberg und Hachberg ausgewiesen worden waren, im Palais Rohan vorsprachen.

»Vielleicht sind die vielen Töchter der Erbprinzessin Amalie der Grund dafür«, mutmaßte Charlottes Vater Jules. »Jedermann weiß doch, dass Prinz Condé eine Gemahlin für seinen Enkel sucht.« Tatsächlich hatte der Gast bestätigt, dass dies innerhalb der Armee Condé die Spatzen bereits von den Dächern pfiffen.

Charlotte wusste nur zu gut, dass die Gerüchte wahrscheinlich der Wahrheit entsprachen. Hatte Louis-Antoines Großvater ihr doch unmissverständlich bedeutet, dass er eine bessere Partie für seinen Enkel im Sinn hatte als eine land- und mittellose Prinzessin von Rohan! Und hatte nicht sie selbst Louis-Antoine im April mit den Worten fortgeschickt, er solle »das Seine tun«, und sich nach Vincents Tod zudem geschworen, sich gefühlsmäßig nicht mehr binden zu wollen? Warum nur war sie also angesichts dieser Neuigkeiten vom Karlsruher Hof so bedrückt?

»Charlotte, kommen Sie! Wir sind zu spät zum Souper, wenn wir uns nicht sputen!«, hörte sie da ihren Onkel Louis rufen.

Seufzend stand sie auf. Heute Abend wurde schon wieder ein französischer Offizier, der erst gestern Nacht über den Rhein geflüchtet war, als Gast erwartet. Eigentlich war ihr nicht nach Gesellschaft zumute. Doch so gutmütig ihr Onkel auch in anderen Dingen des Alltags war, an der Etikette hielt er unbeirrbar fest. Dazu gehörte auch, dass seine Großnichte Charlotte als Dame des Hauses in eleganter Abendrobe beim Souper präsidierte, zumal wenn adlige Gäste dabei waren.

Markgrafliche Residenz in Karlsruhe, Juni 1794

Knapp eine Stunde nachdem sie den »Hirschen« verlassen hatten, schritt Prinz Condé, flankiert von seinem Sohn Henri von Bourbon und seinem Enkel Louis-Antoine von Enghien, durch das säulengeschmückte Portal der Karlsruher Residenz des badischen Markgrafen Karl Friedrich.

Der Markgraf, bereits ein knappes halbes Jahrhundert an der Macht, hatte Großes während seiner Regentschaft geleistet. Ihm war es gelungen, sein ehemals kleines Herrschaftsgebiet Baden-Durlach um das Zehnfache an Fläche und Einwohnern zum Großherzogtum Baden zu erweitern. Im Alter von sechsundsechzig Jahren stand Karl Friedrich im Zenit seiner Macht, wovon auch das prächtige, während seiner Ägide ausgebaute Schloss zeugte, das Enghien und seine Verwandten jetzt betraten.

Vor drei Jahrzehnten hätte mein Großvater den Markgrafen wahrscheinlich nicht für würdig befunden, am Hof von Versailles empfangen zu werden, dachte Enghien bitter. *Ich bin mir nicht einmal sicher, ob er ihm wenigstens die Ehre erwiesen hätte, ihn als Gast in unserem Schloss in Chantilly zu empfangen. Nun aber soll ich um seine Enkelin freien, obwohl man Karl Friedrich nachsagt, dass er meinem Großvater an Dünkel in nichts nachsteht und aus machtpolitischen Gründen die Pariser Revolutionsregierung toleriert.*

Ein leichter Stoß in die Seite riss den Herzog aus seinen Gedanken. »Schauen Sie nicht so sauertöpfisch drein!«, zischte ihm sein Großvater zu. »Dort stehen die Erbprinzessin Amalie und ihre reizende Tochter Karoline, um uns zu empfangen!«

Louis-Antoine besann sich auf seine höfischen Manieren und setzte das strahlende Lächeln auf, das er während seiner Jugendjahre in Chantilly unter der Anleitung seiner Erzieher eingeübt hatte.

Amalie, eine dickliche Matrone, die in ihrem zu eng sitzenden, silbergrauen Ballkleid älter wirkte als ihre vierzig Jahre, stand neben ihrer schüchtern lächelnden siebzehnjährigen Tochter Karoline. Während Enghien Kratzfuß und Handkuss bei der Mutter mit höfischer Routine vollzog, rührte das zarte Gesichtchen der Tochter zu seiner eigenen Überraschung etwas in ihm an. »Enchanté, Prinzessin Karoline von Baden.« Sein Vergnügen war nicht geheuchelt. »Ich bin entzückt, Sie kennenzulernen.«

»Die Freude ist ganz meinerseits«, beantwortete Karoline die französische Begrüßung mit so starkem Akzent, dass Louis-Antoine auf der Stelle beschloss, ihre weitere Konversation auf Deutsch zu führen.

Während er ihr den Arm reichte, um sie in den großen Salon zu begleiten, wo sich die Gäste des Abends versammelten, musterte er das Mädchen verstohlen aus den Augenwinkeln.

Eine Schönheit wie ihre Schwester Luise ist sie nicht. Dennoch hat sie ein recht ansprechendes Äußeres.

Karoline von Baden war mittelgroß und von zierlicher Gestalt. Nach der neuen Mode, die sich, von Paris ausgehend, langsam in ganz Europa verbreitete, trug sie ein zartrosafarbenes Seidenkleid mit hoher Taille und tiefem Dekolleté, das den Ansatz ihrer knospenhaften Brüste erkennen ließ. Da gepuderte Haare oder Perücken vollkommen unmodern geworden waren, zeigte sie ihre dunkelbraunen Locken, die mit perlenbesetzten Bändern und Kämmen lose aufgesteckt waren. Einige Strähnen hatten sich wie unabsichtlich aus der Frisur gelöst und ringelten sich als einziger Schmuck um ihren schlanken weißen Hals. Den Blick ihrer mit dichten Wimpern umkränzten, dunklen Augen hielt Karoline sittsam zu Boden gesenkt.

Im Salon waren Erfrischungen für die Gäste vorbereitet, da der erste Teil des Balls vor dem am späteren Abend angesetzten Souper stattfinden sollte. Louis-Antoine geleitete Karoline zu einem zierlichen, mit grüngoldenem Brokatstoff bezogenen Sesselchen. »Was darf ich Ihnen bringen, Prinzessin?«, sprach er sie auf Deutsch an.

Das erleichterte Lächeln des Mädchens amüsierte ihn. »Oh, Sie sprechen Deutsch?«

Enghien deutete eine Verbeugung an. »Ich bemühe mich, die Sprache des Landes zu erlernen, das uns Emigranten so gastfreundlich aufgenommen hat. Bitte sehen Sie mir allergnädigst meine vielen Fehler nach«, untertrieb er seine Kenntnisse.

Der Schalk blitzte in Karolines Augen auf. »Oh, Sie sind ein echter Charmeur, Herzog. Ihr Deutsch ist sehr gut, während mein Französisch geradezu erbärmlich ist!« Ihre Offenheit verblüffte ihn. »Nun sagen Sie nicht, dass Sie das noch nicht bemerkt haben.«

Obwohl Louis-Antoine sich genau das gedacht hatte, wahrte er die Form. »Woher sollte ich es wissen, Prinzessin? Bei meinem Antrittsbesuch hatte ich nicht die Ehre, mit Ihnen zu sprechen. Und heute Abend wechselten wir doch ebenfalls kaum ein Wort in meiner Muttersprache.«

Karolines Lächeln vertiefte sich. »Dann lassen wir es auch dabei bewenden, Herzog von Enghien.« Ihre Augen huschten zum überladenen Buffet mit den Erfrischungen. »Wollten Sie mir nicht etwas bringen?«

Enghien erwiderte ihr Lächeln. »Was bevorzugen Sie, Prinzessin Karoline?« Bewusst fügte er ihrem Titel nun den Vornamen hinzu.

»Oh, ich esse nahezu alles.« Für einen französischen, an die steife, gezierte Konversation von Versailles gewohnten Höfling, war auch das eine ungewohnt freie Antwort. »Nur diesen übel riechenden Käse mag ich nicht!«

Louis-Antoine verbeugte sich wieder und ging zum Buffet. Während er sich von den Lakaien ein Stück geräuchertes Forellenfilet, ein Geflügelpastetchen und glasierte Möhrchen auflegen ließ, versuchte er, seine jüngsten Eindrücke zu ordnen. *Nun, für eine arrangierte Heirat hätte ich es schlechter treffen können. Zumal Karolines Mutter Amalie es offensichtlich darauf anlegt, dass ihre Tochter und ich uns näherkommen.*

Er versuchte, sich an das zu erinnern, was ihm sein Großvater heute Morgen beim Frühstück gesagt hatte. »Die Erbprinzessin Amalie schätzt die Höflichkeit der Franzosen. Sie hat sich zeit ihres Lebens darüber beklagt, dass es bäuerlich-derb am Hof des Markgrafen zugeht.«

Da scheint etwas Wahres dran zu sein, überlegte Enghien auf dem Rückweg zu Karoline. Er sah seinen Vater und Großvater im angeregten Gespräch mit Amalie. Ein Lakai mit einem Tablett voller Getränke näherte sich ihm. Er winkte dem Mann mit der freien Hand. »Begleite mich zur Prinzessin von Baden, wenn du einen leichten Weißwein anzubieten hast!«

Der Diener neigte den Kopf und folgte ihm. Karoline lachte vergnügt, als sie die Speisen auf dem Teller sah, die Louis-Antoine zusammengestellt hatte. »Haben Sie mich ausforschen lassen, Herzog?«, fragte sie mit einem koketten Augenaufschlag. »Oder woher kennen Sie all meine Leibgerichte?«

Dann griff sie nach einem der Weinpokale aus schwerem Kristall und reichte ihn Enghien, bevor sie sich selbst bediente. Sie trank ihm zu.

»Auf einen vergnüglichen Abend, Herzog.«

Die Glocke kündigte die Unterbrechung des Balls an und rief zum Souper. Karoline seufzte enttäuscht.

»Wie schade, Herzog! Sie tanzen so himmlisch wie kaum ein anderer!«

Erstaunt merkte Louis-Antoine, wie ihn dieses zarte Wesen mehr und mehr in seinen Bann zog. Tatsächlich hatte er es genossen, Karolines biegsamen Körper in seinen Armen zu spüren. Und es war ihm auch nicht entgangen, dass sie ganz leicht erschauerte und dass sich die kleinen Härchen auf ihren nackten Armen aufstellten, sobald er sie berührte.

»Der Ball wird doch später fortgesetzt, Prinzessin Karoline«, tröstete er sie, obwohl auch er noch gerne weiter getanzt hätte.

»Aber ich habe so gar keinen Hunger!« Sie zog einen entzückenden Schmollmund.

»Ich auch nicht!« Die Worte entfleuchten ihm, bevor er darüber nachgedacht hatte. Schnell bemühte er sich, seinen Fauxpas zu korrigieren. »Doch das nützt nichts! Ich fürchte, wir müssen mit hineingehen. Ihre Mutter und vielleicht auch Ihr Großvater würden uns sonst vermissen. Sofern uns der Markgraf die Ehre erweist, an diesem Souper teilzunehmen.«

Karoline winkte ab. »Das steht nicht zu befürchten, Monsieur Louis-Antoine. Ich darf Sie doch so nennen? Herzog von Enghien klingt so steif.«

Wider Erwarten war er geschmeichelt. »Gerne, Prinzessin Karoline!« Er selbst zog es vor, die förmliche Anrede beizubehalten.

Sie lächelte amüsiert, was ihr zartes Gesicht im milden Kerzenschein sehr hübsch aussehen ließ. »Doch nur, wenn es die

Mutter nicht hört. Sie schwärmt für die französische Etikette und wäre wohl recht schockiert.«

Die Glocke klingelte zum zweiten Mal.

Karoline runzelte die Stirn. Sie warf einen Blick zu den geöffneten Fenstern des Ballsaales, hinter denen ein herrlicher Sternenhimmel leuchtete.

»Ich habe Sie doch richtig verstanden, Monsieur Louis-Antoine? Sie haben auch keinen Hunger?«

Enghien nickte. *Worauf will sie jetzt hinaus?*

»Mir ist in der Schwüle hier drinnen so heiß! Was halten Sie von einem kleinen Spaziergang im Park?«, schlug sie zu seiner Verblüffung vor.

»Nur zu gern, Prinzessin Karoline! Aber was wird Ihre Mutter dazu sagen?«

»Oh, das lassen Sie meine Sorge sein! Warten Sie hier auf mich!«

Verblüfft beobachtete Louis-Antoine, wie Karoline kurz darauf heftig gestikulierend mit ihrer Mutter Amalie sprach. Schließlich kamen beide Damen auf Enghien zu.

»Meine Tochter sagt mir, ihr sei ein wenig übel von der Hitze hier drinnen, sodass es ihr den Appetit verschlagen hat«, sagte Amalie. »Sie hat mich gebeten, sie vom Souper zu entbinden und Sie zu bitten, sie zu einem Spaziergang in den Park zu begleiten. Sind Sie dazu bereit, verehrter Herzog?«

Louis-Antoine verbeugte sich, nunmehr noch mehr verblüfft. »Es wäre mir ein Vergnügen, Erbprinzessin Amalie«, antwortete er förmlich.

»Gut, dann soll es so sein, Herzog. Ich vertraue Ihnen als Ehrenmann den unbescholtenen Ruf meiner Tochter an. Obwohl die Baronin von Klebach Sie selbstverständlich begleiten wird.« Sie winkte eine ältliche, dicke Frau heran, die ein hochgeschlossenes schwarzes Kleid trug. »Seien Sie so freundlich und holen Sie meiner Tochter einen Schal, Baronin. Danach begleiten Sie sie und den Herzog auf einem kleinen Spaziergang.«

»Sehr wohl, Prinzessin Amalie.« Die Baronin deutete einen steifen Knicks an. Ihr Gesicht zeigte deutlich, was sie von diesem Vorschlag hielt.

Karoline kicherte, als sich ihre Mutter wieder zu den Gästen gesellte. »Die alte Krähe Klebach wird es nicht schätzen, das Souper zu versäumen. Seit ihr Ehegatte vor mehr als sieben Jahren verstarb, trägt sie dieses grässliche Schwarz, obwohl er eine Mätresse nach der anderen hatte. Ihre einzige Freude ist das Essen.«

Halb schockiert, halb amüsiert über Karolines Unverfrorenheit fragte Enghien dümmlich verlegen: »Die Baronin ist Ihre Hofdame?«

Karoline verdrehte ihre entzückenden braunen Augen. »Meine Hofdame, meine Anstandsdame und meine Lehrerin in Fragen der Etikette. Was Letztere betrifft, mache ich ihr keine rechte Freude, wie Sie ja sicher bereits bemerkt haben«, erwiderte sie unverblümt.

Louis-Antoine, sonst nicht auf den Mund gefallen, fiel darauf keine passende Erwiderung ein.

Zehn Minuten später dirigierte Karoline den Herzog über die mit weißem Kies bestreuten Wege des Parks. »Da drüben müssen wir nicht hingehen. Da wird gerade alles neu angelegt und ist eine einzige Baustelle. Lassen Sie uns zu diesem Wäldchen flanieren!« Sie deutete in die nördliche Richtung des weitläufigen Geländes.

Dann wandte sie sich zur Baronin von Klebach um. »Ich habe Vertrauliches mit dem Herzog zu besprechen. Folgen Sie uns im Abstand von zehn Schritt.«

Sie hängte sich bei Louis-Antoine ein und presste ihren schlanken Körper ein wenig enger an den seinen, als es notwendig war.

Enghien registrierte es leicht befangen. Obwohl er den weltmännischen Umgang mit Frauen gewöhnt war, versetzte ihn dieses halbe Kind mit seiner Spontaneität und Mutwilligkeit in Erstaunen. Doch er musste vorsichtig sein. Denn Draufgängertum war bei der Enkelin des Markgrafen sicher nicht angezeigt, wollte er seine Chancen als ernsthafter Bewerber wahren. »Und wenn Ihr Großvater nun doch zum Souper erscheint?«, suchte er nach einem Thema. »Wird er dann nicht über Ihr Fehlen erzürnt sein?«

»Ach was!« Karoline schüttelte den Kopf, sodass ihre Locken flogen. »Mein Großvater wird nicht kommen. Er missbilligt ohnehin, dass meine Mutter so viele Empfänge gibt, um mich unter die Haube zu bringen.«

Enghien verschlug es schon wieder die Sprache. Während er noch nach einer passenden Antwort suchte, fuhr Karoline bereits fort.

»Das hat auch schon meine Schwester Luise in St. Petersburg gemacht, als sie den russischen Thronfolger Alexander für sich erwählte. Sie wandelte mit ihm bei Nacht durch den Park. Niemand wusste, ob sie dem Zarewitsch überhaupt gefallen würde, als dessen Großmutter, die Zarin Katharina, sie probehalber nach Russland einlud. Anfangs war Alexander linkisch und schüchtern, schrieb mir Luise. Doch nach diesem Spaziergang im Park taute er auf. Schon kurz danach wurde die Hochzeit vereinbart.«

Enghien fiel jetzt erst recht keine Antwort mehr ein. Karoline stieß ihn leicht mit dem Ellenbogen an.

»Ach, Louis-Antoine!« Nun ließ sie sogar den Monsieur weg. »Jedermann weiß doch, dass Sie gekommen sind, um mir den Hof zu machen. Meine Mutter will mich unbedingt verheiraten und sucht händeringend nach einer passenden Partie. Immerhin ist Luise zweieinhalb Jahre jünger als ich und schon ein Dreivierteljahr die Gemahlin des Zarewitsch. Ich bin schon siebzehn. Soll ich eine alte Jungfer werden?«

»Natürlich nicht«, murmelte Enghien, immer noch ohne schlagfertige Antwort. Karoline war schließlich kein Bürgermädchen, mit denen ihm das Schäkern nie schwergefallen war.

»Sagen Sie nur, Sie wissen gar nichts von alledem.« Nun klang doch eine winzige Spur von Verunsicherung in Karolines Stimme mit.

Louis-Antoine holte tief Luft. Er trat die Flucht nach vorn an. »Doch, Prinzessin Karoline, ich weiß davon«, räumte er ein. »Ich dachte nur nicht, dass wir schon am ersten Abend …«

Karoline fiel ihm ins Wort. »Warum denn nicht, Louis-Antoine? Wir können doch beide froh sein, wenn wir einander gefallen, wenn schon unsere Eltern und Großeltern diejenigen sind, die uns unsere Ehepartner aussuchen. Oder …«, im schwachen Sternenlicht sah sie auf einmal ängstlich aus, »oder gefalle ich Ihnen etwa gar nicht?«

»Doch, Karoline.« Auch er wählte nun die vertrauliche Anrede. »Doch, Sie gefallen mir sehr!«, beeilte er sich zu versichern.

Sie lächelte zufrieden. »Schön! Sie gefallen mir auch. Zum Küssen ist es heute Abend noch zu früh, aber wir hätten es wirklich schlimmer treffen können. Stimmt es, dass Sie ein gefeierter Kriegsheld sind?«

»Nun ja«, wehrte Louis-Antoine bescheiden ab. »Ich tue nur meine Pflicht.«

»Aber bei Bersttal, oder wie hieß dieses Dorf im Elsass?«

»Berstheim!«

»Also bei Berstheim haben Sie doch eine Übermacht von zehn Gegnern allein in die Flucht geschlagen?«

»Es waren vier Gegner«, korrigierte Enghien verlegen.

»Lassen wir es bei zehn«, erwiderte Karoline nach einer kleinen Pause. »Das klingt besser als vier. Meine Mutter ist sehr damit einverstanden, wenn Sie mir als französischer Prinz von Geblüt den Hof machen. Aber meinen griesgrämigen Großvater Karl Friedrich müssen wir erst noch überzeugen!«

»Nun schauen Sie doch nicht so drein, Louis-Antoine«, reagierte Karoline auf sein verblüfftes und nun auch konsterniertes Schweigen. »Das bringen wir schon so hin, wie wir es uns wünschen. Luise hat schließlich auch gekriegt, was sie wollte.«

»Und Sie haben unter General Dumouriez gedient, Graf von Espiard? Was hat Sie seinerzeit denn dazu veranlasst, für die französische Republik zu kämpfen?«

Julian von Espiard, den Charlotte auf zirka Mitte dreißig schätzte, betupfte sich die Lippen geziert mit der Serviette, bevor er ihrem Onkel antwortete.

»Genau wie General Dumouriez habe ich mich zu Beginn mit den Idealen der Revolution identifiziert. Schließlich habe ich schon unter General Lafayette für die Unabhängigkeit der britischen Kolonien in Nordamerika und die Ideale der Gleichheit, Freiheit und Brüderlichkeit gekämpft. Doch genau wie Lafayette und Dumouriez war ich von der zunehmenden Brutalität der Pariser Regierung abgestoßen. Die Hinrichtung des Königs gab dann den Ausschlag für meine Desertion aus der Armee.«

»Warum sind Sie dann nicht schon vor über einem Jahr mit General Dumouriez zu den Österreichern übergelaufen?«

»Der General nahm leider nur fünfzig Mann aus seiner Truppe mit. Mir selbst erwies er diese Ehre nicht.«

Täuschte sich Charlotte, oder schwang da ein merkwürdiger Unterton in der Stimme des ehemaligen Hauptmanns mit? *Er klingt verächtlich, wenn er über seinen damaligen Oberbefehlshaber spricht,* erkannte sie. *Oder ist das nur seiner Kränkung geschuldet, von diesem zurückgelassen worden zu sein?*

Nachdenklich musterte Charlotte den Neuankömmling. Julian von Espiard war ein Edelmann aus Burgund, der einzige Sohn einer verarmten Familie, wie er behauptete. Sein Offizierspatent zehrte den Rest des Vermögens seiner früh verstorbenen Eltern auf. Seither hatte er – gemäß seiner eigenen Schilderung – keine andere Heimat mehr gekannt als die französische Armee. Sie zu verlassen, hatte es dieses erschütternden Ereignisses bedurft.

Tatsächlich war der Hochverrat des Revolutionsgenerals Dumouriez, der nicht nur die Entscheidungsschlacht von Valmy im September 1792 zugunsten der Republik gewonnen, sondern hernach auch noch ganz Belgien erobert hatte, tagelang Gesprächsthema im Palais Rohan gewesen, nachdem die Flucht des Generals zu den Österreichern im Frühjahr 1793 bekannt geworden war. *Eine der vielen Hoffnungen auf eine Wende in Frankreich, die sich dann aber schnell zerschlagen hat,* erinnerte sich Charlotte, selbst jetzt nicht ohne einen Anflug von Bitterkeit. *Ganz im Gegenteil, Dumouriez' Flucht gilt heute als einer der Auslöser der Schreckensherrschaft, da man daraufhin alle gemäßigten Mitglieder der Regierung verdächtigte, mit dem General unter einer Decke zu stecken, und sie guillotinierte.*

Insofern schien Espiards Bericht glaubhaft, auch er habe sich angesichts dieser Entwicklung von der Revolution abgewandt.

Seine Manieren wiesen ihn zweifellos als einen Mann von Stand aus. Auch wenn er keine Uniform trug, da er sich monatelang als Zivilist in Straßburg versteckt hatte, passten seine drahtige Gestalt und die muskulösen Arme und Beine sehr wohl zum Erscheinungsbild eines Berufssoldaten. Doch obwohl er Charlotte immer wieder scheinbar unbefangen aus seinen fast schwarzen Augen ansah und ihr wiederholt zulächelte, spürte sie ihm gegenüber eine unerklärliche Scheu.

Es hat nichts damit zu tun, dass er mir den Hof macht. Im Gegensatz zu Louis-Antoine, den ich bei seinem ersten Besuch unerträglich anmaßend fand, wahrt der Hauptmann alle Formen der Etikette. Mit seinem hageren Gesicht und seinen strähnigen Haaren finde ich ihn zwar nicht attraktiv, aber das ist es nicht, was mich an ihm stört. Es ist etwas anderes, das ich nicht benennen kann.

Sie zwang sich zu einem Lächeln, als Espiard ihr zutrank und einen Toast auf sie ausbrachte. Um als Dame des Hauses gleichfalls etwas zur Unterhaltung beizutragen, ergriff sie das Wort.

»Wie lange haben Sie sich denn in Straßburg verstecken können? Und was hat dort zu Ihrer Enttarnung geführt?«

Täuschte sie sich, oder flackerte der Blick des Hauptmannes einen winzigen Moment lang?

»Ich desertierte im Sommer 1793 und flüchtete mich zunächst nach Burgund, wo ich bei meiner ehemaligen Amme unterkam. Deren Sohn ist jedoch ein überzeugter Jakobiner, der allerdings in Paris lebte. Als er einen Besuch bei seiner Mutter ankündigte, entschloss ich mich zu gehen. Straßburg schien mir weit genug weg von Paris und Burgund zu sein und zudem nah genug an der deutschen Grenze, sollte ich erneut fliehen müssen. Wie Sie sehen, war das eine kluge Wahl.« Seine dünnen Lippen verzogen sich zu einem lakonischen Lächeln.

»Und wovon haben Sie in Straßburg gelebt?«, mischte sich Charlottes Vater Jules ein.

Wieder zögerte Espiard zwei Lidschläge zu lange mit der Antwort. »Ich hatte noch einen Teil meines Solds, da ich als Hauptmann sehr sparsam gelebt habe. Später fand ich dann eine Anstellung als Schreiber in der Straßburger Mairie.«

»Sie haben dem Straßburger Bürgermeister gedient?« Kardinal von Rohan war erstaunt. »Er gilt als ein Jakobiner reinsten Wassers! Ihm werden viele Hinrichtungen königstreuer Franzosen zugeschrieben!«

Espiard seufzte vernehmlich. »Das weiß ich wohl, Hoheit. Und es bereitete mir schwere Gewissensqualen, eigenhändig die Todesurteile oder Anordnungen anderer schwerer Leibesstrafen niederschreiben zu müssen.«

»Aber wieso sind Sie dann nicht schon viel früher geflohen?«

Diesmal blieb Espiard Charlotte die Antwort zunächst völlig schuldig. Der Kardinal sprang ihm bei.

»Nun bedrängen Sie unseren Gast doch nicht so, werte Charlotte. Er wollte eben so lange wie möglich in der Heimat bleiben! Ist es nicht so?«, wandte er sich an den Hauptmann, der heftig nickte. »Das wünschen wir uns doch alle hier in der Fremde!«

Charlotte war nicht überzeugt, erwiderte jedoch nichts. Stattdessen ergriff Espiard nun wieder das Wort.

»Ihre Hoheit haben vollkommen recht«, bestätigte er die Vermutung des Kardinals. »Ich wäre trotz meiner Gewissensbisse weiter in Frankreich geblieben, hätte ich nicht gestern Abend in einem Gasthaus ausgerechnet einen ehemaligen Kameraden aus der Armee Dumouriez' getroffen. Er erkannte mich, sprach mich auch sofort an und schien alles andere als überzeugt, als ich meine Identität verleugnete, zumal ich ja unter meinem wahren Namen in Straßburg lebte. Da ich vermutete, er wolle mich denunzieren und gleich am nächsten Morgen bei den Behörden melden, packte ich noch in derselben Stunde ein paar Habseligkeiten zusammen. Dann mietete ich mir ein Pferd und überquerte schließlich am frühen Morgen in einem gestohlenen Ruderboot bei Rhinau den Fluss. Ich hoffe, der Besitzer erhält seinen Nachen zurück«, ergänzte er schuldbewusst.

»Nun bin ich nahezu mittellos, da ich zuletzt von meinem Lohn als Schreiber lebte«, fügte der Hauptmann hinzu. »Ein einziger schlechter Anzug ist alles, was ich an Kleidung besitze. Hätten Sie nicht die Güte gehabt, mir diese Gewänder zu borgen, hätte ich gar nicht vor einer Dame an dieser Tafel erscheinen können.«

In der Tat war Espiard in so schäbiger Kleidung zum Souper gekommen, dass sich der Kardinal genötigt sah, Charlottes Vater Jules, dessen Statur der des Hauptmannes am ehesten entsprach, zu bitten, dem Gast einen Abendanzug zu leihen.

»Sie können diesen Anzug behalten«, entschied der Kardinal zu Charlottes Ärger über den Kopf ihres Vaters hinweg. Er winkte dem Diener, ihm Wein nachzuschenken. Auch Espiard ließ sich seinen Pokal bereitwillig füllen.

Noch mehr beunruhigten sie allerdings die nächsten Worte ihres Onkels. »Ich werde meinen geschätzten Amtmann Stuber fragen, ob er Sie in der Schreibstube beschäftigen kann, da Sie ja bereits über entsprechende Erfahrungen verfügen. Weil Sie gänzlich mittellos sind, hoffe ich, Sie empfinden diese Arbeit nicht als unter Ihrer Würde.«

Doch Espiard erwies sich durchaus als ansprüchlich. »Ich hatte in der Tat gehofft, Hoheit, dass ich einen Posten in der hiesigen Emigrantenarmee erhalten kann.«

»Ich fürchte, das wird leider nicht möglich sein, Graf von Espiard. Die wenigen verbliebenen Soldaten meiner Truppe ›Royal Rohan‹, die unser schönes Ettenheim bewachen, benötigen keinen weiteren Offizier. Natürlich steht es Ihnen frei, sich bei der Armee Condé um eine solche Stellung zu bemühen. Sie liegt aktuell in Ettlingen bei Karlsruhe. Doch als Offizier wird man Sie dort wohl auch nicht beschäftigen können. Die Truppe ist klein und besteht überwiegend aus Emigranten von Adel. Meines Wissens dienen dort ehemalige Generäle als Hauptleute und ehemalige Hauptleute als Unteroffiziere oder sogar Gefreite. Und um den Sold ist es auch nicht üppig bestellt.«

Zu Charlottes Erstaunen wirkte Espiard nicht allzu betroffen. »Dann werde ich gerne in Ettenheim bleiben, Exzellenz, und Ihnen in Ihrer Amtsstube zu Diensten sein. Doch wenn Sie einmal den Schutz eines erfahrenen Offiziers benötigen, stehe ich Ihnen selbstverständlich zur Verfügung.«

Ein Leuchten erhellte die Züge des Kardinals. »Heureka!«, rief er. »Das ist eine ausgezeichnete Idee! Ich ernenne Sie zum Befehlshaber meiner persönlichen Leibgarde. Sie besteht aus einigen Stadtsoldaten, die mich abwechselnd bei meinen Ausgängen begleiten. Wenn ich die Männer nicht benötige, verrichten sie ihren regulären Dienst bei der Stadtwache. So könnten wir es mit Ihnen ebenfalls halten. Das Rathaus mit der Amtsstube liegt dem Palais gleich gegenüber. Wenn ich Ihren Schutz benötige, lasse ich nach Ihnen schicken.«

Espiard hob sein Glas. »Hoheit, ich bin Ihnen sehr verbunden für Ihre Großzügigkeit. Das ist eine ausgezeichnete Idee. Doch …«, er zögerte nur kurz, »darf ich Ihnen eine weitere Frage stellen?«

»Nur zu, mein Freund! Was liegt Ihnen noch auf dem Herzen?«

»Heute Nacht habe ich mich im Gasthaus ›Zum Lamm‹ eingemietet. Dort ist allerdings nur noch ein Platz im Stall zu haben gewesen. Wo werde ich zukünftig wohnen können?«

Der Kardinal überlegte. In der Tat waren alle Quartiere in Ettenheim und Umgebung bereits überfüllt. So kam es schließlich, wie Charlotte befürchtete. Ihr Onkel bot dem Neuankömmling eine Unterkunft innerhalb seines Palais an.

»Ich werde Ihnen die Kammer über den Ställen zur Verfügung stellen, Hauptmann Espiard. Dort wohnt augenblicklich noch der Stallmeister. Doch der kann zu seiner Mutter nach Ettenheimweiler ziehen«, entschied Louis von Rohan eigenmächtig. »Wir müssen alle in diesen schlechten Zeiten zusammenrücken.«

Charlotte wusste, dass dies dem Stallmeister sauer aufstoßen würde. Doch sie sagte nichts. Augenscheinlich hatte ihr Onkel einen Narren an diesem burgundischen Hauptmann gefressen.

»Und lassen Sie sich gleich morgen früh eine Uniform und einen neuen Zivilanzug anmessen«, fügte der Kardinal hinzu. »Melden Sie sich hierzu um acht Uhr im Palais und fragen Sie nach meinem Kammerdiener. Er wird dafür sorgen, dass Sie alles erhalten, was Sie benötigen.«

Kapitel 9

Markgräfliche Residenz in Karlsruhe, August 1794

Es gibt Klagen aus der Ettlinger Bevölkerung über das höchst unbotmäßige Treiben Ihrer Truppen, Prinz Condé.«

Anders als seine Enkelin Karoline sprach Markgraf Karl Friedrich von Baden sehr gut Französisch. Daher konnte er auch seine Missbilligung deutlich zum Ausdruck bringen. Sein Doppelkinn zitterte vor Empörung, seine kleinen Äuglein, die tief in seinem vom Wohlleben feisten Gesicht lagen, blickten stechend.

Enghien beobachtete, wie die Ader an der rechten Schläfe seines Großvaters zu pochen begann. Dennoch wahrte der Prinz als durch und durch routinierter Höfling die Fassung.

»Ihre Gnaden, ich versichere Ihnen, dass dies nur Einzelfälle sind, denen wir nichtsdestotrotz sorgfältig nachgehen, um die Schuldigen zu bestrafen und verursachte Schäden zu begleichen.«

»Nun, das will ich hoffen, Durchlaucht.« Der Markgraf musterte Condé und seine Begleiter mit strenger Miene durch sein Lorgnon.

Enghien hörte seinen Vater Henri von Bourbon nervös mit den Fingerknöcheln knacken. Er saß zusammen mit seinem Großvater Prinz Condé und zwei Generälen aus der Emigrantenarmee auf den zwar prächtigen, aber sehr unbequemen Stühlen im Audienzsaal des Markgrafen. Die geschnitzten Lehnen schnitten ihm hart in den Rücken.

Enghien erinnerte sich an die Äußerung seines Vaters beim heutigen Frühstück im »Hirschen«. »Ich wette, der Kerl will uns loswerden. Immerzu hat er etwas an uns auszusetzen. Und hat er sich Ihnen gegenüber auch nur ein einziges Mal zu Ihrer Werbung um seine Enkelin Karoline geäußert?«, hatte er sich an Louis-Antoine gewandt.

Tatsächlich war Enghien bei ihren wenigen Begegnungen vom Markgrafen sogar eher ignoriert worden. Den Galadiners, Bällen und Empfängen seiner Schwiegertochter Amalie blieb er nach wie vor demonstrativ fern. Gewährte er den Condés überhaupt einmal eine Audienz, ging es stets nur um Fragen des Aufenthaltes der Emigrantenarmee in seinen Landen.

»Ich glaube, Karl Friedrich sympathisiert mit den Jakobinern«, hatte Louis-Antoine seinem Vater daher heute Morgen resigniert geantwortet. »Er befürchtet Nachteile für seine weiteren territorialen Pläne, wenn er den Zorn der französischen Republik auf sich zieht.«

»Papperlapapp!« Wie so oft, wollte sein Großvater den Realitäten nicht ins Auge sehen. »Kein Mitglied des europäischen Hochadels paktiert mit diesen Lumpen. Oder nimmt ihre sogenannte Republik ernst, wo diese Ausgeburten der Hölle vor allem damit beschäftigt sind, sich gegenseitig abzuschlachten.«

Tatsächlich hatte Ende Juli auch Maximilian Robespierre, der mächtigste Mann während der Zeit der Schreckensherrschaft, das Pariser Schafott besteigen müssen. Deshalb war die Republik aber keineswegs am Ende.

Enghien und sein Vater Henri hatten daher heute Morgen nur einen verständnisinnigen Blick gewechselt. Was diesen Punkt betraf, war der Alte unbelehrbar.

Da Enghien nicht damit rechnete, dass der Markgraf diesmal Notiz von ihm nehmen würde, hätte er die an ihn gerichtete Frage beinahe überhört. »Und Sie sind also der Herzog, den man ›Va de Bon Cœur‹ nennt?« Diesen Beinamen trug Louis-Antoine tatsächlich seit dem Gefecht von Berstheim.

»Auf Deutsch bedeutet das so viel wie: tapfer voran«, wechselte der Markgraf plötzlich vom Französischen ins Deutsche. »Habe ich recht?«

Enghien bejahte überrascht und antwortete ebenfalls auf Deutsch. »So ist es, Exzellenz. Man nennt mich wohl so, weil ich in der Regel die Vorhut meiner Vorhut bin.«

»Sie preschen also Ihren Truppen voran, Herzog«, konstatierte der Markgraf. »Die Dame, die Sie einmal zum Weibe nehmen, muss also befürchten, in Kürze Witwe zu werden.«

Louis-Antoine war überrumpelt. Auch jetzt erwähnte der Markgraf Karoline nicht direkt. Doch es stand außer Zweifel, dass er gerade ihrer beider Beziehung ansprach.

»Ich gebe mir die größte Mühe, keinen allzu großen Schaden zu nehmen«, beeilte sich Enghien zu versichern.

»Das ist gut zu hören. Doch verraten Sie mir, mon prince«, Karl Friedrich wechselte wieder ins Französische, als er sich an Condé wandte, »wenn Ihr Enkel solche Heldentaten vollbringt wie in Berstheim, wo er sich einer Übermacht von zehn Gegnern erwehrte, aus welchem Grund trägt er bislang nur die Achselklappen eines Majors?«

Wenn Prinz Condé von dieser Frage ebenso überrascht war wie Enghien, ließ er es sich zumindest nicht anmerken. Er deutete eine Verbeugung an.

»Sie nehmen die Verkündigung der Beförderung meines Enkels vorweg, Durchlaucht. Ich hatte vor, ihn mit Ablauf dieses Monats zum General unserer ganzen Avantgarde zu ernennen.«

Louis-Antoine war vollkommen verblüfft und wusste nicht, ob er sich freuen oder ärgern sollte. *Hat der Alte das gerade erst beschlossen, weil er dem Markgrafen imponieren und mich als würdigen Bewerber um die Hand Karolines präsentieren möchte? Oder hatte er es, davon unabhängig, tatsächlich vor?*

Enghien wusste nicht, was er von dem Ganzen halten sollte. Denn Lob war er von seinem Großvater kaum gewohnt. Manchmal dachte er sogar, der Alte geize gerade bei ihm mehr damit als bei allen anderen Offizieren seines Regiments. Er warf seinem

Vater einen verstohlenen Blick zu, der jedoch nur ein Achselzucken andeutete. Offensichtlich hatte auch Henri von Bourbon nichts von den Plänen seines Vaters gewusst.

»Nun, das freut mich überaus zu hören«, ließ sich der Markgraf nun wieder vernehmen. »Wie Sie sicherlich wissen, Prinz Condé, hat Ihr Enkel sämtlichen Damen meiner Familie den Kopf verdreht. Selbst meiner eigenen Gemahlin.«

»Ich weiß, dass Sie mit meiner Enkelin Karoline poussieren«, wandte sich Karl Friedrich nun wieder an Enghien. »Ich hoffe sehr, dass Sie sich dabei wie ein Mann von Ehre verhalten.«

Louis-Antoine merkte zu seinem Ärger, dass er errötete. »Das versteht sich von selbst, Durchlaucht«, versicherte er.

Eine andere Möglichkeit des Umgangs mit Karoline wäre auch gar nicht möglich gewesen, selbst wenn er es darauf angelegt hätte. Die Prinzessin und er waren sich zwar inzwischen häufig begegnet. Er wusste, dass sie Gedichte und deutsche Volkslieder liebte, das Sticken hasste und sehr gerne ausritt. Doch allein waren sie bei ihren Treffen niemals gewesen. Stets war entweder ihre Mutter Amalie, eine ihrer jüngeren Schwestern oder die Baronin von Klebach, dieser Drache, dabei. Einen einzigen Kuss hatte er Karoline geraubt, als sie Verstecken in dem kleinen Buchsbaumlabyrinth im Schlosspark gespielt und ihre Verfolgerinnen einen Augenblick lang abgeschüttelt hatten.

Louis-Antoine spürte die durchdringenden Blicke seines Vaters und vor allem seines Großvaters auf sich ruhen. *Tu es jetzt!*, bedeuteten sie ihm. *Gib dich als Karolines Freier zu erkennen und bitte den Markgrafen um ihre Hand.*

Doch eine unerklärliche Scheu hielt Enghien davon ab. Nur wenig später musste er sich dafür die bitteren Vorwürfe des Alten anhören: »Das war eine einmalige Gelegenheit, Herzog. Sie wird sich so schnell nicht wiederholen!«

Doch im Hier und Jetzt ließ Louis-Antoine den günstigen Augenblick ungenutzt verstreichen.

Und als hätte der alte Markgraf den Blickwechsel zwischen den Condés bemerkt und richtig gedeutet, beendete er die Audienz.

»Ich danke Ihnen allen für Ihren Besuch.« Er hievte seinen massigen Körper nicht ohne Mühe aus seinem bequemen, samtbezogenen Lehnsessel. »Und Sie stehen mir dafür im Wort, dass sich Ihre Truppen anständig aufführen.«

Mit diesen Worten winkte er dem Lakaien, der neben der Tür stand, die Gäste hinauszugeleiten.

Kirche St. Landelin in Ettenheimmünster
22. September 1794

»Und so sei uns allen das Martyrium des heiligen Landelin Vorbild und Beispiel, unseren wahren Glauben nicht zu verleugnen, selbst wenn er uns alles, sogar unser Leben, kostet. Aus einem solchen Opfer wird Gutes entstehen, wovon die heilenden Quellen, die aus dem Blute des Märtyrers entsprangen, bis heute lebendiges Zeugnis ablegen. Lasst uns diese Hoffnung besonders in schweren Zeiten niemals verlieren. Diesen Gruß entbiete ich Euch im Namen unseres gnädigen Landesherrn, des Kardinals Louis von Rohan.«

»Amen!« Die Antwort der Gläubigen in der bis zum letzten Stehplatz gefüllten Basilika hallte durch das hohe Kirchenschiff. Ein flüchtiger Seitenblick auf das Gesicht ihres Onkels zeigte Charlotte, dass dem Kardinal Tränen in den Augen standen. Spontan griff sie nach seiner Hand. Stundenlang hatte ihr Onkel über dieser Predigt gebrütet, die er aufgrund seiner unzureichenden Deutschkenntnisse nicht selbst halten konnte. Zwar verstand er die Landessprache immer besser, doch da er sich nach wie vor überwiegend auf Französisch unterhielt, fehlte ihm die Routine beim Sprechen.

Deshalb hatte der Abt des Benediktinerklosters Ettenheimmünster, der auch die Messe zu Ehren des Namenstages ihres

Schutzheiligen Landelin zelebrierte, diese Botschaft im Namen ihres Onkels an die Gläubigen adressiert. Sie brachte auch noch einmal die im Alltag immer mehr schwindende Hoffnung des Kardinals zum Ausdruck, dass sich in seinem Heimatland schließlich doch noch alles zum Guten wenden würde.

Während die Messe ihren Fortgang nahm, ließ Charlotte ihre Gedanken schweifen. Sie betrachtete die Gemälde, die das Martyrium des Heiligen zeigten. Landelin war der Legende nach ein irischer Mönch, der um das Jahr 640 in einer Einsiedelei der näheren Umgebung lebte. Er wollte der heidnischen Bevölkerung zum christlichen Glauben verhelfen, wurde aber von einem Jäger erschlagen, der ihn für einen Zauberer hielt, nachdem seine Jagdhunde, die er zuvor auf den vermeintlichen Wilddieb gehetzt hatte, den Mönch nicht angegriffen hatten, sondern sich zahm und friedlich zeigten.

Bereits zum Christentum bekehrte Frauen eilten herbei, um den Mönch zu bestatten. Eine davon war blind. Als sie ihre Augen mit ihren vom Blut des Märtyrers beschmierten Händen berührte, geschah ein Wunder: Plötzlich konnte sie wieder sehen.

Und an der Stelle, an der Landelin ermordet worden war, entsprangen fünf heiltätige Quellen, die Gebrechliche und Pilger aus allen Teilen des Landes bis heute anzogen und viele weitere Wunder bewirkt haben sollten. Auch die Benediktinerabtei verdankte dem Märtyrer ihr bereits tausendjähriges Bestehen.

Und zweifellos einen großen Teil ihrer beträchtlichen Einkünfte. Ganz ohne Ironie konnte Charlotte nicht an das Kloster denken, das sich bis heute beharrlich weigerte, die Autorität ihres Onkels anzuerkennen. Selbst gegen die Aufnahme aus Frankreich geflohener Mitbrüder und Priester versuchte der Abt, sich immer wieder zu verwahren.

Aber heute am Namenstag des Schutzpatrons Landelin sollte das keine Rolle spielen. Die heilige Messe bildete den Auftakt zum alljährlichen Namensfest, das zudem auf einen Montag fiel und damit der hart arbeitenden Landbevölkerung gleich zwei freie Tage hintereinander bescherte. Rings um die Wallfahrtskirche warteten schon die Buden der Krämer und die Bühnen der Schausteller auf die zahlreichen Besucher.

Eine halbe Stunde später trat Charlotte am Arm ihres Vaters Jules aus der Kirche. Draußen herrschte strahlendes Altweibersommerwetter. Eine milde Sonne beschien die ersten, bereits in allen Gelb- und Rotschattierungen verfärbten Blätter der Bäume. Ein laues Lüftchen trug verlockende Düfte nach frischem Gebäck und gebratenem Fleisch mit sich. Charlotte, die wegen des Empfangs der heiligen Kommunion nichts zu sich genommen hatte, lief das Wasser im Munde zusammen.

Vor ihr schritt der Kardinal in seinem scharlachroten Talar über die Bretter, die man entlang der Buden auf den Morast gelegt hatte, und besah sich die Auslagen. Wie immer, wenn er den Kardinal bei seinen Ausgängen begleitete, hielt sich Julian von Espiard dicht hinter ihrem Onkel und beschirmte dessen Rücken. Während Louis von Rohan dem Anführer seiner Leibgarde mittlerweile völlig vertraute und nur Gutes von ihm zu berichten wusste, spürte Charlotte ihm gegenüber nach wie vor eine Zurückhaltung, die sie sich nicht erklären konnte. Der ehemalige Hauptmann benahm sich gegenüber jedermann tadellos, war noch nie betrunken gewesen oder gar in Raufhändel verwickelt worden. Dennoch mochte Charlotte ihn nicht und ging ihm tunlichst aus dem Weg.

»Ach, Hoheit, schauen Sie doch einmal! Ist das nicht hübsch?« Henriette Stuber, die mit ihrer ganzen Familie ebenfalls in der Kirche gewesen war, winkte ihr zu. Charlotte löste sich vom Arm ihres Vaters und überquerte die kleine Gasse zwischen den Buden. Henriette stand vor einer Auslage mit bunten Bändern, Borten und allerlei anderem Zierrat und wirkte völlig begeistert.

»Schauen Sie doch nur, Prinzessin! Diese Borte hier passt genau zu Ihrem neuen Kleid, das ich gerade nähe. Wir hatten doch schon überlegt, was wir verwenden könnten.«

Lächelnd griff Charlotte nach dem dunkelblauen, mit goldenen Sternen bestickten Band. »Du hast recht, Henriette. Sie wird hervorragend auf dem blauen Stoff zur Geltung kommen. Was meinst du? Sollen wir nicht auch die Ärmel damit einfassen? Wir hatten an Rüschen gedacht, aber diese Borte hier gefällt mir viel besser!«

»Ich könnte Ihnen auch eine Haube zu Ihrem Kleid damit garnieren!«

»Eine wunderbare Idee! Auch dieses rote Band hier gefällt mir sehr gut. Haben wir dafür eine Verwendung?«

Charlotte genoss es aus ganzem Herzen, ihre vielen großen und kleinen Sorgen einmal vergessen zu können und sich nur der Lust des Augenblicks hinzugeben. Begeistert wühlten Henriette und sie sich durch die Fülle weiblichen Tands und häuften nach und nach einen beachtlichen Stapel von Waren auf, die Charlotte zu erwerben gedachte.

Da ertönte plötzlich ein markerschütternder Schrei.

Erschrocken zuckten die Frauen zusammen. Ungefähr fünfzig Schritt vor ihnen entstand ein Tumult. Charlotte sah zu ihrem größten Erstaunen, wie sich Henriettes Vater, der Amtmann Stuber, mit beiden Ellenbogen einen Weg durch die Gruppe der Stadtsoldaten und Bürger bahnte.

»Ist der Kardinal verletzt?«, hörte sie ihn rufen. Entsetzt rannte sie los, die letzte Rolle Borte, die sie begutachtet hatte, noch in der Hand. Henriette folgte ihr auf dem Fuße.

Als sie herankam, bildeten die Umstehenden eine Gasse. Fassungslos nahm Charlotte die Szenerie wahr, die sich ihren Augen bot. Ihr Onkel Louis hielt sich den linken Arm. Blut färbte bereits den scharlachroten Stoff des Talars. Drei Männer in Bauernkleidung, in denen Charlotte erst auf den zweiten Blick Mitglieder

der Ettenheimer Stadtwache erkannte, hielten Julian von Espiard in Schach. Einer riss ihm gerade die Arme auf den Rücken und fesselte ihn mit einem Strick. Die anderen beiden hielten ihm ihre Messer an die Kehle. Auf der Erde lag ein blutverschmierter Dolch mit einer sehr dünnen Klinge, die einer dickeren Nadel ähnelte.

»Was ist hier geschehen?« Jetzt drängte sich auch Charlottes Vater Jules durch die immer größer werdende Menge.

Der Amtmann zeigte auf Espiard. »Dieser hier ist ein von Straßburg gedungener Meuchelmörder. Sein Auftrag war es, unseren gnädigen Landesherrn zu töten.«

Palais Rohan in Ettenheim
22. September 1794, drei Stunden später

»Wie sind Sie dem Schuft auf die Spur gekommen, Herr Stuber?«

Der Amtmann verbeugte sich. Charlotte bedeutete ihm, sich wieder zu setzen, und sank selbst auf einen Lehnstuhl. Sie war gerade erst vom Krankenbett ihres Onkels zu der bereits seit einiger Zeit im großen Salon versammelten Gesellschaft gestoßen, zu der neben Stuber ihr Vater Jules, Franz-Xaver Mast, der Stadtpfarrer von Ettenheim, Abbé François Weinborn, der die Regierungsgeschäfte des Kardinals führte, und die Offiziere der Stadtwache gehörten. Franziska Stuber und ihre Tochter Henriette drückten sich schüchtern in eine Ecke. Flüchtig registrierte Charlotte, dass Henriette ihrer Mutter von Jahr zu Jahr ähnlicher wurde.

»Sagen Sie uns zuerst, wie es um den Kardinal steht«, forderte Charlottes Vater Jules sie auf.

Sie winkte dem Lakaien, auch ihr ein Glas Weißwein einzuschenken. Normalerweise trank sie keinen Alkohol vor dem Souper. Doch dies war kein gewöhnlicher Tag.

»Zum Glück hat er nur eine Schramme am Arm davongetragen. Der Dolch hat ihn verfehlt, da der verkleidete Stadtsoldat, der den Anschlag abwehrte, den Kardinal rechtzeitig zur Seite stieß. Doch dabei hat sich mein Onkel den Fuß vertreten. Der Knöchel ist angeschwollen. Sein Leibarzt Dr. Ehrhard, der sich entschuldigen lässt, da er bereits zu einem weiteren Notfall gerufen wurde, meint, der Kardinal wird einige Tage das Bett hüten müssen.«

»Doch woher wussten Sie denn von den Mordplänen?«, wandte sie sich erneut an den Amtmann.

»Und warum haben Sie den Kerl nicht viel früher arretiert?«, fügte Abbé Weinborn mit strenger Miene hinzu.

Stuber zog die Augenbrauen zusammen. »Dazu fehlten mir leider die Beweise, Eminenz«, antwortete er kühl. »Zumal ich befürchten musste, unser gnädiger Landesherr würde mir ohne selbige keinen Glauben schenken.«

Jules von Rohan seufzte. »Das ist wahr, Abbé Weinborn«, begütigte er. »Mein Onkel war ganz vernarrt in diesen Espiard.«

»So geben Sie uns doch endlich Auskunft«, drängte Pfarrer Mast den Amtmann.

Dieser räusperte sich, bevor er mit seinem Bericht weiter fortfuhr. »Was mir zuerst auffiel, war, dass Monsieur Espiard keineswegs mit der Tätigkeit eines Schreibers vertraut war. Da ich annahm, er habe längere Zeit in der Straßburger Mairie gearbeitet, gab ich ihm anfangs Dokumente zur eigenständigen Verfassung. Sie waren samt und sonders mangelhaft. Einmal stellte ich den Betrüger darob zur Rede. Er behauptete, in Straßburg würde man ganz anders arbeiten als in Ettenheim. Ich wusste, dass das nicht stimmte, da ich vor der Revolution häufig in Straßburg zu tun hatte. Doch ich ließ mir nichts anmerken, denn mittlerweile hatte ich schon Verdacht gegen den Mann geschöpft. Seit diesem Tag, also ungefähr eine Woche nach seiner Ankunft in Ettenheim, ließ ich ihn unauffällig beobachten.«

Stuber machte eine Pause und trank einen Schluck Wein.

»Und weiter?«, drängten ihn mehrere Stimmen gleichzeitig. »Wie erfuhren Sie von dem geplanten Mordanschlag?«, übertönte die kräftige Stimme des Abbé die der übrigen Versammelten.

»Dabei kam mir der Zufall zu Hilfe. In einem Kappeler Wirtshaus wurde ein betrunkener Mann festgenommen, der von der Revolution schwärmte und sich damit brüstete, bei Nacht und Nebel vom elsässischen Rhinau übergesetzt zu haben. Den Wirtsleuten kam er verdächtig vor, sie hielten ihn für einen Spion. Daher riefen sie die Wache, die ihn festnahm und tags darauf nach Ettenheim zu mir ins Rathaus brachte.«

Wieder nahm der Amtmann einen Schluck Wein. Wieder stöhnten die Zuhörer vor Ungeduld.

»Als der Mann wieder nüchtern war und befürchtete, als Spion bestraft zu werden, bot er mir einen Handel an. Er wolle mir im Gegenzug für seine Freiheit ein Gerücht verraten, das in Straßburg umlief. Ich stimmte zu. Der Mann erzählte, es würde gemunkelt, der dortige Bürgermeister, der unseren Landesherrn hasst, habe einen Meuchelmörder gedungen, um einen Anschlag auf den Kardinal zu verüben. Er wusste allerdings nichts über die Identität dieses angeblichen Attentäters. Ich hatte Espiard gleich im Verdacht und sorgte dafür, dass der Mann ihn sah. Doch offensichtlich kannten sich die beiden nicht. Also hatte ich weiterhin keinen Beweis, dass Espiard mehr als ein Hochstapler war, der sich mit falschen Angaben ein Auskommen in unserem Städtchen verschafft hatte.«

»Und warum unterrichteten Sie den Kardinal nicht von diesem Verdacht?«

»Ich sagte Ihnen doch bereits, Abbé Weinborn, mir fehlten die Beweise. Dass der Mann einmal Offizier gewesen war, stand außer Frage. Dazu war er zu gut mit den Gepflogenheiten des Militärs vertraut und ein zu erfahrener Kämpfer, wie man bei jedem Exerzieren der Stadtsoldaten erkennen konnte.«

»Umso mehr hätten Sie um das Leben des Kardinals fürchten müssen.« Auch Stadtpfarrer Mast zeigte sich in diesem Punkt unnachgiebig.

Stuber errötete leicht. Als er antwortete, schwang mühsam unterdrückter Zorn in seiner Stimme mit. »Ich habe beständig Sorge um das Leben unseren gnädigen Landesherrn getragen. Ich ließ Espiard niemals mit ihm allein, wenn er das Palais Rohan verließ, sondern stellte ihm mindestens zwei, oft sogar vier Stadtsoldaten zur Seite. Den unserem Kardinal völlig ergebenen Männern bedeutete ich außerdem, sie sollten ein Auge auf Espiard haben, da wir ihn noch nicht so gut kennen würden. Innerhalb der Mauern von Ettenheim war unser Landesherr daher sicher. Zumal man sofort die Stadttore geschlossen hätte, wenn Espiard den Anschlag hier verübt hätte und daraufhin die Sturmglocke geläutet worden wäre. Er hätte nicht entfliehen können.«

Wieder trank Stuber einen Schluck.

»Dann nahte das Fest des heiligen Landelin«, fuhr er fort, als der Abbé ihm ins Wort fiel.

»Eben, Sie wussten, dass sich der Kardinal bei dieser Gelegenheit außerhalb der Stadtmauern von Ettenheim aufhalten würde.«

Stuber holte tief Luft. Dann sprach er mit lauterer Stimme als vorher. »Sie waren selbst bei der Besprechung dabei, Eminenz, als ich den Kardinal davon überzeugen wollte, nach der Messfeier in St. Landelin sofort nach Ettenheim zurückzukehren. Doch er bestand darauf, den Jahrmarkt zu besuchen und sich ›unter sein Volk zu mischen‹, wie er wortwörtlich sagte. Meiner Erinnerung nach erhoben Sie keinen Einspruch dagegen. Im Gegenteil, verwiesen nicht sogar Sie selbst darauf, dass die Leibgarde den Kardinal ja gut beschützen würde?«

Jetzt färbten sich auch die Wangen des Abbé rot.

»Aber ich wusste im Gegensatz zu Ihnen …«

Charlotte mischte sich ein. »Streiten Sie sich doch nicht weiter, meine Herren«, forderte sie energisch. »Es ist zum Glück dank der Umsicht unseres Amtmannes doch nichts Ernstes geschehen! Auch ich habe Espiard nie getraut, wusste aber nicht, wie ich meinem Onkel das beibringen sollte.«

Die Männer sahen sie verblüfft an. Sie waren solche Interventionen von der in der Regel zurückhaltenden Nichte des Kardinals nicht gewöhnt. Aus dem Augenwinkel heraus sah Charlotte, dass Frau Stuber und Henriette lächelten.

»Also, fahren Sie fort, Amtmann«, drängte Jules von Rohan.

Stuber strich sich über den Schnurrbart. »Mir war klar, dass Espiard im Falle, dass er wirklich der Meuchelmörder wäre, diese seltene Gelegenheit nicht ungenutzt verstreichen lassen würde. Ich ließ ihn noch intensiver beobachten als vorher. Daher erfuhr ich, dass der Kerl frühmorgens die Stadt mit einem Bündel verlassen und wenig später ohne Gepäck zurückgekommen war. Wir fanden den Sack mit seinen Habseligkeiten unter einem Gebüsch am Straßenrand, noch bevor wir nach Ettenheimmünster aufbrachen.«

Wieder befeuchtete Stuber sich die trockene Kehle, während die Zuhörer gebannt an seinen Lippen hingen.

»Außer den Stadtsoldaten, die ich Espiard unterstellte, befahl ich deshalb vier weiteren meiner treuesten Männer, sich als Bauern zu verkleiden und sich auf dem Jahrmarkt dicht neben dem Kardinal aufzuhalten. Hätte nicht eine Biene den Mann, der den Kardinal wegstieß, gerade abgelenkt, hätte Espiard ihn nicht einmal verletzt. Doch der Schuft trug den ausgesprochen dünnen Dolch in seinem Ärmel versteckt. So sah der Soldat das aufblitzende Metall zu spät, und die scharfe Klinge traf den ehrwürdigen Kardinal am linken Arm, noch bevor ihn der Soldat aus dem Gefahrenbereich schubsen konnte. Eigentlich wollte ihm der Mörder die Waffe von hinten ins Herz stoßen. Meine Männer haben ihn noch in derselben Minute überwältigt.«

Der Amtmann machte eine Kunstpause und sah mit einem Ausdruck des Triumphs in die Runde. »Espiard hat bereits zugegeben, der vom Straßburger Bürgermeister gedungene Attentäter zu sein.«

»Was genau hat er gesagt?«

»Wieso hat er so rasch gestanden?«

»Wer ist der Kerl nun wirklich?«

Stuber hob die Hand, um den aufkommenden kleinen Tumult unter seinen Zuhörern im Keim zu ersticken.

»Espiard ist tatsächlich der, der zu sein er vorgab, ein Edelmann aus Burgund. Er diente in der Straßburger Nationalgarde und wurde dort wegen diverser Raufhändel, die er im Rausch anzettelte, unehrenhaft entlassen. Er schlug sich danach mehr schlecht als recht durch, indem er sich zum Beispiel als Stallknecht verdingte.«

»Also hat Espiard nie unter den Generälen Lafayette und Dumouriez gedient? Das war alles erlogen?«, unterbrach ihn Charlottes Vater Jules.

»Nein, Hoheit«, antwortete Stuber. »Das entspricht wohl auch der Wahrheit. Nachdem Dumouriez zu den Österreichern übergelaufen war, desertierte Espiard ebenfalls, allerdings nicht, weil er der Revolution überdrüssig war. Er hatte einfach keine Lust mehr, seine Haut noch länger zu Markte zu tragen, und nutzte die gesunkene Moral der Truppe für seine Flucht. So verschlug es ihn ins Elsass, wo er einige Monate später der Nationalgarde beitrat.«

»Und wie wurde er dann zum Spion?«

Stuber grinste. »Auch dieser Teil seiner Geschichte ist nicht gänzlich erfunden. Oft enthalten Lügengeschichten erstaunlich viele wahre Einzelheiten. Espiard wurde von einem ehemaligen Kameraden als Deserteur erkannt, denunziert und tags darauf festgenommen. Ihm hätte der Tod durch den Strang gedroht. Um dem zu entgehen, ließ er sich als Attentäter anwerben.«

»Und warum hat Espiard das alles so bereitwillig gestanden?«

Nun erschien ein verächtlicher Zug um Stubers Mund. »Er hofft, damit seine Haut zu retten, und stellt sich als machtloses

Opfer des Straßburger Bürgermeisters dar. Der habe ihn erpresst und ihm somit keine andere Wahl gelassen.«

»Aber warum ist er dann nicht einfach geflohen, sobald er die Grenze überquert hatte? Warum wollte er stattdessen zum Mörder werden?«

»Diese Frage habe ich Espiard auch gestellt. Doch darüber schweigt er sich aus.« Stubers Verachtung für den Mann trat nun offensichtlich zutage. »Ich vermute, man hat ihm eine ganz beträchtliche Belohnung versprochen. Im Getümmel des Jahrmarkts hoffte er zu entkommen, zumal der Dolch so nadelspitz ist, dass man das Attentat vielleicht gar nicht sofort als ein solches erkannt hätte. Der Schurke wollte, nachdem der Kardinal zusammengebrochen war, so tun, als hole er Hilfe. Danach wäre er wahrscheinlich zurück über den Rhein geflohen.«

»Nun haben Sie ihn hoffentlich sicher arretiert, Monsieur Stuber.«

»Selbstverständlich, Abbé Weinborn. Er sitzt im Gefängnisturm am Unteren Stadttor, mit einer eisernen Fußfessel an einen Ring im Fußboden geschmiedet. Dort bleibt er bis zu seinem Prozess.«

»Mit dem wir warten sollten, bis mein Onkel wieder genesen ist«, warf Charlotte ein. »Er wird sicher dabei sein wollen.«

Ettlingen, Ende September 1794

Zuerst hörte Louis-Antoine nur das Klappern der Hufe auf dem Kopfsteinpflaster vor dem Gasthof »Zum Hirschen«. Wenig später folgten laute Rufe und Schritte, die die Stiege hinaufpolterten. Bevor er seine Stiefel überstreifen konnte, hämmerte auch schon jemand an der Tür.

»Durchlaucht, Durchlaucht! Kommen Sie schnell! Sie schlagen alles kurz und klein!«

Als Enghien die Tür aufriss, sah er seinen Burschen Felix, dem er den Abend freigegeben hatte, atemlos auf dem Treppenabsatz stehen. Eine blutige Schramme zog sich quer über seine Stirn.

»Was ist geschehen?«

»Der Graf von Penoir und seine Leute! Sie prügeln sich in der ›Goldenen Gans‹ mit den Marseillern!«

»Merde!« Enghien zog sich schnell den zweiten Stiefel an, streifte seinen Rock über und griff nach Degen und Pistole. Beim Hinunterrennen befestigte er das Wehrgehänge um die Taille und lief mit offenem Rock hinter seinem Burschen her.

»Ich hole Ihr Pferd aus dem Stall!«

»Dafür ist keine Zeit!« Enghien schwang sich bereits auf das Reittier seines Burschen. »Sitz hinter mir auf! Du kennst den kürzesten Weg!«

Nach einem halsbrecherischen Galopp über die glitschigen Gassen Ettlingens erreichten sie die »Goldene Gans« in weniger als fünf Minuten. Das Lokal war eine stadtbekannte Spelunke, in der schlechter Wein ausgeschenkt wurde. Der Wirt betrieb darüber hinaus im oberen Stockwerk ein Bordell.

Als Enghien in die niedrige, verraucherte Gaststube stürmte, erkannte er auf den ersten Blick, dass er zu spät gekommen war, um das Schlimmste zu verhindern. Der Wirt, ein feister Mann mit einem speckigen Vollbart, wälzte sich stöhnend am Boden. Zwischen seinen Händen, die er auf den Bauch gepresst hatte, quoll Blut hervor.

Zwei halbnackte Mädchen mit offenem Mieder waren ebenfalls verletzt. Eines blutete aus dem Mund, das andere hielt sich das verdrehte Handgelenk. Beide weinten und jammerten.

Der Graf von Penoir und vier weitere Soldaten lagen regungslos auf der Erde. Sie waren offensichtlich bewusstlos.

Auf dem verdreckten und mit Trümmern und Scherben übersäten Lehmboden wälzten sich mehrere, ineinander verkeilte Kämpferpaare und versuchten mit Beißen, Treten und Schlägen die Oberhand über ihren Gegner zu gewinnen. Enghien erkannte den Leutnant der sogenannten Marseiller, den Anführer eines Truppenteils, der aus der gleichnamigen südfranzösischen Hafenstadt stammte und wie seine ihm Untergebenen für sein aufbrausendes Temperament bekannt war. Sein gräflicher Kontrahent, der Graf von Penoir, stammte aus dem Poitou. Die beiden waren erbitterte Feinde und heute nicht zum ersten Mal aneinandergeraten.

»Hört sofort auf!«, brüllte Enghien, so laut er konnte. »Hört auf!« Sein Befehl verhallte ungehört. Er sah rot.

Mit einem brutalen Griff riss er den Marseiller Anführer, der bäuchlings auf seinem Gegner lag, so fest an den Haaren in die Höhe, dass seine Nackenknochen vernehmlich knackten. Seinen Gegner, einen Unteroffizier aus der Kompanie des Grafen, trat er mit voller Wucht in die Seite.

Die unerwartete Attacke verfehlte ihre Wirkung nicht. Beide ließen voneinander ab und pressten stöhnend die Hände auf die schmerzenden Körperstellen.

Währenddessen hatte Enghiens Bursche Felix einem zweiten kämpfenden Paar einen irdenen Bierkrug über die Schädel geschlagen. Das dritte Paar wurde nun aufmerksam und ließ freiwillig voneinander ab.

Enghien zog seinen Degen und setzte ihn dem Leutnant aus Marseille an die Kehle. Seinem Burschen warf er die Pistole zu. »Hilf mir, diese Schurken in Schach zu halten, bis unsere Wachgarde eintrifft.« Dies war eine kleine Gruppe ausgewählter Soldaten, die eine Art Polizeifunktion in der Emigrantentruppe ausübte und jede Disziplinlosigkeit verfolgte.

Dann herrschte er das Mädchen mit der blutenden Lippe an. »Lauf, Dirne! Renne zum Hauptquartier vor der Stadt und hole meinen Vater, den Herzog von Bourbon, herbei. Er soll die Wachgarde mitbringen. Nun mach schon!«, brüllte er, als das Mädchen sich nicht gleich rührte. »Halt dir dein Mieder über der Brust zusammen! Deine Titten kennt ohnehin die halbe Truppe. Hol meinen Vater!« In letzter Sekunde fiel Enghien etwas ein. »Er versteht kein Deutsch. Sage ihm nur das Wort ›Agitation‹! Das bedeutet ›Aufruhr‹. Wiederhole es!«

»Agitation«, lispelte das Mädchen. Nun erst sah Enghien, dass ihm die Schneidezähne fehlten. »Merde!«, fluchte er noch einmal.

»Nun mach schon und hole Hilfe!«, schrie er. »Und bring auch gleich den Feldscher mit, damit er den Wirt verbindet!«

Gefängnisturm in Ettenheim
Mitte Oktober 1794, am frühen Morgen

Schon während er die steile Stiege zur Wachstube und der dahinter liegenden Zelle erklomm, fiel dem Leutnant der Stadtwache der durchdringende Gestank nach Erbrochenem auf. Seine schlechten Vorahnungen, die ihn angesichts der unverschlossenen Eingangstür zum Gefängnisturm befallen hatten, verstärkten sich. Er unterdrückte den Wurgereiz und betrat die Wachstube. Sie war leer. Die Gittertür zur Zelle stand halb offen. Ein rascher Blick hinein bestätigte seine schlimmsten Befürchtungen. Robert, der diensthabende Wachsoldat, lag ohne Uniformjacke und -mütze in seinem eigenen Dreck und regte sich nicht. Von Espiard, dem Insassen des Gefängnisses, war weit und breit nichts zu sehen.

»Heilige Scheiße«, fluchte der Leutnant. »Der Kerl ist geflohen!«

Die Kirchturmuhr von St. Bartholomäus schlug die sechste Morgenstunde. Der Leutnant wandte sich zu seinen beiden Begleitern um, die hinter ihm standen und stumm auf die Bescherung glotzten. »Was steht ihr da wie die Ölgötzen?«, ließ er seinen Unmut an den Untergebenen aus. »Herbert, lauf und hol einen Eimer Brunnenwasser! Peter, du läutest die Sturmglocke. Die Stadttore müssen sofort geschlossen werden.«

Doch sein Gefühl sagte ihm, dass es für eine Ergreifung des Entflohenen schon zu spät war.

Palais Rohan in Ettenheim
Mitte Oktober 1794, zwei Stunden später

»Sie haben ja schon wieder kaum etwas gegessen!« Mit einer Mischung aus Fürsorge und Ungeduld sah Charlotte ihren Onkel Louis an, der soeben seinen mit einer Eierspeise noch halb gefüllten Teller zurückschob.

»Nein!«, hielt sie den Lakaien auf, der eilfertig herbeieilte, um abzuräumen. »Warte noch, am besten vor der Tür! Ich läute, wenn ich etwas brauche.«

Als der Lakai die Tür zum kleinen Speisezimmer leise hinter sich geschlossen hatte, legte Charlotte ihre Hand auf die ihres Onkels. Die Adern auf seinem Handrücken schimmerten blau durch die pergamentartige Haut.

»Was bedrückt Sie denn so sehr, dass Sie kaum mehr etwas zu sich nehmen, Onkel? Heute wird diesem ehrlosen Menschen der Prozess gemacht. Sie werden sehen, dass die Gerechtigkeit am Ende obsiegt.«

Der Kardinal seufzte schwer. »Daran zweifle ich nicht, liebste Nichte. Aber dass es diesen Prozess überhaupt gibt, nimmt mich sehr mit. Meine Ahnungen haben mich also nicht getrogen, dass mir meine eigenen Landsleute nach dem Leben trachten. Aber dass die Gefahr in Gestalt dieses jungen Mannes daherkam, den ich in mein Herz geschlossen hatte, macht mir noch viel mehr zu schaffen. Was bin ich doch für ein einfältiger Narr!«

Charlotte lächelte nachsichtig. »Mein lieber Onkel, ein guter Menschenkenner waren Sie wahrlich noch nie. Auch in früheren

Zeiten durfte jedermann, der Ihr Mitleid zu erregen vermochte, mit Ihrer Großzügigkeit rechnen, ob er sie nun verdiente oder nicht.«

»Julian von Espiard sprach mir alleweil von seiner schweren Kindheit. Von der Härte des Vaters, den eine schmerzhafte Krankheit unnachsichtig gegenüber jeder jugendlichen Schwäche machte. Von den Leiden der Mutter, einer zarten Frau, die die Schwindsucht dahinraffte. Und dem immer mehr verfallenden Schloss, durch dessen Ritzen der eisige Wind pfiff.« Er stockte plötzlich. »All das erinnert mich an Jeanne von La Motte. Auch sie hatte eine grausame Kindheit, und auch sie …«

»… war eine Schwindlerin«, ergänzte Charlotte. »Die Halsbandaffäre hat Ihnen aufs Schwerste geschadet und den Untergang des Ancien Régime eingeläutet.« Wider ihren Willen klang sie bitter.

»Das ist es ja, was ich meine«, erging sich der Kardinal in weiteren Selbstvorwürfen. »Ich werde zwar immer älter, aber weiser werde ich nicht!«

Charlotte griff nach ihrer Tasse und trank einen Schluck des köstlichen Pfefferminztees. Nirgendwo war er so würzig wie in Ettenheim, und nie verfehlte er seine beruhigende Wirkung auf sie.

Entschlossen schob sie ihrem Onkel den Teller mit der Eierspeise hin. »Was geschehen ist, ist geschehen. Ändern können wir es ja doch nicht. Also essen Sie noch ein wenig von diesem köstlichen Omelette. Die Köchin wird sich grämen, wenn Sie nicht beherzter zugreifen.«

Gehorsam griff ihr Onkel nach der Gabel. Er wollte sie gerade zum Munde führen, da ertönten im Schlosshof aufgeregte Stimmen.

»Was sagen Sie da, Herr Amtmann?! Espiard ist entflohen? Heute Morgen, exakt am Tag des Prozessbeginns?« Kardinal von Rohan war fassungslos.

Michael Stuber verbeugte sich knapp. »So ist es, Hoheit. Auch ich bin vor Zorn schier außer mir. Der schuldige Wachsoldat liegt schon in Ketten im Turm.«

»Wie konnte das geschehen?«

»Der Leutnant, der heute früh Dienst hatte, fand den Wächter bewusstlos vor. Wie sich herausstellte, nachdem man ihm eiskaltes Wasser über den Kopf goss, war er noch immer betrunken. Auf Geheiß Espiards hatte er gestern am späten Abend einen Gassenjungen zum nächsten Wirt geschickt, wo der Bier und Schnaps besorgte. Alsdann begannen die beiden zu zechen.«

»Der Wächter trank mit dem Gefangenen?«, fragte Charlotte empört. »Auf dessen Kosten?«

Stuber nickte grimmig. »Wohl nicht zum ersten Mal, gnädiges Fräulein. Espiard hat das alles ganz geschickt eingefädelt. Zwei- oder dreimal ging es gut, obwohl Robert, das ist der Name des Wächters, jedes Mal für das Zechgelage die Zellentür aufschloss. Der Bierkrug war zu dick, um zwischen die Gitterstäbe zu passen«, erklärte er sarkastisch. »Das wiegte Robert in Sicherheit. Doch diesmal wurde es dem unzuverlässigen Kerl zum Verhängnis. Espiard schenkte ihm einen Schnaps nach dem anderen ein und zog ihm dann, als er berauscht war, mit dem Krug eins über den Schädel. Danach schloss er die Fußfessel auf, zog sich Roberts Jacke und Mütze an und entfloh.«

»Also hielt man Espiard im Dunkeln für einen Stadtsoldaten. Doch bei Tageslicht wird er nicht weit kommen. Ich gehe davon aus, Sie haben angeordnet, überall nach ihm suchen zu lassen?«

Stuber wirkte verlegen. »Das musste ich nicht mehr anordnen, Hoheit. Der Leutnant, der Robert fand, hatte diesen Befehl bereits gegeben, noch bevor man mich benachrichtigte. Doch wir fürchten, dass der Kerl bereits über alle Berge ist.« Er stockte.

»Wieso denn? Hat er auch eine der Stadttorwachen bestochen oder betrunken gemacht …«

Stuber hob beide Hände. Als der Kardinal innehielt, erklärte er: »Wir haben eine Kastanie gefunden, die dicht an der Stadtmauer steht. Einer ihrer Äste ist abgeknickt, ein anderer sogar abgebrochen. An einem Zweig hing ein Fetzen von einer Uniform. Ich fürchte, Espiard ist noch vor Anbruch der Morgendämmerung auf diesem Wege geflohen. Dafür spricht leider auch, dass ein Bauer heute früh ein Pferd als gestohlen meldete, das über Nacht auf der Weide stand.«

»Dann lassen Sie Ihre Leute sofort in alle Richtungen ausschwärmen und die Straßen absuchen! Vielleicht erwischen wir den Schurken ja noch innerhalb unserer Landesgrenzen.«

Stuber breitete in einer hilflos wirkenden Geste die Hände aus. »Das habe ich schon angeordnet, Hoheit. Ich benachrichtige Sie sofort, wenn es etwas Neues gibt.«

So vergingen die nächsten Tage. Die Suche wurde selbst in die benachbarten badischen Herrschaften ausgedehnt. Doch Julian von Espiard war wie vom Erdboden verschluckt.

Markgräfliche Residenz in Karlsruhe, Mitte Oktober 1794

»Ich habe Sie alle gewarnt, Messieurs! Mehrere Male sogar! Doch es ist umsonst gewesen, wie ich nun erkenne! Ein hoch angesehener Ettlinger Bürger ist tot, sein Besitz völlig verwüstet, zwei Ettlinger Mädchen wurden misshandelt! Das Maß ist voll!« Die Stimme des Markgrafen zitterte vor Zorn.

Enghien biss die Zähne zusammen, um nicht vor lauter Wut etwas Unbedachtes zu sagen. *Ein ehrbarer Ettlinger Bürger! Zwei Ettlinger Mädchen! Ein Hurenwirt und zwei seiner Dirnen!* Aber er hütete sich, auch nur ein Wort zu sagen.

Prinz Condé blieb beherrscht, wie immer in der Öffentlichkeit. Unbeherrscht verhielt er sich nur innerhalb der eigenen Familie.

»Ich verstehe Ihren Unmut vollkommen, Durchlaucht. Was geschehen ist, hätte niemals geschehen dürfen. Gewaltsame Händel zwischen betrunkenen Soldaten meiner Armee um zwei … äh … Mädchen. Ich versichere Ih…«

»Es waren Offiziere Ihrer Truppe, die diese ehrlose Meute angeführt haben«, bellte der Markgraf. »Männer von Adel, wie ich mir sagen ließ.«

»Von niederem Adel.« Condés Schläfenader begann wieder zu pochen. Doch noch ließ er sich nicht aus der Ruhe bringen. »Sie wurden alle streng bestraft! Die beiden Leutnants hat man zu Unteroffizieren degradiert und in Arrest genommen. Die beteiligten Unteroffiziere wurden sogar in Eisen gelegt und müssen nach Verbüßen ihrer Strafe als gemeine Soldaten dienen. Die Gefreiten wurden mit dreißig Peitschenhieben gestäupt.«

»Das macht den Wirt der ›Goldenen Gans‹ nicht wieder lebendig. Er hinterlässt eine Witwe und zwei unmündige Kinder!«

»Wir haben den Schaden schätzen lassen und das Doppelte des Wertes aus der Truppenkasse ersetzt. Die Übeltäter werden auf Monate oder gar Jahre hinaus keinen Sold mehr erhalten.«

Doch der Markgraf war nicht zu besänftigen. »Ich habe mich bei Seiner Exzellenz, dem Grafen Wurmser, Ihrem Generalissimus, über Sie beschwert.« Prinz Condés Gesicht wechselte die Farbe. Seine Wangen wurden vor Ärger puterrot.

»War es nötig, Durchlaucht, unseren obersten österreichischen Befehlshaber mit einer solchen Lappalie zu behelligen?« Auch Condés Ton wurde nun schärfer.

»Das nennen Sie eine Lappalie? Mord und willkürliche Zerstörung ist für Sie nur eine Lappalie?«, brüllte Karl Friedrich.

Irgendetwas an der Wut des Markgrafen kam Enghien unecht vor. *Er hat einen Vorwand gesucht und gefunden, um uns loszuwerden,* erkannte er plötzlich.

»Ich versichere Ihnen, dass es nicht wieder …«, setzte sein Großvater ein letztes Mal an.

Wieder fiel ihm der Markgraf ins Wort. »Ich will, dass Sie und Ihre verwilderte Bande aus meinen Landen verschwinden. *Verschwinden!* Habe ich mich klar ausgedrückt? Bis zum Ende des Monats haben Sie Zeit, sich einen neuen Standort zu suchen und Baden zu verlassen! Das ist mein absolut letztes Wort!«

Jetzt erkannte auch Prinz Condé, dass es zwecklos war, weiter auf den Markgrafen einzureden. Er stand auf, deutete eine steife Verbeugung an und gab seinem Sohn und Enghien, die den Wortwechsel schweigend verfolgt hatten, ein Zeichen, sich ebenfalls zu erheben.

»Gehaben Sie sich wohl, Durchlaucht!« Nun war die Ironie in der Stimme seines Großvaters nicht mehr zu überhören. »Und seien Sie bedankt für Ihre überaus großzügige Gastfreundschaft!«

Kapitel 10

Müllheim bei Freiburg, Februar 1796

Meine tief verehrte Karoline,
nun sind schon fast eineinhalb Jahre vergangen, seit die Unnachsichtigkeit Ihres gestrengen Großvaters uns auseinanderriss. Ich gestehe Ihnen freimütig ein, ich bin verzagt, an manchen Tagen sogar verzweifelt. Ich sehne mich nach Ihrer Nähe, unseren Spaziergängen im Schlosspark, den deutschen Liedern, die Sie mir sangen, den Gedichten, die Sie mir vorlasen.
Da Sie mir in all dieser langen Zeit nie geschrieben haben, bleibt mir nur die Vermutung, dass man Ihnen nicht erlaubt, mit mir in Kontakt zu bleiben, oder Ihre Briefe heimlich abgefangen hat. Ich will und kann nicht glauben,

dass Ihre Gefühle für mich erkaltet sind. Haben Sie mir nicht bereits an unserem ersten gemeinsamen Abend gestanden, dass Sie Gefallen an mir gefunden haben? Trotz der Weltgewandtheit, die man mir nachsagt, war ich von Ihrer Freimütigkeit so überrascht, dass ich damals nicht in angemessener Weise darauf reagiert habe. Noch heute schimpfe ich mich deshalb einen Narren. Denn später ergab sich keine passende Gelegenheit mehr, um Ihnen zu sagen, dass auch ich von Ihrem Wesen und Ihrer lieblichen Erscheinung ganz und gar hingerissen war.
Liebste Karoline, seien Sie daher erneut versichert: Nichts würde mich glücklicher machen, als Sie meine Gemahlin nennen zu dürfen. Zwar ist der Krieg mit Frankreich noch nicht gewonnen. Doch kehre ich einst in die Heimat zurück, kann ich Ihnen mit dem Stammschloss meiner Familie in Chantilly einen Wohnsitz bieten, welcher der Residenz Ihres Großvaters an Pracht in nichts nachsteht, diese womöglich sogar noch übertrifft. Jeden Wunsch werde ich Ihnen dann von den Augen ablesen, denn erhalten die Condé-Bourbons ihr Eigentum zurück, zählen wir zu den wohlhabendsten Familien Frankreichs.
Doch selbst wenn sich diese Hoffnung wider all mein Erwarten nicht erfüllt, kann ich Ihnen dennoch eine angemessene Zukunft bieten. Die Zarin von Russland hat mir und meinem Großvater als Prinzen von Geblüt eine reich ausgestattete Wohnung in Sankt Petersburg angeboten, dazu eine sehr großzügige jährliche Apanage. Wir würden auch in dieser herrlichen Weltstadt ein Leben in sorglosem Luxus führen. Zudem könnten Sie Ihrer Schwester Luise nahe sein.
Daher hoffe ich aus ganzem Herzen, dass Sie mich nicht als oberflächlichen Schwärmer in Erinnerung haben, sondern als ernsthaften Bewerber um Ihre zarte Hand.

Diesen Brief lasse ich Ihrer verehrten Mutter, Erbprinzessin Amalie, von einem treuen Mittelsmann in der Hoffnung überreichen, dass er sein Ziel diesmal erreicht und Sie Mittel und Wege finden, mir eine positive Antwort zukommen zu lassen.

Louis-Antoine hielt inne, streute Sand über die noch nicht getrocknete Tinte und überflog seine Zeilen. Rund um seinen verschrammten Tisch in der Dachkammer des Müllheimer Gasthauses »Schwarzer Adler« lagen die Fetzen seiner drei ersten Entwürfe zusammengeknüllt auf dem schmutzigen Boden. *Besser kann ich es nicht ausdrücken,* gestand er sich ein. *Zumal es nicht die volle Wahrheit ist, die ich hier zu Papier bringe.*

Tatsächlich waren seine Gefühle für Karoline längst nicht so intensiv, wie er in seinem Schreiben vorgab. Hätte sie ihm nicht zum Abschied eine Miniatur von sich geschenkt, wüsste er womöglich nicht einmal mehr, wie sie aussah. Eine Gelegenheit zu Liebesschwüren beim erzwungenen Abschied Ende Oktober 1794 hatte sich auch nicht ergeben. Die Baronin von Klebach wich keine halbe Elle von Karolines Seite, sodass ihm vertrauliche Worte nicht möglich waren. Und noch immer grübelte er über Karolines Abschiedsgruß nach. »Ich wünsche Ihnen alles Gute, Herzog von Enghien«, hatte sie gesagt. »Möge Ihr weiteres Leben ruhmreich und ehrenvoll verlaufen.«

War das nur eine jener sinnentleerten, höfischen Floskeln gewesen, die ihr die Verlegenheit eingab? Oder hatte sie sich davor gefürchtet, von der Baronin gescholten oder gar bei ihrem Großvater angeschwärzt zu werden, wenn sie ihm ihre wahren Gefühle gestand? *Oder ist es nichts als die simple Wahrheit?,* fragte Enghien sich bitter. *Ein zerronnener Traum, den sie rasch wieder durch einen neuen ersetzt hat?*

Zwar hatte der Spion am Karlsruher Hof, den sein Großvater bezahlte, nichts von einem neuen Freier von Rang berichtet. Aber es war nicht zu leugnen, dass Karoline ihm nie auch nur eine einzige Zeile auf seine Schreiben hin geantwortet hatte. Das konnte, wie er sich immer wieder weismachte, viele Gründe haben. Doch je mehr Wochen ins Land gingen, desto mehr drängte sich Louis-Antoine der Gedanke auf, dass sich dieser Backfisch ihn längst aus dem hübschen Köpfchen geschlagen hatte.

Er seufzte, griff wieder zur Feder und beendete den Brief.

Es grüßt Sie voller Sehnsucht und unverzagter Hoffnung auf ein baldiges Wiedersehen
Ihr ergebener Louis-Antoine, Herzog von Enghien.

Dann schob er das Schreiben zurück, stand auf, trat ans Fenster und blickte in die hereinbrechende Dämmerung eines trüben Wintertages hinaus.

War er selbst denn tatsächlich so erpicht darauf, die Enkelin des Markgrafen von Baden zu heiraten? Nun, sie hatte ihm gefallen. Aber an die Gefühle, die er in Ettenheim für Charlotte von Rohan gehegt hatte, kam seine Sympathie für sie nicht heran. Verglich er die beiden Frauen miteinander, kam ihm immer wieder ein und dasselbe in den Sinn: *Charlotte ist eine zu voller Schönheit erblühte Rose, Karoline dagegen ein zartes Knöspchen, dessen spätere Blütenfarbe man allenfalls erahnen kann.*

Was aber bewog ihn dann dazu, diesen Brief zu verfassen, der zumindest Karolines Mutter Amalie mit Sicherheit erreichen würde? Denn sein Mittelsmann, der den Brief überbringen sollte, ging am Karlsruher Hof ein und aus. War es sein zunehmend trostloses Dasein? Seine Heimatlosigkeit? Die wachsende Aussichtslosigkeit seiner Existenz? Fast sieben Jahre weilte er jetzt schon in der Fremde. Die Mittel seines Großvaters waren längst erschöpft. Die Condé-Armee hielt sich nur noch dank der Spenden der Regenten von England und Russland über Wasser.

Und der Krieg kam nach wie vor nicht voran. Schon im April 1795 war die Hiobsbotschaft eingetroffen, dass die Preußen, unter deren Oberbefehlshabern 1792 noch die ersten Siege errungen worden waren, einen Sonderfrieden mit Frankreich geschlossen hatten.

Im Juni ereilte die emigrierten Royalisten dann der nächste Schlag. Im Temple, dem Pariser Gefängnis, in dem auch seine königlichen Eltern eingesessen hatten, war der junge Dauphin, den die königstreuen Exilanten Ludwig XVII. nannten, im Alter von nur zehn Jahren gestorben. Noch ehe die mysteriösen Umstände seines Todes aufgeklärt waren, hatte der Graf der Provence als zweitältester Bruder des enthaupteten Ludwig XVI. die Chance, die sich ihm bot, schon beim Schopf ergriffen und sich als Ludwig XVIII. zum rechtmäßigen französischen König erklärt.

Prinz Condé, Enghiens Großvater, stellte die Legitimation dieser Proklamation nicht infrage. Doch Louis-Antoine war sowohl vom Charakter des neuen Königs abgestoßen als auch von seinen Plänen nach dem Sieg über die Revolution. Ludwig XVIII. beabsichtigte nämlich, das Ancien Régime in vollem Umfang wiederherzustellen. Selbst die Rechte, die sein Bruder dem Volk bereits vor dem Sturm auf die Bastille zugestanden hatte, wollte er gänzlich rückgängig machen.

Kaum hatte sich Louis-Antoine von diesem Schock etwas erholt, traf schon die nächste Schreckensnachricht ein. Der Versuch einer royalistischen Emigrantenarmee, mithilfe der Engländer auf der bretonischen Halbinsel Quiberon zu landen, sich dort mit den Aufständischen in der Vendée zu verbünden und gemeinsam nach Paris vorzudringen, war bereits im Ansatz gescheitert. Sechshundert Emigranten wurden gefangen genommen und auf dem Marktplatz von Vannes hingerichtet. Das war auch die Rache für den »weißen Terror«, mit dem königstreue Franzosen in den Wochen zuvor in Südfrankreich Anhänger der Revolution überzogen hatten, die dabei genauso erbärmlich ums Leben kamen wie die Opfer der jakobinischen Schreckensherrschaft im Jahr 1794.

Am schlimmsten traf Enghien jedoch der Abschied von seinem Vater. Herzog Henri von Bourbon hatte sich auf Bitten Karls, des jüngsten Bruders des ermordeten Ludwig XVI., mit diesem nach England begeben. Ursprünglich sollte er das Kommando über eine weitere Truppe übernehmen, die in der Bretagne landen wollte. Nach der gescheiterten Invasion gab man diesen Plan jedoch rasch auf. Trotz der flehentlichen Bitten seines Sohnes und der strengen Anweisung seines Vaters blieb Henri von Bourbon jedoch im sicheren London, wo er sich, wollte man den Gerüchten glauben, mit einer Apanage des englischen Hofes einem bequemen Luxusleben hingab.

Auch in Paris waren die Verhältnisse mittlerweile andere, aber dennoch nicht günstiger für die Emigranten als zuvor. Im Oktober 1795 ließ ein gewisser Napoleon Bonaparte royalistische Aufständische in Paris mit Kartätschen niederschießen. Bonaparte war ein aus Korsika stammender Brigadegeneral bürgerlicher Herkunft, wie sie die Revolution zuhauf hervorbrachte. Seither regierte in der französischen Hauptstadt anstelle der wechselnden Komitees zur Zeit des Terrors ein fünfköpfiges gewähltes Direktorium.

Seit Jahresbeginn 1796 stand der Fortgang des Krieges sogar buchstäblich still. Österreich und Frankreich hatten einen unbefristeten Waffenstillstand geschlossen. Und Enghien fristete mit der Emigrantenarmee seines Großvaters nach wie vor ein immer ärmlicheres Leben in der Fremde.

Wen wundert es da, wenn ich mich zumindest nach einem Abglanz meines früheren Daseins sehne? Als Gatte von Karoline würde man mich an allen deutschen Höfen empfangen und dem Markgrafen, ihrem Großvater, bliebe gar nichts anderes übrig, als uns Emigranten zu unterstützen.

Allerdings – lag nicht vielleicht gerade darin der Schlüssel für Karolines Schweigen? Wieder seufzte Louis-Antoine. Dann faltete er das Schreiben, erhitzte etwas Siegellack über einer brennenden Kerze und verschloss es.

Heute Abend schon würde er es dem Mittelsmann übergeben, der zu Besuch in Müllheim weilte. Danach würde man weitersehen.

Palais Rohan in Ettenheim, März 1796

»Du spielst immer besser, meine Liebe.«

Charlotte, die gerade die letzte Sequenz des Mozartstücks, das sie auf dem Cembalo übte, ausklingen ließ, schrak leicht zusammen. Sie hatte ihren Onkel Louis nicht kommen hören.

Nun drehte sie sich lächelnd zu ihm um. »Findest du? Das freut mich sehr.« Wie meistens, wenn sie ungestört und unter sich waren, benutzten die beiden das vertrauliche Du. Charlotte strich zärtlich über das blank polierte, hellbraune Holz des Instruments. »Das war ja auch ein ganz wunderbares Weihnachtsgeschenk. Ich habe nicht mehr gespielt, seit wir Paris verlassen haben. Und das Haus ist so leer, seit Vater und Henri bei der Armee sind.«

Schon kurz nach dem Waffenstillstand am Neujahrstag war Charlottes jüngerer Bruder nicht mehr in Ettenheim zu halten gewesen. »Ich bin jetzt schon fast neunzehn Jahre alt und hocke noch immer nutzlos hier herum«, argumentierte er. »Ich will endlich in die ›Royal Rohan‹ eintreten. Sie haben es mir schon zu meinem sechzehnten Geburtstag versprochen!«

»Niemand hat dir etwas versprochen. Der Herzog von Enghien hat es einst in Betracht gezogen. Aber bislang gab es keine günstige Gelegenheit«, versuchte Charlotte, dagegenzuhalten. Sie wollte sich nicht auch noch Sorgen um ein weiteres Familienmitglied machen müssen, schon gar nicht um ihren Lieblingsbruder.

Aber es kam noch schlimmer. »Henri hat recht«, pflichtete ausgerechnet ihr Vater Jules seinem Jüngsten bei. »Jetzt kann er kämpfen lernen, ohne gleich sein Leben aufs Spiel zu setzen. Wer weiß, wie lange der Waffenstillstand noch anhält.« Er holte tief Luft. »Und auch ich selbst sehne mich nach Jahren der Untätigkeit wieder nach einer sinnvollen Aufgabe. Bei der ›Royal Rohan‹ wird ein Proviantmeister gesucht. Ich möchte mich für diesen Posten bewerben. Dann bin ich auch gleich in Henris Nähe.«

Und so waren beide schon im Januar in die Condé-Armee eingetreten, mit der die ursprüngliche Truppe des Kardinals, die »Royal Rohan«, mittlerweile verschmolzen war.

»Ich bin sehr froh, dass ich das Cembalo günstig erstehen konnte«, versuchte der Kardinal nun, Charlotte von ihren trüben Gedanken abzulenken. Er wusste, wie sehr sie unter der Trennung von ihrem Vater und Bruder litt. Plötzlich bemerkte er seinen Fauxpas. »Äh … ich meine natürlich … es ist weit mehr als den Preis wert, den ich bezahlt habe.«

»Onkel Louis!« In solchen Momenten empfand Charlotte eine große Zärtlichkeit für ihren Großonkel. »Es ist mir doch ganz gleich, wie viel das Cembalo gekostet hat. Wenn du es nicht allzu teuer bezahlen musstest, steigert das meine Freude eher, als dass es sie mindert.«

Der Kardinal antwortete nichts, sondern wich Charlottes Blick verlegen aus. Sie seufzte leise. *Wenn er doch endlich eingestehen könnte, dass wir keine reichen Leute mehr sind und mit jedem Gulden rechnen müssen. Es fiele uns allen leichter, als immer noch so zu tun, als gehörte er zu den wohlhabendsten Männern Frankreichs.*

In diesem Augenblick ertönte lautes Kinderlachen im Schlosshof. Der Kardinal trat ans Fenster und öffnete es. Als Charlotte ihm über die Schulter blickte, sah sie eine fröhliche Schar, die in der milden Frühlingssonne Fangen spielte.

»Heda, ihr Rabauken!«, rief ihr Onkel mit gespielter Strenge. »Was soll dieser Lärm?«

Charlotte, die aufgrund früherer ähnlicher Szenen wusste, wie es weitergehen würde, trat bereits an den geschnitzten Schrank im Audienzzimmer, wie der kleine Salon hochtrabend genannt wurde, und nahm die Bonbonniere aus Meißener Porzellan heraus. Vorsichtig legte sie den Deckel mit der Figur einer Schäferin als Griff auf ein Beistelltischchen.

Dann schaute sie erneut aus dem Fenster. Vier Buben und zwei Mädchen im Alter von acht bis zehn Jahren traten von einem Fuß auf den anderen und blickten halb schuldbewusst, halb verschmitzt nach oben. Der Kardinal drohte ihnen mit dem Zeigefinger. »Diesmal kommt ihr mir nicht ungestraft davon!«

Während die Mienen der Mädchen nun ängstlicher wurden, begannen zwei der Buben sogar zu grinsen. »So werfen Sie uns die Strafe hinab, Hochwürden!«, rief einer sogar.

Charlotte lachte, als sie das halb amüsierte, halb empörte Gesicht ihres Onkels sah. »Sie glauben mir nicht, dass ich es ernst meine!«

»Natürlich nicht, Onkel Louis. Buchstäblich jedes Kind weiß doch, dass Sie die Gutmütigkeit in Person sind.« Sie hielt ihm die Bonbonniere entgegen. »Nun lassen Sie die Rangen nicht länger warten, und werfen Sie ihnen das Zuckerzeug endlich hinab.«

»Aber die Mädchen bekommen zuerst«, insistierte der Kardinal. »Die Buben sind mir zu frech!«

»Haltet eure Schürzen auf!«, rief er den Mädchen zu. »Und tretet hier genau unter das Fenster!«

»Ihr noch nicht!«, maßregelte er die Jungen, die gleich hinzukommen wollten. »Wenn ihr nicht zurückbleibt, bekommt heute keiner etwas.«

Betreten wichen die Buben zwei Schritte zurück, während die Mädchen vor Freude jauchzten, als sie die von der Köchin gerade frisch gemachten Sahnebonbons auffingen. Erst als die Schürzentaschen der Kleinen prall gefüllt waren, erhielten auch die Buben ihren Teil.

Mit gespielter Trübseligkeit starrte der Kardinal danach in die fast leere Bonbonniere. »Oje, Mamsell Käthe wird schelten, wenn sie schon wieder neue kochen soll.« Er griff nach den wenigen verbliebenen Süßigkeiten und hielt Charlotte ein in rotes Glanzpapier eingewickeltes Bonbon hin. »Wir selbst haben sie noch nicht einmal probiert.«

Charlotte schob sich das köstlich nach Karamell schmeckende Bonbon in den Mund. »Sie sind einzigartig«, lobte sie das Werk der Schlossköchin. »Niemand macht sie so gut wie Käthe.«

Die Wanduhr schlug dreimal. Erschrocken blickte Charlotte auf. »Oje, schon ein Viertel vor vier. Ich werde in der Schule erwartet.«

»Bist du zum Abendessen zurück?«

Ein Schatten huschte über Charlottes Gesicht. »Ich will sehen, wie es der Baronin von Valmer geht. Ich habe versprochen, an ihrem Bett zu wachen, wenn es mit ihr zu Ende geht.«

Zehn Minuten später betrat Charlotte das Klassenzimmer der Mädchenschule im Erdgeschoss des Spitals. An die dreißig Schülerinnen aller Klassenstufen im Alter zwischen acht und vierzehn Jahren saßen emsig über ihre Handarbeiten gebeugt. Mademoiselle Robert und Schwester Hilde gingen zwischen den Tischreihen entlang, begutachteten den Fortschritt der Werke und gaben gute Ratschläge.

»Es tut mir leid, Mathilda«, hörte Charlotte die gestrenge Nonne zu einem pausbäckigen Mädchen mit braunen Zöpfen sagen. »Du musst diese Rose wieder auftrennen. Niemand legt sich ein solches Deckchen als Zierrat auf einen Tisch.« Der Mund des Mädchens verzog sich, seine Augen füllten sich mit Tränen.

Charlotte trat hinzu und betrachtete die Stickerei. »Vielleicht würde es ja auch reichen, Schwester Hilde, wenn Mathilda nur dieses Blütenblatt wieder auftrennt.« Sie zeigte auf die Stelle, die sie meinte. »Der Rest der Rose ist doch ganz hübsch gelungen.«

»Wie Sie meinen, Hoheit«, antwortete die Nonne steif. Ihre Miene drückte deutliche Missbilligung aus. Charlotte war es einerlei.

»Die Mädchen sind alle so fleißig und stricken und sticheln ständig in ihrer Freizeit, um unseren Frühlingsbasar wunderbar zu bestücken«, lobte sie. »Wir werden zweifellos etliche Kronentaler für unsere mittellosen Mitbürger erlösen.«

Am Sonntag nach Ostern war ein Wohltätigkeitsbasar zugunsten der Armen und Almosenempfänger von Ettenheim geplant, zu denen inzwischen nicht wenige Emigranten zählten. Die halbe Stadt arbeitete fleißig an den Waren, die verkauft werden sollten. Die Buben der Jungenschulen steuerten Schnitzarbeiten bei, viele Hausfrauen flochten Körbe, nähten oder stickten und strickten ebenfalls.

Am Festtag selbst sollte zusätzlich Kuchen verkauft werden. Der Kardinal hatte versprochen, ein Schwein zu stiften, das man am Spieß braten wollte. Zum Ettenheimer Frühlingsfest, das traditionell im April gefeiert wurde und in dessen Rahmen der Basar stattfinden würde, erwartete man Gäste aus der ganzen Herrschaft.

Charlotte begutachtete gerade das komplizierte Muster einiger gestrickter Strümpfe, als sich die Tür zum Klassenzimmer öffnete. Eine Spitalschwester, die eine imposante Flügelhaube trug, trat ein. »Ich suche die Prinzessin«, sprach sie Mademoiselle Robert an, als Charlotte schon auf sie zukam.

»Geht es der Baronin schlechter?«

Die Schwester nickte. »Ich fürchte ja. Sie möchte Sie noch einmal sehen.«

»Ich komme sofort mit Ihnen.«

Eine dampfende Tasse Pfefferminztee neben sich, saß Charlotte zwei Stunden später noch immer am Bett der Baronin. Diese hatte kurz vor ihrer Ankunft das Bewusstsein verloren und war seitdem nicht wieder erwacht.

Hoffentlich kann ich noch einmal mit ihr sprechen. Charlotte war besorgt. *Sie wollte mir doch noch einen letzten Gruß an ihren Sohn diktieren.*

Jacques von Valmer stand ihres Wissens nach mit der Condé-Armee in Müllheim. Er gehörte zur Vorhut, die Louis-Antoine von Enghien kommandierte.

Hätte ich mich doch nur über den Wunsch der Baronin hinweggesetzt und Jacques längst geschrieben. Charlotte spürte bittere Reue, nicht auf ihr Gefühl gehört zu haben.

»Ich will meinen Sohn nicht unnötig beunruhigen«, hatte Madame von Valmer noch vor vierzehn Tagen gesagt. »So schlecht geht es mir nicht, dass ich bald sterben muss.«

Aber leider hatte Dr. Ehrhard mit seiner Diagnose recht behalten, der der Baronin ebenso vergeblich zugeredet hatte wie Charlotte.

»Sie will nicht wahrhaben, dass sich der Krebs schon durch ihren ganzen Körper gefressen hat«, sagte er Charlotte. »Kein Wunder, sie ist ja auch erst Mitte vierzig. Da denkt man noch nicht ans Sterben.«

»Zumal wenn man fern der Heimat ist, nach der man sich sehnt«, erwiderte Charlotte traurig.

Dann war alles sehr schnell gegangen. Gestern hatte die Baronin Blut gehustet und erbrochen. »Ich habe es Ihnen gesagt. Magen und Lunge sind befallen. Sie wird den nächsten Tag nicht überleben«, konstatierte Dr. Ehrhard düster.

Nun war es zu spät, den Sohn zu benachrichtigen. »Er wird zweifellos erst hier eintreffen, wenn seine Mutter schon tot ist.«

Also hatte Charlotte der Baronin versprochen, wenigstens einen letzten Gruß an Jacques nach ihrem Diktat zu schreiben.

Heute Morgen war dafür jedoch keine Zeit geblieben. Der Zustand der Kranken hatte sich so dramatisch verschlechtert, dass sie bereits die Letzte Ölung empfangen hatte.

Notfalls fälsche ich einen Abschiedsbrief, wenn sie nicht mehr aufwacht, nahm Charlotte sich vor. Die Idee beruhigte sie. Sie nahm noch einen Schluck Tee und erlaubte ihren Gedanken, in die Ferne zu schweifen.

Wenn es um die Condé-Armee ging, kam ihr außer Henri und ihrem Vater unweigerlich auch Louis-Antoine in den Sinn, obwohl er die Vorhut befehligte, während Vater und Bruder bei den Hauptstreitkräften standen und damit in der Regel an anderen Orten lagerten. Schon seit längerer Zeit hatte sie nichts mehr vom Herzog gehört. Als die Nachricht nach Ettenheim drang, dass Enghien Karoline von Baden den Hof machte, traf Charlotte dies weit mehr, als sie gedacht hatte. Da Louis-Antoine sein Werben um die Enkelin des Markgrafen in den Briefen an sie zudem mit keinem Wort erwähnte, antwortete sie ihm immer seltener und kühler. Zuletzt war ihr Briefwechsel ganz eingeschlafen.

Allerdings war bislang noch keine Erfolgsmeldung über das herzogliche Werben um Karolines Hand eingetroffen. Im Gegenteil begannen bereits die ersten Spötter zu lästern, das Badener Mädchen ließe den französischen Beau am langen Arm verhungern, seit ihr Großvater die Condés gezwungen hatte, Ettlingen samt ihrer Emigrantenarmee zu verlassen.

Charlotte nahm es mit gemischten Gefühlen zur Kenntnis. Einerseits schmerzte es sie, dass Louis-Antoine verspottet wurde. Andererseits war sie aber auch erleichtert darüber, dass die Verbindung wohl nicht zustande kommen würde, was sie sich anfangs allerdings kaum eingestehen mochte.

Ein Seufzen aus der Richtung des Krankenbetts ließ sie aufblicken. Die Baronin sah sie mit den tief in die Höhlen gesunkenen Augen einer Sterbenden an. In den letzten Stunden war sie körperlich so sehr verfallen, dass sie wie eine Greisin wirkte.

»Liebste Freundin«, begrüßte Charlotte sie mit aufgesetzter Fröhlichkeit. »Wie schön, dass Sie erwacht sind! Möchten Sie etwas essen oder trinken?«

»Nur einen Schluck Wasser«, krächzte die Kranke. Auch ihre Stimme klang anders als noch vor wenigen Tagen.

Da die Baronin zu schwach war, um sich aufzurichten, stützte Charlotte ihren Kopf, um ihr vorsichtig einige Schlucke Wasser einzuflößen. Erschöpft wie nach einer langen Anstrengung ließ sich die Kranke danach wieder in die Kissen sinken.

»Ich sterbe heute«, bemerkte sie wie beiläufig mit hohler Stimme. »Es kann nur noch wenige Stunden dauern.«

Charlotte widersprach dem Offensichtlichen nicht. Stattdessen sprang sie auf. »Dann hole ich rasch Tinte und Feder für das Schreiben an Ihren Sohn.« Sie zog das Tischchen heran, das etwas entfernt vom Bett stand, setzte sich davor und blickte die Baronin erwartungsvoll an.

Die Kranke schwieg. Schließlich schluchzte sie unvermittelt auf. »Sie müssen den Brief aufsetzen, wenn ich tot bin, liebe Prinzessin. Ich bin zu schwach, um die rechten Worte zu finden.«

»Aber was soll ich Jacques denn sagen?«, fragte Charlotte unglücklich. »Es soll doch nach Ihnen selbst klingen.«

»Oh, das wird es schon«, wehrte die Kranke ab. »Schreiben Sie ihm, wie sehr er mir Trost und Stütze war, nachdem man seinen Vater aufs Schafott gebracht hatte.« Ihre Augen schimmerten feucht. »Dass ich mich so sehr nach den grünen Feldern und sanften Hügeln entlang der Loire sehne. Dass ich so gern unser kleines Schloss und unser Dörfchen wiedergesehen hätte.« Nun traten auch Charlotte Tränen in die Augen. »Dass ich ihm von ganzem Herzen wünsche, dass er eines Tages gesund und heil an allen Gliedern in die Heimat zurückkehren kann und dass er dann zum Andenken an mich ein Bäumchen pflanzen soll. Ein Kirschbäumchen, er weiß ja, wie gern ich Kirschen mochte. Es soll gleich neben der Quelle stehen, anstelle des alten Baums, den die Plünderer abgeholzt haben. Darunter habe ich oft gesessen. Es war mein Lieblingsplatz. Dort hat mir sein Vater den Heiratsantrag gemacht, dort saß ich auch oft mit ihm und seiner verstorbenen Schwester, als sie noch klein waren. Wir sangen zusammen, ich las den Kindern vor, und einmal erstickte Jacques beinahe an einem verschluckten Kirschkern.« Nun liefen beiden Frauen die Tränen über die Wangen.

Ganz plötzlich erschauerte die Baronin und begann, am ganzen Körper zu zittern. Mit letzter Kraft griff sie nach Charlottes Hand.

»Ich gehe jetzt«, flüsterte sie. »Können Sie einen wunderbaren Brief an meinen Sohn aus dem machen, was ich erzählt habe?«

Charlotte nickte. »Das kann ich, liebste Catherine.« Die Sterbende mit ihrem Titel anzusprechen, erschien ihr unpassend.

Ein letzter schwacher Händedruck, ein letztes Aufseufzen. Dann war die Baronin verschieden.

Nonnenweier am Rhein, April 1796

Ungeduldig trat Louis-Antoine von einem Fuß auf den anderen. Die Kalesche des neuen Königs Ludwig XVIII. ließ auf sich warten. Neben ihm tänzelte sein Rappe genauso unruhig herum, wie er sich fühlte.

»Ho, Perseus«, beruhigte er das temperamentvolle Tier einmal mehr. Er konnte ihm nicht verdenken, dass es sich nach Bewegung sehnte. Schließlich zog er die Taschenuhr aus seinem Uniformrock. *Schon nach drei Uhr nachmittags. Der König sollte schon seit über einer Stunde hier sein.*

»Soll ich Perseus ein wenig herumführen?«, bot ihm Felix, sein Bursche, an. »Wir sehen die Kalesche ja schon von Weitem kommen, da kann ich ihn ja rechtzeitig zur Ankunft Seiner Majestät zurückbringen.«

Enghien überlegte kurz, bevor er zustimmte. Der Rappe war langes Stehen in Sattel und Zaumzeug nicht gewöhnt. Erst gestern hatte ihn das Ross, schnell wie der Wind und wendig wie eine Schlange, durch ein Manöver getragen, das die Kavallerie der Vorhut abgehalten hatte, um nicht aus der Übung zu kommen.

Enghiens Truppen saßen seit dem Waffenstillstand am Neujahrstag 1796 tatenlos in ihrem Lager in Nonnenweier. Die Moral verschlechterte sich von Tag zu Tag. Auch Enghiens eigene, obwohl er sich bemühte, es seine Untergebenen nicht merken zu lassen. Schließlich war er ihr General und sich seiner Vorbildfunktion trotz seiner Jugend bewusst.

Kaum hatte der Bursche an die hundert Schritt mit Perseus zurückgelegt, kam die Kutsche des Königs in Sicht. Enghien pfiff, um Felix darauf aufmerksam zu machen, der sofort umkehrte. Währenddessen richtete Louis-Antoine seinen Dreispitz und zog die Armbinde mit den drei königlichen Lilien zurecht. Dann saß er auf.

Die sechsspännige Kalesche hielt an. Die Lakaien, die hinter dem Faltdach auf der Außenbank saßen, sprangen diensteifrig ab und öffneten die Tür. Zuerst stieg Enghiens Großvater Prinz Condé aus dem Wagen. Er hatte den König schon gestern in seinem Lager in Riegel empfangen. Dann folgte der König selbst.

Unwillkürlich unterdrückte Louis-Antoine ein Schaudern. Es war etliche Jahre her, dass er Stanislas-Xavier, den zweitältesten Bruder Ludwigs XVI., der sich jetzt wie seine königlichen Vorgänger Ludwig nannte, zuletzt getroffen hatte.

Als Erstes stach ihm ins Auge, dass der König ungeheuer an Gewicht zugelegt hatte. Allerdings hielt seine Garderobe mit seinem Leibesumfang nicht Schritt. Ludwig trug einen dunkelblauen Uniformrock, der ihm viel zu eng war. Die Knopflöcher hatten sich aufgrund des Leibesumfangs so sehr geweitet, dass das weiße Hemd darunter hervorschimmerte. Sein massiger Bauch quoll unterhalb des vorne knapp über der Taille endenden Kleidungsstücks hervor und hing etwa eine Handbreit über dem Bund der Kniehose.

Auf dem Kopf trug der König eine jener altmodischen Perücken, wie sie in Versailles vor der Revolution Mode gewesen waren. Der Schweiß rann ihm darunter in Strömen über das Gesicht. Als er auf Enghien zutrat, um ihn zu begrüßen, nahm dieser seinen säuerlichen Körpergeruch unmittelbar wahr.

Die Empfangszeremonie begann. Trompeter und Trommler führten die Parade an, als Enghiens Offiziere und berittene Mannschaften mit ihm an der Spitze vor dem König, der neben dem Prinzen Condé auf einem imposanten Lehnstuhl Platz genommen hatte, salutierend vorbeidefilierten. Dahinter folgten zwei Kompanien Fußsoldaten mit geschulterten Gewehren in akkuratem Stechschritt. Den Abschluss der Zeremonie bildeten zwölf Kanonenschüsse zu Ehren des Monarchen.

Dann erhob sich Ludwig XVIII. schwer atmend von seinem Stuhl. Mit einem schon gelblich verfärbten Schnupftuch wischte er sich über das pausbäckige und verlebt wirkende rote Gesicht.

»Tapfere Royalisten!« Auch seine Stimme klang eher rau als imposant. »Königstreue Männer, die ihr die Heimat verlassen habt, um für euren Herrscher und euer Land zu kämpfen.«

Interessante Reihenfolge, dachte Enghien sarkastisch, wobei er, ganz der erfahrene Höfling, keine Miene verzog. *Und er nennt sich »Herrscher« anstatt König oder Monarch.*

»Hier stehe ich, der von Gottes Gnaden gesalbte Nachfolger meines gemordeten Bruders und Neffen, und entbiete euch meinen Gruß. Eure Tapferkeit ist der Leuchtturm, der die Dunkelheit, in der die Getreuen in unserem geliebten Heimatland Frankreich verharren, weithin erhellt und unser aller Hoffnung belebt. Eure Ausdauer, eure Kraft, euer Mut, mit der ihr allen Widrigkeiten in der Fremde trotzt, ist jedem königstreuen Franzosen ein strahlendes Vorbild!«

Ob du auch eines bist, bleibt dahingestellt. Enghiens Sarkasmus verstärkte sich.

»Deshalb steht jenseits jeglichen Zweifels: Der Sieg wird unser sein. Schon bald werden wir nach Frankreich zurückkehren, und Macht und Glanz des Königtums werden in Gänze wiederhergestellt sein. Auf euch wartet dann eine reiche Belohnung für alles, was ihr für mich und unser Heimatland geleistet und geopfert habt.«

Louis-Antoine fühlte eine große Leere in sich, die sich immer mehr ausbreitete. War es dieser fette und nach rückwärts gewandte Usurpator tatsächlich wert, dass tapfere Männer für ihn starben oder ihre Gesundheit einbüßten? Erst gestern war ein junger Emigrant während des Manövers vom Pferd gestürzt. Seither konnte er seine Beine nicht mehr bewegen und würde womöglich sein Leben lang ein Krüppel bleiben.

»Doch nun lasst euren König auch zu den Männern jenseits des Rheins sprechen.«

Enghien horchte auf. Was hatte das jetzt zu bedeuten? »Wenn sie meine Stimme vernehmen, werden sie womöglich reuig und kehren zur Königstreue zurück!«

Ist Ludwig jetzt ganz und gar von Sinnen? Ratlos starrte Enghien auf seinen Großvater, der warnend die Augenbrauen zusammenzog. Augenblicklich versuchte Enghien, seine Gesichtszüge wieder zu entspannen.

Schon winkte der Monarch die Kutsche herbei und ließ sich hineinhelfen. Louis-Antoine blieb nichts anderes übrig, als ein paar seiner Männer herbeizuwinken und den König zu eskortieren.

Das Gefährt hielt so nahe wie möglich am Rheinufer an. Gerade brach die Aprilsonne durch die Wolken und beleuchtete das Geschehen auf der anderen Flussseite. Dort wachte eine Gruppe Soldaten in der Uniform der Revolution. Die blau-weiß-roten Kokarden an ihren Mützen und Jacken waren selbst über den Fluss hinweg zu erkennen. Über der Gruppe wehte zudem die Trikolore.

Ludwig verließ die Kutsche, erneut schweratmig und schweißüberströmt. *Er ist erst vierzig Jahre alt,* dachte Enghien, *wirkt aber mindestens fünfzehn Jahre älter. Was erwartet er sich nur von dieser Posse?*

Am Rheinufer stieg Ludwig auf einen kleinen, flachen Hügel von knapp zwei Fuß Höhe. Mittlerweile waren die Republikaner auf ihn aufmerksam geworden. Ihr Anführer hob sein Fernrohr und blickte hindurch.

Jetzt holte der Monarch tief Luft. »Ich bin euer König!«, rief er den Revolutionären pathetisch zu. »Euer guter Vater, der euch verzeiht, wenn ihr Reue zeigt und Buße tut!«

Enghien erstarrte vor Entsetzen und wäre am liebsten im Erdboden versunken. Obwohl die Entfernung dafür zu groß war, glaubte er die Soldaten auf der anderen Rheinseite grinsen zu sehen. Aber noch antworteten sie nicht.

Ludwig winkte dem Prinzen Condé, der darauf widerstrebend ebenfalls auf den Hügel stieg. »Sagen Sie auch etwas!«, hörte Louis-Antoine den Monarchen zischen.

Condé straffte sich. »Der König ist hier bei uns!«, rief er. »Erweist ihm Respekt!«

Nun senkte der Anführer der Republikaner sein Fernrohr. Enghien vermutete, dass es ein Unteroffizier war. »Dann passt gut auf ihn auf!«, rief er zurück. »Wir haben nämlich sein Königreich!«

Einen Moment lang blieb es totenstill. Dann ertönte vom jenseitigen Ufer brüllendes Gelächter. Auch viele der königstreuen Soldaten hinter Ludwig hielten sich die Hand vor den Mund und täuschten einen Hustenanfall vor, um ihr Lachen zu ersticken.

Louis-Antoine fühlte plötzlich Brechreiz in sich aufsteigen. Mühsam unterdrückte er ein Würgen.

Dafür kämpfen wir, liegen im Dreck, sind überall verhasste Fremde! Für diesen lächerlichen Kretin? Ihm schwindelte.

Krampfhaft fixierte er einen Punkt in der Ferne, darum bemüht, nicht die Republikaner in den Blick zu bekommen, die sich vor Lachen die Bäuche hielten. Zwei wälzten sich sogar im Ufergras.

Ich muss einmal weg von hier. Der Drang wurde plötzlich übermächtig. *Auf die Jagd in den Schwarzwald und danach …*

Der Gedanke war ihm nicht neu. Immer wieder hatte er in den vergangenen Monaten in Erwägung gezogen, eine Auszeit vom Soldatenleben zu nehmen, es sich aber letztlich nicht getraut. Nonnenweier lag nur eine Reitstunde entfernt von Ettenheim.

Und danach besuche ich Charlotte.

Kapitel 11

Im Schwarzwald, April 1796, einige Tage später

Enghien hob seine Jagdflinte, zielte sorgfältig und drückte ab. Der Achtender sank wie vom Blitz getroffen zu Boden.

»Hurra!«, schrie Felix. »Hurra! Sie haben ihn erwischt!«

Schon eilten die Treiber herbei, um die Hunde von dem gefällten Hirsch abzuhalten.

Einen kurzen Augenblick lang fühlte Enghien unbändigen Stolz, als er herantrat, um das Tier zu begutachten. »Ein sauberer Schuss, Herr«, lobte ihn der oberste Treiber. »Mitten durch die Brust. Sie sind der beste Schütze, den ich kenne. Das ist schon Ihr zehnter Treffer heute.«

Louis-Antoines gute Stimmung verflog so rasch, wie sie gekommen war. Die Erinnerung an den Brief, den er am Morgen in Nonnenweier erhalten hatte, holte ihn ein. »Bringt ihn zu dem anderen Wild«, befahl er kurz, ohne auf das Lob einzugehen.

»Und nehmt ihm das Geweih ab, bevor ihr ihn zerlegt und ins Lager schafft.«

»Das ist doch selbstverständlich, Herr«, antwortete der oberste Treiber sichtlich indigniert. »Wollen Sie die Strecke noch einmal abschreiten und die Jagd dann fortsetzen?«

»Das entscheide ich später.« Louis-Antoine blieb kurz angebunden, obwohl er genau wusste, dass er den Mann für etwas büßen ließ, mit dem dieser rein gar nichts zu tun hatte.

Seine Laune besserte sich auch nicht, als er an den erlegten Tieren vorbeischritt, die aufgereiht auf einer Lichtung lagen. Zwei Rehböcke, eine Ricke, zwei Keiler und eine Wildsau, eine Hirschkuh, ein Dachs, ein Fuchs und als krönender Abschluss der Achtender. An anderen Tagen wäre Enghien, der die Jagd leidenschaftlich liebte, in Hochstimmung gewesen. Umso mehr, als er nur mit seinem Burschen und den Treibern und ihren Hunden unterwegs war. Mit Absicht hatte er keinen seiner Offiziere gebeten, ihn zu begleiten.

Heute Morgen, noch ganz früh, hatte er die Depesche in seinem Zelt gefunden, die zwar bereits am Vortag eingetroffen war, die er aber zunächst übersehen hatte. Sie kam aus Karlsruhe.

Mit zitternden Händen erbrach Louis-Antoine das Siegel. Die Worte verschwammen vor seinen Augen. Auch jetzt, ein paar Stunden später, erinnerte er sich nur undeutlich an den Inhalt der Nachricht.

Mein sehr verehrter Herr ... meine Tochter Karoline ... anderen Sinnes geworden ... lange Wartezeit ohne Hoffnung ... kein ernst zu nehmender Bewerber ... aufrichtiger, der Wahrheit ins Auge zu sehen ... alles erdenklich Gute für Ihre weitere Zukunft. In der Hoffnung auf Ihr Verständnis ... Ihre Ihnen noch immer gewogene Amalie, Erbprinzessin von Baden

So endete also sein Traum, sich aus dem Nichts des Exils wieder in eine achtenswerte Stellung an einem bedeutenden europäischen Hof zu bringen. Obwohl Louis-Antoine Karoline nicht geliebt hatte, empfand er die endgültige Zurückweisung seiner Werbung als bittere Niederlage. Die Enge seines Zelts und die Perspektivlosigkeit seines Daseins drohten, ihn zu ersticken. Hastig verfasste er ein paar Worte an seinen Großvater in Riegel, um auch ihm die schlechte Nachricht zu übermitteln. Dann stellte er eine Gruppe Soldaten als Treiber zusammen und brach zur Jagd auf.

Je mehr Treffer er erzielte, desto mehr reifte sein bereits getroffener und dann doch wieder verworfener Entschluss, nachdem der König aus Nonnenweier abgereist war. *Was habe ich denn noch zu verlieren? Im schlimmsten Fall weist auch sie mich zurück. Und was wäre dann verloren? Mein Großvater wird einer Verbindung mit Charlotte ohnehin niemals zustimmen, sondern mich erneut zu verkuppeln versuchen. Womöglich diesmal mit einer alten fetten Schnepfe, die sonst niemand haben will, obwohl sie von hochadliger Geburt ist.*

Jetzt atmete er tief durch. »Bringt das Wild ins Nonnenweier Lager«, befahl er seinen Männern. »Ich begleite euch nicht.« »Nein, Felix«, wehrte er seinen verblüfften Burschen ab, der gerade sein Pferd besteigen wollte. »Ich reite allein.«

»Aber wo wollen Sie denn hin? Ich meine, was sollen wir im Lager über Ihren Aufenthaltsort sagen?«, verbesserte Felix seine vorlaute Frage.

Enghien saß schon auf seinem Rappen. »Sage allen, ich reite nach Ettenheim. Ich besuche den Kardinal von Rohan.«

Palais Rohan in Ettenheim, April 1796, am selben Tag

»Liebe Charlotte …«

»Kommen Sie nur herein, lieber Onkel.« Charlotte saß am Cembalo, drehte sich aber nicht um. »Aber lassen Sie mich diese Passage aus der neuen Mozartsonate, die ich gerade einübe, noch einmal versuchen. Sie bringt mich noch um den Verstand. Meine Finger wollen mir bei diesen schwierigen Griffen partout nicht gehorchen.« Dann griff sie erneut in die Tasten.

»Ich danke Ihnen für Ihr Verständnis«, sagte sie, nachdem sie die besagte Stelle noch einmal wiederholt hatte. »Jetzt war es schon viel bes...«

Die Worte blieben ihr im Halse stecken, als sie sich umdrehte. »Louis-Antoine! Verehrter Herzog von Enghien!« Sie versuchte, sich zu sammeln. »Das ist ja eine ganz unerwartete Überraschung!«

Der Herzog stand von dem Kanapee, auf dem er neben ihrem Onkel gesessen hatte, auf, ergriff die Rechte, die sie ihm reichte, und drückte einen echten, keinen angedeuteten Kuss darauf.

»Enchanté, Prinzessin von Rohan. Ich bin entzückt, Sie gesund und schöner denn je anzutreffen.«

»Oh, là, là!«, warf der Kardinal ein. »Welch charmante Begrüßung!« Zu Charlottes Überraschung stand er auf. »Der Herzog wird nicht nur zum Nachtmahl bleiben, sondern beehrt uns bis morgen mit seinem Besuch. Ich muss der Köchin Bescheid geben, dass sie uns etwas Besonderes auftischen soll, und meinem Kammerdiener, damit er das Gästezimmer vorbereitet.« Mit diesen Worten ließ er Charlotte und Louis-Antoine allein.

Widerstreitende Gefühle tobten in Charlottes Brust. In ihre Freude über das Wiedersehen mit Louis-Antoine nach zwei Jahren der Trennung mischte sich Ärger darüber, dass er seinen Besuch nicht angekündigt, sondern sie damit überrumpelt hatte. Und tief in ihrer Magengrube regte sich auch noch etwas anderes. *Angst!*, registrierte sie erstaunt.

Um Zeit zu gewinnen, trat sie an den Vitrinenschrank, in dem einige Getränke aufbewahrt wurden. »Was darf ich Ihnen anbieten, Herzog?«, fragte sie förmlich. »Wünschen Sie einen Eierlikör oder lieber einen Birnenbrand? Unsere Köchin ist eine Perle. Sie stellt beides selbst her.«

»Nur ein Glas Wasser, wenn es beliebt, Charlotte.« Sie registrierte sehr wohl, dass Enghien die vertraute Anrede wählte, die sie während seiner Genesung benutzt hatten.

»Nur Wasser? Vielleicht steht ein leichter Weißwein kühl. Oder soll ich den Kammerdiener bitten, einen Rotwein zu dekantieren?«

Enghien lächelte. Charlotte durchfuhr es wie ein Dolchstoß. Sein Gesicht war noch markanter geworden, die gebräunten Züge schärfer, der sinnliche Mund voller, seine Augen schienen ihr weniger grau, dafür aber blauer als früher zu sein. So gut aussehend hatte sie ihn nicht in Erinnerung.

»Ein gutes Glas Wein zum Souper schätze ich durchaus. Aber wie wäre es mit einem Pfefferminztee? Ich komme von der Jagd, es ist draußen noch frisch. Ein heißer Tee käme daher genau richtig.«

Charlotte trat an den Klingelzug und läutete. Nachdem sie die Bestellung bei einem Diener aufgegeben hatte, nahm sie all ihren Mut zusammen.

»Was führt Sie nach dieser langen Zeit hierher, Herzog? Ich weiß doch, dass Sie nicht weit entfernt in Nonnenweier stationiert sind. Schon seit etlichen Monaten sogar. Was verschafft mir also heute die Ehre?« Sie hörte selbst, wie spröde ihre Stimme klang.

Enghiens Lächeln erstarb. Er zögerte kurz. »Ich wollte Sie wiedersehen, Charlotte«, sagte er einfach.

»Aus welchem Grund denn, mein Lieber?« Charlotte verhärtete ihr Herz. »Um etwas Zerstreuung zu finden, bis man Ihre Verlobung mit Karoline von Baden endlich bekannt gibt?« Kaum waren die Worte heraus, hätte sie sich am liebsten die Zunge abgebissen.

Louis-Antoines Wangen röteten sich. Aus einem unerfindlichen Grund machte ihn das in Charlottes Augen noch attraktiver.

»Die Verlobung ist schon lange geplatzt, Charlotte«, log er dann. »Ich dachte, das wäre allgemein bekannt.« Um nichts in der

Welt wollte er eingestehen, dass ihn die Nachricht erst heute Morgen ereilt hatte.

Charlottes Züge wurden weicher. »Oh, das tut mir leid!«, meinte sie und erkannte diese Floskel im gleichen Moment als Lüge. Erstaunt verdrängte sie den Gedanken und insistierte: »Sie haben meine Frage noch nicht beantwortet, Herzog. Aus welchem Grund sind Sie heute gekommen?«

»Ja, wissen Sie das denn nicht?«

Plötzliche Panik stieg in Charlotte auf, als sie seinen flehenden Blick bemerkte. »Ich vermute, Sie erinnerten sich an unsere Freundschaft und wollten sie wiederbeleben.«

Gleichzeitig schmerzte es sie zu beobachten, wie sich Louis-Antoines Gesichtszüge verschlossen. »So ist es, liebe Freundin«, entgegnete er steif. »Wie immer haben Sie meine Beweggründe sofort erraten.« Nun klang sein Tonfall sogar sarkastisch.

Der Moment, ihm näherzukommen, ist vertan, erkannte Charlotte. Erleichterung und Traurigkeit mischten sich in ihrer Brust.

Sie griff nach einem Strohhalm. »Dann hoffe ich, dass Sie mich jetzt recht oft in Ettenheim besuchen.« Sie wies auf das Cembalo. »Ich habe wieder zu spielen begonnen. Ab und zu geben wir kleine Gesellschaften, wo ich meine neu eingeübten Stücke präsentiere. Hauptsächlich von Wolfgang Amadeus Mozart. Kennen Sie diesen herrlichen Komponisten?«, plapperte sie. »Aber auch Stücke von Bach sind dabei. Vielleicht haben Sie auch schon von diesem Künstler gehört?«

Die Frage war unsinnig. Johann Sebastian Bach war schon seit fast fünfzig Jahren tot. Niemand von Stand kannte seine Werke nicht.

Enghien, ganz der geübte Höfling, ließ sich nichts anmerken. »Es wäre mir eine Freude, werte Charlotte. Allerdings nur unter einer Bedingung!«

»Und die wäre?«, fragte sie verblüfft.

»Dass Sie mich wie vor zwei Jahren wieder bei meinem Vornamen nennen. Zumindest, wenn wir allein sind.«

Ettenheim, 23. Juni 1796

Die Abenddämmerung brach schon herein, als Charlotte sich ein letztes Mal im Spiegel über ihrer Waschkommode musterte. Sie legte noch einen Hauch Rouge auf und biss sich auf die Lippen, damit sie röter wirkten. Zuletzt griff sie zu ihrem Parfumflakon und gab ein paar Tropfen auf Hals und Hände.

War heute der Tag, an dem sie ihr Gelübde, das sie nach der Nachricht von Vincents Tod abgelegt hatte, endgültig brechen würde? Ihr Herz schlug schneller, als sie die Tür ihrer Mansardenkammer öffnete und langsam die Treppe hinabstieg. Louis-Antoine erwartete sie schon im Schlosshof.

»Wie wunderschön Sie aussehen, Charlotte!« Das Begehren in seinen Augen ließ sie erschauern. »Dieses zartgelbe Kleid lässt Ihre Augen wie Saphire funkeln.«

»Ich danke Ihnen sehr für Ihr Kompliment.« Sie fühlte sich merkwürdig befangen. Doch die Situation war auch zu heikel. Zwar erwartete Louis-Antoine sie nur zu einem kleinen Verdauungsspaziergang nach einem üppigen Souper. Doch außer ihrer Hofdame Baronin von Würmb war sonst niemand zugegen gewesen. Ihr Onkel Louis weilte gerade nicht in Ettenheim. Der Kardinal traf sich in Offenburg mit den katholischen Geistlichen der Ortenau, die zu seinem Bistum gehörte.

Schon während des Soupers lag zwischen Louis-Antoine und Charlotte ein Knistern in der Luft, das fast mit Händen zu greifen war. Selbst die Baronin war aufmerksam geworden. »Kindchen, Sie werden doch keine Dummheiten machen, jetzt, wo kein männlicher Verwandter im Haus ist?«, hatte sie besorgt gefragt, bevor sie sich in ihr Zimmer zurückzog.

»Ach wo, Baronin. Der Herzog begleitet mich nur noch auf einem kleinen Abendspaziergang. Machen Sie sich keine Sorgen um meine Tugend.« Gleichzeitig spürte sie, wie ihre Hände feucht vor Aufregung wurden.

Seit ihrem Wiedersehen im April hatte Louis-Antoine nahezu jede Woche in Ettenheim vorgesprochen. Meistens kam er freitags und blieb bis zum Sonntag. Charlotte veranstaltete ihm zu Ehren kleine Gesellschaften, zu denen sie in Ettenheim wohnende adlige Emigranten einlud. Die Männer waren allerdings samt und sonders im Greisenalter oder kriegsversehrt. Jeder gesunde Emigrant unter sechzig Jahren stand bei der Condé-Armee im Dienst, manche waren sogar noch älter. Charlotte kannte einen ehemaligen Gardeoffizier, der an die siebzig Jahre alt sein mochte und ein Fähnlein der Infanterie anführte.

Dass Louis-Antoine nur Augen für sie hatte, wenn sie auf dem Cembalo spielte, lebende Bilder oder kleine Tanzfeste veranstaltete, schmeichelte Charlotte mehr, als sie zugeben wollte. Nach und nach kamen sie sich näher und näher. Die Spaziergänge zum Kirchberg an seinem Arm, enger aneinandergeschmiegt, als es die holprigen Kopfsteinpflastergassen erfordert hätten, gehörten längst zum festen Programm seiner Besuche.

Doch heute war ein besonderer Abend. Der Vollmond stand als riesige goldgelbe Scheibe am wolkenlosen Himmel, tausend Sterne blitzten wie Diamanten, als Charlotte und Louis-Antoine auf die Straße traten und den Kirchberg erklommen. Schließlich erreichten sie ihren Lieblingsplatz, die hölzerne Bank hinter der Stadtkirche, von der aus man einen weiten Blick über das umliegende Land bis hin zum Schwarzwald hatte.

Erst als sie sich so eng nebeneinandergesetzt hatten, dass sie seine Schenkel durch den dünnen Musselin ihres Kleides spürte, brach Charlotte das Schweigen. Trotz ihrer erwartungsvollen Spannung lag ihr noch etwas auf der Seele. »Stimmt es, Louis-Antoine, dass Sie schon bald wieder in den Kampf ziehen müssen?«

Sie spürte, dass sich sein Körper versteifte. »So ist es, Charlotte. Es kann jeden Tag so weit sein. Seit Österreich den Waffenstillstand aufgekündigt hat, erwarten wir, dass die Franzosen unter General Moreau bei Kehl versuchen werden, den Rhein zu überqueren. Schließlich sind sie weiter nördlich bei Koblenz schon längst in deutschen Landen. Nun werden sie auch den Süden erobern wollen. Und wir haben ihnen nicht wirklich etwas entgegenzusetzen.«

Charlotte kannte den Grund für die plötzliche Bitterkeit in seiner Stimme. »Sie bedauern noch immer, dass die Österreicher so viele Truppen vom Rhein nach Italien abgezogen haben?«

Louis-Antoine schnaubte. »Natürlich, Charlotte. Wieder zerrann eine Möglichkeit, unsererseits das Elsass zu erobern, wie Sand in einem Stundenglas.«

Charlotte griff nach seiner Hand. Einen Augenblick lang schloss sie die Augen, dann wagte sie den Sprung ins Ungewisse. »Etwas Gutes hat es doch, Louis-Antoine.« Ihre Stimme war kaum mehr als ein Flüstern. »Sie sind noch immer hier. Hier bei mir.«

Sie hörte, wie er überrascht tief Luft holte. »Bedeutet Ihnen das denn so viel?« Sie spürte seinen intensiven Blick auf sich ruhen und erschauerte wieder.

»Mehr, als Sie ermessen können«, hauchte sie.

Er kam ihr noch immer nicht entgegen. »Und was ist mit Ihrem Gelübde?«

Sie nahm all ihren Mut zusammen. »Ich legte es ab, als ich voller Trauer und Schmerz über Vincents Tod war. Ich ahnte damals nicht, um was ich mich damit bringen würde.«

Er fasste sie an beiden Schultern und drehte sie zu sich herum. Dann sah er ihr tief in die Augen. »Charlotte, Sie wissen, dass ich Sie seit Langem aus ganzem Herzen liebe. Doch wie Vincent kann auch ich Ihnen nichts versprechen. Mein Großvater macht keinen Hehl daraus, dass er meine häufigen Besuche in Ettenheim aufs Äußerste missbilligt.«

Obwohl Charlotte dies schon geahnt hatte, traf es sie dennoch. »Und warum missbilligt er es?«

»Er denkt, Sie seien meine Mätresse.«

Einen Moment lang war sie überrascht. »Das glaubt er von uns?« Sie sah zum leuchtenden Sternenhimmel hinauf. Die Nacht war samtig, die Luft weich und duftete nach den Kletterrosen, die an der Friedhofsmauer rankten.

Leben, ich möchte endlich wieder leben! In vollen Zügen genießen! Lieben und geliebt werden!

Sie ließ sich fallen. »Wenn er es also ohnehin schon denkt, was wäre dabei, wenn es die Wahrheit wäre?« Sie hob ihren Kopf und sah ihn an.

Im nächsten Moment trafen sich ihre Lippen zu einem innigen Kuss.

Louis-Antoine wusste nicht, wie lange er Charlotte schon in seinen Armen hielt. War es bereits eine ganze Stunde oder erst wenige Minuten her, dass sie endlich zueinandergefunden hatten? Anfangs noch schüchtern, dann immer heftiger und leidenschaftlicher hatten sie sich geküsst. Mit ihren Zungen den Mund des anderen erkundet, sich zärtlich gestreichelt, zunächst im Gesicht, dann auch am Hals, im Nacken. Schon war er versucht, den Ansatz ihrer Brüste zu berühren, die verheißungsvoll aus dem tiefen Dekolleté des Kleides hervorlugten.

Da ertönten von ferne plötzlich Schüsse. Man hätte sie für die Böller eines Feuerwerks halten können. Doch niemand feierte in diesen schweren Zeiten rauschende Feste und schickte bunte Raketen gen Himmel. Das konnte nur eines bedeuten!

»Horch, Charlotte! Hörst du den Lärm?« Er löste sich aus ihren Armen.

Sie lauschte und wirkte verstört. »Ich höre ihn, was ist damit?«

Er sprang auf. »Der Lärm kommt vom Rhein! Es sind Kanonenschüsse! Und sieh, dort am Horizont verfärbt sich der Himmel rot. Die Franzosen! Sie versuchen, über den Rhein zu setzen! Ich muss fort!«

»Fort? Jetzt? Aber …« Sie stockte. Er ahnte, was sie sagen wollte.

Einen Moment lang zwang er sich noch zur Ruhe. »Ich sehne mich nach nichts mehr als nach unserer ersten Nacht, meine Geliebte.« Er streichelte ihr über die Wange. »Und ich weiß, dass wir heute die Gelegenheit dazu gehabt hätten.«

»So bleibe bei mir!«, hauchte sie.

Er straffte sich. »Das kann ich nicht. Ich bin der General der Avantgarde. Ich muss sofort zu meinen Truppen nach Nonnenweier und gen Kehl aufbrechen. Vielleicht können wir den Feind noch aufhalten. Komm, rasch, zieh die hohen Schuhe aus! Ich bringe dich noch zurück zum Palais, aber wir müssen laufen. Oder soll ich dich tragen?«

Charlotte schüttelte stumm den Kopf. Der Ausdruck der Enttäuschung auf ihrem Gesicht schnitt ihm ins Herz.

Trotzdem war er erleichtert, als er seinem Rappen eine knappe halbe Stunde später die Sporen in die Flanken drückte und davonpreschte.

Palais Rohan in Ettenheim, 29. Juni 1796

»Prinzessin von Rohan, der Amtmann Stuber wünscht Sie …«

Charlotte beendete die schwierige Passage, die sie gerade an ihrem Cembalo übte, mit einer schrillen Dissonanz, als sich die Tür zum kleinen Salon so plötzlich öffnete. An dem Lakaien vorbei, den er zur Seite stieß, stürmte Michael Stuber herein.

»Prinzessin, Sie müssen fort. Packen Sie ein paar Sachen zusammen! In einer Stunde brechen wir auf!«

Charlotte fuhr ein eiskalter Schauer über den Rücken. Verständnislos starrte sie den Amtmann an. Der sonst so besonnene oberste Verwaltungsbeamte ihres Onkels wirkte verstört, ja nahezu aufgelöst. Nun missverstand er sogar ihre Verwirrung als Zögern.

»Wenn Sie bleiben möchten, Hoheit, dann auf eigene Verantwortung! Aber meine Tochter Henriette nehme ich mit!« Er stürzte zur Tür. »Henriette!« Seine Stimme schallte durch das Treppenhaus des Palais.

Charlotte fasste sich endlich. Sie lief hinter Stuber her und griff ihn am Arm. »Wenn Gefahr im Verzug ist, folge ich Ihrem Rat, Monsieur! Aber nehmen Sie sich zwei Minuten, um sich zu erklären!«

Stuber drehte sich zu ihr um. In seinem Gesicht arbeitete es, er nahm sich sichtlich zusammen.

»Verzeihen Sie mir, Hoheit!« Er deutete eine Verbeugung an. »Sie erinnern sich, dass ich Ihnen schon vor einigen Tagen gesagt habe, dass die französischen Armeen über so gut wie keine Mittel verfügen. Die Republik ist nahezu bankrott, sie kann ihren Truppen weder Sold bezahlen noch Waffen, Munition oder auch nur Nahrung und Kleidung liefern. Deshalb erging der Befehl, dass sich die Truppen an den Gütern im Feindesland schadlos halten sollen. Zwar wurde an ihre Manneszucht appelliert und den Offizieren befohlen, Rauben und Plündern zu unterbinden. Aber schon jetzt kam es vielerorts zu Gewalttaten an der deutschen Bevölkerung. Trotz der Requirierungen und Zwangsabgaben, die die Gemeinden entrichten müssen, trotz der Beschlagnahmung der Kirchen- und Klosterschätze, werden selbst Bettler ihrer Almosenbeutel beraubt. Es wird gefoltert, vergewaltigt und gemordet. Und nun soll es Ettenheim treffen.«

Charlotte war leichenblass geworden. Das Herz schlug ihr bis zum Hals. Doch auch sie zwang sich jetzt zur Ruhe.

»Woher wissen Sie das? Moreaus Truppen sind doch längst weitergezogen!« Mit der Kunde von Enghiens Tapferkeit beim Versuch, die Franzosen daran zu hindern, mit Pontonbrücken den Rhein zu überqueren, war auch die Nachricht nach Ettenheim gedrungen, dass er nichts hatte ausrichten können. Die Armee Condé war zahlenmäßig zu schwach. Und auch die verbündeten österreichischen Truppen, die noch im Lande waren, hatten der französischen Übermacht nichts entgegenzusetzen. Zudem erkannte ein unfähiger Befehlshaber den Ernst der Lage zu spät.

»Ein alter Freund, den ich aus meinen Studienzeiten kenne, schickte mir unter Gefahr für sein eigenes Wohlergehen eine Botschaft. Der Straßburger Bürgermeister hat den Auftrag erhalten, die Requirierungen in den Herrschaften seines Erzfeindes Kardinal Rohan vorzunehmen. Sein persönliches Eigentum soll beschlagnahmt werden, die Stadt mehrere tausend Gulden bezahlen und alle verfügbaren Nahrungsmittel herausgeben.«

Er hielt inne. In Charlottes Rücken ertönte ein leises Jammern. Sie schnellte herum. Mit angstgeweiteten Augen starrten Henriette und die Baronin von Würmb sie und den Amtmann an.

Ein Blick in Michael Stubers Augen zeigte Charlotte, dass er die schlimmste Botschaft noch nicht verkündet hatte. Sie ballte die Hände zu Fäusten, sodass ihre Fingernägel tief in die Haut schnitten.

»Was gibt es noch?«

»Der Bürgermeister hat eine Kompanie Soldaten bestimmt, die schon in wenigen Stunden über den Rhein setzen sollen. Ihr Anführer hat dem Kardinal und mir persönlich Vergeltung geschworen. Da unser Landesherr nicht in Ettenheim weilt, fürchte ich, er könnte versucht sein, sich an Ihnen schadlos zu halten. Sie kennen ihn bestens.«

Charlotte wusste, von wem er sprach, noch bevor ihr Stuber den Namen nannte. »Es ist Julian von Espiard.«

Im Schwarzwald, 29. Juni 1796, gegen Abend

»Nur noch diese Anhöhe, dann treffen wir auf ein Gasthaus, wo wir hoffentlich ein Nachtlager finden.« Michael Stuber wies mit dem Arm voraus. Er ritt auf seinem Braunen neben dem hoch beladenen Karren, auf dem Charlotte und Franziska Stuber mit

Henriette und ihren drei jüngeren Kindern eng aneinandergedrängt saßen.

Charlotte schmerzten alle Glieder vom langen, bewegungslosen Sitzen. Sie war deshalb sogar dankbar dafür gewesen, wenn sie, Franziska und Henriette bei besonders steilen Anstiegen einmal eine Strecke neben dem Wagen hergehen mussten, obwohl die Wege nach einem heftigen Gewitterregen in der vergangenen Nacht matschig waren. Immer wieder überholten sie andere Flüchtlinge, die zu Fuß unterwegs waren und ihre verbliebene Habe auf dem Rücken trugen oder in Handkarren hinter sich herzogen. Jetzt war Charlotte nur noch todmüde.

Während der langen, eintönigen Fahrt hatte sie reichlich Zeit gehabt, nachzudenken, zumal die Gespräche mit ihren Mitreisenden rasch zum Erliegen gekommen waren. Worüber sollte man auch reden?

Niemand weiß, wie es jetzt weitergehen soll. Zum Glück hat mein Onkel seine Barschaft und seine wertvollsten Habseligkeiten schon im Mai nach Freiburg in Sicherheit bringen lassen, nachdem die Österreicher den Waffenstillstand aufgekündigt haben. Freiburg war österreichisches Terrain.

Damals hielt ich das für eine überflüssige Vorsichtsmaßnahme. Charlotte lächelte bitter, was ihr einen erstaunten Seitenblick von Henriettes Mutter eintrug, den sie ignorierte. *Denn da war Louis-Antoine noch bei mir und versicherte mir, die verbündeten Truppen würden einen unüberwindlichen Wall bilden, um die Franzosen am Rheinübergang bei Kehl zu hindern.* Tatsächlich war der Übergang dann eine Sache von kaum mehr als vierundzwanzig Stunden gewesen.

Louis-Antoine! Charlottes Magen zog sich schmerzhaft zusammen. Seit seinem Abschied war keine Nachricht mehr von ihm eingetroffen. Zu der Sorge um sein Wohlergehen gesellte sich die Enttäuschung, ausgerechnet in dem Augenblick im Stich gelassen worden zu sein, in dem sie bereit gewesen war, sich ihm hinzugeben.

Mittlerweile war Charlotte jedoch geneigt, dies als Fingerzeig des Himmels anzusehen. *Ich hätte nicht gut daran getan, mein Gelübde, mich nie wieder zu verlieben, zu brechen. Eine Nacht voller Seligkeit und danach? Ich müsste heute genauso um sein Leben fürchten wie um das Leben Vincents seinerzeit in Paris!*

Andererseits, tat sie das nicht auch so? *Aber Louis-Antoine hat mich noch vor etwas viel Wichtigerem gewarnt. Vincent fühlte sich seiner Tante verpflichtet, die unsere Ehe an sich gebilligt hatte, und wartete auf den richtigen Moment, um mich zu heiraten, wenn auch letztlich vergebens. Aber Louis-Antoines Großvater Prinz Condé würde sich offen gegen unsere Verbindung stellen. Könnte sich Louis-Antoine dem widersetzen?*

Denn Vincents Tante hatte ja *nur* eine Bedingung an ihre Ehe geknüpft. Prinz Condé dagegen würde sie seinem Enkel gänzlich verbieten.

Der Karren rumpelte in ein mächtiges Schlagloch. Wieder wurden seine Insassen gründlich durchgeschüttelt und gegeneinandergeschleudert. Franziska Stuber rieb sich den schmerzenden Arm. »Kein Wunder, dass es die Baronin von Würmb vorgezogen hat, in Ettenheim zu bleiben.« Tatsächlich war Charlottes Hofdame durch nichts zu bewegen gewesen, sich ihrer Flucht anzuschließen.

Charlotte rang sich ein Lächeln ab. »Das dürfte auch unser Glück sein, Frau Stuber. Stellen Sie sich nur ihr Gejammer vor, das wir nun die ganze Strecke über ertragen müssten!«

Franziska erwiderte ihr Lächeln, während sie ihren jüngsten, erst vor einem halben Jahr geborenen Sohn Eduard, der heftig zu schreien begonnen hatte, mit der ihr eigenen Geschicklichkeit binnen weniger Minuten beruhigte. »Sie haben recht, Prinzessin Charlotte. Das wäre noch eine ägyptische Plage mehr gewesen! Mit Eduards Temperament habe ich schon alle Hände voll zu tun. Zum Glück ist Ihr Patensohn Louis-Charles ein ruhigeres Kind!«

Endlich hatten die zwei Pferde, die den Karren zogen, die Anhöhe bewältigt. Die Herberge kam in Sicht. Oder besser gesagt, die Menschenmenge, die sich vor ihr staute. Fassungslos starrten Charlotte und Franziska auf das Gewimmel.

»Hoffentlich haben sie überhaupt noch ein Plätzchen für uns«, murmelte Henriette verzagt. Zu allem Unglück begann es jetzt, auch wieder zu regnen. Die leichte Plane, die über den Karren gespannt war, bot keinen Schutz. Schon drangen die ersten Tropfen durch sie hindurch.

»Ich will sehen, was sich tun lässt. Der Herbergswirt schuldet mir noch einen Gefallen.« Entschlossen gab Michael Stuber seinem Pferd die Sporen.

Erst zwanzig Minuten später kam er zurück. »Wir haben einen Platz auf dem Tanzboden erhalten. Der einzige, der noch frei war.« Er grinste schief. »Den Raum werdet ihr euch mit mehreren anderen Familien teilen müssen. Ich fürchte, das wird nicht sehr bequem werden. Es gibt nur ein wenig Stroh, auf dem ihr euer Nachtlager einrichten müsst.«

»Ihr?«, fragte Henriette entgeistert. »Und wo willst du nächtigen, Vater?«

Ihre Mutter nahm ihrem Gatten die Antwort ab. »Was für eine dumme Frage!«, fuhr sie ihre Tochter an. »Irgendjemand muss des Nachts doch draußen bei unseren Sachen und den Pferden bleiben und alles bewachen! Oder willst du morgen mit nichts als deinen Kleidern auf dem Leibe zu Fuß weitergehen?«

Erst an Franziska Stubers heftiger Antwort erkannte Charlotte, wie ernst ihre Lage wirklich war. Henriettes Mutter war sonst auch in den schwierigsten Situationen ein Muster an Selbstbeherrschung und Ruhe. Sie legte ihr die Hand auf den Arm.

»Es wird schon irgendwie weitergehen, Frau Stuber. Wie es seit der Revolution noch immer weitergegangen ist. Auch diese Prüfung geht einmal vorüber.«

In einem Wäldchen in Schwaben, Juli 1796

»Achtung! Da kommen sie!« Enghien hob den Arm, um seinen Männern, die zu beiden Seiten des Weges im Gebüsch lauerten, ein Zeichen zu geben. Tatsächlich war von ferne das Rumpeln von Rädern und Hufgetrappel zu hören.

Fünf Minuten später kamen die ersten Reiter in Sicht. Einer davon trug seinen Kameraden die Trikolore voran. Dahinter marschierten Fußtruppen mit über die Schulter gelegten Gewehren. Aufgrund des engen Waldweges bestanden die Reihen nur aus fünf Männern.

Enghien ließ sie auf dreihundert Schritt Entfernung herankommen. Dann gab er seinem Rappen die Sporen.

»Los!«, brüllte er. »Zum Angriff!«

In halsbrecherischem Tempo raste er völlig ungeschützt auf die feindlichen Soldaten zu, den Säbel hoch erhoben. Die ersten Schüsse wurden schon auf ihn abgegeben, bevor er den Gegner erreichte. Mit einem Hieb schlug er dem Fahnenträger das verhasste Zeichen der Revolution aus der Hand. Scheinbar brach er dem Mann dabei den Arm, denn der hielt ihn aufstöhnend fest.

Im dichten Getümmel fegte Enghien zwei weitere Reiter vom Pferd, bis er die Fußsoldaten erreichte. Diese waren, vom Hinterhalt überrascht, verzweifelt dabei, ihre Gewehre zu laden, nachdem sie die erste Salve abgeschossen hatten.

Dicht hinter Enghien folgten die Männer der Kompanie, die er heute anführte. Wie die Schnitter mähten sie die teils knienden Feinde nieder, die sich nur mit ihren Gewehrkolben verteidigen konnten. Schon wälzten sich zehn oder mehr in ihrem Blut.

Enghiens Blick fiel auf einen Jüngling, der den Angreifern mit schreckgeweiteten Augen entgegenstarrte. Er mochte noch keine zwanzig Jahre alt sein. Starr vor Schock ließ er das Gewehr fallen, als sich Enghien näherte, und hielt schützend die Hände über den Kopf. Es wäre Enghien ein Leichtes gewesen, den Jungen zu töten. Stattdessen riss er seinen Rappen, der im Begriff war, den Burschen niederzutrampeln, scharf zurück.

Wieder stieß er den Arm in die Höhe. »Haltet ein!«, schrie er seinen Männern zu, so laut er konnte. Eine feindliche Kugel aus einer der hinteren Reihen der Fußsoldaten pfiff dicht an seinem Kopf vorbei und streifte sein linkes Ohr. Er kümmerte sich nicht darum. »Haltet ein!«, brüllte er aufs Neue. Seine Männer schienen ihn nicht zu hören. Wie im Blutrausch fielen sie über die Fußsoldaten her, die sich kaum zur Wehr setzten.

Enghien sprang vom Pferd. Als ein Soldat den Gewehrkolben hob, um dem jungen Burschen den Schädel einzuschlagen, trat er ihm mit voller Wucht ans Bein. Der überrumpelte Mann ließ die Waffe fallen.

Dann zog Enghien seine Pistole aus dem Halfter und schoss in die Luft. »Haltet ein!« Seine Kehle sollte ihn einige Stunden später immer noch schmerzen. Doch diesmal machte er sich bemerkbar. Verblüfft hielten seine Leute inne.

»Verteidigt euch! Schlagt diese Royalistenschweine zurück!« Der Leutnant, der die feindliche Truppe anführte, hob seine Pistole und zielte auf Enghien. Instinktiv schlug der mit dem Säbel nach der Schusswaffe. Der Mann brüllte auf. Drei Finger fielen zusammen mit seiner Pistole in den Dreck.

Enghien hielt dem blutenden Offizier den Säbel an den Hals. »Hast du noch nicht genug, Kerl?«, schrie er ihn an. »Muss ich dir auch noch die Kehle aufschlitzen?« Der Leutnant wich wimmernd zurück.

Dann rief Enghien über seine Schulter: »Dupin, Thuméry zu mir!« Die beiden Offiziere schlossen zu ihm auf. Er winkte seinen eigenen Infanteristen. »Kniet nieder und zielt! Aber schießt nicht! Habt ihr verstanden! Keinen einzigen Schuss!«

Dann rief er den feindlichen Fußsoldaten zu: »Hört her! Ihr seid Franzosen wie wir! Werft die Waffen weg! Gebt uns euren Proviant und die Munition heraus, die ihr mit euch führt, und keinem von euch wird mehr ein Leid geschehen.«

Er stieß den Jungen, der immer noch wie gelähmt neben seinem Rappen stand, mit dem Fuß an. »Du da, wie heißt du?«

»Mein Name ist Charles, General.«

Enghien verstand ihn kaum. Trotzdem fuhr er fort: »Wer befehligt euch noch, Charles? Der da …«, er wies auf den verwundeten Leutnant, »ist schon außer Gefecht und braucht den Feldscher. Wer folgt ihm im Rang nach?«

»Dort drüben! Feldwebel Braun!« Charles wies auf einen stämmigen, untersetzten Mann, der sich bereits selbst durch die Reihen drängte und auf Enghien zukam.

»Ich biete Ihnen einen Waffenstillstand an, Feldwebel Braun«, sprach Enghien zu dem Mann wie zu einem Gleichgestellten. »Mindestens zehn Ihrer Männer sind tot, viele andere verwundet. Auch wir selbst hatten Verluste.« Aus dem Augenwinkel heraus sah er, dass es Marais erwischt hatte, der reglos mit einem Stirndurchschuss am Boden lag. Er spürte den Schmerz über dessen Tod wie einen Faustschlag in den Magen. Seit mindestens zwei Jahren kämpfte dieser Mann aus der Picardie in der Truppe, die Enghien bei Scharmützeln wie dem heutigen persönlich anführte.

Er riss sich zusammen. *Später! Später kann ich um ihn trauern und ihm ein würdiges Begräbnis bereiten! Jetzt gilt es, weiteres Blutvergießen zu verhindern.*

»Haben Sie einen Feldscher bei sich, Feldwebel Braun?«

Der Mann schüttelte den Kopf.

»Wollen Sie die Dienste unseres Feldschers in Anspruch nehmen? Er ist einer der besten Chirurgen, die ich kenne. Ihr Leutnant dort«, er machte eine Kopfbewegung in Richtung des Mannes, dem er die Finger abgetrennt hatte, »wird wenigstens den Rest seiner Hand behalten, wenn er sich sofort behandeln lässt.«

»Also gut, General«, stimmte Braun zu. »Wir ergeben uns. Aber nur, wenn Sie uns freien Abzug gewähren.«

»Einverstanden«, stimmte Enghien zu. »Wir lassen euch sogar eure Gewehre, aber ohne Pulverbeutel und Munition. Allerdings müssen auch eure Reiter zu Fuß gehen, denn die Pferde und den Wagen dort nehmen wir auch.«

Braun zögerte einen Moment lang, dann nickte er. »Was ist in dem Karren?«, fragte Enghiens Adjutant, Leutnant von Thuméry.

»Hauptsächlich Brot und Fleisch. Und ein paar Flaschen Schnaps.«

»Deutscher oder französischer Schnaps?«

Braun grinste. »Cognac ist auch dabei, General …?« Er zögerte wieder. »Sind Sie der Herzog von Enghien?« Louis-Antoine verbiss sich ein Schmunzeln angesichts der Ehrerbietung, die in der Stimme des Republikaners mitschwang.

»Der bin ich«, bestätigte er. »Und wo kommen Sie her? Ihr Name klingt, als sei es das Elsass.«

Braun bejahte. »Ich stamme aus einem Dorf in der Nähe von Colmar.«

»Colmar! Eine wunderschöne Stadt soll das sein. Leider war ich noch nie dort.«

»Nun, was nicht ist, kann ja noch werden! Colmar ist immer einen Abstecher wert«, entgegnete der Mann grinsend. Erst dann schien er sich wieder daran zu erinnern, dass er einen General der emigrierten Feinde vor sich hatte. »Äh … äh, wenn …«, stotterte er auf der Suche nach den passenden Worten vor sich hin.

Wenn wir das Ancien Régime wiederhergestellt haben. Enghien war zu taktvoll, um seinen Vorteil auszuspielen. Laut sagte er stattdessen: »Ja, wenn Franzosen aufhören, gegen Franzosen zu kämpfen. Dann komme ich vielleicht auch einmal ins schöne Colmar.«

Braun wirkte erleichtert.

»Doch jetzt wollen wir ans Werk gehen. Thuméry, schaffen Sie den Feldscher und seine Gehilfen herbei. Sie sollen Freund und Feind gleichermaßen versorgen. Und Sie, Feldwebel Braun, besorgen den Cognac!«

»Nein, das können Sie auf gar keinen Fall tun! Wir brauchen die Pferde!«

Der Mann mit den Abzeichen eines Unteroffiziers in der Uniform des Regiments Mirabeau, eines Teils der Condé-Armee, blieb vollkommen ungerührt.

»Es tut mir leid, Madame …?«

»Stuber.«

»Madame Stuber, doch das Wohl der Truppe geht immer über das Wohl von Privatpersonen.«

»Aber wir können doch hier nicht schutzlos zurückbleiben. Wenn Sie abrücken, werden die Republikaner kommen. Ihre Gräueltaten sind …«

»Was geht hier vor?« Charlotte trat hinzu. Sie wählte bewusst den herrischsten Tonfall, über den sie verfügte.

Franziska Stuber fuhr zu ihr herum. »Prinzessin von Rohan, Gott sei Dank! Dieser Mann hier will uns die Pferde nehmen.«

Charlotte durchfuhr es heiß und kalt. Sie hatten vorgehabt, heute nach Überlingen am Bodensee zu fahren, das nur eine knappe Tagesreise entfernt lag. Michael Stuber war heute Morgen bereits in aller Frühe aufgebrochen, um dort nach einem Quartier zu suchen. Keiner von ihnen hatte damit gerechnet, dass sie mitten in den Rückzug desjenigen Teils der Condé-Armee geraten würden, der das Gebiet bislang gegen die Republikaner gehalten hatte. Im Gegenteil, noch beim Frühstück war allen der Rest der Strecke nach der bislang beschwerlichen Reise wie ein Kinderspiel vorgekommen.

Auch aus diesem Grund hatte Franziska Stuber ihren Mann geradezu gedrängt, ihnen vorauszueilen und in Überlingen nach einem festen Dach über dem Kopf für sie alle zu suchen. Charlotte hatte keine Einwände gehabt. Ihnen allen hingen die verlausten, stinkenden Gasthöfe, in denen sie ihr Nachtlager mit vielen anderen Flüchtlingen teilen mussten, zum Halse heraus. Und mehr als einmal war ihnen gar nichts anderes übrig geblieben, als unter der dünnen Plane des Wagens im Freien zu nächtigen, weil selbst für Geld und gute Worte kein anderes Quartier mehr zu finden gewesen war.

Doch kurz nach der Abreise Stubers schienen die feindlichen Truppen alle wichtigen Straßen zum Bodensee erobert zu haben. Die geschwächte Emigrantenarmee befand sich auf dem Rückzug.

Nun nahm Charlotte all ihren Mut zusammen. Sie setzte eine hochmütige Miene auf. »Ich bin die Prinzessin Charlotte von Rohan-Rochefort. Mein Onkel ist der Kardinal Rohan, Fürstbischof von Straßburg. Sie werden mir und meinen Schutzbefohlenen den nötigen Respekt erweisen und unser Eigentum unangetastet lassen.«

Der Mann musterte sie mit unverschämter Miene. »Soso. Sie sind die Nichte des Kardinals Collier. Tja, ich fürchte, mein adliges Fräulein, die Zeiten sind vorbei, in denen jeder in Ehrfurcht vor Ihren Worten erstarrte. Ich habe meine Befehle und requiriere deshalb die Pferde.« Hätte Charlotte es nicht besser gewusst, sie hätte geglaubt, mit einem Sansculotten der übelsten Sorte zu sprechen.

»Was unterstehen Sie sich?«

Der Mann wandte ihr den Rücken zu und fing an, die Pferde abzuschirren. Henriette begann zu weinen. Ihre Geschwister, die von den Strapazen der Flucht ohnehin völlig erschöpft waren, taten es ihr nach.

Franziska Stuber verlegte sich aufs Bitten. »Ich flehe Sie an, werter Herr, haben Sie Erbarmen! Wir sind schutzlose Frauen, mein Mann ist uns schon nach Überlingen vorausgeeilt. Sie wissen, was uns passieren kann, wenn die Republikaner kommen. Sie rauben, schänden und brandschatzen überall.«

Der Mann nestelte unbeirrt weiter am Pferdegeschirr. »Dann gebe ich Ihnen einen guten Rat, Madame. Wenn sie plündern oder schänden, setzen Sie sich nicht zur Wehr. Dann behalten Sie zumindest Ihr Leben.« Er drehte sich bei diesen erbarmungslosen Worten nicht einmal um.

Charlotte verlor die Beherrschung. »Sie unverschämter Lümmel, was glauben Sie eigentlich, mit wem Sie hier sprechen?« In ihrer Wut griff sie nach der Peitsche, die neben dem Kutschersitz hing, und zog sie dem Mann mit voller Wucht über Rücken und Nacken.

Der schnellte herum. »Metze!«, knirschte er mit gebleckten Zähnen. »Das wirst du mir büßen.«

Er hatte die Hand schon zum Schlag erhoben. Da hielt ihn ein scharfer Befehl zurück.

»Halt, Mann, was tun Sie da?«

Ein Offizier im Rang eines Majors trat auf sie zu. Charlotte kam sein Gesicht vage bekannt vor.

»Baron von Laßberg!« Franziska Stubers Stimme klang vor Erleichterung und erlittenem Schrecken ganz flach. »Sie schickt wahrlich der Himmel!«

»Was geht hier vor sich?« Erst jetzt schien auch der Major Franziska zu erkennen. »Madame Stuber! Welch eine Überraschung! Was tun Sie denn hier?« Dann wanderte sein Blick zu Charlotte. »Und Sie auch hier, Prinzessin von Rohan? Wir kennen uns aus Ettenheim! Dort trat ich vor vier Jahren in die Truppe ›Royal Rohan‹ Ihres Onkels ein.«

Franziska Stuber fasste sich schneller als Charlotte. »Der Baron war damals öfter zu Gast in unserem Haus«, erklärte sie. Dann erläuterte sie ihm mit wenigen Worten ihre bedrängte Lage. Währenddessen machte sich der Mann, den Charlotte geschlagen hatte, unauffällig davon. Charlotte ließ ihn ziehen.

Baron von Laßberg hörte Franziska mit gerunzelter Stirn zu. »Selbstverständlich können Sie Ihre Pferde behalten, Madame. Doch ich kann Ihnen nicht raten, den Weg nach Überlingen zu nehmen. Zwischen hier und dem Bodensee steht der Feind überall. Sie würden ihm geradewegs in die Arme laufen.«

»Aber was sollen wir denn dann tun? Mein Mann ist uns doch schon vorausgeritten.«

»Das bedauere ich sehr, Madame. Doch ich bleibe bei meinem Ratschlag. Es tut mir aufrichtig leid.« Charlotte konnte dem Baron ansehen, dass er die Wahrheit sagte.

»Gibt es denn keinen anderen Ort, wohin Sie sich wenden könnten und der Feind nicht steht? Augsburg zum Beispiel oder Memmingen? Haben Sie da keine Freunde oder gar Familie?«

Franziska Stuber schüttelte den Kopf. Charlotte sah, dass sie mit den Tränen kämpfte. »Mein verstorbener Schwiegervater stammt aus Überlingen. Deshalb wollten wir dorthin, um zu schauen, ob es noch alte Bekannte aus der Jugendzeit meines Mannes gibt.«

Es war Henriettes helle Stimme, die das bedrückte Schweigen brach. »Mama, liebste Mama! Was ist denn mit Mindelheim? Das liegt doch in der Nähe von Memmingen! Erinnerst du dich noch an die Wirtin des Gasthofs ›Alte Post‹, die vor einigen Jahren bei uns zu Gast war?«

Franziska Stubers Miene hellte sich ein wenig auf. »Ach ja! Du meinst Tante Cäcilie? Sie kam zur Taufe deines Bruders Louis-Charles nach Ettenheim! Erinnern Sie sich an sie?«, fragte sie Charlotte.

Die schüttelte nur bedauernd den Kopf.

»Es ist eine Kusine zweiten Grades meines Mannes. Wir haben sie eigentlich nur zur Taufe geladen, weil sie gerade Witwe geworden war. Mein Mann wollte sie ein wenig aufheitern, als Reaktion auf ihr Schreiben, in dem sie uns die Todesnachricht mitteilte. Aber wir kennen sie kaum.«

Der Baron mischte sich ein. »Mindelheim ist eine ausgezeichnete Wahl, Madame Stuber. Fest in der Hand der Österreicher und des Truppenteils, den Prinz Condé befehligt. Und die Strecke liegt gänzlich auf meinem Weg. Wir sind nach Augsburg befohlen worden.« Er verbeugte sich förmlich.

»Darf ich den Damen meinen persönlichen Schutz auf dieser Reise anbieten?«

Nur eine Stunde später saß Charlotte wieder auf dem rumpelnden Karren. In ihre unendliche Erleichterung über den Ausgang der heiklen Angelegenheit mit den Pferden mischte sich die Scham, dass sie sich so hatte gehen lassen. Niemand machte ihr einen Vorwurf. Doch Charlotte war klar: *Wäre uns der Baron von Laßberg nicht zu Hilfe gekommen, hätte die Sache für uns alle übel ausgehen können. Wie konnte ich nur derart jähzornig reagieren!*

Doch den Grund, der ihr Herz nun schneller schlagen ließ, gestand sie sich erst ein, als schon eine gute Strecke Weges hinter ihr lag.

Wenn Prinz Condé in Mindelheim weilt, ist vielleicht auch Louis-Antoine nicht weit.

Kapitel 12

Zwischen Memmingen und Mindelheim
10. August 1796

Wie geht es Ihnen denn, liebe Franziska?« Besorgt beugte sich Charlotte über Frau Stuber, die ihr in den Wochen der Flucht eine gute Freundin geworden war, sodass sich beide mittlerweile beim Vornamen nannten.

»Ich fühle mich noch sehr schwach, Charlotte. Aber es wird schon gehen. Es muss ja gehen!«

»Immerhin haben Sie wenigstens kein Fieber mehr.«

»Ja, und auch die Kleinen sind wieder gesund. Wir hatten wahrlich Glück im Unglück!«

Charlotte seufzte und wandte sich an den Mietkutscher, der den Fluchtkarren lenkte. Sie selbst beherrschte diese Kunst nicht, und Franziska Stuber war noch nicht in der Lage dazu. »Wie weit ist es noch bis Mindelheim?«

»Es wären nur noch zwei Wegstunden, würden wir nicht dauernd aufgehalten werden«, brummte der Kutscher. In der Tat drängten sich immer wieder Teile der zurückweichenden Armee Condé an ihnen vorbei und zwangen den Karren, anzuhalten, bis sie vorübergezogen waren.

Charlotte bemühte sich, die anderen ihre Niedergeschlagenheit nicht spüren zu lassen. Ihre Flucht war seit Stockach ein einziger Hindernislauf gewesen. Schon kurze Zeit nach ihrem Aufbruch in Begleitung des Barons von Laßberg hatte die achtjährige Josephine, Henriettes jüngere Schwester, heftig zu fiebern begonnen. Zum Entsetzen aller stellte sich heraus, dass sie an den Masern erkrankt war, einer oft tödlich verlaufenden Kinderkrankheit. Schnell zeigte sich außerdem, dass sich auch Charlottes Patenkind, der knapp zweieinhalbjährige Louis-Charles, angesteckt hatte. Zum Glück blieb wenigstens der Säugling verschont, der im zarten Alter von gerade einmal sechs Monaten kaum eine Chance gehabt hätte, die Masern zu überleben.

Mit den zwei kranken Kindern war die kleine Reisegruppe gezwungen, mehrere Wochen auf einem abgelegenen Bauerngehöft zu verbringen, wo man ihnen zumindest freundlich begegnet war und ein unbenutztes Nebengebäude als Wohnung überließ. Das Häuschen hatte kaum Möbel, und es regnete durch das Dach. Doch Charlotte und Franziska waren dankbar gewesen, hier eine Weile Unterschlupf vor den Kriegswirren zu finden. Da sie kaum mehr über Bargeld verfügten, hatte Charlotte der Bäuerin als Bezahlung ein goldenes, mit kleinen Rubinen verziertes Kreuz überlassen, das ihr ihr Onkel Louis einst zur Erstkommunion geschenkt hatte.

Erst Anfang August waren sie endlich nach Memmingen gekommen, wo sie das nächste Unglück ereilte. Schon am zweiten Abend vergiftete sich Franziska Stuber so schwer an einer verdorbenen Speise, dass sie hohes Fieber bekam und nur knapp dem

Tode entrann. Kaum hatte sie sich wieder etwas erholt, traf die Nachricht ein, dass die Condé-Armee Memmingen räumen und sich nach Mindelheim zurückziehen würde. So blieb Charlotte nichts anderes übrig, als sich den Truppen mit der noch entkräfteten Franziska Stuber und ihren Kindern anzuschließen.

Von Memmingen aus hatte sie bereits Schreiben versandt, sowohl an die Gastwirtin Cäcilie Dreer als auch an den Prinzen Condé, der dort angeblich in einem anderen Gasthof logierte. Frau Dreer hatte sehr freundlich geantwortet und ihnen mitgeteilt, sie seien jederzeit in ihrem Haus am Marktplatz willkommen. Prinz Condé ließ dagegen nichts von sich hören.

»Es muss der Fisch gewesen sein«, unterbrach Franziska Stuber Charlottes Gedanken.

Die war einen Augenblick lang verwirrt. »Was meinen Sie, meine Liebe?«

»Der Fisch, der in dem Eintopf gewesen ist, den ich als Abendessen zu mir nahm, bevor ich so krank wurde.«

»Aber wir haben doch alle von dieser Suppe gegessen«, wandte Charlotte ein. »Und dachten doch bislang, die Wurst sei schuld, die ja schon ein wenig grünlich am Rand war.«

Franziska schüttelte den Kopf. »Sie hatten ja schon ohne mich zu essen begonnen, weil die Kinder so hungrig waren. Ich musste zunächst den Kleinen säugen und windeln, Charlotte. Erinnern Sie sich? Die Schüssel war leer, als ich zum Nachtessen hinunterkam. Die Wirtin füllte sie auf. Und der Fisch darin hatte einen seltsamen Geschmack.«

»Aber warum haben Sie den Eintopf denn dann gegessen, Franziska?«

Die antwortete bedauernd: »Weil ich die Speise nicht verschwenden wollte, Charlotte. Wo Sie doch schon seit Stockach die ganze Reise für uns bezahlen, da mein Mann unsere restliche Barschaft nach Überlingen mitgenommen hat. Diesmal hat es Sie Ihre Perlenbrosche gekostet.«

»Ach was«, wehrte Charlotte ab, die ihre Rührung nicht zeigen wollte. »Das ist doch nur Tand, an dem mir nicht viel liegt.« Das war gelogen, aber das wollte sie Franziska gegenüber natürlich nicht zugeben. Ihre wenigen Schmuckstücke, die sie auf die Flucht mitgenommen hatte, waren samt und sonders Erinnerungen an bessere Zeiten. Sie griff nach Franziskas Hand.

»Aber eines müssen Sie mir jetzt in die Hand hinein versprechen! Gefährden Sie niemals wieder Ihr Leben und Ihre Gesundheit durch eine solch gut gemeinte, aber unsinnige Rücksichtnahme!«

Nun senkte Franziska ihrerseits gerührt den Kopf. Sie erwiderte den Händedruck und flüsterte: »Ich verspreche es Ihnen, Charlotte.«

Mindelheim, 12. August 1796

»Sie haben nach mir geschickt, Großvater? Noch dazu zu so später Stunde?« Louis-Antoine blickte demonstrativ zur Wanduhr, die ein Viertel nach acht Uhr abends anzeigte.

»So ist es, Enkel. Setzen Sie sich!«

Mit einem mulmigen Gefühl nahm Enghien Platz. Wenn sein Großvater so schroff war, hatte dies nichts Gutes zu bedeuten.

»Es sind sogar gleich mehrere Themen, die ich mit Ihnen zu besprechen habe. Das erste betrifft die unerfreulichen Versuche der Prinzessin von Rohan-Rochefort, bei mir vorzusprechen. Schon drei …«

Ob dieser Nachricht sprang Louis-Antoine unwillkürlich auf. »Charlotte von Rohan ist hier? Charlotte? Wie kommt sie hierher? Wo hat sie Logis genommen?«

»Setzen Sie sich wieder, Louis-Antoine!«, donnerte Prinz Condé. Als Enghien keine Anstalten machte, seiner Aufforderung Folge zu leisten, und sich bereits zur Tür wandte, ergänzte er: »Sonst lasse ich Sie wegen Befehlsverweigerung arretieren!«

Völlig konsterniert ließ sich Enghien wieder in den Stuhl fallen, auf den sein Großvater unerbittlich wies. *Was ist bloß in den Alten gefahren?*

»Ich habe die Dame gar nicht erst empfangen«, fuhr der Prinz zu seiner Empörung fort. »Was ich ihr zu sagen hatte, habe ich ihr schon vor etlichen Jahren in Ettenheim gesagt.«

»Und das wäre?« Louis-Antoine glaubte, die Antwort zu kennen, und bemühte sich nicht, die Schärfe in seinem Ton zu mildern.

»Das Gleiche, das ich Ihnen jetzt noch einmal sage. Klar und deutlich und daher hoffentlich zum letzten Mal. Sie sind der einzige Erbe unseres einst bedeutenden Geschlechts und werden sich mit einer Dame aus dem europäischen Hochadel vermählen, die weder mittellos ist noch aus ihrer Heimat vertrieben wurde.«

»So wie ich selbst«, warf Enghien mit ätzendem Spott ein.

»Schon gar nicht mit der Nichte eines Mannes, der maßgeblich zum Aufstand des Pöbels mit beigetragen hat. Hätte es die Halsbandaffäre nicht gegeben, trüge unsere verehrte Königin Marie-Antoinette ihre Krone womöglich noch auf dem Haupt, das man ihr stattdessen abgeschlagen und in die Gosse geworfen hat.«

Louis-Antoine sah ein, dass mit seinem Großvater in dieser Stimmung nicht zu reden war. Im Gegenteil könnte dies die Fronten zwischen ihnen womöglich so sehr verhärten, dass der Alte einer Verbindung mit Charlotte nie zustimmen würde. Schon allein weil er keinen Gesichtsverlust hinnehmen wollte.

Also wechselte Enghien das Thema. »Das ist sicherlich nicht der einzige Grund, warum Sie mich aus meinem Feldlager außerhalb der Stadt hierher beordert haben.«

»Mitnichten, Enkel. Ich habe heute einen Brief unseres obersten Befehlshabers, Erzherzog Karl von Österreich, erhalten. Er moniert Fraternisierungen unserer Truppen mit dem Feind und wirft uns vor, Memmingen zu schnell geräumt zu haben, weil es uns an Tapferkeit mangelt oder wir den Feind sogar schonen wollen.«

»Der Erzherzog tut was?« Enghien war fassungslos.

Sein Großvater schwenkte ein Dokument mit dem riesigen roten Siegel der österreichischen Kaiser. »Sehen Sie selbst!«

Mit zunehmender Empörung las Enghien die Vorhaltungen ihres Oberbefehlshabers.

»Leider hat der Erzherzog mit der Fraternisiererei sogar recht! Haben Sie nicht dem Feind wiederholt einen Waffenstillstand angeboten, anstatt ihn niederzumachen, wenn unsere Truppen überlegen waren?«

»Es sind Franzosen wie …«

»Haben Sie nicht unseren Ärzten befohlen, auch die feindlichen Verwundeten zu verbinden, und sogar gemeinsam mit diesen Jakobinern gesoffen?«

So vulgär drückte sich sein Großvater nur im äußersten Zorn aus. Doch Enghien realisierte, dass es keinen Zweck hatte, dem Alten zu widersprechen. So schwieg er und blickte ihm nur selbstbewusst in die Augen.

»Und nun werden Äpfel mit Birnen vermischt, ungeachtet der wahren Sachlage. Wir haben Memmingen geräumt, um die Stadt nicht zum Schauplatz eines Kampfes mit einem weit überlegenen Gegner zu machen. Um die Bevölkerung zu schonen. Das wird uns jetzt als Feigheit vor dem Feind oder sogar als Hochverrat an unserer Sache ausgelegt.«

»Und, was schlagen Sie vor?«

»Wir greifen den Gegner noch heute Nacht an!«

»Wie bitte?« Enghien glaubte, sich verhört zu haben.

»Sie haben richtig verstanden. Die Division des Generals Ferino steht beim Ort Oberkammlach. Wir greifen nach Mitternacht an und treiben sie aus ihren Löchern.«

»Und was ist dabei für uns zu gewinnen?« Oberkammlach war ein völlig unbedeutender Ort.

»Die Wiederherstellung unserer Ehre!«

Brücke über die Kammlach
13. August 1796, gegen vier Uhr morgens

»Schneller, schneller! Vorwärts! Schießt über die Köpfe unserer Männer hinweg! Wir müssen den Gegner aufhalten und die Brücke so lange sichern, bis all unsere Soldaten die andere Seite erreicht und zu uns aufgeschlossen haben!«

Die nächste Salve dröhnte aus dem einzigen Geschütz, das die Condé-Armee an dieser Stelle platziert hatte. Mit erhobenen Armen stürzten etliche Republikaner am anderen Ufer der Kammlach, eines kleinen Flüsschens, das sich an friedlicheren Tagen lieblich durch die Auen zog, zu Boden.

»Attacke!« Ohne sich umzusehen, ob ihm überhaupt jemand folgte, preschte Enghien auf eine Gruppe feindlicher Soldaten zu, die die Pause zum Nachladen des Geschützes nutzen wollten, um auf die Brücke vorzudringen und es zu erobern. Instinktiv und ohne zu überlegen, hieb Enghien mit dem Säbel rechts und links um sich. Etwas Warmes traf ihn im Gesicht und raubte ihm einen Moment die Sicht. Es war das Blut eines Gefällten, das diesem schwallartig aus dem geköpften Hals schoss.

Am Ende der Brücke sah Enghien einen der Seinen. Er lag wimmernd mit einer furchtbaren Beinwunde auf den Holzbohlen. Der Unterschenkel würde nicht mehr zu retten sein. In vollem Galopp griff Enghien nach dem Mann und riss den Schreienden in die Höhe. »Lauf oder besser spring mit dem Bein, das du noch hast. Hier krepierst du wie ein Hund.« Tatsächlich schaffte es der Verwundete, auf einem Bein hüpfend, die wenigen Schritte bis zum anderen Ufer zu meistern.

Enghien zügelte sein Ross, um nicht mitten zwischen die Feinde zu geraten. *Ist noch einer der Unsrigen drüben?* Seine Augen versuchten verzweifelt, die Dunkelheit der Nacht zu durchdringen.

»Aus dem Weg, Herr!«, ertönte da die Stimme des ersten Kanoniers. Enghien drängte sein Pferd an den Rand der Brücke und duckte sich, als die Kugel dicht an ihm vorbei inmitten der Feinde einschlug.

»Rückzug! Rückzug! Aus der Reichweite dieser Kanone!« Das war die Stimme des gegnerischen Kommandanten. Tatsächlich wichen die restlichen Republikaner im Laufschritt so weit zurück, dass die Kugeln des Vierpfünders keinen weiteren Schaden unter ihnen anrichten konnten.

Auch Enghien nutzte die Chance. »Zieht das Geschütz zurück!«, befahl er den Kanonieren. Da das Pferd, das den Vierpfünder gezogen hatte, längst getötet worden war, spannten sich die Männer selbst vor die Lafette, wendeten sie mühsam auf der engen Brücke und brachten die Kanone schließlich sicher ans andere Ufer.

Hier saßen und lagen die Verwundeten dieser Nacht in langen Reihen am Boden, Freund und Feind wild durcheinander. Feldscher und Priester der Condé-Armee eilten zwischen ihnen hindurch, verbanden Wunden oder erteilten die Sterbesakramente.

Langsam zog die erste Morgendämmerung am Horizont auf. Im schwachen Licht suchte Enghien die Reihen ab. Schließlich hielt er einen der Feldscherer an. »Wo ist der Chevalier von Landeville?«

Der Mann wich seinem Blick aus. »Er ist schon auf dem Weg nach Oberkammlach gestorben.«

»Oh nein!« Ein Stöhnen, das tief aus seiner Brust kam, entrang sich Enghien. »Nicht auch noch Matthieu! Schon Jacques ist gefallen!« Der ältere Bruder von Landeville war eines der ersten Opfer des nächtlichen Angriffs gewesen. Eine Kugel hatte ihm den Schädel aufgerissen. »Beide tot! Kameraden der ersten Stunde!«

Obwohl er in der Schlacht selbst mutwillig und völlig unbedenklich sein Leben aufs Spiel setzte, litt Louis-Antoine unter dem Tod eines jeden Soldaten, den er persönlich kannte, als hätte er einen Bruder verloren.

»Wie hoch sind unsere Verluste?« Enghien sprang von seinem scheuenden Pferd und führte es vorsichtig am Zügel über Leichen hinweg und an den Schwerverletzten vorbei, die am Boden lagen.

»Das ist noch nicht genau zu sagen, Hoheit. Mehrere hundert Mann werden es sein!«

»Mehrere hundert!« Enghiens Hirn weigerte sich, diese Zahl zu begreifen.

Verzweiflung übermannte ihn. *Und wofür? Dieses Unternehmen stand von Anbeginn an unter keinem guten Stern.*

Schon der Versuch, sich im Schutz der Nacht unbemerkt an die Reihen der Republikaner heranzuschleichen, war an der Ungeschicklichkeit einiger Männer gescheitert. Da er sich im Weg geirrt hatte, ritt ein Adjutant der Condé-Armee mitten unter die schlafenden Vorposten der Republikaner, die natürlich sofort Alarm schlugen. Der Bauer, den sich Enghien als Führer gewählt hatte, trug eine Laterne, sodass seine Soldaten sofort zur Zielscheibe der aufgewachten Feinde wurden.

Trotzdem hatten sie den Gegner unter immensen Verlusten über die Kammlach bis auf eine Anhöhe getrieben, die sie zwar eingenommen hatten, aber nicht halten konnten. So mussten sie sich schließlich unter weiteren großen Verlusten, die ihnen der nachsetzende Feind zufügte, wieder über das Flüsschen zurückziehen.

Jeden Fußbreit Boden, den wir mit dem Blut unserer Kameraden erobert haben, mussten wir sofort wieder preisgeben. Noch nie war Enghien die Sinnlosigkeit des Krieges so klar geworden wie in dieser Nacht.

Und nun sind wir so geschwächt, dass wir auch Mindelheim nicht mehr halten können. Bittere Galle stieg ihm die Kehle empor. Er würgte. Mit letzter Kraft gelang es ihm, sich nicht mitten zwischen den Toten und Verwundeten ins taufeuchte Gras zu erbrechen. Er war der General der Vorhut, der Herzog »Va de Bon Cœur«! Vorbild und Beispiel für seine tapferen Männer, von denen viele heute wieder einmal einen sinnlosen Tod gestorben waren!

Und Charlotte? *Wie wird es ihr in Mindelheim ergehen, wenn der Feind in der Stadt genauso wütet wie in anderen Gegenden? Und ich kann ihr nicht helfen!*

Eine Flüssigkeit rann ihm über die Wangen. Unwirsch wischte er mit seinem Schnupftuch darüber. Im zunehmenden Tageslicht sah er, dass das weiße Tuch nun blutrote Flecken aufwies. Er musste aussehen wie ein Schlachter.

Natürlich, der Mann auf der Brücke, den ich enthauptet habe. Sicher hatte auch er eine Frau und Kinder daheim in Frankreich. Oder eine Mutter, die bald um ihn weint.

Ein völlig sinnloser Kampf, der beiden Seiten weder einen Sieg noch eine Niederlage gebracht hatte. Plötzlich wurde Enghien von unbändiger Wut und Hass auf seinen Großvater gepackt.

Zur Wiederherstellung unserer Ehre! Aber ich schwöre, das wird mir der Alte büßen!

Mindelheim, 17. September 1796

Henriette schaute sich vorsichtig um, bevor sie das Gasthaus »Alte Post« verließ, um die Milchkuh zu melken. Ihre Tante Cäcilie, bei der sie nun alle wohnten, war mit ihrer Mutter Franziska und Charlotte ausgegangen, um sich an verschiedenen Stellen der Stadt für die immer knapper werdenden Lebensmittel anzustellen.

Jetzt schrie ihr jüngster Bruder, der kleine Eduard, schon seit fast einer halben Stunde erbärmlich. Henriette konnte ihn nicht beruhigen und vermutete, dass er Hunger hatte. Seit ihrer schlimmen Krankheit in Memmingen hatte Franziska Stuber keine Milch mehr, sodass sie den Säugling mit Kuh- oder Ziegenmilch ernähren mussten.

Doch als Henriette den Krug aus der Speisekammer holte, um dem Kleinen ein Fläschchen zu bereiten, bemerkte sie sofort am strengen Geruch, dass die Milch aufgrund der Schwüle des drückenden Augusttages sauer geworden war. Eigentlich war es ihr streng verboten, das Haus ohne Begleitung zu verlassen. Seit die Republikaner nach der Schlacht bei Oberkammlach und dem anschließenden Rückzug der Armee Condé die Stadt Mindelheim besetzt hatten, kam es immer wieder zu Übergriffen gegen die Bevölkerung. Passanten wurden, manchmal im buchstäblichen Sinne des Wortes, bis aufs Hemd ausgeraubt. Viele Frauen und Mädchen waren bereits vergewaltigt worden. Die neue Obrigkeit, die Heeresleitung unter General Ferino und seine Offiziere, tat so gut wie nichts dagegen. Und die alte Obrigkeit war natürlich machtlos. Der Bürgermeister protestierte immer wieder vergeblich gegen die zahlreichen Gewalttaten der republikanischen Soldaten.

Vor allem aus diesem Grund wagten sich die erwachsenen Frauen nur noch zusammen aus dem Gasthaus »Alte Post«, zumal dieses wegen der neuen Besatzer derzeit auch keine Reisenden beherbergte. Obwohl der Bevölkerung Waffenbesitz bei Todesstrafe verboten war, nahm Franziska Stuber dann auch immer die Pistole mit, die ihr Michael Stuber vor seinem Ritt nach Überlingen gegeben hatte. Henriette spürte einen Kloß in der Kehle: Noch immer hatten sie nichts von ihrem Vater gehört. Kein Brief schien durch die feindlichen Linien zu gelangen.

Die Uhr schlug vier, als sie schließlich das Brüllen des Kleinen nicht mehr aushielt. »Josephine, achte auf deine Brüder«, befahl sie ihrer jüngeren Schwester. »Ich gehe die Kuh melken.« Das Mädchen schlug erschrocken die Hände vor den Mund. »Aber die Mutter hat es doch verboten«, flüsterte es. Henriette beachtete ihre kleine Schwester nicht weiter. Vor sechs Uhr würden die Frauen sicher nicht zurück sein. So lange wollte sie Eduard nicht schreien lassen.

Zum Glück war niemand weit und breit zu sehen, als Henriette aus der Vordertür trat, um in den Stall zu gelangen. Die Hintertür, die direkt in den Garten und den Stall führte, war abgeschlossen, seit einige Bekannte von Cäcilie Dreer auf diese Weise in ihren Häusern von Marodeuren überrascht worden waren. Die Tür wurde nur geöffnet, um den Garten oder den Stall zu betreten. Den Schlüssel trug die Hausherrin beständig bei sich.

So blieb Henriette nichts anderes übrig, als die wenigen Schritte zum Gartenpförtchen neben dem Haus auf der Straße zurückzulegen. Weit entfernt am anderen Ende des Marktplatzes gröllten ein paar betrunkene Soldaten in den zerlumpten Uniformen der Besatzer. Doch die schienen sie nicht zu beachten.

Aufatmend legte Henriette den Riegel des Gartentürchens hinter sich wieder vor und betrat den Stall. Lisa, die Milchkuh, lag wiederkäuend im Stroh. Sie war unwillig über die Störung zu ungewohnt früher Stunde und wollte zunächst nicht aufstehen. Erst als Henriette ihr mit einer Gerte einige leichte Schläge auf den Rücken verabreichte, bequemte sie sich dazu, auf die Beine zu kommen.

Aufatmend zog Henriette den Melkschemel heran und stellte den Eimer unter das zum Glück bereits gut gefüllte Euter. Sanft plätscherte der weiße Strom in das Gefäß. Die eintönige Bewegung lullte Henriette ein. Obwohl die Milch längst für das Fläschchen des Bruders reichte, beschloss sie, weiterzumachen. Mit etwas Glück würden die Frauen heute Abend Hafer oder Gerste mitbringen, woraus sie dann gleich den Brei für das Abendessen kochen konnten, ohne vorher die Kuh noch einmal melken zu müssen.

Deshalb erschrak sie zu Tode, als sie plötzlich eine grobe Stimme in Französisch von hinten ansprach. »Na, wen haben wir denn da? Das ist ja eine feine Demoiselle.«

Henriette sprang auf und schnellte herum. Der Eimer fiel um, die Milch rann ins Stroh, das den Boden bedeckte.

In der offenen Stalltür stand ein widerlich grinsender bärtiger Kerl mit einer schief auf dem Kopf sitzenden Jakobinermütze und starrte sie an.

»Heute haben wir aber wirklich einmal Glück gehabt.« Franziska Stuber strahlte über das ganze Gesicht, als sie sich quer über den Marktplatz wieder dem Gasthaus »Alte Post« näherten. »Eine halbe Speckseite, ein Sack Gerste, sechs Eier und einen ganzen Laib Brot. Zusammen mit dem Gemüse aus dem Garten können wir davon einen kräftigen Eintopf zubereiten, von dem wir alle zwei Tage lang satt werden. Wie gut, dass du den Mann kanntest, Cäcilie.«

»Ja«, bestätigte Cäcilie Dreer, die Gastwirtin. Sie war eine dralle, untersetzte Frau mit braunen Haaren, die vorwitzig unter der in der Hitze des Tages nun schon leicht schmuddelig gewordenen Haube hervorlugten. Ihre grauen Augen blitzten übermütig. »Mein Verstorbener«, sie sprach von ihrem ehemaligen Gatten nur in dieser Form, »hat dem Bauern zu seinen Lebzeiten ein paar gute Dienste erwiesen. Aber die Eier sollten wir nicht in die Suppe tun. Seit die Plünderer unsere Hühner geschlachtet haben, gab es kein weiches Ei mehr zum Frühstück.«

Auch Charlotte lächelte, schloss sich der allgemeinen Euphorie aber nicht an. Sie dachte an die Familien, die nun leer ausgehen würden, weil der Bauer Frau Dreer weit über die erlaubten Rationen hinaus mit Lebensmitteln bedacht hatte. Aber sie sagte nichts. Letztlich sehnte auch sie sich danach, wieder einmal mit vollem Magen schlafen zu gehen.

»Zum Glück hat General Ferino das Plündern mittlerweile wenigstens offiziell verboten. Im Verborgenen geschieht natürlich immer noch viel Schlimmes. Aber unsere Kuh kann niemand am helllichten Tag aus dem Stall treiben und damit ungestraft davonkommen.« Frau Dreer verlagerte den Getreidesack auf ihre andere Schulter. Es waren nur noch ein paar Schritte bis zum Haus.

»Schauen Sie einmal!« Charlotte blieb plötzlich verdutzt stehen. »Die Gartenpforte ist offen.«

Frau Dreers eben noch so fröhliches Gesicht verfinsterte sich. Sie schnaubte. »Na wartet!« Sie nahm den Sack von der Schulter und drückte ihn Charlotte in die Hand. »Wenn das wieder die Nachbarsrangen sind, die unsere Karotten stehlen wollen, können sie was erleben!«

Herrisch wandte sie sich an ihre Begleiterinnen. »Prinzessin Charlotte, Sie bleiben hier draußen und bewachen die Lebensmittel. Franziska, du kommst mit mir!«

In diesem Augenblick hörten die Frauen ein leises Wimmern. Es kam direkt aus dem Stall.

»Was ist das?«, raunte Charlotte verstört.

Frau Dreer legte einen Finger an die Lippen. »Wir gehen nachsehen! Womöglich versucht jemand, heimlich die Kuh zu melken.«

»Es klingt eher nach einem Menschen in Not«, flüsterte Franziska. Auch Charlotte teilte diesen Eindruck.

Vorsichtig, nunmehr darauf bedacht, kein lautes Geräusch zu machen, schlichen sich die Frauen in den Garten. Am Zaun neben der Pforte ließen sie die Lebensmittel ins Gras gleiten und schlüpften hinter zwei Holunderbüsche, sodass sie außer Sichtweite der Straße waren. Behutsam zog Franziska die Pistole hervor und spannte den Hahn. Es knackte leise.

Erschrocken sahen sich die Frauen an und lauschten. Das Knacken des Hahns schien jedoch keine Aufmerksamkeit erregt zu haben. Stattdessen hörten sie nun eine flehende Frauenstimme. »Lassen Sie mich! Ich flehe Sie an, lassen Sie mich! Tun Sie mir nicht weh!«

»Halt still, du Luder«, brummte eine männliche Stimme. »Wenn du dich nicht rührst, soll dir kein weiteres Leid geschehen. Anderenfalls schlitze ich dir die Kehle auf.«

Beide sprachen Französisch. Charlotte spürte ihr Herz rasen. »Das ist Henriette!«, wisperte sie.

So schnell es ihnen, ohne ein Geräusch zu machen, möglich war, näherten sich die drei Frauen der offenen Stalltür. Was sie von dort aus erblickten, ließ ihnen das Blut in den Adern gefrieren.

Henriette stand bis zur Taille entblößt vor einem schmierigen Kerl mit den Abzeichen eines Unteroffiziers der Besatzer. Mit der einen Hand bearbeitete der Schuft die Brüste des Mädchens, mit der anderen seinen Penis, den er aus der dreckigen Hose gezogen hatte.

»Jetzt bin ich so weit! Leg dich ins Stroh, lüpfe den Rock und spreize die Beine!« Henriette stand wie erstarrt.

»Los, mach schon!«, zischte der Mann. »Oder muss ich nachhelfen? Dann wird es unangenehmer für dich!« Er stieß Henriette so hart gegen die Brust, dass sie hinterrücks ins Stroh fiel.

In diesem Augenblick krachte der Schuss. Mitten in den Kopf getroffen, sank der Marodeur wie ein gefällter Baum zu Boden.

Die Frauen standen wie zur Salzsäule erstarrt. Franziska Stuber glitt die noch rauchende Pistole aus der Hand. Mit einem dumpfen Geräusch fiel sie auf den an dieser Stelle nackten Lehmboden des Stalls.

Henriette fing leise zu weinen an. »Still!«, zischte ihre Mutter. »Steh auf und zieh dich an! Bald werden sie kommen!«

Doch erstaunlicherweise blieb alles ruhig. Niemand polterte durch die Gartenpforte, niemand richtete eine geladene Flinte auf sie.

»Hat denn niemand den Schuss gehört?«, flüsterte Charlotte.

»Vielleicht haben wir unbeschreibliches Glück!«, antwortete Frau Dreer ebenso leise. »Hört doch einmal!«

Tatsächlich nahmen die Frauen erst jetzt wahr, dass Wagenräder über das holprige Kopfsteinpflaster des Marktplatzes rumpelten. »Die Wagen fuhren auch schon vorbei, als du geschossen hast, Franziska. Möglicherweise ging der Schuss im Lärm unter.«

»Oder es denkt sich keiner etwas dabei«, ergänzte Charlotte. »In der Stadt wird doch mehrmals am Tag geschossen, seit die Besatzer da sind. Auch auf unserem Rückweg haben wir es öfter knallen gehört!«

Die vier lauschten noch weitere Minuten. Doch alles blieb ruhig. Niemand kam.

»Was machen wir jetzt mit ihm?« Schaudernd wies Franziska auf den Leichnam.

Frau Dreer straffte sich. »Wir verstecken ihn erst mal im Heuhaufen. Später schaffen wir ihn irgendwie hinaus. Ich weiß noch nicht, ob es klappt. Aber ich habe einen Plan.«

Mindelheim, 21. September 1796, vier Tage später

»Und so lässt unser durchlauchtigster Oberbefehlshaber, General Ferino, befehlen, die Stadt Mindelheim am morgigen Tag um die Mittagsstunde von allen vier Himmelsrichtungen her anzuzünden. Damit soll der Mord an unserem Kameraden Xavier Foreste gesühnt werden, der zweifelsohne von einem Bewohner der Stadt feige gemeuchelt wurde. Die Bürger und Bürgerinnen von Mindelheim können an Habe aus ihren Häusern so viel mitnehmen, wie sie auf einem Handkarren fortschaffen können. Wer sich nach Mittag noch in der Stadt aufhält, gefährdet sein Leben und muss dafür selbst die Verantwortung übernehmen. Es sei denn, der Mörder stellt sich noch heute bis Sonnenuntergang.«

Die vier Frauen im Dreer'schen Gasthaus, die die Worte des Ausrufers von den offenen Fenstern des Obergeschosses aus verfolgt hatten, verharrten zunächst stumm vor Schreck. Dann reagierten sie völlig unterschiedlich. Henriette begann, heftig zu schluchzen. Charlotte fühlte sich wie gelähmt. Die Gedanken rasten durch ihren Kopf, sie war unfähig, einen von ihnen zu Ende zu denken. Franziska Stubers Augen funkelten dagegen entschlossen.

»Ich gehe hinaus, um mich zu stellen!«, erklärte sie in einem Tonfall, der keinen Widerspruch duldete und den ihre Familie und sogar Charlotte mittlerweile gut kannten. »Dann sterbe ich zwar, aber du, liebe Cäcilie, behältst dein Dach über dem Kopf und dein Eigentum. So wie auch alle anderen unschuldigen Bürger der Stadt!«

»Nein!«, schrien Henriette und Charlotte wie aus einem Munde.

Nur Frau Dreer hatte bislang noch nichts gesagt.

»Stellen müssen wir uns nun alle«, sagte sie langsam und bedächtig, als müsste sie sich jedes Wort, das ihr über die Lippen kam, erst noch gut überlegen. »Aber vielleicht gibt es ja einen Weg, dass es für uns alle gut ausgeht. Doch dafür brauchen wir vor allen Dingen Ihre Hilfe, Prinzessin Charlotte. Und auch du, Henriette, musst jetzt tapfer sein! Seid ihr dazu bereit?«

Mindelheim, 21. September 1796, vier Stunden später

»Ich bin die Prinzessin Charlotte von Rohan-Rochefort, Nichte des Kardinals Louis von Rohan, ehemals Fürstbischof von Straßburg. Ich wünsche den General Peter Ferino zu sprechen.«

Charlotte hatte diesen Satz immer wieder vor dem kleinen Spiegel in ihrer Kammer im Gasthaus geübt und dabei versucht, ihre Miene hoheitsvoll und freundlich zugleich aussehen zu lassen. Diese Mühe zeigte nun erste Wirkung. Der Adjutant des Generals mit den Abzeichen eines Hauptmannes verbeugte sich zwar nicht vor ihr, antwortete aber zumindest höflich.

»In welcher Angelegenheit wünschen Sie den General zu sprechen, Madame?«

»Es geht um den Tod des Unteroffiziers Xavier Foreste. Ich bringe Kunde über den Schuldigen.«

Nun blickte der Hauptmann völlig verblüfft drein, fing sich aber schnell wieder. »Ich will sehen, was sich tun lässt. Der Herr General speist gerade zu Mittag.«

Trotz dieser Auskunft mussten Charlotte, Henriette, Franziska und Frau Dreer nur wenige Minuten warten, bis der Hauptmann zurückkam.

»Der General lässt bitten.«

Charlotte atmete hörbar auf. Die erste Hürde war genommen. Mit neuem Selbstbewusstsein wies sie auf ihre Gefährtinnen. »Diese Damen hier müssen mich begleiten. Sie sind wichtige Zeuginnen in dieser Sache.«

Der Hauptmann zog zwar die Augenbrauen zusammen, winkte aber alle nach einem kurzen Zögern hinein. General Ferino logierte im Haus des Bürgermeisters, das nur etwa hundert Schritt von Frau Dreers Haus am Marktplatz entfernt lag und das prächtigste Wohngebäude der Stadt war. Denn der Bürgermeister war gleichzeitig auch der wohlhabendste Kaufmann von Mindelheim. Aus diesem Grund hatte der General auch sein Hauptquartier dort aufgeschlagen und empfing sie nun im großen Salon.

Als ein Diener die Flügeltüren öffnete, um die Gruppe hineinzulassen, saß Ferino auf einem Lehnstuhl und blickte ihnen entgegen. Charlotte schatzte ihn auf ungefähr fünfzig Jahre. Man sah dem General seine italienische Herkunft deutlich an. In seinem markanten Gesicht fielen vor allem die spitze Nase, die buschigen dunklen Brauen und die fliehende Stirn ins Auge, die durch eine beginnende Glatze noch betont wurde. Sein ehemals dunkles Haar war fast vollständig ergraut.

Die vier Frauen mit Charlotte an der Spitze traten auf ihn zu und versanken in einen tiefen Knicks. Dann erhob sich Charlotte als Erste und streckte dem General ihre behandschuhte Rechte entgegen. Frau Dreer hatte zum Glück die gleiche Größe wie sie, denn Charlottes Handschuhe waren schon längst durch die Reise verdorben.

Ihre Rechnung ging auf. Einen Moment lang wirkte der General verwirrt, dann stand er tatsächlich auf und beugte sich mit einem angedeuteten Kuss über Charlottes Hand.

»Was verschafft mir die Ehre, Prinzessin von Rohan? Mein Adjutant sagte mir, Sie brächten Kunde über den Mord an Xavier Foreste?«, verbesserte er sich rasch mit strengerer Stimme. Dann nahm er wieder Platz, ohne den Damen einen Stuhl anzubieten.

Charlotte war das nur recht. »So ist es, gnädiger Herr«, bestätigte sie. »Wir wissen, wie Monsieur Foreste ums Leben kam und wer es getan hat. Und wir kennen auch das Motiv!«

»Aha!« Der General beugte sich gespannt vor. »Dann haben Sie meine volle Aufmerksamkeit, Prinzessin von Rohan.«

»Bevor ich mich erkläre, würde ich Ihnen gerne eine Frage stellen, General Ferino, wenn Sie erlauben?«

Ferino nickte mit einer Mischung aus Neugier und Ungeduld.

»Haben Sie Kinder? Eine Tochter womöglich?«

Zu Charlottes Erleichterung nickte Ferino, wenn auch deutlich verwirrt. *Frau Dreer ist also korrekt unterrichtet.*

»Ich habe sogar zwei Töchter, Madame.«

»Wie alt sind diese, General?«

»Neunzehn und siebzehn Jahre alt. Doch nun kommen Sie endlich zur Sache!«

Charlotte blickte Ferino fest in die fast schwarzen Augen. »Ich bin mitten dabei.« Sie winkte Henriette neben sich.

»Dieses Mädchen ist achtzehn Jahre alt. Sie ist die älteste Tochter meiner lieben Freundin Franziska Stuber. Deren Gatte ist der Amtmann in Ettenheim, der Residenz meines Onkels, des Kardinals von Rohan. Ich meine natürlich, der ehemaligen Residenz meines Onkels«, verbesserte sich Charlotte schnell, als der General seine buschigen Brauen drohend zusammenzog.

»Und, was ist damit?«

Charlotte holte tief Luft. Nun setzten sie alles auf eine Karte.

Rasch gab sie Henriette ein Zeichen, das Tuch zu öffnen, das sie über die Brust geschlagen hatte. Das zerrissene Mieder des Kleides, das Henriette vor vier Tagen im Stall getragen hatte, fiel herab. Sie stand mit entblößten Brüsten vor dem entgeistert dreinblickenden General. Die blaugelben Male, die die brutalen Griffe des Marodeurs hinterlassen hatten, waren noch deutlich zu erkennen.

»So fanden wir unsere Henriette vor vier Tagen im Stall des Gasthauses ›Alte Post‹ vor, wo wir logieren.« Charlotte sprach hastig, um dem General keine Zeit für einen Einwand zu lassen. »Sie hatte die Kuh melken wollen, um Milch für ihren jüngsten Bruder, der noch ein Säugling ist, zu erhalten. Dabei überraschte sie Ihr Unteroffizier Xavier Foreste und versuchte, ihr Gewalt anzutun. Vor Jahren ist Henriette schon einmal nur knapp einer Schändung entronnen. Wie hätten Sie als Vater reagiert, wenn Sie Ihre Tochter in dieser Lage vorgefunden hätten? Noch dazu zum zweiten Mal?«

»Ich hätte den Kerl erschossen!« Die Worte entfuhren dem General schneller, als ihm lieb war. Dann presste er die Lippen zusammen. Doch es war zu spät. Charlotte nutzte ihre Chance.

»Genau das hat ihre Mutter, Madame Franziska Stuber, getan. In Notwehr, um ihre Tochter aus den Fängen dieses Schufts zu retten.«

»Mädchen, bedecke dich!« Der General rang sichtlich um Contenance. Dann fing er sich wieder. »Woher hatte die Mutter die Pistole?«

Mit der Frage hatte die kluge Frau Dreer, die den ganzen Plan ersonnen hatte, gerechnet. Charlotte senkte kurz den Blick, ehe sie den Kopf mit dem reuigen Gesichtsausdruck wieder hob, den sie ebenfalls vor dem Spiegel geübt hatte.

»In diesem Punkt bekennen wir uns alle schuldig, General Ferino. Wir waren als schutzlose Frauen mehrere Wochen auf der Flucht, bevor wir nach Mindelheim zu Frau Dreer kamen, einer Kusine der Familie Stuber. Die Pistole gab uns Franziska Stubers verschollener Mann, als er in Stockach Abschied von uns nahm, um nach Überlingen am Bodensee zu reiten. Wir konnten ihm nicht mehr folgen, weil die Revolutionsarmee schon damals siegreich war und sich die Royalisten auf dem Rückzug befanden.«

Im Gesicht des Generals zuckte es leicht. Offensichtlich ging Charlottes Rechnung auf, ihm zu schmeicheln, selbst wenn er die Taktik durchschaute.

Nun kam die nächste Hürde. Sie straffte die Schultern. »Alle Bürger von Mindelheim wissen, dass Sie, verehrter General, das Rauben, Plündern und Schänden in der Stadt untersagt haben. Leider sind die Straßen dennoch nicht sicherer geworden, und oft kommen die Täter unerkannt und daher ungeschoren davon.« Nun mied Charlotte Ferinos Blick. »Daher beschlossen wir, die Waffe zu behalten. Jedoch bereuen wir diesen Schritt nicht, denn sonst wäre unsere Henriette jetzt für ihr Leben geschädigt. Wir überantworten uns daher Ihrer Gnade und Weisheit, um über diese Tat zu entscheiden.«

»Und warum haben Sie den Leichnam in einem Misthaufen verborgen?«

Noch blieb der General unerbittlich. Doch auch auf diese Frage war Charlotte dank Frau Dreer vorbereitet.

»Wir sind nur schwache Frauen, General, und nicht klug genug gewesen, um uns schon unmittelbar nach dem Vorfall Ihrer Gnade und Ihrem Urteilsvermögen anzuvertrauen.« Ihre Stimme ließ Charlotte nun absichtlich dünn klingen. »Deshalb verbargen wir den Leichnam in einer Fuhre Mist, die wir hinaus vor die Stadt brachten. Wir hofften, dass unsere Tat auf diese Art unentdeckt bliebe.«

Tatsächlich war dies Frau Dreers erster Plan gewesen. Noch am Abend des Todes des Marodeurs hatte sie sich einen Handkarren von einem Nachbarn geliehen, der gerade noch durch die Gartenpforte passte. Darauf hatten die vier Frauen im Schutze der Nacht den Leichnam gehievt und darüber den Mist gehäuft, der sich im Laufe der Zeit angesammelt hatte. Am nächsten Morgen hatten sie den Karren in aller Herrgottsfrühe vor die Tore der Stadt gezogen und den Leichnam unbeobachtet in einem großen Misthaufen verborgen, den ein Bauer tags zuvor auf ein abgeerntetes Feld geschafft hatte, um es nach dem Umpflügen damit zu düngen.

Natürlich hatten sie damit gerechnet, dass der Leichnam rasch entdeckt werden würde. Doch nicht damit, dass Ferino die ganze Stadt Mindelheim für den vermeintlichen Mord büßen lassen wollte.

Stockend berichtete Charlotte Ferino nun den Hergang dieses letzten Aktes der Tat. Dann schloss sie mit brüchiger Stimme:

»Nun wissen Sie alles, General. Wir empfehlen uns und die Stadt Mindelheim Ihrer Gerechtigkeit und Barmherzigkeit. Bitte lassen Sie nicht Unschuldige für das Verbrechen eines der Ihren büßen.«

Damit warfen sich alle vier Frauen vor dem General auf die Knie und beugten ihre Oberkörper so weit hinab, dass sie mit der Stirn den blank gewienerten Parkettboden berührten.

Die Sekunden dehnten sich zu einer Ewigkeit, während Charlotte und ihre Gefährtinnen in dieser unbequemen Lage verharrten. Tatsächlich verging kaum eine Minute, bis sie die Stimme Ferinos hörten.

»Erheben Sie sich, meine Damen, und ersparen Sie mir diese Posse.«

Er klang streng. Mit klopfendem Herzen stand Charlotte auf.

»So hören Sie nun meinen Spruch! Da der Soldat Xavier Foreste diesem Mädchen Gewalt antun wollte, wäre er so oder so des Todes gewesen. Hätten Sie ihn nach vollendeter Tat angezeigt, wäre er gehängt worden. Doch hätte er der Jungfer zuvor großes Leid zugefügt.«

Erleichterung breitete sich in Charlotte aus wie eine warme Welle. Doch noch war Ferino nicht fertig.

»Die Pistole wird noch heute in unserem Waffenarsenal abgegeben. Als Strafe für diesen Ungehorsam werden die drei erwachsenen Damen eine Woche lang Dienst in unserer Feldküche tun.«

Dem Himmel sei Dank! Wenn es weiter nichts ist. Eine Zentnerlast fiel Charlotte vom Herzen.

»Die Bürger und Bürgerinnen der Stadt Mindelheim werden in öffentlichen Bekanntmachungen vom Hergang des Todes von Xavier Foreste unterrichtet, ohne dabei ihre Namen zu nennen. Auf das Anzünden der Stadt wird verzichtet.«

»Wir danken Ihnen aus ganzem Herzen, werter Herr!« Fast einstimmig erklang dieser Satz im Chor.

Ferino musterte die Frauengruppe. Charlotte erkannte, dass er sich mit Mühe ein Lächeln verbiss.

»Also nehmen Sie Ihre Strafe an, Mesdames?«, fragte er mit gespielter Strenge.

»Wir nehmen sie an!« Das war Frau Dreer. Charlotte hatte bislang nicht gewusst, dass sie so gut Französisch sprach und verstand. In ihrem Haus hatte man vorwiegend Deutsch gesprochen. »Doch nur unter einer Bedingung«, fuhr sie nun zu Charlottes Entsetzen fort.

»Eine Bedingung? Sie wagen es, eine Bedingung zu stellen?« Zum ersten Mal erhob der General seine Stimme.

Frau Dreer schaute ihm ungerührt in die Augen. »Ich möchte in der Feldküche die ganze Woche lang nach meinen eigenen Rezepten kochen. Besonders meine Erbsensuppe ist unübertrefflich!«

Feldlager der Armee Condé in Müllheim
Anfang November 1796

»Ich spreche jetzt schon zum fünften Mal vor, um meinen Großvater zu sehen. Heute werde ich mich nicht noch einmal abweisen lassen!«

Angesichts des zornigen Tons, den Enghien anschlug, erblasste der Wachtposten vor dem Zelt des Prinzen Condé.

»Es tut mir leid, Durchlaucht«, machte er einen letzten Versuch. »Aber Ihr verehrter Herr Großvater ist immer noch unpässlich. Ich habe Befehl, dafür zu sorgen, dass er gänzlich ungestört bleibt.«

»Und das gilt auch für mich, seinen eigenen Enkel und General der Vorhut? Wir haben uns wochenlang nicht gesprochen!«

Der Wachtposten nickte betreten. »Sogar eigens für Sie«, bestätigte er. Erst als die Worte heraus waren, bemerkte er seinen Fehler. »Äh … ich meine natürlich, für jeden der Offiz…!«

Aber Enghien hatte genug gehört und ließ den Mann nicht mehr ausreden. Grob schubste er den Soldaten zur Seite, riss die Plane zurück, die den Eingang des Zelts bedeckte, und stürmte hinein. Im hinteren, durch einen Vorhang abgetrennten Teil hörte er gedämpfte Stimmen. Rücksichtslos riss er auch diesen Vorhang zur Seite.

Dass sein Großvater tatsächlich krank war, sah er auf den ersten Blick. Prinz Condé saß, in dicke Decken gehüllt, vor seinem behelfsmäßigen Schreibtisch, einem roh behauenen Brett, das über zwei Holzpfosten gelegt war. Seine Augen waren geschwollen, die Nase gerötet. Offensichtlich plagte ihn eine schwere Erkältung. Es roch durchdringend nach Salbei und Kamille.

Vor dem Tisch stand ein Mann, den Enghien ebenfalls kannte. Es war Jules von Rohan-Rochefort, Charlottes Vater und Proviantmeister der ehemaligen »Royal Rohan«, die mittlerweile gänzlich mit der Armee Condé verschmolzen war. Nur ihm zuliebe wahrte Louis-Antoine die Form.

»Guten Tag, Großvater. Guten Tag, Prinz von Rohan-Rochefort.« Er verbeugte sich. »Ich sehe, meinem Großvater geht es tatsächlich nicht gut. Ich hoffe, Sie sind wohlauf?«

Jules von Rohan erwiderte die Verbeugung. »Ich danke der Nachfrage, Herzog von Enghien. Zum Glück erfreue ich mich bester Gesundheit.«

Louis-Antoine fiel etwas ein. »Wie geht es Ihrem Sohn Henri?«

Jules lächelte stolz. »Ebenfalls bestens, Herzog. Er wurde bei München leicht verwundet, ist aber wieder auf dem Weg der Genesung. Für seine Tapferkeit vor dem Feind ist er trotz seiner jungen Jahre bereits zum Unterleutnant befördert worden.«

»Das freut mich zu hören.« Da Enghien die Vorhut befehligte, kam er mit anderen Truppenteilen der Armee Condé kaum in Berührung und hatte bislang tatsächlich nichts von Charlottes Bruder gehört. *Ich hätte mich natürlich auch einmal erkundigen können,* schoss es ihm schuldbewusst durch den Kopf. Schnell drängte er den Gedanken beiseite.

»Ich muss Sie dringend sprechen, Großvater«, wandte er sich dann an Condé. Der zog ärgerlich die Brauen zusammen.

Jules von Rohan deutete die Zeichen richtig. Er verbeugte sich noch einmal kurz vor dem Prinzen. »Hoheit, ich denke, wir haben die wichtigsten Aspekte eines geregelten Nachschubs für unsere Truppen besprochen. Die Einzelheiten haben Zeit bis morgen.«

Nach einem kurzen Gruß an Enghien verließ er das Zelt.

»Nun, was wollen Sie?«, fuhr der Prinz seinen Enkel barsch an, als Jules außer Hörweite war.

Der ließ sich nicht einschüchtern. »Vorgestern ist Jean von Virieu seinen Verletzungen erlegen, die er bei Oberkammlach erlitten hat.«

Einen Lidschlag lang huschte ein Ausdruck der Betroffenheit über Condés Gesicht. Dann verhärteten sich seine Züge wieder.

»Das ist sehr bedauerlich, General Enghien«, antwortete er steif, »doch das ist nun einmal das Schicksal vieler Soldaten in jedem Krieg.«

»Virieu gehörte zu unseren ältesten Gefolgsleuten aus Chantilly. Er hat Ihnen schon treu gedient, als ich noch ein Knabe war. Berührt Sie sein Schicksal so wenig? Er hinterlässt eine Frau und eine alte Mutter, nachdem auch sein Sohn bereits gefallen ist.« Enghien merkte, dass er jeden Augenblick die Beherrschung zu verlieren drohte.

»Ich sagte es doch bereits. Bedauerlich, aber nicht ungewöhnlich.«

Das gab den Ausschlag. »Ich stimme Ihnen zu, verehrter Großvater«, begann Louis-Antoine mit gespielter Versöhnlichkeit. »Ungewöhnlich an seinem Tod ist allerdings, dass er ihn dem sinnlosen Begehren eines alten Mannes verdankt, welcher als Befehlshaber unnütze Order erließ und ihn ausschließlich um seiner puren Eitelkeit willen opferte.«

»Enghien«, fuhr der Prinz auf. »Sie wagen es …?« Ein heftiger Hustenanfall unterbrach seine wutentbrannte Entgegnung.

»Um die Wahrheit zu sagen. Ja, das wage ich, alter Mann«, unterbrach sein Enkel ihn brüsk. »Die Schlacht bei Oberkammlach brachte keinerlei Gewinn für unsere Sache. Wir konnten die Republikaner nicht schlagen und trieben sie auch nicht wieder über den Rhein zurück. Das erreichten die alliierten Truppen unter dem Oberbefehl des jungen Erzherzogs Karl von Österreich in der Schlacht bei Schliengen am 24. Oktober. Während die Revolutionäre zweifellos noch immer im Lande wären, hätten Sie auch dort den Oberbefehl gehabt.«

Endlich kam Prinz Condé wieder zu Atem. »In Oberkammlach hat die Armee Condé ihre Ehre wiederhergestellt«, krächzte er. »Das hat mir der Erzherzog persönlich in einem Schreiben bestätigt, in dem er unseren Mut und unsere Tapferkeit ausdrücklich lobend erwähnte.«

»Lobend erwähnte«, echote Enghien verächtlich. »Das macht Virieu, die Brüder Landeville und all die anderen Toten nicht wieder lebendig. Und bringt keinem Versehrten seine gesunden Gliedmaßen zurück.«

»General …«

Enghien ließ seinen Großvater erneut nicht zu Wort kommen. »Das wollte ich Ihnen zum Abschied mitteilen.«

»Zum Abschied? Wohin wollen Sie gehen?«

Enghien lächelte triumphierend. Dieser Schlag würde den Alten härter treffen als seine ätzende Kritik am Befehl zur Oberkammlacher Schlacht.

»Ich gehe nach Ettenheim. Charlotte von Rohan-Rochefort wird dort jeden Tag zurück erwartet. Ich will zur Stelle sein, wenn sie eintrifft.«

Damit wandte er seinem Großvater den Rücken zu und verließ grußlos das Zelt.

In Sichtweite von Ettenheim
November 1796, zwei Tage später

Franziska und Henriette Stuber strahlten, als der Kirchturm von St. Bartholomäus aus dem Novembernebel auftauchte.

»Gleich sind wir wieder zu Hause. Wie freue ich mich darauf, Vater endlich wiederzusehen!«, jubelte Henriette.

Seit sich die beiden republikanischen Armeen nach schweren Niederlagen gegen die Österreicher und deren Verbündete zurück auf das linke Rheinufer geflüchtet hatten, waren nicht nur die Straßen wieder sicher geworden. Auch die Post funktionierte endlich wieder.

Deshalb war schon vor drei Wochen ein Brief von Michael Stuber im Haus der Gastwirtin Cäcilie Dreer in Mindelheim eingetroffen. Zu Recht hatte der Amtmann angenommen, dass sich seine Familie dorthin gewandt hatte, nachdem ihr der Weg nach Überlingen versperrt gewesen war.

Glücklicherweise habe ich die Kriegswirren unbeschadet überstanden, schrieb er. *Morgen breche ich nach Ettenheim auf. Wenn Euch dieser Brief erreicht, schreibt mir dorthin. Dann werde ich Euch sagen können, wie es dort steht und wann Ihr heimkehren könnt.*

Franziska Stuber hatte sich dies nicht zweimal sagen lassen und sofort zu Tinte und Feder gegriffen. Und tatsächlich war schon zehn Tage später die Antwort eingetroffen, per Eilkurier, *um keine weitere Zeit mehr bis zum Wiedersehen zu verlieren,* wie Stuber schrieb. Zu ihrer überschäumenden Freude erfuhren die Stubers außerdem, dass ihr Haus samt Mobiliar unversehrt geblieben war.

»Ich kann es kaum mehr erwarten, wieder in meinem eigenen Bett zu schlafen«, schwärmte Henriette.

Auch das Palais Rohan sei fast unbeschädigt, teilte Stuber weiter mit. Ein Feuer hätte lediglich einen Teil der Ställe vernichtet. *Doch Pferde oder anderes Vieh kamen nicht zu Schaden. Alle Tiere konnten gerettet werden, zumal der Brand gar nichts mit den Besatzern zu tun hatte. Ein unachtsamer Stalljunge hat neben seinem Nachtlager im Stroh einen Kerzenstumpf brennen lassen und ist eingeschlafen.*

Auch Charlotte freute sich, die unsteten Tage der Flucht nun endlich hinter sich lassen zu können. Ettenheim war ihr in den letzten Jahren eine zweite Heimat geworden. Auch der Kardinal, der von Offenburg aus in die Schweiz geflohen war, als die Franzosen über den Rhein setzten, würde so bald wie möglich heimkehren, teilte Stuber ihr mit.

Überhaupt war Ettenheim so gut wie unbeschädigt geblieben. *Des Rätsels Lösung ist, dass sich mein Mittelsmann wohl geirrt haben muss, als er mich vor Julian von Espiard warnte,* schrieb Stuber. *Der Mann, der von Straßburg nach Ettenheim geschickt wurde, hieß Metternich. Er hatte lediglich die Aufgabe, Reparationszahlungen zu erheben und Nahrungsmittel zu requirieren. Zwar kam auch dies die Ettenheimer hart an, aber sie alle behielten ihr Dach über dem Kopf und den größten Teil ihrer Habe.*

Ein wenig Wehmut mischte sich jetzt doch in Charlottes Vorfreude, als der Karren an den grüßenden Stadtwachen vorbei durch das östliche Tor rumpelte. Die Stubers würden wieder als Familie vereint sein, was sie ihnen von ganzem Herzen gönnte. Doch sie selbst erwartete vorläufig niemand im Palais Rohan.

Franziska brachte den Karren vor dem Rathaus zum Stehen. »Lauf, Henriette«, befahl sie ihrer Tochter. »Sieh zu, dass du jemanden mitbringst, der der Prinzessin beim Ausladen ihres Gepäcks hilft.«

»Ach, lassen Sie doch, liebe Freundin«, wehrte Charlotte ab. »Das kleine Köfferchen, das mir geblieben ist, kann ich auch alleine tragen.« Tatsächlich waren die meisten der wenigen Sachen, die sie überhaupt auf die Flucht mitnehmen konnte, so zerschlissen gewesen, dass sie sie dem Armenhaus in Mindelheim gespendet hatte.

Entgegen ihrer sonstigen Dienstbeflissenheit erhoben weder Franziska noch Henriette diesmal Einspruch. Es drängte sie sichtlich, endlich nach Hause zu kommen. So stieg Charlotte aus und nahm lächelnd das Köfferchen in Empfang, das Franziska ihr hinabreichte.

Sie stellte es gerade ab, um ihren Rock glatt zu streichen, als eine wohlbekannte Stimme in ihrem Rücken ihr plötzlich das Blut siedend heiß durch die Adern schießen ließ.

»Darf ich Ihnen behilflich sein, Prinzessin von Rohan?«

Sie schnellte herum. Vor ihr stand Louis-Antoine von Enghien und strahlte sie an.

Val-sous-Meudon
Früher Nachmittag des 1. Mai 1841

Wieder war es das Kätzchen, das Charlotte aus ihrem Schlummer riss. Es stand auf ihrer Brust und schaute sie mit seinen großen gelbgrünen Augen an. Als sie es streichelte, ließ es sich schnurrend fallen und schmiegte sich dicht an sie.

Die leisen Töne passten zu Charlottes zärtlicher Stimmung. Sie schloss die Augen und rief sich die wunderbaren ersten Monate ihrer Liebe zu Louis-Antoine wieder in Erinnerung.

Anfangs taten wir uns noch schwer damit, unsere Liebe zu genießen. Nach den ersten stürmischen Nächten kämpften beide mit ihren Erinnerungen an die schlimmen letzten Monate. *Vor allem Louis-Antoine hat Oberkammlach nie verwunden. Und seinem Großvater nie verziehen.*

Doch dann kam der Vorfrieden von Leoben, den die Österreicher mit dem wieder siegreichen Frankreich abschlossen. Napoleon Bonaparte hatte ihnen in Italien so schwere Niederlagen zugefügt, dass ihnen nichts anderes übrig blieb, als nachzugeben.

Napoleon! Charlottes Magen zog sich schmerzlich zusammen, wie immer, wenn sie an den Korsen dachte. *Nun ist auch er schon so lange Geschichte. Vor zwanzig Jahren starb er in der Verbannung auf dem öden Eiland St. Helena. Er hat mein Lebensglück zerstört!*

Und doch, verdankte sie ihm nicht auch einige der glücklichsten Monate ihres Lebens? *Das Schicksal wählt manchmal sehr verschlungene Pfade. Hätte Louis-Antoine nicht geglaubt, dass die Condé-Armee nach dem Vorfrieden aufgelöst werden würde, wäre er kaum so lange in Ettenheim geblieben.*

Auch jetzt im Rückblick erkannte sie deutlich: Frühling und Sommer des Jahres 1797 gehörten zu den schönsten Zeiten ihres Lebens. *Wir haben auf den kleinen Geselligkeiten getanzt, die mein Onkel im Palais Rohan gab. Wir haben Theaterstücke gespielt, Gedichte gelesen, musiziert.*

Es waren fast immer dieselben Gäste geladen: Emigranten aus Ettenheim, der lokale Landadel, Offiziere aus Louis-Antoines Vorhut. *Wie bescheiden diese Feiern anmuteten im Vergleich zu den prächtigen Festen in Versailles! Aber um wie viel natürlicher und freier ging es dafür in Ettenheim zu!*

Der Frühsommer 1797 war auch vom Wetter her fast überirdisch schön gewesen. Milde, nicht zu heiße Temperaturen luden zum Wandern ein. *Wir haben die ganze Gegend um Ettenheim in alle Himmelsrichtungen erkundet. Wie lieblich die sonst so raue Landschaft des Schwarzwalds anmutete! Die Sonnenstrahlen, die sich im Wasser der Bächlein spiegelten. Die Vögel, die munter zwitscherten. Der Duft nach frisch gemähtem Gras, der würzige Schinken.* Charlotte genoss die Erinnerung mit allen Sinnen.

Und unsere leidenschaftlichen Begegnungen in jenem verwunschenen Pavillon. Als Charlottes Onkel wieder zu Hause war, trafen sich Louis-Antoine und Charlotte in einem kleinen Häuschen, das zu dem Garten gehörte, den der Kardinal gepachtet hatte.

»Sie sehen ja nachgerade glücklich aus, Hoheit!« Unwillig öffnete Charlotte die Augen. Sie hatte den Doktor nicht kommen hören. Hinter ihm stand Madame Helène.

»Verzeihen Sie, Hoheit! Aber Monsieur wartet schon eine geschlagene Stunde darauf, Sie zu visitieren!«, erklärte die Pflegerin.

Charlotte seufzte. »Bemühen Sie sich doch nicht um mich, Dr. Matin! Ich sterbe noch heute.«

»Aber Madame!«, widersprach der Arzt empört. »Das dürfen Sie nicht einmal denken! Fühlen Sie sich denn so schlecht? Sind die Schmerzen schlimmer geworden?«

Charlotte schüttelte den Kopf. »Schmerzen plagen mich überhaupt nicht mehr, Doktor. Aber mein Leben zieht in Bildern an mir vorbei.«

Ihr entging nicht, dass sich der Arzt und die Pflegerin einen vielsagenden Blick zuwarfen.

»So ist es recht!«, begütigte Dr. Matin. »Träumen Sie und schlummern Sie! Das bringt Sie wieder zu Kräften! Doch zunächst möchte ich Sie untersuchen.«

Charlotte gab ihren Widerstand auf. Ergeben ließ sie sich den Puls fühlen, in den Hals und in die Augen sehen und den Bauch abtasten, in dem diese monströse Geschwulst wuchs. Nur gegen einen erneuten Aderlass verwahrte sie sich scharf.

»Das lohnt nicht mehr!«, insistierte sie, ohne dass Arzt und Pflegerin auf diese Bemerkung eingingen. Plötzlich packte sie der Ärger.

»Und nun gehen Sie, und lassen Sie mich allein! Bringen Sie mir aber zuvor das Tierchen zurück, das Sie von meinem Lager vertrieben haben. Es leistet mir so treue Gesellschaft!«

Das Kätzchen war wegen der Unruhe rund um Charlottes Bett herum geflohen und hatte sich unter der Chaiselongue verkrochen. Nun lockte Madame Helène es mit sanftem Schnalzen hervor. Unschlüssig stand es auf dem Läufer vor dem Himmelbett.

»So gehen Sie doch endlich!«

»Aber Sie haben noch immer nichts gegessen, Hoheit!«, wandte Helène ein.

»Ich sagte doch schon mehrmals, dass ich keinen Hunger habe!« Ein schwacher Abglanz ihres ehemals energischen Verhaltens in Situationen, in denen man ihr den Gehorsam verweigerte, schlich sich in ihren Tonfall. »Lassen Sie mich jetzt mit dem Kätzchen allein!«

»Das Tier könnte unsauber sein und Sie krank machen!« Dr. Matin klang jetzt ebenfalls streng.

Charlotte lachte auf. »Krank machen am Tag meines Todes? Im Gegenteil, es erinnert mich an meinen geliebten Louis-Antoine von Enghien, wenn Sie wissen, was ich meine!«

»Wie das?«, fragte der Arzt verblüfft.

»Er brachte mir eine solche dreifarbige Glückskatze ein paar Wochen vor seinem Tod. Ich nannte sie Mimi!«

Der Arzt schwieg betreten. »Sie sollten sich an glückliche Zeiten erinnern«, sagte er schließlich.

»Sie sprechen mir aus der Seele, Doktor. Ich will mich an die glücklichen Zeiten meines Lebens erinnern. Doch dazu muss ich allein sein!«

Dr. Matin gab nach. »Läuten Sie nach der Schwester, wenn Sie etwas brauchen!«

Charlotte würdigte ihn keiner Antwort mehr. Arzt und Pflegerin verließen ihr Zimmer.

Doch der Zauber der Erinnerung an die wunderbaren Momente mit Louis-Antoine war gebrochen. Gedankenvoll strich Charlotte dem Kätzchen über das seidenweiche Köpfchen.

Ja, wir waren so glücklich in diesem Sommer in Ettenheim. Die Welt schien uns zu Füßen zu liegen. Bis zu dem Tag, an dem dieser vermaledeite Brief seines Großvaters eintraf.

Teil 3:

LOUIS-ANTOINE

Kapitel 13

Gartenpavillon in Ettenheim, August 1797

Die Uhr von St. Bartholomäus schlug fünfmal. Schläfrig blinzelte Charlotte in die Spätnachmittagssonne, die durch das Fenster im Obergeschoss des kleinen Gartenpavillons schien. Sie streckte und räkelte sich, bis sie hellwach war. Dann stupste sie Louis-Antoine an, der, noch im tiefen Erschöpfungsschlaf der Leidenschaft, leise neben ihr schnarchte. Mit einem kleinen Protestlaut wälzte er sich auf die andere Seite, ohne die Augen zu öffnen. Charlotte lächelte und nahm sich einen Augenblick lang Zeit, um den Geliebten zu betrachten.

Louis-Antoines Körper war so straff und muskulös wie eh und je. Da er jeden Tag ritt und, so oft es ihm möglich war, auch im nahen Schwarzwald jagte, machten sich die fast neun Monate, die er nun schon nicht mehr im ganzen Süden Deutschlands umherziehen und kämpfen musste, nicht bemerkbar.

Während ich längst nicht mehr so rank und schlank bin wie noch vor einigen Jahren. Etwas sorgenvoll verglich Charlotte ihre Rundungen mit den festen, hier und da von weißen Narben überzogenen Gliedern Louis-Antoines. *Ob es ihm wohl irgendwann etwas ausmacht, dass ich fünf Jahre älter bin als er?*

Vor einigen Wochen hatte Louis-Antoine seinen fünfundzwanzigsten Geburtstag gefeiert, sie selbst würde im Oktober dreißig Jahre alt werden. *Nach den Begriffen unserer Zeit bin ich bereits eine Matrone. Ich müsste seit mindestens zehn Jahren verheiratet sein und schon einen ganzen Stall voller Kinder haben.*

Plötzlich schien sich die goldene Sonne vor dem Fenster zu verdunkeln. Eigene Kinder! Zwar duldete ihr Onkel Louis trotz des zunehmenden Getuschels der Ettenheimer ihre Liebe zu Louis-Antoine, aber einen Bastard dürfte sie ihm nicht nach Hause bringen, hatte er Charlotte zwar sehr diskret, aber dennoch unmissverständlich zu verstehen gegeben. Nun, bislang halfen die verhütenden Mittel des Kräuterweibleins, an das Franziska Stuber Charlotte verwiesen hatte. Doch ihre Sehnsucht, eigene Kinder zu haben, war dadurch eher noch gewachsen.

Ach, wenn doch nur sein Großvater endlich ein Einsehen hätte und ihm erlauben würde, mich zu heiraten. Noch bin ich jung und gesund genug, um den Fortbestand der Condés zu sichern.

War auch Louis-Antoine darüber traurig? Irgendetwas schien ihn in den letzten Wochen zu bedrücken. Doch gesagt hatte er ihr nichts, auch als sie zweimal nachfragte. *Wahrscheinlich hat er wieder einmal einen Anlauf gemacht, den alten Mann umzustimmen.* Charlotte wusste, dass Louis-Antoine dies schon öfters vergeblich versucht hatte.

Sie seufzte schwer. Die Uhr der Stadtkirche schlug einmal. *Oh Gott, es ist bereits Viertel nach fünf. Ich muss mich sputen.*

Energischer als zuvor rüttelte sie Louis-Antoine an der Schulter. Der schlug endlich die Augen auf. Die Zärtlichkeit, mit der er Charlotte ansah, ließ ihre leichte Traurigkeit dahinschmelzen wie Schnee in der Märzsonne. »Wie sehr ich dich liebe«, murmelte er und zog sie zu sich hinab in die Kissen, um sie erneut leidenschaftlich zu küssen.

»Nein, mein Geliebter! Es ist schon spät!«, wehrte Charlotte ihn ab, als er Anstalten machte, ihre Brüste zu streicheln. »Wir müssen uns beeilen! Jede Minute kann Henriette kommen, um mir beim Ankleiden zu helfen. Es ist Donnerstag. Ich muss pünktlich zur Vesper erscheinen, sonst wird mir der Onkel zürnen!«

Louis-Antoine drückte einen letzten Kuss auf ihre volle linke Brust. »Wie schade! Aber du hast recht!« Er richtete sich auf und griff nach seiner Unterhose. »Auch ich muss ja heute Abend noch nach Müllheim zurück!« In Müllheim lag die Condé-Armee, während das Hauptquartier mit Enghiens Großvater in Überlingen aufgeschlagen war.

Charlotte stand schon am Waschtisch und goss etwas Wasser aus dem Krug in die Schüssel. »Hier, du Ferkel!« Sie warf ihm lächelnd ein kleines Handtuch zu, das sie zuvor mit dem kühlen Nass getränkt hatte. »Reib dir wenigstens den Geruch der Liebe vom Leib! Was sollen die Leute sonst von dir denken?«

»Vielleicht, dass ich ein glücklicher Mann bin?« Louis-Antoine lächelte zurück, zog aber folgsam die Unterhose wieder herunter und fuhr mit dem Handtuch über seine Scham. Dann schlüpfte er binnen weniger Minuten in seine Reitkleidung.

Charlotte beobachtete ihn mit gelindem Neid. »Wie leicht ihr Männer es habt, euch anzuziehen. Während ich ohne Hilfe nur in mein Hemd schlüpfen kann.«

»Dafür kannst du heute Abend in deinem bequemen Bett schlafen, während ich wieder mit dem Strohsack im Lager vorliebnehmen muss!« Louis-Antoine zog sie ein letztes Mal in die Arme.

»Wann kommst du wieder?«, fragte Charlotte, das Gesicht an seine Schulter gepresst.

»Sobald ich kann, mein Lieb«, antwortete er, bevor er die kleine Stiege hinabsprang und den Pavillon nach einem vorsichtigen Blick in alle Richtungen verließ.

Nur wenige Minuten später klopfte es leise an die Eingangstür. Charlotte huschte die Treppe hinunter und ließ ihre Zofe Henriette ein. Sie trug einen Henkelkorb über dem Arm.

»Ich hoffe, es hat dich niemand gesehen?«, fragte Charlotte.

Henriette zuckte mit den Schultern. »Ich weiß es nicht, Hoheit.« Noch immer verfiel das Mädchen in die förmliche Anrede, wenn es aufgeregt war. »Sicher nicht beim Hineingehen. Da habe ich aufgepasst. Aber die Gartenpforte war nicht verschlossen.«

Charlotte seufzte. »Louis-Antoine … der Herzog«, verbesserte sie sich, »er vergisst es immer wieder.«

»Die Ettenheimer Kinder könnten versucht sein, einzudringen und Obst zu stehlen«, gab Henriette zu bedenken. »Die verschlossene Gartenpforte zu überklettern, würden sie nicht wagen. Aber jedermann weiß, wie köstlich die Himbeeren und Stachelbeeren sind, die hier reifen. Und jetzt sind gerade die Mirabellen so weit.«

»Außerdem«, sie zögerte, entschloss sich aber dann, weiterzusprechen. »Außerdem bin ich dem Herzog auf dem Pfad zum Palais begegnet. Leider hat auch die alte Frau Herbert ihn gesehen.« Frau Herbert war eine der größten Klatschbasen von Ettenheim.

Charlotte erwiderte nichts. In plötzlichem Zorn ballte sie ihre Hände zu Fäusten. *Diese elende Narretei, die wir treiben müssen,* schoss es ihr durch den Kopf.

Der kleine, rosa gestrichene, zweistöckige Pavillon gehörte zum Nutz- und Ziergarten, den ihr Onkel gepachtet hatte, da es unmittelbar beim Palais Rohan keinen Garten gab. Die kleine Anlage war nicht im Entferntesten vergleichbar mit dem weitläufigen Park, der zum ehemaligen Zaberner Schloss des Kardinals gehört hatte. Aber es war nur ein kurzer Fußmarsch vom Palais Rohan, das in der Innenstadt lag, bis dorthin. Man konnte auf den mit Kies bestreuten Wegen lustwandeln, in einer der Rosenlauben auf den weiß gestrichenen Bänken ruhen und lesen oder von dem köstlichen Obst naschen, das der Kardinal anbauen ließ und das hier aus unerfindlichen Gründen ganz besonders gut gedieh. Was der bischöfliche Haushalt nicht verbrauchte, wurde an die Armen verschenkt oder auf dem Wochenmarkt feilgeboten und war überaus begehrt.

Den kleinen Pavillon hatte der Kardinal schon vor einigen Jahren renovieren lassen. Eigentlich diente das Untergeschoss zur Aufbewahrung der Gartengeräte, während ein Teetisch samt Samowar im ersten Stock eine Rast auch bei plötzlichem Unwetter ermöglichen sollte.

Seit Louis-Antoine regelmäßig nach Ettenheim kam, um Charlotte zu besuchen, diente der Pavillon jedoch vor allem als Treffpunkt für ihre geheimen Begegnungen. Mit dem Einverständnis des Kardinals war im Laufe der Monate ein kleines Liebesnest aus dem Häuschen geworden. Die Gartengeräte wurden nun in einem angebauten Holzschuppen aufbewahrt. Das Erdgeschoss barg die Teegarnitur, und im ersten Stock hatte Charlotte ein kleines Ruhebett aufstellen lassen.

Natürlich war die Möblierung des Pavillons den Ettenheimern bei aller Diskretion, die man walten ließ, nicht entgangen, obwohl Charlotte auswärtige Schreiner aus den umliegenden badischen Herrschaften angeworben hatte, um die Schlafzimmereinrichtung anzufertigen. Und dass die Gärtner, die das Anwesen pflegten, in jüngster Zeit nur auf ausdrückliche Anordnung Charlottes tätig werden durften, war ebenfalls aufgefallen. Deshalb versetzte es bald niemanden mehr in Erstaunen, dass die Zeiten der Gartenpflege regelmäßig mit der Abwesenheit des Herzogs von Enghien übereinstimmten. Kurz gesagt, heute wusste jedes Kind in Ettenheim, dass sich Charlotte und der Herzog hier heimlich trafen.

Obwohl Enghien im Palais Rohan übernachtete, wäre es ihm dort nur schwer möglich gewesen, Charlotte des Nachts unauffällig in ihrem Mansardenzimmer aufzusuchen. Das Gästezimmer lag in einem anderen Stockwerk am entgegengesetzten Ende des Palais. Und selbst wenn kein Diener Louis-Antoines Schritte auf dem knarrenden Parkettboden gehört hätte, so lag doch das Zimmer ihrer Hofdame, der Baronin von Würmb, unmittelbar neben den Gemächern Charlottes. Die Wände waren so dünn, dass Charlotte in schlaflosen Nächten sogar das Schnarchen der Baronin hörte.

Dennoch hatten die beiden nach ihrem Wiedersehen im Spätherbst des vergangenen Jahres zunächst keine Rücksicht auf die Gefühle der Dienerschaft genommen. Zu groß war ihre Sehnsucht nach der langen Trennung gewesen, zu aufgestaut ihr Begehren, sich endlich auch körperlich miteinander zu vereinen. Doch schon zwei Tage nach der Rückkehr des Kardinals aus seinem Exil in der Schweiz hatte er Charlotte zu einem traulichen Gespräch in den kleinen Salon gebeten.

»Ich muss ein ernstes Thema mit Ihnen besprechen«, begann er in der förmlichen Art, die Charlotte sofort klarmachte, dass etwas Unangenehmes ins Haus stand. »Die Baronin von Würmb hat sich bei mir beklagt. Sie fürchtet um Ihre Tugend und Ihren guten Ruf, mein Kind.«

Charlotte spürte, dass ihr Gesicht heiß wurde. Sie trat die Flucht nach vorne an. »Das kann sich nur auf mich und den Herzog von Enghien beziehen.« Sie holte tief Luft. »Ich bin fast dreißig Jahre alt, Onkel, und liebe Louis-Antoine schon seit Langem. Wir sind zwei erwachsene Menschen, denen ein unbarmherziger Verwandter die Legalisierung ihrer Verbindung verwehrt. Das scheint das Schicksal zu sein, das Fortuna mir zugedacht hat. Denn schon zum zweiten Mal darf der Mann, der mich liebt, mich nicht zur Frau nehmen. Soll ich deshalb leben wie eine Nonne? Selbst mit meinem ermordeten Verlobten Vincent habe ich schon fleischlich verkehrt und dachte, Sie wüssten und billigten das. Zumal …« Sie stockte und brachte den Satz bewusst nicht zu Ende.

»Zumal ich selbst in meiner Jugend ungeachtet meines geistlichen Standes ein rechter Hallodri war?«, vollendete der Kardinal Charlottes unausgesprochenen Satz.

Sie senkte, statt ihm zu antworten, den Kopf und schwieg.

»Sie haben ja recht, meine Liebe«, fuhr der Kardinal fort. »Doch wir leben jetzt im beschaulichen Ettenheim und nicht mehr im mondänen Paris, wo die außereheliche Liebe an der Tagesordnung war. Deshalb gilt es zumindest, den Schein zu wahren. Zumal ich mein Bischofsamt jetzt ernster nehme denn je zuvor und meiner Gemeinde kein schlechtes Vorbild geben möchte.«

So war die Idee entstanden, den kleinen Gartenpavillon zum heimlichen Treffpunkt für Louis-Antoine und sie herzurichten. Was jedoch auch nicht lange geheim zu halten war.

Henriette, ihre Zofe, und die Stubers, die von Anfang an eingeweiht waren, hatten nichts ausgeplaudert. Dessen war sich Charlotte sicher. Aber dass das Gärtchen am helllichten Tag nicht betreten werden durfte, wenn Louis-Antoine zu Besuch war, dass er und Charlotte oft nach dem Mittagsmahl für Stunden dorthin verschwanden, blieb zumindest im Haushalt des Kardinals nicht verborgen. Und dessen Bedienstete stammten, wie die Köchin, Mamsell Käthe, längst nicht mehr alle nur aus Frankreich, sondern auch aus dem konservativen Baden. Also machten Gerüchte die Runde, selbst wenn Charlotte und Louis-Antoine sich noch so diskret verhielten.

Und daran ist nur dieser alte Familientyrann Prinz Condé schuld, dem nicht das Geringste an Louis-Antoines Glück liegt.

»Entschuldigen Sie, Hoheit«, riss Henriette Charlotte aus ihren zornigen Gedanken. »Ich wollte Sie nicht beunruhigen.«

Charlotte nahm sich zusammen. »Es ist nichts, meine Liebe.« Sie versuchte, ihre Gesichtszüge zu entspannen und lächelte sogar. »Ich bin dir von Herzen dankbar dafür, dass ich dir so vertrauen kann. Doch nun hilf mir ins Kleid, Liebes. Wir sind schon spät dran.«

Auf dem Weg nach Müllheim
August 1797, am gleichen Tag

Kaum hatte Louis-Antoine Ettenheim hinter sich gelassen, ließ er seinen Rappen in einen leichten Trab fallen. Das war die Gangart, bei der er am besten nachdenken konnte.

Charlotte ist so feinfühlig, sie hat sicher schon gemerkt, dass etwas nicht stimmt, dachte er sorgenvoll. *Hoffentlich hat der Alte ein Einsehen und meine Befürchtungen sind unbegründet.* Tief im Innern ahnte er jedoch, dass die Sache noch keineswegs ausgestanden war.

Vor ungefähr drei Wochen war ein Brief des russischen Zaren Paul I. bei seinem Großvater Prinz Condé eingetroffen. Der Herrscher aller Reußen, seit dem Tod seiner mächtigen Mutter Katharina II. erst seit etwa einem halben Jahr auf dem Thron, hatte angeboten, die gesamte Condé-Armee in seine Dienste zu nehmen. Die Voraussetzung dafür war allerdings hart: Die Truppe hatte sich noch dieses Jahr auf den Weg nach Russland zu begeben, wo sie in Dubno stationiert werden sollte, einem abgelegenen Ort, der erst vor zwei Jahren nach der dritten polnischen Teilung an Russland gefallen war.

Das Angebot, uns alle angemessen zu besolden, gilt ab Oktober, hatte sein Großvater Enghien in seinem ersten Schreiben mitgeteilt und hinzugefügt, dass er sofort zugesagt hätte.

Natürlich ging er wie selbstverständlich davon aus, dass Louis-Antoine mit nach Russland ziehen würde. *Der Zar hat uns beide nach St. Petersburg eingeladen. Dort wird er uns den Tauriden-Palast zur Verfügung stellen und uns eine überaus großzügige Apanage aussetzen,* hatte es im Schreiben weiter geheißen. *Was für ein Glücksfall in letzter Minute! Ohne die Großzügigkeit des Zaren hätte ich nach dem nun bevorstehenden Frieden zwischen Österreich und Frankreich nicht gewusst, wovon ich unsere Truppen weiter entlohnen und unterhalten soll.*

In der Tat hatte der österreichische Kaiser bereits angekündigt, die Emigrantenarmee aus seinen Diensten zu entlassen, sobald der Friedensvertrag unterzeichnet wäre. Das konnte nur noch wenige Wochen dauern. Condés eigene Mittel waren bereits seit Jahren erschöpft.

Wie vom Donner gerührt, hatte Enghien das Schreiben seines Großvaters gelesen, als er vor einigen Wochen von einem Besuch in Ettenheim nach Müllheim zurückgekehrt war. Alles in ihm wehrte sich dagegen, Charlotte zu verlassen, um in dieses unwirtliche Land zu ziehen. Und da auch die Müllheimer Kameraden wenig begeistert waren, antwortete er seinem Großvater noch am gleichen Abend, dass er lieber den Dienst quittieren als zusammen mit ihm nach Russland gehen würde.

Zumal der Alte mich ganz sicher mit einer jener russischen Großfürstinnen verkuppeln will, die zu alt oder zu hässlich sind, um einen anderen Bewerber zu finden.

Natürlich hatte er die Rechnung ohne den Wirt gemacht. Das zweite Schreiben Condés, das ihn kurz vor seinem jetzigen Aufenthalt bei Charlotte noch in Müllheim erreichte, war von ganz anderer Tonart gewesen als das erste.

Selbstverständlich werden Sie Ihrer Pflicht Genüge tun und mit uns nach Russland kommen, hieß es darin. *Das befehle ich Ihnen gleichermaßen als Oberhaupt der Familie wie als Oberbefehlshaber der Emigrantenarmee. Der Zar hat ausdrücklich betont, dass er auf Ihre Anwesenheit in St. Petersburg ganz besonderen Wert legt. Und er ist es nicht gewohnt, dass man sich seinen Wünschen widersetzt.*

Der Zar! Schon in ganz jungen Jahren hatte Enghien ihn unausstehlich gefunden, als er den Condés im Rahmen einer Europareise einen Besuch in ihrem Stammschloss in Chantilly abstattete. Der damals achtundzwanzigjährige Paul hatte dem fast zwanzig Jahre jüngeren Louis-Antoine vor gut fünfzehn Jahren seine Gesellschaft förmlich aufgedrängt. Er schwärmte von den feinen Manieren und der Bildung des gerade einmal zehnjährigen »Cherubino«, wie er Louis-Antoine, der diesen Spitznamen hasste, zu nennen pflegte.

Fast war ich damals geneigt zu glauben, Paul fände mehr Gefallen an Knaben als an seiner Gemahlin, erinnerte sich Enghien an die unglücklich wirkende deutsche Prinzessin Sophie Dorothee von Württemberg, die der Zar nach dem frühen Tod seiner ersten Frau geehelicht hatte. *Allerdings hatte Sophie ihm damals schon zwei Söhne geboren. Und bis heute sind weitere fünf oder sechs Kinder dazugekommen.* So ganz genau wusste Enghien das nicht, da er den Ausführungen seines Großvaters über die Entwicklung der europäischen Herrscherhäuser in der Regel nur mit halbem Ohr zuhörte.

Natürlich war ihm trotzdem bekannt, dass Paul eine überaus unglückliche Kindheit und Jugend verbracht hatte. Auf Befehl ihrer Schwiegermutter Elisabeth war er seiner Mutter Katharina bereits unmittelbar nach der Geburt weggenommen und lieblos von Kindermädchen und strengen Lehrern erzogen worden. Zudem galt er hinter vorgehaltener Hand als Bastard, obwohl sein Vater Peter, der später unter mysteriösen Umständen ums Leben gekommene Zar, ihn als legitimen Sohn anerkannte.

Doch die Liebhaber von Pauls Mutter Katharina waren mittlerweile Legion. »Die Finger beider Hände reichen nicht aus, um sie alle zu zählen«, pflegte selbst Prinz Condé mit ungewohnter Respektlosigkeit zu sagen. Als Katharina nach dem Tod ihres Gatten Peter, der ihr angelastet wurde, selbst die Macht in Russland übernahm, kümmerte sie sich weder um ihren damals achtjährigen Sohn, noch verzichtete sie zu seinen Gunsten auf den Thron, als er großjährig geworden war.

Man munkelt, Paul habe seine Mutter mehr und mehr gehasst, je älter er wurde, rekapitulierte Enghien dann doch, was er über die Zustände am Zarenhof aufgeschnappt hatte. *Immerhin hat er gleich nach ihrem Tode verfügt, dass nie wieder eine Frau den russischen Thron besteigen darf.*

Doch Mitleid mit dem unglückseligen Schicksal Pauls, das seinen Charakter wohl derart verdorben hatte, dass er von Anfang an als Despot galt, war für ihn kein auch nur im Geringsten ausreichender Grund, um Charlotte zu verlassen und an den zwar prächtigen, aber intrigenreichen Hof von St. Petersburg zu ziehen.

Nach einer durchwachten Nacht griff Enghien daher erneut zur Feder und teilte seinem Großvater diesmal in aller Offenheit mit, warum er nicht mit nach Russland gehen würde.

Mein Herz ist hier in Deutschland gebunden,

schrieb er.

und da Sie zweifellos beabsichtigen, mich in Russland zu verheiraten, erkläre ich Ihnen hiermit in aller Deutlichkeit, dass ich nicht willens bin, mich zu vermählen, es sei denn mit der Prinzessin Charlotte von Rohan-Rochefort. Ich fürchte daher, Ihnen diesmal den Gehorsam verweigern zu müssen, hoffe aber dennoch unbeirrt auf Ihr Verständnis.

Den Brief hatte er vor fünf Tagen nach Überlingen geschickt und war dann zu seinem nächsten Besuch nach Ettenheim aufgebrochen. Charlotte spürte seine Unruhe, aber in der Hoffnung, sein Großvater würde letztendlich nachgeben, sagte er ihr noch nichts.

Jetzt rechnete er damit, dass die Antwort des Prinzen Condé ihn erneut bei seiner Rückkehr im Lager erwarten würde. Je näher er Müllheim kam, desto beklommener fühlte er sich. Es war schon tiefe Nacht, als er endlich die kleinen Wachfeuer des Truppenlagers sah.

Enghiens Bursche Felix, den er nie nach Ettenheim mitnahm, hatte auf ihn gewartet und eilte ihm nun entgegen, um sein Pferd in Empfang zu nehmen. »Hoher Besuch wartet auf Sie, werter

Herr«, raunte er ihm zu. »Er möchte Sie gleich morgen früh sprechen.«

Louis-Antoine musste nicht nachfragen, wen Felix damit meinte. Diesmal hatte Prinz Condé keinen Brief geschickt, sondern war höchstpersönlich nach Müllheim gekommen.

St.-Bartholomäus-Kirche in Ettenheim
August 1797, am gleichen Tag nach der Vesper

Der heiße Tag war einem lauen Abend gewichen, als Charlotte die Stadtkirche verließ. Sie hatte noch geholfen, den Blumenschmuck zu erneuern, der in der Hitze welk geworden war, und die heruntergebrannten Kerzen auszuwechseln. Auf diese Weise versuchte sie, sich ein wenig von der Sehnsucht nach Louis-Antoine abzulenken, die sie schon bald mit Macht ergreifen würde. Am ersten Abend nach einem Abschied war es immer besonders schlimm.

Die milde Dämmerung und der schwere Blütenduft waren zudem nicht dazu angetan, ihr Verlangen nach Louis-Antoine zu mildern. Sie spürte es in der Brust wie einen körperlichen Schmerz. Obwohl das Nachtmahl im Palais Rohan wartete, lenkten sie ihre Füße wie von selbst zu der Bank, auf der Louis-Antoine und sie so viele trauliche Stunden verbracht hatten.

Doch heute war das lauschige Plätzchen besetzt. Schon war Charlotte im Begriff, wieder umzukehren, als sie die Worte »schamlos« und »Unzucht« aufschnappte. Es schienen zwei Frauen zu sein, die sich dort halblaut unterhielten, ältere Matronen. Sie trugen trotz des Sommers schwarze Gewänder und Hüte. Wie magnetisiert schlich Charlotte sich näher, bis sie die in Französisch gesprochene Unterhaltung verfolgen konnte. Was sie hörte, trieb ihr die Zornesröte auf die Wangen.

»Aber was will man auch von einem Mann erwarten, den man schon in unserer Heimat als ›Kardinal Collier‹ verspottete, weil er sich anmaßte, sogar unserer Königin Avancen zu machen«, sagte die rechts sitzende Dame. Charlotte erkannte sie an ihrer Stimme. Es war Madame Bertrand, die Witwe eines schon vor Jahren in Ettenheim verstorbenen Emigranten. Ihr Onkel Louis hatte der Frau nach dem Tod ihres Gatten eine kleine Rente ausgesetzt.

Die zweite Dame seufzte theatralisch. »Der Apfel fällt nun einmal nicht weit vom Stamm, meine Liebe«, säuselte sie. »Das gilt sowohl für die Prinzessin Charlotte wie auch für ihren Liebhaber, den Herzog von Enghien. Hat nicht sein Großvater seit Jahren eine Mätresse? Eine gewisse Madame von Monaco, soviel ich weiß. Und sein Vater, der Herzog von Bourbon, macht in London jedes Freudenhaus unsicher, munkelt man.«

Auch diese Stimme kannte Charlotte. Sie gehörte Mademoiselle Libert, einer ältlichen Jungfer, die für ihren Geiz verschrien war. Jeden Tag fand sie sich bei den Stubers zum Nachmittagstee ein, ohne jemals auch nur ein Gänseblümchen als Gastgeschenk mitgebracht zu haben.

»Aber dennoch ist es eine große Schande!«, lästerte Madame Bertrand. »Der Kardinal liest die Messe und betet die Vesper, als ob er kein Wässerchen trüben könnte. Doch wie will er unserer Jugend Vorbild und Beispiel sein, wenn seine eigene Nichte vor seinen Augen Unzucht treibt wie eine läufige Hündin?«

Wieder seufzte Mademoiselle Libert. »Da er auf Erden wohl kaum um Absolution bitten wird und gleichzeitig unser höchster Kirchenfürst ist, wird über sein Tun oder Nichtstun wohl unser Herrgott, der ewige Richter, entscheiden müssen.«

»Es sind fürwahr schlechte und schwere Zeiten, liebe Manon«, ließ sich Madame Bertrand wieder vernehmen. »Die Tugend leidet Not. Das Laster dagegen prangt in Samt und Seide.«

Charlotte hatte genug gehört. Das Herz schlug ihr vor Wut bis zum Hals. Sie trat hinter den Frauen hervor, die erschrocken die Luft anhielten.

»Guten Abend, meine Damen!« Charlotte bemühte sich, ruhig und beherrscht zu sprechen. Vor Anspannung ballte sie dennoch unwillkürlich die Hände zu Fäusten.

»Guten Abend, Hoheit«, erwiderten die Frauen Charlottes Gruß in devotem Tonfall.

»Haben auch Sie der Vesper beigewohnt?«, fragte Charlotte.

»Jawohl«, bestätigte Madame Bertrand. »Es war eine ergreifende Feier, wie immer, wenn unser ehrwürdiger Kardinal sie leitet.«

»Und haben Sie auch der kleinen Ansprache gelauscht, die mein Onkel hielt? Sie handelte von den Pharisäern.«

»Selbstverständlich, Hoheit. Es waren weise und erbauliche Worte.«

Charlotte ließ ihre höfliche Maske nun fallen. »Dann nehmen Sie beide sich diese Worte zu Herzen, meine Damen. Sie leben seit vielen Jahren wie die Blutegel von der Wohltätigkeit meines Onkels und wohlhabender Bürger von Ettenheim. Doch Dankbarkeit kennen Sie nicht. Im Gegenteil, in Ihrer Bigotterie glauben Sie, sich über den Landesherrn und mich erheben zu dürfen.«

»Hoheit, Hoheit«, stammelte Mademoiselle Libert. Doch Charlotte war nun nicht mehr zu bremsen.

»Haben Sie, werte Madame Bertrand, einmal darüber nachgedacht, woher mein Onkel, den Sie so verächtlich ›Kardinal Collier‹ nennen, die Mittel nimmt, um Ihren Unterhalt zu bestreiten? Wissen Sie nicht, dass er fast sein ganzes Vermögen eingebüßt hat? Und trotzdem nutzlose Schmarotzerinnen wie Sie ernährt?«

»Prinzessin …«

»Schweigen Sie still! Und sind Sie, liebe Mademoiselle Libert, nicht möglicherweise einfach der Todsünde des Neides anheimgefallen, dass Sie es wagen, über meine Liebe zu spotten? Vielleicht, weil Sie selbst nie von einem Mann begehrt wurden?«

Die alte Jungfer stieß die Luft aus, als hätte Charlotte ihr eine Faust in den Magen gerammt.

»Aber Sie können beruhigt sein, meine Damen. Ich werde meinem Onkel Wort für Wort berichten, wie Sie über ihn und mich, seine Nichte, denken. Vielleicht läutert ihn das ja so weit, dass er zu dem Vorbild wird, das Sie sich wünschen.«

»Bitte«, stammelte Madame Bertrand. »Bitte, Prinzessin von Rohan! Es waren törichte Worte, aber sie waren nicht böse gemeint.«

»Darüber soll mein Onkel befinden«, beschied ihr Charlotte kühl. »Und hernach über Ihre Apanage entscheiden.«

Sie wandte sich an Mademoiselle Libert. »Und Ihnen, Jungfer, möchte ich einen guten Rat erteilen. Meine liebe Freundin Franziska Stuber unterhält keine Armenspeisung. Wenn Sie schon zu geizig sind, um ihr aus Dankbarkeit für die unzähligen Male, bei denen Sie sich auf ihre Kosten mit Kuchen vollstopfen, auch nur einen Strauß Wiesenblumen zu überreichen, könnten Sie ihr danach wenigstens in der Küche dabei helfen, das schmutzige Geschirr zu waschen. Oder einmal den Boden aufwischen, wenn die Gäste gegangen sind. Oder Feuerholz holen.«

Mit Genugtuung nahm Charlotte wahr, dass die Matrone sie mit weit aufgerissenen Augen anstarrte.

»Niemals … nie in meinem Leben habe ich solch niedrige Arbeiten verrichtet!«

»Dann wird es höchste Zeit, dies nachzuholen, Mademoiselle. Gehört nicht auch die Hoffart zu den sieben Todsünden?«

»Also, meine Damen«, schloss sie mit süffisantem Lächeln. »Mir scheint, wir sind quitt. Mehr als quitt sogar. Sie zeihen mich der Todsünde der Wollust, ich Sie der Todsünde des Hochmuts und des Neides. Doch wissen Sie, was der Unterschied ist?«

Die Damen starrten Charlotte wortlos an.

»Die Wollust schmeckt süß, meine Damen. Neid und Hochmut dagegen bitter wie Galle.«

Damit drehte sie sich auf dem Absatz um und ging mit großen Schritten den Kirchberg hinab.

Lager der Condé-Armee in Müllheim
August 1797, am nächsten Morgen

»Welch eine Überraschung! Was führt Sie hierher, mon grandpère?« Louis-Antoine versuchte, die Fassung zu behalten und sich seine Aufregung nicht anmerken zu lassen. Gleich nach dem frugalen Frühstück, bei dem er kaum ein paar Löffel Haferbrei hinunterwürgen konnte, hatte er sich mit dem Prinzen in die aus groben Baumstämmen gezimmerte Blockhütte zurückgezogen, die als Kommandostand diente. Es war nahezu der einzige Ort im Müllheimer Lager, wo man vor unerwünschten Lauschern sicher war.

»Mannigfaltige Sorgen, Enkelsohn, führen mich hierher. Die Sorge um die Existenz unserer Truppe, die Sorge um den Fortbestand unseres Geschlechts, die Sorge um unsere Familie und nicht zuletzt die Sorge um Sie selbst.«

»Dann erklären Sie sich, Prinz!« Enghien wappnete sich gegen die zahlreichen Vorwürfe, die nun auf ihn niedergehen würden.

»Lassen Sie mich mit dem beginnen, was mir am meisten am Herzen liegt, Louis-Antoine! Mit Ihnen selbst.«

Statt des harschen Tonfalls, den Enghien gewohnt war, klang die Stimme seines Großvaters nun weich, ja geradezu zärtlich.

»Ihre Großmutter, die den gleichen Namen trug wie die Frau, die Sie lieben, war von schwacher Konstitution. Charlotte von Rohan-Soubise wurde nur dreiundzwanzig Jahre alt. Sie starb im Kindbett bei der Geburt meines zweiten Sohnes, der sie nur um wenige Tage überlebte.« Der Prinz nahm einen Schluck von dem Rotwein, den er als Gastgeschenk mitgebracht hatte.

»Danach hätten Sie sich erneut vermählen können!«, warf Enghien mit harter Stimme ein. »Dann hätte die Last, den Fortbestand unseres Geschlechts zu sichern, nicht allein bei meinem Vater und mir gelegen!«

Die Antwort seines Großvaters überraschte ihn. »Wie recht Sie haben, Louis-Antoine. Doch damals herrschte fast in ganz Europa der Siebenjährige Krieg. Ich stand als General der französischen Armee im Feld und konnte nicht einmal an der Bestattung meiner Gemahlin teilnehmen. Mir stand nicht der Sinn nach einer neuen Ehe. Ich war damals ungefähr so alt wie Sie heute, Louis-Antoine. Zu jung, um zu überblicken, was die Folgen dieses Entschlusses sein könnten.«

Enghien lauschte überrascht. Er konnte sich nicht daran erinnern, dass sein Großvater je einen Fehler eingestanden hätte. Doch es kam noch besser.

»Und auch ich verliebte mich in die falsche Frau«, fuhr der Prinz fort.

»Was soll das heißen?«, fuhr Enghien auf.

Sein Großvater machte eine beschwichtigende Handbewegung. »Sie wissen, dass ich von Madame von Monaco spreche!«

»Ihrer langjährigen Mätresse!«, konnte Enghien sich diesen Seitenhieb nicht verkneifen.

»Der Frau, die die große Liebe meines Lebens ist«, antwortete Condé schlicht.

»Und warum haben Sie sie nicht zur Frau genommen und weitere Söhne mit ihr gezeugt?«

»Ich war zu feige dazu, Louis-Antoine.«

Nun verschlug es Enghien tatsächlich die Sprache.

»Sie wissen, dass sich Madame von Monaco im Jahr 1770 scheiden ließ. Damals war es undenkbar, am Hof von Versailles Karriere zu machen, wenn man eine geschiedene Frau ehelichte. Ich war bereits das Oberhaupt der Familie Bourbon-Condé und wagte nicht, meine Position und Stellung aufs Spiel zu setzen. Zumal auch die Söhne aus dieser Ehe geächtet gewesen wären. Was hätten sie mir genutzt, da sie bei Hofe wahrscheinlich nicht einmal empfangen worden wären? Geschweige denn eine wichtige Rolle in dem System hätten spielen können, das man heute das Ancien Régime nennt.«

»Dann hätten Sie sich eben anderweitig vermählen müssen, grandpère«, antwortete Enghien hart. »Und Madame von Monaco wäre Ihre Mätresse geblieben.«

»Auch das wagte ich nicht, Enkelsohn. Denn in diesem Fall hätte sie mich verlassen. Und diese Vorstellung konnte ich nicht ertragen.«

»Aber von mir erwarten Sie, dass ich die Frau meines Lebens im Stich lasse!«

Sein Großvater sah ihn traurig an. »So ist es, Louis-Antoine. Das will ich auch gar nicht beschönigen. Ich verlange etwas von Ihnen, was ich selbst weiland nicht zu tun bereit war. Aber heute sind andere Zeiten.«

»Und warum haben Sie meinen Vater nicht mehr in die Pflicht genommen? Warum haben Sie *ihn* nicht gezwungen, weitere Söhne zu zeugen?«

Der Prinz seufzte schwer. »Auf Ihrem Vater Henri ruhten tatsächlich einst all meine Hoffnungen. Damit tröstete ich mich über meine eigene Pflichtvergessenheit hinweg. Ich hatte ja einen Sohn, der den Fortbestand der Dynastie sichern würde. Doch Henri wuchs mutterlos auf, und auch ich kümmerte mich kaum um ihn. So wurde er ein Leichtfuß und Schürzenjäger. Sie wissen, dass er Ihre Mutter schon kurz nach Ihrer Geburt verließ. Wieder kam eine Scheidung nicht infrage. Doch aufgrund seines unsteten Lebenswandels wurden er selbst und Ihre Mutter Bathilde jahrelang nicht in Versailles empfangen.«

Wieder nahm der Prinz einen Schluck Rotwein.

»Zweifellos haben Sie zahlreiche illegitime Halbbrüder und -schwestern, Louis-Antoine«, fügte er dann mit unüberhörbarem Sarkasmus hinzu. »Doch schon seit Ihrer Geburt ruhten alle Hoffnungen allein auf Ihnen.«

»Und das wissen Sie recht gut«, fügte der Prinz mit leiser Stimme hinzu. »Ich wollte nicht noch einmal den gleichen Fehler machen wie bei meinem Sohn. Seit Ihrer Geburt waren Sie mein Herzenskind, mein Augapfel. Da sich weder Vater noch Mutter um Sie kümmerten, übernahm ich bei Ihnen Elternstelle. Ich las Ihnen vor, ich lehrte Sie reiten, ich wachte während Ihrer Kinderkrankheiten an Ihrem Bett. Und ich warf meinen ganzen Ruf als erfolgreicher Kriegsheld und Prinz von Geblüt in die Waagschale, um Sie in Versailles hoffähig zu machen. Erinnern Sie sich an Ihre zweite Taufe?«

Louis-Antoine nickte schweigend mit einem Kloß in der Kehle.

»Ich ließ Ihnen die Vornamen des Königs *und* der Königin geben, damit Sie später beide zu Paten hätten. Und diese Rechnung ging auf. Sogar Ihre Eltern durften an der Zeremonie teilnehmen und wurden seither wieder bei Hofe empfangen.«

»Aber dann kam die Revolution, Großvater, und zerstörte all Ihre Pläne.«

Die plötzliche Bitterkeit in der Miene des alten Mannes rührte Louis-Antoine.

»Wieder haben Sie recht, Enkelsohn. Die Revolution zerstörte alles. Unsere Hoffnungen, unsere Pläne, unseren Wohlstand, unsere ganze Existenz. Nun ist uns nichts mehr geblieben als unser großer alter Name. Und selbst der hat nicht mehr überall Gewicht. Eine Karoline von Baden hätte ich unter anderen Umständen nie als Gemahlin für Sie in Betracht gezogen. Warum auch? Im Ancien Régime wäre Charlotte von Rohan-Rochefort eine weitaus bessere Partie gewesen als diese Landpomeranze. Auch sie ist eine französische Prinzessin von Geblüt und stammt aus dem gleichen Geschlecht wie Ihre Großmutter.«

»Ja eben!«, begehrte Louis-Antoine auf. »Warum stehen Sie unserer Verbindung dann so ablehnend gegenüber?«

»Weil die Macht in Frankreich nicht mehr in den Händen der französischen Emigranten liegt!«, antwortete der Prinz. Nun klang seine Stimme wieder hart. »Auch keine andere Französin von uraltem Adel kann unserem Namen wieder zu Größe verhelfen. Wir sind Geächtete in unserer eigenen Heimat! Besitzlose und Vertriebene! Nur an einigen Fürstenhöfen zählt noch, dass wir einst die Blüte des europäischen Adels waren. Besonders in St. Petersburg verklärt man die französische Lebensart zum idealen Fürstentum. Nicht umsonst spricht man dort bei Hof Französisch, nicht Russisch.«

Enghien hatte seinem Großvater zuletzt gar nicht mehr zugehört. »Sie sagen, Sie würden überhaupt keine Verbindung mit einer Landsmännin von mir akzeptieren? Es liegt also gar nicht an Charlotte?«

»Ja und nein, Louis-Antoine! Keine französische Adlige kann unserem Geschlecht beim derzeitigen Stand der Dinge wieder zu Ansehen, Einfluss und Wohlstand verhelfen. Doch selbst in den besseren Zeiten, auf die ich noch immer hoffe, käme Charlotte von Rohan nicht infrage. Ihr Großonkel gilt als Totengräber des Ancien Régime. Er verkörpert all das, was im alten System bei aller Wertschätzung, die ich für dieses hege, verwerflich war: ein Lebemann von geistlichem Stand, ein Verschwender, ein Frauenheld ohnegleichen. Eitel und anmaßend genug, selbst unsere allergnädigste Königin mit in den Schmutz seiner Verworfenheit zu ziehen.«

Enghien konnte nicht ahnen, wie ähnlich die Worte seines Großvaters über Kardinal Rohan denjenigen waren, die Charlotte am Vorabend in Ettenheim zu hören bekommen hatte. Dennoch war er tief betroffen.

»Inzwischen hat der Kardinal seinen Lebenswandel aber vollkommen verändert«, wandte er ein. »Er gilt als gottesfürchtig und fromm, gar nicht zu reden von seiner Enthaltsamkeit.«

»Und doch duldet er, dass seine Nichte vor den Augen und Ohren der Öffentlichkeit Ihre Mätresse ist. Folglich hat er höchstens sein eigenes Leben geändert; nicht aber die Werte, die sein Handeln bestimmen.«

Von der brutalen Klarheit dieses Urteils getroffen, zuckte Enghien zusammen. Da er den intensiven, stechenden Blick seines Großvaters nicht mehr aushielt, sprang er auf, trat an das kleine Fenster der Blockhütte und öffnete es. Draußen war es inzwischen Mittag geworden. Über den Kochfeuern hingen eiserne Töpfe. Es roch durchdringend nach Kohl.

»Nun gut«, hörte er Condé hinter sich seufzen. »Wenn mein Appell an Ihren Familiensinn und Ihre Loyalität mir gegenüber nicht weiterhilft, so vielleicht wenigstens die Loyalität gegenüber Ihren Männern.«

Enghien schnellte herum. »Was soll das heißen?«

Der Prinz sah ihm fest in die Augen. »Wenn Sie nicht mit nach St. Petersburg kommen, wird der Zar sein Angebot zurückziehen.« Er wehrte mit der Hand einen Einwand seines Enkels ab. »Das ist sicher, Louis-Antoine. Ich habe einen Eilkurier nach St. Petersburg gesandt, als Ihre erste Absage eintraf. Gestern brachte man mir die Antwort. Lesen Sie selbst.«

Stirnrunzelnd ergriff Enghien das Schreiben, das ihm sein Großvater entgegenhielt. Und tatsächlich! Da stand es schwarz auf weiß.

Ich muss Ihnen offen gestehen, werter Freund, dass mich Ihre Anfrage außerordentlich überrascht, wenn nicht sogar indigniert hat,

schrieb der Zar.

Angesichts Ihrer bedrängten Lage finde ich keine Erklärung dafür, warum Ihr Enkel, der Herzog Louis-Antoine von Enghien, mir die Heerführerschaft und vor allen Dingen die Ehre seines Besuchs verweigern will. Soll ich das so verstehen, dass Sie meine Offerte belästigt, anstatt Sie zu erfreuen? Dann ziehe ich sie selbstverständlich zurück.

»Und was bedeutet das jetzt?«, fragte Enghien unnötigerweise.

Wieder war er auf die Antwort seines Großvaters nicht gefasst. »Nichts anderes, als dass wir alle Hoffnung fahren lassen müssen, wenn Sie nicht mit nach Russland kommen. Meine eigenen Mittel sind schon seit Jahren erschöpft. Österreich hat mir mitgeteilt, dass es den Sold für unsere Truppen keinen Tag länger als bis September bezahlen wird. Schon jetzt ist die Löhnung so mager, dass es für die Verpflegung der Truppen kaum einmal für Fleisch reicht, wie Sie ja gerade riechen können. Kohlsuppe mit ein paar Speckwürfeln, Haferbrei und trockenes Brot. Das ist die Kost, von der die ganze Armee seit Wochen lebt. Der Sold des Zaren ist großzügiger. Sein Reichtum ist unermesslich, wie Sie wissen.«

Enghien fiel keine Erwiderung ein. Er schwieg, da sein Großvater nichts als die reine Wahrheit sprach.

»Denken Sie noch an die Brüder Landeville und Ihren alten Lehrer Virieu?«, fragte der Prinz unvermittelt.

»Ja! Sie sind in der Schlacht bei Oberkammlach gefallen, die wir um Ihrer Ehre willen vergebens geschlagen haben!« Die Bitterkeit über dieses sinnlose Gemetzel würde Enghien nie verwinden.

»Sie haben ihr Leben für ihr Vaterland geopfert.« Der Prinz ließ sich nicht beirren. »In der Hoffnung, dass *wir* es einst siegreich wiedersehen werden. Ist es nicht so?«

Enghien antwortete nicht. Schließlich nickte er widerwillig.

»Ohne den Sold des Zaren werden die meisten unserer Männer weder die Heimat wiedersehen noch wissen, wie sie in der Fremde überleben können. Nach Frankreich können sie nicht zurück. Dort drohen ihnen Repressalien bis hin zum Tod. Ihre Besitztümer sind beschlagnahmt, sie gelten als Landesverräter.«

Der Prinz stand auf und trat neben Enghien an das kleine Fenster. Eine Weile glitt sein Blick suchend über die draußen vorbeieilenden Soldaten. Dann wies er auf einen Mann, der sich hinkend der Hütte näherte. Er mochte an die sechzig Jahre alt sein. Seine Uniform war völlig zerschlissen, die Sohle eines Stiefels hatte sich gelöst.

»Erkennen Sie diesen Kameraden?«

Enghien nickte. »Es ist der Marquis von Brasse.«

»Erinnern Sie sich noch an unseren Besuch bei ihm vor vielen Jahren?«

Vage Bilder von einem prächtigen Barockschloss und einer weitläufigen Parkanlage schossen Enghien durch den Kopf. Er nickte wieder.

»Vor der Revolution war der Marquis einer der reichsten Männer seiner Region. Dann wurde sein Schloss schon im ersten Jahr der Aufstände geplündert und angezündet. Seine Frau und sein jüngster Sohn starben in den Flammen. Seine beiden anderen Söhne sind mit ihm geflohen. Einer fiel schon im ersten Jahr des Krieges in der Schlacht von Valmy. Der andere wurde letztes Jahr im Kampf gegen Moreau zum Krüppel.«

Enghien schluckte schwer. »Ich weiß«, sagte er tonlos. »Er verlor vor München beide Beine durch eine Kartätsche.«

»Der Marquis selbst hinkt nicht nur, weil seine Stiefel durchlöchert sind. Auch er wurde mehrmals verwundet. Wissen Sie, wie alt er ist?«

»Ich schätze, ungefähr so alt wie Sie selbst. Sechzig Jahre.«

»Er ist nicht einmal fünfundvierzig Jahre alt«, entgegnete der Prinz brutal. »Unter Ludwig XVI. bekleidete er den Rang eines Obristen. In der Condé-Armee konnte ich ihn nur zum Sergeanten machen. Er besitzt buchstäblich nichts mehr außer seinem geringen Sold. Und der reicht nicht einmal für neue Stiefel.«

Enghien spürte den Kloß in seiner Kehle größer werden. Er räusperte sich. »Und was wollen Sie mir damit sagen?«

»Was soll aus dem Marquis und den anderen Soldaten werden, wenn wir die Unterstützung des Zaren ausschlagen? Sollen sie sich als Viehhirten oder Stallknechte verdingen oder am Straßenrand betteln? Ohne jede Hoffnung, je die Heimat wiederzusehen oder ein besseres Leben zu führen?«

Prinz Condé machte eine Pause und ließ seine Worte wirken.

»Der Zar hat uns eine passable Marschausrüstung versprochen, bevor wir nach Russland aufbrechen. Er will Tuch für Uniformen, neue Stiefel, Waffen und Proviant schicken.«

Enghien begehrte ein letztes Mal auf. »Als Ihr erstes Schreiben über die Offerte des Zaren kam, wollte hier niemand in Müllheim nach Russland ziehen.«

Prinz Condé ließ sich nicht beeindrucken. Er zuckte mit den Schultern. »Die Hoffnung stirbt zuletzt, Enkelsohn. Ende Juli hofften die meisten noch darauf, dass uns Österreich in seinen Diensten behalten würde. Doch wir sind dem Kaiser zu teuer. Mittlerweile werden darüber sogar schon Spottlieder gesungen.«

Enghien ließ den Kopf hängen. Er wusste nur zu gut, dass auch diese Worte seines Großvaters nichts als die Wahrheit waren.

Der holte nun zum entscheidenden letzten Schlag aus. »Ist die Prinzessin von Rohan eine Patriotin?«

Verblüfft sah Enghien auf. »Selbstverständlich ist sie das!«

»Wie würde sie an Ihrer Stelle entscheiden, Louis-Antoine? Das Opfer des Abschieds bringen oder dreitausend treue Franzosen ins Elend stürzen? Was meinen Sie?«

Es war eine rein rhetorische Frage.

Enghien schluckte. Als er schließlich sprach, fühlte sich seine Kehle rau wie Sandpapier an.

»Ich werde den Männern gegenüber meine Pflicht tun, Großvater, und mit Ihnen nach Russland ziehen. Aber heiraten werde ich keine andere als Charlotte von Rohan.«

Im Gesicht des Prinzen arbeitete es. Genugtuung und Ärger lagen miteinander im Zwiestreit. Schließlich holte er tief Luft.

»Ich danke Ihnen für Ihre Zustimmung zum Heerzug nach Russland und die damit verbundene Loyalität für unsere treuen Soldaten. Über die zweite Frage werden wir zu passenderer Stunde entscheiden.«

Kapitel 14

Palais Rohan in Ettenheim
September 1797, zwei Wochen später

Wie betäubt stand Charlotte am Fenster und sah auf den Schlosshof des Palais Rohan hinab. Mit hängenden Schultern führte Louis-Antoine seinen Rappen aus dem Stall und verließ mit langsamen Schritten den Hof. Auf dem Kopfsteinpflaster der Straße waren wenig später Hufschläge zu vernehmen. Auch sie klangen schleppend, als ob der Reiter sein Ross weder antrieb noch richtig lenkte.

Kraftlos sank Charlotte auf einen Sessel. Ihre Beine fühlten sich an, als ob sie ihren Körper nie wieder tragen könnten.

Fort! Er ist fort! Vielleicht unwiederbringlich fort! Unerbittlich kreiste das Wort »fort« in ihrem Kopf.

Dabei hatte dieser Tag so glücklich begonnen. Gestern Abend war Louis-Antoine eingetroffen. Da ihr Onkel wieder in der Ortenau weilte, hatten sie das Palais fast für sich allein gehabt. Kein anderer Gast wurde zum Souper erwartet. Selbst die Baronin von Würmb war außer Haus. Sie besuchte eine Freundin in Ettenheimmünster und wollte dort auch übernachten.

Da Charlotte und Louis-Antoine also auf niemandes Gefühle Rücksicht nehmen mussten, hatten sie die Nacht in Charlottes Schlafzimmer verbracht. Zuvor hielten sie sich so lange im Salon auf, dass die Dienerschaft schon zu Bett gegangen war.

Es war ein herrliches Gefühl, Louis-Antoines Körper die ganze Nacht neben dem ihren zu spüren. Sich immer wieder zu lieben, wenn sie sich in der Enge des schmalen Himmelbetts drehten und dadurch gegenseitig aufweckten.

Erst als der Morgen graute, war Louis-Antoine ins Gästezimmer geschlichen und hatte noch ein paar Stunden geruht, während Charlotte hellwach lag und die aufgehende Sonne begrüßte. *So fühlt sich das Glück an,* hatte sie noch vor wenigen Stunden gedacht. Und nun?!

Aber es geschieht dir doch recht, dachte sie bitter. *Du wolltest nach Vincents Tod nie wieder lieben, um nie wieder so grausam zu leiden. Warum hast du dieses Gelübde nur gebrochen?*

Nach dem Frühstück hatten die beiden einen Spaziergang durch Ettenheim gemacht und wie so oft auf der Bank hinter der Kirche gerastet.

»Wie schön dieses Land doch ist«, seufzte Louis-Antoine plötzlich. »Ich werde es vermissen!«

»Vermissen?« Charlotte erschrak bis ins Mark. »Wieso vermissen? Musst du fort? Droht ein neuer Krieg?«

»Nein, nein, mein Lieb! Beunruhige dich nicht! Es ist nichts. Ich habe nur gerade dummes Zeug geschwatzt.«

Von diesem Moment an hatte sich der strahlende Spätsommertag verdüstert. Charlotte spürte, dass ihren Geliebten etwas bedrückte.

Als ihre Unterhaltung nach dem Mittagessen immer schleppender wurde und Louis-Antoine immer trauriger wirkte, stellte sie ihn schließlich zur Rede: »Nun sag mir schon, was los ist! Ich merke doch, dass du mir etwas verschweigst.«

Einen Augenblick lang kämpfte Louis-Antoine noch mit sich. Dann gab er sich einen Ruck. »Früher oder später muss ich es dir ja ohnehin sagen. Warum also nicht früher?«

Eine eisige Hand legte sich auf Charlottes Herz. »Was meinst du? Was musst du mir sagen?«

Über den Tisch hinweg ergriff Louis-Antoine ihre Hände und sah ihr in die Augen. »Ich muss fort, Charlotte. Schon bald und für ungewisse Zeit.«

»Fort? Ja wohin denn, wenn kein neuer Krieg droht?«

Er sog die Luft durch die Zähne. »Ich gehe mit der Condé-Armee nach Russland.«

Ihr Verstand weigerte sich zunächst zu begreifen, was sie gehört hatte. »Nach Russland?«, echote sie. »Aber warum denn, um Himmels willen?«

»Der Zar nimmt uns in seine Dienste. Mich und meinen Großvater hat er sogar nach St. Petersburg eingeladen.«

»Nach St. Petersburg. Aber das ist ja unendlich weit von hier!« Sie merkte selbst, wie unsinnig ihre Worte waren.

»Und wie lange wirst du wegbleiben?« Nun zitterte ihre Stimme vor Angst.

Er streichelte ihre Hände. »Ich sagte es doch schon, meine Geliebte. Ich weiß es nicht.«

In jäh aufkommender Wut zog sie ihre Hände zurück. »Du weißt es nicht? Und was ist mit mir? Was wird mit uns?«

Louis-Antoine sah sie an wie ein waidwundes Wild. Er erwiderte nichts.

»So nimm mich mit dir!« Charlotte hatte keine Sekunde über diese Worte nachgedacht. »Wir bitten meinen Onkel, uns zu trauen, und dann begleite ich dich als deine Gemahlin.«

Louis-Antoines gequälter Gesichtsausdruck verstärkte sich. »Das geht nicht, mein Schatz. Eine Armee auf dem Marsch ist kein Ort für eine zarte Frau. Da geht es wild und unbeherrscht zu. Wir müssen im Winter durch raues Land. Vielleicht hungern, in jedem Fall aber frieren. Außerdem würde mein Großvater es nicht erlauben!«

»Dein Großvater!« Charlotte sprang auf. Ihre Miene verzog sich verächtlich. »Natürlich! Dahinter steckt wieder der Alte! Er missgönnt uns unser Glück! Hat er etwa den Zaren angebettelt, in seine Dienste treten zu dürfen, damit er uns endlich auseinanderbringen kann? Um dich alsdann mit einer fetten Großfürstin zu verkuppeln?«

Louis-Antoine klang resigniert, als er antwortete. »Ja und nein, Charlotte! Wahrscheinlich wird er versuchen, mich zu verkuppeln, wie du es nennst. Doch die Offerte, uns als Söldner zu dingen, kam von Zar Paul.«

»So weigere dich, mitzugehen, Louis-Antoine! Biete dem Alten endlich die Stirn! Ich brauche kein Gut und kein Geld, um mit dir glücklich zu sein. Irgendwo und irgendwie wirst du unser beider Lebensunterhalt schon verdienen können.«

Nun traten sogar Tränen in Louis-Antoines Augen, während er sie zärtlich anlächelte. »Wie sehr ich dich liebe, Charlotte! Du kämpfst um mich. Ich dagegen bin ein rechter Feigling!«

»Du? Ein Feigling! Einen größeren Unfug habe ich nie gehört. Du giltst landauf, landab als der Herzog ›Va de Bon Cœur‹! Ich dagegen habe niemals um Vincent gekämpft! Ich habe hingenommen, was er für guthieß, und es später bitter bereut!«

Sie ballte die Hände zu Fäusten. »Diesen Fehler will ich nicht noch einmal machen. Also! Kämpfe auch du für unser Glück, wenn es dir etwas bedeutet!«

»Es bedeutet mir mehr als mein Leben! Und dennoch gebietet mir die Ehre, mit nach Russland zu gehen!«

»Die Ehre?« Charlotte schnappte nach Luft. »Ich dachte, mit diesem Thema hättest du seit Oberkammlach abgeschlossen!«

Mit der Genugtuung, die von ihrem eigenen Schmerz herrührte, registrierte Charlotte, dass sie Louis-Antoine getroffen hatte.

Doch seine Antwort fiel anders aus, als sie erwartete. »Du sagst es, Charlotte! Auch Oberkammlach zwingt mich dazu, dich zu verlassen. Denn wenn ich nicht mitgehe, zieht der Zar seine Offerte zurück. Dann versinken die Helden von Oberkammlach und zahlreichen anderen Schlachten im Elend.«

Es schmerzte ihn mehr als die im Kampf empfangenen Wunden, als er Charlotte auf die Chaiselongue sinken sah, so als hätte sie, die eben noch so leidenschaftlich gekämpft hatte, plötzlich all ihre Kraft verlassen.

»So erkläre dich!«, sagte sie leise.

Louis-Antoine stand auf und setzte sich neben sie. Dann ergriff er ihre Hände erneut. Sie ließ es widerstandslos geschehen, doch sie lagen leblos in den seinen. Mit schleppender Stimme erläuterte Louis-Antoine ihr die Umstände, die zu seiner Entscheidung geführt hatten.

»Also weißt du es schon seit Wochen!«, war alles, was sie erwiderte, als er geendet hatte.

»Ja, ich wusste es schon länger! Und habe es dir verschwiegen, weil ich mich dagegen gewehrt habe«, verwahrte sich Louis-Antoine gegen den unausgesprochenen Vorwurf, nun auch mit heftigerer Stimme. »Ich liebe dich, Charlotte! Ich wollte um jeden Preis bei dir bleiben!«

»Um jeden Preis? Nun, der Preis scheint mir recht wohlfeil zu sein!«

Er zuckte zurück. Diesmal hatte ihr Spott ihn wirklich verletzt.

»Ich habe meinem Großvater gesagt, dass ich in Russland nicht heiraten werde! In Russland nicht und auch nirgendwo sonst. Wenn er Urenkel haben will, gibt es nur eine Frau, mit der ich sie zeugen werde. Das bist du!«

Vor der Wahl, ihn für dieses Bekenntnis noch mehr zu lieben oder ihn den Schmerz büßen zu lassen, den er ihr zufügte, entschied sich Charlotte für den Weg der Vergeltung.

»Schön!«, sagte sie kühl. »Doch Gleiches möchte ich dir nicht versprechen! Ich bin kein junges Mädchen mehr, sondern werde in wenigen Wochen dreißig Jahre alt. Wer weiß, wann du zurückkommst! Wenn du überhaupt je zurückkommst! In zehn Jahren bin ich alt und vertrocknet. Kinder kann ich dann wahrscheinlich keine mehr haben!«

Der Schlag saß. Louis-Antoine wurde aschfahl. Er ließ ihre Hände los und stand auf.

»Ich gebe dich frei, Charlotte, wenn du dich anderweitig binden willst.«

»Ja, wenn mich denn überhaupt noch irgendjemand zur Frau nehmen will! Den portugiesischen Gesandten, der mir im vergangenen Frühling den Hof machte, habe ich kaum eines Blicks gewürdigt. Stattdessen habe ich meinen Onkel und mich zum

Gespött von ganz Ettenheim gemacht. Die ›Hure des Herzogs‹ nennen sie mich!« In ihrem blinden Zorn machte sie den Tratsch noch schlimmer, als er schon war.

Je zorniger sie wurde, desto resignierter wurde Louis-Antoine. »Es tut mir so unendlich leid, dass ich dir wehtue. Du und ich, wir zwei scheinen nicht für das Glück gemacht zu sein!«

Sie unternahm einen letzten verzweifelten Versuch. »Dann sollten wir uns aufbäumen gegen Fortunas Blindheit! Lass uns durchbrennen! Noch heute! Wir gehen irgendwohin, wo uns niemand kennt. Ich kann Französisch unterrichten, du kannst dir dein Brot als Jäger oder Reitlehrer verdienen! Wir kommen schon zurecht, wenn wir uns nur lieben und fest zusammenhalten!«

Unendlich langsam schüttelte er den Kopf. »Ich kann nicht zurück, Charlotte. Ich habe es versprochen!«

Die Wut übermannte sie wieder. »Mir hast du auch etwas versprochen, Louis-Antoine! Zählt das gar nichts?«

Als er nicht gleich antwortete, tat sie es für ihn. »Oh ja! Es zählt schon, wirst du jetzt sagen. Für Schönwettertage zählt es, aber nicht, wenn der Sturm aufzieht.«

Sie wies zur Tür. »Wenn du dich nicht zu mir bekennen willst, dann geh! Geh jetzt und komme niemals wieder hierher!«

Der Blick, mit dem er sie daraufhin ansah, sollte sie noch viele Wochen lang im Schlaf verfolgen. »Ist das dein letztes Wort?«

Sie antwortete nicht, sondern wies weiterhin starr auf die Tür.

»Dann lebe wohl! Ich wünsche dir, dass du glücklich wirst!« Mit schleppenden Schritten verließ Louis-Antoine den Raum.

Ein namenloser Ort in Galizien, Dezember 1797

Die Sonne blendete Louis-Antoine, als er vor die Tür der kleinen Kate trat, in der er und einige seiner Offiziere die Nacht verbracht hatten. Heftig mit den Füßen stampfend, ging er auf und ab, um sich ein wenig zu wärmen. Nach einer kurzen Periode milderer Temperaturen, wenn auch um den Preis beständigen Nieselregens und Nebels, hatte es seit zwei Nächten wieder Stein und Bein gefroren.

Die Eiskristalle, die sich auf der dünnen Schneedecke gebildet hatten, funkelten wie Diamanten und knirschten unter Enghiens Stiefeln. Der Himmel war leuchtend blau. *So blau wie Charlottes Augen.*

Schon spürte Louis-Antoine, wie die Strahlen der Sonne verblassten und sich eine Art milchiger Film über seine Augen zu legen schien. Die Farben um ihn herum wurden stumpf, die Geräusche verschwommen. So ging es ihm jeden Tag auf dem langen Marsch seit dem Abschied von Charlotte, sobald er an sie dachte.

Seit dem 1. Oktober waren sie nun unterwegs. In knapp drei Wochen würden sie die russische Grenze erreichen.

Während der letzten beiden Wochen, die Enghien vor dem Abmarsch noch in Müllheim verweilte, hatte er jeden Tag auf ein Schreiben Charlottes gehofft. Zumindest auf einen Zweizeiler oder auf irgendeine andere Geste und sei sie noch so winzig: ein Halstuch, eine Haarlocke, sonst ein persönlicher Gegenstand. Auf etwas, das ihm zeigte, dass sie ihn nicht für immer aus ihrem Leben stoßen würde. Aber es war nichts eingetroffen.

Einmal saß er sogar schon auf seinem Rappen, um nach Ettenheim zu reiten, als er im letzten Augenblick innehielt. *Was habe ich ihr denn anderes zu sagen als bei meinem letzten Besuch?*, resignierte er rasch. *Vielleicht empfängt sie mich ja nicht einmal. Schließlich hat sie mir befohlen, nie wiederzukommen.*

Seither beherrschten ihn Niedergeschlagenheit und Antriebslosigkeit schlimmer als je zuvor. Lustlos zwang er sich jeden Tag in den Sattel. Meistens wies er die Angebote seiner Kameraden ab, abends mit ihnen zu zechen. Und nahm er sie einmal an, betrank er sich bis zur Besinnungslosigkeit.

Wachte er dann mit einem Brummschädel auf, dachte er ingrimmig an seinen Großvater. *Der Alte würde mich schelten, weil ich mich so gehen lasse. Doch zum Glück ist er weit fort von hier.* Prinz Condé war mit der Kutsche auf dem Weg nach St. Petersburg. Er überließ es seinem Enkel und den anderen Generälen der Condé-Armee, die Truppen nach Dubno zu führen. Von dort aus sollte Enghien allerdings so rasch wie möglich zur Zarenresidenz nachkommen.

Auch an diesem Morgen sprang ihn die Traurigkeit an wie ein tückisches Raubtier. Doch zum ersten Mal begehrte er dagegen auf. Der Tag war zwar klirrend kalt, aber wunderschön. Die Landschaft mit ihren sanften Hügeln und den wie mit Puderzucker bestäubten Nadelbäumen prangte in dem intensiven Licht, wie es nur die Wintersonne auf Schnee hervorzubringen vermag. Nicht weit entfernt glitzerte ein zugefrorener kleiner See.

Plötzlich packte Enghien eine unbändige Lebenslust, wie er sie zuletzt in Charlottes Armen in Ettenheim gespürt hatte. *Hingen da vorher nicht gerade Schlittschuhe am Haken vor der Kate?*, erinnerte er sich. Rasch ging er zurück. Tatsächlich! Hastig probierte er sie an. Die Kufen passten wie angegossen unter seine Stiefel.

»Canone!«, rief er seinem neuen Burschen zu, den er in Österreich angeworben hatte. Sein ehemaliger Bursche Felix hatte sich schon in Wien entschlossen, nicht weiter mit nach Russland zu ziehen. »Ich habe jetzt schon Heimweh nach Bayern, Herr«, gestand er Enghien, der ihn traurigen Herzens ziehen ließ. Noch ein vertrauter Mensch, der ihm verloren ging.

Joseph Canone, den alle Welt nur bei seinem Nachnamen rief, tröstete ihn allerdings schneller über den Abschied von Felix hinweg, als Enghien erwartet hatte. Der Sohn royalistischer Eltern stammte aus Paris, war Anfang zwanzig und immer fröhlich und gut gelaunt, mochte das Wetter auch noch so schlecht, die Straßen noch so verschlammt, die Ausrüstung noch so durchnässt sein. Nur eines konnte Canone die gute Stimmung verderben, wenn es nichts Rechtes zu essen gab. Dann brummelte er vor sich hin, bis ihn die nächste Hühnerkeule oder ein Hasenpfeffer, den man Enghiens Büchse verdankte, wieder aufmunterte.

»Canone!«, rief Louis-Antoine jetzt noch einmal. »Ich gehe Schlittschuh laufen dort auf dem See!«

In diesem Moment kam die alte Bäuerin, der die Kate gehörte, des Weges entlang. Sie hatte bei ihrer Tochter im Dorf übernachtet. Als sie die Schlittschuhe in Enghiens Händen sah, stürzte sie aufgeregt gestikulierend auf ihn zu und versuchte, sie ihm zu entreißen. Verblüfft und empört wehrte Louis-Antoine die Alte ab.

»Halte sie mir vom Leib!«, rief er Canone noch zu, bevor er mit großen Schritten zum See stürmte. Vorsichtig prüfte er das Eis am Ufer. Es war fest und schien mindestens zehn Zoll dick zu sein.

Pfeifend schnallte Enghien die Schlittschuhe an und lief los. Schon als Kind hatte er es geliebt, über den See in Chantilly zu gleiten, wenn der einmal fest zugefroren war, was selten genug vorkam. Auch jetzt versetzten ihn die sanft schwingenden Bewegungen in eine leichte Trance. Außer dem Schleifen der Kufen über das Eis war kein Laut zu hören. *Rechts, links, drehen, rechts, links, Halbkreis,* nahm Louis-Antoine in Gedanken die gleichmäßigen Bewegungen vorweg.

Plötzlich knirschte es heftig unter seinen Füßen. Enghien erschrak. Rings um ihn herum bildeten sich Risse im Eis. Schon drang eiskaltes Wasser durch die dünnen Sohlen der Stiefel auf den dünnen Kufen.

Entsetzt versuchte Louis-Antoine, zu wenden, um ans Ufer zu kommen. Doch es war zu spät. Das Eis rund um ihn herum zersplitterte in tausend Stücke. Mit einem Aufschrei versank er im eisigen Nass.

Marktplatz in Ettenheim
Dezember 1797, zur selben Zeit

Frierend barg Charlotte ihre Hände wieder in ihrem Pelzmuff, nachdem sie die Auslagen der Kleinkrämerin begutachtet hatte, die Kurzwaren feilbot. Über Nacht war es klirrend kalt geworden.

Um sich zu wärmen, trat sie an eines der Reisigfeuer, die an drei Ecken des Marktplatzes in gusseisernen Gestellen brannten. Gerührt dachte sie an ihren Onkel, dem die Marktbeschicker und deren Kunden diesen kleinen Luxus verdankten.

An einem eiskalten Wintertag in einem der Vorjahre war ihr Onkel ans Fenster des Palais getreten, von dem man einen Teil des Rathausplatzes, auf dem dreimal wöchentlich der Markt stattfand, einsehen konnte. Ein ungemütlicher Wind pfiff um die Ecken, es grieselte leicht, und mitten am Tag schien schon die Dämmerung hereingebrochen zu sein.

Da sich bei diesem Wetter nur wenige Kunden nach draußen wagten, traten die Marktleute trotz der dicken Jacken und Schals, in die sie sich eingemummt hatten, beständig von einem Fuß auf den anderen. Selbst aus der Entfernung konnte man ihre vor Kälte rot angelaufenen Nasen und Hände erkennen.

»Diese Menschen holen sich ja den Tod«, hatte ihr Onkel entsetzt gesagt. Und dann rasch entschlossen hinzugefügt: »Man muss ihnen ein paar Feuer anzünden, damit sie sich aufwärmen können.«

Gesagt, getan. Schon ab dem nächsten Markttag sorgte der Amtmann Michael Stuber dafür, dass die Reisigfeuer auf Kosten des Landesherrn brannten.

»Guten Tag, Hoheit.« Unbemerkt war Mademoiselle Robert, die Lehrerin aus der Mädchenschule, neben Charlotte getreten. Angesichts deren fragenden Blicks fügte sie hinzu: »Ich habe eine Freistunde. Die Schwestern backen mit den Mädchen Lebkuchen für unsere Feier zum St. Nikolaustag.«

»Ach ja!« Charlotte lächelte. »Das ist ja schon in zwei Tagen! Ich freue mich auf die Feier.«

Auch die Lebkuchen waren eine Spende ihres Onkels, der die Zutaten für ihre Herstellung bezahlte. *Mit den Jahren wird er immer milder und gütiger,* dachte Charlotte voller Zärtlichkeit. *Auch mir ist er nach Louis-Antoines Abschied eine liebevolle Stütze geworden.*

Zwar hatte der Kardinal kein Wort des Tadels über Enghien verloren, aber er zeigte seiner Nichte mit vielen kleinen Gesten, dass er um ihre Trauer wusste und sie zu trösten und aufzumuntern versuchte. Er respektierte auch, dass sie mit niemandem, auch nicht mit ihm selbst, über den Herzog sprechen wollte.

Seit Louis-Antoines Abreise war jeder Tag für Charlotte eine neue Hürde, die es zu nehmen galt. Wachte sie morgens auf, drückte die Traurigkeit sie nieder wie eine Decke aus Blei, die sie mühsam abwerfen musste. Sie suchte Ablenkung in ihren täglichen Pflichten im Spital und in der Mädchenschule, und meistens gelang es ihr auch, den Tag zu bewältigen, ohne zwischendurch die Kraft zu verlieren. Nach dem Nachtmahl sank sie jedoch vollkommen ermattet in ihr Bett, so als hätte sie stundenlang Holz gehackt oder eine andere schwere Arbeit getan.

Dabei war es ihr nur ein schwacher Trost, dass ihr Vater Jules nicht mit nach Russland gezogen war. Anders als Louis-Antoine hatte er sich sofort dafür entschieden, seinen Dienst als Proviantmeister zu quittieren und nahe der Heimat zu bleiben. Charlottes Bruder Henri, inzwischen zum Premierleutnant befördert, war dagegen mitgegangen. Weder von ihm noch von Louis-Antoine war seither eine Nachricht in Ettenheim eingetroffen.

Die Kirchturmuhr schlug die elfte Stunde. Völlig unerwartet, von einem Moment auf den anderen, wurde es Charlotte trotz des wärmenden Feuers eiskalt. Sie begann, am ganzen Körper zu zittern, der Marktplatz rings um sie herum verschwamm vor ihren Augen. Ihre Kehle schnürte sich zu, und ihr war, als müsste sie ersticken. Verzweifelt schnappte sie nach Luft. Ihr Mund schien voller Wasser zu sein, sie versuchte, es auszuspucken, konnte es aber nicht. Ihre Augäpfel brannten und schienen gleichzeitig zu Eis erstarrt zu sein.

»Hoheit! Was ist mit Ihnen? Sie sind ja ganz bleich!« Undeutlich, so als hätte sie auch Wasser in den Ohren, hörte Charlotte Mademoiselle Roberts Stimme. Dann begann sich alles um sie herum zu drehen. Sie spürte noch, dass sie schwankte. Dann verlor sie das Bewusstsein.

Louis-Antoine! Mein Geliebter! Mein Ein und Alles! Geh nicht fort von mir! Du darfst nicht von mir gehen!

Sie schwebte hoch in den Wolken, über einer eisigen Landschaft voller fremdartiger Schönheit. Tief unter ihr gestikulierten Menschen am Ufer eines kleinen Sees. Sie wusste, dass Louis-Antoine darin lag. Er würde ertrinken oder unter dem Eis erfrieren.

Ein junger Mann riss sich Joppe und Wams vom Leib und zerrte sich die Stiefel von den Füßen. Dann ging er auf Strümpfen über das Eis. Da! Jetzt legte er sich auf den Bauch. Er kroch bis zu einer Stelle, wo ein großes Loch klaffte. Vorsichtig beugte er sich über die brüchige Eiskante.

Pass auf!, wollte Charlotte ihm zurufen. Pass auf! Wenn du auch noch hineinfällst, sterbt ihr beide!

Jetzt steckte der junge Mann sogar den Kopf in das eisige Wasser und tauchte mit dem halben Oberkörper unter! Er strampelte mit den Beinen, als ob er etwas greifen und herausziehen wollte. Doch seine Füße fanden keinen Halt auf dem Eis.

Da! Ein weiterer Mann wagte sich aufs Eis. Er fasste ein Bein des jungen Mannes und zog an ihm. Ein zweiter half ihm, indem er das andere fasste. Gemeinsam zogen sie den Mann Zoll für Zoll zurück in Richtung Ufer. Erst tauchte sein nasser Kopf aus dem Wasser, dann seine Oberarme. Die Muskeln und Sehnen strafften sich unter dem dünnen Hemd. Und jetzt – tauchte ein weiterer Kopf auf! Ein lebloser Körper! Es war Louis-Antoine! Mit vereinten Kräften zogen die Helfer ihn heraus.

Dann schleiften sie ihn, so rasch sie konnten, über das Eis zum Ufer. Dort standen schon weitere Helfer mit Decken bereit, in die sie den leblosen Körper einhüllten. Jemand flößte ihm eine klare Flüssigkeit ein und schlug ihm auf die Wangen.

Endlich, endlich gab es ein Lebenszeichen! Louis-Antoine begann zu husten und Wasser auszuspucken. Sie richteten ihn in eine sitzende Stellung auf. Er prustete und schlug mit den Händen um sich, sodass ihm die Decken von den Schultern glitten.

Dann schlug der Geliebte die Augen auf. Suchend blickte er um sich. Es war, als würde er ihre Gegenwart spüren. Schließlich richtete er den Blick nach oben. Seine Lippen formten ein Wort. Sie konnte es nicht hören, wusste aber genau, was er sagte.

Seine blaugrauen Augen schienen sich in die ihren zu bohren. Noch einmal rief er in den Himmel hinein. Er rief ihren Namen!

Charlotte!

Ein namenloser Ort in Galizien
Dezember 1797, eine Stunde später

»Geht es denn wieder, Hoheit?«

Canone saß, in einen dicken Pelz gehüllt, so dicht am Herdfeuer der kleinen Kate, dass das Fell jeden Augenblick zu versengen drohte. Schon begann es im Raum streng zu riechen.

Louis-Antoine nickte matt. »Ich denke schon!«, krächzte er. Seine Stimme wollte ihm noch immer nicht recht gehorchen. »Ich glaube nur, ich werde niemals mehr warm!«

Canone lächelte. »Oh, das wird sich geben, Herzog. Im Gegenteil, Sie werden sehen, irgendwann wird Ihnen sogar ganz heiß werden. Sobald das Blut wieder überall zu zirkulieren beginnt.

Aber nun nehmen Sie noch einen Becher von diesem Kräutersud. Die Alte, der die Kate gehört, hat ihn gemacht. Sie behauptet, er würde Wunder wirken, wenn man bei dieser Kälte ins Wasser gefallen ist.«

»So scheine ich nicht der Erste zu sein, der solch eine Narretei begangen hat.«

»Scheinbar nicht, Hoheit! Der Dolmetscher sagt, die Alte habe Sie sogar zu warnen versucht. Der See ist kein stehendes Gewässer, es fließen mehrere Bäche hindurch. Das Wasser eines dieser Bächlein scheint so warm zu sein, dass der See an der Stelle, an der Sie eingebrochen sind, niemals ganz zufriert. Selbst wenn es noch viel kälter ist als heute.«

»Dann hast du also dein eigenes Leben riskiert, um mich Dummkopf zu retten. Du hättest ebenfalls einbrechen können.«

Canone zuckte mit den Schultern. »Wenn es dem Herrgott gefallen hätte, wäre es so gekommen. Doch wie es aussieht, hat er noch etwas mit uns vor.«

»Ich werde dich reich belohnen, Canone, sobald ich es mir leisten kann«, versprach Enghien.

Der Diener grinste. »Das hat keine Eile, Hoheit! Aber darf ich Sie etwas fragen?«

»Nur zu!«

»Wer ist Charlotte? Sie murmelten den Namen mit Inbrunst, als Sie noch nicht aus Ihrer Ohnmacht erwacht waren.«

Enghien zögerte einen Augenblick. »Bring mir meine Tasche!«, befahl er dann und durchsuchte kurz darauf eine deren Innentaschen. Schließlich zog er ein kleines Medaillon hervor. Charlotte hatte es ihm zu seinem letzten Geburtstag geschenkt.

Er öffnete es und zeigte Canone das darin befindliche Miniaturporträt.

»Das ist Charlotte! Die Frau, die ich liebe!«

Palais Rohan in Ettenheim
Dezember 1797, früher Abend desselben Tages

Als Charlotte die Augen aufschlug, sah sie Henriette, die strickend an ihrem Bett saß. Die Zofe lächelte erleichtert.

»Haben Sie gut geschlafen, Prinzessin?«

Charlotte streckte sich. »Sehr gut sogar, Henriette.« Verwirrt blickte sie um sich. »Was ist denn geschehen?«

»Sie sind heute Morgen mitten auf dem Rathausplatz in Ohnmacht gefallen.«

»Heute Morgen? Draußen ist es ja schon dunkel! Wie lange habe ich denn geschlafen?«

»Den ganzen Nachmittag, Prinzessin Charlotte. Zuerst sehr unruhig, dann aber tief und fest.«

»Ich erinnere mich«, murmelte Charlotte. »Ich habe von Louis-Antoine geträumt.« Langsam kehrten die Bilder zurück. »Auf dem Marktplatz wurde mir plötzlich ganz furchtbar kalt. Es war mir, als würde ich in eiskaltem Wasser versinken!« Nun begann ihr Herz spürbar zu pochen.

»Und dann ... dann habe ich geträumt, Louis-Antoine wäre beinahe ertrunken. Er wurde in letzter Minute gerettet.« Die Szenen ihres Traums standen auf einmal wieder so deutlich vor ihr, als hätten sie sich zuvor leibhaftig vor ihr abgespielt.

»Ja, Prinzessin«, bestätigte Henriette. »Als man Sie ins Palais brachte, haben Sie ununterbrochen den Namen des Herzogs gerufen, obwohl Sie nicht ganz bei Besinnung waren. Erst nach einer Weile beruhigten Sie sich.«

»So scheint gut ausgegangen zu sein, was auch immer geschehen ist«, sinnierte Charlotte abwesend. »Er wurde gerettet!«

»Natürlich wurde er gerettet«, strahlte Henriette mit der ganzen Unbesorgtheit der Jugend. »Sie werden sehen, er kehrt heil und gesund zu Ihnen zurück.«

Ein plötzlicher Schmerz griff Charlotte ans Herz. *Ich habe ihm gesagt, ich möchte ihn niemals wiedersehen.*

Entschlossen richtete sie sich auf. »Bring mir Papier, Feder und Tinte, Henriette«, bat sie. »Und das kleine Frühstückstablett! Ich muss noch heute einen Brief nach St. Petersburg schreiben.«

»Nach St. Petersburg?«, fragte Henriette neugierig. »An wen werden Sie schreiben?« Die gemeinsame Zeit der Flucht ließ Charlotte diese Frage, die einer Zofe normalerweise nicht zustand, längst nicht mehr ungehörig erscheinen.

»An was für eine Adresse ich schreiben muss, wird mir mein Onkel, der Kardinal, sagen. Er wird sicherlich jemanden kennen, der meinen Brief zuverlässig übergibt. Und schreiben werde ich natürlich an Louis-Antoine, der den Brief erhalten wird, sobald er in St. Petersburg eintrifft.«

Kapitel 15

St. Petersburg, Februar 1798

Staunend schritt Louis-Antoine unter den sechs Säulen des Portikus hindurch in die Eingangshalle des Tauriden-Palastes, den Zar Paul I. den Condés als Wohnsitz in seiner Hauptstadt St. Petersburg zur Verfügung gestellt hatte.

»Schon unser Schloss in Chantilly war überaus prächtig«, murmelte er. »Doch dies übertrifft alles. Wie mag es wohl erst im Winterpalast aussehen, wo der Zar selbst residiert?«

»Donnerwetter!«, hörte Enghien seinen Burschen Canone hinter sich ausrufen. »Ist das alles echtes Gold?«

»Zumindest dürfte es *ver*goldet sein.« Louis-Antoine machte eine weit ausholende Geste.

Die Deckengemälde, die Szenen aus der griechischen Mythologie zeigten, waren mit vergoldetem Stuck umrahmt. Vergoldet waren auch die floralen Ornamente unterschiedlicher Größe, die zwischen ihnen angebracht waren.

Das durchbrochene Geländer der mächtigen geschwungenen Treppe, die von der Eingangshalle ins erste Stockwerk führte, war ebenfalls vergoldet. Lüster und Lampen mochten sogar aus reinem Gold sein.

»Allein von der Einrichtung dieses Palastes könnte man die Condé-Armee mindestens ein Jahr lang ernähren, kleiden und mit allem Nötigen versorgen.« Louis-Antoine kam aus dem Staunen gar nicht mehr heraus.

Er wandte sich an den livrierten Diener mit der steif gepuderten, altmodischen Perücke. »Ist mein Großvater hier?«

Der Mann verbeugte sich tief. »Seine Durchlaucht, der Prinz, ist noch zu Besuch bei der Großfürstin Garanowa. Er wird nicht vor Mitternacht zurück erwartet.«

»Nun gut!« Enghien war das nur recht. Er hatte wenig Sehnsucht danach, das Oberhaupt der Familie wiederzusehen.

Der Diener verbeugte sich noch einmal. »Belieben der Herzog etwas zu speisen?« Erst jetzt fiel Enghien auf, dass der Mann sehr gut Französisch sprach, wenn auch mit starkem Akzent.

Alle Wetter, wunderte er sich. *Ich kann mich an keinen einzigen deutschen Diener entsinnen, der die französische Sprache beherrscht hätte. Sieht man einmal von der kleinen Henriette, Charlottes Zofe, ab.*

Die kleine Henriette! Diesmal war sie der Auslöser für Enghiens tägliche, oft sogar stündliche Erinnerungen an die ferne Geliebte. Er versuchte, den schmerzhaften Stich in seiner Brust zu ignorieren. Nach dem Unfall auf dem See hatte er ihr geschrieben, getrieben von der Sorge, er hätte sterben können, ohne dass sie einen Abschiedsgruß von ihm erhalten hätte. Doch dann hatte er den Brief wieder zerrissen. Noch schlimmer, als gar keinen Kontakt mehr zu ihr zu haben, kam ihn die Vorstellung an, sie könne sein Schreiben ignorieren und nicht beantworten.

»Durchlaucht?«, meldete sich der Diener wieder schüchtern zu Wort.

»Zeige mir meine Gemächer … wie ist überhaupt dein Name?«

»Pjotr, Euer Gnaden.«

»Gut, Pjotr, führe mich und meinen Burschen dorthin. Und dann bring mir ein kaltes Abendessen hinauf. Ich habe einen langen Ritt hinter mir und bin sehr müde.«

»Sehr wohl, Durchlaucht. Geruhen Durchlaucht heute Abend auch noch seine Post durchzusehen?«

Die dauernde Verbeugerei begann Enghien auf die Nerven zu fallen. Doch er beherrschte sich, um nicht barsch zu wirken. »Was denn für Post?«

»Eine handgeschriebene Einladung unseres allergnädigsten Zaren ist dabei, Durchlaucht. Sie soll Ihnen sofort nach Ihrer Ankunft übergeben werden. Zahlreiche weitere Billetts, wahrscheinlich ebenfalls Einladungen in die Paläste der Damen und Herren von Adel, sind ebenfalls schon vor Tagen eingetroffen. Und ein Schreiben aus Deutschland. Eine Zofe der Fürstin Kowolskina hat es gestern Abend gebracht, als man von Ihrer baldigen Ankunft erfuhr.«

»Ein Schreiben aus Deutschland?« Enghiens Herz begann schneller zu schlagen. »Bring es sofort in meine Gemächer. Zusammen mit der restlichen Post natürlich«, beeilte er sich, hinzuzufügen.

Eine halbe Stunde später hatte Enghien das Siegel noch immer nicht erbrochen. Der Adressat »Louis-Antoine, Herzog von Enghien« war in Charlottes Handschrift geschrieben, dies hatte er auf den ersten Blick erkannt. Nun starrte er auf den Brief wie auf ein gefährliches Insekt und schwenkte gedankenverloren den Rotwein in seinem Glas.

Schließlich nahm er einen Schluck und verzog das Gesicht. Der teure Wein war in seiner Hand schon ganz warm geworden. Die

Platte mit Kaviar, Eischeiben, geräuchertem Schinken, frischem Ziegenkäse und anderen Köstlichkeiten stand unberührt vor ihm auf dem Tisch mit der Marmoroberfläche und den gedrechselten, und selbstverständlich vergoldeten Beinen, die in der Form von Löwenpranken ausliefen.

Was befürchte ich eigentlich? Dass Charlotte mir mitteilt, dass sie sich vermählen will oder vielleicht sogar schon vermählt hat? Sie hat nicht versprochen, auf mich zu warten.

Es dauerte noch weitere zehn Minuten, bis Louis-Antoine endlich das Siegel erbrach.

Mein geliebter Louis-Antoine,
heute hatte ich einen furchtbaren Traum. Ich sah Dich wie tot in einem See in fernen Landen treiben und glaubte, Du seist ertrunken. Die Eiseskälte des Wassers schien auch meinen Körper zu ergreifen. Ich fühlte mich wie erstarrt.
Erstarrt vor Kälte, aber auch erstarrt vor Trauer, Dich so unversöhnlich von mir gewiesen zu haben. Dafür bitte ich Dich aus ganzem Herzen um Verzeihung.
Ich möchte Dir nicht verhehlen, dass ich Deinen Abschied nach Russland zunächst als Treuebruch erlebt habe und zutiefst erbittert und enttäuscht war. Erst durch die Vision der Todesgefahr, in der Du hoffentlich nie geschwebt hast, wurde mir klar, dass man kein Versprechen brechen kann, das nie gegeben wurde.
Du hast mir nie vorgemacht, dass Du mich zum Eheweib nehmen kannst, ohne dadurch Deinen Großvater als Oberhaupt der Familie vor den Kopf zu stoßen. Du hast mir lediglich versichert, dass Du nicht aufhören willst, ihn von unserer Liebe zu überzeugen. Und Du hast mir überaus großzügig angeboten, niemals eine andere zu heiraten als mich.

In meinem bitteren Schmerz über Deinen unerwarteten Abschied konnte ich nicht ermessen, wie viel Mut, aber auch Großmut hinter diesem Angebot steckt. Du hast versprochen, Dich weder von der Schönheit noch dem Reichtum und der Macht einer russischen Großfürstin blenden zu lassen und sie zu Deiner Gemahlin zu nehmen. Auch wenn Du weiterhin in sehr bescheidenen Verhältnissen leben und für alle Zeit auf den Wohlstand, der in Deiner Jugend so selbstverständlich war, verzichten müsstest.
Ich habe dagegen Deine selbstlose Offerte abgelehnt und mich geweigert, Dir das Gleiche zu versprechen. Erst die Vision Deines Todes hat mir gezeigt, wie egoistisch es war, Dir so zu antworten. Ich wollte Dich treffen, Dir wehtun, Dir die Schmerzen vergelten, die ich selbst erlitt. Ich fühlte mich von Dir abgewiesen und missachtet. Doch das darf keine Entschuldigung für meine damalige Herzenskälte sein, allenfalls eine Erklärung.
Ich möchte Dich daher noch einmal aufrichtig um Verzeihung bitten. Vielleicht erreicht Dich dieses Schreiben zu spät. Vielleicht hast Du Dich schon verlobt oder sogar vermählt. Dann werde ich ewig büßen, Dir so unbarmherzig begegnet zu sein, und dies als gerechte Strafe für meinen Stolz hinnehmen müssen.
Doch sollte Dein Herz noch frei sein oder sogar noch immer mir gehören, dann möchte ich Dir heute das Gleiche versprechen wie Du mir. Ich werde mich niemals mit einem anderen Manne vermählen als mit Dir, mein Geliebter. Dieses Gelübde werde ich nicht brechen, selbst wenn es zu spät erfolgt, um Dich zurückzugewinnen.
Und ich werde in diesem Falle auch nicht glauben, das unglückliche Ende unserer Liebe sei meine Strafe dafür, nach Vincents Tod entgegen meinem Gelübde wieder

geliebt zu haben. Jede Minute, jede Sekunde mit Dir war es wert, aus vollem Herzen gelebt und genossen zu werden und wird mir immer in Erinnerung bleiben.
Nun bleibt mir nur noch zu hoffen, dass Du dieses Schreiben erhältst. Ich habe es mit einem Begleitschreiben meines Onkels an die Fürstin Anastasia Pawlowna Kowolskina gesandt, die mein Onkel aus seiner Zeit als Gesandter am Hof der österreichischen Kaiserin Maria Theresia kennt. So wie er noch heute von Fürstin Anastasia spricht, glaube ich, dass die beiden auch einmal ein Liebespaar waren. Er hat die Fürstin gebeten, dafür zu sorgen, dass das Schreiben persönlich an Deinen Aufenthaltsort in St. Petersburg gebracht wird, den ich ja nicht kenne, der sich aber vor Ort sicherlich bald herumsprechen wird, sobald man Deine Ankunft erwartet.
Nun bleibt mir nur noch eine Bitte, mein Geliebter. Sende mir eine Antwort, so rasch es Dir möglich ist! Du weißt, dass mir nichts mehr zu schaffen macht als die Ungewissheit. Ich möchte mich daher auch der Wahrheit stellen, dass es für unsere Liebe zu spät ist, wenn es denn so sein sollte.
Falls es aber noch Hoffnung gibt, werde ich meine Herzensangst bis zu Deiner Antwort als Buße für mein hochmütiges Verhalten am Tag Deines Abschieds ansehen, um alsdann überglücklich auf Deine Rückkehr zu warten, selbst wenn es noch Jahre dauern sollte.
Es grüßt, küsst und umarmt Dich herzlich
Deine Dich über alles liebende
Charlotte von Rohan-Rochefort
gegeben zu Ettenheim am 4. Dezember 1797

Winterpalast in St. Petersburg, Februar 1798

»Mein lieber verehrter Freund! Endlich sind Sie doch noch angekommen!« Mit ausgestreckten Händen kam Zar Paul auf Louis-Antoine zu. »Ich konnte es kaum mehr erwarten.«

Zögernd ließ sich Enghien umarmen und war darum bemüht, sich nicht unwillkürlich zu versteifen. Um keinen Preis wollte er den Zaren vor den Kopf stoßen. Denn diesen zu erzürnen, war außerordentlich gefährlich. Auf dem Weg von Dubno, wo die Condé-Armee vor einigen Wochen ihre Quartiere bezogen hatte, nach St. Petersburg waren ihm zahlreiche Anekdoten zu Ohren gekommen. So schnell man die Gunst Pauls I. erringen konnte, so schnell konnte man sie auch wieder verlieren, wenn man ihm nicht in allem zu Willen war oder ihm widersprach. Manch einer seiner ehemaligen Favoriten hatte deshalb sogar sein Vermögen eingebüßt oder war aus der Stadt gewiesen worden.

Enghien verneigte sich, sobald der Zar ihn wieder freigegeben hatte. »Auch ich freue mich über die Maßen, Euer allerhöchste Majestät, Ihnen nach all den Jahren wieder zu begegnen.«

»Kommen Sie, kommen Sie!« Schon hastete Paul, der für seine chronische Eile bekannt war, ihm voraus. »Ich möchte Sie mit einigen reizenden Damen bekannt machen.« Er blieb so plötzlich stehen, dass Enghien fast in ihn hineingelaufen wäre. Paul drehte sich um und zwinkerte ihm verschwörerisch zu. »Ihr Großvater hat mir anvertraut, dass Sie noch unbeweibt sind. Wie schade, dass er heute unpässlich ist und wir seine Gesellschaft entbehren müssen.«

Dieser elende Schuft. Louis-Antoine spürte, wie seine Mundwinkel, die er schon die ganze Zeit über zu einem Lächeln verzog, zu schmerzen begannen. In einem der prachtvollen goldgerahmten Barockspiegel, an denen sie vorbeigingen, erblickte er sein Gesicht, das einer Theatermaske glich.

»Entschuldigen Sie, Kaiserliche Hoheit!« Seine Stimme klang zu hoch. »Sie ehren mich über Gebühr. Doch ich fürchte, ich muss erst einen heimlichen Ort aufsuchen, um mich zu erleichtern.« Auch er beugte sich jetzt verschwörerisch vor. »Sie verstehen, das kalte Wetter, die Blase …«

Paul grinste, was sein hässliches Gesicht zu einer affenartigen Fratze werden ließ. Er winkte einem der zahlreichen livrierten Diener, die sich diskret entlang der Wände aufgestellt hatten, um auf jeden Wink und Befehl des Zaren reagieren zu können. »Bringe den Herzog zu einem Ort, wo er sich frisch machen kann.«

Der Diener verneigte sich tief und ging dann vor Enghien her. Sie durchschritten zwei lange Gänge, bis sie einen marmorgekachelten Raum erreichten, in dem mehrere Becken mit parfümiertem Wasser in hölzernen lackierten Gestellen vor gerahmten Wandspiegeln standen. Eine schmale Holztür führte in einen Nebenraum mit einem einfachen Plumpsklo unter einem ebenfalls lackierten Holzbrett mit abnehmbarem Deckel.

»Benötigen Sie Hilfe, Durchlaucht?«

»Hilfe?« Enghien starrte den Mann verblüfft an. »Was für eine Hilfe sollte ich benötigen?«

Das Gesicht des Mannes rötete sich. »Zum Beispiel beim Aus- und Ankleiden, Durchlaucht.«

Wäre die ganze Situation nicht so grotesk gewesen, Enghien hätte laut gelacht. So wies er nur auf die Tür zum Gang. »Warte draußen! Es kann eine Weile dauern.«

Der Diener verneigte sich und ging rückwärts hinaus. Aufatmend schloss Louis-Antoine die Tür zum Plumpsklo und hockte sich angezogen auf den Deckel. Dann überdachte er seine Situation.

Erst gestern Abend war er in St. Petersburg eingetroffen und hatte Charlottes Schreiben vorgefunden. Sein überschäumendes Glück hatte jedoch gleich heute Morgen einen empfindlichen Dämpfer erhalten, als er seinem Großvater beim Frühstück begegnete.

»Sie kommen spät, Louis-Antoine«, empfing Condé seinen Enkel, anstatt ihn zu begrüßen. »Ich habe Sie schon vor einer Woche erwartet.«

Louis-Antoine schürzte ärgerlich die Lippen. »Hat mein Eilkurier Sie nicht erreicht, Großvater?«

Der Alte bestätigte es knapp.

»So kennen Sie doch den Grund für meine Verspätung.« Enghien ließ Prinz Condé keine Zeit für eine weitere Erwiderung. »Die Quartiere in Dubno waren in einem erbärmlichen Zustand. Das Stroh für die Betten war verfault und völlig verwanzt. Viele Hütten haben keine verglasten Fenster, es pfiff durch alle Ritzen. Die Latrinen sind seit Jahren nicht mehr ausgehoben worden und stanken mindestens eine Meile gegen den Wind. Ich fühlte mich verpflichtet, zumindest so lange zu bleiben, bis wir die gröbsten Missstände behoben hatten.«

»Schon gut, schon gut«, winkte der Alte ab. »So genau wollte ich es gar nicht wissen. Zumal nicht während meines Frühstücks.«

»Sie sollten es aber bereits mehr als genau wissen, wenn Sie meine Depesche gelesen und den Zaren hoffentlich schon darauf angesprochen haben«, beharrte Enghien.

»Gott bewahre!« Prinz Condé verzog das Gesicht vor Unmut. »Glauben Sie, ich kann den Herrscher aller Reußen mit derlei Nichtigkeiten belästigen? Ich hatte wahrlich Wichtigeres mit ihm zu bereden.«

»Wichtigeres als das Wohl unserer Soldaten?«, entgegnete Louis-Antoine spöttisch.

Prinz Condé warf seine Serviette auf den Tisch und stand auf. »Ich habe keine Zeit für derlei Unfug, Enkelsohn. Heute Abend werden Sie im Winterpalast zum Souper mit anschließendem Mitternachtsball erwartet. Machen Sie einen möglichst günstigen Eindruck!«

»Und Sie? Was ist mit Ihnen?«, fragte Louis-Antoine verblüfft.

»Mich befällt heute Abend eine plötzliche Unpässlichkeit«, erklärte der Alte kryptisch und verließ ohne ein weiteres Wort den Raum.

Nun weiß ich, was es mit dieser Unpässlichkeit auf sich hat. In der Abgeschiedenheit der Toilettenzelle knirschte Enghien vor Wut mit den Zähnen. *Er traut mir nicht und hat befürchtet, ich würde ihm eine Szene vor dem Zaren machen, wenn der mich auf sein Geheiß hin schon heute Abend einigen heiratswütigen Großfürstinnen in die Fänge werfen will. Als ob die Begegnung mit diesem widerlichen Paul nicht schon genug wäre. Er ist noch viel hässlicher, als ich ihn in Erinnerung habe. Der hässlichste Monarch, den man sich vorstellen kann.*

In der Tat war Pauls Erscheinungsbild alles andere als anziehend. Von kleinem Wuchs, war sein Körper vor fünfzehn Jahren bei seinem Besuch in Chantilly wenigstens noch schlank und straff gewesen. Jetzt wirkte er jedoch fast wie ein Skelett unter der prächtigen, mit Edelsteinen besetzten Kleidung. Die Haut, durchzogen von blauen Adern, spannte sich über den Händen wie bei einem Greis.

Regelrecht abscheulich war aber Pauls Gesicht. Es wies eine ungesunde gelbliche Farbe auf, die kleinen Äuglein lagen tief in ihren Höhlen, umschattet von dunklen Ringen. Die Oberlippe war zu lang, die Unterlippe sprang vor. Die knollenartige Stülpnase vervollständigte den ungünstigen Eindruck.

Dabei ist seine Gattin eine richtige Schönheit. Wie kann sie es nur ertragen, dass er ihr regelmäßig beiwohnt?

Denn dass Paul dies recht häufig tat, bewiesen die zahlreichen Kinder der beiden.

Es pochte zaghaft an der Klotür. »Euer Durchlaucht?«, erklang die schüchterne Stimme des Dieners. »Geht es Ihnen gut?«

»Ja, ja«, antwortete Enghien ungeduldig. »Ich komme gleich!«

»Darf ich untertänigst fragen, wie lange es noch dauern wird? Um Schlag neun Uhr soll das Souper beginnen.«

Enghien seufzte und unterdrückte einen Fluch. Der Diener würde zweifellos geprügelt werden, wenn er nicht rechtzeitig mit ihm zurückkehrte. Das wollte er dem armen Mann nicht antun.

Fünf Minuten später betrat Louis-Antoine wieder die überladen prächtigen Thronräume des Winterpalastes. Die finstere Miene des Zaren entspannte sich sichtlich, als er den Herzog erblickte.

»Wo bleiben Sie denn, mein Lieber? Ich zog schon in Erwägung, Ihnen meinen Leibarzt zu schicken.«

Er blickte sich ungeduldig um. »Dabei wollte ich Sie doch so vielen reizenden Damen vorstellen. Nun ist es zu spät. Die meisten haben schon ihre Plätze an der Tafel eingenommen.« Plötzlich hellte sich seine Miene auf.

»Eine der Damen ist allerdings noch hier. Die wohlhabendste Erbin von all den infrage kommenden Kandidatinnen«, raunte er, wieder verschwörerisch zwinkernd. Er zog Enghien am Arm. »Kommen Sie! Kommen Sie!«

»Meine allerteuerste Kusine«, begrüßte er wenig später eine korpulente, ungefähr fünfundzwanzigjährige Frau, die vor ihm in einen tiefen Hofknicks versank. »Hier bringe ich Ihnen den Herzog von Enghien. Einen großen Kriegshelden und Liebling aller Frauen, wie man mir sagte.«

Louis-Antoine fühlte seine Gesichtszüge wieder zu einer lächelnden Maske erstarren, als sich die Dame erhob. Ihr Kleid aus zartrosafarbener Seide war über und über mit Perlen bestickt. Auch ihre hoch aufgetürmten Locken von einer unbestimmten Farbe zwischen aschblond und hellbraun waren von zahlreichen Perlenschnüren umwunden. Das tiefe Dekolleté enthüllte die Ansätze üppiger Brüste. Sie hatte diese ebenso weiß gepudert wie ihr Gesicht, in dem der rot bemalte Mund wie eine frische Wunde leuchtete.

Der betäubende, süßliche Duft eines zweifellos teuren Parfums umhüllte sie und verursachte Louis-Antoine einen leichten

Brechreiz. *Vanille und Moschus. Eine Hofdame meiner Mutter in Chantilly benutzte ein ähnliches Parfum. Ich konnte es schon als kleiner Knabe nicht leiden.*

»Dies ist die Großfürstin Anna Petrowna Liparina. Eine liebe Kusine zweiten Grades. Sie wird heute Abend Ihre Tischdame sein.«

Palais Rohan in Ettenheim, März 1798

Meine über alles geliebte Charlotte,
ich hoffe aus ganzem Herzen, dass Dich dieses Schreiben unbeschadet erreicht. Ich habe es dem Fürsten Gawalkow, einem treuen Freund von mir, mitgegeben, der es erst außerhalb von St. Petersburg in die Post geben wird. Hier in der russischen Hauptstadt hat Zar Paul überall seine Spitzel. Man sagt, kein Schreiben eines Höflings verlässt St. Petersburg, ohne zuvor heimlich gelesen worden zu sein.
Und gerade ich habe allen Grund zur Vorsicht. Denn Zar Paul hat einen regelrechten Narren an mir gefressen. Und nirgendwo anders hat das Sprichwort: Wer hoch steigt, fällt tief, mehr Gültigkeit als an seinem Hof.
Deine Zeilen haben mich gleich nach meiner Ankunft in St. Petersburg vor vier Wochen erreicht und die unendliche Traurigkeit von mir genommen, die mich nach unserem letzten Abschied befallen hatte, weil ich glaubte, Dich für immer verloren zu haben. Ich wollte Dir auf der Stelle antworten, wurde aber gewarnt. Der Name Rohan ist dem Zaren verhasst. Auch er gibt, wie mein Großvater, Deinem Onkel Louis eine Mitschuld am Niedergang des Ancien Régime. Schon aus diesem Grund konnte ich nicht riskieren, dass mein Brief abgefangen wird.

Mein erstes Schreiben an Dich habe ich zerrissen, da in der Zwischenzeit so viel geschehen ist, was ich Dir mitteilen möchte. Mein Großvater und der Zar haben sich regelrecht dazu verschworen, mich mit einer Großfürstin zu verheiraten. In dieser Hinsicht hattest Du völlig recht, was die Absichten des Alten angeht.
Dass aber auch der Zar sich derart darum bemüht, habe ich nicht erwartet. Auch er hat ein recht eigensüchtiges Motiv. Er möchte mich in Russland binden, am besten als Höfling in seinem Gefolge. Gestern erst sagte er mir, ich sei für ihn die Inkarnation des Edelmannes alter Schule, dafür geschaffen, zu herrschen, anstatt heimatlos durch die Lande zu streifen. Doch lieber läge ich in Dubno auf verlaustem Stroh als auf ewig in dieser goldenen Schlangengrube von Winterpalast. Alleweil werden Intrigen gesponnen, man buhlt um die Gunst dieses hässlichen Monarchen, als wäre er Jupiter, der höchste der römischen Götter. Selbst vor Verleumdung und sogar Mord schrecken die abgebrühtesten Höflinge nicht zurück, wenn es den eigenen Zwecken dient.
Deshalb dürfte so manche der mir angedienten Großfürstinnen ebenfalls ihres Lebens nicht mehr sicher sein, sollten die anderen Megären vermuten, sie besäße meine Gunst. Denn Megären sind diese Frauen, schlimmer noch als die Harpien aus der griechischen Sage.
Da ist zum Beispiel die Fürstin Eugenia Feodorowna Palina. Sie ist hager wie eine Vogelscheuche und riecht schlecht aus dem Mund. Ihr Vater gebietet über mehr als hunderttausend Leibeigene und gilt als unbarmherziger Despot. Hinter vorgehaltener Hand hat man mir erzählt, sie sei schon einmal verlobt gewesen. Der Mann sei jedoch kurz vor der Hochzeit ins Ausland geflohen, angeblich wegen seiner Spielschulden. Aber wer die Fürstin Eugenia einmal gesehen hat, weiß es besser.

Dann gibt es noch die blutjunge, gerade einmal fünfzehnjährige Alexandra Nikolewna Zorkina. Sie plappert die ganze Zeit wie ein Papagei und kichert albern bei jeder passenden und unpassenden Gelegenheit. Die Pusteln in ihrem Gesicht übertüncht sie mit so viel Puder, dass manchmal Risse entstehen, wenn es später am Abend wird und sie zu viel gelacht hat. Ihr Vater ist einer der wichtigsten Heerführer in der russischen Armee und ebenfalls sagenhaft reich.
Am erträglichsten ist noch Georgina Wladimirowna Marinowa. Sie ist nicht schön und versucht auch gar nicht, sich diesen Anschein zu geben. Aber sie ist sehr belesen. Ich konnte mit ihr über die Schriften von Voltaire und Rousseau diskutieren, doch sie kennt auch Shakespeare und Molière. Georgina hat als Einzige offen ausgesprochen, dass der Zar mich unbedingt verheiraten will. Sie hat mir freimütig mitgeteilt, wie froh sie darüber ist, dass meine Wahl aufgrund ihrer Unansehnlichkeit aller Voraussicht nach nicht auf sie fallen wird. Zumal ihre Familie auch nicht so reich wie die der anderen Heiratskandidatinnen sei. Dabei würde ich mich sogar für sie entscheiden, wenn ich mich für eine dieser Frauen entscheiden müsste.
Aber die schlimmste von allen ist Anna Petrowna Liparina. Sie wurde mir gleich an meinem ersten Abend vorgestellt und belegt mich mit Beschlag, sobald sie mich erblickt. Mittlerweile ist es schon so weit, dass ich versuche, ihr auszuweichen, indem ich bei Bällen stets die erstbeste Dame zum Tanz bitte oder Unpässlichkeit vortäusche, um sie bei den ewigen Soupers nicht zu Tisch führen zu müssen.
Denn sie hat nicht nur ein für mich abstoßendes Äußeres, sondern auch einen abscheulichen Charakter. Vor einigen Tagen befahl sie, einen Diener auszupeitschen, der ihr ein

Glas Wein über den Rock gegossen hatte. Das geschah allerdings nur, weil sie ihn zuvor mit einer ungeschickten Bewegung gestoßen hatte. Ihre Zofe ohrfeigte sie sogar in meiner Gegenwart, als diese nach einer Schlittenfahrt, zu der mich Anna genötigt hatte, nicht schnell genug zur Stelle war, um ihr den Pelzumhang abzunehmen. Es muss die Hölle auf Erden sein, mit einer solchen Person das Ehebett zu teilen.

Aber Anna lässt nicht locker. Und da ihre Familie noch reicher ist als die der Eugenia Feodorowna Palina, bevorzugt auch mein Großvater sie als meine zukünftige Ehefrau. Du siehst also, ich brauche größere Tapferkeit als seinerzeit in der Schlacht von Berstheim, um diesen Medusen zu entkommen. Mich gegen eine Übermacht von vier feindlichen Reitern zu behaupten, war ein Kinderspiel gegen diese Herausforderung.

Und zu all dem kommt obendrein noch der Zar. Täglich befragt er mich über das Hofzeremoniell von Versailles, die Lebensweise in Chantilly, selbst über die Pariser Mode will er alles wissen. Obwohl ich in Paris, was Kleidung betrifft, niemals eine solche Verschwendung erlebt habe wie am Zarenhof. Selbst mindere Fürsten tragen Diamantknöpfe an ihren Westen, obwohl man hinter vorgehaltener Hand darüber spottet, dass es immer die gleichen seien. Die Kaiserin und ihre Hofdamen ziehen sich fünfmal am Tag um. Während der Ballsaison trägt keine Dame ihr Kleid ein zweites Mal.

Doch überall in St. Petersburg herrscht ansonsten die nackte Not. Bettler umringen uns nach jedem Gottesdienst. Darunter auch kleine Kinder mit nackten Füßen trotz der eisigen Kälte. Man sagt, dass es einen Leichenwagen gibt, der jeden Morgen durch die Viertel der Ärmsten fährt, um die Verhungerten und Erfrorenen vom Straßenrand aufzulesen.

Ein einziges Mal habe ich gewagt, den Zaren auf dieses Elend anzusprechen, und bekam seinen ganzen Zorn zu spüren. Ob ich nichts aus der Revolution des Pöbels in meinem Heimatland gelernt hätte, fuhr er mich an. Ob ich die Massen auch in seinem Reich zu Aufruhr und Mordbrennerei verführen wolle, ich, ein Prinz von Geblüt. Paul verstieg sich sogar dazu zu behaupten, durch das schlechte Blut meiner Mutter Bathilde von Orléans hätte ich vielleicht Ähnlichkeit mit ihrem Bruder, dem verfluchten Philippe Égalité.
Hätte mein Großvater nicht beschwichtigend eingegriffen, wer weiß, wohin dieser Disput geführt hätte. Er brachte ausgerechnet Anna Pawlowa herbei, die mich mit der gnädig erteilten Erlaubnis des Zaren zu einem Spaziergang in den kahlen Palastgarten entführte. Damit ich mein hitziges Gemüt kühlen könne, erklärte sie lachend.
Aber es gibt auch gute und aufrechte Menschen am Hof. Die Jugend teilt die despotischen Ansichten des Zaren nicht, allen voran sein eigener Sohn Alexander. Dessen junge Frau Luise, die heute Elisabeth Alexejewna heißt, ist die Schwester von Karoline von Baden, um die ich einst vergeblich gefreit habe. Zum Glück vergeblich, wie ich im Rückblick nur sagen kann. Luise hat mir erzählt, dass sich Karoline inzwischen mit dem über zwanzig Jahre älteren deutschen Herzog Maximilian von Pfalz-Zweibrücken vermählt hat. Möge sie mit ihm eine gute Ehe führen, ich gönne es ihr.
Im Zirkel rund um den Zarewitsch Alexander, der regelmäßig in einem Weinhaus zusammenkommt, verbringe ich so manch erbauliche Stunde. Doch wir müssen vorsichtig sein. Angeblich lässt der Zar auch seinen eigenen Sohn bespitzeln.
Du siehst also, meine Geliebte, es blieb mir nichts anderes übrig, als zu warten, bis ich Fürst Gawalkow, der zu

besagtem Zirkel gehört, diesen Brief anvertrauen konnte.
Es gäbe noch so vieles zu sagen, doch ich muss nun schließen, denn der Fürst will noch vor Einbruch der Dunkelheit aufbrechen.
So gelobe ich Dir ein weiteres Mal, mich mit niemandem zu vermählen als mit Dir allein, und hoffe, Du glaubst jetzt nicht, dies fiele mir angesichts der mangelhaften Alternativen nur allzu leicht. Deshalb sei versichert: Ich bewahre mich nicht nur für Dich als meine Gemahlin auf, sondern lebe hier auch so keusch wie ein Mönch. Obwohl es am Hofe an reizenden Versuchungen keineswegs mangelt.
Ich liebe Dich von ganzem Herzen und sehne mich nach unserem Wiedersehen
Dein Dir ganz und gar ergebener
Louis-Antoine von Enghien
gegeben zu Petersburg am 5. März 1798

Charlotte schlug das Herz vor Glück bis zum Hals, als sie Louis-Antoines Schreiben sinken ließ. Doch in ihre überschäumende Freude mischte sich auch ein leises Gefühl der Angst. Wie würde Zar Paul reagieren, wenn sich Louis-Antoine seinen Wünschen widersetzte?

Tauridenpalast in St. Petersburg
März 1798

Als Louis-Antoine die Treppe hinab kam, um sich zum Frühstücken ins Speisezimmer zu begeben, sah er, dass ein Diener gerade ein Päckchen entgegennahm, das ein Bote in der kaiserlichen Livree gebracht hatte. Dazu gehörte auch ein Billett, das die Handschrift des Zaren trug.

Verwundert drehte Enghien das Schreiben in seinen Händen, nachdem es ihm der Diener überreicht hatte. Der Inhalt war kurz und erschreckte ihn zutiefst.

Verehrter Herzog von Enghien,
um Ihre Brautwerbung zu beschleunigen, übersende ich Ihnen dieses überaus kostbare Präsent in der Erwartung, dass Sie es der Auserwählten Ihres Herzens noch heute Abend als Verlobungsgeschenk überreichen. Ich rechne mit Ihrer Vermählung in den Tagen nach dem Osterfest.

In den Tagen nach dem Osterfest? Das war ja schon in wenigen Wochen! Hastig riss Louis-Antoine das Päckchen auf. Eine seltsam geformte Keramik kam darunter zum Vorschein. Sie glich einem Leuchter mit vielen Armen, nur dass die Löcher viel zu klein waren, um Kerzen hineinstecken zu können.

»Eine Tulpenvase! Welch überaus kostbares Geschenk!«

Louis-Antoine hatte seinen Großvater nicht kommen hören, der ihm nun über die Schulter blickte.

»Aha!« Mehr brachte Enghien vorläufig nicht heraus. Aber er kannte nun zumindest den Zweck des Gefäßes aus hellblau gemustertem, zartem chinesischem Porzellan. Es musste schon relativ alt sein. Vor mehr als einhundertfünfzig Jahren waren Tulpen überaus kostbare Frühlingsblumen gewesen, die aus der Türkei stammten. Da sie außergewöhnlich teuer waren, band man damals die Blumen nicht zum Strauß, sondern steckte sie einzeln in die vielen Öffnungen solcher speziell dafür angefertigten Vasen.

Prinz Condé griff nach dem Billett und überflog seinen Inhalt. Sein breites Grinsen verflog sofort, als er die Miene seines Enkels sah.

»Louis-Antoine!« Die Stimme des Prinzen klang beschwörend. »Ich habe Ihnen gesagt, dass Zar Paul es nicht gewohnt ist, wenn man sich seinen Wünschen widersetzt. Denken Sie also nicht einmal daran! Es wäre zu unser aller Schaden.«

»Sie erwarten tatsächlich von mir, dass ich mich dem Willen dieses Despoten beuge und eine dieser Hyänen eheliche, die er mir angedient hat?«

»Pst!« Prinz Condé legte den Finger auf den Mund und blickte sich verstohlen um. Der Diener stand noch neben der Tür des Speisezimmers und wartete auf sie. »Der Zar hat seine Spione überall!«, raunte er. »Ganz sicher auch in unserem Palast!«

Plötzlich hatte Enghien es satt. Er verneigte sich knapp vor seinem Großvater. »So beuge ich mich dem Wunsch des Zaren, wie er es von mir erwartet.« Dann nahm er Vase und Billett an sich und stieg die Treppe zu seinen Gemächern wieder empor.

»Heda!«, rief der Prinz ihm nach. »Wollen Sie nicht mit mir frühstücken?«

»Ich habe keinen Hunger!« Enghien wandte nicht einmal den Kopf.

Beunruhigt starrte Prinz Condé seinem Enkel nach. Der führte irgendetwas im Schilde, dessen war er sich sicher.

Winterpalast in St. Petersburg
März 1798, am selben Abend

»Nun, lieber Freund, haben Sie mein Geschenk erhalten?«

Das Souper, üppig wie jeden Abend, war vorüber. Die Damen hatten sich in den Salon der Zarin zurückgezogen, die Herren hielten sich im Rauchsalon auf. Kaffee und Cognac wurden gereicht, die Luft war vom Qualm der Zigarren und Pfeifen geschwängert.

Enghien verbeugte sich. »Ich habe das Paket in der Tat erhalten, Kaiserliche Hoheit. Eine überaus kostbare Vase!«

Zar Paul nickte und verzog das Gesicht wieder zu jenem affenartigen Grinsen. »Sie stammt aus den Niederlanden! Meine Mutter Katharina erhielt die Vase einst als Geschenk vom holländischen Gesandten am Zarenhof.«

»Eure Majestät sind überaus großzügig!« Louis-Antoine verbeugte sich erneut.

»Und haben Sie Ihre Wahl getroffen, Herzog?« Nun bekam der Blick des Zaren etwas Lauerndes.

Louis-Antoine straffte den Rücken. »Jawohl, Majestät. Die Vase ist bereits auf dem Weg!«

»Auf dem Weg? Was soll das heißen? Die Großfürstinnen warten im Salon der Zarin auf Ihre Entscheidung! Welche von Ihnen soll ich rufen lassen?«

»Ich fürchte, keine der Damen!« Louis-Antoine ignorierte das unterdrückte Stöhnen seines Großvaters. »Sie befahlen mir doch, das Präsent der Auserwählten meines Herzens zu überreichen. Nun, diese Dame ist nicht hier, sondern weilt im fernen Deutschland. Die Vase ist, sicher verpackt, bereits auf dem Weg dorthin.«

Tatsächlich hatte Enghien eigens zu diesem Zweck einen Eilkurier angeworben, der bereits am Vormittag aufgebrochen war.

Prinz Condé sog scharf die Luft ein. Aus den Augenwinkeln heraus sah Louis-Antoine, dass sein Großvater die Hände zu Fäusten ballte.

Die Miene des Zaren erstarrte. Die kleinen Äuglein fixierten Enghien und erinnerten ihn an die einer Schlange.

»Wie ist der Name der Schönen, Herzog, um derentwillen Sie die edelsten Fürstinnen meines Reiches verschmähen?«

Einen Lidschlag lang schloss Louis-Antoine die Augen. Dann sprang er ins eisige Wasser. »Charlotte von Rohan-Rochefort, Majestät.«

»Charlotte von Rohan?« Paul sprach den Namen so laut aus, dass die Gespräche im Rauchsalon erstarben. Jedermann drehte sich zu ihnen um.

»So lautet der Name meiner Herzensdame«, bestätigte Enghien.

»Etwa verwandt mit diesem Kardinal Collier, der die Königsmorde auf dem Gewissen hat?«

Du Idiot! Niemand hat mehr unter der Hinrichtung des Königspaares gelitten als Louis von Rohan. Einen Moment lang war Enghien versucht zu widersprechen. Doch er wollte nicht noch mehr Öl ins Feuer gießen.

So antwortete er nur knapp: »So ist es, Majestät!«

Zar Paul rang sichtlich nach Luft. »Was wagen Sie sich, Unverschämter!«, schrie er dann. »Sie treten die Ehre der russischen Fürstinnen mit Füßen! Und Sie, Prinz Condé«, fuhr er zu Louis-Antoines Großvater herum, der so bleich wie eine gekalkte Wand war, »haben mich ebenfalls arglistig getäuscht und meine Gutmütigkeit und Großzügigkeit aufs Schändlichste missbraucht! Wie konnten Sie mir weismachen, Ihr arroganter Enkel sei auf der Suche nach einem standesgemäßen Weib?«

Der Prinz öffnete und schloss seinen Mund wie ein Fisch auf dem Trockenen. Fast tat er Louis-Antoine sogar leid.

»Ich bitte Eure Majestät untertänigst um Vergebung für den Ungehorsam meines Enkels. Ich glaubte, er habe diese Affäre schon längst vergessen!«, krächzte er mühsam.

Doch der Zar ließ sich nicht beschwichtigen. Er zeigte mit dem Finger auf Condé und Enghien. Speichel sprühte von seinen Lippen, als er weiter brüllte. »Nattern sind Sie! Nattern, die ich an meinem Busen genährt habe! Sie haben Schindluder mit meiner Freundschaft getrieben!« Er verschluckte sich und hustete eine Zeit lang, ohne sich die Hand vor den Mund zu halten.

Als er wieder zu Atem kam, fauchte er: »Schon morgen bei Tagesanbruch verlassen Sie beide St. Petersburg und begeben sich auf dem schnellsten Wege zu Ihren Truppen nach Dubno! Ich will Sie nie wieder bei Hofe sehen!«

Ettenheim, Mitte April 1798

»Ein Päckchen aus St. Petersburg ist für Sie eingetroffen, Prinzessin Charlotte!« Henriette strahlte über das ganze Gesicht. Auch sie hatte mit ihrer Herrin mitgelitten und freute sich jetzt ebenso wie diese über die Versöhnung mit Louis-Antoine.

»Ein Päckchen?« Erstaunt streifte Charlotte die Handschuhe ab und reichte der Zofe ihren Umhang. Sie kam gerade aus der Mädchenschule, wo sie seit einigen Tagen den Französischunterricht übernommen hatte, da Mademoiselle Robert mit einer schweren Erkältung zu Bett lag und keine Stimme mehr hatte. Draußen war es heute empfindlich kalt. Morgens war sogar leichter Schnee gefallen.

»Ja, Prinzessin! Es liegt auf der Kommode in der Halle. Ein Bote aus St. Petersburg hat es gebracht. Er sitzt noch in der Küche und nimmt einen Teller Suppe zu sich.«

Als Charlotte mit dem dick in Papier eingewickelten Paket in den Salon trat, sahen sowohl ihr Onkel als auch ihr Vater ihr bereits erwartungsvoll entgegen.

»Es ist vom Herzog von Enghien«, bemerkte ihr Vater überflüssigerweise. Wer hätte Charlotte auch sonst etwas aus St. Petersburg schicken sollen?

»Machen Sie es auf«, forderte sie der Kardinal auf. »Wir sind schon so gespannt!«

Gerührt über die Anteilnahme ihrer Familie löste Charlotte die Schnur und schnitt die dicken Lagen des Packpapiers durch. Unter einer letzten Schicht knisternden Seidenpapiers kam ein exotisch aussehendes Gefäß zum Vorschein, wie es Charlotte noch nie zuvor gesehen hatte. Ratlos drehte sie es hin und her.

»Eine Tulpenvase!«, rief der Kardinal. Er streckte die Hände aus und griff vorsichtig nach dem Gefäß. »Chinesisches Porzellan«, stellte er fest. »Eine außerordentliche Kostbarkeit und heutzutage überaus selten.«

»Warum benötigt man für Tulpen ein solches Gefäß?«, wunderte sich Charlotte.

»Im letzten Jahrhundert waren Tulpen überaus wertvolle Blumen. Sie kamen aus der Türkei und wurden von den Niederlanden aus in alle Länder Europas verschickt. Nur Könige, Fürsten und reiche Bürger konnten sich damals diese Blumen leisten. Für eine einzige Zwiebel wurde je nach Züchtung ein kleines Vermögen bezahlt. Um die kostbaren Blüten zur Geltung zu bringen, ersann man diese Art von Vase. In jede Öffnung wird nur eine Tulpe gesteckt. In meiner Jugend habe ich solche Vasen noch ab und zu gesehen. Marie-Antoinette besaß eine, ebenfalls aus chinesischem Porzellan.«

»Dann stammt diese Vase wahrscheinlich vom Zarenhof«, schlussfolgerte Charlottes Vater. »Lesen Sie doch das Begleitschreiben!« Tatsächlich schimmerte das Siegel mit dem Wappen des Herzogs durch das dünne Seidenpapier.

»Mögen Sie uns daraus vorlesen?«, bat der Kardinal.

Charlotte überflog die Zeilen. Überschäumende Freude mischte sich mit einer Spur Erschrecken und Ratlosigkeit. Sie nickte.

»Das muss ich sogar tun.«

Sie holte tief Luft.

»Meine geliebte Charlotte, heute schreibe ich Dir auf Geheiß des Zaren Paul I. Er ließ mir diese Vase überbringen mit der als Bitte getarnten Anweisung, sie der Dame meines Herzens zu überreichen. Zweifellos hatte er dabei nicht Dich im Sinn, sondern eine jener grässlichen Großfürstinnen, von denen ich Dir ja schon berichtet habe. Doch ich habe seinen Befehl wortwörtlich genommen und hoffe, dass Du dieses kostbare Stück unbeschadet bekommst. Wenn Du es in Händen hältst, werde ich St. Petersburg zweifelsohne bereits längst verlassen haben. Zar Paul schätzt es nicht, wenn man sich seinen Wünschen widersetzt. Er wird mich also nach Dubno zu unseren Truppen geschickt haben, möglicherweise meinen Großvater als Oberbefehlshaber der

Condé-Armee gleich mit dazu. Du siehst also, ich halte …«, Charlotte stockte und las dann lautlos weiter … *mich an mein Versprechen, keine andere als Dich zu ehelichen.* »Daher frage ich Dich heute, Geliebte meines Herzens, ob Du zu mir nach Dubno kommen willst.«

Ihr Vater und ihr Onkel gaben gleichzeitig einen Ausruf des Erstaunens von sich. Charlotte, die das erwartet hatte, las weiter. »Es gibt eine gute Postlinie über Magdeburg und Warschau nach Dubno. Du könntest vergleichsweise bequem reisen, wenn Du eine männliche Begleitperson findest. Ich würde Dich ja selbst abholen kommen, aber mein Großvater, der mir mit Sicherheit zürnt, weil ich die Offerte des Zaren zurückgewiesen habe, wird nicht erlauben, dass ich mich von der Truppe entferne. Und als General des Dragonerregiments unterstehe ich militärisch seinem Befehl. Nicht aber als liebender Mann. Ich mache Dir nichts vor, teure Charlotte, Prinz Condé wird uns auch weiterhin die Erlaubnis zu einer Heirat verweigern. Aber da er selbst seit vielen Jahren unverheiratet mit Madame von Monaco zusammenlebt, kann er mir nicht verwehren, das Gleiche mit Dir zu tun, wenn Du es mit Deiner Würde vereinbaren kannst.«

»Dieser elende Heuchler!«, entfuhr es dem Kardinal. »Prinz Condé war selbst mit einer Rohan-Rochefort verheiratet, aber versagt euch den Segen!«

Charlotte ignorierte die in ihr aufsteigende Bitterkeit ob dieser Nachricht, denn zumindest wollte sich Louis-Antoine nun öffentlich zu ihr bekennen. Das musste vorläufig reichen.

»Es ist, wie es ist, lieber Onkel«, wiegelte sie ab.

Der Kardinal sah ihr gerade in die Augen. »Aber Sie möchten dennoch nach Dubno reisen. Habe ich recht?«

»Ja, Onkel. Es ist mein Herzenswunsch!«

»Und wer soll Sie begleiten?«

Charlotte verkrampfte die Hände. »Auch dafür macht Louis-Antoine einen Vorschlag. Er bittet Sie, lieber Vater, dies zu übernehmen. Der Posten des Proviantmeisters wurde noch nicht wieder besetzt und ist weitaus höher dotiert als bei den Österreichern. Außerdem könnten wir Henri wiedersehen.«

Jules von Rohan seufzte. »Ihnen zuliebe würde ich mit nach Dubno reisen, teure Charlotte. Doch auf Dauer bleiben möchte ich dort nicht. Man sagt, es sei ein sehr öder Landstrich, umgeben von Sümpfen. Außerdem«, er blickte zögernd auf den Kardinal, »außerdem fehlt mir das Reisegeld. Ich kann es zurzeit nicht erübrigen.«

Wie üblich erwies sich Onkel Louis als großzügig. »Eine große Summe kann auch ich nicht entbehren, werter Jules. Doch für die Fahrt mit der Postkutsche und die Übernachtung in einfachen Gasthöfen wird es schon reichen, sofern Sie beide keine großen Ansprüche stellen. Und als Gegenleistung könnten Sie mir einen Dienst erweisen.«

»Einen Dienst? Sehr gerne, doch woran denken Sie?«

»Sie wissen, dass mir nur wenige meiner ehemaligen Besitztümer geblieben sind. Dazu gehört ein Gut in Ungarn, nicht allzu weit von Dubno entfernt. Ich habe es einst der Kaiserin Maria Theresia abgekauft und seit vielen Jahren nicht mehr besucht. Jemand müsste dort einmal nach dem Rechten sehen. Die Einkünfte, die man mir aus Ungarn überweist, werden von Jahr zu Jahr dürftiger, obwohl der Krieg zwischen Frankreich und Österreich ja nun vorbei ist.«

»Das ist eine wunderbare Idee«, freute sich Charlotte. Neben dem ungarischen Gut gehörte nur noch eine Zuckerplantage in Saint-Domingue zu den Besitztümern ihres Onkels. Diese warf den Löwenanteil der Einkünfte ab, von denen der Hof des Kardinals in Ettenheim seit vielen Jahren lebte.

»Gut, dann ist es abgemacht. Wann wollen Sie aufbrechen?«

»Sobald es das Wetter erlaubt, Onkel Louis. Ich hoffe, spätestens Anfang Mai.«

Kapitel 16

Gasthaus »Goldener Stern« in Dubno
Ende Mai 1798

Wohlig räkelte sich Charlotte im warmen Wasser des Badezubers, den ihr die Mägde des Gasthofs »Goldener Stern«, in dem sie mit ihrem Vater in Dubno abgestiegen war, bereitwillig gefüllt hatten. Nach der langen Reise in der schaukelnden Kutsche war das Bad eine wahre Wohltat.

Die Fahrt selbst war zwar anstrengend gewesen, aber ereignislos verlaufen. Manchmal verspätete sich die Kutsche, in die sie umsteigen mussten, um die nächste größere Station zu erreichen. Einmal hatten sie einen ganzen Tag Aufenthalt in einem trostlosen Kaff, da eins der Zugpferde lahmte und es so schnell keinen Ersatz gab. Doch schließlich waren sie und ihr Vater Jules nach dreiwöchiger Reise wohlbehalten in Dubno eingetroffen.

In Warschau hatte ein Schreiben Enghiens auf sie gewartet. Er empfahl ihnen den »Goldenen Stern« als Bleibe.

Das ist das beste Haus am Platz und zeugt noch vom ehemaligen Glanz der Stadt, als sie unter dem jetzt entmachteten polnischen König ein wichtiger Handelsplatz war.

Tatsächlich bot ihnen das Haus mit seinen schweren Eichenmöbeln einen etwas verstaubten Komfort, zu dem auch die Badestube mit dem hölzernen Zuber gehörte. Im Gasthof selbst hatte Louis-Antoine schon einige Tage vor ihrer erwarteten Ankunft zwei Zimmer angemietet. Sie lagen auf verschiedenen Stockwerken und zudem an entgegengesetzten Enden des Hauses.

Charlotte war errötet, als sie das süffisante Lächeln ihres Vaters registrierte, nachdem man sie in die Zimmer geführt hatte. Zweifellos war ihm klar, dass Louis-Antoine ihn so weit wie möglich aus dem Weg haben wollte, wenn er Charlotte besuchte.

Hier bei uns könnt Ihr leider nicht wohnen,

hatte Louis-Antoine noch geschrieben.

Wir hausen im Schloss des Fürsten Lubominski, das im Mittelalter erbaut wurde und noch von Wall und Graben umgeben ist. Da nicht nur mein Großvater, sondern auch der ganze Stab dort untergebracht ist, bleibt leider kein Platz für Euch.

Was mir nur recht ist, dachte Charlotte. *Ich habe wahrlich kein Verlangen danach, dem alten Condé zu begegnen.*

Noch einmal tauchte sie bis zum Hals in das duftende Wasser ein. Dann stand sie auf und begann, sich abzutrocknen. Die Vorfreude ließ ihr Herz schneller schlagen. Heute Nacht würde Louis-Antoine zu ihr kommen.

Im milden Mondlicht des Maiabends blitzte der Stern im Gasthausschild golden auf, als Louis-Antoine seinen Rappen zügelte, absprang und das Tier in die Stallungen hinter dem Haus führte, wo er es einem Knecht übergab. Das Ross war in Dubno bekannt, und er wollte vermeiden, dass jemand seinen nächtlichen Aufenthalt im Gasthof bemerkte.

Verstohlen blickte er sich um, bevor er das Haus durch die Hintertür betrat. Kein Neugieriger war zu sehen. Auch im düsteren Hausflur begegnete ihm um diese späte Stunde keine Menschenseele. Mit klopfendem Herzen hastete er die Stiege hinauf, immer zwei Stufen auf einmal nehmend. Dann pochte er zaghaft an die Tür. Auf ihren leisen Ruf hin stieß er sie auf.

Und da war sie! Endlich! Trotz seiner Ungeduld, Charlotte in die Arme zu schließen, blieb er an der Tür stehen und nahm sich die Zeit, sie zu betrachten, ihr Bild ganz in sich aufzunehmen. Sie lehnte in einem zarten, mit Spitzen besetzten Hemd, das er nicht kannte, in den Kissen eines altmodischen Himmelbetts, dessen Vorhänge sie zurückgezogen hatte. Ihre Augen, im Licht zweier Kerzen tiefblau wie ein Bergsee, blickten ihn mit einem Ausdruck an, der sein Begehren entfachte wie Öl eine Flamme. Er las darin den gleichen Hunger, den er selbst verspürte, die gleiche Hingabe und ... die gleiche Angst. *Kein Wunder nach all den Monaten und dem bitteren Abschied.*

Sie streckte die Arme nach ihm aus. »Mein Geliebter!« Er las ihr die leise gesprochenen Worte mehr von den Lippen ab, als dass er sie hörte. Dann stürzte er auf sie zu und umklammerte sie so fest, als wollte er sie nie wieder loslassen.

»Nicht! Gönne mir noch einen Augenblick lang Ruhe!«

Sanft schob Charlotte Louis-Antoines Kopf, der sich erneut auf ihre Brüste niedersenken wollte, zurück.

»Aber die beiden rufen nach mir!« Neckisch umspielte er mit dem Finger ihre steil aufgerichteten Brustwarzen. Er genoss das leise Stöhnen, das sich ihren Lippen entrang.

»Und mein kleiner Soldat ist auch wieder zu neuen Heldentaten bereit.« Louis-Antoine wies mit einer Kopfbewegung auf sein steil aufgerichtetes Glied.

Charlotte berührte es sanft. »Ich fürchte, auch dein Kamerad wird sich noch gedulden müssen. Nach all der Zeit der Entbehrung ist mein Schoß ihn nicht mehr gewohnt und schon ganz wund.« Sie hatten sich immer wieder geliebt, fünf- oder sechsmal, sie wusste es nicht mehr genau.

Draußen zog schon die Morgendämmerung herauf. Im Hof krähte durchdringend ein Hahn.

Einen Moment zögerte Louis-Antoine, dann wagte er es. »Nun, in dem Fall weiß ich ein gutes Mittel, um Abhilfe zu schaffen.« Noch nie hatte er sie auf diese Art verwöhnt, aus Scheu, sie könnte sich wie eine Dirne von ihm behandelt fühlen und es ablehnen. Schließlich verurteilte die katholische Kirche solche Praktiken auf das Schärfste.

Doch nun senkte er seinen Kopf zwischen ihre Brüste und umkreiste mit der Zunge den salzig schmeckenden Zwischenraum. Unendlich langsam glitt er weiter nach unten, über ihren weichen Bauch, der ihn an die von Botticelli gemalten Frauen erinnerte, bis zu ihrem Nabel, in dem er seine Zunge einen Moment lang vergrub.

Charlotte kicherte leise. »Du kitzelst mich!« Sie wand sich und vergrub ihre Hände in seinem Haar.

Als er immer tiefer nach unten glitt, stieß sie erschreckt die Luft aus und versteifte sich. »Was ... was tust du da?«, stammelte sie ungläubig.

Sanft schob er ihre Schenkel auseinander. Ihre Vulva glänzte rosa und feucht im schwachen Licht der heruntergebrannten Kerzen. Vorsichtig berührte er sie, während sie leise keuchte, bis er den kleinen harten Knopf gefunden hatte.

Als er ihn zwischen die Lippen nahm, kam ihm ihr Körper unwillkürlich entgegen. Immer kürzer und heftiger wurde ihr Atem, bis er in ein Stöhnen überging, das sich schließlich in einem Aufschrei nie gekannter Lust entlud.

»Wo hast du nur solche unanständigen Dinge gelernt?«, neckte sie ihn. Nach dem Liebesakt lag Charlotte schlaff und träge in seinen Armen.

Louis-Antoine lächelte leicht. »Schon bei meiner ersten Liebe, mein Schatz.«

»Was?« Charlotte klang entsetzt. »Aber du warst doch erst vierzehn Jahre alt! Sie hieß Jeannette, wenn ich mich recht entsinne!«

Er schmunzelte. »So ist es, mein Lieb. Jeannette hat mich das gelehrt. Sie war etliche Jahre älter als ich und recht erfahren in der Liebe. Zudem wollte sie nicht schwanger werden, und ich«, er stockte einen Moment, »nun ja, ich war noch nicht so entwickelt, dass ich ihr anderweitig die gleiche Lust bereiten konnte, wenn du verstehst, was ich meine.«

Zu seinem Entzücken färbten Charlottes Wangen sich rosa. Sie schwiegen eine kleine Weile. Dann flüsterte sie: »Und hat sie dich noch weitere Dinge gelehrt?«

Er tippte mit dem Finger auf ihre Nasenspitze. »Das hat sie, mein Schatz. Doch diese Lektionen erteile ich dir ein andermal. Jetzt lass uns noch ein wenig ruhen. Die Sonne geht schon auf, und Schlag acht Uhr muss ich mit meinen Dragonern ein Reitermanöver üben. Der Zar verlangt, dass wir jeden Tag exerzieren.«

Er war schon fast eingenickt, als er ihre leise Stimme noch einmal hörte. »Verlangt die Kirche nicht, dass wir das beichten?«

»Beichten?« Vor Müdigkeit war er ein wenig unwillig. »Wem willst du das beichten? Der hiesige Pfarrer versteht kaum das nötigste Deutsch, und Latein beherrscht er schon gar nicht.«

»Aber wenn wir zurück nach Ettenheim kommen?«

»Stadtpfarrer Mast? Der alte Herr fiele sicherlich ohnmächtig aus dem Beichtgestühl, wenn er überhaupt verstehen würde, was du meinst. Und deinem Onkel Louis wirst du es ja wohl nicht sagen wollen. Obwohl …« Plötzlich kam ihm ein Gedanke. »Obwohl dein Onkel dir wahrscheinlich die volle Absolution erteilen würde.«

Charlotte war verwirrt. »Wie meinst du das?«

Trotz seiner Müdigkeit saß Louis-Antoine der Schalk im Nacken. »Dein Großonkel galt seinerzeit als fantastischer Liebhaber! Sei versichert, mein Schatz, dass er diesen Ruf nie genossen hätte, würde er diese Kunst nicht beherrscht haben.«

Damit drehte er ihr den Rücken zu, kuschelte sich eng an ihren weichen Leib und schlummerte sofort ein.

»Willst du mir nicht endlich sagen, was dich bedrückt?« Charlotte warf Louis-Antoine einen forschenden Seitenblick zu.

Sie hatten gemeinsam einen Markt in einem Dorf in der Nähe von Dubno besucht, wo Charlotte einen bunten Seidenschal erworben hatte, den sie nun keck um den Hals geschlungen trug. Nun spazierten sie über mit Butterblumen und Margeriten übersäte Wiesen an einem kleinen Bachlauf entlang.

Charlotte liebte diesen Weg, der durch eine liebliche Landschaft führte, wie sie für das ansonsten von eher ödem Sumpfland umgebene Dubno untypisch war. Er würde auf einem lauschigen, von Trauerweiden überschatteten Plätzchen enden, wo sie ein Picknick einnehmen wollten. Apfelmost, Wein, Brot, Käse und Wurst, die sie ebenfalls auf dem Markt erstanden hatten, trug Enghien zusammen mit Geschirr, Besteck und einer Decke in einem Rucksack bei sich.

Er erwiderte ihren Blick. »Ich habe einen Brief meines Vaters aus London erhalten«, sagte er dann.

»Aha. Und was steht darin, das dich beunruhigt?«

»Er hat mir gestanden, dass ich eine Halbschwester habe, die schon fünfzehn Jahre alt ist. Sie wird sich demnächst mit einem englischen Lord verheiraten.«

Charlotte deutete den bitteren Unterton in Louis-Antoines Stimme richtig. »Und nun fragst du dich, wie viele Halbgeschwister du sonst noch hast …«

»… die aber aufgrund ihrer illegitimen Geburt die Dynastie Bourbon-Condé niemals fortsetzen können«, ergänzte Enghien. »Diese Last ruht allein auf meinen Schultern, und ich darf sie nicht einmal mit der Frau meines Lebens teilen.«

Charlotte fasste schweigend nach Louis-Antoines Hand. Auch sie fühlte sich jetzt bedrückt. Tatsächlich hatte der alte Condé sie seit ihrer Ankunft vor fast zwei Monaten nicht einmal empfangen. Er duldete zwar, dass sie sich in Dubno aufhielt, ignorierte sie jedoch.

»Und wie geht es deinem Vater sonst?«, durchbrach Charlotte schließlich die lastende Stille, die sich zwischen ihnen ausbreitete. Sie wollte Enghiens Großvater nicht auch noch diesen wundervollen Sommertag opfern.

Louis-Antoine zuckte mit den Schultern. »Er lebt in Saus und Braus und erfindet immer neue Ausreden, um London nicht verlassen zu müssen. Schon gar nicht, um diese Weltstadt gegen einen trostlosen Ort in Ostpolen einzutauschen.«

Charlotte lächelte. »So trostlos ist es hier doch gar nicht.« Sie wies auf die Landschaft rings um sie herum. »Und wir sind hier glücklich miteinander. Was bedarf es mehr?«

Louis-Antoine erwiderte ihr Lächeln zwar, aber es erreichte seine missmutig dreinblickenden Augen nicht.

»Und wie geht es deinem Vater?«, kam er Charlottes nächster Frage zuvor. Erst gestern war ein Brief von Jules von Rohan angekommen.

»Er ist wieder wohlbehalten in Ettenheim eingetroffen. Auf dem ungarischen Gut meines Onkels hat er tatsächlich entdeckt, dass ein betrügerischer Verwalter in die eigene Tasche gewirtschaftet hat. Er hat den Mann entlassen. Nun bringt der Hof das Doppelte ein wie vorher.«

»Gut, gut«, kommentierte Enghien. Charlotte merkte, dass er mit seinen Gedanken schon wieder woanders war. Sie stieß ihn leicht in die Seite.

»Also, du hast eine Halbschwester in London, die demnächst heiraten wird. Aber was bedrückt dich wirklich?«

Louis-Antoine seufzte. »Wie gut du mich kennst!« Wider Willen musste er lächeln. Dann holte er tief Luft. »Der Herzog von Berry ist vorgestern eingetroffen.«

Berry war der zweitälteste Sohn des Grafen von Artois, des jüngsten Bruders des ehemaligen Königs Ludwig XVI. Da der amtierende König Ludwig XVIII. kinderlos war, stand er an dritter Stelle der französischen Thronfolge.

»Na und? Was ist mit ihm?«

»Er hat heute Morgen bei meinem Großvater vorgesprochen. Er begehrt den Oberbefehl über das Dragonerregiment.«

»Berry!?« Charlotte war empört. »Aber der Herzog hat doch keinerlei militärische Erfahrung!«

Angesichts ihres gerechten Zorns musste Louis-Antoine lachen. Er drückte ihr einen Kuss auf die Wange.

»Du Gute«, murmelte er zärtlich. »Wie du dich für mich ins Zeug legst!«

»Aber es ist doch wahr!«, ereiferte sich Charlotte.

»Natürlich ist es wahr. Und ausnahmsweise hat mein Großvater einmal zu meinen Gunsten entschieden. Ich behalte den Oberbefehl, Berry wird die Nachhut befehligen. Da kann er am wenigsten Schaden anrichten.«

Charlotte schüttelte verwirrt den Kopf. »Aber was bedrückt dich denn dann so sehr? Berry ist dir doch jetzt sogar unterstellt.«

Louis-Antoine antwortete nicht. *Wahrscheinlich liegt er heute wieder einmal mit Gott und der ganzen Welt im Streit,* dachte Charlotte. Immer wieder verfiel ihr Geliebter in solche Stimmungstiefs.

Mittlerweile hatten sie den Platz unter den Trauerweiden erreicht. Charlotte beschloss, das Thema ruhen zu lassen und Louis-Antoine aufzuheitern.

»Sieh doch nur!« Sie wies auf eine Stelle mit vielen azurblauen Blüten. »Kennst du diese Blumen?«

Louis-Antoine schüttelte den Kopf. Einen Seufzer unterdrückend, breitete Charlotte die leichte Decke, die sie mitgenommen hatten, über dem hohen Gras unter den Bäumen aus. Da hörte sie plötzlich ein schwaches Winseln.

»Was ist denn das?« Erschrocken trat sie einen Schritt zurück. Da wuselte etwas unter der Decke!

»Igitt! Kann das eine Ratte sein?«

»Dummerchen!«, lachte Louis-Antoine, der angesichts ihres weiblichen Entsetzens seine gute Laune wiederfand. »Zumindest ist es keine Hausratte. Die würde hier so weit weg vom Dorf schier verhungern.«

Charlotte war nicht überzeugt. »Und was für ein Tier ist es dann?«

»Lass uns nachsehen!« Entschlossen zog Louis-Antoine die Decke zurück, während Charlotte vorsichtshalber noch einen weiteren Schritt zurückwich.

Ein undefinierbares, hellbraunes Etwas kam darunter zum Vorschein. Es war deutlich größer als eine Ratte, hatte ein hässliches, faltiges Gesicht mit kleinen Äuglein, eine platte Stirn und eine vorstehende Schnauze. Enghien packte das Wesen im Nacken und hob es hoch.

»Ein Welpe ist das. Ein Männchen. Scheinbar eine Promenadenmischung aus einer Dogge und weiß der Himmel was sonst noch.«

Charlotte entspannte sich. »Wie kommt das Tierchen denn hierher?«

»Wahrscheinlich hat es jemand ausgesetzt«, mutmaßte Enghien.

»Ausgesetzt? Einen Hundewelpen?« Charlottes Mutterinstinkt war geweckt. »Wer kann denn so etwas Grausames tun?«

Louis-Antoines Lächeln wurde liebevoll. *Ach, mein Schatz, was weißt du schon von den Gräueltaten dieser Welt?* Erst dann fiel ihm ein, dass Charlotte etliche grauenvolle Dinge während der Revolution und ihrer Flucht aus Ettenheim erlebt hatte.

»Das grausamste Wesen in Gottes Schöpfung«, entgegnete er. »Irgendein *Mensch* natürlich, der keine Verwendung für das Hündchen hatte und es nicht durchfüttern wollte.«

Sein Blick glitt suchend über den Bach. In einiger Entfernung erblickte er einen Sack, der sich in einem im Wasser liegenden Ast verfangen hatte. »Schau!« Er wies mit dem Arm bachabwärts. »Möglicherweise befinden sich dort seine Geschwister. Es wäre nicht der erste Wurf, der ertränkt worden ist.«

Charlotte streckte die Arme nach dem Hündchen aus. Vorsichtig übergab ihr Louis-Antoine das Tier. Der Welpe begann sofort, Charlottes Hände zu lecken.

»Er hat sicherlich Hunger«, sagte sie mitleidig. »Schade, wir haben keine Milch gekauft.«

»Vielleicht tun es auch ein paar Brotkügelchen und ein Stückchen Wurst«, schlug Enghien vor.

»Gute Idee! Wir versuchen es.«

Wenig später sahen sie amüsiert zu, wie das Tier gierig alles hinunterschlang, was sie ihm reichten. Schließlich war es gesättigt, sprang auf Charlottes Schoß, rollte sich dort zusammen und schlief sofort ein.

Charlotte kraulte ihm das hässliche Köpfchen. »Ich möchte ihn behalten«, sagte sie nach einer Weile. »Er soll uns Glück bringen.«

Louis-Antoine nickte. »Das habe ich mir schon gedacht. Aber ich warne dich!« Er hob drohend den Zeigefinger. »Wahrscheinlich ist er noch nicht stubenrein.«

Charlotte küsste Louis-Antoine auf die Nasenspitze. »Ich erziehe ihn schon richtig. Ich habe schließlich einiges an Erfahrung im Umgang mit schwierigen Männern.«

»Und wie wollen wir ihn nennen?«

Charlotte überlegte nur kurz. »Mohiloff soll er heißen. Nach dem Dorf mit dem Markt, aus dem er wahrscheinlich stammt.«

Wirtsgarten des »Goldenen Sterns« in Dubno
Ende Juli 1798, ein paar Tage später

»Und ich sage Ihnen, die Zustände in den Quartieren sind barbarisch. Es wird jeden Tag schlimmer! Den Zaren schert das einen feuchten Dreck. Hauptsache, wir exerzieren jeden Morgen bis zum Umfallen!«

Louis-Antoine und Charlotte warfen sich einen besorgten Blick zu. Ihr Bruder Henri von Rohan würde sich eines Tages noch um Kopf und Kragen reden.

»Pscht!«, zischte Enghien. »Wer weiß schon, wer hier alles mithört und als Spitzel fungiert. Er muss noch nicht einmal gedungen sein. Ich habe gehört, dass jedermann ein paar Rubel erhält, der aufrührerische Reden nach St. Petersburg meldet!«

»Und wenn schon!«, entgegnete Henri trotzig, immerhin mit gedämpfterer Stimme. »Wir sind freie Franzosen, keine russischen Leibeigenen!«

»Da irren Sie sich leider, mein Freund«, erwiderte Enghien. »Der Zar bezahlt unseren Sold, also gelten die russischen Gesetze auch für uns. Zumindest die Militärgesetze.«

»Aber seitdem immer mehr Truppenteile nach Dubno verlegt werden, reicht der Platz hinten und vorne nicht mehr. Die Mannschaften liegen zu zehnt in Hütten, die einmal für vier Personen gedacht waren. Letzte Woche hat ein Unteroffizier sogar in einem stillgelegten Backofen Quartier bezogen!«

Enghien seufzte. Die Condé-Armee war mit russischen Soldaten mittlerweile auf neuntausend Mann aufgestockt worden, was die Einquartierungsmöglichkeiten in der Umgebung bei Weitem überstieg. Selbst in den armseligen Katen der Leibeigenen hatte man Soldaten unterbringen müssen.

Auch die hygienischen Verhältnisse waren mittlerweile wieder genauso unzumutbar wie bei ihrer Ankunft vor einem halben Jahr. Enghien hoffte, dass Henri zumindest während des Essens nicht darauf zurückkommen würde. Seine Hoffnung war jedoch vergeblich.

»Am schlimmsten ist der Latrinengestank«, ereiferte sich Henri. »Es gibt keinen Winkel mehr im Lager, in dem es nicht nach Schei…« Er bemerkte, dass Charlotte angeekelt die Gabel sinken ließ, und verbesserte sich. »Ich bitte um Nachsicht, Schwester, also, nach Exkrementen riecht«, blieb er weitgehend ungerührt beim Thema. »Dazu kommen die unzähligen Stechmücken. Sie nisten nicht nur in den umliegenden Sümpfen, sondern auch in den Latrinen. Grüne Schmeißfliegen setzen sich auf jeden Zoll Proviant! Die Hälfte der Männer leidet an Durchfall! Es ist nur noch eine Frage der Zeit, bis eine Seuche ausbricht!«

Enghien seufzte. »Mein Großvater hat schon mehrere Eingaben an Zar Paul gemacht und um finanzielle Mittel zur Verbesserung der Quartiere gebeten. Bislang hat er leider keine Antwort erhalten!«

»Kein Wunder«, ätzte Henri. »Der Zar selbst muss ja auch nicht auf verwanztem Stroh schlafen. Und sollte ihn tatsächlich einmal ein Floh stechen oder eine Laus beißen, wird der zuständige Kammerdiener wahrscheinlich lebendig gehäutet!«

»Pscht!«, machte Enghien erneut. In diesem Moment kam ein französischer Unteroffizier in den Garten und blickte sich suchend um. Dann steuerte er auf den Tisch zu, an dem Charlotte, Henri und Louis-Antoine saßen.

»Kommen Sie rasch, Herr Leutnant«, sprach er Henri von Rohan an. »Sie haben gerade das Urteil über Jacques gesprochen. Er soll einhundert Knutenhiebe erhalten. Außerdem will man ihm die Nasenflügel ausreißen, damit ihn jeder als Dieb erkennt!«

»Merde!«, fluchte Henri und sprang so heftig auf, dass er Charlottes Weinglas umstieß. Die Flüssigkeit ergoss sich über ihr helles Sommerkleid.

»Tut mir leid, Schwester«, entschuldigte er sich hastig. »Aber ich muss sofort zurück, um Schlimmeres zu verhindern!«

»Ich begleite Sie«, bot Enghien an. »Auf dem Weg können Sie mir ja erläutern, worum es bei dieser Strafaktion geht.«

Tief beunruhigt blickte Charlotte den beiden nach.

»Also, setzen Sie mich ins Bild, Henri«, forderte Louis-Antoine Charlottes Bruder auf, mit dessen schnellem Schritt er kaum mithalten konnte. Leutnant Henri von Rohan gehörte nicht zu

Enghiens Dragonern. Er befehligte eine Kompanie Infanterie in einem der anderen Regimenter, die in Dubno stationiert waren, und war zu Fuß ins Gasthaus gekommen, da er kein eigenes Pferd mehr besaß. Sein Brauner war vor einigen Wochen an einer Kolik verendet.

»Es geht um Jacques Gilbert, einen Schäfer aus der Auvergne, der schon seit Jahren bei der Condé-Armee ist.«

Enghien kam der Name bekannt vor. »War Gilbert auch in Oberkammlach dabei?«

»So ist es«, nickte Henri. »Er erhielt danach einen Orden wegen besonderer Tapferkeit. Mit zwei Kameraden deckte er mit nur einem Geschütz den Rückzug von mehr als zweihundert unserer Soldaten.«

Enghien nickte. »Das war in einem anderen Abschnitt als dem, in dem ich gekämpft habe. Aber ich erinnere mich noch gut an die Zeremonie, mit der die besonders Mutigen hernach geehrt wurden. Was wirft man dem Mann denn vor?«

»Kameradendiebstahl.«

»Kameradendiebstahl?« Enghien war bestürzt. »Wie ist das nur möglich?«

Henri zuckte trotz ihres schnellen Tempos mit den Schultern. »Wie wohl, Herzog?« Er klang sarkastisch. »Der Mann war fünf Jahre lang nicht mehr zu Hause, seitdem er bei Nacht und Nebel vor dem Terror geflohen ist. Nun sind seine Schafe, die seine Familie mehr schlecht als recht ernährt haben, an einer Seuche krepiert. Jacques hat schon vorher jeden Sous und jede Kopeke, die er entbehren konnte, nach Hause geschickt. Oft genug ist das Geld dort nicht angekommen, sondern unterwegs verloren gegangen. Jetzt leidet seine Familie Hunger. Also hat er einem russischen Kameraden den Beutel mit ein paar lächerlichen Rubel entwendet, um das Geld nach Hause zu senden. Das war Unrecht, niemand bestreitet das. Aber ich hatte angeboten, die Schuld zu begleichen, den Bestohlenen darüber hinaus zu entschädigen und

Jacques zu bestrafen. Scheinbar entspricht dieses Vorgehen aber nicht der Gerichtsbarkeit des Zaren aller Reußen.«

Mittlerweile waren sie am Rand des Feldlagers angekommen, in dem sich die meisten Quartiere befanden. Schon von Weitem hörten sie das Klatschen einer Peitsche.

»Merde!«, brüllte Henri erneut und begann zu laufen. Enghien folgte ihm auf dem Fuße. Rücksichtslos bahnten sich die beiden ihren Weg durch die zahlreichen Gaffer, die sich rings um das hölzerne Podest geschart hatten, auf dem die in der russischen Armee noch immer üblichen Leibesstrafen vollzogen wurden.

Was sie erblickten, ließ ihnen das Blut in den Adern gefrieren. Ein Mann hing leblos mit entblößtem Oberkörper am Pfahl, nur noch von seinen über dem Kopf angebundenen Händen gehalten. Sein Rücken war eine einzige blutige Masse. Und noch immer knallte die Knute unbarmherzig auf das rohe Fleisch.

Ehe Enghien ihn zurückhalten konnte, sprang Henri auf den Auspeitscher zu und streckte ihn mit einem einzigen Faustschlag zu Boden. Die Gaffer ringsum stöhnten auf, manche vor Entsetzen, viele vor Sensationsgier. Das versprach ein amüsantes Schauspiel zu werden!

Ein Major in russischer Uniform trat vor und griff Henri am Arm. »Was fällt Ihnen ein, Mann?«, brüllte er. Einen Lidschlag später lag auch er mit blutiger Nase am Boden.

»Henri, Henri!« Enghien stürmte auf Henri zu und umklammerte ihn mit beiden Armen. Anfangs schlug Charlottes Bruder wie rasend um sich, bis er Louis-Antoine erkannte und sich keuchend beruhigte.

Mittlerweile hatte sich der Major erhoben. »Ergreift ihn«, befahl er und wies mit seiner blutigen Hand auf Henri. »Ergreift diesen Rebellen, diesen Verräter!« Seine Stimme überschlug sich. Schon stürmten fünf Mann mit gezückten Degen auf Henri und Enghien zu, der den jüngeren noch immer umklammert hielt. Dahinter folgte ein weiterer Offizier mit den Abzeichen eines Obersten. Enghien kannte ihn. Noch vor zwei Tagen hatten sie im Hauptquartier miteinander gezecht. Er war der Vorsitzende des Militärtribunals von Dubno.

Enghien ließ Henri los und stellte sich schützend vor ihn. »Wassilij Iwanowitsch«, rang er sich ein schiefes Lächeln ab. »Ich grüße Sie. Dieser Mann hat die Beherrschung verloren, doch ich kann mich für ihn verbürgen. Es wird nicht wieder geschehen!«

Der Oberst beachtete Enghien gar nicht. Er fixierte Henri und streckte die Hand aus. »Ihren Degen und Ihre Pistole, Leutnant! Ich verhafte Sie wegen Missachtung der Gesetze des Zaren!«

Henri rührte sich nicht und starrte dem Oberst trotzig in die Augen. Enghien mischte sich ein. »Henri, tun Sie, was er sagt«, murmelte er beschwörend. »Für den Augenblick ist das das Beste. Danach werde ich sehen, was ich für Sie tun kann.«

Mit ruckartigen Bewegungen öffnete Henri sein Wehrgehänge. Anstatt es dem Oberst in die Hand zu geben, warf er es ihm vor die Füße.

»Ich scheiße auf die Gesetze des Zaren. Ich bin Untertan des französischen Königs Ludwig XVIII.« Enghien stockte der Atem. Er glaubte, seinen Ohren nicht zu trauen.

»Henri«, zischte er. »Was fällt Ihnen ein? Halten Sie Ihr Maul! Oder wollen Sie uns allen noch mehr schaden?«

Für den Moment wirkte die Drohung. Henri klappte den schon geöffneten Mund wieder zu.

Enghien wandte sich an den Oberst. »Wassilij Iwanowitsch, ich bitte um Vergebung für diesen Heißsporn. Er weiß nicht mehr, was er tut. Der verurteilte Mann …«

»… war ein schäbiger Dieb«, fiel ihm der Oberst ins Wort.

Enghien ballte die Hände zu Fäusten und versuchte verzweifelt, Ruhe zu bewahren.

»… und einer unserer tapfersten Männer«, führte er den Satz des Obersten fort. »Er hat viele Schlachten mit uns geschlagen. Doch nun ist seine Familie in der Heimat in Not geraten und …«

»… das rechtfertigt keinen Diebstahl«, unterbrach ihn der Oberst erneut.

»Sie haben recht«, räumte Enghien ein. »Daher werde ich den Schaden ersetzen und dem Bestohlenen sogar die dreifache Summe zurückerstatten. Und noch einmal fünf Rubel für jeden Peitschenhieb zahlen, den Sie dem Mann erlassen. Er ist ja bereits ohnmächtig, wie Sie sehen!«

Einen Augenblick lang kämpfte der Oberst mit sich. Dann gab er nach. »Gut! So soll es sein. Aber nur, weil Sie es sind, Herzog von Enghien.«

Er winkte den Auspeitscher heran, der sich ebenfalls wieder aufgerappelt hatte. »Beim wievielten Hieb hast du gestoppt?«

»Beim zweiundachtzigsten, Herr.«

»Gut, dann wird dem Mann der Rest der Strafe erlassen. Schneidet ihn ab und bringt ihn ins Krankenquartier!«

Der Auspeitscher und zwei weitere Soldaten näherten sich dem Pfahl. Ohne den Befehl auszuführen, kehrte der Auspeitscher um. Er stand vor dem Oberst stramm.

»Ich fürchte, es ist zu spät, Herr. Der Mann ist tot.«

»Oh nein!«, stöhnte Enghien. In seinem Schrecken achtete er einen Moment lang nicht mehr auf Henri. Der schüttelte die beiden Männer ab, die ihn gepackt hatten. Mit einem einzigen Sprung setzte er auf den Oberst zu und trat ihm mit voller Wucht gegen die Oberschenkel. Der Mann taumelte und fiel rücklings zu Boden.

»Du Bastard!«, schrie Henri. »Du elender russischer Bastard! Du hast diesen Mann auf dem Gewissen. Du und dein schäbiger Despot auf dem Zarenthron!«

Enghien stand wie zur Salzsäule erstarrt. Das Blut rauschte in seinen Ohren. Nur verschwommen nahm er wahr, wie sich fünf Mann auf Henri stürzten und ihn überwältigten. Zwei andere halfen dem Oberst wieder auf die Füße.

»Wie heißt dieser Mann?« Erst beim zweiten, fast gebrüllten Anruf konnte Enghien reagieren. Er blickte dem Vorsitzenden des Militärtribunals ins schmerzverzerrte Gesicht.

»Henri von Rohan heißt er«, gab er schließlich die gewünschte Auskunft.

Wassilij Iwanowitsch wandte sich Henri zu, den die Männer inzwischen wieder auf die Füße gezerrt hatten. Dessen Gesicht begann von den gerade erhaltenen Schlägen bereits anzuschwellen.

»Leutnant Henri von Rohan!« Im Umkreis wurde es totenstill. »Ich arretiere Sie wegen Missachtung des Militärgerichts, tätlichen Angriffs auf Vorgesetzte und wegen mehrfacher Majestätsbeleidigung. Für das erste Vergehen werden Sie nach Sibirien verbannt. Auf die beiden anderen Verbrechen steht nach dem russischen Militärgesetz die Todesstrafe.«

Gasthaus »Goldener Stern« in Dubno
August 1798, vier Wochen später

»Und wie hat Henri die schlimme Nachricht aufgenommen?« Charlotte betupfte sich wohl zum hundertsten Mal die verweinten, rot geschwollenen Augen.

Auch Louis-Antoine war zum Heulen zumute. Aber Charlotte zuliebe beherrschte er sich.

»Gefasst und tapfer, mein Liebes. Ich glaube, er hat nie damit gerechnet, dass der Zar unser Gnadengesuch positiv bescheiden wird.«

Charlotte schluchzte auf. »Immerhin bleibt ihm so die lebenslange Verbannung nach Sibirien erspart. Wer weiß schon, ob der Zarewitsch Alexander ihn tatsächlich begnadigen würde, wenn er jemals selbst den Thron besteigt.« Ihre Worte waren kaum zu verstehen.

Louis-Antoine verschwieg Charlotte, dass er, im Gegensatz zu ihr, in diesem Fall sogar ganz sicher damit gerechnet hätte. Der

Sohn des Zaren verachtete das tyrannische Regime seines Vaters und hatte Enghien während seines Aufenthalts in St. Petersburg immer wieder aufgezählt, was er alles verbessern wollte, wenn er an die Macht käme.

Andererseits ist Zar Paul noch nicht alt, ein Mann in mittleren Jahren. Er kann noch Jahrzehnte regieren. Und man sagt, dass kaum jemand die Zwangsarbeit in Sibirien länger als fünf Jahre überlebt. Viele sterben sogar schon im ersten Jahr.

Aber auch diese Gedanken behielt Louis-Antoine für sich. Stattdessen versuchte er, Charlotte einen weiteren schwachen Trost zu spenden.

»Henri bleibt auch die grausame Auspeitschung erspart, bevor er erschossen wird. Und selbst die Art der Hinrichtung stellt nach russischen Maßstäben eine Gnade dar. Das Militärgericht verurteilte Henri wie einen schäbigen Verbrecher zum Tod durch den Strang. Nun wird er als aufrechter Soldat erschossen.«

Charlotte ging nicht darauf ein. »Ich wusste immer, dass es nicht gut für Henri ist, zum Militär zu gehen. Warum ist er nicht in Ettenheim geblieben wie unser Vater, als ihr in russische Dienste tratet!«, begehrte sie stattdessen noch einmal weinend gegen das unabwendbare Schicksal ihres geliebten Bruders auf.

»Er wollte für Frankreich, unser Heimatland, kämpfen«, versuchte Louis-Antoine, sie zu beschwichtigen. *Und der Öde und Langeweile entfliehen, die er in Ettenheim empfand,* den letzten Gedanken sprach er wiederum nicht aus.

»Und du glaubst, wir haben wirklich alles für ihn getan, was möglich war?«

Louis-Antoine seufzte schwer. »Das haben wir, Charlotte. Niemand von uns hat einen Augenblick lang gezögert, sich für deinen Bruder einzusetzen, obwohl wir alle damit riskiert haben, uns den Zorn des Zaren zuzuziehen. Mein Großvater, alle Generäle der Condé-Armee, selbst der Herzog von Berry haben das Gnadengesuch unterschrieben. Obwohl es selbst nach unseren eigenen Regeln unverzeihlich war, was dein Bruder getan hat. Auch in der Condé-Armee stünde auf einen tätlichen Angriff gegen einen Vorgesetzten der Tod durch Erschießen.«

»So findest du auch noch gerecht, was Henri jetzt angetan werden soll?« In ihrer Trauer und Verzweiflung wandte Charlotte sich nun gegen Enghien.

Der holte tief Luft. »Er hätte auf jeden Fall bestraft werden müssen, Charlotte. In keiner Armee der Welt kann die Disziplin aufrechterhalten werden, wenn jemand derart gegen sie verstößt und damit davonkommt. Selbst Henri sieht das so.«

Charlotte presste sich ihr Taschentuch vors Gesicht und schluchzte hinein.

»Aber er ist doch noch so jung!« Wieder verstand Enghien ihre Worte kaum.

Plötzlich überkam auch ihn eine ungeheure Erbitterung, die seinen Gefühlen nach der Schlacht von Oberkammlach in nichts nachstand. Charlotte hatte recht. Henri war erst einundzwanzig Jahre alt. Er hätte sein ganzes Leben noch vor sich gehabt.

Aber was für ein Leben? Seit Langem frisst die Revolution in Frankreich nicht nur ihre eigenen Kinder, sondern auch uns. Raubt uns die Jugend, macht uns weit vor der Zeit zu alten, verbitterten Männern. Treibt Familien wie die des braven Schäfers Jacques ins Elend. Und noch immer ist kein Ende in Sicht.

»Glaubst du, die Unerbittlichkeit des Zaren hat etwas damit zu tun, dass Henri ein Rohan ist?«

Louis-Antoine hatte sich das auch schon gefragt. Ebenso wie er sich fragte, ob die Ablehnung des Gnadengesuchs auch eine Konsequenz seiner Weigerung war, eine der russischen Großfürstinnen zu heiraten, die Zar Paul für ihn ausgesucht hatte. Denn auch diese Entscheidung war einer Rohan zuliebe geschehen.

Er antwortete Charlotte so, wie er auch seinen eigenen Zweifeln begegnete. »Das weiß niemand mit Sicherheit zu sagen, Charlotte. Wie ich dir schon erklärt habe, hätte selbst der Zar

Henri nicht jede Strafe erlassen können. Auch ein weitaus milderer Herrscher, dem die militärische Disziplin nicht so viel bedeutet wie Paul I., hätte ihn verurteilen müssen. Die einzige Strafminderung, die Paul zur Verfügung gestanden hätte, wäre die lebenslange Verbannung Henris nach Sibirien gewesen. Aber das alles haben wir ja schon viele Male erörtert.«

Als Charlotte nichts erwiderte, fuhr er fort: »Und es ist durchaus als ein Zeichen von Gnade zu verstehen, dass er Henri sterben lässt wie einen Edelmann und nicht schimpflich wie einen gemeinen Bauern.«

»Ein Zeichen der Gnade? Das hat er doch nur getan, weil er davon einen Vorteil hat«, traf Charlotte den Nagel auf den Kopf, was Enghiens eigene Mutmaßungen diesbezüglich anging. »Henri ist von uraltem französischem Adel. Er stammt aus einer der angesehensten Familien Frankreichs. Wie hätte Zar Paul seine Schwärmerei für die französische Lebensart der Herrschenden denn noch aufrechterhalten können, wenn er einen von ihnen wie einen Landstreicher stäupen und hängen ließe? Zumal sich alle Großen in der Condé-Armee, selbst der Neffe des Königs, für Henri verwendet haben!«

»Das mag richtig sein, Liebste«, räumte Louis-Antoine ein. »Doch es ändert leider nicht das Geringste. Wir müssen uns mit Henris bevorstehendem Tod abfinden, so schwer es uns auch fällt.«

Charlotte brach erneut in heftiges Schluchzen aus. Louis-Antoine nahm sie in die Arme und wiegte sie, bis ihr Weinen schließlich verebbte.

»Wirst du Henri auf seinem letzten Weg begleiten?«, fragte sie mit brüchiger Stimme.

Louis-Antoine spürte, wie sich sein Magen zusammenzog. Doch er hatte seinen Entschluss längst gefasst.

»Das ist selbstverständlich und eine Ehrensache, meine Geliebte. Wir alle werden Henri das letzte Geleit geben. Selbst mein Großvater wird kommen.«

»Wann ist es so weit?«, flüsterte Charlotte.

»Morgen bei Sonnenaufgang.«

»Ist es erlaubt, bei Henri zu wachen und mit ihm zu beten?« Plötzlich wirkte Charlotte sehr gefasst.

Louis-Antoine zögerte. »Frauen ist der Zutritt ins Militärgefängnis an sich nicht erlaubt. Doch ich will sehen, was ich für dich tun kann.«

Feldlager in Dubno
August 1798, am nächsten Morgen

Der Himmel war genauso düster und grau, wie sich Louis-Antoine fühlte, als er hinter dem Verurteilten und dem Erschießungskommando zur Hinrichtungsstätte schritt. Alles, was Rang und Namen in der Condé-Armee hatte, war erschienen, um Henri zu begleiten.

Vor zwei Stunden war Charlotte bleich und übernächtigt ins Gasthaus zurückgekehrt, wo Louis-Antoine die ganze Nacht auf sie gewartet hatte. Noch immer war sie gefasst.

»Wir haben zusammen gebetet und an unsere Kindheit gedacht«, erzählte sie. »Manchmal haben wir sogar gemeinsam gelacht, wenn wir uns an die Streiche erinnerten, die wir ausgeheckt haben. Einmal hat mir Henri einen lebenden Frosch in den Schuh gesteckt. Ich habe mich damals so geekelt, als ich das Tier mit dem nackten Fuß berührte. Zum Glück ist dem Frosch dabei nichts passiert.«

Dann hatte sie wieder zu weinen begonnen und war schließlich erschöpft in Enghiens Armen eingeschlafen.

Jetzt waren sie an der Mauer angekommen, vor die Henri sich stellen musste, um zur lebenden Zielscheibe zu werden. Der katholische Priester, den Prinz Condé aus Dubno herbeigebeten hatte, trat zusammen mit einem russischen Popen vor Henri. Beide sprachen ein letztes Gebet und segneten ihn.

Dann trat der Leutnant, der das Erschießungskommando befehligte, vor und bot Henri an, ihm die Augen zu verbinden. Der schüttelte heftig den Kopf.

Schließlich stellten sich sechs Männer in einer Reihe auf. Auf den Befehl des Leutnants hin hoben sie das Gewehr und legten es auf Henri an. Noch bevor der Befehl zum Abdrücken kam, rief dieser laut: »Vive la France!« Dann knallten die Schüsse.

Während Henris blutiger Leichnam zu Boden sank, erstarrte Louis-Antoine. Es war, als ob eine eiserne Faust sein Herz umklammerte und ihm den Atem abschnürte. Ein düsteres Bild erschien verschwommen vor seinem inneren Auge: ein Graben, eine Mauer aus roh behauenen Steinen, ein bleicher Halbmond am Himmel. Ein Hund bellte wie rasend. Dann ein stechender Schmerz, der seine Brust durchbohrte. Er schwankte.

»General! Was ist mit Ihnen? Sie sind ja ganz bleich!« Jemand fasste ihn am Arm. »Ist Ihnen nicht gut? Sie kannten den Jüngling ja«, drangen die Worte wie durch Watte an Enghiens Ohren. »Ist es das? Geht Ihnen sein Tod so zu Herzen?«

Louis-Antoine schüttelte die Hand des Helfers ab. »Es geht mir gut«, murmelte er. »Es ist nichts! Nichts als eine wirre Fantasterei!«

Kapitel 17

Hofgut der Rohans in Ungarn
August 1799, ungefähr ein Jahr später

Gedankenverloren schlug Charlotte den Wiesenweg ein, der zum nahe gelegenen Wäldchen führte, das noch zum Gut ihres Onkels Louis in Ungarn gehörte. Die Dogge Mohiloff, mittlerweile zu stattlicher Größe herangewachsen und sowohl der hässlichste als auch der treueste Hund, den Charlotte je gekannt hatte, lief ihr abwechselnd voraus und umsprang sie schwanzwedelnd. Seit Louis-Antoine Dubno vor sechs Wochen mit der Condé-Armee verlassen hatte, war Mohiloff anhänglicher denn je.

Nun blieb er mit einem kleinen Stock im Maul vor ihr stehen und blickte sie treuherzig an. Charlotte musste trotz ihrer trüben Stimmung lachen. Sie beugte sich zu dem Tier hinunter, das ihr den Stock vor die Füße legte, hob ihn auf und warf ihn mit aller Kraft, so weit sie konnte, auf die rechte Seite der Wiese. Wie der Blitz setzte der Hund hinterher.

»Ach, Mohiloff«, seufzte sie. »Du vermisst dein Herrchen genauso wie ich.«

In der Tat hatte die Dogge fast eine Woche lang überall in der Umgebung des »Goldenen Sterns« und des Schlosses Lubominski in Dubno nach Louis-Antoine gesucht, nachdem ihr Geliebter erneut in den Krieg gegen Frankreich gezogen war.

Dabei ist ihm von uns dreien der Abschied zweifellos am leichtesten gefallen, sinnierte Charlotte mit einer Mischung aus Resignation und Bitterkeit. Tatsächlich war Louis-Antoine während des kalten und schneereichen Winters, in dem es kaum Abwechslung gab und man ans Haus gebunden war, immer rastloser und unsteter geworden. Daran hatte zuletzt auch ihre Gegenwart nichts ändern können.

»Wir sitzen hier untätig in einem der trostlosesten Winkel der Welt fest, ferner von der Heimat denn je und ohne die geringste Aussicht, sie endlich wiederzusehen«, beklagte er sich immer öfter, zumal ihm seit Henris Erschießung der Dienst im Sold des Zaren verhasster war denn je.

Kurz bevor er seinen Entschluss, diesen Dienst zu quittieren, in die Tat umsetzen konnte, hatte Frankreich am 12. März 1799 Österreich und dessen neuem Verbündeten Russland überraschend den Krieg erklärt.

Nicht nur Zar Paul frohlockte, auch Enghien und sein Großvater Prinz Condé begrüßten diesen Schritt über die Maßen. Denn Napoleon Bonaparte, Frankreichs neuer starker Mann, saß nach der gegen England verlorenen Seeschlacht von Abukir in Ägypten fest und schien damit weit weg vom Schuss zu sein, zumal er die ganze französische Flotte verloren hatte.

»Diesmal ist uns der Sieg gewiss!«

Tatsächlich drangen die ersten Siegesnachrichten noch während der Monate, die Enghien und die anderen Generäle der Condé-Armee brauchten, um die Ausrüstung der Truppe in einen kampffähigen Zustand zu bringen, nach Dubno. Die vereinigten russischen und österreichischen Truppen unter dem Oberbefehl des russischen Feldmarschalls Suworow hatten mehrere Schlachten in Oberitalien gewonnen, wo Frankreich nach dem ersten Koalitionskrieg verschiedene Territorien unter seine Oberherrschaft gezwungen hatte, die es nun aufgeben musste.

Doch nur wenige Wochen vor dem geplanten Aufbruch der Condé-Armee Anfang Juli erkrankte Louis-Antoine an einem schweren Fieber, das in Schüben auftrat. »Daran sind die verdammten Sümpfe rund um die Stadt schuld«, knirschte er vor Wut über seine Schwäche mit den Zähnen, sobald er aus einem seiner zahlreichen Delirien erwachte, in die er immer wieder fiel. Wie im Januar 1794, als Louis-Antoine todkrank nach Ettenheim gekommen war, saß Charlotte rund um die Uhr an seinem Bett im Spital. Einmal fürchtete sie sogar, er würde die Nacht nicht überleben.

Doch ihre flehentlichen Bitten, Enghien möge auf eine Teilnahme am Feldzug verzichten, stießen auf taube Ohren. In ihrer Not wandte sich Charlotte sogar an Prinz Condé, der ihr Bittschreiben aber ungeöffnet zurücksandte und sich auch erneut weigerte, sie persönlich zu empfangen. Noch immer tat er so, als wäre sie gar nicht vorhanden, und ignorierte ihre Anwesenheit in Dubno.

Im letzten Junidrittel ging es Louis-Antoine endlich besser, auch wenn er noch nicht ganz gesund war. Da die Reise nach Ettenheim für eine alleinstehende Dame viel zu gefährlich war, zumal in den unsicheren Kriegszeiten, beschloss Charlotte, auf das ungarische Gut ihres Onkels zu ziehen, in das sie auch Mohiloff mitnehmen konnte.

Bislang war nur ein einziger Brief von Louis-Antoine eingetroffen:

Überall werden wir wie Sieger empfangen, obwohl wir noch keine einzige Schlacht geschlagen haben. In Prag wurden Empfänge und Bälle zu unseren Ehren gegeben. Ich tanzte mit vielen reizenden jungen Damen. Doch keine konnte mit Dir mithalten. Du stichst aus der Masse der Frauen heraus wie die edle Rose aus gewöhnlichen Wiesenblumen.

»Immerhin scheint es ihm gut zu gehen«, erzählte Charlotte ihrer neuen ungarischen Zofe Piroschka. Abgesehen von der reizvollen Landschaft rund um das Gut war sie neben Mohiloff der einzige Lichtblick in ihrem jetzigen Leben. Seit ihrer Abreise aus Ettenheim hatte Charlotte keine Zofe mehr gehabt, da Henriette nicht mit nach Dubno kommen wollte. Sie wäre damals bereits verliebt gewesen und mittlerweile auch schon verheiratet, hatte sie Charlotte geschrieben.

Piroschka war in mehr als einer Hinsicht ein Glücksfall. Sie war meistens fröhlich, wenn ihr ungarisches Temperament, mit dem sie auch jedes Mannsbild das Fürchten lehren konnte, nicht gerade mit ihr durchging. Was das Schneidern und Frisieren anging, war sie sogar noch geschickter als Henriette und außerdem ungebunden. Ihre Eltern waren vor einigen Jahren gestorben. Schon eine Woche nachdem Charlotte sie in ihre Dienste genommen hatte, stand für Piroschka fest, dass sie »die Prrriiinzesss«, wie sie Charlotte in ihrem gutturalen Deutsch nannte, nach Ettenheim begleiten würde, sollte diese das wünschen.

Charlotte zog es ihrerseits schon seit einiger Zeit ernsthaft in Erwägung.

Doch je mehr Tage ins Land gingen, ohne dass Charlotte etwas von Louis-Antoine hörte, desto unruhiger wurde sie. War dies in Kriegszeiten ganz normal und sogar zu erwarten, zumal das Gut des Kardinals recht abgelegen in einer ländlichen Gegend weitab von jeder größeren Stadt lag? Oder war Louis-Antoine erneut am Fieber erkrankt oder – sie wagte den Gedanken kaum zu Ende zu denken – sogar verwundet?

Tot ist er nicht. Das würde ich spüren wie damals, als er fast in diesem eisigen See ertrunken wäre. Wenigstens dessen war sich Charlotte sicher.

Aber Louis-Antoine hatte ihr zuletzt geschrieben, dass er damit rechnete, ihren Onkel in Regensburg zu treffen. Dorthin waren der Kardinal und ihr Vater Jules geflohen, nachdem die Franzosen erneut den Rhein zu überschreiten drohten.

Hätte er mir nicht längst von dieser Begegnung berichtet? Während Charlotte zum ungefähr zehnten Mal das Stöckchen für Mohiloff warf, überfiel sie erneut die Unruhe.

Doch was nützt alles Grübeln? Ich muss abwarten, wie die Dinge sich weiterentwickeln. Etwas anderes bleibt mir nicht übrig. Das scheint mein Schicksal zu sein.

Ganz kurz und verschwommen tauchte Vincents Gesicht vor ihr auf. Charlotte verdrängte es sofort. Sie pfiff nach dem Hund und machte sich auf den Rückweg zum Gutshaus.

Vor der Rheinbrücke von Konstanz, Oktober 1799

Blut! Geschützdonner! Schreie! Stöhnen! Noch mehr Blut!

Nach fast anderthalb Kampftagen drangen die Sinneseindrücke der Apokalypse von Konstanz nur noch undeutlich an Enghiens Augen und Ohren. Wie in Trance hieb er mit dem Säbel rechts und links um sich. Die Pistole hatte er schon lange weggeworfen, im fortdauernden Getümmel blieb keine Zeit zum Nachladen.

»Da vorne ist die Brücke! Der größte Teil unserer Leute ist schon auf der anderen Seite!« Enghiens Adjutant, der Marquis von Thuméry, mittlerweile zum Major befördert, schrie aus Leibeskräften. Trotzdem interpretierte Enghien in all dem Lärm um ihn herum mehr Thumérys Lippenbewegungen, als dass er hörte, was dieser ihm zurief.

Rückzug, schon wieder Rückzug! Keine einzige Schlacht haben wir jemals gewonnen! Die Erbitterung mobilisierte seine letzten Kräfte. Da! Ein Heckenschütze im Hauseingang! *Er hat den jungen Gablét getroffen!* Der knapp Zwanzigjährige sank neben Enghien vom Pferd.

Der sprang ab, warf die Zügel seines Rappen seinem neben ihm reitenden, treuen Burschen Canone zu und stürmte ohne Deckung zum Eingang des Hauses. Um die Rheinbrücke zu erreichen, über die sich das von ihm geführte Dragonerregiment zurückziehen konnte, mussten sich seine Männer zuerst von Haus zu Haus durch Konstanz kämpfen, das zu großen Teilen von den gegnerischen Franzosen besetzt war.

Ein Tritt gegen die Tür, die zurückschwang und den dahinter stehenden Soldaten, der sein Gewehr hektisch nachzuladen versuchte, ins Taumeln brachte. Enghien stieß dem Mann den Säbel mitten durch die Kehle. Halb geköpft, sank der Feind zu Boden.

Das ist für Charles, der seinen guillotinierten Vater rächen wollte! Erst kurz vor dem Abmarsch nach Dubno ist der Junge zu uns gestoßen. Und nun vielleicht sinnlos gefallen, wie so viele von uns zuvor.

Mechanisch, ohne nachzudenken, hieb Enghien einen weiteren Mann zu Boden, der ihm den Rückweg zu seinem Pferd verstellte. Ohne das Getümmel um sich herum zu beachten, sank er neben Charles von Gablét zu Boden. Das Blut, das dem Jüngling aus dem Mund rann, und die tiefe Brustwunde wiesen auf einen Lungenschuss hin. Charles würde tatsächlich sterben!

Und ich habe einen Taumelnden getötet! Erst jetzt wurde Enghien bewusst, dass er mit dem Angriff auf den Schützen im Hauseingang eine Grenze überschritten hatte, die ihm bislang heilig gewesen war. *Niemals den wehrlosen Feind attackieren! Er ist ein Franzose wie ich! Heute habe ich dieses Gesetz gebrochen! Zum ersten Mal in diesem furchtbaren Straßenkampf!*

Charles lächelte ihn mit seinen blutigen Lippen an. »Sagen Sie mir noch eins, Durchlaucht!«, röchelte er. »Sterbe ich heute für Frankreich oder für die Russen und Österreicher?«

Louis-Antoine wusste nicht, was er ihm antworten sollte. Stumm drückte er Charles daher die Hand, bis dieser seinen letzten Atemzug tat.

»Herr! So kommen Sie doch endlich, Herr! Wir sind die Allerletzten!« Jetzt erst nahm Enghien Canones Gebrüll neben sich wahr. »Dahinten kommt ein ganzer Trupp Feinde! Wir müssen über die Brücke, bevor sie uns den Weg abschneiden!«

Wie entrückt und nahezu mechanisch sprang Enghien daraufhin mit einem einzigen Satz auf seinen Rappen, der ihn schon durch so viele Kämpfe getragen hatte. Seite an Seite preschten Canone und er die Straße hinunter, die zur Rheinbrücke führte. Schon von Weitem sah Enghien, dass man viele Pulversäcke an den Auflagern und entlang der Geländer gehäuft hatte, um die Brücke gleich nach dem Übergang seiner letzten Dragoner zu sprengen. Noch einmal drückten sie den Pferden die Sporen in die Weichen. Mit Schaum vor den Nüstern galoppierten diese über die hölzernen Bohlen. Gleich darauf erdröhnten die ersten Detonationen.

Am anderen Ufer ließ sich Louis-Antoine ins feuchte Gras gleiten. Keuchend schloss er die Augen und versuchte, wieder zu Atem zu kommen. So bemerkte er anfangs gar nicht, dass sein Großvater neben ihn trat.

»Louis-Antoine!« Prinz Condé stieß ihn leicht mit dem Stiefel an. »Stehen Sie auf und lassen Sie sich umarmen! Wieder sind Sie der Held der Stunde!«

Enghien öffnete die Augen. Auch die Wangen seines Großvaters waren vom Pulverdampf geschwärzt. Seine Uniform wies Flecken und Risse auf. Der alte, gichtige Mann hatte tatsächlich gekämpft!

Noch vor wenigen Jahren hätte Louis-Antoine der Mut seines Großvaters, der ein anderes Regiment der Condé-Armee persönlich in die Schlacht geführt hatte, Bewunderung abgenötigt. Nun war er auch über diesen Punkt hinweg und empfand nur noch Erbitterung.

Er übersah die ausgestreckte Hand des Alten und rappelte sich ohne Hilfe auf die Füße. Auch den ausgebreiteten Armen des Prinzen wich er aus. »Bleiben Sie mir fern! Sie machen sich blutig!«

Als hätte Enghien ihn geschlagen, trat sein Großvater einen Schritt zurück. Seine zuvor noch strahlende Miene versteinerte. Schweigend gingen sie nebeneinander zum Feldlager, wo Enghien nacheinander zwei Becher Wein in einem Zug hinunterstürzte. Erst dann beruhigte sich sein Puls.

Doch wieder übermannte ihn der Zorn über diesen erneut sinnlosen Kampf. Vor allem aufgrund dessen Vorgeschichte! Zu jedermanns Entsetzen hatten die Russen Ende September bei Zürich eine vernichtende Niederlage erlitten, auch weil ihnen die Österreicher nicht, wie versprochen, rechtzeitig zu Hilfe gekommen waren. Mit einem Schlag hatte sich darauf alle Siegeszuversicht der Emigranten in die altbekannte Verzweiflung verwandelt.

Und wieder hatte Erzherzog Karl von Österreich, als Oberbefehlshaber auch den Condé-Truppen weisungsbefugt, ihnen ein Himmelfahrtskommando übertragen. Sie sollten den Rheinübergang bei Konstanz für den Rückzug der verbündeten Armeen freihalten. Aussichtslos angesichts der Übermacht des Feindes!

Während Prinz Condé auf der linken Rheinseite Stellung bezog, schickte er Enghiens Dragoner auf die rechte Seite. Dort wurden sie so sehr von den Franzosen bedrängt, dass sie schleunigst den Rückzug antreten mussten, bevor sich die mit ihnen verbündeten Armeen Konstanz auch nur genähert hatten. Da der einzige Weg durch Konstanz selbst führte, das die Republikaner schon fast zur Gänze besetzt hatten, blieb Enghien nur der verlustreiche Straßenkampf Haus um Haus.

Nun fixierte er seinen Großvater. »Wie viele von uns sind gefallen?«

Der zuckte mit den Schultern. »Das kann ich noch nicht absehen! Morgen wissen wir mehr! Schlafen Sie sich erst einmal aus! In meinem Zelt steht ein Lager für Sie bereit!«

Enghien sah sich um. Neben den Artilleriegespannen waren ein paar Bündel Heu aufgeschichtet. »Das hier wird es auch tun!«, wies er darauf und ließ sich erschöpft fallen. Nur Sekunden später war er eingeschlafen, ohne seinen verletzten und empörten Großvater noch eines einzigen Blicks zu würdigen.

Feldlager der Condé-Armee
Oktober 1799, sechsunddreißig Stunden später

»Guten Morgen, Enghien.« Die Stimme des Prinzen klang kühl. »Haben Sie sich hinlänglich ausgeruht?«

Louis-Antoine nickte und griff trotz der noch frühen Morgenstunde zu der Weinkaraffe, die auf einem Tischchen im Zelt seines Großvaters stand. Er hatte zwei Nächte und einen Tag lang geschlafen. Aus dem Tiefschlaf gerissen, hatte er nur vage mitbekommen, dass man ihn ins Trockene schaffte, als es am gestrigen Morgen zu regnen begann.

»Vielleicht sollten Sie erst etwas essen!«, mahnte sein Großvater.

»Vielleicht!«, echote Louis-Antoine ungerührt und füllte sich den Becher noch einmal. Dann straffte er sich für den bevorstehenden Schlag.

»Nun, wie viele meiner Dragoner sind gefallen?«

Prinz Condé zog die Augenbrauen zusammen. »An die einhundertsiebzig Franzosen und noch einmal ungefähr zweihundertfünfzig Russen.« Das Regiment bestand aus Mitgliedern beider Nationen.

Der Prinz hob die Hand, um Enghien keine Möglichkeit zum Protest zu lassen, und fuhr mit aufgesetzter Begeisterung fort. »Doch es war den Preis wert! Überall rühmt man die Tapferkeit Ihrer Truppe und feiert Sie als großen Kriegshelden. Sie machen Ihrem Beinamen ›Va de Bon Cœur‹ wahrhaftig alle Ehre. Ohne Sie hätten wir noch viel mehr unserer Truppen verloren. Sie waren buchstäblich der Letzte am Feind! Man sagt, der Erzherzog persönlich will Sie belobigen!«

»Darauf spucke ich!« Die Worte entfuhren Louis-Antoine unwillkürlich. »Der Österreicher hat uns schon wieder missbraucht und uns die Drecksarbeit machen lassen, für die ihm seine eigenen Truppen zu schade sind. Wie weiland bei Oberkammlach! Und wieder sind Männer, junge Männer wie Charles von Gablét, sinnlos gestorben. Er ist im Staub verreckt, nur eine Straße von dieser elenden Brücke entfernt. Ihm nutzt es nichts mehr, dass man ihn posthum zum Helden deklariert!«

»Enghien! Sie vergessen sich!«, fuhr ihm sein Großvater scharf in die Parade. »Wo bleibt Ihre Ehre?«

»Meine Ehre?«, ätzte Enghien. »Schon wieder verwenden Sie diese sinnlose Worthülse! Glauben Sie, Charles von Gablét freut sich an unserer Ehre, wo immer er jetzt auch ist?«

Prinz Condé öffnete und schloss die Hände. Enghien kannte diese Handbewegung bereits. Sie war ein Zeichen dafür, dass sein Großvater die Ruhe zu bewahren suchte.

Tatsächlich antwortete er ihm nun mit einem Unterton der Begütigung: »Sie haben viel hinter sich, mon cher. Jetzt und in den Jahren davor. Ihre ganze Jugend haben Sie der Befreiung Frankreichs geweiht. Doch«, nun wich die Begütigung der Strenge, »doch ein Herzog von Enghien, ein General der Condé-Armee, darf nicht so sprechen!«

»Und warum nicht, grandpère?«, widersprach Enghien. »Wenn es doch nichts als die Wahrheit ist?«

»Weil es gewöhnlich klingt! Und so, als ob dieser Feldzug für Sie nicht mehr der heiligen Sache dient. Der Befreiung unserer Heimat von den Tyrannen!«

»Der heiligen Sache? Die uns seit zehn Jahren heimatlos macht und uns sogar in den Dienst dieses russischen Despoten getrieben hat? Was soll denn daran heilig sein? Zumal sie unzählige brave Männer das Leben gekostet hat!«

Ein merkwürdiger Ausdruck, den Enghien nicht recht deuten konnte, erschien in den Augen des Prinzen. Es lag etwas Triumphierendes darin.

»Es geht um den vom Pöbel besudelten Thron Frankreichs! Ihn wiederzugewinnen, ist die heilige Sache! Es wird Sie vielleicht interessieren, dass Sie einige unserer braven Männer, wie Sie sie zu nennen belieben, für würdig erachten, dereinst darauf Platz zu nehmen!«

»Was sagen Sie da?« Enghien glaubte, sich verhört zu haben.

»Es gibt Stimmen, die Sie für einen würdigeren Thronanwärter halten als den Grafen von Artois und seine Söhne, da der im Exil regierende König Ludwig XVIII. ja keine Kinder hat.«

Als Louis-Antoine endlich begriff, worauf sein Großvater hinauswollte, schüttelte er den Kopf. »Gott bewahre, Prinz Condé!«, sagte er förmlich. »Um nichts in der Welt verlangt es mich nach dieser Stellung.«

»Weil Sie dann endlich eine standesgemäße Ehe eingehen müssten?« Der Schlag aus dem Hinterhalt traf Louis-Antoine unerwartet.

»Ich heirate Charlotte von Rohan oder keine!«, schoss er, ohne nachzudenken, zurück.

»Dann merken Sie sich ein für alle Mal, denn ich sage es Ihnen jetzt zum letzten Mal: Zu dieser Verbindung verweigere ich meine Zustimmung. Und wenn Sie noch so oft als Held gefeiert oder sogar zum Thronprätendenten hochstilisiert werden!«

Enghien setzte ein spöttisches Lächeln auf, obwohl er innerlich vor Wut kochte. »Dann werden Ihnen die Urenkel wohl versagt bleiben, Großvater. Zumindest, wenn Sie auf deren Legitimität Wert legen!«

Damit wandte er sich um und verließ grußlos das Zelt.

Hofgut der Rohans in Ungarn, Dezember 1799

Mit von der Kälte geröteten Wangen betrat Charlotte die Halle des Guts und entdeckte erst jetzt, dass Mohiloff, der ihr nachgerannt war, überall seine schmutzigen Pfotenabdrücke auf dem frisch gewienerten Boden hinterließ.

Halb scherzhaft, halb ernst gemeint, rief sie ihm zu: »Pfui, Mohiloff, schäme dich! Was wird Piroschka sagen, wenn sie diese Schweinerei entdeckt?«

»Sie wird dem Biest den Schwanz stutzen und die Ohren abschneiden«, ertönte die tiefe Stimme der Zofe in diesem Moment hinter Charlottes Rücken. Mit gespielt grimmiger Miene trat sie vor, seltsamerweise mit der rechten Hand hinter dem Rücken, als hielte sie etwas darin versteckt.

»Lass Gnade vor Recht ergehen, Piroschka!«, bat Charlotte lachend. »Und rufe die Küchenmagd, sie soll hier wischen! Und du, Mohiloff«, sie drohte dem Hund, der sich tatsächlich winselnd zu Boden warf, mit dem Zeigefinger, »wirst das nächste Mal nicht mehr so wohlfeil davonkommen. Du weißt, dass dein Platz nicht im Haus, sondern draußen in deiner Hütte oder im Stall ist.«

»Soso«, grummelte Piroschka. »Das weiß ja nicht einmal ich, Hoheit. Woher sollte der Hund es dann wissen? Vier von fünf Malen lassen Sie ihn ins Haus. Er schläft nahezu jede Nacht vor dem Kamin in der Halle. Ich warte nur noch darauf, dass Sie ihn in Ihr Bett lassen!«

Mit vorgetäuschter Strenge musterten die beiden Frauen die Dogge. Mohiloff legte den Kopf auf die Vorderpfoten und sah sie mit einem scheuen Blick aus seinen dunklen Augen von unten herauf an. Er sah so komisch aus, dass Charlotte und Piroschka in lautes Gelächter ausbrachen.

»Das lebende schlechte Gewissen«, japste die Ungarin, die als Erste wieder zu Atem kam. »Man kann diesem Untier einfach nicht böse sein!«

»Das sehe ich auch so, Piroschka. Doch sag, was verbirgst du denn da hinter dem Rücken?«

»Ach Gott!«, rief die Zofe und schlug sich entsetzt die freie Hand vor den Mund. »Das hätte ich jetzt beinahe vergessen!«

Charlotte glaubte ihr kein Wort. »Also, was ist es?« Sie streckte die Hand aus.

Was Piroschka in sie hineinlegte, ließ ihr Herz auf der Stelle schneller schlagen. »Dem Himmel sei Dank, Mädchen! Endlich ein Schreiben von Louis-Antoine!«

»Wurde ja auch langsam Zeit«, brummte die Zofe. »Immerhin wussten Sie schon, dass er nicht in der Schlacht ums Leben gekommen ist.«

Das hatte Charlotte tatsächlich schon vor zwei Wochen aus einem Schreiben ihres Großonkels erfahren, der ihr von dem »Helden von Konstanz« berichtete.

Nun erbrach Charlotte mit fliegenden Fingern das Siegel. Sie nahm sich nicht die Zeit, mit dem Brief in den Salon zu gehen, sondern las ihn gleich an Ort und Stelle in der Halle. Schließlich hatte sie seit dem Spätsommer keine Post mehr von Louis-Antoine erhalten.

Meine geliebte Charlotte!
Ich bete jeden Abend darum, dass Du Dich wohl befindest und bei guter Gesundheit bist. Mohiloff ist Dir hoffentlich ein treuer Gefährte und tröstet Dich ein wenig über die Einsamkeit auf dem abgelegenen Gut hinweg.
Da ich nicht weiß, ob Dich meine letzten Briefe erreicht haben, grüße ich Dich zuerst noch einmal von Deinem Großonkel, dem Kardinal, den ich tatsächlich in Regensburg getroffen habe. Das ist zwar erst wenige Monate her. Sie erscheinen mir jedoch wie ein anderes Zeitalter. Damals waren unsere verbündeten Truppen noch siegreich und wir voller Hoffnung, endlich bald nach Frankreich zurückkehren zu können. Doch Fortuna ist wankelmütig, wie Du ja weißt, und erst recht ist es Mars, der Gott des Krieges. Unsere Träume zerstoben wie Staub im Wind. Die Franzosen siegten bei Zürich, auch ohne den großen General Bonaparte, der zu dieser Zeit noch in Ägypten weilte.
Nun ist er wieder in Paris eingetroffen und hat sich am 9. November, den diese Barbaren den 18. Brumaire nennen, mit einem Staatsstreich zum Ersten Konsul und damit quasi zum Alleinherrscher gemacht. Ist das nicht grotesk? All das Blutvergießen der Revolution, nur damit sich demnächst ein bürgerlicher Korse die französische Krone auf sein fettiges Haupt setzt! Denn dass Napoleon genau dies vorhat und in seinem maßlosen Ehrgeiz zielstrebig vorantreiben wird, daran besteht für mich kein Zweifel. Denke an meine Worte, wenn es in nicht allzu ferner Zeit so weit ist.
Ich dagegen und mit mir alle Kameraden der Emigrantenarmee sind weiterhin heimatlos. Bei Konstanz habe ich meine jüngste sinnlose Schlacht geschlagen, womöglich hast Du selbst im fernen Ungarn bereits davon gehört. Sie feiern mich als einen Helden, und einige ganz Verblendete

wollen in mir sogar den einzigen geeigneten Thronanwärter sehen, wenn Ludwig XVIII. das Zeitliche segnet.
Verrückt, nicht wahr?
Denn ich selbst sehe mich weder als das eine, noch will ich jemals das andere sein. Mich gelüstet es weder nach Heldenruhm noch nach der Bürde eines Königtums. Das Einzige, wonach ich mich sehne, ist Frieden und das Wiedersehen mit Dir.
Deshalb hoffe ich so sehr, dass Dich dieses Schreiben erreicht. Denn es ist ein kleines Wunder geschehen. Selbst mein gestrenger Großvater hatte endlich ein Einsehen!

Charlotte entfuhr ein Laut des Entzückens. Doch schon Louis-Antoines nächste Worte zeigten ihr, dass sie sich zu früh gefreut hatte. Denn es ging natürlich wieder einmal nicht um sie und das Einverständnis des Prinzen zu ihrer Hochzeit mit Enghien.

Als Zar Paul uns befahl, unsere Quartiere in Dubno mitten im hereinbrechenden Winter wieder zu beziehen, quittierte nicht nur ich ihm den Dienst. Niemand von uns wollte in diese Einöde zurückkehren. Stattdessen schlugen wir unser Winterquartier im österreichischen Steyr auf, und mein Großvater bemühte sich darum, dass uns die Engländer in ihren Sold nehmen. Und gestern traf endlich die sehnsüchtig erwartete Antwort ein und fiel ganz in unserem Sinne aus: Die Engländer nehmen uns in ihre Dienste und zahlen ab sofort unsere Löhnung einschließlich der Kosten für unsere Unterkunft in Steyr. Dort sollen wir bis zum Frühjahr bleiben.
Und nun wird mir ganz bange ums Herz, wenn ich Dich frage, ob Du wohl mit Mohiloff zu mir kommen möchtest. Natürlich verstünde ich nur zu gut, wenn Dir die beschwerliche Reise mitten im Winter durch Eis und Schnee zu mühsam wäre. Doch wenn wir bis zum Frühjahr

warten, bis die Straßen wieder frei sind, fürchte ich, dass es nichts mit einem baldigen Wiedersehen werden wird. Denn dann wird der Krieg weitergehen, und sowohl die Engländer als auch dieser korsische Emporkömmling werden wild entschlossen sein, ihn zu gewinnen.
Doch bringe Dich auf keinen Fall in Gefahr, mein Liebes. Ich würde mir nie verzeihen, wenn Dir etwas zustoßen würde. Sende mir die Antwort mit Deiner Entscheidung, so rasch es Dir möglich ist, nach Steyr in den »Schwarzen Schwan«. Dort wohne ich.
Es umarmt Dich innig
Dein Dich liebender Louis-Antoine von Enghien
gegeben zu Steyr am 2. Dezember 1799

Charlotte ließ den Brief sinken und begann, fieberhaft zu rechnen. Heute war der 10. Dezember. Der Brief, der mit der Postkutsche gekommen war, hatte also ungefähr eine Woche gebraucht. Im knapp eine halbe Tagesreise entfernten Städtchen fuhr die Postkutsche mittwochs und samstags gen Wien. Man würde unterwegs umsteigen müssen. Aber wo genau das war, würde sich sicher weisen.

Charlotte fasste einen raschen Entschluss. Heute war Dienstag.

»Piroschka!« Sie drehte sich zu der Zofe um, die sich tatsächlich nicht vom Fleck gerührt hatte. Aus ihrer Miene sprach unverhohlene Neugier.

Nun verzogen sich ihre vollen Lippen zu einem breiten Lächeln. »Sie sehen glücklich aus, Prinzessin«, konstatierte sie. »Es können also keine schlechten Nachrichten sein, die Sie gerade erhalten haben.«

Charlotte schüttelte den Kopf. »Im Gegenteil, meine Liebe! Schreckt dich eine Reise im Schnee?«

Piroschka sah Charlotte verwundert an. »Nein, Prinzessin. Doch wohin wollen Sie fahren?«

Charlotte beugte sich zu der Dogge hinab und streichelte ihr über den Kopf. »Und dich, Mohiloff, schreckt dich eine Reise bei Kälte und Eis?«

Der Hund leckte ihr ergeben die Hände.

»Das heißt dann wohl ›Ja‹, Piroschka, oder was meinst du?«

Jubel füllte Charlottes Brust, sie hätte am liebsten die ganze Welt umarmt.

»Wenn du mitkommen willst, Piroschka, lass uns rasch ein paar Koffer packen. Joscha soll uns noch heute mit dem Pferdekarren zur nächsten Postkutschenstation bringen. Schon morgen reisen wir ab!«

»Aber wohin soll es denn gehen, Prinzessin?«

»Wir fahren nach Steyr. Das ist eine Stadt in Oberösterreich. Wenn wir Glück haben, sind wir zu Weihnachten da! Dort wartet der Mann meines Lebens auf mich!«

Val-sous-Meudon
Später Nachmittag des 1. Mai 1841

Es klopfte leise an die Schlafzimmertür. Als Charlotte nicht reagierte, wurde das Pochen energischer. Schließlich öffnete Madame Helène die Tür, ohne hereingebeten worden zu sein.

»Aber Hoheit«, tadelte sie Charlotte milde. »Sie müssen sich doch melden, wenn man Sie sprechen will.«

»Wer will mich sprechen?«

»Ihr Großneffe hat anfragen lassen, ob Sie ihn heute empfangen möchten.«

Charlotte versuchte sich aufzurichten. Die plötzliche Bewegung irritierte das neben ihr zusammengekuschelte Kätzchen. In einem Reflex schlug es mit ausgefahrenen Krallen nach Charlotte.

»Pfui!«, rief diese erschrocken und betrachtete den Kratzer auf ihrem Unterarm, aus dem bereits die ersten Blutstropfen traten.

Madame Helène trat beunruhigt auf das Bett zu, klapste dem Kätzchen aufs pralle Hinterteil und scheuchte es damit von den Kissen. Das Tier fauchte empört und hob drohend den Schwanz, dessen Haare so gesträubt waren, dass er einem grauweißen Federbusch glich.

»Nun aber hinaus!«, schimpfte die Pflegerin. Ehe Charlotte Einspruch erheben konnte, flitzte das Kätzchen wie der Blitz durch die Tür.

Sie sank erschöpft in die Kissen zurück. Widerstandslos ließ sie zu, dass Helène den Kratzer begutachtete, mit einer Heilpaste betupfte und schließlich ein leinenes Tuch um den Arm band. Mittlerweile war Charlotte so schwach, dass sie sich kaum noch bewegen konnte. Ihre Glieder fühlten sich bleischwer an. Doch es war kein unangenehmes Gefühl. Im Gegenteil!

Hoffentlich gleite ich sanft hinüber! Vom Schlaf in den Todesschlaf! Das wünsche ich mir!

Aber noch war es nicht so weit. »Was darf ich Ihrem Großneffen ausrichten?«, insistierte Madame Helène.

»Sagen Sie ihm, er soll um acht Uhr am Abend kommen!«

»Warum um acht Uhr?«, wunderte sich die Pflegerin.

»Das kann ich Ihnen nicht sagen, Madame.« Charlotte wusste es tatsächlich nicht. Die Uhrzeit hatte sie spontan, ohne nachzudenken, genannt.

Nun fiel ihr noch etwas ein. »Und an Sie habe ich eine große Bitte, Madame. Bleiben Sie heute bei mir, bis ich hinübergegangen bin. Ich verspreche Ihnen, es wird nicht die ganze Nacht dauern! Sie sind mir als Gesellschaft in meiner letzten Stunde viel lieber als Madame Anne.«

Gerührt bemerkte Charlotte, dass die Augen der Pflegerin feucht wurden. Zum ersten Mal schien sie zu akzeptieren, dass Charlottes Ende bevorstand. Sie nickte schweigend.

»Ich danke Ihnen von Herzen, Helène. Und nun bringen Sie mir noch eine Tasse Pfefferminztee. Und das Kätzchen, wenn Sie wiederkommen. Ich möchte auch das treue Tierchen bei mir haben.«

Helène knickste und huschte sichtlich bewegt hinaus. Charlotte griff unter ihr Nachthemd und zog das Medaillon hervor, das sie Tag und Nacht um den Hals trug. Sie öffnete es und betrachtete das Miniaturporträt darin.

Louis-Antoine! Wie jung du aussiehst!

Das Schmuckstück hatte Enghien ihr geschenkt, als er im Jahr 1800 nach vier wunderbaren Monaten in Steyr erneut in den Krieg ziehen musste. Auch das neue Jahrhundert hatte Europa keinen Frieden beschert.

Noch ein Jahr der Schlachten, der Niederlagen, des Rückzugs. Ich frage mich, wo Louis-Antoine die Kraft dafür hernahm, entgegen seinem Willen und seiner Überzeugung noch einmal zu kämpfen. Im Angesicht der endgültigen Katastrophe, *wie er die Auflösung der Condé-Armee nach dem Frieden von Lunéville nannte. Es berührte ihn tief, die zerlumpten Emigranten, mit ein paar Talern Abfindung in der Tasche und weiterhin heimatlos, in alle Winde zerstreut zu sehen, nach zehn Jahren Kampf ohne einen einzigen entscheidenden Sieg!*

Derweil dieser Usurpator Napoleon Europa seinen Willen aufzuzwingen begann. Und die wirkliche Katastrophe in unser Leben brachte.

Bitterkeit stieg Charlotte wie Galle in die Kehle. Das hatte sich trotz all der Jahre, die seither vergangen waren, nie geändert.

Dabei hätten wir endlich glücklich und unbeschwert leben können, als Louis-Antoine seinen festen Wohnsitz in Ettenheim nahm. Sein despotischer Großvater war weit fort in England, Krieg und Kampf endlich vorbei! Doch es sollte nicht sein.

Tränen rannen Charlotte die Wangen hinab, während sie schweigend Louis-Antoines Bildnis betrachtete. In diesem Moment öffnete sich die Tür.

Zusammen mit einer Duftwolke aus frischer Minze trat Madame Helène ein, das leise miauende Kätzchen dicht auf den Fersen. Wie immer hatte der Geruch des Kräutertees eine beruhigende Wirkung auf Charlotte. Sie ließ sich von Helène den Kopf anheben und trank einige Schlucke. Danach fühlte sie sich sehr müde. Selbst die kleinste körperliche Anstrengung erschöpfte sie nun.

Mit der rechten Hand umschloss sie das Medaillon, während sie die Augen schloss. Im Halbschlaf merkte sie noch, dass das Kätzchen wieder zu ihr aufs Bett sprang und sich an sie kuschelte. Sein leises Schnurren lullte sie vollends ein.

Denn trotz allem, was uns noch erwartete: Die Jahre mit Louis-Antoine nach dem Frieden von Lunéville waren wunderbar. Dann war sie eingeschlafen.

Teil 4:

FALSCHER VERDACHT

Kapitel 18

Ettenheim, Ende September 1801

Es war schon später Nachmittag, als Charlotte endlich das ersehnte Hufgetrappel auf der Straße vor dem Palais Rohan hörte. Nur wenige Augenblicke später bogen die Reiter in den Schlosshof ein.

Charlotte warf einen hastigen Blick in den Spiegel. »Wie sehe ich aus, Piroschka? Sitzt meine Frisur? Bist du auch sicher, dass ich das richtige Kleid für diesen Augenblick gewählt habe?«

Zweifelnd betrachtete sie ihre mit der Brennschere geformten blonden Locken, die ihre vor Aufregung geröteten Wangen umspielten. Die Taillennaht des elfenbeinfarbenen Seidensatinkleides war nach der neuesten Mode weit nach oben, bis unter die Brust, gezogen. Ein aufrecht stehender gestärkter Kragen aus Brüsseler Spitzen umrahmte das dreieckige Dekolleté.

Charlottes ungarische Zofe lächelte gutmütig. »Mit Verlaub, Prinzessin, Sie sehen bezaubernd aus. Dies ist das perfekte Nachmittagskleid. Es betont Ihre makellose Büste, ohne den Busen zu zeigen, wofür es noch zu früh am Tag wäre.« Wie immer antwortete Piroschka unverblümt und fuhr auch genauso fort: »Auch die Frisur steht Ihnen ganz ausgezeichnet und bringt Ihr apartes Gesicht zur Geltung. Was mir allerdings Sorge bereitet …« Sie stockte mit Absicht.

Obwohl Charlotte ihre Zofe durchschaute, fragte sie dennoch: »Was macht dir Sorgen, Piroschka? Sage es mir! Schließlich habe ich den Herzog seit über einem Jahr nicht mehr gesehen! Was ist, wenn er mich nicht mehr schön findet? Ich bin schließlich um viele Jahre älter als er!«

»Hmm! Sorgen bereitet mir Ihr Benehmen, Prinzessin. Sie führen sich gerade auf wie ein Backfisch, wenn ich mir diese Bemerkung erlauben darf. Nicht wie die vornehme Dame, als die Sie der Herzog von Enghien zweifellos in Erinnerung hat.«

Einen Moment lang schwankte Charlotte zwischen Belustigung und Empörung, dann siegte ihr Sinn für Humor.

»Du Biest!« Sie schlug spielerisch mit dem Fächer nach Piroschka. »Aber du hast wie immer recht. Lass uns nun hinuntergehen!«

Trotz Piroschkas ermutigenden Worten klopfte Charlottes Herz laut und heftig, als sie die Freitreppe zum Schlosshof hinabstieg.

Seit dem Weihnachtsfest 1800 schwiegen die Waffen, der Frieden von Lunéville war am 9. Februar 1801 geschlossen worden. Doch obwohl sie bereits fast ein Jahr getrennt waren, hatte Louis-Antoine Charlotte danach zunächst nicht sehen wollen. Zwar war er der Kämpfe und Schlachten vollkommen überdrüssig, aber die endgültige Niederlage der Emigrantenarmee schmerzte ihn und raubte ihm alle Lebensfreude, wie er Charlotte brieflich gestand. Er wollte nicht, dass die geliebte Frau ihn in diesem Zustand sah.

Als er sich einige Monate später erholt hatte, lud er Charlotte ein, ihn in Graz zu treffen, nachdem die Emigrantenarmee aufgelöst worden war. Doch just, als sie abreisen wollte, hatte der österreichische Kaiser Prinz Condé und seinen Enkel nach Wien eingeladen, um sie persönlich zu verabschieden. Ein schwacher Trost für die angeschlagene Ehre der beiden, aber immerhin besser als nichts.

Prinz Condé entschloss sich im Anschluss an diesen Besuch dazu, mit Madame von Monaco, die er mittlerweile geheiratet hatte, nach London überzusiedeln. Jetzt war der Weg für Louis-Antoine frei, sich dauerhaft in Ettenheim niederzulassen.

Charlotte weinte vor Freude, als sie sein Brief mit der Bitte erreichte, ihm dort eine Bleibe einzurichten. Auch wenn dies zunächst bedeutete, weitere drei Monate auf ihn warten zu müssen, bis seine Wohnung im sogenannten Ichtratzheim'schen Hause endlich bezugsfertig war.

Aber nun würde er nie mehr fortgehen! Seit sie Louis-Antoines Brief erhalten hatte, sang und summte Charlotte ununterbrochen, vor allem, wenn sie eigenhändig, nur begleitet von Piroschka, den kleinen Gartenpavillon scheuerte, der schon vor Jahren ihr Liebesnest gewesen war. Praktischerweise gehörte der Garten, den ihr Onkel einst gepachtet hatte, zum Anwesen des Barons von Ichtratzheim. Nach Charlottes Abreise nach Dubno hatte der Kardinal den Garten nicht mehr bewirtschaften lassen. Selbst das geringe Pachtgeld sparte er angesichts seiner immer prekärer werdenden finanziellen Verhältnisse lieber ein.

Doch nun hatte Charlotte im Namen von Louis-Antoine nicht nur die meisten Räume im Haus des Barons von Ichtratzheim für den Geliebten gemietet, sondern den Garten mit dem Pavillon gleich mit dazu. Dem ältlichen Baron war das nur recht. Er hatte durch einen Unglücksfall Frau und Tochter verloren und lebte seither völlig zurückgezogen.

»Zwei Räume im Erdgeschoss des Hauses reichen mir vollkommen aus«, versicherte er Charlotte. »Und der Mietzins ist mir mehr als willkommen.« Auch der Baron, der aus dem Elsass stammte, hatte den größten Teil seines Vermögens durch die Revolution eingebüßt.

Viele Wochen hindurch hatte Charlotte die vorhandenen Möbel begutachtet, umstellen lassen und um einige aus dem Palais Rohan, die sie ihrem Onkel abschwatzte, ergänzt. Sie suchte die Tapeten für die Renovierung der Wände aus und nähte zusammen mit Henriette Stuber und Piroschka dazu passende Vorhänge. Und zählte die Tage, bis Louis-Antoine endlich eintreffen würde.

Und da stand er nun vor ihr, schlank und braun gebrannt wie eh und je, den Dreispitz in der Hand, und verbeugte sich mit vollendeter höfischer Manier vor ihr. In ihrer überschäumenden Freude entgingen Charlotte die feinen Fältchen zunächst, die sich seit ihrer letzten Begegnung um Louis-Antoines Augen und Mundwinkel eingegraben hatten.

»Prinzessin Charlotte! Welch eine Freude, Sie wiederzusehen!« Obwohl sowohl dem Kardinal und ihrem Vater Jules sowie dem Amtmann Stuber und Abbé Weinborn, die beide nach wie vor die Regierungsgeschäfte ihres Onkels führten und zur Begrüßung aus dem Rathaus herbeigeeilt waren, als auch Enghiens Adjutanten und Bediensteten ihr Verhältnis bekannt war, wahrte Louis-Antoine die Form.

Auch Charlotte bezwang ihren heftigen Wunsch, ihn hier, vor aller Augen, in die Arme zu schließen. Sie reichte ihm stattdessen nur ihre Hand zum Kuss. »Willkommen in Ettenheim, Durchlaucht!« Dann gingen ihr im Jubel des Wiedersehens doch noch die Pferde durch. »Ich habe Ihre Ankunft herbeigesehnt! Nun sind Sie endlich da, und alles wird gut!«

Der Blick, mit dem Louis-Antoine den ihren erwiderte, ließ sie erschauern. *Er findet mich nach wie vor schön! Mehr noch, er begehrt mich noch immer!*

Eine knappe Stunde später begleitete Charlotte Louis-Antoine, bei dem sie sich eingehakt hatte, das steile Pfarrgässle hinauf, das zum Kirchberg gehörte und an dem ungefähr in der Mitte des Anstiegs sein neues Heim stand. Ihr Spaziergang hatte sich um eine halbe Stunde verzögert, weil Charlotte sich noch umgezogen hatte.

Das ging auf Mohiloffs Kosten. Enghien hatte die Dogge bei sich behalten, als er sich in Steyr von Charlotte verabschiedete. Obwohl dies nahezu achtzehn Monate her war, vergaß der treue Hund Charlotte nicht.

Canone, Enghiens Bursche, hatte ihn zwar vorsorglich im Stall angebunden, doch als Mohiloff Charlottes Stimme hörte, riss er sich los, stürmte vor Freude laut bellend auf sie zu und sprang sie so stürmisch an, dass sie beinahe zu Boden stürzte. Leider waren Mohiloffs Pfoten alles andere als sauber und hinterließen dunkle Abdrücke auf ihrem hellen Kleid. Doch selbst Piroschka war dem treuen Tier nicht wirklich böse, obwohl sie später wie ein Pferdekutscher fluchte, als sie Charlotte in das Blauseidene half, das zwar aus der Vorjahressaison stammte, aber wunderbar zu ihren Augen passte. Danach hatte sich die Zofe mit heißem Wasserdampf darangemacht, Mohiloffs Spuren zu beseitigen.

Vor dem Ichtratzheim'schen Haus blieb Charlotte, ein wenig außer Atem, stehen. »Das ist es! Gefällt es dir?« Obwohl sie eigentlich nicht daran zweifelte, war ihr ein wenig beklommen zumute.

Doch das zweistöckige Haus mit dem Walmdach, den grünen Fensterläden und dem Eingangsportal aus rötlichem Sandstein hatte es Louis-Antoine auf Anhieb angetan.

»Du bewohnst die ganze erste Etage.« Da Enghiens Begleiter der Einladung des Kardinals gefolgt waren, vor dem festlichen Souper, zu dem er geladen hatte, noch eine Erfrischung zu sich zu nehmen, waren sie allein. Allerdings hatte es niemanden gewundert, dass Enghien und Charlotte einträchtig vorgaben, weder Hunger noch Durst zu haben. Selbst die gestrenge Baronin von Würmb, Charlottes Hofdame, die ihr illegitimes Verhältnis immer missbilligt hatte, blickte milde drein, als die beiden zu ihrem Spaziergang aufbrachen.

»Dort hast du einen Salon und ein Schlafzimmer für dich allein«, plapperte Charlotte weiter. »Es gibt außerdem je ein Zimmer für deinen Sekretär und deinen Adjutanten, Marquis von Thuméry. Dein Bursche Canone und die übrigen Bediensteten haben Kammern im Dachgeschoss.«

In diesem Augenblick bemerkte sie, dass eines der Fenster im ersten Stock einen Spalt weit offen stand.

»Oh!« Sie strahlte. »Das sieht ganz danach aus, als sei der Herr Baron schon von seiner Reise zurück und würde etwas Luft in deine zukünftigen Räume lassen. Lass uns klopfen und sehen, ob ich recht habe! Dann kann ich dir die Räume auch von innen zeigen.« Obwohl sich beide nach nichts mehr als einem ungestörten Augenblick miteinander sehnten, war es ausgeschlossen, dass Charlotte nur in Begleitung Enghiens das Haus betrat, wenn außer ihnen sonst niemand anders anwesend war.

Tatsächlich war der Ichtratzheimer zu Hause und führte Charlotte und Louis-Antoine durch alle Zimmer. Selbst die im Erdgeschoss liegende Küche und den Waschkeller ließen sie nicht aus.

»Und nun möchte ich Ihnen noch etwas zeigen, verehrter Herzog, das zwar nützlich ist, das Sie aber hoffentlich niemals brauchen werden.« Mit geheimnisvoller Miene öffnete der Baron eine Tür, die in einen geräumigen, aber lichtlosen Keller führte.

»Oh, Herr Baron. Ich glaube, Sie täuschen sich in mir«, scherzte Enghien, während sie, zögernd gefolgt von Mohiloff, der schon auf der blank gewienerten Holztreppe zum ersten Stock ausgerutscht war, eine steile, schlüpfrige Stiege hinabkletterten. »Ich bin ein großer Weinliebhaber und werde diesen Raum zur Lagerung vorzüglicher Tropfen nutzen.«

Der Baron schüttelte den Kopf, was Charlotte im Licht der einzigen Kerze, die der Baron in der Hand hielt, mehr ahnte als sah. Er winkte ihnen und wandte sich dann nach rechts. Schließlich blieb er in der rechten Ecke der hinteren Wand vor einem Regal stehen, in dem Eingemachtes stand. Zu Charlottes Erstaunen begann der Baron, einige Regalbretter abzuräumen.

Dann ergriff er Enghiens Hand und führte sie unter ein Brett. »Fassen Sie einmal hierher! Spüren Sie den Hebel?«

Enghien nickte verblüfft.

»Drücken Sie ihn hinunter!«

Während Louis-Antoine der Aufforderung Folge leistete, stemmte sich der Baron gegen das Regal. Zum Erstaunen von

Charlotte und Louis-Antoine öffnete sich mit vernehmbarem Quietschen eine dahinter verborgene Tür, die gleichzeitig die Rückwand des Regals bildete. Begleitet von Mohiloffs aufgeregtem Bellen stieß der Baron sie auf und beleuchtete einen kaum wahrnehmbaren zugewucherten Pfad, der in den verwilderten Garten führte. »Das Haus ist zum Teil in den Hang gebaut«, erläuterte er. »Von einem Weg neben dem Haus führt eine Treppe in den tiefer gelegenen Garten. Aber er ist von dieser Stelle des Kellers aus auch von innen zu erreichen. Der größere Teil des Kellers liegt unter der Erde. Dieser kleine Teil nicht. Der Pfad, der jetzt beinahe zugewachsen ist, mündet in den kleinen Park, der ebenfalls zum Anwesen gehört«, fügte der Baron hinzu. »Er führt zwischen dichten Büschen hindurch. Auf diese Weise können Sie ungesehen entkommen, falls Ihnen einmal Gefahr droht.«

Einer nach dem anderen traten sie nun durch die Tür hinaus. Während Enghien Mohiloff zurückpfiff, der sogleich den Pfad entlangstürmte, betrachtete Charlotte die Tür. Sie war von außen genauso verputzt wie das restliche, auf dieser Höhe fensterlose Gemäuer. Die noch grünen Zweige einer mittlerweile verblühten Clematis rankten an einem Gatter neben der Tür und teils auch über sie hinweg nach oben. Einige ihrer Zweige waren durch das Öffnen der Tür abgerissen worden und hingen seitlich herunter.

»Hier an die Rückwand des Hauses kommt im Augenblick niemand«, erklärte der Baron. »Doch selbst als ich noch Gärtner beschäftigte, die das Gelände pflegten, betraten sie es über die Außentreppe und haben den Eingang nie bemerkt.«

Er trat einen Schritt zurück. »Die Clematis wird im Frühling wieder kräftig ausschlagen und die ohnehin kaum sichtbaren Umrisse der Geheimtür verdecken. Doch ihre Scharniere müssen dringend geölt werden«, fügte er noch hinzu. »Das werde ich gleich heute noch erledigen.«

»Meinst du, der Baron wollte dir einen Hinweis geben, wie du den Pavillon unbemerkt erreichen kannst? Zu etwas anderem dürfte die Fluchttür ja kaum nütze sein.«

Louis-Antoine zuckte mit den Schultern. »Vielleicht, mein Lieb.« Er blickte sich verstohlen um und streichelte Charlotte über die Wange. Die Kirchturmuhr von St. Bartholomäus schlug sieben Mal.

»Oh, wir müssen gehen!« Erschrocken sprang Charlotte von der Bank auf, ihrem Lieblingsplatz hinter der Kirche, den sie nach der Hausbesichtigung aufgesucht hatten. Im Schutz der Rückenlehne hielt Louis-Antoine Charlotte an der Hand fest.

»Sehe ich dich heute Nacht dort im Pavillon? Ich sehne mich so sehr nach dir!« Seine Stimme klang heiser vor Begehren und jagte Charlotte einen Schauer über den Rücken.

Sie nickte mit einer Mischung aus Vorfreude und Beklommenheit. *Wie schön wäre es, wenn diese Heimlichtuerei endlich ein Ende hätte und wir vor Gott und den Menschen Mann und Frau wären.* Um den Zauber der Wiedersehensfreude nicht zu trüben, behielt sie diese Gedanken jedoch vorerst für sich. *Die rechte Zeit wird bald kommen, um Louis-Antoine meine Bitte vorzutragen,* tröstete sie sich. In den Tagen vor seiner Ankunft hatte sie einen Entschluss gefasst. Doch jetzt war nicht der richtige Augenblick, um ihn damit zu konfrontieren.

Stattdessen antwortete sie: »Ich werde es schon irgendwie bewerkstelligen können, mich aus dem Palais zu schleichen.« Plötzlich kam ihr eine Idee. »Lass Mohiloff heute Nacht bei mir. Er soll mich in den Garten begleiten. So macht sich zumindest niemand Sorgen, wenn ich alleine im Dunklen ausgehe.«

»Und mein Ruf ist ja ohnehin schon ruiniert«, fügte sie leichthin hinzu, obwohl ihr alles andere als nach Scherzen zumute war.

Da geschah das vollkommen Unerwartete. Louis-Antoine griff erneut nach ihrer Hand und drückte sie fest. »Ich werde an meinen Vater Henri, den Herzog von Bourbon, in London schreiben. Er soll mit Großvater sprechen, damit er uns endlich die Erlaubnis zur Hochzeit erteilt. Die Sache der französischen Royalisten ist verloren, ebenso wie unser Vermögen. Und nur um meines altehrwürdigen Namens willen wird mich keine europäische Prinzessin von hohem Rang heiraten. Das habe ich dem Alten schon viele Male auseinandergesetzt.«

Charlottes Herz schlug vor Freude schneller. »Glaubst du denn, dein Großvater wird auf deinen Vater hören?«

»Ich hoffe es doch sehr!« Charlotte entging der leise Beiklang des Zweifels in Louis-Antoines Stimme nicht. Doch sie fragte bewusst nicht nach.

»Immerhin hat der Alte schon vor fast drei Jahren seine ehemalige Mätresse Madame von Monaco geheiratet. Er hat mir einmal erzählt, dass sie die Frau *seines* Lebens ist. Solange er Nachteile für seine Stellung bei Hofe befürchtete, wagte er nicht, Madame zu ehelichen, da sie geschieden war. Aber er nahm auch keine andere zur Frau, weil sie ihn sonst verlassen hätte. Auch aus diesem Grund bin ich der einzige Erbe, auf dem seine Hoffnungen auf den Fortbestand unserer Dynastie ruhen. Er muss doch langsam einsehen, dass nur du die Frau bist, mit der ich legitime Nachkommen zeugen werde.«

Charlottes Furcht wich der Freude. Sollten ihre Träume schon so bald wahr werden?

Spontan drückte sie Enghien einen Kuss auf die Hand, mit der er die ihre noch immer umschlossen hielt. »Ich wünsche mir nichts so sehr wie ein Kind«, flüsterte sie. »Ein Kind von dir, mein Geliebter. Mit deinen dunkelblonden Haaren, deinen blaugrauen Augen, deinen Zügen, oder was immer du ihm vererben wirst.«

Täuschte sie sich, oder wurden Louis-Antoines Augen jetzt sogar feucht?

»Oder ein Kind mit deinen goldenen Haaren und deinen veilchenfarbenen Augen, meine Geliebte«, flüsterte er. »Oder besser noch viele Kinder. Söhne, die mir gleichen, und Töchter, die dein Ebenbild sind.«

Die Uhr schlug die nächste Viertelstunde. »Jetzt müssen wir aber wirklich gehen, Louis-Antoine«, drängte Charlotte. »Mein Onkel freut sich so auf unser Souper. Schlag halb neun soll es beginnen. Da dürfen wir nicht zu spät kommen.«

»Ohnehin geht es Onkel Louis nicht gut«, erklärte sie Enghien auf dem Rückweg. »Ich möchte seine gute Stimmung, die ihm deine Ankunft bereitet hat, um keinen Preis trüben.«

Louis-Antoine nickte. »Ich ahne, worum es geht. Wenn das Konkordat, das der Papst mit diesem korsischen Emporkömmling Napoleon abgeschlossen hat, in Kraft tritt, wird er die französische Bischofswürde und dann auch ganz offiziell mit dem Segen von Pius VII. den elsässischen Teil seines Bistums verlieren.«

Ein Schatten legte sich auf Charlottes Freude. Sie nickte traurig.

Erst vor wenigen Wochen, im Juli des Jahres 1801, hatte sich Papst Pius VII. mit Napoleon Bonaparte auf ein Abkommen geeinigt. Katholische Geistliche, die den Eid auf die französische Verfassung verweigerten, sollten nicht länger verfolgt und die Kirchen wieder geöffnet werden. Überhaupt sollte die Dechristianisierung, die seit dem Beginn der Revolution immer stärker geworden war, nicht weiter vorangetrieben, sondern eingestellt werden.

»Noch vor wenigen Jahren hätte mein Onkel Gott auf den Knien für das Ende der Verfolgung der katholischen Kirche gedankt«, sagte sie. »Doch jetzt erfährt er dadurch wiederum Leid, obwohl er so fromm und gottesfürchtig geworden ist, wie es niemand für möglich gehalten hätte. Der Papst persönlich hat meinen Onkel aufgefordert, von seinem Bischofsamt zurückzutreten. Ist das nicht grausam?«

Enghien bejahte. »Aber das wird dein Onkel doch nicht tun?«

»Nein, zurücktreten wird er nicht. Aber seine französische Diözese verliert er trotzdem, wenn das Konkordat im nächsten

Frühjahr in Kraft tritt. Und damit endgültig auch den größten Teil seines ihm verbliebenen weltlichen Herrschaftsgebietes. Vom einst reichsten Kleriker in ganz Frankreich wird er dadurch zu einem unbedeutenden Kleinfürsten.«

Natürlich hatte der Papst Napoleon ebenfalls Zugeständnisse machen müssen. Dazu zählte neben dem Verzicht auf die geraubten Kirchenschätze und das eingezogene Vermögen der Geistlichen auch der zukünftige Zivilstand der katholischen Kirche und die von Napoleon angeordnete Entlassung aller hohen geistlichen Würdenträger, die ihr Amt noch zur Zeit des Ancien Régime angetreten hatten.

Und das Schlimmste weiß er noch gar nicht, dachte Enghien bedrückt. *Man munkelt, dass man den badischen Markgrafen Karl Friedrich für seine linksrheinischen Verluste infolge des Friedens von Lunéville mit den deutschen Gebieten des Kardinals entschädigen will. Dann bliebe ihm nichts mehr, nicht einmal mehr sein schlichtes Palais in Ettenheim.*

»Auch Onkel Louis würde sich sehr über unsere Heirat freuen, Louis-Antoine«, platzte Charlotte in seine Gedanken hinein. »Er kränkt sich darüber, dass dein Großvater mich so hartnäckig zurückweist, nachdem er doch selbst einst mit einer Rohan verheiratet war.«

»Das weiß ich doch, mein Liebes.« Gegen seinen Willen spürte Louis-Antoine Ungeduld in sich aufkommen. »Darüber haben wir doch schon viele Male gesprochen.«

Er straffte sich. »Also sollten auch wir uns die Stimmung nicht verderben lassen und unser Wiedersehen genießen. Sobald ich mich beim Baron von Ichtratzheim eingewöhnt habe, werde ich meinem Vater schreiben.«

Palais Rohan in Ettenheim
September 1801, am gleichen Abend

Im großen Salon des Palais Rohan in Ettenheim waren schon lange nicht mehr so viele Gäste um den Esstisch aus blank poliertem Kirschholz versammelt gewesen wie an diesem Abend. Fröhlich blickte Charlotte in die Runde.

Außer Enghien und seinem Adjutanten, dem Marquis von Thuméry, hatte der Kardinal auch Stadthonoratioren, Mitglieder seiner kleinen Regierung sowie etliche, in Ettenheim lebende Emigranten eingeladen, außerdem Mitglieder des deutschen, in der Umgebung ansässigen Landadels. Zu den Gästen zählten zudem der Amtmann Michael Stuber, Stadtpfarrer Mast und Abbé Weinborn sowie die Barone von Ichtratzheim und Grünstein. Der Einladung waren auch ehemals einflussreiche, französische Adlige gefolgt, darunter der Marquis von Sully, der ehemalige Flottenadmiral von Montacitan und der Graf von Dumas.

Die Damen waren freilich in der Unterzahl. Außer Charlotte und ihrer Hofdame, der Baronin von Würmb, waren nur Franziska Stuber, die Frau des Amtmannes, und die Baronin von Grünstein anwesend.

Am frühen Abend, nach Charlottes Rückkehr ins Palais, hatte sie gemeinsam mit Enghien noch ein Dilemma lösen können. Einer der beiden Diener des Kardinals war plötzlich erkrankt, sodass man schon befürchtete, das Souper absagen zu müssen, weil man so kurzfristig keinen Lohndiener mehr auftreiben konnte. Da bot Louis-Antoine an, dafür seinen Burschen Joseph Canone zur Verfügung zu stellen. »Der junge Mann ist überaus geschickt in allen Belangen. Im Feld hat er uns auch schon ab und zu aufgewartet.«

Und tatsächlich machte Canone seine Sache bislang gut. In der Rohan'schen Livree, die ihm in der Schulterpartie ein wenig zu eng war, stand er nun mit stolzgeschwellter Brust neben der Tür und wartete auf das Dessert, das die Köchin jeden Moment hinaufschicken wollte.

Erneut hob der Kardinal sein Glas und brachte einen Toast auf den Herzog aus. »Gesegnet sei dieser Tag Ihrer wohlbehaltenen Rückkehr aus den kriegerischen Wirren dieser Zeit.« Die Gäste raunten zustimmend und tranken Enghien zu. »Der Herrgott persönlich muss seine Hand über Sie gehalten haben, mein Lieber, glaubt man den Berichten, nach denen Sie in vielen Kämpfen todesmutig Ihr Leben aufs Spiel gesetzt haben.« Jetzt klatschten einige Gäste sogar Beifall.

Aber der Kardinal war noch nicht fertig. »Oder aber die Gebete einer Dame, der Sie besonders teuer sind, haben jede Gefahr von Ihnen ferngehalten, als sei sie Ihr persönlicher Schutzengel.« Jetzt blickte der Kardinal Charlotte an, die angesichts der vielen Augen, die nun auf ihr ruhten, errötete. »Mögen auch Ihre anderen Gebete bald die erhoffte Erfüllung finden, meine Teuerste«, machte er eine Anspielung auf etwas, von dem ohnehin die ganze Abendgesellschaft wusste, nämlich ihrem Wunsch, ihre Verbindung zum Herzog zu legalisieren.

In diesem Augenblick mischte sich der Marquis von Sully ein. »Sofern unser Herrgott nicht einen noch ehrenvolleren Wunsch aller aufrechten Royalisten in Erfüllung gehen lässt.«

Bevor Enghien oder der Kardinal, die zu wissen schienen, worauf dieser Satz hinauslaufen würde, eingreifen konnten, kam ihnen die Baronin von Grünstein zuvor. »Was meinen Sie denn damit, werter Marquis?«, fragte sie neugierig und drehte dabei ihr fülliges Gesicht tischauf, tischab, sodass ihr Doppelkinn dabei zitterte.

»Das sollten wir heute Abend besser nicht diskutieren«, versuchte Enghien vergeblich, den Lauf der Dinge noch aufzuhalten. Doch der Marquis von Sully ignorierte sein Bemühen.

»Nun!« Er sah, Aufmerksamkeit heischend, in die Runde. »Wie Sie alle wissen, ist unser verehrter König Ludwig, der Achtzehnte seines Namens, kinderlos.«

»Aber er hat noch einen jüngeren Bruder und etliche Neffen«, warf der Kardinal ein.

Wenn Louis von Rohan gehofft hatte, die Diskussion damit im Keim zu ersticken, sah er sich getäuscht. Der Marquis war nun erst recht in seinem Element.

»Natürlich, Durchlaucht«, stimmte er scheinbar zu. »Sie meinen den Grafen von Artois. Aber …«, nun erhob er sogar seine Stimme, »… was hat dieser Herr, mit Verlaub gesagt, anderes getan, als die Kriege gegen das aufständische Frankreich aus sicherer Entfernung zu beobachten? Wann hätten er oder einer seiner Söhne jemals mit dem blanken Degen in der Faust in vorderster Front gekämpft, um unser Vaterland zu befreien? Zumindest der Graf von Artois hat die Ereignisse von England aus verfolgt, also durch einen ganzen Ozean von den Geschehnissen auf dem Kontinent getrennt. Doch wundert das irgendjemanden? Galt der Graf nicht schon während der Regentschaft unseres hochverehrten Königs Ludwig XVI., Gott möge ihm den ewigen Frieden schenken, als charakterlich verderbt? Als ein unverbesserlicher Spieler und ausschweifender Lüstling, dem kein Freudenhaus zu …«

»Marquis, es sind Damen unter uns!«, fiel ihm Abbé Weinborn ins Wort.

Von Sully wirkte einen Augenblick lang irritiert, dann fasste er sich. »Sie haben recht, Hochwürden.« Er deutete eine Verbeugung an. »Ich komme zum springenden Punkt: Jemand, dessen edler Charakter über jeden Zweifel erhaben ist und der sich weit besser für den Thron eignen würde als der Graf von Artois und seine Söhne, weilt hier in unserer Mitte.«

Charlotte hörte Louis-Antoine neben sich leise stöhnen.

»In seinen Adern fließt ebenfalls seit vielen Generationen das Blut der Bourbonen, sein Mut vor dem Feind und die Großmütigkeit …«

Enghien sog hörbar die Luft ein. »Marquis, mich gelüstet es nicht nach der französischen Krone«, unterbrach er von Sully brüsk.

»Wie außerordentlich schade!« Zu jedermanns Erstaunen war es ausgerechnet die sonst so stille Baronin von Würmb, die sich jetzt einmischte.

»Ja«, stimmte ihr die Baronin von Grünstein zu. »Was wäre es doch für eine unvergessliche Erinnerung, einmal sagen zu können, man habe mit dem zukünftigen König von Frankreich soupiert!« Sie blickte verzückt zur Decke.

»Meine Damen, Marquis von Sully!« Abbé Weinborn hob beschwörend die Hand. »Ihre Reden liegen bedenklich nahe am Hochverrat!«

»Am Hochverrat?« Zu Charlottes und Louis-Antoines Entsetzen ergriff nun auch der Graf von Dumas Partei. »Die Herrschaften sprechen nur aus, worüber man in royalistischen Zirkeln debattiert. Sollte uns je der Sieg gelingen, muss sich auch das Königtum unseres geliebten Vaterlandes erneuern. Wer wäre dann ein besserer Thronprätendent als der Herzog von Enghien?«

»So ist es«, stimmte auch der Flottenadmiral zu.

In diesem Augenblick fiel Charlottes Blick auf Enghiens Burschen Canone, der die Debatte mit weit aufgerissenen Augen verfolgte. Sie gab sich einen Ruck.

»Meine werten Damen und Herren! Dies dünkt mich kein Thema für …«

Der Kardinal, der sich gleichzeitig mit Charlotte entschlossen hatte, einzugreifen, fiel ihr unabsichtlich ins Wort. »Ist Ihnen bewusst, meine Teuersten, dass solche Reden höchst gefährlich sind?«

Der Marquis von Sully missverstand Charlottes Onkel. »Gefährlich, Durchlaucht?«, spottete er. »Die Meuchelmörder sitzen in Paris, nicht in der Fremde …«

»Sie sprechen mir aus der Seele, Marquis!« Der Kardinal ließ von Sully nicht ausreden. »Jedermann weiß doch, dass Napoleon Bonaparte seit dem vergangenen Heiligabend geradezu panisch auf jedes Gerücht reagiert, man wolle ihm seine Macht wieder entreißen.«

Tatsächlich war am 24. Dezember 1800 ein Attentat auf den Ersten Konsul verübt worden, das ihn beinahe das Leben gekostet hätte. Es stellte sich heraus, dass es ein von Royalisten geplanter Anschlag gewesen war.

»Und Spione und Subjekte mit niedrigen Mordabsichten haben den Rhein in Richtung der deutschen Lande schon mehr als einmal unerkannt überquert«, kam Amtmann Stuber seinem Dienstherrn zu Hilfe. Er spielte auf Julian von Espiard an, der vor einigen Jahren Kardinal Rohan nach dem Leben getrachtet hatte.

»Nun, es sei, wie es sei!« Enghien stand auf und sah herausfordernd in die Runde. »Ich erkläre hier ein für alle Mal, dass ich jedem Versuch, mich zum Thronprätendenten zu erklären, eine klare Absage erteilen werde!«

»Und was sagt Ihr verehrter Großvater, der Prinz von Condé, dazu?« Noch gab der Marquis von Sully nicht auf. »Man hat mir zugetragen, er sei von dieser Idee überaus angetan.«

»So tragen Sie meinem Großvater die Krone an!«, fertigte ihn Enghien barsch ab. »Auch in seinen Adern fließt bourbonisches Blut. Es wäre zudem nicht das erste Mal, dass ich nicht einer Meinung mit ihm bin.«

Charlotte wurde vor Freude ganz warm ums Herz. Wenn auch nur angedeutet, war dies das erste Mal, dass sich Enghien öffentlich zu ihrer Liebe bekannte.

Doch ihr Hochgefühl wurde rasch getrübt. »Kommt Zeit, kommt Rat«, gab sich von Sully nur scheinbar geschlagen. »Schon so manches Mal hat steter Tropfen den Stein letztlich gehöhlt.«

Er stand ebenfalls auf und hob sein Glas. »Darauf lassen Sie uns trinken.«

Notgedrungen stand nun auch Charlotte auf und nippte an ihrem Wein. Der süße Gewürztraminer schmeckte plötzlich so bitter wie Galle.

Kapitel 19

Ichtratz'sches Haus in Ettenheim
Ende Oktober 1801

Wie in einem Albtraum gefangen, las Louis-Antoine das Schreiben seines Vaters, das erst am Morgen aus London eingetroffen war, immer wieder. Die Buchstaben verschwammen vor seinen Augen. Doch seine Hoffnung, sich aufgrund der nicht immer deutlichen Handschrift seines Vaters verlesen zu haben, schwand mit jedem Durchgang.

Da stand es schwarz auf weiß! Einzelne Satzfetzen sprangen Louis-Antoine ins Auge: *Vergeblich versucht … lässt sich nicht erweichen … selbst Ihre Tante Louise … Aufhebung Ihrer Pension …*

Er fühlte Übelkeit in sich aufsteigen, einen Augenblick lang wurde ihm schwarz vor Augen. *Wie soll ich das nur Charlotte beibringen?*

Erst gestern, als sie in seinen Armen im Gartenpavillon lag, hatte sie ihm ihre Sorgen anvertraut. »Louis-Antoine, mein Geliebter!« Sie suchte seinen Blick, während sie ihm über die Wange streichelte. »Ich werde älter und älter. Vor drei Tagen haben wir meinen vierunddreißigsten Geburtstag gefeiert. Wann ist es endlich so weit, dass ich die Kräuter nicht mehr brauche und dein Kind empfangen darf? Dein Großvater wünscht sich doch einen Erben für seine Dynastie. Wenn wir zu lange warten, könnte dies eines Tages vielleicht nicht mehr möglich sein!«

Louis-Antoine war alarmiert. »Wer sagt das? Du bist doch noch jung und gesund!«

»Ich habe mit Dr. Ehrhard gesprochen, dem Leibarzt meines Onkels. Franziska Stuber hat mir dazu geraten. Und sie hatte recht. Wir dürfen nicht mehr zu lange warten.«

»Was sagte der Arzt? Ich kenne Frauen, die noch mit über vierzig Jahren gesunde Kinder geboren …«

Charlotte brachte ihn mit einer Geste zum Verstummen. »Es gibt diese Ausnahmen«, bestätigte sie. »Doch sie sind eher selten. Und Dr. Ehrhard kennt kein Beispiel, in dem eine Erstgebärende so alt war.«

Sie setzte sich auf und zog sich die Decke bis ans Kinn. Das kleine Öfchen heizte nicht richtig, im Pavillon war es kalt. Als sie weitersprach, mied Charlotte seinen Blick.

»Dr. Ehrhard sagte außerdem, dass die meisten Todesfälle im Kindbett bei der Geburt des ersten Kindes passieren. In vielen Fällen stirbt der Säugling dann sogar mit der Mutter. Oder die Mutter überlebt, und das Kind wird tot geboren. Wie es inwendig im Leib einer Frau aussieht, also ob sie sich überhaupt zum Gebären eignet, ist von außen nicht immer zu erkennen. Manchmal haben selbst Frauen mit ausladenden Hüften einen so engen Geburtskanal, dass das Kind darin stecken bleibt. Oder es liegt verkehrt herum und kann sich nicht drehen, weil ihm der nötige Platz dazu fehlt. Dr. Ehrhard hat mir von einer englischen Königin erzählt, die mehr als zehn Totgeburten hatte. Sie selbst blieb zwar am Leben, aber was ist das für ein elendes Schicksal!«

Louis-Antoine erschrak zutiefst, bemühte sich aber, sich nichts anmerken zu lassen. Er holte Luft, aber Charlotte ließ ihn wieder nicht zu Wort kommen.

»Lass mich ausreden, Liebster! Ich bin noch nicht fertig! Auch Frauen, die schon gesunde Kinder geboren haben, sterben umso häufiger, je älter sie sind. Aber der Arzt gab mir noch mehr zu bedenken: Je älter eine Frau ist, desto seltener empfängt sie. Auch das ist eine Beobachtung, die sowohl Dr. Ehrhard als auch Franziska Stuber teilen.«

Louis-Antoine unterbrach Charlottes immer aufgeregteren Wortschwall, indem er zwei Finger auf ihren Mund legte. »Also willst du mir sagen, dass wir bald heiraten müssen, weil sonst unsere Chancen auf einen legitimen Erben schwinden?«

Charlotte nickte heftig. »Das muss doch selbst dein Großvater einsehen! Zumal es ja noch gar nicht gesagt ist, dass ich dir, auch wenn ich vollkommen gesund bin, sofort den ersehnten Sohn gebären würde. Viele Frauen bekommen nur Töchter und bringen nie einen männlichen Erben zur Welt!«

Enghiens Puls beschleunigte sich, doch er versuchte, Ruhe zu bewahren. »Ich rechne nun jeden Tag mit der Antwort meines Vaters Henri aus London. Er hat mir sofort geschrieben, nachdem er meinen Brief bekommen hat, und mir versprochen, eine günstige Gelegenheit abzuwarten, um mit meinem Großvater über uns zu sprechen. Er hat sogar meine Tante Louise gebeten, diesbezüglich ebenfalls auf den Alten einzuwirken.«

Charlotte hatte nur geseufzt. Ihrem unausgesprochenen Einwand kam Enghien zuvor: »Und wenn er immer noch Nein sagt, werden wir sehen, was wir tun.«

Nun hatte der alte Sturkopf also tatsächlich abgelehnt. Und da er seinen Enkel gut genug kannte, gleich die einzige Drohung ausgesprochen, die Enghiens Widerstand gegen seine Entscheidung definitiv brechen konnte.

Palais Rohan in Ettenheim
Ende Oktober 1801, am Nachmittag desselben Tages

»Du bringst schlechte Nachrichten, Louis-Antoine! Das sehe ich dir an!« Kaum dass der Diener das Teegeschirr abgeräumt hatte, sagte ihm Charlotte die Wahrheit auf den Kopf zu.

Er wich ihrem Blick aus, was sie in ihrer Annahme nur noch bestätigte.

»Also hat dein Großvater seine Zustimmung zu unserer Hochzeit schon wieder verweigert«, nahm sie sein stummes Eingeständnis vorweg.

Louis-Antoine nickte.

»Mit welcher Begründung hat er es diesmal getan? Will er dich immer noch mit einer ausländischen Prinzessin verheiraten?«

Enghien ballte die Hände zu Fäusten. »Davon schreibt mein Vater nichts. Der alte Schuft kann einfach nicht ertragen, dass ich mich ihm widersetze.«

Einen Lidschlag lang hielt er erschrocken inne, da er noch nie derart respektlos über den Familienpatriarchen gesprochen hatte. Dann aber schüttelte er diese Bedenken ab und fuhr voller Bitterkeit fort:

»Meinem Großvater war ich stets nur Mittel zum Zweck, mag er auch ab und zu beteuert haben, er hege liebevolle Gefühle für mich. Davon habe ich allerdings nie etwas bemerkt. Ich konnte so tapfer kämpfen oder so geistreich disputieren wie kein anderer, so beliebt bei unseren Gefolgsleuten sein, wie er es nie war, er hatte dennoch an jedem Wort, jeder Gebärde, ja an meinem bloßen Dasein stets etwas auszusetzen.«

»Du glaubst also, das wäre auch nicht anders, wenn du eine jener russischen Großfürstinnen oder weiland die Prinzessin Karoline von Baden, oder wen auch immer er für dich vorsah, geehelicht hättest?«

Ohne zu ahnen, worauf Charlotte hinauswollte, schüttelte Enghien voller Ingrimm den Kopf. »Nein, es wäre nicht anders gewesen.«

»So hindert ihn also die bloße Niedertracht daran, unserer Heirat zuzustimmen?«

»Ich kann mir keinen anderen Grund dafür denken.«

Zu seiner Verwunderung begann Charlotte zu lächeln. »Nun, die Zeiten des Despotismus sind in Frankreich vorbei, heißt es allerorten«, sagte sie mit feiner Ironie. »Warum solltest du dich also nach deinem Großvater richten, wenn ihn doch nur seine Tyrannei dazu veranlasst, dir seinen Willen aufzwingen zu wollen?«

Louis-Antoine starrte sie an. »Du empfiehlst *mir*, einem Kämpfer für die Restauration, mein Verhalten nach einem revolutionären Prinzip auszurichten, indem ich den Wunsch des Familienoberhauptes missachte? Würde ich damit unsere Sache nicht verraten?«

Charlotte biss sich auf die Lippen. Mit dieser Interpretation ihres Arguments hatte sie nicht gerechnet. Doch sie war nicht auf den Kopf gefallen.

»Auch im Ancien Régime hat sich nicht jeder Sohn nach den Wünschen seines Vaters oder Großvaters gerichtet. Sagt man nicht sogar unserem enthaupteten König Ludwig XVI. nach, er sei aus Protest über die erzwungene Vermählung mit Marie-Antoinette ihrem Ehebett sieben Jahre lang ferngeblieben? Und was ist mit deinem eigenen Vater Henri? Seine Ehe mit Bathilde von Orléans kann keine Liebesheirat gewesen sein, sonst hätte er weitere Söhne mit ihr gezeugt, anstatt ihr schon bald nach deiner Geburt vor den Augen von ganz Versailles untreu zu werden. War es etwa im Sinne deines Großvaters, dass du sein einziger männlicher Nachkomme bist?«

Louis-Antoine merkte, dass Charlottes Vergleiche hinkten. *Aber diese Männer wahrten nach außen hin alle die Form,* lagen ihm die Worte schon auf der Zunge. Doch er wusste, dass dies nur ein Scheingefecht wäre. Denn im Kern ging es um etwas ganz anderes.

Er griff nach Charlottes Hand. »Du hast ja recht, meine Liebste«, gestand er ein. »Wäre ich reich und begütert genug, würde ich dich heiraten, unabhängig davon, ob es dem Alten passt oder nicht. Aber er hat Henri und meiner Tante Louise, die sich beide für uns eingesetzt haben, damit gedroht, dass er dann seinen Einfluss am englischen Hof geltend machen würde, um mir die Pension streichen zu lassen, die ich von dort als General außer Dienst erhalte. Dann wäre ich arm wie eine Kirchenmaus und könnte Baron von Ichtratzheim nicht einmal mehr die Miete bezahlen.«

Charlotte wurde bleich. Dennoch blieb sie zunächst ruhig. »Wie hoch ist deine englische Apanage, Louis-Antoine?«

Er stockte kurz, dann entschloss er sich zur Offenheit. »Es sind hundertfünfzig Guineen im Monat. Das entspricht ungefähr dreitausendfünfhundert Francs pro Jahr.«

Ihre Augen wurden feucht. »Das ist nicht viel, Louis-Antoine«, sagte sie leise. Dann trat sie ans Fenster und sah in den Schlosshof hinab. »Mein Großonkel verfügte einst über ein Jahreseinkommen von eins Komma fünf Millionen Livres«, hörte Enghien sie murmeln. »Was ist nur aus uns geworden?«

Dann straffte sie die Schultern. »Diese Summe, mit deren Entzug dir dein Großvater droht, ist lächerlich. Ich werde meinen Onkel, den Kardinal, bitten, sie dir zu ersetzen, wenn dein Großvater seine Drohung tatsächlich wahr macht. Onkel Louis wird dieser Bitte entsprechen. Denn unser Glück liegt ihm wirklich am Herzen, und er schämt sich zunehmend der Heimlichkeit, der wir uns noch immer bedienen müssen.«

»Zumal sie gar nichts nutzt«, kam sie Louis-Antoines Entgegnung zuvor. »Jedermann weiß doch seit Langem, dass wir insgeheim schon längst Mann und Frau sind.«

Enghien räusperte sich. Der Kloß in seiner Kehle drohte, ihm den Atem abzuschnüren. Dennoch mussten die nächsten Worte gesagt werden, mochten sie Charlotte auch noch so hart treffen. Irgendwann, wahrscheinlich schon sehr bald, würde sie die Wahrheit ohnehin erfahren. Warum also nicht heute?

»Selbst über diese lächerliche Summe, wie du sie genannt hast, wird dein Onkel schon bald nicht mehr verfügen«, sagte er leise. »Es gibt eine Passage im Friedensvertrag von Lunéville, in der es heißt, dass die weltlichen deutschen Fürsten für ihre Verluste der linksrheinischen Gebiete, die an Frankreich gefallen sind, mit rechtsrheinischen Gebieten im Besitz der Kirche entschädigt werden sollen. Ich weiß, dass die Vorverhandlungen dazu bereits in vollem Gange sind. Oberkirch und Ettenheim, die verbliebenen Ämter deines Onkels, werden wohl an den Markgrafen von Baden fallen. Und wie ich Karl Friedrich kennengelernt habe, wird er auf keinen Fußbreit Boden davon verzichten.«

Charlotte war nun bleicher als ein Laken. Ihre veilchenblauen Augen waren riesengroß und starrten ihn mit ungläubigem Entsetzen an. *Sie ist so wunderschön! Warum muss ich ihr so viel Schmerz zufügen?*

Ihre Lippen formten tonlos ein einziges Wort. »Wann?«

Enghien zuckte mit den Schultern. »Wahrscheinlich schon im nächsten Jahr. Eine Reichsdeputation aus deutschen Fürsten soll zusammentreten und über die Gebietsansprüche entscheiden.«

»Glaubst du, dass dein Großvater das weiß?«

»Selbstverständlich weiß er das. Er kennt den Vertrag von Lunéville wahrscheinlich besser als ich.«

»Dann ist er wirklich ein Schuft«, stieß Charlotte hervor. Wilder Zorn flammte in ihren Augen auf. Sie funkelten nun wie Saphire. »Ein Schuft, der dich erpresst, um unser Lebensglück zu zerstören. Er muss dich nur lange genug hinhalten, dann bin ich ohnehin eine unfruchtbare alte Vettel, die du gar nicht mehr heiraten könntest, wenn du dir Kinder wünschst.«

»Du weißt, dass ich dich nicht verlassen werde, Charlotte«, wehrte er ab. Doch anstatt sie zu beruhigen, brachten seine Worte sie nur noch mehr in Rage.

»Warum lässt du dir das dann gefallen, Louis-Antoine? Warum beugst du dich diesem Tyrannen? Lass uns doch lieber ein schlichtes Leben in Armut führen, als in der Asche verblichenen Glanzes zu waten! Heirate mich und ziehe meinethalben den Zorn dieses verbohrten Greises auf dich! Verhungern werden wir nicht!«

Er liebte sie mehr als je zuvor in diesem Moment. Dennoch drangen ihm die Worte wie von selbst über die Lippen.

»Das kann ich nicht, liebste Charlotte. Dann verlöre ich das Letzte, was mir aus der alten Zeit noch geblieben ist.«

»Was ist das?« Nun war ihre Stimme voll ätzenden Spotts. »Ein paar lächerliche Guineen?«

Er schüttelte den Kopf. »Nein, Charlotte. Wenn mein Großvater mich verstößt, verlöre ich als Prinz von Geblüt auch noch meinen Stand!«

Ihr Blick durchbohrte ihn wie ein Dolch, bevor sie ohne ein weiteres Wort aus dem Raum stürmte. Krachend fiel die Tür hinter ihr ins Schloss.

Garten in Ettenheim, April 1802

Leise stöhnend richtete Charlotte sich auf, drückte ihren schmerzenden Rücken durch und klopfte die Erde von ihrem einfachen Baumwollkleid ab. Seit mehr als eineinhalb Stunden kniete sie nun in einem Blumenbeet des Gartens, den sie und Louis-Antoine seit diesem Frühjahr gemeinsam bewirtschafteten. Noch war die damit verbundene körperliche Arbeit ungewohnt für sie. Auch ihre Knie fühlten sich so taub an wie nach einem der mehrstündigen Hochämter, die ihr Onkel zu zelebrieren pflegte, zuletzt am Ostersonntag.

Trotzdem lächelte sie stolz, als sie ihr Werk besah. »Louis-Antoine!«, rief sie dem Geliebten zu, der Unkraut im Rosenbeet jätete. »Komm einmal her und schau dir an, was ich gepflanzt habe!«

Einen Augenblick lang hielt sie mit ihrer Arbeit inne, als Louis-Antoine sich aufrichtete und auf sie zukam. In seiner alten, abgetragenen Reithose und dem zerschlissenen Hemd hätte man ihn tatsächlich für einen Gärtner halten können. Die Sonnenstrahlen verfingen sich in seinem dunkelblonden Haar und ließen es aufleuchten. Das Herz ging ihr auf, als er ihr strahlendes Lächeln erwiderte. Wie sehr sie ihn liebte!

Dabei war es nicht einfach gewesen, wieder zueinanderzufinden. Nach ihrem Streit im vergangenen Herbst war sie Louis-Antoine gegenüber wochenlang reserviert gewesen und hatte ihm die kalte Schulter gezeigt. Oft ließ sie ihn sogar länger als eine Stunde im Audienzzimmer warten, wenn er vorsprach.

Bis er sie eines Tages wieder einmal überraschte! An einem milden Wintertag Anfang Dezember lenkte er ihre Schritte auf einem Spaziergang in Richtung des Gartens, dessen Pavillon sie seit ihrer Auseinandersetzung nicht mehr betreten hatten. Anfangs versteifte sie sich, als er die Pforte aufschloss. Sie vermutete, er wolle sie im Pavillon verführen.

Doch Louis-Antoine wandte sich einem der Rosenbeete zu. »Komm mit, ich möchte dir etwas zeigen«, bedeutete er ihr geheimnisvoll. Wenig später betrachtete sie etwas ratlos die winterkahlen Rosenbüsche. Nur ein einziger in der Mitte des Rondells trug noch eine halb geöffnete Blüte. *Den Rosenstock muss der Gärtner bei der Herbstbeschneidung übersehen haben. Obwohl, hat da früher überhaupt einer gestanden?*, ging es ihr durch den Kopf.

»Siehst du dort diese Rose?«, beantwortete Louis-Antoine genau in diesem Moment ihre unausgesprochene Frage. Schon betrat er die Trittsteine, die ihr bei ihrem letzten Besuch des Gartens ebenfalls nicht aufgefallen waren. »Komm näher! Ich zeige dir, was es damit auf sich hat.«

Wenig später stand Charlotte etwas ratlos vor dem Rosenbusch. Es war eine kräftige Pflanze, offensichtlich schon etliche Jahre alt. Sicher wäre sie ihr aufgefallen, wenn sie zuvor schon dort gewachsen wäre. Und jetzt fiel es ihr wieder ein: Hier, in der Beetmitte hatte letzten Sommer noch ein Kübel mit Astern und Zinnien gestanden.

»Ich habe sie der Baronin von Grünstein abkaufen wollen, aber sie hat mir die Rose geschenkt. Gestern habe ich sie nach der Jagd mitgebracht und heute Morgen selbst hier eingepflanzt!«

»Du hast was?« Charlotte war verblüfft.

»Es ist eine uralte Sorte«, erklärte Enghien. »Schau dir die Blüte an! Sie ist zweifarbig, gelb und rosa. Und sie verströmt einen betörenden Duft. Beug dich hinab und riech einmal!«

Tatsächlich duftete die Blume trotz der Winterkälte immer noch süß.

»Ich weiß nicht, wie sie heißt. Die Baronin wusste es auch nicht. Deshalb habe ich sie neu getauft. Sie heißt nun ›Charlotte‹!«

»Charlotte?« Sie war immer noch völlig verwirrt.

Louis-Antoine ergriff ihre Hände. »Diese Blume ist das Symbol meiner Liebe zu dir. Sie hat mich schon, seitdem ich sie im Salon der Baronin zum ersten Mal sah, an dich erinnert. Die Rose trägt deine Farben, Charlotte, sie spiegelt dein goldenes Haar und die zarte Röte deiner Wangen. Und sie vereint die Gegensätze in sich, die auch für dich so charakteristisch sind: Sie verbreitet einen süßen, betörenden Duft, der jedermann in seinen Bann zieht. Doch wer sich ihr unvorsichtig nähert, um sie zu brechen, kann sich empfindlich an ihr stechen.« Er zog seinen Handschuh aus und wies auf einige bereits verschorfte Kratzer.

Dann hob er sanft ihr Kinn an und blickte ihr in die mittlerweile vor Rührung tränenfeuchten Augen. »Verzeihst du einem Mann, der sich todesmutig in jede Schlacht gestürzt hat, aber nicht wagt, über seinen eigenen Schatten zu springen?«

Widerstandslos war sie in seine Arme gesunken und merkte erst in diesem Augenblick, wie sehr sie ihn in den Wochen der selbst aufgebauten Distanz vermisst hatte.

Später, nachdem sie sich im eiskalten, da zuvor nicht angeheizten Pavillon geliebt hatten, war der Plan entstanden, den Garten ab dem nächsten Frühjahr gemeinsam zu bewirtschaften.

»Sicher eine ungewöhnliche Freizeitbeschäftigung für einen Herzog und eine Prinzessin«, erklärten die beiden dem überraschten Kardinal und ihren engsten Dienern. »Aber was ist schon gewöhnlich in diesen Zeiten?«

Und nun stand Charlotte stolz vor ihrem ersten selbst bepflanzten Beet. Die Stiefmütterchen hatten sie und Louis-Antoine im Spätwinter in Blumenkästen ausgesät und vorgezogen. Sie blühten nun in allen Farbschattierungen von Gelb, Rot und Blau. Charlotte hatte sie kreisförmig angeordnet.

»Diese da haben exakt die Farbe deiner Augen.« Louis-Antoine wies auf den äußeren Kreis mit den veilchenfarbenen Blumen. Er küsste sie zärtlich auf die Nasenspitze.

Diese Freiheit konnten sie sich im Garten erlauben. Denn mittlerweile war außer Enghiens Burschen Canone, der ab und zu bei den groben schweren Arbeiten half, jedem anderen der Eintritt dauerhaft verboten. Nicht nur an bestimmten Tagen wie in früheren Zeiten, als Louis-Antoine noch nicht in Ettenheim wohnte.

Sie streichelte ihm über die Wange. »Oje!«, fuhr sie plötzlich erschrocken auf. »Wie sehen meine Hände nur wieder aus!« Halb beschämt, halb belustigt betrachtete sie die schwarzen Halbmonde unter ihren zuvor so sorgsam manikürten und nun teilweise abgebrochenen Fingernägeln. »Piroschka wird mit mir schimpfen. Ich hatte ihr beim letzten Mal versprochen, Handschuhe bei der Gartenarbeit zu tragen. Doch die Dinger sind so unbequem. Ich schwitze furchtbar darin und habe außerdem kein Gefühl mehr für die zarten Pflanzen.«

Louis-Antoine drehte ihre Hände um und küsste die mit Erde verschmutzten Handflächen. »Mach dir nichts daraus, meine Liebste. Für mich bist du immer schön!«

Genau in diesem Moment ertönte ein scharfer Pfiff. Er kam von der Gartenpforte her und war das mit Enghiens Burschen Canone verabredete Zeichen für Notfälle oder besondere Umstände.

Rasch wischte sich Charlotte die Hände an ihrem Kleid ab und folgte Louis-Antoine, der mit großen Schritten zum Tor eilte.

»Was gibt es denn?«, hörte Charlotte ihn rufen. Canones Antwort konnte sie nicht verstehen.

Als sie näher kam, erkannte sie schon an Enghiens Haltung, dass etwas Unangenehmes passiert sein musste.

»Was ist geschehen? Ist etwas mit meinem Onkel?«, rief sie angstvoll. Der Kardinal kränkelte in jüngster Zeit, ausgelöst durch sein Alter und die vielen Schicksalsschläge, die seit der Halsbandaffäre ununterbrochen auf ihn niederprasselten. Seitdem das Konkordat zwischen Napoleon und dem Papst vor wenigen Tagen in Kraft getreten war, hatte ihr Onkel den französischen Teil seines Bistums endgültig verloren. Und fast zur selben Zeit erfuhr er auch von der bevorstehenden Enteignung seiner Ländereien auf deutschem Boden, mit der Amtmann Stuber und Abbé Weinborn noch in diesem Jahr rechneten.

Zu ihrer Erleichterung schüttelte Canone den Kopf. »Nein, Hoheit! Ihrem Onkel geht es gut. Es gibt Nachrichten aus Paris. Napoleon hat eine Amnestie für die Emigranten erlassen. Wer nach Frankreich zurückkehrt, bleibt nicht nur ungestraft, selbst wenn er in den Koalitionskriegen gekämpft hat. Er erhält sogar einen Teil seines Eigentums zurück.«

»Aber Louis-Antoine!« Ungeachtet der Gegenwart Canones griff Charlotte spontan nach Enghiens Arm. »Das nenne ich doch eine fantastische Wendung zum Guten! Wir können endlich in die Heimat zurückkehren!«

Louis-Antoine sah sie mit einem Ausdruck an, der sie an ein tödlich getroffenes Wild erinnerte. »Du kannst in der Tat nach Hause zurückkehren, meine Liebe«, sagte er tonlos. »Ich jedoch nicht! Alle Bourbonen sind von der Amnestie ausgeschlossen.«

Palais Rohan in Ettenheim
Mai 1801, ein paar Wochen später

»Wann werden Sie abreisen?« Der Kardinal durchbrach das bedrückte Schweigen, das sich rund um den Esstisch im großen Salon ausgebreitet hatte, an dem heute Abend außer Enghien keine auswärtigen Gäste saßen.

Jules von Rohan, Charlottes Vater, wich dem Blick des Kardinals aus. »In drei Tagen, Durchlaucht. Alle Ettenheimer Emigranten, die nach Frankreich zurückkehren wollen, haben sich zu einer Reisegruppe zusammengeschlossen. Wir brechen im Morgengrauen auf. Der Weg führt uns zuerst nach Paris, wo wir unsere Ankunft registrieren lassen müssen. Dort erfahren wir auch, welche Güter wir zurückerhalten werden.«

»Werden Sie dort auch meine Mutter und Clémentine besuchen, Vater?«, fragte Charlotte. Angesichts des bevorstehenden Abschieds war ihr schwer ums Herz. Es war gut möglich, dass sie ihre Familie nie wiedersehen würde.

Denn die Erlaubnis zur Heimkehr der Emigranten war auf wenige Monate beschränkt. Wer innerhalb dieses Zeitraumes keinen Gebrauch davon machte, galt in Frankreich als dauerhaft geächtet. Eine Einreise in die Heimat wäre nach Ablauf der Frist illegal und würde entsprechend geahndet werden.

Jules von Rohan hob die Schultern. »Ich weiß es nicht, meine Liebe. Möglicherweise wird Marie mich gar nicht empfangen. Aber ich hoffe, zumindest Clémentine wiederzusehen.« Charlottes Mutter und Schwester hatten nach dem Ende der Schreckensherrschaft die Bretagne verlassen und lebten nun wieder in der Hauptstadt. Gerüchteweise hatte Charlotte gehört, dass ihre Mutter mittlerweile zu einer glühenden Anhängerin Napoleons geworden war. Dazu passte zumindest, dass ihr brieflicher Kontakt seit dem Ausbruch des Zweiten Koalitionskrieges im Jahr 1799 abgebrochen war.

»Aber ich verspreche, Ihnen regelmäßig zu schreiben«, beschwichtigte er Charlottes unausgesprochene Sorge.

Wieder breitete sich das unangenehme Schweigen am Tisch aus. Und wieder war es der Kardinal, der es durchbrach. »Zu wem werden Sie gehen, meine Liebe?«, wandte er sich an die Baronin von Würmb.

»Ich hoffe, ein Neffe wird mich bei sich aufnehmen. Angehörige im Elsass besitze ich nicht mehr, wie Sie wissen, Durchlaucht. Allerdings hat Paul mein diesbezügliches Schreiben noch nicht beantwortet.« Die Stimme der Baronin zitterte leicht.

Enghien streute Salz in die Wunde. »Also ziehen Sie eine ungewisse Zukunft in Frankreich dem Dienst bei Prinzessin Charlotte vor?« Er klang angriffslustig.

»So ungewiss ist Frankreichs Zukunft doch gar nicht, Herzog!« Die Baronin leistete Enghien überraschend Widerstand. »Man sagt, dass ich mich notfalls auch in Paris als Gesellschafterin verdingen könnte. Schließlich ist dort eine neue Zeit angebrochen. Napoleon Bonaparte residiert in den Tuilerien oder in seinem Landsitz Malmaison vor den Toren der Hauptstadt. Seine Gemahlin Josephine von Beauharnais unterhält dort bereits wieder eine Art Hofstaat, und viele Verwandte und Favoriten des Ersten Konsuls tun es ihr nach.«

»Soso! Eine neue Zeit ist also angebrochen«, ätzte Enghien. Von Charlottes beschwörendem Blick ließ er sich nicht aufhalten. »Wann hat diese Zeit denn begonnen, Madame?« Bewusst wählte er die bürgerliche Anrede für die Baronin von Würmb. »Vielleicht mit der Machtergreifung dieses korsischen Usurpators?«

Die Baronin verteidigte sich auf die denkbar ungeschickteste Weise. »Dass eine neue Zeit angebrochen ist, sagt sogar Ihr eigener Sekretär, Herzog. Er wird uns ebenfalls nach Paris begleiten.«

Louis-Antoine zuckte zusammen. Dass sein treuer Gefolgsmann, der seinerzeit aus freien Stücken sogar mit ins öde Dubno gezogen war, ihn jetzt gleichfalls verließ, schmerzte ihn genauso wie die Tatsache, dass einer seiner beiden Adjutanten den Dienst quittiert hatte, um nach Frankreich zurückzukehren. *Zum Glück wenigstens nicht Thuméry. Das hätte ich nicht verkraftet.*

»Aber sagen Sie selbst, Herzog«, schlug Charlottes Vater Jules in die gleiche Kerbe, »würden Sie denn nicht auch in die Heimat zurückgehen, wenn Napoleon es gestattet hätte?«

»Um dann auf dem Bauch vor diesem Emporkömmling zu kriechen und ihm die Stiefel zu lecken? Oh nein, dafür wäre ich mir zu schade!« Enghien schoss nun eindeutig über das Ziel hinaus.

Das Gesicht von Charlottes Vater rötete sich vor Zorn. »Selbst wenn es so wäre, Durchlaucht«, gab er scharf zurück, »was wäre dann so anders als damals, als wir alle vor Ludwig XVI. und seiner Königin Marie-Antoinette buckeln mussten? Hat nicht der Ruin meines Onkels, des Kardinals, mit der Halsbandaffäre begonnen, die überhaupt nur denkbar war, weil Verschwendungssucht und Verleumdung am Versailler Hof gang und gäbe waren? Schlimmer kann Napoleon Bonaparte auch nicht sein.«

Die Tischgesellschaft saß wie erstarrt. Denn Jules von Rohans Worte stellten die fast eineinhalb Jahrzehnte Widerstand der Emigranten infrage.

»Jules, Sie vergessen sich!«, zischte der Kardinal, der seine Sprache als Erster wiederfand. Doch es war zu spät. Louis-Antoine sprang so heftig auf, dass er sein Glas mit Burgunder umwarf. Quiekend rückte die Baronin von Würmb ihren Stuhl zurück, als die rote Flüssigkeit ihr abgetragenes Abendkleid zu beflecken drohte.

»Wenn Sie nicht der Vater der Dame wären, die ich seit Jahren verehre, würde ich Sie jetzt fordern, Prinz von Rohan!«

Doch der ließ sich nicht einschüchtern und sprang ebenfalls auf. »Wenn Sie diese Dame seit so langer Zeit verehren, Herzog, warum legalisieren Sie diese Beziehung dann nicht endlich? Charlotte will Ihretwegen nicht mit mir nach Frankreich zurückkehren, all mein Bitten und Flehen ist auf taube Ohren gestoßen. Doch ist Ihnen klar, dass meine Tochter Ihnen nun auf Gedeih und Verderb ausgeliefert ist, zumal wenn mein Onkel auch noch seine deutschen Ländereien …« Er stockte und biss sich auf die Lippen.

Louis-Antoines Gesicht wechselte die Farbe. Aus der Zornesröte wurde ein fahles Weiß. Einen Augenblick lang starrten sich die beiden Kampfhähne noch in die Augen. Dann warf Enghien seine Serviette auf den Tisch und stürmte hinaus.

»Louis-Antoine! So warte doch! Louis-Antoine!«

Vom schnellen Laufen war Charlotte so atemlos, dass ihre Stimme heiser klang. Als Enghien keine Anstalten machte, sein

Pferd zu zügeln, griff Charlotte entschlossen zu und packte den Rappen beim Halfter. Da das Ross Charlotte seit vielen Jahren kannte, schüttelte es sie nicht ab, sondern verharrte im Schritt.

Zuerst widerwillig, dann plötzlich vollkommen resigniert, gab Enghien nach und ließ sich aus dem Sattel gleiten. Charlotte gab Canone ein Zeichen, das Pferd zu übernehmen, und packte Louis-Antoine am Arm. Schnellen Schritts führte sie ihn schweigend aus dem Schlosshof und die gepflasterte Straße zum Kirchberg hinauf, bis sie bei ihrer wohlvertrauten Bank angelangt waren. Erst dort oben bemerkte Charlotte ihre schmerzenden Füße. Die hochhackigen Abendschuhe waren für Gewaltmärsche dieser Art einfach nicht geschaffen.

»Charlotte, ich bitte dich, mir zu vergeben! Mein Auftritt eben war unverzeihlich, noch dazu als Gast im Haus deines Onkels!«

»Auch die Worte, die mein Vater sprach, waren unverzeihlich«, entgegnete ihm Charlotte.

»Unverzeihlich womöglich! Aber nichts als die reine Wahrheit! Gehen nicht sogar der Marquis von Sully und der Graf von Dumas zurück nach Paris? Dieselben beiden Adeligen, die mich letztes Jahr noch zum französischen Thronfolger küren wollten! Also hat dein Vater recht. Wer kann und einen Funken Verstand besitzt, nimmt Napoleons Offerte an und kehrt in Ehren in die Heimat zurück.«

»Nicht alle kehren zurück, Louis-Antoine«, entgegnete Charlotte so leise, dass er sich zu ihr beugen musste, um sie zu verstehen. »Mein Onkel, der Kardinal, bleibt hier, da er seine Untertanen nicht im Stich lassen möchte, solange er noch ihr Landesherr ist. Und auch ich bleibe hier!«

Louis-Antoine fuhr zurück. »Ja, und auch in diesem Punkt hat dein Vater recht, Charlotte! Da ich dich nicht heiraten darf, solltest du mich verlassen und ebenfalls nach Paris gehen.«

Sie sah ihm fest in die Augen. »Ob du mich heiraten *willst*, Louis-Antoine, entscheidest du ganz allein. Ich möchte allerdings unter keinen Umständen, dass du es gegen deinen Willen tust, nur weil dich mein Vater heute Abend moralisch erpresst hat, noch dass du dich meiner schämst, weil du die Regeln des Ancien Régime für unsere Heirat brichst, wenn du dich ihm noch immer so sehr verpflichtet fühlst.«

Ihre Worte hätten ihn eigentlich trösten und beruhigen sollen. Doch unerklärlicherweise empfand er darüber vor allem Zorn.

Kapitel 20

Ettenheim, Juli 1802

Charlotte winkte Enghien, seinem Burschen Canone und der Dogge Mohiloff, die ihnen vorausrannte, nach, bis sie außer Sichtweite waren. Erst dann ließ sie ihren Tränen freien Lauf. Während der Kardinal unbeholfen ihren Rücken streichelte, schloss Piroschka die Weinende resolut in die Arme.

»Sie werden sehen, Prinzessin, wenn der Herzog zurückkehrt, wird er wie ausgewechselt sein«, prophezeite sie optimistisch. »Männer müssen sich ab und an eine Auszeit nehmen, um wieder einen klaren Kopf zu bekommen.«

Charlotte schniefte und griff nach ihrem Spitzentaschentuch. Sie schnäuzte sich und setzte dann das tapfere Lächeln auf, das sie schon in so mancher Lebenskrise erprobt hatte, um sich nicht gänzlich gehen zu lassen. »Gebe Gott, dass du recht hast, Piroschka«, antwortete sie mit einem letzten Schluchzer.

»Es ist allemal besser, dass der Herzog drei Wochen durch die Schweizer Alpen wandert, als sich wieder in den Dienst der Engländer zu begeben.«

»Zum Glück hat der britische Oberbefehlshaber seine Bewerbung abgelehnt«, ergänzte der Kardinal. »Und nun kommen Sie mit ins kühle Haus. Die Köchin hat uns sicher eine ihrer köstlichen Limonaden bereitgestellt. Die Hitze hier draußen ist schier unerträglich.«

Charlotte musterte ihren Großonkel besorgt. Es war noch früh am Tag, und sie selbst empfand die Julisonne noch nicht als drückend. Aber die Gesundheit des Kardinals ließ immer mehr zu wünschen übrig. Er hatte stark an Gewicht verloren, tiefe Falten durchfurchten sein früher volles Gesicht. Jemand, der den Kardinal zuletzt in Paris gesehen hatte, hätte ihn heute nicht wiedererkannt.

Auch wenn er sich nichts anmerken lassen will, drückt ihn die Sorge um seine kleine Herrschaft Tag um Tag mehr. Erst kurz vor Louis-Antoines Abreise hatte Charlotte einer Konferenz mit Amtmann Stuber und Abbé Weinborn beigewohnt. Obwohl die Reichsdeputation der deutschen Fürsten noch nicht einmal zusammengetreten war, drängten die Franzosen auf eine rasche Übergabe der Gebiete des Kardinals an Baden noch vor dem Herbst.

»Warum diese unchristliche Eile?«, fragte Charlotte.

Michael Stuber wirkte bedrückt. »Napoleon Bonaparte besteht vorzeitig auf der Übernahme der Herrschaftsgebiete des Kardinals, weil er Markgraf Karl Friedrich mittlerweile zu seinen Verbündeten auf deutschem Boden zählt. Sie, Kardinal von Rohan, zählen dagegen noch immer zu einem seiner ausgewiesenen Gegner. Er fürchtet ein Widerstandsnest unmittelbar in der Nähe der Grenze.«

Aber das ist doch Unsinn, wollte Charlotte schon protestieren, als sie sich an Enghiens Reaktion auf die Amnestie der Emigranten erinnerte. Tatsächlich hatte Louis-Antoine sofort nach England geschrieben und dort angefragt, ob er im Rahmen der Vorbereitung eines erneuten Krieges gegen Napoleon wieder als General dienen könne. Bonaparte hatte seine Späher überall, sicher auch am Londoner Hof. Wahrscheinlich wusste er darüber längst Bescheid und verdächtigte Louis-Antoine möglicherweise jetzt, feindselige Handlungen gegen Frankreich oder seine Person von Ettenheim aus zu planen.

Charlotte wusste, dass Enghien nicht einmal im Traum an so etwas dachte. Allerdings war er seit dem Streitgespräch im Palais Rohan vor der Abreise ihres Vaters häufig düsterer Stimmung und manchmal nahezu unleidlich gewesen. Er litt seitdem auch an Schlafstörungen. Eines Nachts hatte er einen großen Teil der Rasenfläche des Gartens umgegraben, angeblich, um dort ein weiteres Gemüsebeet anzulegen.

»Aber mein Teuerster«, hielt Charlotte ihm vor. »Was sollen wir denn mit noch mehr Kohl und Karotten? Und wer soll all diese Beetflächen pflegen? Zu zweit schaffen wir es doch jetzt schon kaum.«

Das Beet war bis heute unbepflanzt. Charlotte, die bei der Gartenarbeit mittlerweile auch auf Piroschkas Hilfe angewiesen war, hatte alle Hände voll damit zu tun, es wenigstens vom gröbsten Unkraut frei zu halten.

Denn in den letzten Wochen hatte sich Louis-Antoine kaum mehr um den Garten gekümmert. Stattdessen war er so exzessiv auf die Jagd gegangen, dass eines Morgens der Förster ihres Onkels um eine Audienz bat. »Bei aller gebotenen Hochachtung, Monseigneur«, berichtete er. »Der edle Herzog von Enghien bringt so viel Wild zur Strecke, dass ich befürchte, der Bestand wird ernstlichen Schaden nehmen. Viele Jungtiere, Hirschkälber, Rehkitze und Frischlinge, sind bereits verendet oder werden zur Beute von Raubvögeln und Füchsen, weil der Herr von Enghien die Muttertiere erlegt hat.«

Enghiens Rastlosigkeit hatte auch ihrer Beziehung nicht gutgetan. Zwar trafen Louis-Antoine und Charlotte sich immer noch regelmäßig im Pavillon, doch ihre Umarmungen hatten nicht mehr die Intensität früherer Zeiten. Es kam darüber hinaus nicht selten vor, dass Louis-Antoine einfach nur in Charlottes

Armen einschlief, um dann weit vor Morgengrauen aufzustehen und ruhelos durch den Garten zu streifen, bis die Sonne aufging.

»Ihn plagt das schlechte Gewissen, Prinzessin«, interpretierte Piroschka Enghiens Verhalten. Ihr allein vertraute sich Charlotte mit ihren Sorgen an. Franziska und Henriette Stuber, ihre Freundinnen aus den Tagen der Flucht, wollte sie damit nicht belasten. Die beiden bangten noch immer um das Leben von Henriettes zweitem Kind, nachdem das erste bereits vor einigen Wochen an einem Fieber gestorben war. Und von der jungen, aber überaus lebensklugen ungarischen Zofe kam eines Tages auch der Rat, Louis-Antoine eine Luftveränderung zu verschaffen.

Zu Charlottes Verblüffung fiel ihr zaghafter Vorschlag auf mehr als fruchtbaren Boden. »Du hast, wie üblich, völlig recht, meine Liebe.« Louis-Antoines Augen leuchteten wie schon lange nicht mehr. »Eine Erholungsreise täte mir gut. Doch es muss eine Reise sein, bei der ich mich körperlich anstrenge. Es zieht mich in die Alpen. Das ist eine großartige Landschaft. Dort erstarrt man in Ehrfurcht vor Gottes Schöpfung. Das ging mir schon als Jüngling so, als wir Frankreich gerade verlassen hatten und kreuz und quer durch Europa zogen. Die Zeit in den Alpen zählt zu meinen schönsten Erinnerungen.«

»Und wohin möchtest du gehen, mein Schatz?«

Die Antwort erschreckte sie. »Die Schweizer Alpen kenne ich noch nicht, meine Liebste.«

»Aber die Schweiz steht unter französischem Einfluss«, wandte sie ein. »Fürchtest du nicht, man könnte dich dort erkennen?«

»Ach was!« Etwas von der jungenhaften Sorglosigkeit, die einst einer der hervorstechendsten Charakterzüge von Louis-Antoine gewesen war, blitzte wie ein Abglanz alter, unbeschwerterer Zeiten auf. Charlotte fühlte sich an den jungen Mann erinnert, der ihr noch zu Lebzeiten Vincents mit der Unverfrorenheit des unwiderstehlichen Charmeurs den Hof gemacht hatte. »Ich reise inkognito. Noch hat dein Onkel die Möglichkeit, mich und

Canone mit falschen Papieren auszustatten. Und Mohiloff nehme ich auch mit. Dann fällt er dir hier nicht zur Last.«

Charlotte verbiss sich die Erwiderung, dass es ihr eher ein Trost gewesen wäre, wenigstens den treuen Hund bei sich behalten zu können. *Doch das Tier wird ihn unter Einsatz seines eigenen Lebens beschützen, wenn er in Gefahr gerät.* Der Gedanke gab den Ausschlag dafür, dass sie keinerlei Einwand dagegen erhob.

Mit keinem Wort erwähnte Louis-Antoine, dass er sich in den Wochen seiner Abwesenheit auch über die Zukunft ihrer Beziehung klar werden wollte. Es schmerzte Charlotte noch immer, dass er sie über seine Bewerbung bei den Engländern erst nach deren Ablehnung in Kenntnis gesetzt hatte. Und dabei mit keinem Wort erwähnte, wie er sich den Fortgang ihrer Beziehung überhaupt vorgestellt hätte, wenn der englische Hof seine Bewerbung angenommen hätte.

Tief in Gedanken folgte Charlotte ihrem Onkel die Treppe hinauf in den kleinen Salon. Ein großer Strauß gelbrosafarbener Rosen fiel ihr ins Auge. Sie stammten von dem Busch, den Louis-Antoine nach ihr benannt hatte.

»Der Herzog hat sie noch heute früh gebracht«, erklärte Piroschka. »Aber er bestand darauf, dass Sie die Blumen erst nach seiner Abreise entdecken.« Sie zwinkerte verschmitzt.

»Ich halte das für ein gutes Omen, Prinzessin«, lächelte sie.

Ein Gasthof in den Schweizer Alpen, August 1802

»Schau her, Canone! Ist das nicht eine fantastische Aussicht?«

Enghien legte die Hand über die Augen, um die schneebedeckten Gipfel gegen die Nachmittagssonne besser erkennen zu können. Neben ihm rauschte ein Gebirgsbach hinab in ein enges tiefes Tal, das schon in Schatten getaucht war. Dort, wo das Wasser mit Getöse über einen Felsvorsprung hinabstürzte, zerstoben unzählige Wassertropfen, in denen sich plötzlich ein Regenbogen bildete.

»Wie wunderschön! Canone!«, rief Enghien noch einmal gegen das rauschende Wasser an. »Nun komm doch endlich her und sieh!«

»Ich glaube, Ihr Diener hört Sie gar nicht«, ertönte plötzlich eine tiefe weibliche Stimme mit samtigem Timbre neben ihm. »Er streitet sich gerade mit dem Herbergswirt. Der beschuldigt Ihren Hund, ein Huhn gerissen zu haben!«

»Mohiloff?« Enghien fuhr herum. »Das kann gar nicht sein. Das Tier ist gut erzogen und bringt Wild nur während der Jagd zur Strecke.«

Die Frau lächelte. Mit ihrem tiefschwarzen Haar und den dunklen Augen sah sie aus wie eine Spanierin. Louis-Antoine schätzte sie auf Mitte zwanzig. Sie war in ein Reitkleid aus dunkelblauem, teurem Tuch gekleidet und hatte zudem gegen die Sonne einen breitkrempigen Strohhut aufgesetzt. Die ungewöhnliche Kombination wirkte bei ihr allerdings reizvoll anstatt lächerlich.

»Gestatten Sie, dass ich mich vorstelle, Monsieur«, ergriff sie die Initiative, während Enghien sie fasziniert anstarrte. »Mein Name ist Mademoiselle Geneviève.«

Louis-Antoine riss sich zusammen, zog seinen grauen Wanderhut ab, der wie seine lederne Kniehose, das grob gewebte Wams aus Wollstoff und die Halbstiefel der Kleidung der Einheimischen entsprach, und verbeugte sich schwungvoll.

»Ich bitte, meine schlechten Manieren zu entschuldigen, Mademoiselle. Mein Name ist Chevalier Gérome«, nannte er seinen Decknamen.

»Gérome von …?«

»Einfach nur Gérome, Mademoiselle. Ich reise inkognito.«

»Oh!« Sie enthüllte blitzendweiße Zähne, während sie sein Lächeln erwiderte. »Dann haben wir ja eine Gemeinsamkeit! Warum möchten Sie nicht erkannt werden?«

Enghien, der sich bereits für seinen Leichtsinn verfluchte, überlegte noch, da plapperte die fremde Dame schon weiter. »Ich vermute, Sie sind in Ihrer Heimat eine bekannte Persönlichkeit?«

Enghien nickte mechanisch, griff aber den Faden auf. »So ist es, Mademoiselle.« In einer plötzlichen Eingebung fuhr er fort: »Dies ist meine Abschiedsreise als Junggeselle. Möglicherweise die letzte Zeit meines Lebens, in der ich meine Freiheit genieße. Sobald ich nach Hause zurückkehre, werde ich mich vermählen.«

»Das klingt sehr geheimnisvoll, Chevalier!« Die Dame schürzte ihre vollen roten Lippen. »Ich vermute, die Auserwählte ist nicht Ihre Herzensdame?«

Louis-Antoine wusste später nicht mehr zu sagen, was in diesem Moment in ihn gefahren war. »Das wird sich im Laufe der Zeit noch herausstellen müssen, Mademoiselle«, log er. »Auf jeden Fall ist sie um etliches älter als ich!«

Der Blick ihrer dunklen Augen verschleierte sich. Sie seufzte, ein wenig zu theatralisch. »Auch ich genieße ein paar gestohlene Tage, Monsieur«, gestand sie mit einem gespielt verschämten Ausdruck. »Ein hoch angesehener Herr, dem ich mich verbunden fühle, weilt in wichtigen Geschäften in Mailand. Er ließ mich hier in diesem Gasthof zurück, weil ich mich unpässlich fühlte und ihn nicht weiter begleiten konnte. Doch es war wahrscheinlich nur eine verdorbene Speise, die mich aufs Lager warf. Schon nach einem Tag war ich wieder genesen und vergnüge mich seither mit Wanderungen in dieser zauberhaften Gegend.«

Sie legte wie selbstverständlich eine Hand auf Enghiens Arm. »Mögen Sie mich jetzt zum Gasthof zurückbegleiten und mir heute Abend die Gunst erweisen, mit mir zu speisen, Monsieur?«

Sie versenkte ihren glutäugigen Blick tief in Enghiens Augen. Der verbeugte sich wieder, willenlos wie unter einem plötzlichen Zauberbann. »Es wäre mir eine außerordentliche Ehre, Mademoiselle Geneviève!«

Einige Stunden später ekelte Enghien sich vor sich selbst. Geschickt rollte er sich auf dem harten Lager, das er mit Geneviève teilte, zur Seite, als sie im Schlaf die Hand nach ihm ausstreckte. *Was ist nur in mich gefahren?*

Während des Abendessens, bei dem sie das angeblich von Mohiloff gemeuchelte Huhn verzehrten, hatte er sich noch von Mademoiselles Charme verzücken lassen. Je mehr ihm der schwere rote Wein zu Kopfe stieg, desto unbeschwerter und freier fühlte er sich, und desto mehr begehrte er sie.

Natürlich war ihm schon während des Essens klar geworden, dass Mademoiselle keine Dame von Stand war, sondern wahrscheinlich aus einfachsten Verhältnissen stammte. Sie verfügte über keinerlei Bildung, und so endete jedes unverfängliche Thema, das Enghien anschnitt, rasch in einer Sackgasse. Doch das hatte ihn zunächst nur noch mehr angezogen. Geistreiche Diskussionen hatte er mit Charlotte in den vergangenen Jahren mehr als genug geführt.

Immerhin hatte er sich nicht in ihrer Herkunft geirrt. Freimütig gab Geneviève zu, dass ihr spanischer Vater die südfranzösische Mutter schon bald nach ihrer Geburt verlassen hatte. Sie deutete vage an, sich seit frühester Jugend als Schauspielerin durchgeschlagen zu haben, bis sie schließlich »Monsieur« begegnet war, wie sie den wohlhabenden französischen Kaufmann, dessen Mätresse sie war, nannte.

Selbst Louis-Antoines Vermutung, dass »Monsieur« Geneviève eher in einem luxuriösen Freudenhaus kennengelernt hatte als in einem billigen Tingeltangel, tat seiner wachsenden Begierde keinen Abbruch, sondern stachelte sie nur noch an. Denn wie lange war es her, dass er, unbelastet von den zahlreichen Sorgen und Kümmernissen der letzten harten Jahre, unbeschwert getändelt hatte? Und dabei den unwiderstehlichen Herzensbrecher mimte, der er vor seiner Begegnung mit Charlotte und selbst noch eine Zeit lang danach gewesen war? Das Schneiderstöchterlein aus Rüdesheim fiel ihm ein, mit dem er im elterlichen Wohnzimmer geschlafen hatte, derweil seine Kameraden den Vater ablenkten. Damals konnte er das Zusammensein mit einer Frau noch genießen, ohne dabei beständig an Verpflichtungen gemahnt zu werden, die wie Blei auf ihm lasteten.

Mein Gott, er war gerade einmal dreißig Jahre alt! Was hatte das Leben ihm denn bislang geboten? Heute Abend fühlte er sich zum ersten Mal seit langer Zeit wieder jung.

Und so kam es, wie es kommen musste! Zumal auch Geneviève immer weniger Zweifel daran ließ, dass ihr ein Abenteuer mit »einem feschen Galan« als Abwechslung zu ihrem »gutmütigen, aber feisten Monsieur« mehr als willkommen war.

Als er Mademoiselle schließlich, schon leicht schwankend vom vielen Wein, in ihre Kammer begleitete, übersah Enghien Canones vorwurfsvolle Blicke genauso geflissentlich, wie er Mohiloffs Winseln ignorierte. Der treue Hund, der gewohnt war, auf dem Boden neben Enghiens Lager zu nächtigen, kratzte noch eine Weile an der Tür der fremden Kammer, bis Canone ihn offensichtlich zur Ordnung rief.

An die Stunden in Genevièves Bett hatte Enghien selbst jetzt, so kurz danach, nur vage Erinnerungen, die ihm jedoch die Schamesröte ins Gesicht trieben. Hemmungslos durch den Wein rissen sie sich die Kleider vom Leib und fielen übereinander her wie ausgehungerte Tiere. Sein Verdacht, dass Mademoiselle über einschlägige Erfahrungen verfügte, bestätigte sich, als sie Praktiken anwandte, die er bis dato nur aus Hurenhäusern kannte. Als sie ihre Leidenschaft ausgetobt hatten, versanken beide in einen tiefen Schlummer der Erschöpfung, aus dem Enghien nun erwacht war.

Obwohl es in seinem Kopf brummte wie in einem Bienenstock, fühlte er sich hellwach. Er richtete sich auf einem Ellenbogen auf und betrachtete die fremde Frau im Licht der heruntergebrannten Kerze. Was er nun bewusst wahrnahm, stieß ihn zutiefst ab.

Geneviève schnarchte leise mit halb geöffnetem Mund. Ihr Atem roch sauer, ihr süßliches Parfum kam ihm plötzlich aufdringlich und billig vor. Weiße Streifen an ihrem schlaffen Leib wiesen darauf hin, dass sie schon geboren hatte, obwohl sie Kinder mit keiner Silbe erwähnt hatte. Auch ihr Gesicht, das ihn zunächst so angezogen hatte, wirkte unter der nun verschmierten Schminke verlebt und gewöhnlich.

Wie konnte ich Charlotte auch nur einen Augenblick lang wegen dieser Fremden vergessen? Ihre Schönheit, ihre Klugheit, ihren weißen reinen Leib, ihre Leidenschaft, ihre Liebe zu mir derart in den Kot der Gewöhnlichkeit treten? Die Reue trieb ihm die Tränen in die Augen.

Vorsichtig, um Geneviève auf keinen Fall zu wecken, erhob sich Enghien von dem zerwühlten Lager, schlüpfte in seine Hose und schlich sich, die restlichen Kleider in der Hand, so geräuschlos wie möglich aus der Kammer. Draußen machte Mohiloff, der offensichtlich die ganze Zeit vor der Tür gelegen hatte, seiner heimlichen Flucht allerdings fast einen Strich durch die Rechnung, als er ihn, bellend vor Freude, ansprang.

»Pscht«, zischte Enghien, und die Dogge gehorchte wie immer aufs Wort. »Du Guter!« Enghien tätschelte Mohiloffs hässlichen Kopf. »Keinen Augenblick habe ich vermutet, dass du das Huhn getötet hast. Es war der Hofhund, der sich losgerissen hat, doch ich wollte keinen Streit mit dem Wirt«, erklärte er überflüssigerweise, als er seine eigene Kammer erreicht, die Tür hinter sich und dem Hund zugezogen und zur Sicherheit von innen verriegelt hatte. *Lächerlich, als ob Geneviève mir hier hinein folgen würde.* Dennoch war ihm so wohler zumute.

Während Mohiloff auf der Hundedecke neben Enghiens Lager sofort in tiefen Schlaf versank, offensichtlich beruhigt, seinen Herrn nunmehr in Sicherheit zu wissen, wälzte Enghien sich noch bis zur Morgendämmerung ruhelos hin und her.

Als die ersten Sonnenstrahlen durch das kleine Fenster drangen, hatte er eine Antwort auf fast alle Fragen gefunden, die ihn in der Schwärze der Nacht gequält hatten. Auf alle Fragen bis auf die eine, alles entscheidende.

Wird Charlotte mir verzeihen und mich überhaupt noch zu ihrem Gemahl nehmen wollen?

Palais Rohan in Ettenheim
Ende August 1802, zwei Wochen später

Charlotte war so in ihr Spiel auf dem Cembalo vertieft, dass sie weder den Hufschlag auf der Hauptstraße vor dem Palais noch das ferne Donnergrollen wahrnahm, das ein Sommergewitter ankündigte. Auch als sich die Tür hinter ihrem Rücken öffnete, drehte sie sich nicht um.

»Diese Mozartsonate bringt mich noch um den Verstand, Onkel«, sagte sie in der Annahme, der Kardinal hätte den Raum betreten. Erst als sich Piroschka räusperte, drehte sie sich etwas ärgerlich um. Schon mehrere Male hatte sie die Ungarin gebeten, sie nicht zu stören, wenn sie übte.

»Was gibt es denn so …« Die Worte blieben Charlotte im Halse stecken, als sie das vor Aufregung gerötete Gesicht Piroschkas sah. Ihre Beziehung zu der Dienerin, die ihr eher eine Freundin geworden war, hatte sie gelehrt, in den Zügen der Ungarin zu lesen wie in einem offenen Buch.

»Der Herzog ist zurück«, platzte diese auch schon mit der Neuigkeit heraus.

Charlottes Puls beschleunigte sich. »Jetzt schon? Bist du sicher? Er wollte doch erst Mitte September zurückkehren.«

»Ich habe ihn selbst mit Mohiloff am Palais vorbeireiten sehen. Selbst wenn ich ihn nicht erkannt hätte, den Hund kann man nicht verwechseln.«

»Und Canone?«

Piroschka stockte. »Sie haben recht, Prinzessin. Den Diener habe ich nicht gesehen.« Sie überlegte kurz. »Aber ich bin sicher, mich nicht geirrt zu haben. Der Herzog ist wieder in Ettenheim.«

Eine Stunde später saß Charlotte noch immer auf dem Kanapee im kleinen Salon und fuhr mit den Händen nervös über eines der Kissen. Draußen tobte mittlerweile das Unwetter, es donnerte und blitzte ununterbrochen. Dazu regnete es in Strömen.

Louis-Antoine wird abwarten, bis sich das Gewitter verzogen hat, bevor er mich aufsucht, beruhigte sie sich. *Außerdem ist er sicherlich staubig von der Reise und will sich erst frisch machen.*

Dennoch konnte sie sich nicht so recht erklären, warum Louis-Antoine sie unmittelbar nach seiner Ankunft nicht wenigstens kurz begrüßt hatte. Das Palais lag ja auf dem Weg zum Ichtratzheim'schen Haus, wo er logierte.

Und was führt ihn überhaupt so früh wieder hierher zurück?, grübelte sie weiter. *Dass mein Onkel seine Ländereien schon im September an das Großherzogtum Baden übergeben soll, kann er ja noch gar nicht erfahren haben.*

Von Enghien waren während seiner Abwesenheit nur zwei kurze Schreiben eingetroffen. In ihnen berichtete er begeistert von seinen Eindrücken in den Bergen und hatte angedeutet, die Reise sogar verlängern zu wollen. Sie selbst hatte vereinbarungsgemäß nicht geantwortet, da Louis-Antoine sich nicht festlegen wollte, wann genau er sich an welchem Ort aufhalten würde.

Hoffentlich bedeutet seine vorzeitige Rückkehr nicht neues Ungemach. Je weiter der Zeiger der Standuhr vorrückte, desto düsterer wurden Charlottes Ahnungen. *Womöglich tritt er doch noch in die Dienste der Engländer. Oder …,* diesen Gedanken wagte sie kaum zu Ende zu denken, *… oder er hat eine andere Frau gefunden, die er heiraten will.*

Als sie seine Schritte nach einer weiteren halben Stunde endlich auf der Treppe hörte, hielten sich Freude und Bangen in ihrer Brust die Waage.

»Charlotte! Meine Liebste! Wie habe ich dich vermisst!«

Stürmisch schloss Louis-Antoine Charlotte in die Arme. Sein Kuss war so leidenschaftlich wie schon lange nicht mehr.

Als er sie endlich losließ, erkannte Charlotte in seinem Gesicht, dass er die reine Wahrheit sprach. Ihr Herz schlug höher. Innerlich schalt sie sich wegen ihrer Sorgen, die sie noch vor kurzer Zeit geplagt hatten, eine Närrin.

»Auch ich bin überglücklich, dass du schon zurück bist, mein Liebster. Doch sag an, was hat dich dazu bewogen, deine Reise so stark zu verkürzen?«

»Warte einen winzigen Moment, Geliebte. Du wirst es sogleich erfahren.«

Louis-Antoine verließ kurz den Raum. Als er zurückkehrte, hielt er eine der Rosen, die er nach ihr benannt hatte, in der Linken.

Zu ihrer namenlosen Verblüffung sank er dann vor ihr aufs Knie. Charlotte bemerkte außerdem erst jetzt, dass er tadellos gekleidet und frisiert war. Er griff nach ihrer Hand.

»Ich habe während meiner Abwesenheit endgültig erkannt, dass du die einzige Frau bist, die ich jemals geliebt habe und die ich jemals lieben werde. Deshalb möchte ich dich heute fragen, ob du meine Gemahlin werden willst.«

Charlotte stand vor Überraschung wie erstarrt. Widerstreitende Gefühle tobten in ihrer Brust. In ihre überschäumende Freude mischten sich Fragen und leise Zweifel.

»Warum so förmlich, Louis-Antoine? Du weißt doch, dass ich mir seit Langem nichts sehnlicher wünsche!«, antwortete sie leise.

»Also sagst du Ja?« Enghien klang drängend.

Nun gewann die Freude die Oberhand. »Natürlich sage ich Ja, mein Geliebter. Hat dein Großvater endlich zugestimmt?«

Louis-Antoine stand auf. Seine Augen verdunkelten sich. »Nein! Ich habe das allein so entschieden. Und ich habe einen Plan, wie wir auch ohne seine Erlaubnis zurechtkommen werden. Wir heiraten zunächst heimlich in aller Stille. Aber sobald du unseren Sohn unter dem Herzen trägst, setze ich dem Alten die Pistole auf die Brust. Will er einen legitimen Erben haben, muss er uns dann eben nachträglich seinen Segen geben.«

In Charlottes Freude mischten sich erste Wermutstropfen. »Also möchtest du dich noch immer nicht öffentlich zu mir bekennen?«

Louis-Antoine wich ihrem Blick aus. »Ich kann dir ohnehin nur ein bescheidenes Leben bieten, Charlotte. Nicht den sorglosen Wohlstand, den du verdienst. Doch wenn ich meine englische Pension verliere, kann ich nicht einmal mehr unser beider Wohnung bezahlen. Ich habe auf meiner Rückreise erfahren, dass dein Onkel seine Länder schon in Kürze an Baden übergeben muss. Er soll zwar Wohnrecht auf Lebenszeit hier im Palais behalten, aber das gilt möglicherweise nicht für dich.«

Das Argument klang überzeugend, zumal Charlotte keinen Zweifel an der Unnachgiebigkeit des Prinzen Condé hegte.

»Und was geschieht, wenn dein Großvater unsere Heirat auch dann nicht anerkennen will, wenn ich schwanger bin?«, fragte sie deshalb.

Enghiens Züge hellten sich auf. »Oh, da habe ich keine Sorge, Liebste. Er weiß, dass ich niemand anders mehr heiraten *kann*, wenn wir erst einmal vermählt sind und du unser Kind erwartest. Nicht einmal eine Frau aus niederem Adel würde mich unter diesen Voraussetzungen nach einer Scheidung zum Gemahl wollen. Daher wird die Vernunft letztlich die Oberhand über seinen verletzten Stolz gewinnen.«

»Nun gut. Dann nehme ich deinen Antrag an«, seufzte Charlotte. Etwas an seiner Reaktion ließ sie allerdings stutzen und vermuten, dass es noch etwas gab, das bislang unausgesprochen geblieben war. »Was genau hat denn deine Sinneswandlung bewirkt?«, forschte sie vorsichtshalber nach.

Er setzte sich neben sie auf das Kanapee und legte die einzelne Rose in ihren Schoß. Dann griff er in die Innentasche seines Wamses und zog ein zerdrücktes Gänseblümchen daraus hervor. Er hielt es ihr auf der flachen Hand hin.

»Vergleiche die Blüten, Charlotte! Diese Rose hat Canone noch vor dem Gewitter aus dem Garten geholt. Das Gänseblümchen trage ich dagegen schon eine Weile mit mir herum. Als es frisch war, lachte es mich eines Abends an, und ich konnte nicht umhin, es abzupflücken. Erst als es so schnell verwelkte, erkannte ich, wie gewöhnlich dieses Blümchen im Vergleich zu der Rose ist.«

Anfangs begriff Charlotte gar nicht, was er ihr mitteilen wollte. Als es ihr dämmerte, war sie zutiefst schockiert.

»Du meinst, du hast erst in den Armen einer anderen Frau erkannt, was ich dir bedeute?«

Sie las die Antwort in seinen Augen, auch ohne dass er ein Wort sagte. Die Enttäuschung überflutete sie wie eine Woge.

»So viele Jahre, Louis-Antoine, halte ich dir schon die Treue. Habe mich mit vagen Versprechungen zufriedengegeben, bin dir durch halb Europa gefolgt, habe dich aufgerichtet, wenn du niedergeschlagen warst, und mich unserer Liebe wegen dem Gespött der Leute ausgesetzt. Ich habe meiner Familie unsere Schande zugemutet und bin über dem Warten auf dich alt geworden, sodass ich heute gar keinen anderen Gemahl mehr finden würde. Aber du brauchst eine Liebelei mit einer flüchtigen Reisebekanntschaft, um dir deiner Gefühle für mich endlich sicher zu sein?«

Er senkte den Kopf. »Es ist so, wie du sagst, Charlotte. Ich war blind und bin erst dadurch sehend geworden. Dafür schäme ich mich zutiefst. Kannst du mir dennoch verzeihen?«

Sie sprang erregt auf. »Dazu kann ich jetzt weder Ja noch Nein sagen, Louis-Antoine. Ich muss darüber nachdenken. Und jetzt bitte ich dich zu gehen!«

Alle Freude wich aus seiner Miene. So hatte Charlotte ihn bislang nur erlebt, wenn er aus einem verlorenen Krieg heimgekehrt war.

»Ich nehme jede Entscheidung an, die du treffen wirst, Charlotte«, sagte er tonlos. »Doch bitte lass es mich sofort wissen, wenn du so weit bist.«

Schloss Malmaison bei Paris, Ende August 1802, nachts

Fröhlich besteigt er die Kutsche, in der Joséphine schon auf ihn wartet. Ihre schönen Augen strahlen, sie freut sich so sehr auf das Konzert, das man heute am Weihnachtsabend in der Pariser Oper spielen wird. Es handelt sich um die französische Uraufführung des Oratoriums »Die Schöpfung« des großartigen Komponisten Joseph Haydn. In der Stadt spricht man seit Tagen von nichts anderem.

Genau das Richtige für ihn, um etwas Entspannung zu finden. Er arbeitet schwer daran, seinen Traum zu verwirklichen. Noch ist er der Erste Konsul, aber das ist nur eine Station auf seinem Weg. Unaufhaltsam, unbesiegbar schreitet er voran. Doch heute gönnt er sich eine Pause. Dieser Abend gehört dem Vergnügen und dem Genuss!

Die Räder rollen. Paris hat sich für das Weihnachtsfest herausgeputzt, überall strahlender Lichterglanz. Die Kutsche biegt in die kleine Rue St. Nicaise ein, nun ist es nicht mehr weit. Links und rechts flanieren festlich gekleidete Menschen auf den Gehwegen.

Das Konzert beginnt bald, der Kutscher weiß das und gibt den vier Rappen die Peitsche. Joséphine späht ein wenig ängstlich aus dem Fenster. Da steht ein Pferdekarren am Wegrand, *sagt sie.* Er will wohl Wein zum Fest abliefern. *Er schaut an ihr vorbei und erblickt ein großes Fass auf dem Wagen.* Keine Sorge, der Kutscher ist sehr erfahren, uns passiert nichts, *beruhigt er sie.*

Die Equipage schießt an dem Hindernis vorbei. Plötzlich ein Feuerblitz, begleitet von einem ohrenbetäubenden Knall! Gegenstände prasseln so laut gegen die Rückwand des Vierspänners wie taubeneigroßer Hagel während eines Gewitters. Seine Ohren schmerzen, dass Joséphine schreit, erkennt er nur an ihrem weit geöffneten Mund. Die Rappen bäumen sich im Geschirr auf, sie rasen mit der schwankenden Kutsche davon.

Halte an!, *schreit er dem Kutscher zu.* Ich will sehen, was da geschehen ist!

Erst zwei Straßenkreuzungen weiter gelingt es dem Mann, die Pferde zu zügeln. Er öffnet den Kutschenschlag, schüttelt Joséphines Arm unwillig ab und springt hinaus. Schreiende Menschen kommen ihm entgegen, einige sind voller Blut, andere schleifen leblose Körper mit sich.

Er rennt zum Ort des Geschehens. Da liegen Leiber am Boden, die Luft ist erfüllt von Schreien und Stöhnen. Er beugt sich über einen Mann. Er ist von kleiner Statur, sein Bauch ist eine einzige Wunde, wie ein Springbrunnen schießt das Blut hervor. Licht!, *schreit er.* Ich brauche Licht! Ich will wissen, wer hier liegt!

Ein Lakai nähert sich mit einer Fackel. Er reißt sie ihm aus der Hand und blickt … in sein eigenes fahles Gesicht.

»Bonaparte! Bonaparte!« Nur langsam fand er in die Wirklichkeit zurück. Im Licht einer einzelnen Kerze beugte sich seine Gattin Joséphine über ihn. »Bonaparte, wach auf!« Ihre Stimme klang zärtlich und besorgt zugleich. »Das ist nur ein Traum! Der alte Albtraum! Du bist hier bei mir, in Sicherheit.«

»Die Höllenmaschine«, stammelte er. »Die Höllenmaschine! Voller Pulver und mit Nägeln gespickt.«

»Ich weiß, mein Geliebter. Auch ich träume noch immer von ihr. Doch der Anschlag ist jetzt fast drei Jahre her. Du bist den feigen Attentätern entkommen! Und hier bei mir, in Sicherheit! In unserem Bett!« Sie küsste ihn zärtlich auf den Mund.

Er richtete sich auf, goss sich ein Glas Rotwein aus der Karaffe ein, die immer in Reichweite des Betts stand, und stürzte den Wein in einem Zug hinunter.

Dann blickte er auf die kleine goldene Standuhr. Erst vier Uhr morgens. Er wusste, dass er nicht mehr einschlafen würde. Entschlossen schwang er die Beine aus dem Bett und griff nach dem seidenen Morgenmantel.

Joséphine erhob keinen Einspruch, denn er wäre ohnehin zwecklos.

Er beugte sich zu ihr hinab und küsste sie auf die Stirn. »Ich werde niemals in Sicherheit sein, meine Liebe. Zumindest nicht, solange es noch einen einzigen Royalisten gibt, der mir nach dem Leben trachtet. Innerhalb Frankreichs oder außerhalb unserer Grenzen. Nenne es von mir aus eine fixe Idee, doch ich weiß, dass die Mörder nur auf die nächste Gelegenheit warten, um ihr Werk zu vollenden!«

Palais Rohan in Ettenheim
Ende August 1802, am nächsten Tag bei Sonnenaufgang

Als sich Charlotte am nächsten Morgen erhob, fühlte sie sich wie gerädert. Die ganze Nacht hatte sie sich schlaflos in den Kissen gewälzt, ohne zu einer Entscheidung zu gelangen.

Ihre Kränkung über Enghiens Untreue hielt sich die Waage mit ihrer Erleichterung darüber, dass er sich endlich zu einer Heirat mit ihr durchgerungen hatte. Ab und zu mischte sich auch ein wenig Freude darunter.

Ich weiß ja, was dieser Schritt ihn kostet. Er lehnt sich gegen die Familientradition der Condés auf, die nahezu das Einzige ist, was ihm aus alten Zeiten noch geblieben ist.

Was es ihn *kostet? Wer fragt denn danach, was es* dich *gekostet hat?*, meldete sich darauf die Stimme der Empörung in ihr.

Hätte nicht längst der ein oder andere Emigrant, der früher in Ettenheim lebte, um dich gefreit, wenn nicht jedermann gewusst hätte, dass du das Liebchen des Herzogs bist? Du könntest heute schon lange unter der Haube sein und einen ganzen Stall voller Kinder haben. Jetzt ist es für all das zu spät. Stirbt eines Tages der Kardinal, bleibst du hier allein zurück. Denn deine Chance, zurück nach Frankreich zu gehen, hast du ja ebenfalls wegen Louis-Antoine verstreichen lassen.

Und genau deshalb solltest du einen kleinen Seitensprung jetzt nicht auf die Goldwaage legen, hielt ihr die Stimme der Vernunft entgegen. *Im Ancien Régime, das Louis-Antoine geprägt hat, galt so etwas als Kavaliersdelikt und war nicht der Rede wert. Weißt du denn, ob dir Vincent in der Zeit eurer Trennung körperlich treu geblieben ist? Und dennoch hast du an seiner Liebe zu dir nie gezweifelt.*

Als die ersten Sonnenstrahlen durch die Vorhänge ihrer Schlafkammer drangen, hielt es Charlotte nicht mehr in ihrem Bett. Leise, um Piroschka nicht zu wecken, die noch in dem Nebenzimmer schlief, das vorher die Baronin von Würmb bewohnt hatte, stand sie auf und kleidete sich an.

Währenddessen setzte sich ihr inneres Streitgespräch fort.

Auch deinen Onkel Louis würde es freuen, wenn er dich mit Louis-Antoine vermählt wüsste. Selbst wenn es nur eine heimliche Heirat bleibt. Dann kann er endlich beruhigt sterben.

Charlotte erschrak. Wie kam sie nur auf den Gedanken, der Kardinal würde bald sterben? War dies eine Vorahnung angesichts all der Tragödien, die ihren geliebten Großonkel, der ihr immer nähergestanden hatte als ihr eigener Vater, seit seiner Flucht vor der Revolution getroffen hatten?

Und was sollte nach seinem Tod aus ihr werden? Ob der Onkel ihr etwas hinterlassen würde, wovon sie ihren Lebensunterhalt bestreiten könnte, wusste sie nicht und fühlte sie sich auch nicht befugt, ihn zu fragen.

Aber Louis-Antoine würde dich nicht im Stich lassen, wenn du ihm jetzt verzeihst.

Da wäre ich mir nicht so sicher! Du bist fünf Jahre älter als er. Was ist, wenn du ihm keinen Sohn mehr gebären kannst? Wird er sich dann nicht rasch nach einer jüngeren, besseren Partie umsehen?

Tief in ihre widerstreitenden Gedanken versunken, schlich sich Charlotte die Treppe in den ersten Stock hinab, bemüht, auf den knarrenden Stufen so wenig Geräusche wie möglich zu machen. Dann betrat sie das Audienzzimmer. Hier hatte Louis-Antoine im vergangenen Herbst oft stundenlang auf sie gewartet, als sie ihm damals gram gewesen war, weil er sie *nicht* heiraten wollte. *Was spielt das Leben nur für seltsame Spiele!*

Die Strahlen der aufgehenden Sonne fielen nun auf die Fensterscheiben, die an einigen Stellen blind zu sein schienen. Seltsam, das war ihr bislang noch nie aufgefallen. Als sie näher trat, entdeckte sie merkwürdige Kratzer im Glas. Plötzlich formten sich diese zu Buchstaben. Aus den Buchstaben wurden Wörter, aus den Wörtern Verszeilen. Die erste Strophe des langen Gedichts, die sie entziffern konnte, rührte sie zutiefst.

Wie grausam ist das Warten,
wenn man seiner Schönen harrt.
Und wie süß der Moment,
wenn sie endlich da ist.

Über die zweite musste sie dagegen herzhaft lachen.

Schöne Charlotte,
dein Name ist in mein Herz gegraben
wie mein Hintern in meine Hosen.

Mit der Gravur dieser Zeilen ins Fensterglas musste sich Louis-Antoine im vergangenen Herbst die Wartezeit vertrieben haben. Und plötzlich war die Entscheidung ganz einfach.

»Ja, mein Geliebter. Ich will dich zum Manne nehmen und mein restliches Leben mit dir verbringen!« Sie sagte es laut, als stünde sie bereits vor dem Altar.

Privatkapelle im Palais Rohan in Ettenheim
September 1802

Es war Mitternacht, als Charlotte, geführt von ihrem Großonkel, dem Kardinal, den schmalen Gang der kleinen Privatkapelle im Palais Rohan entlangschritt. Abbé Weinborn, dem der Kardinal eine seiner bischöflichen Festroben geliehen hatte, erwartete sie bereits am Altar.

Kurz überfiel Charlotte ein wenig Wehmut. Es war totenstill in der Kapelle. Man hatte nicht gewagt, das Cembalo hineinzubringen, um die Feier mit etwas Musik zu untermalen. Bis auf Piroschka und Canone war nicht einmal das restliche Hauspersonal des Kardinals eingeweiht.

Von vorneherein war klar gewesen, dass man die Hochzeit nicht in der Kirche St. Bartholomäus vollziehen konnte. Auch der Stadtpfarrer Mast war nicht in die Vorbereitungen einbezogen worden. Man fürchtete seine Missbilligung, wenn er erfuhr, dass die Ehe bis auf Weiteres geheim bleiben sollte. Dass Charlotte und Louis-Antoine »in Sünde lebten«, war dem alten Priester schon lange ein Dorn im Auge, wie er dem Kardinal immer wieder geklagt hatte. Er hätte kein Verständnis dafür aufgebracht, wenn man die Verbindung jetzt zwar endlich vor Gott, aber nach wie vor nicht vor den Menschen geschlossen hätte, und womöglich zur Indiskretion geneigt.

»Nun, immerhin bleibt Ihnen am Ihrem schönsten Tag der schauderhafte Anblick dieser Häutung erspart!« Die ungarische

Zofe Piroschka hatte wieder einmal das Herz auf dem rechten Fleck. Tatsächlich konnte Charlotte das Bildnis des Martyriums des heiligen Bartholomäus, das als Deckenfresko genau über dem Altarraum prangte, seit jeher nicht ohne Schaudern betrachten.

Doch weit mehr als die Pracht der Barockkirche vermisste sie ohnehin die Musik in der schlichten Schlosskapelle.

Allerdings hatten sich Piroschka und Canone jede erdenkliche Mühe gegeben, den kleinen Kirchenraum prachtvoll auszuschmücken. Dabei kam ihnen entgegen, dass das Personal die Kapelle nicht ohne Erlaubnis betreten durfte, um den Kardinal nicht unvermutet beim Gebet zu stören.

Zahllose Blumen, die Piroschka im Garten gepflückt und zu reizenden Buketts gebunden hatte, verbreiteten zusammen mit den weißen Wachskerzen in den von Canone blitzblank polierten Leuchtern einen betörenden Duft. Die kleinen Buntglasfenster der Kapelle waren mit Stoffbahnen verhängt, die das Wappen des Kardinals trugen, damit kein Lichtschein nach draußen drang. Lächelnd erkannte Charlotte in ihnen die gewaschenen Fahnen, die man bei Festumzügen dem Baldachin des Kardinals vorantrug.

Piroschka zwinkerte ihr lächelnd zu, als Charlotte an ihr vorbeischritt. Neben ihr saß Canone, Enghiens Bursche, immer mit einem achtsamen Auge auf Mohiloff, der mucksmäuschenstill in einer Nische der Kapelle lag. Trotz der leichten Indignation des Kardinals hatten Charlotte und Louis-Antoine darauf bestanden, dass der treue Hund der Zeremonie beiwohnen sollte. »Zumindest, solange er sich gut benimmt. Canone wird darauf aufpassen. Schließlich haben wir doch sonst kaum Hochzeitsgäste.«

Tatsächlich war außer den treuen Dienern nur noch Enghiens Adjutant, der Marquis von Thuméry, zugegen, der neben dem Kardinal der zweite Trauzeuge war.

Als sich Charlotte am Arm ihres Onkels dem Altar näherte, erhob sich Louis-Antoine von der Bank, auf der er bislang gekniet hatte, und drehte sich zu ihr um. Er trug seine Paradeuniform, die Canone tadellos gebügelt hatte. In seinen blaugrauen Augen las Charlotte eine eindeutige Botschaft. *Du bist wunderschön*, verstand sie auch ohne Worte.

Passend zum Anlass trug sie heute ihr weißseidenes Lieblingskleid, in dem sie Louis-Antoine im letzten Jahr bei seiner Rückkehr nach Ettenheim begrüßt und das Mohiloff damals mit seinen Pfotenabdrücken beschmutzt hatte. Ihr tiefes Dekolleté, das von dem hohen Kragen aus Brüsseler Spitzen umrahmt wurde, war mit Louis-Antoines Medaillon geschmückt. Er hatte es ihr geschenkt, bevor er in die letzten Schlachten des Zweiten Koalitionskrieges gezogen war. Außer ihrem Verlobungsring war es das kostbarste Schmuckstück, das sie von ihm besaß.

Der Verlobungsring! Unschwer erkannte sie, dass es Louis-Antoines eigener Diamantring war, den er für sie hatte umarbeiten lassen. Als sie dann noch erfuhr, dass er mit ebendiesem Diamanten die Sprüche ins Fensterglas des Audienzzimmers geritzt hatte, wusste sie diese Gabe noch mehr zu schätzen. Das Licht der Kerzen ließ den kostbaren Stein an ihrer linken Hand funkeln, in der sie auch ihren Brautstrauß trug. Es waren sieben der schönsten »Charlotte-Rosen«, die Piroschka mit Schleierkraut und weißen Bändern zu einem Gebinde zusammengefügt hatte. Nach der Feier wollte sie den Strauß trocknen, als Erinnerung an diesen denkwürdigen Tag.

Nun war sie am Altar angelangt und kniete sich neben Louis-Antoine auf die mit einem roten Samtkissen gepolsterte Bank. Wie im Traum lauschte sie den Worten des Abbé, der etwas salbungsvoll, aber mit vor Rührung zitternder Stimme über das heilige Sakrament der Ehe sprach. Und schließlich die erste der alles entscheidenden Fragen stellte.

Vor der Hochzeit hatten Charlotte und Louis-Antoine entschieden, dass diese den gleichen Wortlaut haben sollten. Den für Bräute üblichen Zusatz, *dem Ehemann in allem zu gehorchen,* hatten sie gestrichen. »Schließlich sollten wir unsere Ehe nicht gleich mit einer Lüge beginnen.« Charlotte musste in der Erinnerung an Louis-Antoines Worte lächeln. Dann riss sie sich zusammen und konzentrierte sich auf die Worte des Abbé.

»Wollen Sie, Louis-Antoine Henri von Bourbon-Condé, Herzog von Enghien, die hier anwesende Charlotte Louise Dorothée, Prinzessin von Rohan-Rochefort, zu Ihrer vor Gott angetrauten Ehefrau nehmen, sie lieben und ehren in guten wie in schlechten Tagen, bis dass der Tod euch scheidet?«

»Ja, ich will!« Louis-Antoines Stimme klang voll und sonor. Er blickte Charlotte dabei intensiv in die Augen.

Eine vage Erinnerung sprang sie an. Ähnliche Worte! Andere schwarze Augen! Vincent! Damals im Schlosspark von Zabern.

Sie verdrängte die verschwommenen Bilder und konzentrierte sich auf den Abbé, der sich nun ihr zuwandte.

»Und so frage ich Sie, Charlotte Louise Dorothée, Prinzessin von Rohan-Rochefort, wollen Sie den hier anwesenden Louis-Antoine Henri von Bourbon-Condé, Herzog von Enghien, zu Ihrem vor Gott angetrauten Ehemann nehmen, ihn lieben und ehren in guten wie in schlechten Tagen, bis dass der Tod euch scheidet?«

Bis dass der Tod uns scheidet? Einen Lidschlag lang war es, als griffe eine kalte Hand an Charlottes Herz. Dann riss sie sich zusammen und straffte den Rücken.

»Ja, ich will!« Auch ihre Stimme klang fest.

Als ihr Louis-Antoine den schlichten Goldreif über den Ringfinger der linken Hand streifte, hätte sie am liebsten vor Freude gejubelt. Endlich war sie am Ziel ihrer Träume!

Die schwarzen Schatten der Vergangenheit verzogen sich in den hintersten Winkel ihres Seins.

Kapitel 21

Garten in Ettenheim
Anfang September 1803, ungefähr ein Jahr später

»Autsch!« Charlotte schrie leise auf, als sich ein Dorn in ihren Zeigefinger bohrte. Sie hatte sich gerade gebückt, um eine Dahlie aufzubinden, die durch das Gewitter auf einen daneben stehenden rotblühenden Rosenbusch gedrückt worden war.

Durch den Laut aufmerksam geworden, richtete Louis-Antoine sich auf. »Hast du dir wehgetan, Liebes?«

Charlotte schüttelte den Kopf. »Es ist halb so schlimm, nur ein kleiner Kratzer. Aber ich fürchte, wir werden noch eine ganze Weile zu tun haben, bis wir die Folgen dieses Unwetters beseitigt haben.«

Enghien seufzte. Am frühen Nachmittag hatte sich ein heftiges Gewitter über Ettenheim entladen. Eng in ihrem Liebesnest aneinandergekuschelt, hatte Charlotte die entfesselte Natur anfangs sogar romantisch gefunden. Eigentlich hatten sie beide heute den ganzen Nachmittag im Garten verbringen wollen. Als das Wetter ihnen zunächst einen Strich durch die Rechnung machte, nutzten sie die unfreiwillige Pause für ein leidenschaftliches Schäferstündchen.

»Ich habe leider nur noch eine knappe Stunde Zeit, um dir zu helfen, Charlotte«, sagte Enghien jetzt. »Du weißt doch, dass mich heute noch Oberamtmann Stuber besuchen möchte. Er tat recht geheimnisvoll und wollte mir einen Vorschlag unterbreiten.«

Charlotte richtete sich auf, streckte den Rücken durch und blickte sich im Garten um. »Dann bitte ich dich, wenigstens noch die Zweige des Apfelbaums dort droben zu stützen.« Sie wies auf ein Bäumchen in der Nähe des Pavillons, dessen viele rotwangige

Früchte die Äste fast zu Boden zogen. »Ich habe gestern einen Apfel gekostet. Noch sind sie zu sauer, um sie zu ernten. Aber in zwei Wochen dürfte es so weit sein. Es wäre schade um die reiche Ernte, wenn sie das Unwetter jetzt verderben würde. Ich schaue derweil, dass ich die Blumenbeete so weit wie möglich in Ordnung bringe.«

Während Enghien sich in Richtung des Apfelbäumchens entfernte, bedauerte Charlotte einen Augenblick lang, dass sie Piroschka nicht mitgenommen hatte. *Andererseits hätten wir bei Beginn des Regens dann nach Hause gehen müssen. Wer weiß?*, machte sie sich in der Hoffnung, endlich ein Kind von ihrem Liebsten empfangen zu haben, selbst Mut. *Vielleicht war ja heute der entscheidende Tag. Unverhofft kommt schließlich oft, sagt ja schon der Volksmund.*

Seufzend sammelte Charlotte Hacke, Schaufel und Schere ein und ging zur nächsten Staude, die ebenfalls unter dem Gewitter gelitten hatte.

Was mag Stuber nur von Louis-Antoine wollen?, ging es ihr durch den Kopf. *Hoffentlich bringt er keine schlechten Nachrichten.*

Denn davon hatte es seit der Hochzeit wahrlich genug gegeben. Schon wenige Tage nach der verschwiegenen Feier waren die Soldaten des badischen Markgrafen Karl Friedrich, der sich seit Mai dieses Jahres sogar Kurfürst nennen durfte, in die Ämter Ettenheim und Oberkirch eingezogen. Zum 1. Dezember des Jahres 1802 hatte der Kardinal dann bis auf Abbé Weinborn, der als Privatsekretär seine Geschäfte weiterführen sollte, alle Beamten entlassen. Zum Glück wurden diese samt und sonders in badische Dienste übernommen. Für den Amtmann Michael Stuber war damit sogar eine Beförderung zum Oberamtmann verbunden.

Dem Kardinal hatte dieser Verlust seiner weltlichen Macht jedoch den letzten Lebensmut geraubt. Als im Februar des neuen Jahres 1803 eine Erkältungswelle tobte, hatte ihr Onkel der Infektion nichts mehr entgegenzusetzen. Er starb binnen weniger Tage in Charlottes Armen.

»Wenigstens weiß ich dich sicher versorgt, mein Liebling.« Die Erinnerung an die Abschiedsworte ihres Großonkels trieben Charlotte noch heute die Tränen in die Augen. »Wie gut, dass du jetzt einen Mann hast, der für dich sorgt, wenn auch vorläufig immer noch im Geheimen.«

Denn Charlottes Hoffnung, nach der Eheschließung rasch schwanger zu werden, hatte sich auch ein Jahr danach noch nicht erfüllt. Zweimal setzte ihre Periode mehrere Wochen zu spät ein, zweimal wurde aus euphorischer Hoffnung tiefe Verzweiflung.

»Vielleicht bin ich jetzt wirklich zu alt zum Gebären«, klagte Charlotte Franziska Stuber ihr Leid.

Die ältere Freundin winkte ab. »Sie haben die Kräuter, die die Empfängnis verhüten sollen, sehr lange eingenommen, Charlotte. Manchmal wirken diese Substanzen noch eine Zeit lang nach. Verlieren Sie daher um Christi willen nur nicht den Mut.«

Das war jedoch leichter gesagt als getan. Nur wenige Wochen nach dem Tod des Kardinals wurde Charlotte mitgeteilt, dass sie das Palais Rohan nunmehr verlassen müsse. Es würde als Wohnsitz für den neuen badischen Verwalter benötigt.

Zum Glück fand sich rasch eine zentral gelegene andere Wohnung im sogenannten Vennemann'schen Haus, einem geräumigen Fachwerkbau gegenüber dem Nepomukbrunnen. Von dort aus waren es nur mehr ein paar Schritte zum Garten oder zum Ichtratzheim'schen Haus im Pfarrgässle, in dem Enghien nach wie vor logierte. Doch wie gerne wäre Charlotte als seine ihm rechtmäßig angetraute Ehefrau, nicht nur vor Gott, sondern auch vor den Menschen, endlich mit ihm zusammengezogen.

Noch in der Hochzeitsnacht hatte sich Charlotte die Heiratsurkunde von Louis-Antoine erbeten, die sie nun sprichwörtlich wie einen Schatz hütete und in ihrem Schmuckkästchen verwahrte. Neben den wenigen Zeugen der Trauung war sie der einzige schriftliche Beweis für die Legitimität ihrer Beziehung, denn ins Kirchenbuch hatte man die Eheschließung ja nicht eintragen können.

Neben ihrer fortdauernden Unfruchtbarkeit und der Trauer über den Tod ihres Onkels, dessen Grab in der Kirche St. Bartholomäus sie jeden Tag aufsuchte, bedrückten sie nun auch finanzielle Sorgen. Schon vor einigen Jahren hatte der Kardinal seine Einkünfte aus der Zuckerplantage auf der Karibikinsel Saint-Domingue eingebüßt, die nach einem Sklavenaufstand enteignet worden war. Auf dem Papier hatte ihr der Kardinal als Haupterbin dennoch ein beträchtliches Erbe an Gütern und Ländereien hinterlassen, zu dem auch das Hofgut in Ungarn gehörte. Doch die vorgefundene Barschaft betrug nur ungefähr zweitausend Taler, während sich die Schulden des Kardinals auf eine sechsstellige Summe beliefen. Und noch hielt sich der Markgraf als Hauptgläubiger ihres Onkels bedeckt, was er ihr von diesem Betrag zu erlassen gedachte. Viele der von ihm übernommenen deutschen Ländereien ihres Onkels waren nämlich mit hohen Hypotheken belastet.

Es stimmte sie auch nicht fröhlicher, dass sie im Vergleich zu ihrer jetzigen Situation wieder im Wohlstand leben würde, hätte sie ihren Vater im letzten Jahr zurück nach Frankreich begleitet. Jules von Rohan hatte tatsächlich den größten Teil seiner Grafschaft Rochefort bei Rambouillet zurückerhalten. Charlotte gönnte es ihm von Herzen. Aber wann würde sie ihr eigenes Glück endlich ohne Einschränkung genießen dürfen?

Ein leises Grollen am Horizont ließ sie aufmerken. Tatsächlich zogen bereits die nächsten dunklen Wolken am Horizont auf. Zeit, die Geräte im Schuppen zu verstauen und sich auf den Heimweg zu machen. Immerhin würde Louis-Antoine heute Abend eine kleine Gesellschaft geben, zu der sie selbstverständlich geladen war.

Ichtratzheim'sches Haus in Ettenheim
Anfang September 1803, zur selben Zeit

»Was gibt es denn so Dringendes zu bereden, lieber Stuber, dass es nicht Zeit bis heute Abend hätte, wo ich Sie mit Ihrer werten Gattin doch hoffentlich unter meinen Gästen begrüßen darf?«

Michael Stuber schüttelte bedauernd den Kopf. »Ich fürchte, meine Gattin ist unpässlich, Durchlaucht, und mich selbst zwingen dringende Amtsgeschäfte, noch heute Nachmittag nach Gengenbach zu reiten, wo ich auch übernachten werde.«

Enghien war von der Antwort zwar nicht überrascht, wahrte aber dennoch die Form. »Das bedauere ich ganz außerordentlich, Monsieur. Also ist etwas dran an dem Gerücht, dass Sie mit Ihrer Familie bald nach Gengenbach umziehen werden?«

»Ich fürchte, dass es dazu kommt, Durchlaucht. Doch ich zähle auf Ihre Diskretion, bis die Sache offiziell bekannt gegeben wird.«

Enghien schürzte die Lippen. »Prinzessin Charlotte wird dies sehr bedauern. Ihre Gattin ist eine der engsten Freundinnen, die sie hat.«

»Nun ja«, wiegelte Stuber ab. »Gengenbach ist ja nicht so weit von Ettenheim entfernt, dass sich die Frauen nicht gegenseitig besuchen könnten, wenn ihnen danach zumute ist. Es dürften nur zwei bis drei Stunden Weges sein, wenn die Straßen in gutem Zustand sind.«

Enghien nickte zustimmend und goss Stuber ein weiteres Glas Wein ein. Damit waren die Präliminarien beendet, und er hoffte, dass der Amtmann nun zum eigentlichen Zweck seines Besuchs kommen würde.

Der Oberamtmann deutete die Geste richtig und räusperte sich. »Ich hoffe, Euer Gnaden empfinden meinen Rat, den ich Ihnen gerne erteilen möchte, nicht als zudringlich«, begann er umständlich. »Doch ich möchte Ihnen versichern, dass es die reine Sorge ist, die mich dazu veranlasst.«

Enghien wartete und schwieg.

Stuber holte tief Luft. »Ich habe mich in jüngster Zeit öfter in der badischen Residenz aufgehalten. Dort ist mir zu Ohren gekommen, dass Napoleon Bonaparte außerordentlich ungehalten darüber ist, dass Sie noch immer so dicht an der französischen Grenze leben.«

»Ach!« Louis-Antoine schnalzte verächtlich mit der Zunge. »Und was will er dagegen unternehmen? Da er mir die Rückkehr nach Frankreich verwehrt, steht es ihm außerdem nicht zu, über meinen Aufenthaltsort im Ausland zu bestimmen.«

»Talleyrand, sein Außenminister, hat Beschwerde beim Markgrafen von Baden eingereicht. Denn Sie missachten Napoleons Edikt, dass kein Emigrant näher als zwölf Stunden Wegezeit an der Grenze zu Frankreich leben darf.«

Enghien schürzte die Lippen. Seine Augen funkelten verächtlich. »Wenn jemand darüber zu entscheiden hat, ob ich in Ettenheim bleiben darf, dann doch wohl Ihr neuer Landesherr, Stuber. Solange mich der Markgraf nicht aus seinen Ländereien verjagt, sehe ich keinen Grund zum Handeln.«

Der Oberamtmann unterdrückte ein frustriertes Seufzen, was Louis-Antoine nicht entging.

»Ich weiß ja, dass Sie es gut meinen, Monsieur Stuber«, wählte er diesmal die höfliche Anrede. »Aber ich lasse mir hier doch nichts zuschulden kommen, was gegen den Ersten Konsul, wie er sich nun nennt, gerichtet ist.«

Stuber hob den Kopf und sah Enghien fest in die Augen. »Das kann selbst ich, mit Verlaub und bei aller gebührenden Hochachtung, nicht bestätigen, Herzog. Ihre Briefe nach England werden samt und sonders von französischen Agenten gelesen. Selbst dem Kurfürsten Karl Friedrich ist ihr Inhalt bekannt. Ich weiß von einem guten Bekannten am Hof zu Karlsruhe, dass Sie in Ihrem letzten Schreiben Napoleon sogar den Tod gewünscht haben.«

Enghien spürte, dass sein Gesicht heiß wurde. »Es gibt wohl keinen Emigranten, der noch immer im Exil verharrt und sich nicht danach sehnt, dass dieser korsische Usurpator das Zeitliche segnet. Aber zu hoffen, dass ihn ein Unfall oder eine Krankheit vorzeitig dahinrafft, wie ich es in besagtem Brief an meinen Vater zum Ausdruck gebracht habe, oder sich aktiv an einem Anschlag zu beteiligen, sind zwei völlig unterschiedliche Paar Stiefel.«

»Sie wissen, dass Napoleon solche feinen Unterschiede seit dem Attentat mit der Höllenmaschine nicht mehr macht«, widersprach Stuber. »Zumal Sie ja auch offen erklären, wenn er überraschend stürbe, könnte man die jetzige Regierung mit einem Handstreich wie einen üblen Spuk davonjagen.«

Enghien schwieg betreten und schalt sich in Gedanken selbst einen Narren, solch heikle Aussagen in einem Brief gemacht zu haben.

»Man bringt Sie außerdem mit einem Emigranten-Zirkel in Offenburg in Verbindung, der angeblich einen Aufstand gegen Napoleon vorbereitet«, fuhr Stuber unerbittlich fort.

»Aber das ist doch barer Unsinn«, empörte sich Louis-Antoine. »Ich habe gerüchteweise von diesen verblendeten Eiferern gehört. Doch ein Prinz von Bourbon-Condé hat es nicht nötig, sich an solchen Machenschaften zu beteiligen.«

Stuber musterte ihn scharf, bis er schließlich nickte. »Das glaube ich Ihnen, Durchlaucht. Dennoch bitte ich Sie inständig, in Erwägung zu ziehen, ob Sie nicht an einen entfernter gelegeneren Ort umziehen möchten. Damit könnten Sie solche unsinnigen Annahmen am ehesten entkräften. Denn solange Napoleon glaubt, Sie stünden hier an der Grenze bereit, um jederzeit in Frankreich einzufallen, bleiben Sie verdächtig. Ich wäre Ihnen gerne bei der Suche nach einer angemessenen Wohnstatt behilflich.«

Aber ich könnte Charlotte nicht dorthin mitnehmen, schoss es Louis-Antoine durch den Kopf. *Zumindest nicht, solange sie nicht schwanger ist und ich unsere Heirat offiziell machen kann. In Kriegszeiten mochte es angehen, dass sie auch außerhalb Et-*

tenheims bei mir war. Da legten die vielen selbst ernannten Sittenwächter nicht alles auf die Goldwaage. Doch jetzt würde sich alle Welt das Maul über uns zerreißen.

Laut antwortete er: »Ich bin Ihnen für Ihre Fürsorge sehr verbunden, Monsieur Stuber, und werde mir Ihren Vorschlag durch den Kopf gehen lassen. Und Ihren Rat beherzigen, meine Schreiben nach London vorsichtiger zu formulieren, auch wenn Sie ihn noch gar nicht ausgesprochen haben.«

Stuber deutete eine Verneigung an. »Es wäre zu Ihrem eigenen Besten, Durchlaucht. Aber dies waren noch nicht alle Ratschläge, die ich mir zu geben erlauben möchte.«

Enghien runzelte die Stirn. »Was gibt es denn noch?«

»Das, was ich Ihnen als Letztes empfehlen möchte, weiß ich nicht nur vom Hörensagen, sondern aus eigener Anschauung. Napoleon beziehungsweise seine Kreaturen schicken immer neue Spione ins Land. Ich wurde schon mehrmals dazu aufgefordert, badische Pässe für solche dubiosen Subjekte auszustellen.«

»Aufgefordert? Von wem?«, fragte Enghien provozierend.

»Von allerhöchster Stelle, Durchlaucht.«

Enghien zischte verächtlich. »Also macht sich Ihr neuer Landesherr mit dem Gesindel gemein, das Napoleon Bonaparte seine Regierung nennt. Aber das ist ja kein Wunder. Nie war Karl Friedrich so mächtig wie heute. Und das verdankt er ausschließlich dem Sieg der französischen Rebellen. Für die Abtretung seiner linksrheinischen Gebiete ist er mit einem mehr als vierfachen Landgewinn auf der rechten Rheinseite entschädigt worden.«

Stuber zuckte demonstrativ mit den Schultern. »Was erwarten Sie, Herzog? Jeder deutsche Fürst hätte genauso gehandelt.«

»Und was sollen diese Spione auskundschaften?«

»Immer wieder etwas Neues. Haben Sie mir nicht selbst erzählt, dass bereits mehrmals sogenannte Deserteure bei Ihnen vorgesprochen haben mit der Bitte, sie in Ihre Dienste zu nehmen, um eine neue Armee aufzustellen?«

Enghien prustete abfällig. »So ist es, Stuber. Erst gestern war wieder einer dieser windigen Kerle an meiner Haustür. Ich gebe ihnen in der Regel ein paar Taler und bescheide sie dahingehend, dass ich friedlich als Privatmann in Ettenheim lebe und keine militärischen Absichten mehr hege.«

»Auch dann nicht, wenn die Engländer doch noch eine Truppe aufstellen, um in Frankreich einzufallen?«

»Das ist etwas völlig anderes!« Zum ersten Mal verspürte Louis-Antoine Unsicherheit. Dass er sich in fast jedem seiner Schreiben nach London genau nach einer solchen Truppe erkundigte, war offensichtlich auch nicht verborgen geblieben.

»Ich sagte Ihnen bereits, dass Napoleon keine feinen Unterschiede mehr macht, Herzog. Sie gefährden täglich Ihr Leben und Ihre Sicherheit. Und damit auch Menschen, die Ihnen teuer sind.«

Enghien schluckte. Aber dann wischte er Stubers Bedenken beiseite. »Ich sagte Ihnen bereits, dass ich Ihre Fürsorge zu schätzen weiß, Oberamtmann. Doch solange ich nichts Illegales unternehme, kann Napoleon mir auch nichts anhaben. Ich bin ohnehin nur ein unbedeutender Prinz eines aussterbenden Geschlechts. Wahrscheinlich hat der Korse nicht einmal einen Bruchteil der Zeit verschwendet, die wir hier bereits disputieren, um sich Gedanken über mich zu machen.«

Stuber stand auf und verbeugte sich. »Wie Sie meinen, Durchlaucht«, sagte er schmallippig. »Dann darf ich mich jetzt verabschieden und Ihnen bis zu unserer nächsten Begegnung alles Gute wünschen. Und grüßen Sie die Prinzessin von Rohan von mir!«

Damit drehte er sich auf dem Absatz um und ging hinaus.

Jetzt biss Enghien doch das schlechte Gewissen. *Ich hätte den guten Mann nicht so von oben herab behandeln dürfen,* erkannte er reumütig. *Wenn ich Stuber das nächste Mal sehe, werde ich mich bei ihm entschuldigen. Er meint es ja gut, aber er neigt nun einmal zu maßlosen Übertreibungen.*

Die Tuilerien in Paris
Anfang September 1803, zur selben Zeit

»Nun, meine Herren. Lassen Sie uns zum letzten und wichtigsten Punkt unserer heutigen Besprechung kommen!«

Napoleon Bonaparte stand auf und begann, im Raum hin und her zu gehen. Sein engster Zirkel, der außer dem Zweiten Konsul Cambacérès und dem Dritten Konsul Lebrun, welcher sich in der Regel kaum an den Diskussionen beteiligte, aus dem Außenminister Charles-Maurice von Talleyrand und dem ehemaligen Polizeiminister und jetzigen Senator Joseph Fouché bestand, folgte ihm unwillkürlich mit den Augen.

»Also, was berichten Ihre Quellen über potenzielle neue Anschläge auf mich, Fouché?«, wandte er sich an den Letzteren.

Der neigte den Kopf und kniff die Lippen zusammen, was seinem Gesicht mit dem spitzen Kinn und den bis zu den Mundwinkeln hinabreichenden Koteletten eine dreieckige Form verlieh. »Die größte Gefahr geht zweifelsohne von Großbritannien aus, Erster Konsul. Dort halten sich die meisten Bourbonen auf, allen voran die beiden Thronprätendenten, der Graf von Artois und sein Sohn, der Herzog von Berry. Es gehen bislang nur vage Gerüchte um, dass man eine neue Invasion plant. Doch einem meiner Spione, einem äußerst fähigen Mann, ist es gelungen, in den engsten Kreis der Vertrauten um den Herzog von Berry vorzudringen. Er wird uns auf dem Laufenden halten, sobald er etwas Konkretes in Erfahrung bringen kann.«

Napoleon schnaubte. »Das will ich doch wohl annehmen, Fouché. Was haben Sie denn von diesem hartnäckigen Prinzen gehört, der nach wie vor unmittelbar an der elsässischen Grenze logiert?«

»Sie meinen den Herzog von Enghien?«

»Genau den. Steht er in Kontakt zu den Engländern?«

»Er korrespondiert ständig mit seinem Vater und seinem Großvater, die beide in London leben und am Hof ein und aus gehen. Zweifellos ist er Ihnen gegenüber feindselig eingestellt, doch bislang haben wir keinen Beweis dafür, dass er sich an einer britischen Verschwörung beteiligt.«

»Was ist mit jenen Offenburger Emigranten, die regelmäßig konspirieren? Steht er mit ihnen in Kontakt? Er wohnt ja nur wenige Wegstunden entfernt«, fragte Talleyrand.

Fouché schüttelte den Kopf. »Diesen Kreis sollten wir nicht allzu ernst nehmen. Er schart sich um eine alte, schwachsinnig anmutende Baronin und besteht überwiegend aus Greisen, die kein Schwert mehr heben können.«

»Was Enghien erst recht verdächtig macht«, wandte Talleyrand ein. »Denn wenn die meisten Aufrührer zu alt sind, um zu kämpfen, brauchen sie doch junges frisches Blut, wenn sie etwas bewirken wollen. Und der Herzog ist erst knapp über dreißig und ein kampferprobter Offizier.«

Fouché hob die Schultern. »Bislang ist Enghien dort aber noch nicht aufgetaucht. Es gibt auch keine einschlägigen Korrespondenzen. Mein zuverlässiger Mittelsmann, den ich auch dort eingeschleust habe, würde mich umgehend davon unterrichten.«

»Also besteht diesbezüglich keinerlei Grund zur Sorge«, warf Cambacérès nun ein. Die Sitzung dauerte schon mehrere Stunden, es war weit nach der Mittagszeit. Der Zweite Konsul war des Themas offensichtlich überdrüssig.

Napoleon allerdings nicht. »Und Ihre Agents Provocateurs?«, fragte er. »Haben die etwas herausgefunden?«

Fouché verneinte erneut. »Rien, Konsul. Drei Männer haben es bereits beim Herzog versucht, doch es gibt keinerlei Anzeichen dafür, dass der Herzog eine Invasionstruppe am Rhein zusammenstellt.«

»Also, dann lassen Sie uns das Thema doch beenden«, drängte der Zweite Konsul erneut.

Napoleon würdigte ihn keines Blicks. »Und warum haust dieses Subjekt dann in diesem unbedeutenden Ettenberg?«, insistierte er.

»Ettenheim, Erster Konsul.«

»Wie bitte?«

»Der Ort heißt Ettenheim. Ich muss Ihnen offen gestehen, dass dies auch für mich ein Rätsel ist«, gab Fouché zu und strich sich über die Koteletten. »Solange dieser Kardinal Collier dort regierte, mag es ja noch Gründe für Enghiens Aufenthalt in dem Städtchen gegeben haben. Zumal es hieß, der Herzog mache der Großnichte des Kardinals den Hof. Doch wenn er ernsthafte Absichten hegen würde, hätte er die Dame spätestens jetzt geehelicht, nachdem all ihre verbliebenen Verwandten wieder in Frankreich leben. Das ist jedoch mitnichten der Fall. Zudem kann Enghien nicht einmal mehr über die Privilegien verfügen, die ihm der Kardinal gewährt haben mag, zum Beispiel das Jagdrecht. Denn jetzt hat Kurfürst Karl Friedrich von Baden dort das Sagen und der war dem Herzog noch nie sonderlich gewogen.«

Napoleon schnaubte. »Also muss es sehr wohl andere Gründe geben, die diesen Bourbonen dort halten. Stimmt es, dass es Royalisten gibt, die ihn lieber als Nachfolger des dicken Ludwig sehen würden als dessen eigenen Bruder oder Neffen?«

Talleyrand nickte. »Es gab vor einigen Jahren solche Bestrebungen, Erster Konsul. Doch angeblich hat der Herzog allen derartigen Ansinnen eine Abfuhr erteilt.«

»Also ...«, begann Cambacérès noch einmal. Diesmal ließ Napoleon ihn nicht einmal zu Wort kommen.

»Angeblich, angeblich«, blaffte er. »Irgendetwas muss dieser Kerl dort im Schilde führen. Warum lebt er nicht in Saus und Braus am englischen Hof wie seine Verwandten? Warum widersetzt er sich meinem Edikt, weiter entfernt von der Landesgrenze zu leben, wenn er nur lautere Absichten hegt? Immerhin weiß ich doch von Ihnen selbst, dass er mir sogar den Tod wünscht und sich dauernd für einen Posten in der englischen Armee bewirbt. Ich sage euch, da ist etwas faul im Staate Dänemark«, zitierte er aus Shakespeares »Hamlet«. »Finden Sie es heraus, Fouché! Wozu waren Sie schließlich Polizeiminister?«

Der spitzte erneut die Lippen. »Vielleicht muss ich meine Taktik ändern«, dachte er laut. »Meine Männer haben in Ettenheim bislang nichts erreicht.«

»Dann schicken Sie eine Frau«, schlug Talleyrand vor.

»Und was für eine«, stimmte Fouché zu. »Ich werde Mademoiselle Perrier aus London zurückbeordern und nach Ettenheim entsenden. Sie kennt nicht nur alle englischen Verschwörer mit Namen, sondern sogar von Angesicht, sollten diese je in Ettenheim auftauchen, und sie verfügt auch sonst über alle notwendigen Qualitäten, um die gewünschte Information zu erhalten.«

Gasthof »Sonne« in Ettenheim, Oktober 1803

Missmutig betrachtete Elsa Scherer alias Mademoiselle Rosalie Perrier, wie sie sich in Paris nannte, ihre vom Spülwasser geröteten Hände mit den kurz geschnittenen Nägeln. Sie arbeitete erst eine knappe Woche als Schankmagd im Gasthof »Sonne« in Ettenheim, und schon war ihr Äußeres ruiniert. Niemand hätte in ihr die gepflegte, stets tadellos gekleidete Kammerzofe von Madame Monaco, der Ehefrau von Enghiens Großvater Prinz Condé, erkannt. Als solche getarnt hatte sie noch vor wenigen Wochen in London gearbeitet und eifrig Informationen für Fouché gesammelt.

»Diesen Auftrag wird mir der Kerl doppelt und dreifach bezahlen«, knirschte sie, als sie sich das rot-weiß gewürfelte, dreieckige Tuch am Hinterkopf festband. »Auch die scheußliche Haarfarbe wird ihn einiges extra kosten.« Sie strich eine Strähne ihres weizenblond gefärbten Haars unter das Tuch, zog sie nach einer kurzen Musterung vor dem kleinen Spiegel ihrer Dachkammer aber wieder heraus.

Dann biss sie sich auf die Lippen, damit mehr Blut in sie schoss und sie röter wirken ließ, und rückte ihr Dekolleté noch ein wenig zurecht, um den Ansatz ihrer vollen Brüste besser zur Geltung zu bringen.

Heute ist Mittwoch, angeblich der freie Abend dieses Gimpels, den er regelmäßig hier in der »Sonne« verbringt. Ich hoffe, dass der Bursche endlich auftaucht. Sonst muss ich mir etwas anderes einfallen lassen.

»Elsa, wo bleibst du denn?«, kreischte die schrille Stimme der Wirtin durch das Stiegenhaus.

Ja, ja, du blöde Kuh. Ich komme ja schon. Nach einem letzten prüfenden Blick in den Spiegel blies sie die Kerzen aus und wappnete sich für einen neuen anstrengenden Abend in der Gaststube.

Zwei Stunden später hatte sich Elsas Laune deutlich gebessert. Obwohl die Schankstube brechend voll war und ihr vom dichten Tabakqualm, der die Luft vernebelte, die Augen tränten, hatte sie die Fährte aufgenommen wie der Jäger die Spur eines Wilds.

Joseph Canone, der Diener des Herzogs von Enghien, war tatsächlich pünktlich um sechs Uhr abends erschienen, wie man es ihr in Paris vorhergesagt hatte. »Das ist sein freier Abend. Manchmal gibt ihm der Herzog auch an anderen Tagen frei, aber mittwochs ist er immer in der ›Sonne‹ anzutreffen.«

Und da saß er nun leibhaftig, wie es ihr der Wirt bestätigt hatte, und schlürfte bereits seinen dritten Krug Bier. Vor ihm standen die Überreste einer abgenagten Schweinshaxe. Mit einem Kanten Brot wischte er den Rest Soße vom Teller.

Elsa musterte Canone unauffällig aus dem Augenwinkel. Sie schätzte ihn auf Mitte zwanzig. Er war von kräftiger Statur, sicher an die sechs Fuß groß, mit breiten Schultern und muskulösen Armen, die sein Hemd fast zu sprengen drohten. Allerdings hatte er in den Friedensjahren Fett angesetzt. Sein Bauch wölbte sich unübersehbar über dem Bund seiner altmodischen Kniehose.

»Bei ihm geht die Liebe zuerst durch den Magen«, erinnerte sich Elsa an die Beschreibung, die ihr Vorgänger, dessen Spionagetätigkeit in Ettenheim fruchtlos geblieben war, ihr auf den Weg mitgegeben hatte. »Außerdem ist er ein Einzelgänger. Er bleibt am liebsten für sich.«

Nun, das wollen wir doch einmal sehen. Elsa zog ihren Ausschnitt noch eine Spur tiefer, setzte ein kokettes Lächeln auf und näherte sich Canones kleinem Tisch, seinem Stammplatz, an dem er meistens ganz allein saß. Sie beugte sich gekonnt nach vorne, um ihm einen möglichst tiefen Einblick in ihr Dekolleté zu ermöglichen. »Darf ich Ihren Teller schon mitnehmen?« Sie schaute in seinen Krug. »Und Ihr Bier ist ja fast alle und bestimmt schon warm geworden. Wie wäre es mit einem frischen Krug?«

Verschwörerisch näherte sie ihren Mund seinem Ohr, darauf bedacht, dass er den schwachen Geruch ihres billigen Veilchenparfums riechen konnte. »Der Wirt hat heute Abend ein neues Fass angestochen. Ich könnte dafür sorgen, dass Sie jetzt schon eine Portion davon erhalten, bevor das andere Fass leer ist.«

Zu ihrer Genugtuung blickte Canone sie jetzt an. Er hatte ein breites offenes Gesicht mit einer wulstigen Nase und braunen Hundeaugen. »Gern, Fräulein. Du bist neu hier, nicht wahr?« Beim Lächeln zeigte er weit auseinanderstehende Zähne. Doch er hatte offensichtlich angebissen.

Wahrlich keine Schönheit. Außerdem stinkt er nach Schweiß und Pferd. In Gedanken korrigierte Elsa die Forderung an ihre Pariser Auftraggeber noch einmal nach oben. Canone gegenüber behielt sie ihr reizendes Lächeln bei und beantwortete zunächst seine Frage. »Ich heiße Elsa. Seit knapp einer Woche bin ich hier Schankmädchen. Zuvor habe ich im Freiburgischen gearbeitet. Doch die Schenke dort lief nicht gut. Der Wirt war sein eigener bester Kunde. Und wenn er besoffen war, wurde er zudringlich, wenn Sie verstehen, was ich meine.« Sie senkte beschämt den Blick und biss sich auf die Lippen.

»Oh! So was ist aber ungehörig.« Mehr fiel dem Bauerntölpel offensichtlich nicht dazu ein.

Elsa wagte den nächsten Schritt. »Auch so mancher Gast nimmt sich Freiheiten heraus. Die kann ein anständiges Mädchen aber noch abwehren. Doch wenn es der eigene Brotgeber ist …« Sie stockte, scheinbar betroffen.

Canone nickte verständnisvoll. Elsa fand, dass er nun einem glubschäugigen Kalb glich.

Sie lächelte süß. »Doch bei Ihnen sieht man gleich, dass Sie nicht zu dieser Sorte Mann gehören.« Sie griff nach dem schmutzigen Teller.

»Elsa! Wo bleibst du so lange? Das Bier wird schal und die Speisen kalt, wenn du nicht fleißig servierst.«

Sie warf einen flüchtigen Blick über die Schulter und seufzte gekonnt. »Aber auch dieser Wirt ist ein Sklaventreiber«, flüsterte sie verschwörerisch.

»Elsa!«, tönte es schon wieder. »Ja, ja, ich komme ja schon«, rief diese, ohne sich umzusehen. »Gleich, wenn ich hier fertig bin!«

»Schließlich sind Sie ja ein Stammgast, wie man mir sagte, und noch dazu eine stadtbekannte Persönlichkeit«, fügte sie nur für Canones Ohren hinzu. An seinem Gesichtsausdruck konnte sie sehen, dass er sich geschmeichelt fühlte.

»In der Küche gibt es noch einen herrlichen Apfelkuchen. Wenn Sie wollen, bringe ich Ihnen ein Stück zum Nachtisch. Ofenwarm und mit viel Schlagrahm.«

Canone nickte begeistert. »Ich liebe Apfelkuchen.«

»Und wenn ich die Meute bedient habe und Sie noch da sind, haben wir vielleicht ein wenig Zeit, um unseren Plausch fortzusetzen. Es würde mich freuen.«

»Elsaaa!« Diesmal klang der Ruf ärgerlich. Sie zog einen Schmollmund. »Also, bis gleich!«

Sie spürte Canones Blick in ihrem Rücken, als sie sich zum Schanktisch durchdrängte, beladen mit seinem wie auch weiterem schmutzigen Geschirr, das sie von anderen Tischen mitnahm. Ein tüchtiges Mädchen!, *denkt er jetzt sicher von mir,* vermutete sie. *Und hübsch findet er mich sowieso. Hoffentlich habe ich ihn schon an der Angel. Je schneller ich weiß, was es mit diesem vermaledeiten Bourbonen auf sich hat, umso früher kann ich aus diesem Dreckskaff wieder zurück nach Paris.*

KAPITEL 22

Haus des Oberamtmannes Stuber in Ettenheim
November 1803

Kurz bevor Charlotte das Haus der Stubers erreichte, öffnete der Himmel erneut seine Schleusen. Auch der böige Wind frischte auf und riss ihr den Schirm fast aus der Hand. Außer Atem klopfte sie schließlich an die Haustür.

Franziska Stuber öffnete selbst und sah Charlotte entgeistert an. »Aber Hoheit!« Wenn sie aufgeregt war, verfiel die Frau des Oberamtmannes noch immer in die förmliche Anrede. »Kommen Sie schnell ins Warme! Ihr Rocksaum ist ja schon völlig durchnässt.«

Wenig später saß Charlotte am Kachelofen in der Stube und umklammerte eine Tasse mit heißem Pfefferminztee. »Ich hoffe, ich komme nicht ungelegen«, sagte sie, als sich Franziska ebenfalls gesetzt hatte. »Aber ohne Abschied wollte ich Sie denn doch nicht ziehen lassen.«

»Nein, nein«, winkte die Freundin ab. »Canone hatte Ihren Besuch ja angekündigt. Ich habe nur nicht geglaubt, dass Sie sich bei diesem scheußlichen Wetter wirklich auf den Weg machen würden.« Es hatte schon den ganzen Tag über geregnet und gestürmt.

»Das Wetter könnte wirklich besser sein«, räumte Charlotte ein. »Aber vor allem für Sie!« Sie sah sich in dem fast kahlen

Raum um. Die Schränke und Vitrinen waren schon ausgeräumt, die Gemälde, die Vorhänge und selbst der große Teppich verpackt. »Ein Umzug im strömenden Regen macht sicherlich keinen Spaß.«

Franziska seufzte. »Der Regen ist dabei die geringste Unbill, Prinzessin Charlotte. Der Umzug an sich macht mir zu schaffen. Ich habe fast mein ganzes Leben in Ettenheim verbracht und würde am liebsten hierbleiben.«

»Aber Gengenbach ist doch nur wenige Meilen entfernt«, tröstete Charlotte nun die Freundin zu ihrer eigenen Überraschung. An sich hatte sie es umgekehrt erwartet. Sie trug recht schwer daran, dass nach den vielen befreundeten Emigranten, die nach Frankreich zurückgekehrt waren, und dem Tod des Kardinals nun auch noch die Stubers Ettenheim verließen. Sie waren neben dem Abbé Weinborn ihre letzten verbliebenen Freunde gewesen.

Franziska reagierte mit einem etwas gezwungen wirkenden Lächeln auf ihre Worte. Charlotte stellte fest, dass sie in letzter Zeit stark gealtert war. Man sah ihr an, dass sie die Mitte vierzig bereits überschritten hatte. Ihr Haar war mittlerweile mehr grau als dunkelblond, um die Mundwinkel und die Augen hatten sich tiefe Falten eingegraben.

»Wie geht es Henriette?«, wechselte Charlotte nun abrupt das Thema.

»Sie ist zum Glück wieder schwanger. Doch das Kleine wird sich wohl nie wieder richtig erholen. Dr. Ehrhard sagt, es habe an einem Gehirnfieber gelitten. So etwas heilt oft nicht mehr gänzlich aus.«

»Das tut mir so leid für Henriette.«

Franziska zuckte mit den Schultern. »Auch mir sind nach Henriettes Geburt die nächsten zwei Säuglinge weggestorben«, sagte sie traurig. »Der Herr gibt, und der Herr nimmt. Manchmal denke ich …« Sie stockte und presste die Lippen zusammen.

Die Frauen schwiegen bedrückt. Charlotte ahnte, was Franziska nicht ausgesprochen hatte. Henriettes ältestes Kind war im Sommer am Fieber gestorben. Das jüngere hatte überlebt, war nun aber für sein gesamtes weiteres Leben gezeichnet. *Möglicherweise wäre sein Tod für alle Beteiligten leichter zu ertragen gewesen.*

Kurz musste sie daran denken, dass sich just an diesem Morgen ihre Hoffnung auf eine Schwangerschaft wieder einmal zerschlagen hatte. *Die Wege des Herrn sind wirklich unergründlich. Doch wer weiß, wozu es am Ende gut ist,* bekämpfte sie jetzt ihre eigene Enttäuschung.

»Auf jeden Fall müssen Sie uns recht oft in Gengenbach besuchen«, kam Franziska wieder auf den bevorstehenden Umzug zurück. »Auch Henriette wird sich freuen, Sie wiederzusehen. Immerhin wohne ich jetzt wieder in ihrer Nähe.« Charlottes ehemalige Zofe hatte einen Schreiber geheiratet und war mit ihrer Familie schon im Spätsommer nach Gengenbach gezogen, wo das Verwaltungszentrum für die umliegenden badischen Ämter lag.

»Natürlich komme ich oft«, antwortete Charlotte mechanisch. Wobei sie noch nicht wusste, wie sie das bewerkstelligen sollte. Sie verfügte zwar noch über den Einspänner ihres Onkels, den sie in einem Mietstall untergestellt hatte. *Aber es steht in den Sternen, wie lange ich mir Pferd und Wagen noch leisten kann. Zumal ich gar keinen Kutscher mehr habe.* Bis auf Piroschka, die ihr nun mithilfe einer Zugehfrau und einer Wäscherin auch den Haushalt führte, hatte Charlotte das restliche Personal des Kardinals entlassen müssen.

Allein über Land zu reisen, war für eine Dame jedoch undenkbar. Noch immer strichen ehemalige Söldner marodierend durch die Gegend, und mehrmals wöchentlich überquerten zweifelhafte Personen aus Frankreich den Rhein, vor denen sie Franziskas Mann schon öfter gewarnt hatte. Selbst wenn solche dubiosen Strolche ohne gültige Papiere aufgegriffen wurden, hatten sie im

Gebiet des badischen Markgrafen, der sich mittlerweile einen Freund Napoleons nannte, nicht wirklich etwas zu befürchten.

So blieben nur Canone oder ein Mietkutscher übrig, die Charlotte begleiten konnten. Das machte Ausflüge nach Gengenbach, die zwangsläufig mit einer Übernachtung verbunden waren, bereits im Vorfeld zur Seltenheit.

Franziska Stuber schien Charlottes trübe Erwägungen zu erraten. »Und außerdem gibt es ja noch die Post«, sagte sie absichtlich munter. »Wir werden uns recht oft schreiben und uns so auf dem Laufenden halten.«

Die verschnörkelte Wanduhr schlug fünfmal. Im gleichen Augenblick drehte sich der Schlüssel in der Haustür. Franziska sprang auf. »Das ist Michael. Auch an unserem letzten Tag in diesem Haus kommt er pünktlich zum Tee.« Sie zwinkerte Charlotte lächelnd zu. »Ich habe heute Morgen Ihrer beider Lieblingskuchen gebacken, noch bevor ich die Küchenutensilien zusammengepackt habe. Es gibt eine saftige Kirschtorte.«

»Und Sie möchten wirklich kein weiteres Stück?«

»Nein danke, liebe Franziska, ich fürchte, dann würde ich platzen. Piroschka schimpft ohnehin mit mir, weil sie all meine Kleider weiter machen muss. Aber die Torte ist köstlich!«

»Dann räume ich jetzt schnell das Geschirr ab! Leider muss ich es auch noch abwaschen, denn die Kisten müssen heute Abend noch fertig gepackt werden. Morgen um sechs Uhr in der Früh kommen die Knechte, um alles zu verladen.«

Charlotte machte Anstalten, sich zu erheben. »Dann will ich Sie nicht länger stören!« Zu ihrer Überraschung winkte Michael Stuber ab.

»Bleiben Sie bitte noch einen Augenblick«, bat er. »Ich würde gerne noch etwas mit Ihnen besprechen.«

Erstaunt sank Charlotte zurück auf den Stuhl. »Um was geht es denn, Monsieur Stuber?«

Der wartete, bis Franziska mit dem beladenen Tablett den Raum verlassen hatte und die Tür hinter sich schloss. Charlotte wurde unruhig. Was hatte ihr der Oberamtmann zu sagen, das seine Frau nicht hören durfte?

»Franziska ist selbstverständlich eingeweiht und ebenso in Sorge wie ich«, beantwortete Stuber Charlottes unausgesprochene Frage und versetzte sie gleichzeitig noch mehr in Unruhe. »Es geht um den Herzog von Enghien.«

»Ja, ich höre. Was ist mit ihm? Er konnte heute leider nicht mitkommen. Der Baron von Grünstein hat ihn zur Jagd eingeladen«, plapperte sie nervös, verstummte dann aber unter Stubers ernstem Blick.

»Ich habe das delikate Thema, das ich nun ansprechen muss, bereits vor einigen Wochen mit dem Herzog erörtert. Doch ich fürchte, unsere Diskussion hat keine dauerhaften Früchte getragen«, begann er kryptisch. Charlottes Puls beschleunigte sich weiter. Stuber atmete hörbar ein. »Es geht um die Briefe des Herzogs nach London. Sie werden regelmäßig abgefangen und gelesen.«

Charlotte begann zu ahnen, worum es dem Oberamtmann ging. »Gelesen von französischen Spionen?«

Stuber nickte. »Eher von badischen Spionen in Napoleons Diensten.«

Charlotte versteifte sich. »Fahren Sie fort!« Doch es ging um noch einmal etwas ganz anderes, als sie befürchtet hatte.

»Sie wissen, dass Napoleon seit dem Attentat vom 24. Dezember 1800 allen Royalisten misstraut. Dies gilt besonders für die Bourbonen, die ja den Exilkönig stellen, wie Sie ebenfalls wissen!«

Charlotte war zugleich erleichtert und irritiert. Also ging es Stuber gar nicht um die vergeblichen Versuche ihres heimlichen Gatten, ihre Ehe zu legitimieren. Es wäre ihr außerordentlich peinlich gewesen, deswegen auch in Frankreich zum Gespött der Leute zu werden. *Aber worauf will Stuber dann hinaus?*

»Ich hatte Ihren … ich meine, ich hatte den Herzog bereits im September gebeten, sich sehr zurückhaltend in seinen Briefen zu äußern. Damals schrieb er an seinen Vater, den Herzog von Bourbon, er wünsche sich, dass Napoleon durch einen Unfall zu Tode käme. Das Schreiben wurde gelesen und erregte großes Aufsehen, sowohl in der Karlsruher Residenz, sonst hätte ich gar nichts davon erfahren, als auch in Paris. Und Sie wissen, dass der Herzog viel zu nahe an der französischen Grenze lebt«, fügte er bedeutungsschwanger hinzu.

Ein Stich fuhr Charlotte durch die Brust. »Möchten Sie damit andeuten, dass der Herzog hier in Gefahr ist, Monsieur Stuber? Ich versichere Ihnen, dass er sich an keiner Konspiration gegen Frankreich beteiligt!«

»Das glaube ich Ihnen und ihm, Prinzessin. Doch in Paris und selbst in Karlsruhe deutet man den Inhalt seiner Schreiben anders.«

»Was steht denn um Christi willen darin?«

»Der Herzog bewirbt sich wieder und wieder um einen aktiven Posten im englischen Heer. Er gibt zudem seiner Hoffnung Ausdruck, dass die Briten bald eine Invasion nach Frankreich planen mögen, und bietet für diesen Fall sogar an, eine ihrer Truppen anzuführen.«

Charlotte war, als hätte man ihr eine Faust in den Magen geschlagen. *Dabei habe ich doch so gehofft, dass er dies nach der Reise in die Schweiz und unserer Hochzeit nicht mehr in Erwägung zieht. Warum tut er es jetzt trotzdem wieder?*

Sie gab sich die Antwort selbst mit lauter Stimme. »Ich vermute, der Grund für diese Ansinnen ist, dass der Herzog von Enghien sich darüber grämt, dass man Napoleon nun zum Konsul auf Lebenszeit ernannt hat. Er glaubt, dass es jetzt nur noch ein kleiner Schritt und eine Frage der Zeit ist, bis sich der Korse zum französischen König ausrufen lassen will.«

Stuber nickte zustimmend. »Das glauben wir alle. Und umso mehr muss Bonaparte sich durch solche Schreiben wie die des Herzogs bedroht fühlen.«

Charlotte straffte die Schultern. »Und was erwarten Sie nun von mir, Monsieur?«

Ihr entging nicht, dass Stuber errötete. »Nun, ich glaube … meine Frau hat mir berichtet, dass Sie und der Herzog sich nahestehen. Wie gute Freunde natürlich«, beeilte er sich, hinzuzufügen.

Plötzlich hatte Charlotte diese Farce satt. »Sie haben recht, Monsieur Stuber. Der Herzog und ich stehen uns sogar sehr nahe und das schon seit vielen Jahren. Jedermann in Ettenheim weiß das, also müssen wir unter Freunden nicht um den heißen Brei herumreden.«

Stuber hob die Hände, doch sie ließ ihn nicht zu Wort kommen. »Und deshalb haben Sie auch recht daran getan, mich einzuweihen. Ich werde noch heute Abend mit dem Herzog darüber sprechen.«

Mohiloff begann laut zu bellen, als Charlotte und Piroschka nur wenig später vor dem Ichtratzheim'schen Haus eintrafen. »Zum Glück ist er schon von der Jagd zurück!« Charlotte knirschte vor Wut mit den Zähnen. Seit sie die Stubers verlassen hatte, steigerte sich ihr Ärger auf Louis-Antoine von Minute zu Minute. Was fiel ihm ein, sich ohne Rücksicht auf sie erneut für den Kriegsdienst zu bewerben? Und damit sein Leben und ihrer beider gerade erst begonnenes Eheglück zu gefährden? Was sollte sie denn tun, wenn er im Kampf fiele? Sich mit der Urkunde posthum als seine Gemahlin ausweisen? Damit man sie wenigstens an der Beerdigung teilnehmen ließ?

Piroschka, die ihren Zorn spürte, musterte sie erstaunt von der Seite. Obwohl ihre Zofe sie auf den Grund für ihre schlechte Laune ansprach, hatte sich Charlotte ihr nicht anvertraut. Canone öffnete ihnen die Tür. »Oh, Sie sind es, Prinzessin! Wir hatten Sie heute Abend gar nicht erwartet.«

»Dringende Angelegenheiten machen eine sofortige Unterredung mit dem Herzog unerlässlich, Canone!«, erwiderte sie steif. »Wo finde ich ihn?«

»Er sitzt mit den Herren von Thuméry und Schmidt im Salon.« Schmidt war Enghiens neuer Sekretär, den er vor einigen Wochen anstelle des nach Frankreich zurückgekehrten eingestellt hatte.

An Canones Tonfall merkte Charlotte, wie erstaunt der Bursche war. Er wechselte einen verständnislosen Blick mit Piroschka, die leicht mit den Achseln zuckte. Charlotte riss sich zusammen. *Nur keine Szene vor der Dienerschaft!* »Ich warte dann im Schreibzimmer auf ihn.«

Es vergingen kaum fünf Minuten, da öffnete Louis-Antoine die Tür. Er strahlte über das ganze Gesicht. Scheinbar hatte Canone ihn nicht vorgewarnt. In den Armen hielt er ein zappelndes Etwas, das Charlotte nicht genau erkennen konnte.

»Ich habe heute Abend gar nicht mit dir gerechnet, Liebes.« Nachdem er die Tür mit dem Fuß zugestoßen hatte, trat Louis-Antoine auf sie zu und küsste sie auf den Mund. »Doch da ich eine Überraschung für dich habe, ist es mir mehr als recht!«

Er hielt ihr ein kleines, mageres Kätzchen entgegen, das sie mit großen ängstlichen Augen musterte. »Das Tierchen möchte ich dir schenken, wenn du ihm Obdach gewähren willst. Ich habe es heute im Wald gefunden. Jemand muss es dort ausgesetzt haben wie seinerzeit Mohiloff.«

Charlotte war sprachlos. Ihr Zorn verflog. Zögernd streckte sie die Hände nach dem Kätzchen aus.

»Das ist eine Glückskatze«, fügte Louis-Antoine hinzu. »Sie ist dreifarbig.«

»Dreifarbig?«

»Ja, sie hat ein weißes Fell mit schwarzen und rötlich braunen Flecken. Das kommt nie bei Katern, sondern nur bei Katzen vor. Gleicht ihr Gesichtchen nicht dem eines Harlekin?«

Tatsächlich hatte das Tierchen einen dunklen Fleck rund um sein linkes Auge. Charlotte konnte alle Knochen unter dem noch struppigen, aber dennoch weichen Fell spüren.

Sie setzte sich und legte das Kätzchen in ihren Schoß, wo es sich nach kurzer Zeit einrollte und zu schnurren begann. »Hast du es schon gefüttert?«

»Natürlich!«, antwortete Enghien mit leichter Empörung. »Es hat zwei Schälchen Milch geschleckt. Canone hat ihm dazu etwas Fleisch gehackt. Aber es hat sich danach erbrochen. Es ist so ausgehungert, wir müssen es langsam aufpäppeln!«

Charlotte streichelte der Katze über das Köpfchen. »Also, nimmst du es mit zu dir?«, drängte Enghien. »Mohiloff hat ihm zwar nichts getan, sondern es nur ausgiebig beschnuppert. Aber ich weiß nicht, wie sich die beiden auf Dauer vertragen. Besser, das Tierchen bleibt nicht hier im Haus.«

Er deutete Charlottes Schweigen falsch.

»Es ist eine Glückskatze, chérie. Und Glück können wir doch alle brauchen, nicht wahr?«

Spontan nutzte Charlotte das Stichwort. Sie blickte Louis-Antoine fest in die Augen.

»Du hast recht, mein Schatz. Doch gerade du solltest Fortuna nicht beständig herausfordern. Sonst kann dir eines Tages auch keine Glückskatze mehr helfen.«

Er starrte sie verständnislos an. »Was meinst du damit?«

Charlotte erzählte ihm von ihrem Gespräch mit Stuber. »Und das ist nicht das erste Mal, Louis-Antoine! Weder das erste Mal, dass du gewarnt wurdest, noch das erste Mal, dass du dich ohne mein Wissen um einen Posten in England bemühst.«

Nun wirkte er bestürzt. »Ich hatte meine letzten Schreiben gar nicht an meinen Vater oder meinen Großvater, sondern an einen mit ihnen befreundeten Lord gesandt. Und sogar den Absender gefälscht. Anscheinend hat dies aber nicht gefruchtet.«

Charlotte holte tief Luft. Ihr Zorn, den das Kätzchen gemildert hatte, flammte wieder auf. »Oh Gott, Louis-Antoine! Das macht dich doch erst recht verdächtig! Wenn du unter falschem Namen an eine fingierte Adresse schreibst, wirkt das doch besonders konspirativ! Ich glaube, dass alle Schreiben, die von Ettenheim oder seiner näheren Umgebung nach London gehen, geöffnet und gelesen werden.«

Er nickte betroffen. »So weit habe ich gar nicht gedacht.«

»Aha! Und was hattest du mit mir vor, wenn deine Bewerbung erfolgreich gewesen wäre? Sollte ich wieder allein hier zurückbleiben?«

An seinem Gesichtsausdruck erkannte sie, dass er ehrlich erstaunt war.

»Aber nein, Charlotte! Ich hätte dich selbstverständlich mitgenommen. Und dich auch ohne den Segen meines Großvaters endlich als meine Gattin vorgestellt. Schließlich hätte ich als aktiver General einen regulären Sold und wäre auf keine Pension mehr angewiesen. Wenn man mich in die britische Armee aufnimmt, kann mein Großvater uns finanziell nicht mehr schaden.«

Charlottes Zorn schmolz wie Eis im August. »Also wolltest du erneut dein Leben gefährden, damit wir endlich eine gemeinsame Zukunft haben?« Sie strich ihm mit der freien Hand zärtlich über die Wange. Er drückte einen Kuss auf ihre Handfläche.

»So ist es, mein Lieb. Doch ich hätte es vorher mit dir besprechen sollen.«

»Das hättest du«, bestätigte sie. »Und dann von mir das zu hören bekommen, was ich dir jetzt sage. Um keinen Preis, hörst du, um gar keinen Preis möchte ich, dass du erneut in den Krieg ziehst, wenn sich dies irgendwie vermeiden lässt. Lieber bin ich deine illegitime Gattin als deine legitime Witwe! Versprich mir hier und jetzt, dass du nie wieder ein solch unvorsichtiges Schreiben verfasst, solange Napoleon an der Macht ist!«

Er kämpfte sichtlich mit sich, bevor er ihr antwortete. Als er endlich den Kopf hob, lag sogar ein wenig Schalk in seinem Blick.

»Weil du das Kätzchen sonst Mohiloff zum Fraß vorwirfst?«

»Oh nein, weil ich dich liebe! Das Kätzchen behalte ich sowieso. Ich werde es Mimi nennen.«

Ettenheim, Canones Kammer im Ichtratzheim'schen Haus
Dezember 1803

»Wie überaus großzügig von deinem Dienstherrn, uns ein Treffen in deiner Kammer zu ermöglichen, Joseph.« Elsa kuschelte sich tiefer unter die dicke Daunendecke. Obwohl Canone eine Kohlepfanne entzündet hatte, war es in dem ofenlosen Raum empfindlich kalt.

»Er hat eben Verständnis für die Bedürfnisse eines Mannes.« Canone presste sich von hinten an ihren Körper. Elsa blieb nicht verborgen, dass er schon wieder erregt war. »Gönne mir eine kleine Pause, mein Schatz«, gurrte sie und schmiegte sich an ihn. »Und lass uns währenddessen ein wenig plaudern.«

In den letzten Wochen waren sie sich so nahegekommen, wie es Elsa erhofft hatte. Ihre ersten Schäferstündchen hatten sie allerdings recht unbequem in einem Heuschober verbracht. Hätte Elsa versucht, Canone in die eigene Kammer mitzunehmen, und wäre dabei ertappt worden, hätte die sittenstrenge Wirtin ihr augenblicklich die Tür gewiesen. Das wollte sie nicht riskieren.

Zumal sie bislang kaum etwas von Belang nach Paris berichten konnte. Es hatte sich einfach noch keine günstige Gelegenheit ergeben, Canone auszuforschen, ohne dass er Verdacht geschöpft hätte.

Nun ergriff sie die unvermutete Gelegenheit beim Schopf. »Was ist dein Dienstherr denn für ein Mensch, dass er so überaus großzügig ist?«

Canone grinste. »In seiner Jugend, bevor ich ihn kannte, muss er ein rechter Filou gewesen sein. Das hat sich zwar geändert, seit er die Prinzessin von Rohan verehrt. Aber als ich mir angesichts der Winterkälte heute Morgen ein Herz fasste und ihm von unserer Liebe berichtete, bot er mir spontan an, dass ich meinen freien Abend mit dir hier im Hause verbringen kann. Vorausgesetzt, wir benutzen die Hintertreppe und machen keinen Lärm.«

»So einfach war das?« Elsa war wirklich erstaunt.

Canone nickte. »Ja, der Herzog ist ein ganz unkomplizierter Mensch, er pflegte auch mit seinen Soldaten einen herzlichen Umgang. Sein Großvater, der alte Prinz Condé, machte ihm deswegen häufig Vorwürfe. Der Alte ist ein richtiger Stinkstiefel. Hoffärtig und aufbrausend! Eben ein echter Vertreter des Ancien Régime.«

Das kann man wohl sagen, bestätigte Elsa im Stillen Canones Einschätzung. *Ich habe ihn in London ja zur Genüge kennengelernt.*

Dann wagte sie den Sprung ins kalte Wasser. »Im Wirtshaus habe ich ein merkwürdiges Gerücht aufgeschnappt. Man sagt, der Herzog wäre sogar ein geeigneter Nachfolger des französischen Exilkönigs Ludwig XVIII. Kann das denn sein?«

Der Zweifel in ihrer Stimme löste Canone augenscheinlich die Zunge. »Ganz sicher wäre er das, Elsa. Besser geeignet als der Graf von Artois oder dessen Söhne in jedem Fall. Ludwigs Bruder galt schon am Hof von Versailles als liederlich, und seine Söhne sind eingebildete Versager. Keiner hätte meinem Herrn in den Schlachten, die er geschlagen hat, das Wasser reichen können. Aber sie haben meistens ja nicht einmal mitgekämpft.«

»Oh, du bist aber gut unterrichtet. Strebt der Herzog denn überhaupt nach der Krone?« Sie drehte sich in Canones Armen und küsste ihn kokett auf den Mund. »Liege ich etwa hier mit dem zukünftigen königlichen Kammerdiener im Bett?«

»Ob er mich als Diener behalten würde, wenn er die Krone trüge, kann ich nicht sagen.« Canone nahm ihre Schmeichelei für bare Münze. »Zuzutrauen wäre es ihm. Leider will er selbst nicht König werden.«

»Er selbst will es nicht? Ja, aus welchem Grund denn?« Elsa verlieh ihrer Stimme einen ungläubigen Klang. Dann lachte sie geziert auf. »Gib zu, das vermutest du nur. Das kannst du doch gar nicht wissen.«

»Oh, doch. Ich war selbst dabei, als eine Gruppe adliger Emigranten dem Herzog die Thronanwartschaft vorschlug und er sie ablehnte. Der Mann ist einfach zu bescheiden. Aber vielleicht überlegt er es sich jetzt anders, nachdem Napoleon offensichtlich nach der französischen Krone greift.«

»Ärgert ihn das denn so sehr?«

»Natürlich ärgert es ihn. Er ist sogar sehr wütend darüber. Es war schlimm genug, dass die Revolution ihn seine Jugend, sein Vermögen und den Einfluss seiner mächtigen Familie in Frankreich gekostet hat. Jetzt im Exil mitzuerleben, dass diese ganze Rebellion ein Possenspiel war, das nur darauf hinausläuft, dass ein Usurpator wieder zum Alleinherrscher wird, ist unerträglich.«

»Sind das seine eigenen Worte?«, schloss Elsa scharfsinnig.

Canone gab es zu. »Ja, das habe ich ihn zuletzt so sagen hören.«

»Und was meint sein Großvater in London zu der Idee, deinen Herrn zum Thronfolger zu machen? Sicher hält er ihn doch gar nicht dafür geeignet, wenn er immerzu mit ihm unzufrieden war.«

»Das Gegenteil ist der Fall«, sagte Canone stolz. »Er unterstützt diese Idee mit Nachdruck. Prinz Condé hält ebenfalls nichts von Artois und seiner Sippschaft.«

»Und wird der Herzog seinem Großvater gehorchen?« Elsa bemühte sich, Canone ihre Anspannung nicht zu zeigen, während sie auf seine Antwort wartete.

»Die beiden liegen leider seit Langem im Streit miteinander. Obwohl, vielleicht wird es einen Handel geben«, sagte Canone geheimnisvoll. »Dann könnte ich mir vorstellen, dass der Herzog der Thronanwartschaft doch noch zustimmt.« Er dachte an die heimliche Hochzeit des Herzogs mit Charlotte, die er sich im Gegenzug für sein Entgegenkommen vielleicht legitimieren lassen könnte.

»Was für einen Handel denn?«, fragte Elsa.

»Darüber kann ich dir nichts sagen«, wehrte Canone ab. Seine Erektion ließ nach. »Das habe ich als Ehrenmann versprochen.«

Elsa ruderte sofort zurück. »Du bist ein wahrhaft treuer und guter Mensch, Joseph«, schmeichelte sie. »Ich kann mich glücklich schätzen, dich getroffen zu haben.« Sie griff nach seinem erschlafften Penis und begann, ihn sanft zu massieren.

»Doch sage mir noch eines, mein Liebling.« Sie hielt plötzlich inne. »Lebt denn der Herzog hier in Ettenheim nicht sehr gefährlich, so nah an der Grenze?«

Joseph fasste nach ihrer Hand und führte sie seinerseits auf und ab. »Was soll ihm denn hier groß passieren? Wir sind in Baden, nicht in Frankreich. Solange der Herzog auf dieser Rheinseite bleibt, gibt er doch niemandem einen Anlass, ihn zu bedrohen.«

»Also geht er nicht ab und zu heimlich über den Fluss? Drüben ist doch seine Heimat!«

»Darüber weiß ich nichts.« Canone wälzte sich auf Elsa und drängte sich zwischen ihre Schenkel.

»Ich hätte Angst, wenn meine Feinde so nahe wären«, hauchte sie noch. »Ich würde zumindest einen Fluchtweg parat haben, wenn es zum Äußersten käme.«

»Auch dafür ist gesorgt, Liebchen. Dieses Haus hat einen verborgenen Ausgang im Keller, der in den Hintergarten führt. Doch ich bin sicher, er wird nie benötigt werden.«

Er legte ihr die Hand auf den Mund. »Nun lass uns von etwas anderem reden, oder noch besser, gar nicht mehr reden. Schon in einer Stunde muss ich dich ins Gasthaus zurückbringen, wenn du keinen Verdacht erregen willst.«

Während er in sie eindrang und Elsa mechanisch die vielmals eingeübten Laute von sich gab, ließ sie sich die erhaltenen Informationen durch den Kopf gehen. *Allzu viel habe ich zwar nicht erfahren. Doch es ist zumindest ein Anfang. Sicher gibt es da noch viel mehr, was dieser einfältige Bursche nur nicht genau zuordnen kann. Ich an Bonapartes Stelle würde diesem Enghien jedenfalls auch nicht trauen.*

Die Tuilerien in Paris, Februar 1804

»Also, Messieurs, die Situation ist doch sonnenklar!« Wieder wanderte Napoleon Bonaparte mit großen Schritten durch den Raum. Wieder war der gleiche Personenkreis versammelt: Talleyrand und Fouché, der Außen- und der ehemalige Polizeiminister. Dazu Cambacérès, der Zweite und Lebrun, der Dritte Konsul.

Die an den Wänden befestigten Spiegel warfen Napoleons Gestalt vielfach zurück, während er vor den vier Männern, die auf samtbezogenen Stühlen mit vergoldeten Beinen an einem Marmortisch saßen, umherstolzierte.

Plötzlich blieb er vor Fouché stehen. »Wie konnte dieser Cadoudal mit seinen Kumpanen im August überhaupt unerkannt an unserer Küste landen und von dort unbemerkt nach Paris gelangen und untertauchen?«

Georges Cadoudal war einer der Anführer der Rebellen aus der Vendée, die gegen die Revolution gekämpft hatten. Nach der Niederwerfung des Aufstands war er zunächst nach England geflohen. Er galt auch als Hauptdrahtzieher des Höllenmaschinen-Attentats.

Fouché zuckte mit den Achseln. Er war die Sündenbockrolle, in die ihn Napoleon drängte, wenn etwas schiefging, mittlerweile gewohnt. »Unsere Küste ist viele hundert Meilen lang. Selbst mithilfe der gesamten französischen Armee könnten wir nicht jeden Abschnitt rund um die Uhr bewachen.«

»Und unbemerkt ist die Invasion ja letztlich auch nicht geblieben«, sprang der Zweite Konsul Cambacérès Fouché bei. »Wir wissen dank der Londoner Spione Fouchés seit Oktober davon. Das jüngste Beispiel, wie effizient unsere Geheimagenten agieren, ist die Verhaftung von Cadoudals Diener und die Schnelligkeit, mit der wir an wichtige Informationen gekommen sind.«

»Das Letztere allerdings eher dank der Effizienz versierter Folterknechte«, warf Talleyrand, der Fouché nicht leiden konnte, süffisant ein.

Fouché schnaubte. »Der Zweck heiligt die Mittel! Und die Brisanz dieser Informationen ist ja wohl jedes Mittel wert!«

»In der Tat, meine Herren, in der Tat. Dieses Komplott nimmt monströse Formen an.« Napoleon marschierte weiter durch den Raum.

»Ist es denn sicher, dass sich die Generäle Moreau und Pichegru tatsächlich in Paris getroffen haben?«, fragte der sonst eher schweigsame Dritte Konsul Lebrun.

»Darauf können Sie einen lassen«, antwortete Napoleon vulgär. »Die haben doch schon in London das ganze Komplott ausgeheckt.«

»Und damit kommt erneut der Herzog von Enghien ins Spiel«, merkte Talleyrand wie beiläufig an, während er einen lose herabhängenden Knopf an seinem Wams begutachtete.

»Das sage ich doch schon die ganze Zeit«, blaffte Napoleon. »Und nun haben wir die Beweise. Sein Großvater Prinz Condé hat mit diesem Verräter Pichegru schon Jahre vor seiner feigen Flucht konspiriert.«

Jean-Charles Pichegru hatte zunächst für die Revolution gekämpft, war dann aber im Jahr 1798 zu den Engländern übergelaufen, ebenso wie sein Generalskamerad Dumouriez schon Jahre zuvor zu den Österreichern.

»Aber sind Sie wirklich davon überzeugt, dass sich ausgerechnet der hochverdiente General Jean-Victor Moreau mit diesem Verschwörer Pichegru getroffen hat?« Aus der Stimme des Zweiten Konsuls waren deutlich Zweifel herauszuhören. »Schließlich wurde diese Information unter der Folter erpresst. Jedermann weiß doch, dass Menschen alles gestehen, wenn man ihnen nur genügend Schmerzen zufügt. Dass sich der Sieger von Hohenlinden für eine solch schäbige Sache hergibt, erscheint mir einfach nicht plausibel.«

Die Schlacht von Hohenlinden im Dezember 1800 war entscheidend für den Sieg Frankreichs im Zweiten Koalitionskrieg gewesen.

»Nun ja. Er möchte wohl gerne die Stelle des Ersten Konsuls einnehmen«, ließ sich Talleyrand wieder vernehmen.

»Kommen wir doch endlich auf diesen Enghien zurück«, unterbrach Napoleon die Erörterung. »Was für eine Rolle spielt er denn nun?«

»Zweifellos eine sehr dubiose. Jedenfalls gehörte ein Bruder jener Charlotte von Rohan, um die er angeblich herumscharwenzelt, zu den Aufständischen in der Vendée.«

»Aha!« Napoleon stoppte mitten im Schritt und deutete mit dem Finger auf Fouché. »Und wie bewerten Sie das?«

»Nun, Konsul. Es drängt sich eine eindeutige Schlussfolgerung auf. Die Luft ist im Augenblick voller Dolche.«

»Und was gedenken Sie, dagegen zu unternehmen? Was berichtet denn Ihre Spionin, die Sie in Ettenberg stationiert haben?«

»Ettenheim«, korrigierte Fouché ungerührt. »Sie ist fleißig und schreibt regelmäßig. Bislang hat sie bereits in Erfahrung gebracht, dass man dem Herzog sehr wohl die Nachfolge Ludwigs XVIII. angetragen hat. Sein eigener Diener, den sie ausgeforscht hat, war Zeuge eines solchen Gesprächs. Enghien hat also das stärkste Motiv, das man sich denken kann. Deshalb wird uns Mademoiselle Rosalie auch bald den endgültigen Beweis bringen, dass der Herzog in das Komplott verwickelt ist.«

»Bald, bald«, äffte Napoleon ihn nach. »Und was tut man derweil zu meiner Sicherheit?«

»Aber Konsul!«, mischte sich nun Cambacérès wieder ein. »Paris gleicht doch inzwischen einer belagerten Festung. Die Stadttore werden um sieben Uhr abends geschlossen und erst am frühen Morgen wieder geöffnet. Jedes Fahrzeug wird kontrolliert, überall gehen Patrouillen Streife. Was soll denn noch mehr geschehen?«

»Verhaften Sie Moreau!«, schlug Talleyrand vor.

Eine kurze Weile herrschte verblüfftes Schweigen.

Napoleon fand als Erster die Sprache wieder. »Das ist eine ausgezeichnete Idee. Damit schlagen wir der Hydra den Kopf ab!«

Der laut griechischer Sage dann zwei neue Köpfe nachwachsen, dachte Talleyrand spöttisch. Doch das behielt er für sich.

Gasthof »Sonne« in Ettenheim
Ende Februar 1804

Es war schon fast zwei Stunden über die verabredete Zeit hinaus, als Joseph Canone endlich die Tür der verqualmten Gaststube aufstieß. Er war mit dem Herzog von Enghien auf dem Rückweg von der Jagd gewesen, als dessen Rappe stolperte und sich dabei den linken Vorderhuf vertrat. Anstatt zu reiten, waren Enghien und er also zu Fuß weitergegangen, das hinkende, widerspenstige Tier zwischen sich. Es wäre noch weit später geworden, hätte ihnen nicht ein freundlicher Bauer, dessen Hof auf dem Weg lag, erlaubt, den Rappen einstweilen bei ihm unterzustellen.

Während der Herzog dem Tier einen Kräuterwickel machte, war Canone von einem Fuß auf den anderen getreten. Sein feinfühliger Dienstherr spürte seine Unruhe. »Reite ruhig schon einmal voraus, Canone«, bot er an. »Ich weiß ja, dass dich dein Liebchen erwartet. Ich leihe mir dann später einen Ackergaul des Bauern und komme nach.«

»Aber das geht doch nicht, Herr«, protestierte Canone halbherzig. »Es ist ja schon stockdunkel, und neuerdings treibt sich allerlei Gesindel hier herum.«

Enghien reagierte, wie Canone heimlich gehofft hatte. »Nun fang nicht auch du noch an, mich wie ein Wickelkind zu behandeln. Siehst du, was das hier ist?« Er klopfte auf sein Pistolenhalfter. »Wenn mir wirklich jemand zu Leibe rücken will, lernt er den Duc Va de Bon Cœur kennen.«

Canone gab erleichtert nach. »Ich danke Ihnen, Herr. Sie hat heute Geburtstag, müssen Sie wissen!« Er klopfte auf seine Brusttasche, in der er ein kleines Etui trug. »Ich habe ihr ein bescheidenes Präsent gekauft.« Tatsächlich hatte die vergoldete Brosche mit dem kleinen Rubin seinen halben Monatslohn verschlungen.

Und so stand er nun atemlos in der Gaststube und spähte nach Elsa, die er nirgendwo entdecken konnte. Sie hatte eigens ihren freien Abend auf heute verlegt und dabei gegenüber den Wirtsleuten all ihre Überredungskünste aufwenden müssen. Wahrscheinlich war sie wütend über seine Verspätung.

Canone war schon drauf und dran, die Wirtin zu bitten, in Elsas Kammer nach ihr zu suchen, als er sie plötzlich in einer Seitennische erspähte, die ihm zuvor noch nie aufgefallen war, vielleicht weil sie gewöhnlich mit einem Vorhang, der jetzt halb offen stand, vom Gastraum abgetrennt war.

Schon wollte er freudig auf sie zueilen, als zu seiner Überraschung und Bestürzung ein Mann aus der Nische trat, sich umwandte und noch einmal grüßend winkte. Canone betrachtete ihn misstrauisch. Es war ein vierschrötiger Kerl mit einer Säufernase und hervorstehenden Zähnen. Wahrlich kein schöner Mann. Zudem mindestens zwanzig Jahre älter als er. *Was hatte Elsa in dieser Nische mit ihm zu schaffen?*

Da kam sie auch schon selbst heraus und blickte sich suchend um. Sie strahlte über das ganze Gesicht, als sie Canone erblickte, der dadurch bereits halb versöhnt war. »Wie schön, dass du endlich da bist!« Sie ergriff seine beiden Hände und hauchte ihm einen Kuss auf die Wange. »Ich hatte schon Sorge, dein Herzog lässt dich nicht gehen!«

»Mitnichten, mein Schatz.« Er senkte die Stimme, damit die Umstehenden nicht mithören konnten. »Ich sagte dir doch schon, mein Dienstherr ist ein sehr verständnisvoller Mann. Besonders, wenn es um die Liebe geht!«

»Aha!« Elsa klang neugierig. »Dann stimmt also doch, was man so tuschelt, nämlich dass er der heimliche Liebhaber der Prinzessin von Rohan ist?«

»Mein Mund ist versiegelt, chérie.« Auch ohne die Qualitäten einer exzellenten Geheimagentin hätte Elsa an Canones Miene sofort erkannt, dass sie ins Schwarze getroffen hatte.

Er packte sie am Arm. »Aber nun lass uns in meine Kammer im Ichtratzheim'schen Haus gehen, ich habe eine kleine Überraschung für dich!«

Schlaflos lag Elsa nach dem Liebesakt neben dem schnarchenden Canone und ließ sich die Informationen durch den Kopf gehen, die ihr René Stohl, der wie sie selbst Geheimagent in Fouchés Diensten und inkognito als Weinhändler unterwegs war, überbracht hatte.

»Man hat General Moreau am 15. Februar verhaftet und fahndet jetzt intensiv nach Pichegru. Fouché wird ungeduldig. Er will unbedingt wissen, ob Enghien hier in Ettenheim ebenfalls mit den Aufrührern konspiriert. Du verlierst deine Prämie, wenn du nicht bald lieferst.«

Elsa biss sich auf die Lippen. Ihr Blick fiel auf die vergoldete Brosche, die achtlos auf dem Nachtkästchen lag. *Billiger Tand, keinen Bruchteil der Summe wert, die ich einbüße, wenn dieser Kerl nicht endlich auspackt.*

In diesem Moment öffnete Canone die Augen. Elsa setzte das strahlende Lächeln auf, das diesen Simpel noch immer betört hatte. »Hast du ein wenig geruht, mein Schatz?«, gurrte sie. Canone streckte sich. »Wunderbar, mein Augenstern! Und du, hast du auch ein wenig geschlummert?«

»Nein, Joseph. Ich habe dein herrliches Geschenk betrachtet.« Sie griff nach der Brosche und legte sie auf den weißen Bettüberzug. »Wirkt dieser Rubin nicht wie ein Tropfen Blut? Ein Symbol für dein Herzblut?«

»So ist es, Liebling. Ich freue mich, dass dir mein Präsent gefällt.«

»Oh ja.« Elsa versuchte, ihre innere Ungeduld zu bezwingen. *Er darf nicht misstrauisch werden! Aber wie fange ich es am besten an?*

»Wie gut, dass dein Dienstherr heute Abend keine Gesellschaft gibt«, versuchte sie es. »So haben wir Zeit für uns. Wie oft finden denn in seinem Haus überhaupt Gesellschaften statt?«

Canone seufzte. »Nicht mehr oft. Als der gute Kardinal noch lebte, gab es im Palais Rohan mindestens dreimal pro Woche eine Soirée mit Musik, Theaterspiel oder sogar Tanz. Beim Herzog wird es jetzt in ein paar Tagen vielleicht ein Souper mit anschließendem Kartenspiel geben, wenn der Marquis de Thuméry eintrifft. Er kommt aus England, wo er einen Vetter in der Entourage des Prinzen Condé hat.«

»Ach, das ist aber interessant«, säuselte Elsa. »Ihr erwartet einen englischen Gast?«

»Er ist Franzose wie mein Dienstherr und ich. Er trifft sich auf dem Rückweg außerdem mit Monsieur Schmidt, dem Sekretär des Herzogs, der gerade Verwandte in Karlsruhe besucht.«

Elsa merkte auf. *Smith heißt der englische Beauftragte für Süddeutschland. Sollte der etwa als Enghiens Sekretär getarnt bei diesem in Ettenheim weilen? Um von dort aus regelmäßig nach England zu berichten? Zum Beispiel über die Verschwörung?*

Sie wagte den nächsten Schritt. »Ist dieser Schmidt schon lange im Dienst des Herzogs?«

»Nein, erst wenige Monate. Der vorige Sekretär nutzte Napoleons Amnestie für Emigranten und kehrte vor drei Jahren nach Frankreich zurück. Mein Herr hat schwer daran getragen und ihn zunächst nicht ersetzt.«

Canone wälzte sich auf die Seite und stützte sich auf einen Ellenbogen. »Wobei mir ohnehin nicht einleuchten will, warum der Herzog überhaupt einen Sekretär beschäftigt. Seine Korrespondenz erledigt er zum größten Teil selbst. Und das bisschen Wirtschaftsgeld zu verwalten, rechtfertigt eigentlich keine solche Position.«

Aha! Das spricht dafür, dass es ein reiner Tarnposten ist.

»Und dieser Du … Tu … Was ist mit ihm?«

Plötzlich musste Canone niesen. »Du meinst de Thuméry?«, nuschelte er zwischen zwei Niesern.

Elsa verstand »Dumouriez«. Ihr Puls begann sich zu beschleunigen. »Ja, was ist mit ihm?«

»De Thu … hatschi … méry … ist ein alter Waffengefährte des Herzogs.«

»Hat er auch gegen die Revolution gekämpft?«

»Anfangs nicht. Er war ein hoher Offizier und lief in der Zeit der Schreckensherrschaft zu uns über. Wenn er in Ettenheim ist, fungiert er als Enghiens Adjutant.«

»Wenn er in Ettenheim ist. Also lebt Dumouriez gar nicht ständig hier?«

»De Thu … hatschi … Ach, wie auch immer. Du hast seinen Namen nicht ganz richtig ausgesprochen, aber das tut ja nichts zur Sache. Für Deutsche ist Französisch ohnehin schwierig. Nein, er hat Verwandte am englischen Hof, wie ich schon sagte. Von dort bringt er uns auch Nachrichten mit. Die Briefe von und an den Herzog werden nämlich in der Regel gelesen.«

Das ist Dumouriez! Elsa hätte am liebsten laut gejubelt. *Smith und Dumouriez! Enghien gehört wirklich zu den Verschwörern!*

General Dumouriez war schon 1793 zu den Österreichern übergelaufen und lebte jetzt ebenfalls in England.

Was für ein hochkarätiges Komplott! Drei verräterische Generäle, zwei davon längst in der Emigration, dazu der Aufrührer und Attentäter Cadoudal aus der Vendée. Und das alles natürlich von England aus gesteuert, das zu Bonapartes Erzfeind geworden ist. Fouché wird meine Prämie verdoppeln!

Dass sie sich tatsächlich verhört haben könnte, erwog sie keine Sekunde, obwohl Canone sie darauf hingewiesen hatte. Zu lange hatte sie auf diesen Beweis gewartet.

»Elsa?« Canone zupfte sie sanft an einer ihrer blondierten Haarsträhnen. »Elsa? Woran denkst du denn gerade?«

Sie schreckte auf. »Was? Was hast du gesagt?«

»Ich glaube, ich habe unten Stimmen gehört. Sicher ist der Herzog gerade eingetroffen. Ich will ihn fragen, ob er mich heute noch braucht. Willst du so lange hier auf mich warten?«

Elsa nutzte die unerwartete Gelegenheit. »Das ist lieb, Joseph, aber ich bin furchtbar müde.« Sie gähnte demonstrativ. »Und die Wirtin wird gerade heute besonders argwöhnisch registrieren, wenn ich nicht zeitig zurückkomme. Schließlich wollte sie mir zunächst gar nicht freigeben und musste ein Treffen mit ihrer Schwester verlegen, die sie ursprünglich an diesem Abend besuchen wollte.«

Das Ganze war eine glatte Lüge. *Aber das wird der Kerl ohnehin nicht herausfinden. Wie auch? So kann ich Stohl sogar noch ein Schreiben für Fouché mitgeben! Und spätestens in drei Tagen mache auch ich mich auf und davon!*

Marktplatz in Ettenheim
Ende Februar 1804, am nächsten Morgen

»Dies ist mein Zwischenbericht an Monsieur Fouché. Leider habe ich die entscheidenden Informationen auch gestern Nacht nicht erhalten. Enghiens Diener ist ein harter Knochen. Aber er taut langsam auf!«

Um keinen Preis wollte Elsa Stohl mitteilen, dass sie erfolgreich gewesen war. Sie traute ihm zu, ihre Erkenntnisse als die seinen zu verkaufen und sie damit um ihren gerechten Lohn zu prellen.

»Ein paar Fortschritte könnten wahrlich nicht schaden, Rosalie«, knurrte der Mann, der sich Stohl nannte.

»Pscht!«, zischte sie. »Nenn mich gefälligst nicht Rosalie! Wenn wir schon Deutsch sprechen müssen, damit wir nicht auffallen, solltest du zumindest meinen Decknamen benutzen. Hoffentlich hat niemand etwas mitbekommen!« Sie blickte sich vorsichtig um. *Am Ende versaut mir dieser ungehobelte Kerl noch meinen Triumph.*

»Ach was!«, wehrte Stohl ab. »Bei all den Leuten fallen wir doch gar nicht auf.« An seinem flackernden Blick und seiner gedämpften Stimme erkannte Elsa jedoch, dass sie ihn verunsichert hatte. »Also gib mir den Korb! Jetzt! Es schaut gerade niemand her!«

»Pass auf, dass die Eier nicht zerbrechen und mein Schreiben durchnässen!«

Er blickte sie spöttisch an. »Wenn ich dich richtig verstanden habe, steht doch sowieso nichts von Bedeutung darin.«

Obwohl sie wusste, dass das Gegenteil der Fall war, wurde sie zornrot. Sie hatte Stohl noch nie leiden können.

»Schnaps ist auch im Korb«, sagte sie schnippisch. »Aber wie ich dich kenne, wirst du den saufen, bevor er auslaufen und Unheil anrichten kann.« Damit drehte sie sich auf dem Absatz um und ließ den Agenten stehen.

Während sie die Einkäufe tätigte, die die Wirtin ihr aufgetragen hatte, beruhigte sich Elsa. Langsam gewann auch die Vorfreude auf die Belobigung und vor allem auf die stattliche Summe, die sie in Paris erhalten würde, wieder die Oberhand.

In der Nacht war ihr beim Verfassen des Schreibens nämlich der Gedanke gekommen, die Fakten noch ein wenig auszuschmücken. *Wenn Enghien mit Dumouriez und Smith im Bunde ist, wird nicht auffallen, wenn ich das ein oder andere noch hinzufüge. Wer weiß, vielleicht stimmt es ja sogar! Auf jeden Fall macht es meinen Bericht überzeugender.*

Sie hatte auf dem Kiel der Gänsefeder herumgekaut, während sie sich die passenden Formulierungen überlegte.

Es hat außerdem den Anschein, dass sich der Herzog von Enghien in regelmäßigen Abständen über den Rhein nach Straßburg begibt,

schrieb sie schließlich.

Dort versucht er, Verbündete für den Fall zu gewinnen, dass er eine Invasionstruppe über den Rhein führen soll.

Wieder biss sie auf den Federkiel, bevor sie hinzufügte:

Selbst in Paris soll der Herzog bereits heimlich gewesen sein. Wahrscheinlich hat er den Aufrührer Cadoudal dort getroffen, um sich mit ihm zu beraten. Jedenfalls steht außer Frage, dass Enghien hochverräterische Pläne hegt.

Zufrieden las Elsa ihr Schreiben noch einmal durch. Es war perfekt geworden. Nun musste sie es nur noch bewerkstelligen, Stohl zu treffen, bevor er Ettenheim verließ. Die Uhr von St. Bartholomäus schlug die dritte Nachtstunde, als sie endlich zu Bett ging und auf der Stelle einschlief.

Kapitel 23

Ettenheim, 8. März 1804

Piroschka hat diese Rehkeule äußerst delikat zubereitet. Besser hätte es der Koch meines Großvaters in Chantilly auch nicht zuwege gebracht.« Enghien seufzte genüsslich, fuhr sich mit der Serviette über die Lippen und lehnte sich in seinem mit Brokatstoff bezogenen Stuhl zurück. Der ovale Esstisch mit den vier dazu passenden Stühlen gehörte zu den Möbeln aus dem Palais Rohan, die Charlotte bei ihrem Umzug ins Vennemann'sche Haus mitgenommen hatte.

Louis-Antoines Blick fiel auf Charlottes Teller. »Aber du hast ja kaum etwas gegessen, Liebste. Hat es dir denn nicht geschmeckt?«

»Doch, Louis-Antoine, das Essen ist wirklich köstlich.« Charlotte nickte matt. Seit heute früh war ihr übel, was sie ihm aber nicht eingestehen wollte. Zwar war ihre Blutung jetzt schon zwei Wochen überfällig, aber das war ja schon mehrmals geschehen, ohne dass sie schwanger gewesen war. Auf keinen Fall wollte sie Louis-Antoine falsche Hoffnungen machen.

Denn Sorgen gab es derzeit ohnehin mehr als genug. Obwohl er diese auf lässige Art überspielte und Charlotte hinter seiner gelassenen Fassade seine wahren Gefühle durchaus zu erkennen glaubte, brachte sie seine Unbekümmertheit dennoch zur Verzweiflung. Nun, vielleicht war dies ja auch eine Gelegenheit, das heikle Thema wieder zur Sprache zu bringen.

»Aber die Angst um dich schnürt mir den Magen zu.«

Sein Lächeln erlosch. »Was ist denn nur in euch alle gefahren? Welche Dämonen treiben euch um? Canone besteht seit ein paar Tagen darauf, mich nach Einbruch der Dunkelheit nicht mehr allein durch Ettenheim gehen zu lassen. Selbst die paar kurzen Schritte zu dir begleitet er mich. Nachts hält er Wache, patrouilliert rund ums Haus und widersetzt sich damit sogar meinem ausdrücklichen Verbot.«

Plötzlich zog er die Augenbrauen zusammen. »Hast du ihn etwa darum gebeten?«

»Nein, Louis-Antoine, das war gar nicht nötig. Er ist von ganz allein darauf gekommen, dass du womöglich in großer Gefahr schwebst.«

»Ach herrje!«, Enghien wurde zunehmend unwillig. »Das sind

doch alles Hirngespinste! Wir sind hier in Baden, nicht in Frankreich! Was soll denn schon groß geschehen?«

Auch Charlotte begann sich nun zu ärgern. Ihre Niedergeschlagenheit wandelte sich in Zorn. »Also ignorierst du die Nachrichten aus dem ›Moniteur‹, den uns Monsieur Stuber geschickt hat?« Der »Moniteur« war die größte Pariser Gazette. »Sie berichten darin von einer Verschwörung größten Ausmaßes, die in Paris aufgedeckt wurde. Man hat nicht nur den zum Feind übergelaufenen General Pichegru verhaftet, sondern davor sogar den hochdekorierten General Moreau in den Temple gesperrt, obwohl ihm Napoleon den Sieg im letzten Krieg verdankt. Jetzt wird nur noch der Attentäter Georges Cadoudal fieberhaft gesucht und Paris wie eine belagerte Festung geschützt. Hast du die Artikel denn nicht gelesen?«

Enghien holte hörbar Luft. »Ich habe sie gelesen«, antwortete er betont ruhig. »Doch was hat das mit mir zu tun?«

»Ja, glaubst du denn, Bonaparte würde auch nur einen Moment lang zögern, Truppen über den Rhein zu schicken und dich nach Frankreich verschleppen zu lassen?«

»Wenn es ihm nützen würde, sicherlich nicht«, gab Enghien zu. »Aber da ich mit dieser Verschwörung nichts zu schaffen habe, hat er gar keine Veranlassung dazu.«

Charlotte griff zu ihrem letzten Trumpf, wohl wissend, in welches Licht sie sich damit setzte. »Selbst dein Vater sieht das anders«, sagte sie leise. »Er warnt dich davor, hierzubleiben, und bittet dich dringend, dir einen sichereren Wohnort zu suchen!«

Spontan griff Enghien in seine Rocktasche und förderte ein Schreiben zutage. Erst ungläubig, dann zunehmend empört starrte er Charlotte an. »Liest du jetzt heimlich meine Post?«

Sie errötete und senkte den Kopf. »Du hattest mir erzählt, dass dir dein Vater geschrieben hat. Und als du Piroschka nach deiner Ankunft heute die Jacke gegeben hast, um den Soßenfleck zu entfernen, fand sie das Schreiben und nahm es heraus. Es lag auf der

Anrichte, als ich in die Küche ging, um zu fragen, wann wir essen können. Da konnte ich tatsächlich nicht widerstehen, es zu lesen.«

Plötzlich wurde sie wieder zornig. Ihre Augen funkelten. »Denke doch von mir, was du willst, Louis-Antoine! Das ist mir gleich. Jeder Mensch, der es gut mit dir meint, fürchtet um deine Sicherheit! Nur dir, dir ist es egal, solange du nur deine Jagdvergnügen und deine Ruhe hast. An mich und meine Gefühle verschwendest du keine Sekunde!«

Unvermittelt begann sie zu weinen. Sie schob ihren Stuhl zurück, wandte sich ab und schluchzte in ihr Taschentuch. Das Kätzchen Mimi, das bislang friedlich in seinem Körbchen am Kamin geschlafen hatte, hob beunruhigt den Kopf.

Eine Zeit lang blieb es still. Dann spürte sie Mimi, die ihr maunzend um die Beine strich, und Enghiens Hand auf ihrer Schulter. Er streichelte sie sanft. »Wenn du so in Angst um mich bist, gebe ich nach, Charlotte. Ich will dir doch nicht wehtun. Von allen Menschen auf dieser Welt, dir am allerwenigsten.«

Sie blickte ihn mit tränenüberströmtem Gesicht an. »Dann bringe dich in Sicherheit, Louis-Antoine! Zumindest, bis diese Gefahr vorbei ist!«

Das Herz wurde ihm schwer. »Aber wohin soll ich denn gehen, Charlotte? Hier in Ettenheim habe ich nach den vielen Jahren, in denen ich in der Welt herumgeirrt bin, endlich so etwas wie eine Heimat gefunden.«

Sie nickte. »Ich weiß. Aber Freiburg ist doch nur ein paar Wegstunden entfernt. Suche dir dort eine Wohnung! Ich besuche dich, so oft du es willst, und bleibe auch über Nacht. Sollen die Leute doch reden! Das tun sie ohnehin! Auch hier, obwohl wir nach außen hin die Form wahren!« Ihr bitterer Unterton entging ihm nicht.

»Nun gut«, gab Enghien nach. »Ich schicke Schmidt gleich morgen auf den Weg. Er soll sich in Freiburg nach einer Bleibe für mich umsehen. Auch wenn ich die Gefahr in Ettenheim für gering erachte, auf österreichischem Territorium bin ich auf jeden Fall sicherer als auf badischem.«

Charlotte fiel ein riesiger Stein vom Herzen. Sie schluchzte ein letztes Mal auf und wischte sich die Tränen von den Wangen. Plötzlich verspürte sie sogar wieder Appetit. »Ich werde Piroschka bitten, mein Essen noch einmal aufzuwärmen, bevor wir zum Dessert übergehen. Ist dir das recht?«

Er nahm ihr Gesicht in beide Hände und küsste sie zärtlich auf den Mund. »Natürlich ist es mir recht, mein Lieb! Die Keule ist, wie gesagt, wirklich köstlich.«

Vielleicht kann ich dir ja bald als deine legitime Gattin nachziehen, sofern meine Übelkeit nicht nur von der Angst um dich herrührt, dachte sie, während sie ihre verspätete Mahlzeit genoss. *Dann würde sich am Ende doch noch alles zum Guten wenden.*

Die Kirchturmuhr schlug zehnmal, als Canone das Ichtratzheim'sche Haus im Pfarrgässle verließ. Während er sich nach allen Seiten umsah, griff er mit der rechten Hand in seine Rocktasche und umklammerte die geladene Pistole, die er seit Elsas plötzlichem Verschwinden immer bei sich trug.

Das Schankmädchen hatte Ettenheim schon vor einer Woche von heute auf morgen verlassen. Nicht einmal die Wirtsleute hatte sie informiert. Als Canone zum verabredeten Zeitpunkt im Gasthaus erschien, um Elsa an ihrem freien Abend abzuholen, teilte ihm die Wirtin in dürren Worten mit, dass Elsa weg wäre.

»Das liederliche Ding muss sich in aller Frühe aus dem Haus geschlichen haben. Wie eine Diebin in der Nacht! Obwohl sie nicht einmal etwas gestohlen hat. Im Gegenteil, der größte Teil ihrer Sachen ist noch da!«

Canones Kehle schnürte sich zu. Plötzlich litt er an Atemnot. »Darf ich mal sehen, was sie zurückgelassen hat?«, krächzte er.

Die Wirtin zuckte mit den Achseln. »Von mir aus. Ich weiß ohnehin nicht, wohin mit dem Zeug. Wahrscheinlich übergebe ich es dem Armenspital. Die können vielleicht noch was damit anfangen.«

Seine Augen begannen zu brennen, als er unter Elsas Habseligkeiten auch die kleine Brosche fand, die er ihr zum Geburtstag geschenkt hatte. *Sofern sie überhaupt Geburtstag hatte,* dachte er mit einer Mischung aus Trauer und Ingrimm. *Vielleicht war sie jemand ganz anderes, als sie vorgab zu sein.*

Just in diesem Moment ertasteten seine Finger unter dem Kleiderhaufen, den er auf dem ungemachten Bett ausgebreitet hatte, ein Fläschchen. Als er das Etikett gelesen hatte, erstarrte er zur Salzsäule. Es war ein Haarfärbemittel!

Seither zerbrach er sich den Kopf, was Elsa, die er nun für eine französische Spionin hielt, mit der Liebschaft zu ihm bezweckt hatte. *Sie hat mich über den Herzog ausgefragt,* fiel ihm siedend heiß ein. *Mit wem er hier in Ettenheim Umgang pflegt. Was habe ich ihr in meiner Verblendung nur alles erzählt?*

Dass er als Thronanwärter gehandelt wird! Ein heftiger Stich in der Brust nahm ihm den Atem. *Aber auch, dass er das abgelehnt hat,* beruhigte er sich.

Ich hab ihr von Schmidt und Thuméry erzählt. Sie hat Thumérys Namen falsch ausgesprochen. Kann das etwas zu bedeuten haben?

Doch ihm wollte nichts dazu einfallen.

Auf den General Dumouriez hätte er auch gar nicht kommen können. Denn Enghien hatte von diesem Verräter, wie er ihn nannte, immer nur mit Verachtung gesprochen. Seine Truppen im Stich zu lassen, um zum Feind überzulaufen, war für den Herzog selbst dann unverzeihlich, wenn es den Emigranten zum Vorteil gereichte.

Letztlich kam Canone zwar zum Ergebnis, dass Elsa nichts Wesentliches von ihm erfahren hatte. Doch seine Unruhe blieb.

Da er dem Herzog seinen Verdacht nicht einzugestehen wagte, weil er sich zu sehr schämte, dieser offensichtlichen Betrügerin aufgesessen zu sein, verdreifachte er seine Wachsamkeit. Er bestand darauf, Enghien selbst bei Besuchen im Vennemann'schen

Haus abzuholen, und ging trotz des Verbots seines Dienstherrn nachts auf Streife.

Da er Elsa auch von der verborgenen Fluchttür erzählt hatte, überprüfte er den Schließmechanismus und überzeugte sich jeden Abend davon, dass alle Türen im Haus abgeschlossen waren. Niemand sollte seinen Herrn im Schlaf überraschen können.

Jetzt war er beim Nepomukbrunnen angelangt und pochte an die Tür von Charlottes Wohnung. Piroschka öffnete ihm. »Du bist aber früh dran«, empfing sie ihn tadelnd. »Sie haben gerade das Nachtmahl beendet und sich noch ein wenig zurückgezogen.«

Canone seufzte. »Dann warte ich eben hier in der Küche! Aber später als Mitternacht darf es auf keinen Fall werden!« Er sank auf einen ungepolsterten Holzstuhl.

Als sich Piroschka, die Canone etwas gewürzten Wein erwärmt hatte, zu ihm umdrehte, war er bereits mit dem Kopf auf dem blank gescheuerten Tisch eingeschlafen.

Die Tuilerien in Paris, 10. März 1804

Während die Gruppe gespannt auf Fouché wartete, musterte Napoleon Bonaparte die bereits Anwesenden.

Talleyrand polierte, wie immer mit einem gelangweilt wirkenden Gesichtsausdruck, seine Fingernägel. Mit ihm würde es kein Problem geben. Im Gegenteil, der Außenminister hatte den Herzog von Enghien schon immer mit Argwohn beurteilt.

Claude Régnier, der Justizminister, würde auch keine Schwierigkeiten machen. Er war Napoleons Kreatur und erst unter seiner Ägide zu bedeutenden Ämtern und Würden gekommen. Lebrun, der Dritte Konsul, würde wie üblich zunächst schweigen und dann sein Fähnchen nach dem Wind drehen.

Blieb nur noch Cambacérès, der Zweite Konsul. Er würde aufbegehren, selbst wenn die Schuld Enghiens eindeutig bewiesen war. *Seit der Hinrichtung Ludwigs XVI. ist er ein moralinsaurer Bedenkenträger geworden. Man könnte meinen, er bereut es mittlerweile, dass er für den Tod des Königs gestimmt hat.*

In diesem Moment öffnete der livrierte Lakai die mit goldenen Ornamenten auf weißem Grund verzierte Doppeltür zum Audienzzimmer, in dem die Besprechung stattfand. »Der Senator Joseph Fouché«, meldete er, wobei er die Hacken zusammenschlug und strammstand.

»Ah, mon ami!« Napoleon eilte Fouché mit ausgestreckten Händen entgegen. »Wir haben Sie bereits sehnsüchtig erwartet. Welche Kunde bringen Sie vom Verhör des bretonischen Verräters?«

Georges Cadoudal, der Aufrührer aus der Vendée, war am Vortag in Paris verhaftet worden.

Fouché verzog die Lippen zu einem wölfischen Grinsen und warf einen triumphierenden Seitenblick auf seinen Erzrivalen Talleyrand, bevor er antwortete. »Nun, Erster Konsul, Cadoudal hat gestanden. Arrogant und selbstsicher wie eh und je. Die Anwendung der Tortur war nicht im Geringsten vonnöten.« Er machte eine künstliche Pause, suchte sich einen freien Platz und bediente sich aus der Rotweinkaraffe. Dienerschaft war bei den vertraulichen Unterredungen in diesem Kreis nicht zugelassen.

Napoleon holte tief Luft und zügelte seine Ungeduld. Wie er erwartet hatte, verlor Régnier als Erster die Beherrschung.

»Nun sprechen Sie schon, Monsieur! Was genau hat der Attentäter gestanden?«

Fouché nahm einen Schluck Wein, rollte ihn mit der Zunge eine Weile im Mund, um den Geschmack auszukosten, und schluckte ihn dann hinunter. Nachdem er sich die Lippen umständlich mit einer Serviette betupft hatte, begann er zu berichten.

»Geplant war ein Attentat auf den Ersten Konsul, nach Möglichkeit auch auf hohe Würdenträger in seiner Begleitung. Cadoudal und Pichegru waren die Anführer, Moreau zwar eingeweiht, aber nicht aktiv an der Vorbereitung beteiligt. Zudem zerstritt sich Moreau kurz vor seiner Verhaftung mit Pichegru und Cadoudal, die mit Moreaus Machtanspruch nach Ihrem Sturz, Konsul Bonaparte, nicht einverstanden waren. Wörtlich sagte Cadoudal heute Morgen dazu: ›Wir hätten dabei nur einen Usurpator gegen den nächsten eingetauscht. Wobei ich Bonaparte Moreau allemal vorziehe. Denn Moreau hat weder Herz noch Verstand. Ich stimme Jean-Charles Pichegru zu, der Moreau die Regierung Frankreichs nicht einmal für vierundzwanzig Stunden zutraut‹.«

»Das hat Cadoudal tatsächlich gesagt?« Régnier war erstaunt. Napoleon ergriff das Wort.

»Schön und gut, Fouché. Über General Moreau sprechen wir später. Was hat Cadoudal noch gestanden? Die Verschwörer befinden sich seit mehreren Monaten in Paris. Wann sollte der Anschlag stattfinden, und wer sind die Drahtzieher?«

»Natürlich steckt die englische Regierung dahinter. Sie hat die entsprechenden Geldmittel zur Verfügung gestellt und auch die Schiffe, mit denen die Verräter in Frankreich gelandet sind.«

»Das wissen wir doch alles schon längst, Monsieur.« Talleyrand drehte einen imaginären Popel zwischen Daumen und Zeigefinger der rechten Hand und blickte zur Decke. »Wie sollte der Anschlag vonstattengehen?«

Fouchés Grinsen wurde noch breiter. »Die genaue Planung stand noch nicht fest. Aber warum, werden Sie kaum erraten!« Er machte eine Kunstpause. »Cadoudal und Pichegru warteten auf die Ankunft eines bourbonischen Prinzen, mit der sie jeden Tag rechneten«, ergänzte er dann süffisant.

Diese Nachricht aus Cadoudals Mund, noch dazu ohne Tortur, war sensationell. Fouché bremste die erstaunten und empörten Zwischenrufe mit erhobener Hand. »Messieurs, lassen Sie mich fortfahren! Sobald eine günstige Gelegenheit ausgekundschaftet worden und der Anschlag gelungen wäre, bei dem Sie, Konsul Bonaparte, entweder getötet oder entführt werden sollten, sollte der Prinz das entstehende Chaos nutzen, um die Regierung im Handstreich an sich zu reißen.«

»Ha! Wusste ich es doch die ganze Zeit!« Napoleon hielt es nicht mehr auf seinem Platz. Er nahm seine Runde durch den Raum auf, wie immer, wenn er erregt war. »Und wer ist dieser Bourbonenprinz? Welchen Namen hat der Schurke genannt?«

»Keinen, Erster Konsul! Doch das war auch nicht nötig. Es muss sich um Louis-Antoine von Enghien handeln. Der Graf von Artois, der Bruder Ludwig XVIII., und sein Neffe, der Herzog von Berry, befinden sich noch in London, wie unser Geheimdienst erst gestern berichtet hat. Ebenso wie Enghiens Großvater und Vater, die allerdings sowieso nur theoretisch infrage kämen. Ludwig XVIII. selbst und Berrys älterer Bruder sind noch weiter ab vom Schuss. Sie leben unter dem Schutz des Zaren im lettischen Mitau. Keiner von ihnen könnte in wenigen Tagen in Paris sein. Das ist nur Enghien möglich, der dicht an der französischen Grenze wohnt. Außerdem wird er ja schon lange als Thronanwärter gehandelt!«

»Und der Anschlag sollte schon in wenigen Tagen stattfinden?« Zum ersten Mal mischte sich Cambacérès in die Diskussion ein.

Fouché nickte kühl. »So ist es, Monsieur.«

»Wie sicher ist diese Information?«, insistierte der Zweite Konsul.

Napoleon fuhr ihm in die Parade. »Was tut das denn zur Sache, Cambacérès? Ob morgen, übermorgen oder nächste Woche! Bin ich ein Hund, den man auf der Straße jagen und meucheln darf, während meine Mörder unangetastet bleiben?«

Er schoss zu Fouché herum. »Fassen Sie für diesen Zweifler doch noch einmal zusammen, was Mademoiselle Rosalie berichtet hat!«

»Sehr gern, Erster Konsul. Denn diese Geheimagentin hat in Ettenheim ausgezeichnete Arbeit geleistet! Der Herzog von Enghien hat sich dort mit General Dumouriez getroffen, den wir auch zu den Verschwörern zählen und der England tatsächlich vor einiger Zeit verlassen hat, angeblich, um nach Berlin zu reisen. Der englische Gesandte in Süddeutschland, Spencer Smith, fungiert unter dem eingedeutschten Namen ›Schmidt‹ seit Kurzem als Enghiens Sekretär, obwohl es für einen solchen Posten laut dem Diener des Herzogs gar keine ausreichende Beschäftigung gibt.« Fouché unterstrich seine Aufzählung mit den Fingern der rechten Hand, die er in die Höhe hielt.

Nun hob er den dritten Finger. »Mademoiselle Rosalie hat außerdem in Erfahrung gebracht, dass der Herzog regelmäßig illegal den Rhein überschritt, um sich nach Straßburg zu begeben, und«, er streckte mit einer theatralischen Geste den Ringfinger hoch und erhob die Stimme, »sich mindestens einmal in jüngster Zeit auch in Paris aufgehalten hat.«

»Was?«

»Wie kann das sein?«

»Ist das bewiesen?«

Régnier, Lebrun und Cambacérès redeten gleichzeitig durcheinander. Napoleon schwieg, biss aber die Zähne so fest zusammen, dass seine Kiefermuskeln hervortraten. Talleyrand lächelte amüsiert.

Fouché hob die linke Hand. »Lassen Sie mich die Aufzählung beenden, Messieurs! Gegen Enghien spricht außerdem, dass er eine englische Pension erhält, sich in London viele Male um eine Rückkehr in den aktiven Militärdienst beworben und zudem angeboten hat, eine Invasionstruppe von Baden aus über den Rhein ins Elsass zu führen, sollte England einen neuen Krieg gegen Frankreich planen! Das war uns ja bereits bekannt.«

»Reichen Ihnen diese Beweise jetzt aus, Cambacérès?«, schnauzte Napoleon den Zweiten Konsul an. »Oder muss mein Leichnam erst zerfetzt auf den Pariser Straßen liegen?«

Aber noch ließ sich Cambacérès nicht provozieren. »Das ist ja alles gut und schön, Fouché«, wandte er sich demonstrativ nicht an Napoleon, sondern an dessen Zuträger. »Doch der Herzog von Enghien befindet sich aktuell noch in Baden, wie Ihre Spionin berichtet hat. Was wollen Sie also tun?«

Napoleon antwortete anstelle Fouchés. »Wir schicken eine Truppe Dragoner und Gendarmen über den Rhein, nehmen ihn in seinem Schlupfwinkel fest, stellen ihn hier vor ein Kriegsgericht und machen ihm den Prozess. Danach wird er standrechtlich erschossen, wie es einem Feind Frankreichs gebührt.«

»Aber Monsieur!« Nun klang der Zweite Konsul erregt. »Das können Sie nicht tun! Das ist eine Verletzung der Grenzen des souveränen Großherzogtums Baden und damit ein Bruch des gültigen Völkerrechts!«

Auch Lebrun, der Dritte Konsul, und der Justizminister Régnier wirkten schockiert.

Napoleon ließ sich nicht beirren. Er zeigte mit dem Finger der ausgestreckten Hand auf Cambacérès. »Ich lasse mich nicht beirren! Begreifen Sie endlich, dass ich niemanden schonen werde, der mir Mörder auf den Hals schickt!«

Der Zweite Konsul wagte einen weiteren Einwand. »Was wird die europäische Öffentlichkeit dazu sagen, wenn Sie Enghien ohne echte Beweise und faires Urteil erschießen lassen? Das ist politisch motivierter Mord!«

»Die Welt wird den Tod des Herzogs als gerechte Strafe für das ansehen, was man mir anzutun versucht hat. Nirgendwo wird Attentätern Gnade gewährt.« Zynisch fügte Napoleon hinzu: »Mich dünkt, Monsieur Cambacérès, dass Sie seit der Hinrichtung Ludwig XVI. geizig mit Bourbonenblut geworden sind. Bedenken Sie wohl, *ich* war nicht bei der Abstimmung dabei, die den König mit nur einer Stimme Mehrheit, also zum Beispiel der Ihren, zum Tode verurteilte.«

Alle Farbe wich aus dem Gesicht des Zweiten Konsuls. Er biss sich auf die Lippen und schwieg. Dafür ergriff nun Talleyrand das Wort.

»Bezüglich Ihrer völkerrechtlichen Bedenken, Monsieur Cambacérès, kann ich Sie übrigens beruhigen. Ich werde noch am Tag des Grenzübertritts eine diplomatische Note nach Karlsruhe senden, in der ich mich im Namen der französischen Regierung für die Unregelmäßigkeit entschuldige. Ich bin sicher, Kurfürst Karl Friedrich von Baden wird seine guten Beziehungen zu Paris nicht wegen eines verräterischen Aufrührers gefährden. Womöglich entschuldigt er sich sogar dafür, dass er den Herzog nicht längst des Landes verwiesen hat.«

»Gut, dann ist ja alles geklärt!«, zog Napoleon Bilanz. »Oder hat noch irgendjemand in dieser Runde etwas gegen den Plan einzuwenden? Lebrun? Sie vielleicht?«

»Nein, nein«, stotterte der Dritte Konsul. »Ihre Argumente sind ebenso überzeugend wie die vorliegenden Beweise.«

»Also schreiten wir zur Tat! Régnier, bringen Sie mir eine Karte des badischen Rheinufers und lassen Sie nach Murat, dem Pariser Militärgouverneur, schicken. Talleyrand, setzen Sie schon einmal die diplomatische Note für Karlsruhe auf. Ich mache mir derweil Gedanken über die militärische Operation und den Prozess gegen Enghien! Wir sollten so rasch wie möglich handeln!«

Ettenheim, 14. März 1804, am Vormittag

Canone stoppte mitten im Schritt, als er das Ichtratzheim'sche Haus verließ und die beiden Männer sah, die nahezu auf gleicher Höhe mit ihm auf der gegenüberliegenden Straßenseite miteinander diskutierten und dabei immer wieder auf das Gebäude zeigten. Einer der beiden machte sich Notizen in ein kleines Büchlein.

Ich kenne den Kerl mit der Säufernase, schoss es Canone durch den Kopf. *Das ist derselbe, den ich mit Elsa im Gasthof gesehen habe. An dem Tag, als sich das Pferd des Herzogs den Huf vertreten hat.*

»He!«, rief er die Männer spontan an und ging mit großen Schritten auf sie zu. »Wer sind Sie, und was tun Sie da?«

Die Kerle blickten erschrocken auf, drehten sich auf dem Absatz um und gingen hastig die Straße in Richtung des Marktplatzes davon. Einen Moment lang überlegte Canone, ob er ihnen folgen sollte, beschloss dann aber, lieber den Herzog über seine Beobachtung zu unterrichten.

»Durchlaucht«, sprach er Enghien, der noch beim Frühstück saß, wenig später an. »Ich habe zwei verdächtige Subjekte gesehen, die das Haus ausspioniert haben.«

Enghien seufzte und warf unwillkürlich einen Blick zur Decke. Dann riss er sich zusammen. »Woher willst du wissen, dass es Spione sind, die das Haus auskundschaften?«

Canone kämpfte mit sich, dann entschloss er sich zur Wahrheit. »Ich kenne den einen«, sagte er mit abgewandtem Blick. »Er sprach einst im Gasthof ›Sonne‹ mit meinem damaligen Liebchen.«

Der Herzog sah seinen Burschen mitfühlend an. »Du meinst Elsa, die neulich bei Nacht und Nebel verschwunden ist?«

Canone nickte mit einem Kloß in der Kehle.

»Aber warum macht das den Mann denn gleich zu einem Spion? Dein Liebchen mag vielleicht ein loses Mädchen gewesen sein, das sich mit mehr als einem Bewerber eingelassen hat.«

Canone schluckte schwer. Er erstickte fast an seinen nächsten Worten. »Ich denke, auch Elsa war eine Spionin.«

»Wie kommst du denn auf diese Idee?« Enghien war verblüfft.

»Nun, sie wollte allerhand über Sie wissen. Zum Beispiel, ob Sie Interesse an einer Thronanwartschaft haben und solche Sachen. Auch über Schmidt und von Thuméry stellte sie Fragen.«

Enghien schmunzelte. »Nun, mein Lieber, selbst wenn du ihr die Wahrheit gesagt hast, wovon ich ausgehe, und sie wirklich eine Spionin war, hat sie nicht viel damit anfangen können. Ihre Auftraggeber werden enttäuscht sein.«

»Aber sie hat auch mit diesem Kerl gesprochen, den ich eben vor der Tür gesehen habe. Ich glaube, er heißt Stohl oder so ähnlich und gibt sich als Weinhändler aus.«

»Nun, das würde doch erklären, warum er wieder in Ettenheim ist. Er wird die Wirtshäuser beliefern wollen.«

Plötzlich zuckte ein Ausdruck des Verstehens über das Gesicht des Herzogs. »Ist das etwa der Grund, warum du keine Nacht mehr durchschläfst, sondern Streife rund ums Haus gehst und dauernd die Türen kontrollierst?«

Canone nickte beklommen. Der Kloß in seinem Hals vergrößerte sich. Er schluckte. »Ich spüre, dass Sie in Gefahr sind, Herr. Auch andere glauben das. Nur Sie selbst machen sich nichts daraus!«

Enghien warf die Serviette mit einer entschlossenen Geste auf den Tisch. »Und das werde ich auch weiter so halten, Canone. Es ist schon genug, dass ich euch allen zuliebe in der nächsten Woche nach Freiburg umsiedle.«

»Ach!« Er hielt inne. »Das mag auch der Grund sein, warum die Männer das Haus betrachtet haben. Der Baron von Ichtratzheim verliert mich ja bald als Mieter! Vielleicht hat sich das schon in Ettenheim herumgesprochen, da ich ja auch kein Geheimnis daraus mache. Der zweite Mann, dem der vorgebliche Spion das Haus gezeigt hat, interessiert sich vielleicht für die Wohnung. Dem Baron wäre es zu wünschen, dass er bald einen Nachmieter findet, denn meines Wissens braucht er das Geld.«

Enghien stand auf. »Und nun sollten wir uns beeilen. Bald werde ich nicht mehr in den Genuss der Jagd kommen.«

Canone war entsetzt. »Sie wollen heute wirklich noch mal auf die Jagd gehen?«

»Aber das weißt du doch! Wir wollen Enten und andere Wasservögel am Rheinufer jagen.«

»Am Rheinufer? Aber da sind Sie ja noch näher am Feind. Ein Scharfschütze könnte Sie womöglich sogar vom anderen Ufer aus ins Visier nehmen!«

»Papperlapapp!« Jetzt wurde Enghien ungeduldig. »Napoleon wird sich hüten, aus dem Hinterhalt auf mich schießen zu lassen. Aber wenn du nicht mitkommen willst, schleiche meinethalben den Spionen nach und prüfe zum hundertsten Mal die Türen. Dann gehe ich eben allein.«

Canone ballte in ohnmächtiger Wut die Hände zu Fäusten. Aber er widersprach nicht noch einmal. Er kannte seinen Dienstherrn lange genug, um zu wissen, dass ihn das in seinem Entschluss nur noch bestärken würde.

Er ist ein unverbesserlicher Dickkopf. Also bleibt mir nichts anderes übrig, als nachzugeben, wenn ich im Falle des Falles wenigstens das Schlimmste verhindern möchte.

Ettenheim, 14. März 1804, am Nachmittag

»Prinzessin, der Oberamtmann Stuber möchte Sie dringend sprechen!« Rücksichtslos unterbrach Piroschka Charlottes Spiel auf dem Cembalo. »Er ist eigens von Gengenbach herübergeritten. Darf ich ihn sofort hereinführen?«

Alarmiert fuhr Charlotte auf. »Aber natürlich, Piroschka!« In diesem Moment stürmte Michael Stuber auch schon in den Salon.

»Prinzessin von Rohan«, begann er, ohne sie zu begrüßen. »Ich habe heute Vormittag ein Schreiben von einem guten Freund aus Straßburg erhalten. Es ist derselbe, der mich seinerzeit davor warnte, dass Julian von Espiard ein Kommando anführen würde, das Ettenheim plündern sollte. Erinnern Sie sich?«

Charlotte fuhr sich unwillkürlich mit der Hand ans Herz. »Natürlich erinnere ich mich, Monsieur Stuber. Das war im Sommer

1796 der Anlass für unsere Flucht! Was ist jetzt der Grund des Schreibens?«

»Jacques Rénard, so heißt mein Freund, arbeitet im Bürgermeisteramt. Ich kenne ihn noch aus der Zeit, als der ehrwürdige Kardinal – Gott habe ihn selig – Landesherr in Straßburg war. Er hat berichtet, dass ein Dragonerregiment in der Stadt eingetroffen ist. Es soll durch zweihundert Gendarmen verstärkt werden. Außerdem werden Boote requiriert. Es sieht so aus, als sollten die Truppen bald über den Rhein setzen. Der Herzog ist in höchster Gefahr. Er muss Ettenheim auf der Stelle verlassen!«

Charlottes Knie wurden weich. Sie musste sich auf die Chaiselongue setzen. »Louis-Antoine ist noch auf der Jagd.«

»Auf der Jagd? Wo denn genau?«

»Er wollte Enten jagen«, sagte Charlotte schwach.

»Enten jagen? Das darf doch nicht wahr sein!« Charlotte hatte noch nie erlebt, dass Michael Stuber die Beherrschung verlor. »Etwa am Rheinufer?«

Er beantwortete sich die Frage selbst. »Der Mann muss wahnsinnig geworden sein! Ist ihm sein Leben denn gar nichts wert?«

Charlotte begann vor Furcht zu weinen. »Canone ist bei ihm«, schluchzte sie.

»Nur Canone? Wo ist denn sein Adjutant, der Marquis von Thuméry?«

»Wahrscheinlich im Ichtratzheim'schen Haus.«

»Dann sollten wir sofort dorthin eilen und ihn auf den Weg schicken, um den Herzog zu holen.«

»Aber Louis-Antoine wollte doch ohnehin in einer Woche nach Freiburg umziehen!«

Stuber streckte die Hand nach Charlotte aus. »Kommen Sie, Prinzessin. Und machen Sie all Ihren Einfluss geltend, den Sie auf den Herzog haben! In einer Woche kann es für eine Flucht zu spät sein!«

Vennemann'sches Haus in Ettenheim
14. März 1804, am Abend

Charlotte klingelte nach Piroschka. Als die Zofe, die ihr jetzt auch den Haushalt besorgte, erschien, verdüsterte sich deren Miene angesichts der nahezu unberührten Teller. Weder Charlotte noch Enghien, dem normalerweise so gut wie nichts den Appetit verderben konnte, hatten mehr als ein paar Bissen von dem Hirschbraten mit Klößen und Preiselbeeren zu sich genommen.

»Es tut mir leid, Piroschka«, sagte Charlotte, die ahnte, was in der treuen Dienerin vor sich ging. »Ich weiß, dass du dir gerade mit diesem Nachtmahl besondere Mühe gegeben hast. Doch der Magen ist mir wie zugeschnürt.«

»Auch ich bitte dich um Verzeihung«, ergänzte Louis-Antoine. »Der bevorstehende Abschied macht mir zu schaffen.«

Piroschkas Züge wurden weicher. Ihre Augen begannen, verdächtig zu glänzen. »Soll ich das Dessert gleich in der Küche lassen? Ich habe einen Pudding mit echter Vanille gekocht.«

»Und Pfirsichkompott?« Nur Charlotte, die jede Nuance von Louis-Antoines Stimme kannte, bemerkte den aufgesetzten Unterton von Begeisterung. »Nein, Piroschka, diese Köstlichkeit muss ich probieren, allein schon, um Kräfte für die bevorstehende Reise zu sammeln.«

Mit einem angedeuteten Knicks und einem breiten Lächeln verließ Piroschka den Raum. Charlotte legte ihre Hand auf die des Geliebten. »Willst du denn wirklich noch über Nacht in Ettenheim bleiben? Du hast Monsieur Stuber doch gehört. Laut seinem Straßburger Freund schwebst du in höchster Gefahr!«

Louis-Antoine setzte den störrischen Gesichtsausdruck auf, den Charlotte in den letzten Tagen zu fürchten gelernt hatte. »Charlotte, Liebes!« Sein Tonfall war dennoch sanft. »Es fällt mir schon schwer genug, Stuber zu glauben, dass man mich in Paris tatsächlich verdächtigt, an der Verschwörung dieses Cadoudal beteiligt zu sein. Doch um nichts in der Welt möchte ich diesen Verdacht noch dadurch verstärken, dass ich mich wie ein Dieb in der Nacht davonschleiche.«

In diesem Moment kehrte Piroschka mit dem Nachtisch zurück. Sie hatte den Pudding mit Nüssen verziert, das Pfirsichkompott duftete nach Zimt. Sie stellte beides auf den Tisch und fügte Dessertschalen und -besteck hinzu. Enghien bediente sich noch in ihrem Beisein, kostete und verdrehte genießerisch die Augen. »Das schmeckt herrlich, meine Liebe! Ich werde mich in Freiburg dankbar daran erinnern, wenn ich wieder auf Canones spartanische Kost angewiesen bin.«

Piroschka strahlte. »In der Küche ist noch mehr, Durchlaucht. Klingeln Sie nur, wenn Sie eine zweite Portion wünschen!«

Sobald die Zofe die Tür des Salons hinter sich geschlossen hatte, ließ Louis-Antoine den Löffel sinken. »Der Pudding ist wirklich köstlich«, sagte er wehmütig. »Wie schade, dass wir selbst solch einfache Freuden des Daseins nicht mehr genießen können. Was hätte ich früher in so manch einem Feldlager, in dem es nur zähen Haferbrei und altbackenes Brot gab, für solch eine Speise gegeben.«

»Wir müssen die Schalen leeren, mein Schatz.« Obwohl Charlotte schon wieder den ganzen Nachmittag übel war, bediente sie sich ebenfalls und schluckte tapfer einen Löffel Pudding hinunter. »Sonst ist uns Piroschka wirklich gram.«

Eine kleine Weile aßen sie schweigend weiter. Schließlich hielt es Charlotte nicht mehr aus. »Und wenn die Franzosen schon heute Nacht übersetzen? Stuber sagt doch, die Soldaten hätten Boote requiriert.«

»Charlotte, ich bitte dich! Verdirb uns doch nicht den letzten Abend mit deinen Ängsten! Bonaparte wird sich hüten, unerlaubt Truppen auf badischen Boden zu schicken. Dass er dort drüben Soldaten aufmarschieren lässt, ist eine reine Drohgebärde. Womöglich hat bereits ein Emmissär den Rhein überquert, der nach Karlsruhe reitet, um dort die Erlaubnis Karl Friedrichs einzuholen, dass sie sein Gebiet betreten dürfen. Ja«, er dachte kurz nach, »so wird es sein. Der Markgraf wird der Invasion natürlich zustimmen«, fügte er eher beiläufig hinzu. Charlotte konnte er jedoch nicht täuschen. Sie erkannte die Erbitterung in Louis-Antoines Augen.

»Wenn der Bote ein Eilkurier ist, kommt er schon morgen im Laufe des Tages mit der Entscheidung zurück«, fügte Enghien hinzu. »Sofern sich der Markgraf in seiner Residenz aufhält und den Boten sogleich empfängt.«

Er schluckte den letzten Löffel Pudding hinunter und schlug mit der flachen Hand leicht auf den Tisch. »Also werden Bonapartes Truppen frühestens übermorgen den Rhein überqueren. Falls sie es überhaupt tun! Vielleicht bittet Bonaparte den badischen Markgrafen ja auch nur darum, mich auszuliefern. In jedem Fall bin ich dann schon längst in Freiburg in Sicherheit.«

Charlotte legte ihren Dessertlöffel ab und schob ihr noch halb gefülltes Schälchen zurück. »Also bleibt es dabei. Du gehst morgen früh um sieben Uhr!«, flüsterte sie.

Enghien zog ihr Schälchen zu sich heran und begann, den restlichen Inhalt zu essen, nun wieder mit deutlich erkennbarem Appetit. »Morgen früh«, bestätigte er. »Der Baron von Ichtratzheim fährt mich mit seinem geschlossenen Wagen. So erfährt niemand, dass ich Ettenheim bereits vorzeitig verlasse. Canone kommt dann im Laufe der nächsten Tage mit dem Gepäck nach. Und du«, seine Stimme wurde zärtlich, »besuchst mich spätestens in zwei bis drei Wochen, wenn meine Wohnung fertig eingerichtet ist. Ich schicke dir Canone als Begleiter hierher.«

Louis-Antoine stand auf und ging um den Tisch herum zu Charlotte. Er beugte sich zu ihr hinab, nahm ihr Gesicht in beide Hände und küsste sie zärtlich. Dann zog er sie sanft in die Höhe.

»Komm, lass uns nun in dein Schlafzimmer gehen, Geliebte!« Seine Stimme klang rau vor Begehren und jagte Charlotte einen

Schauer über den Rücken. Als er sich an sie presste, spürte sie seine Erregung.

»Liebster«, flüsterte sie. »Ich muss dir noch etwas Wichtiges sagen!« Ein plötzlicher Impuls drängte sie, ihm von ihrer möglichen Schwangerschaft zu erzählen.

Doch er verstand sie miss und verschloss ihr die Lippen mit einem Kuss. »Schick jetzt die Sorgen zur Ruhe, mein Schatz, und lass uns die letzte Nacht hier in Ettenheim bis zur Neige auskosten«, raunte er ihr ins Ohr. Dann hob er sie hoch, drückte die Tür, die vom Salon in ihr Schlafzimmer führte, mit dem Ellenbogen auf und trug sie über die Schwelle.

Als er sie sanft auf die Kissen legte und zärtlich zu entkleiden und zu streicheln begann, versuchte sie, die Angst zu verdrängen, die sie nach wie vor in ihren Klauen hielt.

Unsere letzte Nacht hier in Ettenheim, klangen Louis-Antoines Worte in ihren Ohren nach. *Gebe Gott, dass du recht behältst und es nur die letzte Nacht in Ettenheim ist.*

Doch das Gefühl drohenden Unheils wollte nicht weichen.

Val-sous-Meudon
Gegen sechs Uhr am späten Nachmittag des 1. Mai 1841

Und natürlich hat mich mein Gefühl nicht getrogen. Noch in derselben Nacht brach das Unheil über uns herein.

Obwohl Charlotte bei diesem Gedanken unwillkürlich wieder Tränen über die Wangen rannen, fühlte sie sich seltsam abgeklärt. Ein halbes Menschenleben hatte sie nun schon ohne Louis-Antoine verbracht. Doch bald – in nur wenigen Stunden – wären sie endlich wieder vereint.

Ihr Blick fiel auf die braune Lederschatulle, die ihre Erinnerungen an ihren Verlobten Vincent enthielt. Eine ähnliche Schatulle, nur in schwarzem Leder, bewahrte sie in dem kleinen Nachtkästchen auf, das sich in Reichweite ihres Betts befand. Anders als Vincents Abschiedsbrief, den sie heute Morgen zum ersten Mal nach sehr langer Zeit wieder gelesen hatte, war ihr Louis-Antoines letztes Schreiben an sie in vielen einsamen Nächten ein Trost gewesen. Nur selten war sie so wütend auf ihn gewesen wie damals auf Vincent, hatte Louis-Antoine im Gegensatz zu diesem sein leichtsinniges Handeln in seiner letzten Stunde doch selbst am meisten bereut.

Als sich Charlotte zu strecken versuchte, um die Schublade des Nachtkästchens zu erreichen, versagten ihre Kräfte schon bei dieser leichten Anstrengung. Nur das Kätzchen, das mittlerweile zu ihren Füßen lag, fuhr hoch und blickte sie scheinbar vorwurfsvoll aus seinen gelbgrünen Augen an. Sie musste unwillkürlich lächeln.

Wie einfach war das Leben doch für so ein Tierchen! Hatte es ein Schälchen Milch und ein weiches Lager, war es bereits zufrieden.

Zum Glück reichte Charlottes Kraft wenigstens, um an der Klingelschnur zu ziehen. Sofort öffnete sich die Tür. Madame Helène lugte herein. Sie musste unmittelbar vor dem Schlafzimmer gewartet haben.

»Brauchen Sie etwas? Huch!« Noch bevor Helène die Tür ganz geöffnet hatte, sprang das Kätzchen vom Bett und flitzte hinaus. Kopfschüttelnd sah die Pflegerin ihm nach. »Wahrscheinlich muss es wieder sein Geschäft erledigen und möchte nicht noch einmal den Fußboden verschmutzen.«

Dann wandte sie sich an Charlotte. »Was kann ich denn für Sie tun, Hoheit?«

Ihr plötzlich besorgter Gesichtsausdruck entging Charlotte nicht. »Sieht man mir bereits an, dass der Abschied bevorsteht?«

»Nein, nein«, wehrte Helène erschrocken ab, hielt Charlottes festem Blick jedoch nicht stand. »Vielleicht doch – ein wenig«, relativierte sie. »Ihre Wangen wirken etwas eingefallen.«

»Bringen Sie mir einen Handspiegel!«, befahl Charlotte plötzlich. »Bitte, erfüllen Sie mir meinen Wunsch!«, insistierte sie, als die Pflegerin zögerte.

Wenig später starrte ihr ein Antlitz entgegen, das bereits einem Totenschädel glich. Ihre Augen lagen tief in den Höhlen, die rissigen Lippen bedeckten kaum noch das Gebiss.

»Nun, schöner scheint man durch den nahenden Tod nicht zu werden«, konstatierte sie mit einem Anflug bissiger Ironie.

»Brauchen Sie etwas, Hoheit? Vielleicht noch eine Tasse Tee?«

Charlotte versuchte, den Kopf zu schütteln, doch selbst diese Bewegung bereitete ihr Mühe. »Nein, nein. Ich verspüre weder Hunger noch Durst. Auch keine Schmerzen«, versuchte sie, die besorgte Pflegerin zu beruhigen. »Mir fehlt nur mittlerweile die Kraft, an die obere Schublade meines Nachtkästchens zu gelangen. Bitte reichen Sie mir die kleine schwarze Schatulle heraus!«

Das Kästchen enthielt ein kleines Etui, in dem Charlotte die beiden Ringe verwahrte, die ihr Louis-Antoine geschenkt hatte: den Diamantring, den er ihr zur Verlobung an den Finger gesteckt hatte, und ihren Ehering. Außerdem enthielt die Schatulle einen Brief, nach dem sie nun griff. Sie öffnete den Umschlag, nachdem Helène den Raum verlassen hatte.

Eine Locke von Louis-Antoines Haar befand sich darin, desgleichen sein eigener Ehering. Nachdenklich überflog Charlotte das dazugehörige Schriftstück, das sie nahezu auswendig kannte.

Das Schreiben hatte sie erst etliche Zeit nach Louis-Antoines Tod erreicht.

Die Frau, von der er mir in diesem Brief ebenfalls geschrieben hat, überbrachte ihn mir. Jeannette, seine erste Liebe.

Das Reisegeld von Paris nach Ettenheim war Jeannette damals von Joséphine Bonaparte zur Verfügung gestellt worden.

»Ich wollte, dass Sie diesen Brief persönlich erhalten«, erklärte die dickliche Matrone, deren Äußeres wohl kaum noch der jungen Frau glich, die Louis-Antoine einst geliebt hatte.

In ihrer die ganze Nacht hindurch dauernden Unterhaltung erzählte ihr Jeannette, ihr Ehemann, der wohl ein rechter Grobian war, wähne sie in Chantilly, am Sterbebett ihres Patenonkels.

Nun rührte der Brief in Charlotte wieder viele schmerzliche Erinnerungen auf. *Aber auch Erinnerungen an viele großartige Menschen, die Louis-Antoine und mir damals zur Seite standen. Sie konnten das Unheil nicht abwenden, haben es aber zumindest gelindert. Für ihn und für mich …*

Teil 5:

NIEDERTRACHT

Kapitel 24

Ichtratzheim'sches Haus in Ettenheim
Donnerstag, 15. März 1804, fünf Uhr früh

Das heftige Pochen und Mohiloffs lautes Bellen weckten Enghien aus dem tiefen Schlaf, in den er erst vor knapp zwei Stunden nach seiner Rückkehr aus Charlottes Wohnung gesunken war. Er schreckte hoch und griff instinktiv nach seiner Pistole, die er vor dem Zubettgehen vorsorglich auf seinem Nachttisch bereitgelegt hatte. *Zweifellos! Da ist jemand an der Haustür.*

Hastig fuhr er in Hemd und Hose und öffnete die Tür seines Schlafzimmers. Auf dem Hausflur kamen ihm schon Canone und von Thuméry entgegen. Beide waren wie er nur notdürftig bekleidet und hielten Gewehre in der Hand. Mohiloff folgte ihnen auf dem Fuße. »Pscht!«, zischte Canone die Dogge an, die wieder zu bellen begann. »Still!« Der Hund gehorchte und begann nun, leise zu winseln.

Die Getreuen folgten Enghien in den Salon, von wo aus man den besten Blick auf den Hauseingang hatte. Schon durch das geschlossene Fenster erblickte Enghien eine Gruppe von mindestens fünfzig Männern in französischen Dragoneruniformen. Sie waren bis an die Zähne bewaffnet, einige hielten Fackeln in den Händen.

»Merde!«, fluchte er.

Canone zerrte an seinem Arm. »Sie müssen durch den Geheimausgang fliehen! Machen Sie rasch! Wir halten sie hin, bis Sie in Sicherheit sind!«

Von Thuméry, Enghiens Adjutant, trat ans Fenster des Salons und riss es auf. »Wer sind Sie, und was wollen Sie?«, schrie er hinunter.

»Öffnen Sie die Tür, bevor wir sie einschlagen«, tönte es zurück.

»Ich denke nicht daran!«, rief von Thuméry mutig. »Wer ist hier der Kommandant?«

»Das geht Sie gar nichts an! Machen Sie auf!«

Als von Thuméry sich nicht rührte, begann eine Gruppe von drei Dragonern, mit Gewehrkolben gegen die Haustür zu donnern.

Enghien stürzte die Kellertreppe hinab. Mit fliegenden Fingern suchte er nach dem Hebel der Fluchttür und drückte ihn hinunter. Im letzten Moment warnte ihn Mohiloffs Bellen. Die Dogge war ihrem Herrn in den Keller hinab gefolgt. Da riss auch schon jemand von außen an der Geheimtür. Gläser und Töpfe mit Eingemachtem fielen aus deren Regalen hinab und zersprangen klirrend auf dem Steinboden.

Mit aller Kraft gelang es Enghien, die Tür wieder zuzuziehen und den Hebel einrasten zu lassen. Dann rannte er die Treppe wieder hinauf, bis in den ersten Stock.

»Sie sind auch am geheimen Ausgang. Jemand muss ihnen diesen Fluchtweg verraten haben!«

Selbst im schwachen Schein der Kerze, die Canone mittlerweile entzündet hatte, sah er, dass sein Bursche weiß wie die Wand wurde. »Dieses verfluchte Miststück«, knirschte er. »Möge sie auf ewig in der Hölle schmoren!«

Enghien erriet sofort, dass Canone seiner Elsa wohl auch von der Fluchttür erzählt hatte. Aber jetzt war keine Zeit für Vorwürfe.

»Was machen wir?«, flüsterte von Thuméry. »Sie sind uns hundertfach überlegen.«

In diesem Augenblick erschienen Schmidt, Enghiens Sekretär, und der Baron von Ichtratzheim, der noch seine Nachtmütze trug. Beide waren unbewaffnet, ihre Mienen starr vor Angst.

Das Holz der Haustür begann zu splittern. Enghien fasste einen Entschluss.

»Sie suchen nach mir!« Plötzlich überkam ihn die gleiche Ruhe, die er stets vor einem tollkühnen Angriff in der Schlacht verspürt hatte. »Ich gehe hinaus und ergebe mich!«

»Nein!«, schrie Canone. Mohiloff begann erneut, wie rasend zu bellen. »Wir verteidigen Sie bis zum letzten Blutstropfen. Wir kämpfen für Sie bis in den Tod!«

Der Baron von Ichtratzheim trat vor. »Bitte, Monsieur«, seine Stimme brach. »Bitte, Sie zünden mir am Ende noch das Haus über dem Kopf an!«

»Du Feigling!« Canone sah aus, als wolle er dem Baron an die Gurgel gehen. »Wir verteidigen den Herzog bis zum Äußersten!«

Enghien warf einen raschen Blick in die Runde. Schmidt zitterte sichtbar vor Angst. Von Thuméry hielt sein Gewehr trotzig umfasst, aber auch sein Blick ging unstet hin und her.

Enghien hob die Hand. »Ich gehe hinaus und ergebe mich!«, bekräftigte er seine Absicht. »Halte den Hund zurück, sonst wird er noch erschossen!«

Canone griff nach dem Halsband der Dogge, die Enghien tatsächlich folgen wollte.

Als er die Treppe zum Hausflur hinabschritt, brachen gerade die Paneele der Türfüllung heraus. Louis-Antoine starrte in grimmige Mienen hinter Gewehren mit aufgepflanzten Bajonetten.

Durch ein Spalier von französischen Soldaten und Gendarmen, die zu beiden Seiten der Straßen Stellung bezogen hatten, schritt Enghien mit Mohiloff an der Seite, dahinter gingen Canone, von Thuméry und der Sekretär Schmidt.

Sie alle waren noch im Ichtratzheim'schen Haus nach ihren Namen befragt worden. Danach waren auch von Thuméry und der zitternde Schmidt verhaftet worden. Canone und Mohiloff hatten sich dem Zug freiwillig angeschlossen.

Eine Gruppe von fünf Gendarmen, darunter ihr Kommandant, ein Mann namens Charlot, marschierten ihnen voran, hinter ihnen folgte mindestens eine Kompanie Dragoner. Enghien spürte die Bajonette, die auf seinen Rücken gerichtet waren.

In vielen Türen standen verängstigte Einwohner von Ettenheim, die meisten noch in Schlafrock und Nachtmütze, und beobachteten schweigend den vorbeiziehenden Zug. In nahezu jedem Haus, das sie passierten, waren ein oder zwei Fenster erleuchtet.

Als sie am Nepomukbrunnen vorbeikamen, warf Enghien einen Blick zu Charlottes Gemächern im Vennemann'schen Haus hinauf. Auch in ihrem Schlafzimmer brannte Licht, schemenhaft erkannte er ihre Gestalt hinter dem Fenster. Da riss sie es auch schon auf.

»Louis-Antoine!« Ihr Schrei tönte wehklagend und entsetzt zugleich über den kleinen Platz vor dem Haus. Enghien warf ihr im Vorbeigehen eine Kusshand zu.

Der Anführer der Gruppe blieb beim Brunnen stehen. »Madame!«, rief er zum Fenster Charlottes hinauf. »Können Sie diesen Mann identifizieren?« Er zeigte auf Louis-Antoine. »Ist das wirklich der Herzog von Enghien? Kommen Sie sofort herunter, wenn Sie den Mann kennen!«

Charlotte prallte zurück, als hätte man ihr etwas gegen die Brust geworfen. Sie schloss das Fenster mit einem lauten Knall. Charlot wartete noch eine kleine Weile, in der Enghien schon befürchtete, man würde Charlotte womöglich gewaltsam auf die Straße zerren.

»Monsieur!«, rief er laut. »Ich habe mich Ihnen doch bereits zu erkennen gegeben! Warum belästigen Sie diese Dame?«

»Wer weiß schon, ob Sie die Wahrheit sagen«, knurrte Charlot. Sein pockennarbiges Gesicht verzog sich zu einer verächtlichen

Grimasse. »Ihr Aristokraten seid doch alle gleichermaßen verschlagen!«

Enghien erfuhr später, dass Charlot ein ehemaliger Perückenmacher aus Straßburg war, der, noch immer begeistert von der Revolution, dort nun die Gendarmerie der Stadt befehligte.

Von Thuméry trat vor. »Ich verbürge mich ebenfalls für die Identität des Herzogs!«

Charlot winkte höhnisch ab. »Warum soll ich einem Verräter wie Ihnen glauben?« Enghien verstand diesen Satz erst einige Stunden später. »Vielleicht sind Sie ja selbst der Herzog und haben uns gegenüber Ihre Identität mit ihm getauscht!«

Dennoch gab er seiner Truppe einen Wink, den Weg fortzusetzen. Enghien war erleichtert. Zumindest Charlotte würde nicht weiter belästigt werden.

Vennemann'sches Haus in Ettenheim
Donnerstag, 15. März 1804, kurz vor sechs Uhr früh

Charlotte riss die Schlafzimmertür auf. »Piroschka, Piroschka!« Ihre Stimme überschlug sich fast vor Kummer und Sorge. »Komm und hilf mir beim Anziehen! Ich muss ihm nach!«

»Ich bin hier, Prinzessin!« Piroschkas gutturale Stimme klang ruhig. Sie war bereits vollständig angekleidet.

»Was … wie …?«, stammelte Charlotte verwirrt.

»Ich habe die Soldaten bereits vor einer Stunde an unserem Haus vorbeiziehen sehen«, antwortete die Ungarin.

»Aber … aber warum hast du mich dann nicht geweckt?«

Piroschka sah Charlotte fest in die Augen. Sie hatte den entschlossenen Zug um den Mund, der sich immer dann bei ihr zeigte, wenn sie mit widerspenstigen Lieferanten verhandelte, die überhöhte Preise für ihre Waren verlangten. »Was hätte es genutzt, Herrin?«, antwortete sie beherrscht. »Sie hätten die Soldaten nicht daran hindern können, den Herzog zu verhaften. Und das Letzte, was er in dieser heiklen Lage hätte brauchen können, wäre eine hysterische Frau, die sich den Truppen im Nachtgewand entgegenwirft.«

Charlotte starrte ihre Zofe sprachlos an.

Die fuhr ungerührt fort: »Stellen Sie sich doch nur einmal vor, was der Herzog getan hätte, wenn Sie einer dieser Barbaren in seiner Gegenwart angerührt oder in sonst irgendeiner Weise respektlos behandelt hätte. Bestimmt wäre er in diesem Fall nicht einmal mehr am Leben oder zumindest zusammengeschlagen worden, weil er selbstverständlich versucht hätte, Sie zu verteidigen. Und auch Mohiloff wäre jetzt wahrscheinlich schon tot!«

Obwohl sich Charlotte in einem Ausnahmezustand befand, erreichten sie Piroschkas Worte. »Du hast recht«, gab sie zu. Kraftlos sank sie aufs Bett. Doch bevor sie hilflos in sich zusammensinken konnte, rüttelten Piroschkas nächste Worte sie erneut auf.

»Das heißt nicht, dass Sie gar nichts bewirken können, Prinzessin! Es muss nur auf die rechte Weise geschehen. Hier«, sie streckte Charlotte ein einfaches Reitkleid aus grauem robustem Tuch entgegen. »Das habe ich schon aus dem Ankleideraum für Sie herausgesucht. Ich helfe Ihnen hinein, dann nehmen Sie etwas Kaffee und einen Imbiss zu sich, den ich schon in der Küche vorbereitet habe. Danach begleite ich Sie zum Ichtratzheim'schen Haus. Der Baron war nicht bei den Inhaftierten und auch den Abbé Weinborn habe ich nicht gesehen. Sie sollten sich zunächst mit diesen Herren beraten!«

Eine knappe halbe Stunde später liefen die beiden Frauen die steile Straße zum Pfarrgässle hinauf. Piroschkas Kaltblütigkeit hatte sich mittlerweile auch auf Charlotte übertragen. Sie war fest entschlossen, nichts unversucht zu lassen, um Louis-Antoine beizustehen. Aber zunächst musste sie erst einmal klären, was überhaupt vorgefallen war.

Sie werden Louis-Antoine nach Paris bringen und ihm dort den Prozess machen, versuchte sie, ihre Gedanken zu ordnen. *Ich reise ihm nach und stelle mich notfalls als Zeugin zur Verfügung. Ich schwöre vor Gericht jeden Eid, dass er sich niemals an konspirativen Umtrieben beteiligt hat.*

Als sie vor Enghiens Wohnung angekommen waren, wurden ihr die Knie einen Moment lang weich, als sie die eingeschlagene Haustür erblickte. Eine Gruppe Dragoner kam den Frauen entgegen. Sie trugen offene Kisten voller Papiere bei sich.

Aus einem unerklärlichen Impuls heraus trat Charlotte ihnen in den Weg.

»Was tun Sie da?« Sie setzte ihren hochmütigsten Blick auf und wählte den arrogantesten Tonfall, den sie beherrschte.

»Was geht Sie das an?«, knurrte der Sergeant, der die Gruppe befehligte.

»Mäßigen Sie Ihren Ton, wenn Sie mit einer Dame sprechen!« Charlotte hatte zu ihrer inneren Stärke zurückgefunden und ließ sich nicht einschüchtern. »Ich bin die Prinzessin Charlotte von Rohan-Rochefort und eine enge Vertraute des Herzogs von Enghien, den Sie gerade wider jedes Recht auf fremdem Boden entführt haben. Bereichern Sie sich jetzt auch noch an seinen wenigen Gütern? Sie sollten sich schämen!«

Die jahrhundertealte Gewohnheit der einfachen Leute, vor dem Hochadel zu kuschen, tat trotz der Revolution zu Charlottes eigener Überraschung auch hier ihre Wirkung.

»Verzeihen Sie, Hoheit.« Der Sergeant deutete sogar eine Verbeugung an. »Der Herzog wurde verhaftet, weil er im Verdacht steht, mit den Feinden unserer Nation zu konspirieren. Wir haben seine Wertsachen nicht angerührt, sondern nur die Korrespondenzen mitgenommen, die wir in seinen Schränken fanden.«

Auch die private Korrespondenz?, schoss es Charlotte durch den Kopf. *Liest Napoleon Bonaparte demnächst meine Liebesbriefe aus den nahezu acht Jahren, die wir nun miteinander liiert sind?*

Sie schüttelte den Gedanken ab und trat beiseite. »Dann will ich Sie nicht länger daran hindern, Ihre traurige und ehrenrührige Pflicht zu erfüllen. Sie sind ja nicht mehr als das armselige Werkzeug, welches die schäbigen Befehle, die Ihnen Ihre irregeleiteten Vorgesetzten erteilt haben, ausführt.«

Mit Genugtuung beobachtete sie, wie es im Antlitz des Sergeanten arbeitete. Da ihm offensichtlich keine schlagfertige Antwort einfiel, wiederholte er seine knappe Verbeugung und setzte seinen Weg das Pfarrgässle hinunter fort, gefolgt von seinen Soldaten, die zum Teil finster dreinblickten, zum Teil schadenfroh grinsten. Einer zwinkerte Charlotte sogar zu.

Mit klopfendem Herzen ging sie die drei Stufen zur Haustür hinauf und trat durch den zerstörten Eingang. Im ersten Stock hörte sie Stimmen.

Einen kurzen Augenblick schwindelte ihr, als sie Louis-Antoines Salon betrat und die Verwüstung betrachtete, die die Soldaten hinterlassen hatten. Der Boden war mit Papierfetzen übersät, die offensichtlich aus Enghiens kleiner Bibliothek stammten. Auf der Suche nach Indizien für verräterische Umtriebe schienen die Soldaten auch die Bücher des Herzogs durchgeblättert und dabei eine Menge Seiten rücksichtslos herausgerissen zu haben.

Alle Polster von Stühlen und Sesseln waren aufgeschlitzt, an einigen Stellen klafften große Löcher im Parkett. Hier war der Boden stichprobenartig aufgestemmt worden, um nach Geheimverstecken zu suchen. Sie trat mit Piroschka im Schlepptau ins nebenan gelegene Schlafzimmer, in dem Louis-Antoine auch seine Korrespondenz zu erledigen pflegte und in dem die Soldaten noch schlimmer gehaust hatten. Das Bett war zerwühlt, Kissen und Matratzen ebenfalls aufgeschnitten. Daunenfedern bedeckten den Boden wie Schnee. Louis-Antoines Schreibtisch war völlig zertrümmert worden, offensichtlich ebenfalls auf der Suche nach geheimen Fächern.

Im Zimmer Thumérys, das ebenfalls durchsucht worden war, aber nicht ganz so schlimm aussah wie Enghiens Räume, trafen die Frauen auf den Hausherrn Baron von Ichtratzheim und Abbé Weinborn, den ehemaligen Verantwortlichen für die Regierungsgeschäfte des Kardinals, sowie auf den Stadtpfarrer Mast und den Bürgermeister von Ettenheim.

»Prinzessin!« Mit ausgestreckten Händen trat der Abbé auf Charlotte zu. »Was für ein furchtbarer Tag!« Die übrigen Anwesenden begrüßten sie ebenfalls und verbeugten sich.

Wieder kämpfte Charlotte gegen einen Schwächeanfall an, der sie zu übermannen drohte. »Fürwahr ein furchtbarer Tag, meine Herren. Mein Trost ist, Sie hier bereits versammelt vorzufinden. Sicherlich haben Sie bereits einen Plan, was jetzt zu tun ist.«

Hierin täuschte sie sich allerdings. Denn als sie in die Runde blickte, sah sie nur in betretene Mienen.

Der Abbé ergriff als Erster wieder das Wort. »Militärisch können wir rein gar nichts für den Herzog tun. Seine Entführung auf deutschem Boden verletzt zwar die Souveränität des Großherzogtums Baden, doch der Kurfürst betrachtet Napoleon Bonaparte als engen Verbündeten. Ich bezweifle, dass er es gutheißen würde, hätte sich die Ettenheimer Garnison gegen die Entführung zur Wehr gesetzt. Doch selbst wenn dies eine Fehleinschätzung ist, wäre ihr der Gegner zehnfach überlegen gewesen. In Ettenheim sind nur knapp fünfzig badische Soldaten stationiert.«

Charlotte winkte ab. »Damit habe ich auch gar nicht gerechnet«, antwortete sie wahrheitsgemäß. »Gibt es denn sonst einen guten Rat, den Sie mir in dieser furchtbaren Stunde erteilen können?«

Wieder herrschte verlegenes Schweigen. »Das Einzige, was mir einfällt, wäre, eine Protestnote am Karlsruher Hof einzureichen«, sagte schließlich der Bürgermeister.

»Das ist Unsinn!« Piroschka, die sich zu Charlottes Überraschung und zur Verblüffung der anwesenden Männer einmischte, klang zornig. »Bis der Karlsruher Hof reagiert, befindet sich der Herzog bereits im tiefsten Kerker. Wir müssen ihm nachreisen, damit wir seine Unschuld beweisen können. Dazu brauchen wir männlichen Schutz. Wer von Ihnen ist bereit, die Prinzessin nach Frankreich zu begleiten?«

Abbé Weinborn hob spontan die Hand. »Ich wäre dazu bereit, Prinzessin«, wandte er sich an Charlotte. »Doch um nach Paris zu reisen, bedarf es eines Permis. Wissen Sie eine Person in Straßburg, die uns einen solchen erteilen könnte?«

Charlotte kam eine Idee. »Ich nicht, Abbé Weinborn, doch Sie alle kennen den Mann, der uns vielleicht weiterhelfen kann. Herr Baron, Sie wollten meinen … Pardon, den Herzog doch heute Morgen persönlich nach Freiburg bringen. Steht Ihre Kutsche noch parat?«

Der Baron bejahte, sichtlich verwirrt.

»Wären Sie bereit, mich jetzt stattdessen nach Gengenbach zu fahren?«

Wieder nickte der Baron. »Selbstverständlich, Prinzessin.«

»Ich danke Ihnen von Herzen. Dann sollten wir so bald wie möglich aufbrechen. Wenn uns jetzt noch einer helfen kann, dann ist das der Oberamtmann Michael Stuber.«

Auf dem Weg von Ettenheim zum Rheinufer
Donnerstag, 15. März 1804, zur gleichen Zeit

Als die Gefangenen und ihre Bewacher Ettenheim durch das Untere Stadttor verlassen hatten, schlugen sie die Straße nach Kappel ein. Eine Weile marschierten sie schweigend auf der nach dem Regen der vergangenen Tage schlammigen Landstraße.

»Herr, Herr!« Canone schloss zu Enghien auf. »Ich habe nachgedacht. Diese Idioten kennen Sie nicht und glauben Ihnen auch nicht! Nehmen wir sie doch beim Wort. Ich behaupte, der Herzog zu sein! Dann lässt man Sie womöglich gehen!«

»Nein!« Louis-Antoine verbarg seine Rührung über das Angebot des treuen Dieners und schüttelte den Kopf. »Dieser Schwindel würde nur allzu rasch auffliegen und dein Leben unnötig gefährden! Lass uns lieber überlegen, wie wir entfliehen können. Kannst du schwimmen?«

Canone nickte. »Ja, Herr! Gut sogar!«

»Du hast mir schon einmal das Leben gerettet, als ich ins Wasser fiel«, erinnerte Enghien Canone an den Tag, an dem er auf dem Marsch nach Dubno durch die Eisoberfläche eines Sees gebrochen war. »Traust du dir zu, mich über Wasser zu halten, wenn ich aus dem Boot springe, das uns über den Rhein bringen soll? Ich selbst kann leider nicht schwimmen!«

In diesem Moment drehte sich Charlot um und musterte seine Gefangenen misstrauisch. »Was gibt es da zu flüstern?«, schnauzte er die beiden an.

Enghien straffte den Rücken. »Ich habe mich gerade gefragt, ob Sie meinem Diener wohl erlauben würden, mir noch ein paar Kleider und Wäsche zum Wechseln aus meinem Haus zu holen.«

»Nichts da!«, lehnte Charlot das Ansinnen ab. »Sie werden alles erhalten, was Sie benötigen.«

»Das möchte ich Ihnen auch geraten haben, Monsieur! Sonst werde ich Beschwerde über Sie führen! Ein Herzog braucht täglich ein frisches Hemd!« Unwillkürlich wählte er gegenüber dem Gendarmenführer die gleiche Strategie wie Charlotte vor dem Ichtratzheim'schen Haus gegenüber dem Sergeanten.

Trotz ihrer verzweifelten Lage huschte unwillkürlich ein Lächeln über Canones Gesicht. *Wenn es sein muss, kann der Herzog noch immer überzeugend die Attitüde eines typischen Vertreters des Ancien Régime einnehmen,* dachte er und schmunzelte angesichts Charlots verunsicherter Miene in sich hinein.

Obwohl er im täglichen Umgang so gar nichts Hochfahrendes an sich hat. Aber das kann dieser Simpel ja nicht wissen.

Schließlich erreichten sie einen Schuppen am Wegrand, vor dem einige Karren warteten, die sie schließlich zum Rheinufer gegenüber dem elsässischen Städtchen Rhinau brachten. Der Fluss war hier ungewöhnlich schmal, und die Stelle hatte bei allen Invasionsplänen hüben und drüben schon mehrfach eine Rolle gespielt.

Enghien ließ seine Blicke umherschweifen. Wie er bereits vermutet hatte, waren die Soldaten nicht nur mit Booten, sondern auch mithilfe einer Pontonbrücke ans deutsche Ufer gelangt. Diese bestand aus zusammengebundenen Holzfässern, auf denen wiederum mit rohen Holzplanken ein Steg zusammenmontiert worden war.

Charlot salutierte vor einem Mann in mittleren Jahren mit den Rangabzeichen eines Generals, der die Ankömmlinge am Landesteg erwartete. Mehrere Orden zierten seine Uniform.

Enghien erkannte den Mann. Er hatte vor dem Ausbruch der Revolution in der Legion Condé gedient, jenem Teil der königlichen Armee, die sein Großvater damals befehligt hatte. Als junger Leutnant führte er damals die Wachmannschaft an, die Zar Paul und sein Gefolge bei ihrem Besuch in Chantilly beschützt hatte. Enghien war damals zwar noch ein kleiner Knabe gewesen, doch sein Gedächtnis für Gesichter ließ ihn niemals im Stich. Nur den Namen des Mannes hatte er vergessen.

Nun trat er beherzt vor. »Mon général?« Er verbeugte sich knapp und ließ seine Ansprache wie eine Frage klingen.

»Ordener ist mein Name, Durchlaucht!«

Enghien lächelte. »Ich kenne Sie, General Ordener. Sie waren einst in unserem Schloss in Chantilly zu Gast. Können Sie sich an den russischen Zaren Paul erinnern, der damals meinen Großvater, den Prinzen Condé, besuchte?«

Ein breites Lächeln erschien auf dem Gesicht des Generals. »Natürlich, Durchlaucht! Es gab zu diesem Anlass das großartigste Feuerwerk, das ich jemals gesehen habe.«

»So ist es, General. Den Höhepunkt bildeten die Namen des Zaren und seiner Gemahlin, die die Raketen an den Nachthimmel malten. Erinnern Sie sich?«

»Ich erinnere mich«, bestätigte Ordener. »Doch was ist der Grund Ihrer Frage?«

»Dieser Mann da«, Louis-Antoine zeigte mit einer verächtlichen Geste auf Charlot, »dieser Mann da behauptet, ich sei womöglich nicht der Herzog von Enghien.«

Ordener musterte ihn scharf. »Nun, Sie waren damals noch ein Knabe, Durchlaucht, doch ich erkenne Ihr Gesicht wieder. Außerdem könnten Sie ja keine Einzelheiten über das Feuerwerk wissen, wenn Sie nicht dabei gewesen wären.«

Enghien nickte. »So ist es, General. Ich lege also mein Schicksal vertrauensvoll in Ihre Hände.«

»Sie werden mit allem Respekt behandelt werden«, versicherte ihm Ordener. Ein Ausdruck des Bedauerns huschte über sein Gesicht. »Ich habe den Befehl, Sie nach Straßburg zu geleiten. Von dort aus werden Sie nach Paris gebracht, wo Ihnen hoffentlich ein fairer Prozess gemacht wird.«

»Ein fairer Prozess? Aus welchem Grund?«

Die Miene des Generals erstarrte. »Wegen Beteiligung an einer Verschwörung, Herzog«, antwortete er steif.

Dann wandte er sich an Charlot. »Bringen Sie mir jetzt Dumouriez herbei!«

Zu Enghiens Verblüffung stieß Charlot nun seinen Adjutanten Thuméry vor den General. Auch Ordener blickte entgeistert drein.

»Das ist doch nicht Charles-François Dumouriez«, protestierte er. »Diesen Mann habe ich noch nie gesehen!«

»Wie bitte?« Auch Charlot war nun völlig verdutzt.

Enghien hörte Canone an seiner Seite laut aufstöhnen. »Ich bringe sie um«, hörte er ihn murmeln. »Ich erwürge sie eigenhändig.«

Ordener wandte sich nun wieder an Enghien. »Wo ist General Dumouriez?«, fragte er streng. »Er soll sich bei Ihnen in Ettenheim aufgehalten haben und ebenfalls zu den Verschwörern gehören.«

»General Dumouriez?« Enghien war verwirrt. »Ich kenne diesen Mann nicht. Ich habe natürlich von ihm gehört, ihn aber niemals gesehen noch gesprochen. Ich pflege keinen Umgang mit feigen Verrätern.«

Canone trat vor. »Ich kann das Missverständnis aufklären, meine Herren.« Seine Stimme grollte vor Zorn. »Daran ist diese elende Schlampe schuld, die man als Spionin nach Ettenheim geschickt hat. Sie hat mich ausgeforscht und dabei den Namen ›de Thuméry‹ mit ›Dumouriez‹ verwechselt. Ich habe das sogar gemerkt, dem weiter aber keine Bedeutung beigemessen. Ich wusste ja nicht, dass sie Französin war, weil sie akzentfrei Deutsch sprach. Daher dachte ich, sie hätte lediglich Thumérys Namen falsch ausgesprochen.«

Plötzlich brach er in Tränen aus. »Das hier ist alles ganz allein meine Schuld.« Er wandte sich an General Ordener und hob flehend die Hände. »Lassen Sie meinen Herrn frei, General!«, schluchzte er. »Ich flehe Sie an. Diese Verhaftung beruht auf dem Irrtum einer falsch unterrichteten Spionin.«

Ordener wirkte völlig verblüfft. »So befindet sich auch Spencer Smith nicht bei Ihnen?«, wandte er sich an Enghien.

»Wer? Von diesem Mann habe ich noch nicht einmal etwas gehört, geschweige denn, dass ich ihn kenne!«

»Der englische Gesandte in Süddeutschland«, antwortete Ordener schwach.

»Smith? Schmidt!«, rief Enghien plötzlich aus. »Noch eine Verwechslung!« Er drehte sich zu seinem Sekretär um, der verängstigt im Abstand von drei Schritten hinter ihm stand.

»Mister!«, rief er ihn auf Englisch an. »Come nearer! There are some doubts concerning your identity! Please help me to prove who you are. Otherwise you remain in custody!«

Mein Herr! Kommen Sie näher! Es gibt Zweifel an Ihrer Identität! Bitte helfen Sie mir zu beweisen, wer Sie sind. Anderenfalls bleiben Sie in Haft!

Schmidt starrte Enghien verständnislos an und bewegte sich keinen Schritt. »Comment, duc d'Enghien?«, fragte er auf Französisch. »Je ne comprends pas!« Und als diesmal Enghien nicht antwortete, fügte er auf Deutsch hinzu: »Ich verstehe Sie nicht, Herzog! Was haben Sie gerade gesagt?«

Triumphierend drehte sich Enghien wieder zu Ordener um. »Sehen Sie? Der Mann spricht kein Wort Englisch. Es ist ein Deutscher namens Peter Schmidt, der zwar das Französische beherrscht, da er einen Teil seines Lebens im Elsass verbracht hat, aber des Englischen nicht mächtig ist. Weshalb er sich wohl auch kaum zum Gesandten der Londoner Regierung eignet!«

Ordener war blass geworden. »So ist dies alles womöglich ein riesiges Missverständnis«, hörte Enghien ihn murmeln und ergriff die Gelegenheit beim Schopf.

»So ist es, General. Deshalb bitte ich Sie, uns gehen zu lassen.«

Doch seine Hoffnung wurde enttäuscht. »Das ist mir leider nicht möglich, Herzog«, antwortete Ordener. Er klang betroffen. »Ich habe von höchster Stelle die Order, Sie festzunehmen! Davon darf ich nicht abweichen.«

Mit dem deutlichen Bemühen, Zuversicht in seine Stimme zu legen, fügte er hinzu: »Doch spätestens in Paris wird sich jedes Missverständnis aufklären lassen, Durchlaucht. Da bin ich mir sicher.«

Order von höchster Stelle! Enghien versuchte, sich seine Zweifel nicht anmerken zu lassen. *Also hängt mein Schicksal ausschließlich von Bonapartes Gnaden ab. Schlimmer hätte es wahrlich nicht kommen können.*

Haus der Stubers in Gengenbach
Donnerstag, 15. März 1804, am Nachmittag

»Ich habe es dem Herzog prophezeit, Prinzessin, ich habe es ihm prophezeit. Und nicht nur ich. Warum hat er nur nicht auf uns gehört?«

Obwohl Michael Stuber klar war, dass seine Klage die Lage nicht verbesserte, konnte er sie sich nicht verkneifen.

Charlotte sah es ihm nach. Auch sie machte sich inzwischen bittere Vorwürfe, nicht energischer auf Louis-Antoines vorzeitige Abreise gedrängt zu haben.

An ihrer Stelle griff Franziska Stuber, die Frau des Oberamtmannes, ein. »Michael!«, sagte sie mit leisem Tadel. »Die Prinzessin ist sicher nicht Hals über Kopf nach Gengenbach gekommen, um von dir zu hören, dass du recht behalten hast.«

Stuber riss sich sichtlich zusammen. »Das stimmt, meine Liebe«, beschied er seiner Gattin reumütig. »Verzeihen Sie mir den Ausbruch, Hoheit«, wandte er sich dann an Charlotte. »Bei welchen Vorhaben kann ich Ihnen jetzt behilflich sein?«

»Glauben Sie, dass es Zweck hat, den Markgrafen Karl Friedrich zu bitten, sich für den Herzog einzusetzen?«

Bevor Stuber antwortete, erkannte Charlotte bereits an seiner gerunzelten Stirn, dass er diesem Unternehmen nur wenige Erfolgschancen einräumte. »Es ist sicherlich aus diplomatischer Sicht unerlässlich, dass Sie an dieser Stelle Protest einlegen, Prinzessin. Denn auch wenn ich nicht glaube, dass der Markgraf etwas für Sie zu tun bereit ist, könnte er sich sonst übergangen fühlen. Ich mache Ihnen daher den Vorschlag, dass Sie ein Schreiben verfassen, das ich an Ihrer Stelle zur Residenz nach Karlsruhe bringe. Ihnen selbst würde ich raten, dem Herzog nachzureisen, um in Frankreich zu schauen, ob Sie etwas für ihn tun können.«

»Daran hatte ich auch schon gedacht, Monsieur Stuber«, bestätigte Charlotte erleichtert. »Abbé Weinborn, der mich in Ettenheim erwartet, wäre sogar bereit, mich zu begleiten. Doch er gab zu bedenken, dass wir beide einen Permis brauchen, um von Straßburg nach Paris weiterreisen zu können.«

»Wir drei!«, mischte sich Piroschka ein, die bislang still in einer Ecke gesessen und an ihrem Tee genippt hatte. »Oder glauben Sie etwa, dass ich Sie allein in dieses unchristliche Land reisen lasse?«

Charlotte drehte sich zu ihrer Zofe um. Wider Willen musste sie lächeln. »Dieses unchristliche Land ist meine Heimat, Piroschka! Dennoch weiß ich dein Angebot sehr zu schätzen. Aber unsere Mission ist nicht ungefährlich. Du sprichst mittlerweile zwar ganz leidlich Französisch, aber was geschieht mit dir, wenn der Abbé und ich ebenfalls verhaftet werden? Das kann ich ja nicht ausschließen! Wir sind beide Emigranten und in Frankreich nicht nur unerwünscht, uns ist sogar die Einreise verboten. Wir könnten schon in Straßburg festgenommen werden.«

Zum zweiten Mal an diesem Tag erschien der entschlossene Zug um Piroschkas Mund. »Dann gibt es ja noch mehr Gründe, Sie zu begleiten, Prinzessin. Wer soll sich denn um Sie kümmern, wenn Ihre Mission scheitert?«

Charlotte verzichtete darauf, der Ungarin darzulegen, dass auch sie selbst vor einer Verhaftung nicht gefeit war. Stattdessen übermannte sie die Rührung über die unverbrüchliche Treue der Zofe.

»Ich danke dir, Piroschka.« Zum ersten Mal seit der Entführung des Herzogs wurden ihre Augen feucht. »Und nehme dein Angebot an.«

Stuber meldete sich wieder zu Wort. »Diese kleine Diskussion hat mir deutlich gemacht, dass wir keinerlei unnötiges Risiko eingehen dürfen. Ich werde Ihnen dreien einen badischen Pass ausstellen, mit dem Sie zumindest Straßburg ungeschoren erreichen können. Dort wenden Sie sich an Monsieur Rénard in der Mairie. Das ist mein Freund, der mich vor dem Truppenaufmarsch gewarnt hat. Ich werde Ihnen ein Begleitschreiben an ihn mitgeben, in dem ich ihn dazu auffordere, Ihnen falsche französische Pässe auszustellen und zusätzlich auf diese Namen einen Permis für die Reise nach Paris.«

Er hob beide Hände in einer Geste der Hilflosigkeit. »Das ist alles, was ich tun kann, um Ihnen zu helfen.«

Charlotte stand spontan auf, trat auf ihn zu, ergriff seine Hände und küsste ihn auf beide Wangen. »Ihr Hilfsangebot übertrifft meine kühnsten Erwartungen! Sie tun mehr für uns, als ich zu träumen gewagt habe!«

Piroschka hob die Hand. »Darf ich Monsieur Stuber noch etwas fragen?«, besann sie sich plötzlich auf die Manieren einer wohlerzogenen Zofe.

Charlotte nickte.

»Wie sicher sind Sie denn, dass uns Monsieur Rénard tatsächlich helfen wird?«

Stuber lächelte schmerzlich. »Sehr sicher, meine Liebe. Aber den Grund dafür muss er Ihnen schon selbst sagen. Dazu fühle ich mich nicht befugt.«

Er drehte sich wieder zu Charlotte. »Dann mache ich Ihnen jetzt einen Vorschlag, Prinzessin. Sie setzen das Schreiben an die Karlsruher Residenz auf und legen sich danach ein wenig auf Franziskas Bett. Sie sollten Kräfte sammeln, wenn Sie noch heute nach Ettenheim zurückfahren möchten. Ich stelle Ihnen derweil die Pässe aus. Dazu brauche ich noch ein paar Informationen über Abbé Weinborn, zum Beispiel sein Alter, die mir aber sicher auch Piroschka oder der Baron geben können, wenn er von seinem Spaziergang zurückkehrt.«

Der Baron von Ichtratzheim hatte es vorgezogen, sich die Füße zu vertreten, während Charlotte mit Stuber sprach. Schon auf der Hinfahrt hatten sie und der Baron beschlossen, dass er weitgehend uneingeweiht bleiben sollte, damit er im Zweifelsfall auch nichts verraten konnte.

»Ich denke, dass Piroschka Ihnen alle Informationen geben kann, die Sie brauchen. Und sonst wenden Sie sich eben noch einmal an mich. Tief schlafen werde ich ohnehin nicht können. Den Baron sollten wir nicht mit unseren Plänen belasten.«

»Und ich sorge derweil für ein kräftiges Mahl«, meldete sich Franziska Stuber wieder zu Wort. »Oh nein, ich bestehe darauf«, wehrte sie Charlottes Protest ab. »Sie müssen essen und schlafen und bei Kräften sein, wenn Sie etwas für den Herzog bewirken möchten.«

Am Rheinufer, Donnerstag, 15. März 1804, früher Abend

»Die Boote sind jetzt zur Abfahrt bereit, General.« Charlot salutierte vor Ordener, der zerstreut nickte. Enghien, der sich die Wartezeit mit einem Glas Rotwein und einem Imbiss aus Wurst, Käse und Brot in seinem provisorischen Zelt vertrieb, hatte schon vor einiger Zeit den Eindruck gehabt, dass der Kommandant des Expeditionskorps über etwas grübelte.

Nun blickte Ordener auf. »Durchlaucht, ich habe mich zu einem Entschluss durchgerungen, den Sie hoffentlich billigen werden. Meine Order lautet, Sie selbst, General Dumouriez und Mister Smith in Haft zu nehmen. Da die letzten beiden jedoch gar nicht in Ettenheim waren, möchte ich Ihrem Adjutanten, dem Marquis von Thuméry, und Ihrem Sekretär Monsieur Schmidt die Freiheit anbieten. Ich sehe keinen Sinn darin, sie ebenfalls festzuhalten. Diese Entscheidung nehme ich auf meine Kappe.«

Trotz seines eigenen ungewissen Schicksals freute sich Enghien über den Vorschlag. Es war ihm gar nicht wohl bei dem Gedanken gewesen, von Thuméry und Schmidt zurückzulassen, sollte der mit Canone geplante Fluchtversuch gelingen. Nun könnten die beiden im Gegenteil dabei sogar behilflich sein.

»Selbstverständlich bin ich einverstanden, General. Ich bedanke mich herzlich für Ihre Entscheidung. Beide Herren sind so unschuldig wie ich selbst.«

Ordener ging auf den letzten Satz nicht weiter ein. »Wir dagegen sollten jetzt aufbrechen, um das andere Ufer noch vor Einbruch der Dunkelheit zu erreichen. Der Großteil der Dragoner ist bereits über die Pontonbrücke gezogen und erwartet uns auf der anderen Seite.«

»Darf ich mich noch von meinen Freunden verabschieden?«

»Das versteht sich von selbst.«

Wenig später stand Enghien vor dem Marquis von Thuméry. »Sagen Sie Schmidt erst mal nichts davon, aber verstecken Sie sich im Ufergebüsch und warten Sie dort auf uns! Canone und ich haben einen Fluchtplan ausgeheckt«, raunte er seinem Adjutanten zu.

Der nickte verständnisinnig und antwortete mit lauter Stimme: »Auch ich wünsche Ihnen alles Gute, Hoheit, und hoffe vor allem, dass sich der Irrtum, der zu Ihrer Ergreifung führte, rasch aufklären lässt, und wir Sie schon bald wohlbehalten wieder in Baden begrüßen dürfen.«

Doch Enghien hatte die Rechnung ohne Charlot gemacht. Nachdem der General ins erste Ruderboot eingestiegen und bereits vom Ufer abgelegt hatte, wies der Kommandant der Gendarmen Canone und Louis-Antoine Plätze in verschiedenen Booten zu. Dort platzierte er sie jeweils auf der mittleren Bank zwischen zwei Gendarmen auf jeder Seite. Dergestalt bewacht, war an eine Flucht nicht zu denken, zumal Enghien nicht gewagt hätte, ohne Canone in den Rhein zu springen.

Entmutigt ergab er sich in sein Schicksal, als ihn ein lautes Bellen aufschreckte. Mohiloff versuchte, sich an den Wachen, die gerade die letzten Ausrüstungsgegenstände in die restlichen Boote verluden, vorbeizudrängen. Enghien hörte die Soldaten fluchen.

»Haltet diese Bestie zurück! Autsch, verflucht, jetzt hat sie nach mir geschnappt. Schießt das Vieh über den Haufen!«

Enghien sprang so heftig auf, dass das Ruderboot ins Wanken geriet. »Nein!«, brüllte er. »Thuméry, Schmidt, haltet den Hund zurück und nehmt ihn mit zurück!«

Gerade als von Thuméry sein Versteck verlassen hatte und ans Ufer eilte, stürzte sich der Hund in den Rhein. In der hereinbrechenden Dämmerung sah Enghien seinen Kopf noch ab und zu über den Wellen auftauchen, dann verlor er das Tier aus den Augen. Der Fluss war an dieser Stelle zwar nicht allzu breit, aber sicher von tückischen Strömungen durchzogen.

Oh mein Gott! Mohiloff ist ertrunken. Verzweiflung drohte Louis-Antoine zu übermannen. Gewaltsam hielt er sich im Zaum, um vor Charlot, der mit in seinem Boot saß und ihn spöttisch musterte, die Fassung nicht zu verlieren.

Umso größer war seine Freude und Erleichterung, als er die Dogge bereits am Ufer sitzen sah, als sich das Boot näherte. Bellend und winselnd drängte sich der Hund an den Bewachern vorbei und sprang an Enghien hoch.

»Hat das Tier tatsächlich den ganzen Fluss überquert? So was habe ich ja noch nie erlebt!« Enghien hörte die Männer rings um sich herum tuscheln. Er hielt Mohiloff noch in den Armen, als Charlot zu ihm trat.

»Der Köter muss hierbleiben«, befahl er grob.

Enghien fuhr auf. »Das können Sie nicht tun! Das Tier hat sein Leben riskiert, um mir die Treue zu wahren. Wer soll sich denn hier in der Fremde um ihn kümmern? Ich bitte Sie, lassen Sie den Hund mit mir kommen!«

»Das ist ausgeschlossen«, schnauzte Charlot. Mohiloff spürte seine Feindseligkeit und begann, gefährlich zu knurren.

Charlot zog seine Pistole. »Wenn er mich angreift, erschieße ich ihn! Kommen Sie jetzt mit!«

»Nein! Ohne den Hund bewege ich mich nicht von der Stelle!«

»Dann erschieße ich ihn sofort.« Charlot zielte auf die Dogge, die wieder zu knurren begann.

»Ruhig, Mohiloff!« In seiner Not griff Enghien noch einmal zu der Taktik, mit der er sich bereits am frühen Morgen Respekt verschafft hatte. Er richtete sich kerzengerade auf und funkelte den Gendarmenführer an. »Wenn Sie meinem Hund auch nur ein Haar krümmen, beschwere ich mich bei General Ordener und sorge dafür, dass Sie in Zukunft nur noch die Latrinen Ihrer Einheit putzen dürfen.«

Charlots Gesicht färbte sich zornrot. Er spannte den Hahn der Pistole.

»Wagen Sie es nicht!«, ertönte da General Ordeners wütende Stimme in seinem Rücken. »Was erlauben Sie sich eigentlich, Kerl! Der Herzog ist mit allem Respekt zu behandeln, haben Sie diesen Befehl nicht verstanden? Und wenn der Hund ihm schwimmend über den Rhein gefolgt ist, gebührt ihm der gleiche Respekt. Oder möchten Sie einmal versuchen, es dieser Dogge nachzutun?«

Charlots Gesicht wurde bleich. Er drehte sich um und salutierte vor Ordener.

»Ich … ich bitte um Verzeihung, mon général«, stotterte er. »Ich … ich wusste nicht …!«

Ordener schnalzte verächtlich mit den Fingern. »Treten Sie weg!«, befahl er barsch.

»Ich bitte für diesen ungehobelten Kerl um Verzeihung, duc«, sprach er danach den Herzog an. »Dort drüben warten einige Kaleschen, um Sie nach Straßburg ins Nachtquartier zu bringen. Der Hund darf selbstverständlich in Ihrer Kutsche mitfahren.«

Kapitel 25

Rathaus in Straßburg
Freitag, 16. März 1804, früher Nachmittag

Erschöpft ließ Charlotte den Kopf gegen die Lehne der harten Holzbank sinken, die man ihr und Abbé Weinborn im Straßburger Rathaus als Warteplatz bis zur Rückkehr des Zweiten Bürgermeisters Jacques Rénard angewiesen hatte. Als Anliegen hatte sie dem Schreiber, der sie empfing, mitgeteilt, ein Schreiben des Oberamtmannes Michael Stuber aus Gengenbach persönlich überbringen zu wollen. Sie schloss kurz die Augen, als die Müdigkeit sie übermannte.

Seit dem gestrigen frühen Morgen war sie fast ununterbrochen wach gewesen und hatte nur ein wenig auf Franziska Stubers Bett in Gengenbach und während der Rückfahrt nach Ettenheim geruht.

Sobald sie im Vennemann'schen Haus angekommen waren, hatten Piroschka und sie hastig ein paar Sachen zusammengepackt und waren mit dem Abbé noch in der Nacht zum Rheinufer aufgebrochen, wo sie allerdings bis zum Morgengrauen warten mussten, bis sie ein Fischer mit seinem Boot übersetzte.

Zuvor waren sich Charlotte und der Baron von Ichtratzheim darüber einig geworden, dass er während Charlottes Abwesenheit ihre Wohnung im Vennemann'schen Haus beziehen würde, da sein eigenes Heim im Pfarrgässle nach den Zerstörungen durch die Dragoner vorläufig unbewohnbar war. Im Gegenzug würde er sich um das Kätzchen Mimi kümmern. Von Thuméry und Schmidt waren nach ihrer Rückkehr dagegen in der »Sonne« untergekommen.

Nach der Überfahrt über den Rhein mieteten sie im Städtchen Rhinau eine Kutsche, die sie gegen Mittag in Straßburg absetzte, wo sie zunächst eine Unterkunft in einem anständig wirkenden Gasthaus fanden. Während sich Charlotte und der Abbé sofort zum Rathaus aufmachten, blieb Piroschka dort zurück, um das Gepäck zu bewachen und die Räume ordentlich einzuheizen. Alle drei wollten sich nach der Rückkehr aus dem Rathaus erst einmal ausschlafen, um frische Kräfte für die Unterstützung des Herzogs zu sammeln.

Jetzt hing alles davon ab, ob Stuber Monsieur Rénard richtig eingeschätzt hatte und dieser tatsächlich bereit war, ihnen weiterzuhelfen.

Gerade als Charlotte einzudösen begann, kam Rénard zurück und ließ sie und den Abbé kurz danach in sein Amtszimmer bitten. Ein Blick auf die Wanduhr zeigte Charlotte, dass sie kaum eine halbe Stunde lang gewartet hatten.

Mit ausgestreckten Händen kam Jacques Rénard ihr entgegen. »Sie müssen die Prinzessin von Rohan sein! Es freut mich über die Maßen, Sie einmal persönlich kennenzulernen. Ich bin untröstlich, dass man Ihnen keinen bequemeren Aufenthaltsraum zugewiesen hat, doch ich hatte mit Ihrer Ankunft ja nicht gerechnet. Leider komme ich erst jetzt von meinem Mittagsmahl zurück.«

Charlotte fiel ein riesiger Stein vom Herzen. Monsieur Rénards Alter schätzte sie auf Ende vierzig. Sein dunkles Haar begann bereits, schütter zu werden, und war von grauen Strähnen durchzogen. Sein Leibesumfang und sein rundliches Gesicht wiesen darauf hin, dass er den Freuden der elsässischen Küche nicht abgeneigt war. Nun blickte er sie freundlich mit seinen blassbraunen Augen an.

Charlotte erwiderte sein Lächeln. »Ich bitte Sie, Monsieur. Wir sind es doch, die Ihnen Umstände machen. Das Wichtigste für uns ist, dass Sie uns ohne Zeitverzug empfangen haben.« Dann stellte sie kurz ihren Begleiter, den Abbé, vor.

Rénard wiegte den Kopf. »Ich ahne, was Sie hierherführt, Hoheit. Es geht wahrscheinlich um den Herzog von Enghien. Bedauerlicherweise scheint meine Warnung ihn zu spät erreicht zu haben.«

Charlotte schluckte und stellte dann Rénards Annahme richtig. »Ihre Warnung kam noch rechtzeitig, Monsieur, und ich kann Ihnen gar nicht genug dafür danken. Doch zu seinem eigenen Unglück hat der Herzog die Gefahr unterschätzt. Gerade einmal zwei Stunden, bevor er nach Freiburg, seinem neuen Wohnsitz, aufbrechen wollte, nahmen sie ihn in Haft.«

Sie zog das Schreiben Stubers an Rénard aus ihrer Handtasche und reichte es ihm mit einer kurzen Erläuterung. Dann nahm sie mit klopfendem Herzen in dem bequemen Lehnsessel Platz, den Rénard ihr anbot. In Gengenbach hatte ihr Stuber erklärt, dass es Rénard mittlerweile zum Zweiten Bürgermeister von Straßburg gebracht hatte und wegen der notorischen Faulheit des Ersten Bürgermeisters die Geschicke der Stadt so gut wie autonom lenkte.

Während der Bürgermeister den Brief studierte, sah sie sich in seinem Amtszimmer um, das mit schweren Möbeln aus dunklem, poliertem Holz eingerichtet war. An den Wänden hingen Gemälde in verschnörkelten goldenen Rahmen, die Decke zierte ein Fresko, das wohl eine Szene aus der Straßburger Stadtgeschichte zeigte.

Unter anderen Umständen hätte Charlotte sich dafür interessiert, doch heute stand ihr nicht der Sinn danach. Nachdem die Anspannung, die sie seit gestern Morgen im Griff hatte, nun erstmals von ihr abfiel, fühlte sie sich etwas schwindelig, zumal sie außer ein paar Bissen Brot seit gestern Abend auch nichts zu sich genommen hatte. Der Bürgermeister musterte sie besorgt.

»Sie sehen mitgenommen aus, Prinzessin. Darf ich Ihnen etwas bringen lassen? Kaffee vielleicht und ein wenig Gebäck?«

Charlotte wollte schon ablehnen, als der Abbé ihr zuvorkam. »Das wäre sehr freundlich von Ihnen, Monsieur Rénard«, stimmte er zu.

Sofort läutete der Bürgermeister, und wenig später servierte der gleiche Schreiber, der Charlotte und Weinborn empfangen hatte, das Gewünschte. Rénard wartete, bis Charlotte einen Schluck von dem köstlichen Kaffee zu sich genommen hatte. Sie spürte, dass ihre Lebensgeister wieder zurückkehrten.

Erst jetzt ging Rénard auf Stubers Brief ein. »Nun, Madame Mertens«, sprach er sie mit dem falschen Namen an, unter dem sie mit ihrem badischen Pass eingereist war. »Ich will natürlich für Sie tun, was in meiner Macht steht. Es wird keine große Angelegenheit sein, Ihnen Papiere auszufertigen, die aus Ihnen die Gräfin Dorothée von Plessis machen, die mit ihrer Zofe und ihrem Advokaten nach Paris reisen muss, um dort eine Erbschaftsangelegenheit zu regeln. Adalbert, mein Sekretär, wird sich um alles kümmern. Spätestens in zwei Tagen, vielleicht schon morgen, können Sie weiterreisen.«

Er deutete Charlottes besorgten Blick richtig. »Keine Sorge, Hoheit. Adalbert ist absolut vertrauenswürdig.«

Dann verzog er bedauernd den Mund. »In der zweiten Angelegenheit kann ich Ihnen jedoch nicht weiterhelfen, fürchte ich. Es steht außerhalb meiner Möglichkeiten, eine Besuchserlaubnis beim Herzog von Enghien für Sie zu erwirken. Das hielte ich auch für unklug, würde dies doch Ihre falsche Identität sogleich infrage stellen.«

Obwohl Stuber in Gengenbach ähnlich argumentiert hatte, als Charlotte ihn bat, diesen Wunsch in sein Empfehlungsschreiben an Rénard aufzunehmen, kämpfte sie nun schwer gegen ihre Enttäuschung an. Sie räusperte sich. »Befindet sich … befindet sich der Herzog von Enghien denn überhaupt noch in Straßburg, Monsieur?«

Auch Rénard räusperte sich, bevor er antwortete. »Soviel ich weiß, ja, Prinzessin. Man hat ihn in der Zitadelle untergebracht. Doch er wird auf das Allerstrengste bewacht und hermetisch von der Außenwelt abgeschirmt.«

Charlotte spürte ihre Augen feucht werden.

»Wäre es Ihnen denn möglich, dem Herzog zumindest ein Schreiben zu überbringen?«, ergriff nun Abbé Weinborn das Wort. »Eine Botschaft, dass wir zu seiner Unterstützung herbeigeeilt sind? Vielleicht unter falschem Namen, damit niemand Verdacht schöpft?«

Rénard schüttelte den Kopf. »Auch davon würde ich abraten, Monsieur. Der Brief würde mit Sicherheit gelesen werden. Ich unterhalte zwar gute Beziehungen zu den Hauptleuten der Wachmannschaft in der Zitadelle. Doch in diesem Fall glaube ich nicht, dass sie mir helfen würden. Der Fall Enghien ist viel zu brisant und steht unter ständiger Beobachtung von allerhöchster Stelle. Im schlimmsten Fall würde man Charlot, den Befehlshaber der Gendarmerie, sogar über mein Ansinnen informieren. Dann könnte auch ich womöglich kaum mehr etwas für Sie tun.«

»Und hätten sich damit selbst in Gefahr gebracht«, schloss der Abbé aus Rénards Worten.

Charlotte fuhr auf. »Das möchte ich auf gar keinen Fall, Monsieur! Sie haben wahrlich bereits mehr als genug für uns getan!«

Sie nippte an ihrem Kaffee. Plötzlich kam ihr eine Idee. »Aber wäre es vielleicht möglich, dem Herzog ein Unterpfand unserer Liebe zukommen zu lassen?«

Falls Rénard über ihre Offenheit überrascht war oder sogar gerade erst von der Innigkeit der Beziehung zwischen Charlotte und Enghien erfahren hatte, ließ er es sich nicht anmerken. »An was genau denken Sie dabei, Prinzessin?«

Charlotte holte einen in ein Taschentuch gewickelten Gegenstand aus der weichen Ledertasche, die sie neben ihrer Handtasche mit ins Rathaus gebracht hatte. Schließlich zog sie vorsichtig eine getrocknete, gelbrosa Rose aus dem Tuch hervor. Sie gehörte zu ihrem Brautstrauß, den sie aus einem ihr selbst unerklärlichen Impuls heraus in der Nacht mit eingepackt hatte.

»Diese Rose trägt meinen Namen«, erklärte sie Rénard. »Der Herzog wird daran erkennen, dass ich in seiner Nähe bin und ihm helfen möchte.«

Rénard runzelte die Stirn und dachte einige Augenblicke lang nach. »Der Wirt, der dem Herzog die Mahlzeiten in die Zitadelle liefert, ist mir noch einen Gefallen schuldig«, sinnierte er laut.

Entschlossen hob er den Kopf. »Ich kann ihn bitten, die Rose als Tischschmuck gemeinsam mit dem Abendessen abzugeben. Der Wirt selbst wird dazu keine Fragen stellen. Doch ob die Wachen es durchgehen lassen, darauf habe ich keinen Einfluss.«

Zitadelle in Straßburg
Freitag, 16. März 1804, kurz vor Mitternacht

Mit Charlottes Rose, die er fest an seine Brust presste, lag Louis-Antoine schlaflos auf seiner Pritsche und starrte blicklos an die dunkle Decke.

Das lag allerdings keineswegs daran, dass sein Lager unbequem war. Man hatte es mit einem Strohsack gepolstert und mit sauberen Laken überzogen. Eine dicke Daunendecke schützte ihn vor der spätwinterlichen Kälte. Selbst für Mohiloff, der neben ihm leise im Schlaf schnaubte, hatte man eine Wolldecke auf dem kalten Steinboden ausgebreitet.

Auch die Mahlzeiten, die ein Wirt aus einem nahe gelegenen Gasthaus in die Zitadelle brachte, waren gut und nahrhaft. Tagsüber hatte ihm außerdem Joseph Canone Gesellschaft leisten dürfen, sofern Enghien nicht gerade zu den Verhören mit dem Gendarmeriechef Charlot abgeholt wurde.

Seit sich bereits am Vorabend herausgestellt hatte, dass weder Dumouriez noch Spencer Smith sich in Ettenheim aufgehalten hatten, entstand bei Enghien zunehmend der Eindruck, dass man nunmehr mit allen Mitteln eine Anklage gegen ihn zu konstruieren versuchte. Während der insgesamt drei Verhöre hatte ihm Charlot immer wieder die gleichen Fragen gestellt, wahrscheinlich in dem Versuch, ihn in Widersprüche zu verwickeln.

Doch da Enghien nichts anderes tun musste, als bei der Wahrheit zu bleiben, war das natürlich nicht gelungen. Nein, er habe Frankreich seit seiner Emigration im Sommer 1789 nie wieder betreten, beteuerte er. Schon gar nicht von Ettenheim aus über den Rhein gesetzt und sich in Straßburg oder erst kürzlich sogar in Paris aufgehalten. Er wisse nichts von der Verschwörung des Cadoudal und des Pichegru, habe beide noch nie getroffen, ebenso wenig wie den General Dumouriez. Ja, von den Offenburger Machenschaften habe er zwar gehört, hielte diese aber für die kindischen Pläne seniler Greise.

Auch in anderer Hinsicht war Enghien selbstbewusst bei der Wahrheit geblieben. Natürlich betrachte er sich als Gegner von Napoleon Bonaparte, räumte er ein. Und habe die Hoffnung gehegt, sein plötzlicher Tod könne dem Bourbonenkönig die Rückkehr auf den französischen Thron ermöglichen. Doch niemals habe er sich an einem Mordkomplott beteiligt, um dieses Ziel zu erreichen.

Jawohl, er stünde als General außer Dienst in englischem Sold. Wovon sonst hätte er auch seinen Lebensunterhalt bestreiten sollen, nachdem seine Familie in Frankreich ihres ganzen Vermögens verlustig gegangen sei? Und ja, natürlich würde er jederzeit in den aktiven Dienst zurückkehren und habe dies auch von sich aus angeboten, falls England einen neuen Krieg gegen Frankreich planen würde.

Nur auf die Fragen nach dem Grund seines Aufenthalts in Ettenheim hatte Louis-Antoine kurz gezögert, sich dann aber ebenfalls zur Wahrheit entschlossen. Er lebe dort aus rein privaten Motiven, erklärte er. Schon lange gehöre sein Herz der Großnichte des ehemaligen Landesherrn, der Prinzessin Charlotte von Rohan-Rochefort.

»Wie überaus praktisch«, hatte Charlot mit einem sarkastischen Grinsen geantwortet. »So verbinden Sie also das Angenehme mit dem Nützlichen? Oder wollen Sie etwa abstreiten, dass

Sie von Ettenheim aus eine Invasionsarmee über den Rhein geführt hätten, wenn sich diese Gelegenheit geboten hätte?«

Auch auf diese Frage hin hatte Enghien kurz überlegt. Dann siegte sein Stolz über seine Vorsicht. »Es war nicht der Grund für meinen dortigen Aufenthalt«, bekräftigte er. »Doch hätte man mich gebeten, eine Truppe über den Rhein zu führen, hätte ich mich nicht verweigert«, blieb er bei der für ihn ungünstigen Wahrheit.

Und nun wälzte er sich schlaflos auf der Pritsche und bedachte die möglichen Folgen seiner Aussagen für sein weiteres Schicksal. Der Auslöser für seine Grübeleien war Charlottes Rose gewesen, die er auf dem Tablett mit seiner und Canones Abendmahlzeit gefunden hatte.

»Sie sehen, Monsieur, wir lassen es wirklich an nichts fehlen, um Ihnen den Aufenthalt in unserem Etablissement so angenehm wie möglich zu machen«, spöttelte der Wachhauptmann, der die Warmhaltehauben von den Schüsseln hob. »Wachteln in Soße, Wildschweinkeule mit Gemüse, Weißbrot, ein guter Burgunder und jetzt sogar Blumenschmuck! Besser hätten Sie auch zu Zeiten des Ancien Régime nicht gespeist!«

»Charlotte ist da!«, strahlte Enghien, der das Zeichen sogleich erkannt hatte, nachdem die Tür zu seiner Zelle wieder sorgsam verschlossen worden war.

Dem etwas begriffsstutzigen Canone erklärte er sodann mit leiser Stimme: »Das ist eine getrocknete Rose von dem Busch, den ich vor zwei Jahren gepflanzt und auf den Namen ›Charlotte‹ getauft habe. Womöglich stammt sie sogar aus ihrem Brautstrauß. Sie muss sich bereits in Straßburg aufhalten, um mir zu Hilfe zu eilen.«

Canones Reaktion hatte seine Freude jedoch sofort wieder gedämpft. »Aber was kann die Prinzessin denn schon groß ausrichten?«, legte er den Finger in die Wunde. »Wenn man Sie unbedingt in den Kerker werfen will, kann sie doch auch nichts daran ändern.«

Seither grübelte Enghien darüber nach, ob er Charlot mit der Offenheit, mit der er seine Fragen beantwortet hatte, nicht genau dazu die Munition geliefert hatte. *Andererseits,* ging es ihm durch den Kopf, *wissen die doch schon alles, was es zu wissen gibt. Sie haben meine Korrespondenz mit London gelesen, daher war ihnen ja auch bekannt, dass ich in englischem Sold stehe und im Kriegsfall erneut zu dienen bereit gewesen wäre. Hätte ich diesbezüglich gelogen, hätte ich mich nur lächerlich gemacht und meine Ehre mit Füßen getreten.*

Napoleon ist außerdem ein eingefleischter Soldat, so wie ich, überlegte er weiter. *Er hat doch schon viele Male ebenfalls zu den Waffen gegriffen, um seine Ideale zu verteidigen und seinen Zielen näher zu kommen. Das kann er mir also doch nicht ernstlich verübeln, auch wenn wir auf verschiedenen Seiten stehen.*

Dann packte ihn erneut sein schlechtes Gewissen, das ihn schon seit dem Moment der Entführung quälte, gepaart mit der Furcht vor dem Kommenden. *Wirklich unverzeihlich ist, dass ich alle Warnungen in den Wind geschlagen habe und mich nicht schon vor Wochen nach Freiburg begeben habe. Nun büße ich dafür vielleicht mit Jahren der Kerkerhaft und sehe Charlotte erst als alter Mann wieder.*

Allerdings müssen sie den Hauptanklagepunkt: die Beteiligung an einer Verschwörung, fallen lassen, beruhigte er sich dann wieder selbst. *Und vielleicht reicht es Napoleon ja auch, bewiesen zu haben, dass er energisch durchgreift und dabei sogar das Völkerrecht verletzt, wenn er sich bedroht fühlt. Ich darf mich von meinen Ängsten nicht niederdrücken lassen. Wenn es wahr ist, dass sich Napoleon zum französischen König machen will, kann er es sich nicht im Vorfeld mit allen europäischen Fürstenhöfen verderben, indem er mich wider jedes Gesetz verurteilen lässt.*

In diesem Moment ertönten schwere Schritte auf dem Gang vor seiner Zelle. Mohiloff schreckte hoch und begann, leise zu knurren.

Tatsächlich wurde der Riegel der Tür zurückgeschoben, die Schlüssel drehten sich im Schloss. Enghien richtete sich auf.

Im Türrahmen stand Charlot, begleitet von sechs Wachleuten. »Monsieur, wir haben gerade den Befehl erhalten, Sie umgehend nach Paris zu überführen.«

»Was, jetzt gleich? Mitten in der Nacht?«

»So ist es, Monsieur. Bitte kleiden Sie sich an!«

»Rufen Sie meinen Diener, damit er mir behilflich ist!«, antwortete Enghien, ohne groß nachzudenken.

Charlot zögerte einen Moment lang, gab dann aber einem Wachmann ein Zeichen, der wenig später mit dem verschlafenen Canone in Enghiens Zelle zurückkehrte.

»Canone, hilf mir beim Ankleiden!« Louis-Antoine hoffte, dass seine Stimme ruhig und souverän klang. »Wir werden noch in der Nacht nach Paris verlegt.«

»Nur Sie allein, Monsieur«, korrigierte Charlot. »Ihr Diener und der Hund bleiben hier.«

»Das kommt nicht infrage«, fuhr Canone auf. »Ich begleite meinen Herrn, wohin Sie ihn auch immer bringen werden.« Er hob drohend die Fäuste.

Enghien griff ein. »Lass es gut sein, Canone. Bleib zurück und überbringe der Prinzessin von Rohan meine Grüße. Sag ihr, dass es mir gut geht.« Er hoffte, dass Canone den Hinweis verstand und versuchen würde, Charlotte in Straßburg ausfindig zu machen. »Wir sehen uns bald wieder, mein Freund«, fügte er noch hinzu.

Dann fixierte er Charlot mit kühlem Blick. »Wer befehligt die Wachmannschaft auf dem Weg nach Paris?« Sein Instinkt sagte ihm, dass es nicht Charlot selbst sein würde.

»Das werden Sie noch früh genug erfahren«, knurrte Charlot und bestätigte damit indirekt Enghiens Annahme.

»Ich rühre mich hier nicht von der Stelle, ehe ich mit dem Verantwortlichen gesprochen habe und ihm meine Bitte vortragen kann, meinen Hund mitzunehmen«, insistierte Enghien.

»Anderenfalls wehre ich mich so energisch, dass Sie mich schon zusammenschlagen müssen, um mich aus der Zitadelle zu bringen.«

Charlot biss sich auf die Lippen. Vom Straßburger Münster her hörte man zwölf Glockenschläge. »Mitternacht!«, knurrte Charlot. »Allerhöchste Zeit, dass Sie aufbrechen, sonst gerät der gesamte Zeitplan in Gefahr.«

»Ach! Es gibt sogar einen Zeitplan für meine Überführung?« Enghien verzog spöttisch die Lippen.

Erst jetzt bemerkte Charlot seinen Fauxpas. »Merde!«, fluchte er. »Dann nehmen Sie in Gottes Namen Ihren Köter mit! Aber kommen Sie rasch, ehe ich es mir noch anders überlege!«

Rathaus in Straßburg
Samstag, 17. März 1804, am Vormittag

»Und sie haben den Herzog tatsächlich mitten in der Nacht aus Straßburg auf den Weg nach Paris geschickt?« Charlotte versuchte mühsam, ihre Haltung zu bewahren.

»Warum denn diese unchristliche Eile?«, ergänzte Weinborn. »Wo sich der Herzog doch bereits in ihrem Gewahrsam befindet!«

Rénard zuckte betrübt mit den Schultern. »Das weiß ich auch nicht, verehrte Herrschaften. In der Mairie hatte man seinen Aufenthalt in der Zitadelle für mehrere Tage angekündigt, angeblich, weil hier auch die ersten Verhöre stattfinden sollten. Auch der Wirt, dem ich die Rose übergeben habe, wusste gestern Abend um acht Uhr noch nichts von der unmittelbar bevorstehenden Abreise. Ihm hatte man gesagt, dass der Herzog noch mindestens zwei Tage in Straßburg bleiben würde.«

»Also hat der Erste Konsul seine Pläne entweder geändert oder alles Weitere soll in größter Heimlichkeit vonstattengehen, nachdem sich die Kunde von der Entführung wahrscheinlich bereits wie ein Lauffeuer verbreitet hat.«

Rénard nickte. »Ich glaube eher an die letzte Version. Meine Kontaktleute berichten, dass man diesseits wie jenseits der Grenze in jedem Wirtshaus und auf jedem Markt von nichts anderem mehr spricht.«

»Zumindest der Prozess wird nicht Hals über Kopf stattfinden können«, tröstete der Abbé Charlotte, die nun doch den Tränen nahe war. »Man muss ja erst einmal Beweise sammeln, um den Herzog mit den Verschwörern überhaupt in Verbindung bringen zu können. Und da es diese Beweise nicht gibt, wird das dauern!«

Rénard wiegte zweifelnd den Kopf. »Die Pariser Gerüchte, die bislang nach Straßburg gedrungen sind, besagen, dass Napoleon den Herzog schnellstmöglich vor ein Kriegsgericht stellen lassen will. Ob er sich damit noch monatelang Zeit lässt, ist mehr als fraglich.«

»Aber gerade Bonaparte gilt doch als Reformer der französischen Justiz und will für mehr Gerechtigkeit in allen Rechtsangelegenheiten sorgen«, empörte sich der Abbé. »So stand es jedenfalls erst vor wenigen Wochen im ›Moniteur‹. Da wird er einem Abkömmling der Bourbonen doch wohl einen fairen Prozess zugestehen!«

»In der Tat heißt es, der Erste Konsul arbeite seit Monaten an einem neuen Gesetzbuch, das er den ›Code Civil‹ nennen will«, bestätigte Rénard. »Doch das eine muss mit dem anderen nicht zwangsläufig etwas zu tun haben.«

»Seitdem mich die Nachricht von der überstürzten Abreise des Herzogs bei Nacht und Nebel heute früh erreichte, habe ich nachgedacht«, fuhr er dann fort. »Ihre Reisepässe und Ihre Permis werden noch heute im Laufe des Tages fertig«, erklärte er. »Aber ich habe noch einen guten Ratschlag für Sie.«

Während Charlotte den Bürgermeister nur stumm anstarrte, fragte Weinborn nach: »Und der wäre, Monsieur?«

»Meine Pariser Quellen berichten, dass selbst Napoleons Gattin Joséphine von Beauharnais die Verhaftung des Herzogs von Enghien nicht billigt. Sie soll sich bei ihrem Gemahl bereits im Vorfeld dafür eingesetzt haben, von der Entführung abzusehen. Übrigens ebenso wie Napoleons Mutter, Madame Letizia, und sein Bruder Lucien. Aber auf Joséphine hört er noch am ehesten. Vielleicht können Sie sich das ja zunutze machen, Prinzessin.«

»Und wie soll sie das anstellen?«, fragte Abbé Weinborn erneut anstelle von Charlotte.

»Joséphine unterhält jeden Dienstagnachmittag eine Art offenes Haus in ihrem Wohnsitz Schloss Malmaison. Dort kann ihr jedermann im Rahmen einer Audienz seine Wünsche und Anliegen vortragen oder ein Bittschreiben übergeben.« Nun wandte er sich an Charlotte. »Sie könnten als Gräfin von Plessis bei ihr vorsprechen und ihr ein solches Bittschreiben überreichen, in dem Sie Ihre wirkliche Identität preisgeben und sie um eine Privataudienz bitten. Vielleicht lässt sich Joséphine ja darauf ein.«

»Aber ist das nicht sehr gefährlich?«, warf der Abbé ein. »Was geschieht, wenn man danach auch die Prinzessin verhaftet? Und auch Sie riskieren in diesem Fall, wegen der gefälschten Papiere mit in den Strudel der Ereignisse gezogen zu werden.«

Rénard nickte bedeutungsschwanger. »Das habe ich wohl bedacht, Monsieur Abbé. Doch ich bin bereit, das zu riskieren.«

Charlotte löste sich aus ihrer Erstarrung. Angesichts dieser unerwarteten Möglichkeit, Louis-Antoine zu helfen, schöpfte sie neue Hoffnung. Eine Welle von Dankbarkeit durchflutete sie. Spontan ergriff sie beide Hände Rénards. »Monsieur, welchem Umstand verdanke ich Ihre überaus großzügige Hilfsbereitschaft?«

Die Miene des Bürgermeisters zeigte ihr, dass er einen Augenblick lang mit sich kämpfte. Dann entschloss er sich dazu, die Frage zu beantworten.

»Ich bin es Ihrem verstorbenen Großonkel, dem Kardinal von Rohan, schuldig. Als ich noch ein Knabe war, bewahrte er meine

Familie vor bitterem Elend. Rénard ist nicht mein richtiger Name, der hier allerdings auch nichts zur Sache tut. Mein Vater war von niederem Adel und diente Ihrem Großonkel im Schloss von Zabern als Haushofmeister. Doch er war von schlechtem Charakter, ein Trinker und Spieler. Um seine Spielschulden zu begleichen, vergriff er sich sogar am Eigentum seines Dienstherrn. Es kam, wie es kommen musste. Eines Tages wurde er bei seinen Betrügereien ertappt und in den Kerker geworfen. Dort erhängte er sich noch in derselben Nacht.« Er hielt einen kurzen Moment inne.

Dann fuhr er fort: »Meine Mutter, die mit uns vier Kindern nunmehr vollkommen mittellos war, warf sich dem Kardinal zu Füßen und flehte ihn um Hilfe an. Und anstatt uns aus unserem Haus zu weisen und unser restliches Hab und Gut als Entschädigung für den Diebstahl zu pfänden, setzte Ihr Großonkel meiner Mutter sogar eine kleine Rente aus, sodass meine Familie zwar bescheiden, aber allezeit wohl versorgt war. Mir als dem ältesten Sohn ermöglichte er das Studium der Jurisprudenz und verschaffte mir danach eine Stelle als Schreiber im Straßburger Rathaus. Dort habe ich im Laufe der Jahre Karriere machen können, habe meinen Adelstitel abgelegt und bin bis zum Zweiten Bürgermeister aufgestiegen. Obwohl ich offiziell als ein Anhänger der Revolution gelte und deren Vorstellungen auch tatsächlich weitestgehend teile, da ich das Ancien Régime als verderbt empfand, habe ich Ihrem Großonkel das niemals vergessen und weiterhin lebhaften Anteil an seinem Schicksal genommen.«

»Ich weiß das, Monsieur Rénard«, murmelte Charlotte. »Sie warnten ihn ja schon seinerzeit vor dem Attentäter Julian von Espiard.«

Rénard nickte. »Dazu nutzte ich meinen Kontakt zu Michael Stuber, mit dem ich seit unserer gemeinsamen Studienzeit befreundet bin. Und nun bin ich froh und dankbar, dass ich auch Ihnen, der geliebten Nichte des Kardinals, in Ihrer Notlage diese kleine Gefälligkeit erweisen darf.«

Während Charlotte diese Großzügigkeit noch auf sich wirken ließ, dachte der Abbé bereits ganz praktisch. »Sie sagten, Monsieur Rénard, dass Madame Bonaparte immer dienstags ihr offenes Haus hält. Da ja Eile geboten zu sein scheint, sollten wir die nächste Gelegenheit nutzen, sie um eine Audienz zu bitten. Aber werden wir es denn bis Dienstag überhaupt nach Paris schaffen?«

»Wenn Sie morgen in aller Frühe aufbrechen, können Sie bereits am Montagabend in Paris eintreffen. Ich werde Ihnen meine Privatkutsche zur Verfügung stellen. Es ist nicht anzunehmen, dass man den Herzog auf den Hauptstraßen transportieren wird. Eher wird man Nebenstrecken benutzen. Da Sie die gut ausgebaute Strecke nach Paris nehmen können, kommen Sie womöglich sogar fast gleichzeitig mit dem Herzog in Paris an.«

Auf der Landstraße nach Paris
Sonntag, 18. März 1804

Trübsinnig sah Enghien aus dem Fenster der Kutsche, die ihn, Mohiloff und seine beiden ständigen Bewacher in raschem Galopp durch die Dämmerung trug. Den Vorhang aus dichtem schwarzem Wollstoff zurückzuziehen, war ihm ohnehin erst nach Sonnenuntergang erlaubt.

Seit nahezu zwei Tagen fuhren sie jetzt, eskortiert von zehn Dragonern, in schnellem Tempo ohne größere Pausen durch Frankreich. Obwohl sie augenscheinlich Nebenstrecken benutzten, schien alles generalstabsmäßig organisiert zu sein. An jedem Halt standen frische Pferde bereit, manchmal sogar schon im Geschirr, sodass sie nur noch vor die Kutsche gespannt werden mussten. Im Innenraum reichte man ihm mehrmals am Tag einen kalten Imbiss, den er mit Mohiloff teilte. Nachts döste er mit dem Hund zu seinen Füßen im Sitzen.

Einen Halt gönnte man ihm nur alle paar Stunden in einsamem Gelände, um seine Notdurft zu verrichten und sich mit der Dogge, die um ihn herumsprang, einen Augenblick lang die Füße zu vertreten.

Nun ließ Louis-Antoine seine Augen über die nordfranzösische Landschaft schweifen, die sie gerade durchfuhren. Er sah frisch umgepflügte Felder, auf manchen spross bereits die Frühlingssaat. Dann wieder durchquerten sie Obstplantagen oder kleine Wäldchen. Ab und an erblickte er von Weitem ein Gewässer, See oder Tümpel, das konnte er nicht ausmachen.

Frankreich! Die Heimat! Er spürte eine große Wehmut in sich aufkommen. *Was hätte ich in all den Jahren darum gegeben, sie wiederzusehen!*

Nun war es ein trauriges Heimkommen voller Ungewissheit. Auf der Reise hatte Enghien einen Entschluss gefasst. Er wollte Napoleon Bonaparte um eine persönliche Unterredung bitten. *Dann wird er hoffentlich einsehen, dass ich unschuldig bin, und mich ziehen lassen.* An dieser Hoffnung hielt er sich fest.

Kapitel 26

Die Tuilerien in Paris
Montag, 19. März 1804

Enghien wird zur alten Festung in Vincennes außerhalb der Stadtmauern gebracht. Dort soll ihm noch morgen Nacht der Prozess gemacht werden. Danach wird er in den Festungsgräben wegen Hochverrats standrechtlich erschossen.«

Die drei Männer, die sich diesmal im Audienzzimmer der Tuilerien versammelt hatten, nahmen diese Ankündigung Napoleons unterschiedlich auf. Talleyrand, der Außenminister, verzog keine Miene und wirkte wie immer gelangweilt. Fouché nickte zustimmend. Nur das Gesicht des dritten Mannes, des Militärgouverneurs von Paris und Napoleons Schwager, Joachim Murat, färbte sich vor Erregung rot.

»Wie stellen Sie sich das denn vor, Erster Konsul?«, fragte er empört. »Es hat sich doch klar herausgestellt, dass die Angaben dieser Spionin«, er betonte das letzte Wort abschätzig und warf Fouché einen verächtlichen Blick zu, »vollkommen falsch waren. Enghien ist weder mit Dumouriez noch mit Smith im Bunde. Damit dürfte er auch kein Teil der Verschwörung von Cadoudal und Pichegru sein.«

»In der Tat hat sich der erste Verdacht leider nicht erhärten lassen«, antwortete Napoleon seinem Schwager mit eisiger Stimme. Auch er warf Fouché einen wütenden Blick zu, dem dieser geflissentlich auswich. »Dies bedeutet jedoch nicht, dass es nicht mehr als genug weitere Verdachtsmomente gegen diesen Bourbonenabkömmling gibt.«

»So stellen Sie ihn vor ein ordentliches Gericht und lassen Sie die Vorwürfe untersuchen!«

Napoleon, der wie üblich mit langen Schritten durch den Raum marschiert war, machte auf dem Absatz kehrt und baute sich drohend vor Murat auf. »Das könnte diesem rebellischen Royalistenvolk so passen. Schon jetzt häufen sich die Bittschriften nobler Pariser Bürger in meinem Vorzimmer, die die Entführung des Herzogs verurteilen und um seine Freilassung bitten. Selbst die ersten Protestnoten von in Paris akkreditierten Botschaftern aus dem benachbarten Ausland sind bereits eingetroffen.«

»Meines Wissens hat man Sie genau davor gewarnt«, schnitt Murat, der sich nicht einschüchtern ließ, ihm das Wort ab.

Napoleon überging die Bemerkung. »Darum muss ich hier und jetzt aufs Schnellste ein Exempel statuieren, das diese royalistischen Ratten ein für alle Male in ihre Löcher zurücktreibt.«

Er zog ein Dokument aus seiner Brusttasche und warf es vor Murat auf den Tisch. »Dies sind die Fragen, die man dem Herzog vorzulegen hat.«

Murat entfaltete das Papier und überflog es. Dann schürzte er missbilligend die Lippen. »Das sind samt und sonders Suggestivfragen, Konsul. Zudem würden sie auf nahezu jeden Emigranten passen, der während der Revolution das Land verließ und danach gegen Frankreich kämpfte.«

»Dann sehen Sie zu, dass bei dem Prozess die Formen gewahrt werden, und instruieren Sie die von Ihnen ausgewählten Juroren entsprechend!«

»Ich???« Vor Überraschung verschlug es Murat zunächst die Sprache. »Ich soll dieses Tribunal zusammenstellen und während des Prozesses dabei sein? Ich lasse mich von Ihnen nicht zum Handlanger eines politischen Mordes machen!«

Napoleons Miene versteinerte. »Ich vertraue Ihnen als dem Gatten meiner Schwester Caroline besonders!« Trotz seiner Beteuerung schwang ein gefährlicher Unterton in seiner Stimme mit.

Murat sprang erregt auf. »Oh nein, Konsul! Bei mir verfangen weder Ihre Schmeicheleien noch Ihre Drohungen! Warum beauftragen Sie nicht eine Ihrer speichelleckenden Kreaturen mit dieser Drecksarbeit? Ihren veritablen Senator Fouché zum Beispiel?«

Napoleon biss die Zähne so fest zusammen, dass seine Kiefermuskeln hervortraten. Er ballte die Hände zu Fäusten. »Fouché scheidet leider aus, mein Lieber«, zischte er, ohne den Genannten eines Blicks zu würdigen. »Er könnte sonst in den Verdacht geraten, sich für das Versagen seiner Spionin schadlos halten zu wollen. Das würde den Anschein eines Komplotts gegen den Bourbonen erwecken.«

»Und was ist es anderes als ein Komplott?«, fragte Murat herausfordernd.

Napoleon trat so dicht an ihn heran, dass ihre Gesichter kaum mehr als eine Handbreit voneinander entfernt waren. »Sie werden tun, was ich Ihnen befehle, Murat. Sie stellen ein Tribunal aus sieben Offizieren zusammen und beaufsichtigen den Prozess und die nachfolgende Hinrichtung. Ansonsten ist Ihre Karriere in Paris zu Ende! Sie kehren in Ihre hinterwäldlerische Heimat zurück und fristen Ihr Leben als Gastwirt wie Ihr Vater.«

Murat erbleichte und biss sich auf die Lippen. Wie so viele Bürgerliche war auch er während der Revolutionsjahre aus einfachen Verhältnissen in zuvor nie geahnte gesellschaftliche Höhen aufgestiegen.

Talleyrand, der die beiden Streitenden mit einem mokanten Lächeln beobachtet hatte, nutzte die Chance, die sich durch Murats Schweigen ergab.

»Meine Herren!« Er breitete begütigend seine manikürten Hände aus. »Lassen Sie mich Ihnen einen Kompromiss vorschlagen! Sie, Monsieur Murat, kümmern sich um die Zusammenstellung des Tribunals, wie es der Erste Konsul wünscht. Für die Aufsicht über das Tribunal und die … ähm … Vollstreckung des Urteils würde ich einen anderen Mann vorschlagen.« Er machte eine künstliche Pause.

»Nun sagen Sie schon, wen Sie meinen«, wetterte Napoleon.

»Ich denke an Monsieur René Savary, den Leiter Ihrer Geheimpolizei. Er ist Ihnen ebenso treu ergeben wie skrupellos, Konsul.«

Schloss Malmaison
Dienstag, 20. März 1804, drei Uhr nachmittags

Das Herz schlug Charlotte bis zum Hals, als sie sich dem Zug der Bittsteller vor Schloss Malmaison anschloss. Abbé Weinborn und Piroschka blieben in Rénards Kutsche im Schlosshof zurück.

Vor dem Eingang standen uniformierte Wachsoldaten und prüften die Papiere derer, die Einlass begehrten. Es waren viele einfache und sogar ärmlich gekleidete Menschen darunter. Charlotte hob sich in ihrem pelzverbrämten Umhang deutlich von ihnen ab. Als Gräfin von Plessis schien sie eine der wenigen Adligen zu sein, die Joséphine heute aufsuchten, und wurde von dem Wachmann, der ihren Pass kontrollierte, sofort durchgewunken.

Zumindest wegen meiner Garderobe hätte ich mir keine Sorgen machen müssen, schoss es ihr durch den Kopf, als sie einer eigens dafür bereitstehenden Zofe ihren Umhang reichte. Darunter trug sie das einzige vornehme Kleid, das sie in der Eile vor der Abreise mitgenommen und ursprünglich für zu schlicht erachtet hatte, um in Malmaison Eindruck zu machen. Es war ein langärmeliges Tageskleid aus dunkelblauem Samt, am Hals hochgeschlossen und an den Oberarmen mit kleinen Zierpuffärmeln versehen. Piroschka hatte es eingepackt, da es zu den wenigen Kleidern gehörte, die entsprechend der aktuellen Mode geschnitten waren und deren Stoff dafür sorgte, dass Charlotte nicht frieren müsste.

Im völlig überheizten Audienzzimmer brach Charlotte jedoch schon, kaum dass sie den Raum betreten hatte, der Schweiß aus. Morgens war ihr jetzt regelmäßig übel, außerdem hatte sie vor Aufregung den ganzen Tag über kaum etwas essen können. Einen kleinen Moment lang wurde ihr schwarz vor Augen. Sie merkte auch, dass sie leicht zu schwanken begann.

»Madame! Ist Ihnen nicht wohl?« Jemand fasste sie unter dem Arm. Als sie wieder klar sehen konnte, erblickte sie einen Lakaien in einer prächtigen rotgoldenen Livree, der sie besorgt musterte.

Sie zwang sich zu einem Lächeln. »Danke, es geht schon wieder.« Doch der Lakai ließ sich nicht abweisen. »Darf ich Sie zu einem Platz begleiten und Ihnen ein Glas frisches Wasser bringen lassen?«

Charlotte nickte matt. »Das wäre sehr freundlich.«

Der Mann führte sie zur linken Seite des Raumes und wies auf einen mit golddurchwirktem rotem Brokat überzogenen Lehnstuhl. Erst als sich Charlotte gesetzt hatte, bemerkte sie, dass auf der anderen Seite des Raumes einfache, oft ungepolsterte Schemel standen, auf denen die schlichter gekleideten Leute hockten. Außer ihr saß bislang nur eine ganz in Schwarz gekleidete, ältliche Matrone auf der linken Seite. Joséphine selbst war noch nicht da.

Der Lakai, offenbar von höherem Rang als die restliche Dienerschaft, winkte einen Mann herbei, der ein Tablett mit Getränken trug. »Ich könnte Ihnen auch ein Glas leichten Weißwein anbieten, wenn Ihnen das genehmer wäre, Madame …?« Er hob fragend die Stimme.

»Ich bin Gräfin Dorothée von Plessis und komme aus der Nähe von Straßburg im Elsass«, erklärte Charlotte. Der Lakai verneigte sich, ohne sonderlich überrascht zu wirken.

»Dass Sie eine Dame von Adel sind, ist leicht auszumachen«, schmeichelte er. »Also, was darf ich Ihnen servieren lassen?«

»Nur ein Glas Wasser«, wiederholte Charlotte ihre Bitte. Der Lakai gab dem Diener mit dem Tablett ein Zeichen. »Bringe ein Glas frisches Brunnenwasser für diese Dame«, befahl er.

Zu Charlottes Erstaunen machte er danach jedoch keine Anstalten, sich zu entfernen.

»Müssen Sie sich nicht auch um die anderen Gäste kümmern?«, fragte sie, da ihr der Mann lästig zu werden begann, schließlich geradeheraus.

Der verzog seine wulstigen Lippen zu einem spöttischen Lächeln. »Wie Sie ja selbst sehen, verehrte Gräfin, sind heute nur wenige Bittsteller von Stand da. Leider ist unsere verehrte Madame Bonaparte nicht davon zu überzeugen, das einfache Volk nicht mehr an jedem Audienztag vorzulassen. Ginge es nach mir, würde ich höchstens einen Tag im Monat dafür vorsehen oder sogar nur eine Audienz im Vierteljahr.«

Sieh an. Charlotte hoffte, dass der Lakai ihr die sarkastischen Gedanken nicht ansah, die ihr durch den Kopf gingen. *Bald herrschen wieder die gleichen Zustände in Frankreich wie weiland im Ancien Régime. Napoleon scheint sich wirklich darauf vorzubereiten, sich zum König krönen zu lassen. Zumindest die Hofschranzen wittern bereits ihre Chancen.*

Sie sollte mehr als recht behalten. Auch als sie schließlich das Glas mit kühlem Wasser in Händen hielt, entfernte sich der Lakai nicht von ihrer Seite.

»Ich vermute, dass Sie ein wichtiges Anliegen zu dieser Audienz führt, Gräfin?«

Charlotte nickte misstrauisch. Worauf wollte der Mann hinaus? »So ist es. Ich möchte der ersten Dame Frankreichs ein Bittschreiben überreichen«, antwortete sie vorsichtig.

Der Lakai beugte sich verschwörerisch zu ihrem Ohr hinunter, sodass Charlotte sein aufdringliches Parfum in die Nase stieg, vermischt mit dem Geruch nach altem Schweiß. Wieder wurde ihr übel.

»Ich kann dafür sorgen, dass Ihr Wunsch bevorzugt behandelt wird. Oft liest unsere verehrte Madame Joséphine solche Schreiben erst Tage nach der Audienz. Manche werden auch gar nicht gelesen und keineswegs alle beantwortet.«

Charlotte fuhr der Schreck in alle Glieder. »Aber mein Anliegen duldet keinen Aufschub«, entfuhr es ihr.

Der Mann sah sie vieldeutig an. »Das dachte ich mir, verehrte Gräfin. Deshalb würde ich Ihnen gerne dabei behilflich sein, eine bevorzugte Behandlung zu genießen.« Als Charlotte ihn weiter verständnislos anstarrte, wurde er endlich deutlich. »Gegen einen ganz kleinen Obolus für diese Mühe, versteht sich.«

Charlotte konnte nicht verhindern, dass ihre Mundwinkel verächtlich zuckten. *Wie sich die Vorkommnisse doch gleichen,* dachte sie in Erinnerung an die Bestechungsgelder, die man seinerzeit auch am Hof von Versailles bezahlen musste, wenn man die Aufmerksamkeit Marie-Antoinettes gewinnen wollte. Sie fingerte hektisch an dem kleinen Samtbeutel herum, der zu ihrem Kleid passte. Dummerweise hatte sie an diesem Morgen nur ein Zehnfrancstück eingesteckt. Das zog sie nun hervor und drückte es dem Lakaien in die Hand. An seinem erstaunten Gesichtsausdruck erkannte sie, dass er nicht mit so viel Geld gerechnet hatte.

Er verbeugte sich. »Möchten Sie mir das Schreiben geben?«

Charlotte erschrak wieder. »Warum? Ich wollte es Madame Bonaparte selbst überreichen.«

Der Diener musterte sie mit einem unverschämten Blick. »Ich dachte, Sie erwarten eine baldige Antwort.«

»Ja, das ist richtig.«

»Dann sollten Sie nicht zögern, sich meiner zu bedienen. Ich trage die Verantwortung, Madame einen Überblick über die Anliegen der Bittsteller zu geben.« Der Mann streckte die Hand aus.

Zitternd und voller Angst, einen großen Fehler zu machen, legte Charlotte den Brief hinein.

Es dauerte weitere zwanzig Minuten, bis Joséphine von Beauharnais in Begleitung einiger Hofdamen das Audienzzimmer betrat. Alle Anwesenden erhoben sich sofort von ihren Stühlen.

Wie üblich war Napoleons Gemahlin ganz in Weiß gekleidet. Ihr luftiges, fast durchscheinend wirkendes Gewand hatte ein tief ausgeschnittenes Dekolleté und kurze Puffärmel.

Als wäre es schon Hochsommer. Kein Wunder, dass das Audienzzimmer so überheizt ist.

Auch aus der Entfernung von ungefähr fünfzehn Schritt, die die beiden Frauen trennte, konnte Charlotte erkennen, dass sie immer noch eine sehr schöne Frau war. Ihr dunkles, fast schwarzes Haar trug sie zu einer mit Perlmuttkämmen lose aufgesteckten Frisur, aus der sich wie zufällig einige Löckchen gelöst zu haben schienen. In ihrem ovalen Gesicht mit dem spitz zulaufenden Kinn stachen vor allem die ausdrucksvollen, dunklen Augen hervor, die von dichten Brauen überwölbt wurden. Charlotte hatte zwar bereits Gemälde von Joséphine gesehen, aber ihre leibhaftige Erscheinung übertraf diese bei Weitem.

Napoleons große Liebe, schoss es Charlotte durch den Kopf. Plötzlich schöpfte sie neue Hoffnung. *Er hat sie seinerzeit seinem Gönner, dem mächtigen Barras, ausgespannt und geheiratet, obwohl sie sechs Jahre älter ist als er.*

Paul von Barras war einer der ersten Direktoren der Republik nach der Schreckensherrschaft gewesen und hatte den jungen General Bonaparte gefördert.

Charlotte rechnete mit den Fingern nach. *Joséphine ist schon vierzig Jahre alt. Aber sie wirkt an die zehn Jahre jünger. Wenn ich sie für meine Sache gewinnen kann, bin ich einen großen Schritt weiter, denn Napoleon wird sich ihrer Fürsprache für Louis-Antoine sicher nicht verschließen. Er weiß doch selbst nur zu gut, was eine große Liebe bedeutet. Da wird er mir die meine doch nicht grundlos nehmen wollen.*

In diesem Moment trat der Lakai, der Charlotte empfangen hatte, vor und schlug mit einem Stab dreimal auf die Erde. *Ach herrje, das scheint der Haushofmeister zu sein*, realisierte Charlotte erst in diesem Augenblick. »Mesdames und Messieurs«, rief er. »Begrüßen Sie die Erste Dame Frankreichs, Madame Joséphine Bonaparte!«

Die Herren verbeugten sich bis auf Kniehöhe, die Damen, auch Charlotte, versanken in einen tiefen Hofknicks. Dann nahm Joséphine auf ihrem thronähnlichen, mit rotem Samt bezogenen Sessel Platz und winkte dem Haushofmeister. Charlottes Puls begann zu rasen, als dieser ihr das Bittschreiben überreichte. Joséphine wollte es zunächst auf ein silbernes Tablett legen, das neben ihr auf einem Tischchen stand, als der Lakai sich erneut zu ihr beugte und ihr etwas zuflüsterte. Panik und Erleichterung ergriffen gleichermaßen von Charlotte Besitz, als Joséphine das Schreiben öffnete und zu lesen begann.

Selbst aus der Entfernung heraus glaubte Charlotte zu erkennen, dass ein Ausdruck der Betroffenheit auf Joséphines Gesicht trat. Nach einem kurzen Moment des Zögerns winkte sie dem Haushofmeister erneut und flüsterte ihm etwas ins Ohr.

Vor Anspannung wie gelähmt sah Charlotte ihn nach einer Verbeugung vor seiner Herrin wieder auf sie zukommen. Seiner Miene ließ sich nicht entnehmen, welche Kunde er ihr bringen würde.

Erst als er ihren Sessel erreichte, überzog ein breites Lächeln sein Gesicht und enthüllte schadhafte Zähne. »Madame Bonaparte, die Erste Dame Frankreichs, erwartet Sie heute um sechs Uhr abends zu einer Privataudienz.«

Festung Vincennes vor den Toren von Paris
Dienstag, 20. März 1804, fünf Uhr nachmittags

Der mächtige Donjon der Festung Vincennes erhob sich majestätisch über den teils noch unbelaubten Bäumen des Waldgebietes, das die Kutsche mit Enghien, Mohiloff und seinen Bewachern nach fast viertägiger, nahezu ununterbrochener Reise durchquerte. Er war der höchste Wohnturm in ganz Frankreich. Als Knabe hatte Enghien das weitläufige Gelände mehrmals mit seinem Großvater besucht.

Nun weiß ich endlich, wohin sie mich bringen. Nach der langen Fahrt ohne richtige Nachtruhe fühlte sich Louis-Antoine völlig zerschlagen. Müdigkeit, Resignation und die Hoffnung, dass es nun bald eine Wende zum Besseren geben würde, wechselten sich in ihm ab.

In Paris, das sie zuvor durchquert hatten, glaubte Enghien noch, im Temple eingekerkert zu werden, wie seinerzeit die königliche Familie Ludwigs XVI. Wehmütig betrachtete er die ihm wohlvertrauten Straßen und Plätze, nachdem seine Bewacher ihm erlaubt hatten, die schwarzen Vorhänge einen winzigen Spalt zur Seite zu ziehen.

Die Kutsche fuhr über die Champs-Élysées und überquerte den Pont Neuf. Die Türme von Notre-Dame schienen ihn in der Heimat willkommen zu heißen. *Was würde ich darum geben, ein Gebet in der Kathedrale sprechen zu dürfen.* Er äußerte den Wunsch nicht laut, wohl wissend, dass ihn seine Bewacher ohnehin abschlagen würden.

Und nun überquerte die Kutsche den fast dreißig Schritt breiten, ausgetrockneten Festungsgraben, der in früheren Zeiten, mit Wasser gefüllt, ein nahezu unüberwindliches Bollwerk bei der Verteidigung der Festung gewesen sein musste. Nachdem sie das Eingangstor passiert hatte, ratterte die Kutsche durch die weitläufigen Innenhöfe und hielt schließlich am entgegengesetzten Ende der Festung an. Hier war ein zweistöckiges Haus aus grauem Stein dicht an die Außenmauer gebaut.

»Wir sind da!« Auch die Bewacher wirkten nach der anstrengenden Fahrt erleichtert. Der ältere von ihnen, ein Mann namens Pêcher mit einem grauen Schnauzbart, der Enghien, im Gegensatz zu Charlot, jederzeit respektvoll behandelt hatte, öffnete den Wagenschlag. Er stieg aus und hielt ihn für Enghien auf. Der stolperte fast über Mohiloff, der an ihm vorbei aus der Kutsche sprang, offensichtlich froh, der langen Bewegungslosigkeit in dem engen Gefährt endlich entkommen zu können. Die Dogge begann, mit großen Sprüngen über den Platz zu stürmen. Enghien ließ sie eine Minute lang gewähren, bis er sie mit einem Pfiff zurückrief.

»Ich bringe Sie jetzt vorübergehend ins Haus des Festungskommandanten Monsieur Harel«, erläuterte Pêcher. »Dort erhalten Sie einen Imbiss. In der Zwischenzeit wird man einen Raum im Pavillon du Roi für Sie vorbereiten.«

Im Pavillon du Roi? Noch konnte Enghien nicht wissen, wie heruntergekommen dieses ehemals für den französischen König errichtete Gebäude mittlerweile war, und schöpfte neue Hoffnung. *Das halte ich für ein gutes Zeichen. Man hätte mich auch in den ehemaligen Verliesen des Schlosses unterbringen können.*

In diesem Augenblick trat der Festungskommandant persönlich vor die Tür seines Hauses und hieß Louis-Antoine willkommen. Er war ein untersetzter, stämmiger Mann in den Vierzigern mit einem von roten Äderchen durchzogenen Gesicht, was auf einen ausgiebigen Alkoholgenuss hinwies. Tatsächlich glaubte Enghien, einen leichten Geruch von Branntwein an Harel wahrzunehmen, sobald sich dieser bewegte.

»Meine Gattin hat in der Wohnstube eingeheizt und ist gerade dabei, eine Mahlzeit aufzutischen, Herzog. Ich vermute, Sie werden hungrig und durstig nach der langen Reise sein.«

Enghien nickte und folgte Harel die schmale Treppe hinauf in den ersten Stock. »Darf ich auch um etwas Wasser und Futter für meinen Hund bitten?«, fragte er, während die Dogge ihm hechelnd vorauslief.

»Auch da wird sich sicherlich etwas finden lassen.«

Eine dickliche Frau mit Schürze und weißer Haube hantierte am schon gedeckten Tisch, als Louis-Antoine den Raum betrat. Sie drehte sich um und wollte gerade in einen leichten Knicks versinken, als sie mitten in der Bewegung verharrte. Auch Louis-Antoine erkannte die Frau sofort, obwohl sie sich seit ihrer letzten Begegnung vor fast zwanzig Jahren sehr verändert hatte.

Aus der damals ungefähr zwanzigjährigen, schlanken jungen Frau war nun eine behäbig wirkende Matrone geworden, die man auch für älter als Ende dreißig hätte halten können. Doch die dunklen, intensiv blickenden Augen und vollen Lippen in dem nun rundlich gewordenen Gesicht waren die gleichen wie damals, als sie den knapp vierzehnjährigen Knaben in einem Stall in Chantilly verführt hatte. Es war die Milchmagd Jeannette – seine erste Liebe. Vage erinnerte sich Louis-Antoine daran, dass sie später einen Soldaten geheiratet hatte.

Ein fast unmerkliches Kopfschütteln Jeannettes hinderte ihn daran, sie als alte Bekannte zu begrüßen. Während sie ihren

Knicks vollendete, machte Louis-Antoine eine kleine Verbeugung. »Madame Harel, ich bin Ihnen außerordentlich dankbar für Ihre Einladung.«

»Keine Ursache«, brummte ihr Mann in seinem Rücken. »Jeannette, hol noch Wasser für den Hund aus der Küche und schau nach, ob wir noch ein paar Knochen vom Mittagsmahl für ihn haben. Wenn nicht, schneide ihm halt eine Wurst auf.«

Jeannette verließ schweigend die Wohnstube, während Harel Enghien aufforderte, Platz zu nehmen. »Greifen Sie zu, Herzog! Die Lammpastete ist hausgemacht. Jeannette, mein Weib, versteht sich sehr gut auf ihre Zubereitung. Auch den Kuchen kann ich empfehlen.«

Erst jetzt merkte Louis-Antoine, wie hungrig er war. Seit dem Morgen hatte er kaum etwas zu sich genommen. Der Magen war ihm gegen Ende der Reise wie zugeschnürt gewesen. Jetzt, da er wusste, wohin man ihn gebracht hatte, verspürte er wieder Appetit und griff herzhaft zu.

»Die Pastete ist wirklich außerordentlich köstlich, Monsieur Harel«, bestätigte er, als er ein Stück der goldbraunen Kruste mit der Füllung aus fein gehacktem Fleisch zum Munde geführt hatte. »Ihre Gattin hat sie äußerst raffiniert gewürzt.«

»Hätte ich noch einen Koch in meinen Diensten«, fügte er mit plötzlicher Selbstironie hinzu, »würde ich mir das Rezept für ihn mitgeben lassen.«

Harel brummte zustimmend und goss sich selbst ein Glas Rotwein ein. Enghien lehnte dankend ab, als ihm der Festungskommandant ebenfalls ein Glas einschenken wollte. »Vielleicht später, Monsieur. Ich fürchte, auf fast nüchternen Magen sonst zu müde zu werden.« Stattdessen griff er nach dem Wasser, das in einer Karaffe bereitstand.

In diesem Moment kehrte Jeannette mit zwei gefüllten Schalen für Mohiloff zurück. Der stürzte sich sofort auf das Wasser und begann laut schlabbernd zu trinken. Dann machte er sich schmatzend über sein Futter her, das offensichtlich nicht aus Wurst, sondern aus frischem Fleisch bestand.

»Mohiloff«, tadelte Enghien den Hund leise. Doch diesmal nutzte seine Mahnung nichts. Der Hund schien vollkommen ausgehungert zu sein.

»Ich bitte für die schlechten Manieren meines Tiers um Vergebung«, lächelte Enghien. »Auf der Reise gab es nichts Rechtes zu fressen für ihn.«

Harel grinste und stand auf. »Dann wünsche ich Ihnen weiterhin eine gesegnete Mahlzeit. Ich sehe derweil einmal nach, wie weit die Zurichtung Ihrer Zelle gediehen ist.« Da er Enghien bereits den Rücken zukehrte, bemerkte er nicht, dass der beim Wort »Zelle« leicht zusammenzuckte.

Erst an der Tür drehte Harel sich noch einmal um. »Draußen im Hof stehen zwei Wachtposten vor der Tür. Und es wimmelt nur so von Wachpersonal in der Festung. Das wollte ich nur einmal erwähnt haben.« Nach dieser deutlichen Warnung verließ er den Raum.

Erst als die Haustür hinter ihrem Gatten ins Schloss fiel, suchte Jeannette Louis-Antoines Blick. »Herzog von Enghien«, sprach sie ihn mit der leicht rauchigen Stimme an, an die er sich nun ebenfalls erinnerte. »Ich wusste nicht, dass Sie der Gefangene von hohem Stand sind, den mir mein Mann heute Morgen ankündigte.«

Louis-Antoine stand auf, ergriff ihre Hände und küsste sie auf beide Wangen. »Jeannette, was für eine glückliche Fügung, dich ausgerechnet hier anzutreffen. Und noch glücklicher, dass du mir diese köstliche Pastete bereitet hast, obwohl du gar nicht wusstest, dass ich derjenige bin, den man erwartet«, fügte er mit einem Anflug seines früheren Humors hinzu.

Sie erwiderte weder seinen Händedruck noch sein Lächeln, sondern hielt ihren Blick gesenkt.

»Was ist, freust du dich denn gar nicht, mich wiederzusehen?«

Zu seiner Beunruhigung rollte jetzt sogar eine Träne über Jeannettes rundliche Wange. »Was ist, Jeannette? Was weißt du, was ich nicht weiß, aber wissen sollte?« Plötzlich engte ihm wieder nackte Angst die Brust ein.

Sie hob den Blick, in dem er Furcht und Traurigkeit las. »Ich weiß nichts Genaues«, erwiderte sie leise. »Nur dass viele hohe Herren noch in dieser Nacht hier eintreffen werden. Mein Gatte hat mir befohlen, eine Mahlzeit für sie vorzubereiten.«

»Und du bist sicher, die hohen Herren kommen wegen mir hierher?«

Jeannette nickte.

»Aber warum denn mitten in der Nacht?«

»Das weiß ich nicht, Herzog.« Sie zögerte kurz, überwand sich dann aber. »Ich glaube, es ist ein Kriegsgericht, das zusammentreten soll. Man sprach von einem Schnellverfahren.«

Louis-Antoine spürte, wie er erblasste. *Ein Schnellverfahren? Aber aufgrund welcher Beweise?*

»Ich habe das auch nur mitgehört, weil mein Mann mich zu behandeln pflegt wie ein Stück Holz. Als hätte ich weder Augen noch Ohren«, fügte sie nicht ohne Bitterkeit hinzu. »Ich habe ihn außerdem zum Hauptmann der Nachtwache sagen hören, die Sache sei höchst geheim und dürfe auf keinen Fall vorzeitig in Paris bekannt werden.«

Enghiens Furcht verstärkte sich.

»Was weißt du noch?«, drängte er.

Jeannette schüttelte den Kopf. »Das ist alles, Herzog.«

Plötzlich sank Enghien völlig kraftlos zurück in den Stuhl. Jeder Appetit war ihm vergangen. Während Mohiloff weiterhin schmatzend seine Schale ausleckte, schob er den Teller mit der warmen Pastete von sich. Der Geruch verursachte ihm jetzt sogar leichte Übelkeit.

»Möchten Sie denn nicht wenigstens noch ein paar Bissen essen?«, fragte Jeannette schüchtern nach einer Weile des Schweigens.

Louis-Antoine verneinte.

»Auch kein Stück von meinem Nusskuchen? Man schätzt ihn allgemein sehr.«

Wieder schüttelte Enghien den Kopf.

So verharrten sie in drückendem Schweigen, bis Harel nach ungefähr einer halben Stunde zurückkam, um Louis-Antoine und Mohiloff in ihre Zelle im Pavillon du Roi zu bringen.

Schloss Malmaison
Dienstag, 20. März 1804, sechs Uhr abends

Als Charlotte zum vereinbarten Zeitpunkt wieder in Malmaison vorsprach, empfing sie erneut der Haushofmeister. Diesmal führte er sie in einen ganz in Altrosa gehaltenen, kleinen Salon.

Drei Sessel, ein Sofa und eine Chaiselongue waren mit samtenen Polstern in dieser Farbe bezogen, die Wände zierten altrosa Seidentapeten, schwere Vorhänge in der gleichen Farbe waren um die Fenster drapiert. Auf einem kleinen Tischchen standen ein silbernes Teegeschirr sowie Gebäck in einer schön ziselierten Schale bereit.

Der Haushofmeister bot Charlotte einen Platz neben dem Teetisch an und schenkte ihr eine Tasse des stark duftenden Getränks ein. »Echter englischer Tee«, sagte er augenzwinkernd. »So ist Frankreichs größter Feind zumindest zu etwas gut.«

Charlotte, die sich aus schwarzem Tee nach wie vor nichts machte, nickte höflich.

In diesem Moment betrat Joséphine den Raum. Sie hatte sich umgezogen und trug nun ein Kleid aus schwerer Atlasseide, ebenfalls in Weiß gehalten, aber mit zarten goldenen Stickereien verziert. Offensichtlich war sie schon für den Abend gekleidet.

»Meine Liebe, behalten Sie doch Platz«, forderte sie Charlotte auf, die sich sofort erheben wollte. Nachdem der Haushofmeister auch ihr Tee eingeschenkt und den Raum verlassen hatte, bedachte sie Charlotte zunächst schweigend mit einem langen Blick. Charlotte hielt ihm stand und wartete ab.

»Sie sind also die Prinzessin Charlotte von Rohan-Rochefort und heute gekommen, um mich darum zu bitten, ein gutes Wort für den Herzog Louis-Antoine von Enghien einzulegen«, begann Joséphine schließlich die Unterredung.

»So ist es, Madame Bonaparte. Und ich bin Ihnen unendlich dankbar, dass Sie mich überhaupt empfangen haben.« Verlegen fügte sie hinzu: »Es ist nicht erforderlich, mich Prinzessin zu nennen.«

Joséphine lächelte schmal. »Weil Sie glauben, mich könnte Ihr Titel stören, da ich noch keinen ähnlichen trage?« Charlotte entging das Wörtchen »noch« keineswegs, trotzdem wusste sie nicht, was sie darauf antworten sollte. Schließlich brach es aus ihr heraus. »Nein, weil ich mich Ihnen zu Füßen werfen würde, Madame, ob ich mich nun ›Prinzessin‹ nennen darf oder nicht, wenn Sie mir dabei behilflich wären, das Leben und die Freiheit meiner großen Liebe zu retten.«

Joséphines Miene entspannte sich. »Es ist also Ihre Liebe zu dem Herzog, die Sie vornehmlich leitet? Nicht die Tatsache, dass sich mein Gatte mit der Verhaftung des Herzogs von Enghien völkerrechtlich ins Unrecht gesetzt hat? Ihrem Schreiben konnte ich das nicht so genau entnehmen.«

Charlotte nickte. Den Bittbrief hatte sie bewusst unkonkret gehalten und darin nur um Unterstützung für den Herzog von Enghien gebeten. Nun suchte sie verzweifelt nach den richtigen Worten, um Joséphines Unterstützung für ihr Anliegen zu gewinnen.

»Erzählen Sie mir von dieser Liebe!«, forderte Joséphine sie schließlich auf.

Charlotte holte tief Luft. »Ich kenne Louis-Antoine jetzt seit ungefähr zwölf Jahren, als er das erste Mal ins heute badische

Ettenheim kam, von wo aus mein Großonkel, Kardinal Louis von Rohan, damals sein ihm verbliebenes Territorium regierte. Anfangs widerstand ich seinem Werben. Nach einer unglücklichen ersten Liebe war ich entschlossen, allein zu bleiben. Außerdem ist Louis-Antoine fast fünf Jahre jünger als ich, weshalb ich mich zu alt für ihn hielt.«

Das letzte Argument hatte sie mit Bedacht gewählt und erkannte an Joséphines aufblitzendem Lächeln, dass es durchaus bei ihr verfing. Sie nahm einen Schluck Tee und signalisierte Charlotte dann mit einem Neigen des Kopfes, fortzufahren.

»Doch der Herzog blieb hartnäckig, und schließlich begann ich, seine Liebe zu erwidern. Seit acht Jahren sind wir nunmehr ein Paar und seit eineinhalb Jahren sogar heimlich vermählt.« Die letzten Worte entfuhren ihr spontan. Sie hatte dies eigentlich nicht erwähnen wollen.

»Warum denn *heimlich* vermählt?«, wunderte sich Joséphine denn auch prompt.

»Das Familienoberhaupt, sein Großvater Prinz Condé, ist nicht mit unserer Heirat einverstanden. Wir haben daher beschlossen, unsere Verbindung geheim zu halten, bis sich Nachkommen einstellen.«

»Und ist das denn in Aussicht?«, fragte Joséphine offenkundig sehr interessiert.

»Ich weiß es nicht sicher, Madame«, blieb Charlotte bei der Wahrheit. »Die nächsten Wochen werden es zeigen.«

Joséphine seufzte. »Dann wünsche ich Ihnen von Herzen Glück, Prinzessin. Wie alt sind Sie, wenn ich das fragen darf?«

»Sechsunddreißig Jahre.«

»Und haben noch nie zuvor geboren?«

Charlotte schüttelte den Kopf.

Joséphine seufzte wieder. »Es ist nicht so einfach, in diesem Alter ein Kind zu empfangen. Glauben Sie mir, ich weiß, wovon ich spreche. Obwohl ich in jungen Jahren bereits geboren habe.«

Ein plötzlicher Ausdruck von Angst huschte über ihr zartes Gesicht.

Napoleon wird sich einen leiblichen Erben wünschen, wenn er König geworden ist. Einen Sohn, an den er seinen Titel später weitergeben kann, wurde Charlotte schlagartig klar. *Und sie hat Angst, ihm diesen Wunsch nicht erfüllen zu können.* Plötzlich hatte sie sogar Mitgefühl mit der mächtigsten Frau Frankreichs.

Joséphine schien dies zu spüren und wechselte das Thema. »Und warum glauben Sie, dass ich Ihnen dabei helfen könnte, Ihren Gemahl zu befreien?«

»Er ist unschuldig, Madame«, brach es erneut mit aller Leidenschaft aus Charlotte heraus. »Ich weiß es und kann es bei meinem Seelenheil auf die Bibel beschwören! Er hat als Emigrant viele Jahre gegen Frankreich gekämpft, das ist wahr. Und er wird immer ein Anhänger des Ancien Régime bleiben, dazu fließt einfach zu viel Bourbonenblut durch seine Adern. Doch er ist der ehrenhafteste Mensch, den ich kenne. Viele Male ließ er in den vergangenen Kriegen besiegte Franzosen ziehen, gab ihnen sogar manchmal Proviant und Grüße in die Heimat mit. Niemals erschoss er einen Feind aus dem Hinterhalt. Jeder gegnerische Verwundete konnte mit seiner Fürsorge rechnen, selbst wenn er zuvor noch Männer aus seinen eigenen Reihen getötet hatte.« Ihre Worte überschlugen sich fast.

Joséphine lächelte beruhigend und hob die Hand.

»Es ehrt Sie, Prinzessin, dass Sie so für das Leben und die Ehre Ihres Gemahls eintreten. Also schwören Sie, dass er an dem Mordkomplott, das gegen meinen Gatten geschmiedet wurde, nicht beteiligt ist?«

»Ich schwöre es, Madame, bei allem, was mir heilig ist.« Ihre Kehle fühlte sich plötzlich rau wie ein Reibeisen an. Sie trank von ihrem mittlerweile erkalteten Tee. Er schmeckte bittersüß. *Wie meine Liebe,* schoss es ihr durch den Kopf.

Joséphine knabberte an einem Plätzchen und schien angestrengt nachzudenken. Dann blickte sie auf. In ihren Augen sah

Charlotte Mitgefühl und zu ihrer großen Freude: Verbundenheit und Verständnis.

»Ich weiß aus eigener Anschauung, wie es ist, den über alles geliebten Mann großer Gefahr ausgesetzt zu sehen, Prinzessin. Womöglich sogar um sein Leben fürchten zu müssen. Ich saß vor vier Jahren an Heiligabend mit in der Kutsche, hinter der diese Höllenmaschine explodierte, die meinen Mann zu Tode bringen sollte.« Dass dadurch auch ihr eigenes Leben bedroht gewesen war, erwähnte sie interessanterweise nicht.

Nun sah sie Charlotte fest in die Augen. »Man sagt, dieser Georges Cadoudal, dieser Aufrührer aus der Vendée, den man jetzt festgenommen hat, steckte auch hinter diesem Attentat. Schwören Sie mir, dass Ihr Gatte diesen Mann nie gesehen hat?«

»Ich schwöre es.«

»Nie mit ihm korrespondiert hat? Keine Boten von ihm in Ettenheim empfangen hat? Auch keinen Kontakt zu den Generälen Pichegru und Moreau pflegte?«

»Ich schwöre es.« Charlotte hielt Joséphines Blick stand.

Nach einer endlos erscheinenden Weile, die wahrscheinlich nicht einmal eine Minute gedauert hatte, nickte Joséphine.

»So will ich meinem Gemahl Ihr Anliegen vortragen, wenn er heute Abend nach Malmaison kommt. Das kann jedoch spät werden, je nachdem, welche Amtsgeschäfte ihn in Paris zurückhalten. Doch ich möchte ihm im Gegenzug für die Begnadigung des Herzogs auch etwas anbieten können.«

Charlotte stockte der Atem. Sie verstand Joséphine miss. »Der Herzog ist nahezu mittellos«, sagte sie leise mit gesenktem Blick. »Und auch mein Großonkel, der Kardinal, hat mir trotz seines ehemals märchenhaften Vermögens nichts als Schulden hinterlassen.«

Joséphine schüttelte unwillig den Kopf. »Das meine ich nicht, Prinzessin!« Eine Spur Schärfe lag in ihrer Stimme.

»Ich möchte meinem Gemahl sagen können, dass der Herzog sich in Zukunft jeder feindseligen Aktivität gegen Frankreich enthalten wird. Können Sie mir das versprechen?«

Obwohl Charlotte nicht wusste, wie sie Louis-Antoine dies beibringen sollte, nickte sie heftig. »Ich verspreche es Ihnen! Der Herzog und ich werden nach Freiburg ziehen, dort als Privatleute leben und versuchen, ein bescheidenes Auskommen zu finden. Ich kann Musik- oder Französischunterricht geben und Louis-Antoine …« Sie brach ab.

Nun war die Empathie in Joséphines Augen nicht zu übersehen.

»Es wird schon werden«, flüsterte Charlotte. »Die Hauptsache ist, dass er lebt.«

»Dann will ich mein Bestes tun, um Ihnen zu helfen.« Joséphine war schon im Begriff aufzustehen, als ihr noch etwas einfiel. »Haben Sie einen Beweis dafür, dass Sie die rechtmäßige Gattin des Herzogs sind?«

Charlotte schüttelte traurig den Kopf. »Ich selbst habe alles in Ettenheim gelassen«, gestand sie, während ihre Augen feucht wurden. »Die Heiratsurkunde ebenso wie meinen Ehering, den ich in der Öffentlichkeit ja nicht tragen darf. Vielleicht hat Louis-Antoine seinen Ring bei sich, er pflegte ihn an einem Kettchen um den Hals zu tragen.«

Joséphine wirkte enttäuscht. »Wie schade! Ein solcher Beweis hätte meine Argumentation unterstützt. Eine verzweifelte Gattin, die um das Leben des ihr heimlich angetrauten Gemahls fleht. Sie werden es nicht glauben, meine Liebe, aber selbst Bonaparte hat manchmal romantische Anwandlungen.«

Plötzlich fiel Charlotte etwas ein. »Meinen Brautstrauß! Ich habe meinen Brautstrauß dabei! Ich habe ihn als Glücksbringer mitgenommen und ihn zuletzt in der Kutsche aufbewahrt. Dort muss er noch sein!« Sie sprang auf. »Ich hole ihn sofort!«

Joséphine hob die Hand. »Unterstehen Sie sich, meine Liebe.« Sie läutete bereits mit einem kleinen silbernen Glöckchen, das sich ebenfalls auf dem Teetisch befand. »Das kann doch Bernard erledigen! Er mag es als Haushofmeister womöglich für unter seiner Würde erachten, doch ich wollte an diesem Abend und bei dem delikaten Thema, das wir zu besprechen haben, keinen gewöhnlichen Diener um uns herum haben.«

In weniger als fünf Minuten kam der Haushofmeister mit dem Gewünschten zurück.

Vorsichtig zog Charlotte die weiche Ledertasche auseinander, in der sie die Blumen transportiert hatte, und atmete auf. Die verbliebenen sechs getrockneten Rosen hatten keinen ersichtlichen Schaden genommen. Sie hielt sie Joséphine entgegen.

»Mein Mann hat die siebte Rose wahrscheinlich noch bei sich. Ich fand einen Weg, sie ihm als Gruß in die Straßburger Zitadelle zu senden.«

Joséphine runzelte leicht die Stirn, ließ Charlottes Bemerkung aber unkommentiert. Stattdessen griff sie nach den zarten Blumen.

»Was für eine wunderschöne Sorte«, sagte sie bewundernd. Sie hielt die gelbrosa Blüten an ihre schmale Nase. »Und sie duften tatsächlich noch ein wenig. Wie heißt diese Rose?«

Ihre Stimme klang plötzlich sehr lebhaft.

»Es ist eine alte Sorte, Madame. Ihren wahren Namen kenne ich nicht. Aber mein Gemahl hat sie ›Charlotte‹ getauft, als er den Rosenbusch in unseren Garten pflanzte.«

»Sie haben einen Rosengarten in Ettenheim?«

»Eher ein Gärtchen«, antwortete Charlotte, verwirrt über Joséphines Interesse an diesem Thema.

»Ich liebe Rosen«, eröffnete ihr Joséphine, »und ich plane, in Malmaison den schönsten Rosengarten Frankreichs anzulegen. Wenn Sie wieder zu Hause sind, müssen Sie mir einen Ableger davon schicken.«

»Das werde ich mit Freuden tun«, versicherte Charlotte erleichtert. »Möchten Sie den Strauß hierbehalten?«

Joséphine überlegte kurz, dann nickte sie. »Es kann ja nicht schaden, ihn Bonaparte zu zeigen. Obwohl er besser nicht erfahren sollte, dass Sie die siebte Rose in die Zitadelle geschmuggelt haben. Er hatte strengste Order gegeben, dass den Herzog keine Nachricht von außen erreichen darf. Es würde ihn nur erzürnen.«

Charlotte nickte, plötzlich beklommen. »Ich wollte Louis-Antoine ein Zeichen meiner Liebe senden, ein Unterpfand, damit er weiß, dass ich in seiner Nähe bin. Auch aus diesem Grund hatte ich den Strauß in der Kutsche aufbewahrt, falls sich eine Gelegenheit ergeben hätte, ihm wieder eine Nachricht zukommen zu lassen.«

Joséphine lächelte verständnisvoll. »Meine Liebe, so verbleiben wir also, dass ich hoffe, meinem Gatten Ihr Anliegen noch heute Abend vortragen zu können. Versprechen kann ich es aber nicht, denn manchmal übernachtet er auch in Paris. Aber sobald ich ihn gesprochen habe, lasse ich Ihnen eine Nachricht zukommen.«

Kapitel 27

Festung Vincennes vor den Toren von Paris
Dienstag, 20. März 1804, kurz vor Mitternacht

Enghien schreckte aus seinem unruhigen Schlummer auf, als Mohiloff zu knurren begann. Kurz danach hörte er selbst die Tritte, die sich seiner Zellentür im Pavillon du Roi näherten. Ein hastiger Blick auf seine Taschenuhr im schwachen Licht eines Kerzenstumpens zeigte ihm, dass es auf Mitternacht zuging.

Hastig zog sich Louis-Antoine seine Stiefel über, halb geängstigt, halb erleichtert darüber, dass der Ausgang seiner Entführung nun nicht mehr allzu lange auf sich warten lassen würde. In der Tat wäre ihm jeder weitere Tag Aufenthalt in dem schimmligen, nur mit ein paar wackligen Möbeln ausgestatteten Loch im »Pavillon des Königs« zur Qual geworden. Wie naiv war er doch bei seiner Ankunft gewesen, als er nur vom protzigen Namen dieses halb verfallenen Gebäudes auf den Komfort der Unterkunft geschlossen hatte, die für ihn vorgesehen worden war!

Als der schwere Riegel zurückgeschoben wurde und sich die Tür mit einem hässlichen Quietschen öffnete, erblickte er Monsieur Harel, der ihn zu seinem Erstaunen erneut in die Wohnstube seines Hauses bringen ließ. Diese hatte man in der Zwischenzeit allerdings vollkommen umgeräumt.

Der Esstisch, an dem Enghien am Spätnachmittag Jeannettes Pastete gekostet hatte, war samt den dazugehörigen Stühlen weggeschafft worden, ebenso wie einige Vitrinen und Beistelltischchen mit Nippes, die den Raum nachmittags noch zu einer gemütlichen Stube gemacht hatten. Stattdessen hatte man eine lange Tafel, zusammengebastelt aus einer über hölzerne Gabelböcke gelegten, rohen Holzplatte, an der Längswand platziert, hinter der dicht nebeneinander sieben streng dreinblickende Männer saßen, ihren Uniformen und Rangabzeichen nach zu schließen, alles höhere Offiziere der französischen Armee.

Enghien kannte die Männer nicht, wohl aber den Herrn, der abseits in der Fensternische auf einem Armstuhl saß und ihn ebenfalls kritisch musterte. *René Savary, der Chef der Geheimpolizei.* Sein Porträt war einmal im »Moniteur« abgebildet gewesen.

Obwohl nur Wasserkaraffen auf der langen Tafel standen, roch es im Raum durchdringend nach Branntwein und Zigarrenqualm. Offensichtlich tagte man schon länger in dieser Zusammensetzung.

Monsieur Harel wies auf einen niedrigen, hölzernen Schemel, auf dem Enghien offensichtlich Platz nehmen sollte. Er ignorierte die Geste und entschloss sich spontan dazu, stehen zu bleiben. *So muss ich zumindest nicht zu dem zweifelhaften Tribunal aufsehen, das hier zu mitternächtlicher Stunde zusammengetreten ist.*

Jetzt verbeugte sich Harel knapp vor ihm. »Ich habe Order, den Hund mit nach draußen zu nehmen.« Ein Blick in die starren Gesichter der Anwesenden zeigte Enghien, dass Widerspruch zwecklos sein würde. Er beugte sich zu Mohiloff hinab und strich dem Hund über den hässlichen Kopf. Dann packte er ihn am Halsband und drehte ihn Richtung Tür. »Geh mit dem Herrn«, befahl er. Die Dogge zögerte kurz, bedachte ihn mit einem forschenden Blick aus ihren treuen Augen und gehorchte ihm dann wie immer aufs Wort.

Erst als Harel die Tür hinter sich geschlossen hatte, begrüßte der Herr in der Mitte des Tisches, ein hagerer grauhaariger Mann mit den Abzeichen eines Generals, Enghien, ohne aufzustehen oder ihm gar die Hand zu reichen. Er stellte sich ihm als »Hulin« vor. »Ich wurde zum Vorsitzenden dieses Gerichts ernannt«, fügte er überflüssigerweise hinzu. Sein Name war Enghien ebenso wie die der anderen Jurymitglieder im Rang von Obersten vollständig unbekannt.

»Nun, General Hulin«, trat Enghien trotz seines klopfenden Herzens die Flucht nach vorn an. »Was führt Sie zu nachtschlafender Zeit hierher? Warum findet der Prozess nicht in aller Öffentlichkeit und am helllichten Tag statt?«

Er hörte Savary in seiner Nische leise schnauben. Hulin ließ sich nicht beeindrucken. »Das ist eine Anordnung von allerhöchster Stelle«, beschied er Enghien.

»Sehr gut«, konterte der. »Wenn Sie mit ›allerhöchster Stelle‹ den Ersten Konsul Napoleon Bonaparte meinen, bin ich hier richtig. Allerdings nicht, um Ihnen Rede und Antwort zu stehen, Messieurs, sondern um eine persönliche Audienz beim Ersten Konsul einzufordern.« In das verhaltene Raunen am Tisch hinein fuhr er fort: »Es handelt sich bei meiner Festnahme um einen Irrtum, den ich in weniger als einer Viertelstunde aufklären kann.«

An den verstohlenen Blicken, die sich die Herren zuwarfen, erkannte Enghien, dass er sie tatsächlich verwirrt hatte. Während der Vorsitzende Hulin noch nach einer Antwort suchte, mischte sich Savary erstmalig ein. »Dieses Gericht ist auf ausdrücklichen Wunsch des Ersten Konsuls zusammengetreten, Herzog von Enghien. Jede Auskunft, die Sie den Herren erteilen, wird dem Ersten Konsul noch in dieser Nacht überbracht werden.«

Dann fixierte er den Vorsitzenden. »Also beginnen Sie, General Hulin!«

Der begann nervös, in einem Stapel Papiere zu fingern, der vor ihm lag. Schließlich zog er ein Dokument hervor, in dem Enghien das Verhörprotokoll wiedererkannte, das bereits in Straßburg von seinen Aussagen gemacht worden war.

»Es liegen schwerwiegende Vorwürfe gegen Sie vor, Herzog«, begann er umständlich. »Ich möchte Ihnen jetzt Gelegenheit geben, sich dazu zu äußern.«

Noch war Enghien nicht bereit, sich darauf einzulassen. »Wenn dies ein ordentlich bestalltes Gericht sein soll, wer von den Herren dient dann als mein Verteidiger?« Er musterte die Offiziere am Tisch, die seinem Blick allesamt auswichen.

Wieder meldete sich Savary zu Wort. »Sie werden sich selbst verteidigen müssen, Herzog. Dies ist ein Sondergericht, das den Bestimmungen einer außerordentlichen Gerichtsbarkeit unterliegt, wie sie seit Kurzem in Fällen von Hochverrat zur Anwendung kommt.«

»Ach«, spöttelte Enghien, obwohl es ihn innerlich heiß und kalt durchfuhr. »So bin ich bereits des Hochverrats überführt?«

Savary verzog den Mund. »In Fällen eines Verdachts auf Hochverrat«, korrigierte er sich. Doch Enghien hatte genug gehört. *Sie haben das Urteil über mich bereits gesprochen.* Mit der Klarheit überkam ihn plötzlich die Ruhe, die er auch vor seinen Schlachten stets empfunden hatte. *So will ich zumindest meine Haut so teuer wie möglich zu Markte tragen.*

Er straffte die Schultern und setzte den hochmütigen Gesichtsausdruck auf, den er nur zeigte, wenn er mit Menschen sprechen musste, die er zutiefst verachtete.

»Also, meine Herren, was werfen Sie mir vor?«

Hulins Gesicht rötete sich leicht. Er räusperte sich und studierte noch einmal das Dokument, das vor ihm lag. Dann hob er mit einem entschlossenen Ruck den Kopf.

»Stehen Sie im Sold der Engländer?«

Enghien schürzte verächtlich die Lippen. »Das habe ich doch Monsieur Charlot bereits in Straßburg erläutert. Ich beziehe aus London eine Pension als General außer Dienst.«

»Und wären Sie bereit, wieder in den aktiven englischen Dienst einzutreten, auch wenn Sie die Waffen gegen Ihr Heimatland Frankreich richten müssten?«

Enghien holte tief Luft und breitete in einer Geste spöttischer Ergebenheit die Hände aus. »Auch diese Frage habe ich bereits beantwortet. Ich bin Soldat wie Sie, meine Herren. Wir dienen in der Regel dem, der unseren Sold bezahlt.«

»So geben Sie also zu, ein Feind Frankreichs und Napoleon Bonapartes zu sein?« Das war der Oberst am äußeren linken Rand des Tisches. Seine Stimme war laut vor Erregung.

Enghien fixierte ihn einen Moment, bevor er mit ruhiger Stimme antwortete. »Ich bin ein Bourbone, Monsieur, wie Sie sehr wohl wissen, ein Prinz von Geblüt. Ich wurde bereits in jungen Jahren dazu gezwungen, meine Heimat, die ich sehr liebe, zu verlassen, und lebe seither in der Fremde. Und ja«, jetzt erhob auch er seine Stimme, »dies verdanke ich den Personen, die noch immer das Land regieren. Sie haben das allergrößte Unrecht auf sich geladen.« Er holte tief Luft. »Dieses erlittene Unrecht gilt es wiedergutzumachen, meine Herren. Und daher beantworte ich

Ihre Frage mit Ja. Meine Geburt und meine Einstellungen werden mich immer zu einem Feind Ihrer Regierung machen. Nicht zu einem Feind der Franzosen, aber zu einem Feind der Personen, die das Volk derzeit befehligen.«

Die Offiziere am Tisch saßen wie erstarrt. Empörung, Ungläubigkeit, ja sogar eine Spur Bewunderung las Louis-Antoine in ihren Mienen. Nur das mokante Lächeln Savarys in seiner Fensternische entging ihm.

»So geben Sie also zu, dem Ersten Konsul nach dem Leben zu trachten?« Hulin fand endlich seine Sprache wieder.

Enghien straffte erneut die Schultern. »Wenn ich dem General Bonaparte in offener Feldschlacht entgegentreten würde, würde die Antwort eindeutig Ja lauten. Doch an einem feigen Mordanschlag aus dem Hinterhalt beteilige ich mich nicht und werde mich auch nie beteiligen. Das ist eines Prinzen des Ancien Régime, dem die Ehre noch etwas bedeutet, nicht würdig.«

Ein Offizier an der rechten Seite des Tisches meldete sich jetzt zu Wort. Es war der Mann, auf dessen Gesicht Enghien auch Bewunderung wahrzunehmen geglaubt hatte. »Das Unrecht, von dem Sie sprechen, Monsieur, liegt doch nun schon mehr einige Jahre zurück. Viele Emigranten, auch solche, die gegen die Revolution gekämpft haben, sind mittlerweile in die Heimat zurückgekehrt und leben hier in Frieden. Napoleon Bonaparte hat ihnen sogar ihr Eigentum zurückerstattet. Eine neue Zeit ist in Frankreich angebrochen. Mit welcher Rechtfertigung würden Sie noch immer die Waffen gegen Ihr Heimatland und Ihre Landsleute erheben?«

Da sich Enghien noch immer im Recht fühlte und nur Verachtung für dieses mitternächtliche Tribunal übrig hatte, übersah er die ihm entgegengestreckte Hand der Versöhnung. »Mit dem Recht meines Blutes und meiner Familie. Sie und Ihre Revolution waren es doch, die die Feindseligkeiten begonnen haben«, antwortete er, ohne die Wirkung seiner Worte zu bedenken. »Ein

Bourbon-Condé kann daher nie anders als mit den Waffen in der Hand nach Frankreich zurückkehren.«

Das Gesicht des Offiziers, der Enghien die Frage gestellt hatte, verschloss sich. Auch die restlichen Offiziere am Tisch musterten ihn mit versteinerten Mienen.

»Ich glaube, Sie haben genug gehört, um zur Urteilsfindung zu schreiten«, ließ sich die ölige Stimme Savarys wieder vernehmen.

Der Vorsitzende richtete sich auf. »Sie haben recht, Monsieur Savary.« Er fixierte Enghien. »Die Beweisaufnahme ist hiermit abgeschlossen.« Er läutete mit einer großen Messingglocke, die er neben seinem Stuhl vom Boden aufhob. Wenig später erschien Monsieur Harel in der Tür.

»Führen Sie den Herzog hinaus, bis wir das Urteil verkünden können.«

»Soll ich ihn in seine Zelle zurückbringen?«

»Das wird nicht nötig sein«, mischte Savary sich ein. »Er soll unten in der Küche warten.«

Die Jury brauchte nicht mehr als eine Viertelstunde, um zu einem Urteil zu gelangen.

»Louis-Antoine von Bourbon-Condé, Herzog von Enghien. Dieses Gericht verurteilt Sie wegen Hochverrats zum Tod durch Erschießen. Das Urteil wird noch in dieser Nacht vollstreckt.«

Schloss Malmaison
Mittwoch, 21. März 1804, kurz nach Mitternacht

Joséphine war kurz davor, das Warten aufzugeben und zu Bett zu gehen, als sie auf dem Kies der Auffahrt endlich die Räder einer Kutsche knirschen hörte. Ein Blick durch den Spalt des Vorhangs ihres Boudoirs zeigte ihr, dass ihr Gatte endlich aus Paris eingetroffen war. Er stieg gerade aus und rückte seinen Zweispitz zurecht. Dann entschwand er ihrem Blickfeld in Richtung Eingang.

Dem Himmel sei Dank! Ich hätte wahrscheinlich ohnehin kein Auge zugetan.

Sie trat vor den großen, goldgerahmten Spiegel, zupfte ein paar Locken zurecht und legte hastig, so gut sie es ohne die Hilfe der Zofe vermochte, ein wenig frisches Rouge und Lippenstift auf. Dann schloss sie die Augen und atmete mehrmals tief durch, um damit ihre Aufregung ein Stück weit zu bezwingen.

Trotzdem ging ihr die Szene nicht aus dem Kopf, die sich vor etwa drei Stunden am gleichen Ort zugetragen hatte. Zu ihrer Verblüffung war Madame Letizia, ihre Schwiegermutter, mit der sie ebenso wie mit Napoleons Geschwistern in Feindschaft lebte und die sie daher noch nie besucht hatte, gegen neun Uhr abends unangemeldet in Malmaison erschienen. Sämtliche Familienmitglieder Bonapartes missbilligten seine Heirat mit einer geschiedenen Frau von zweifelhaftem Ruf.

Obwohl sich die alte Dame um Fassung bemühte, erkannte Joséphine schon an ihrer äußeren Aufmachung, dass sie in höchster Erregung war. Sie kam offensichtlich geradewegs von einer Abendgesellschaft. Die Straußenfedern, mit denen ihre grauen, sorgsam toupierten Haare geschmückt waren, hatten sich teilweise aus ihren Halterungen gelöst und hingen traurig auf ihre schmalen Schultern hinab.

»Guten Abend, Madame.« Letizia Bonaparte wahrte nicht einmal die Etikette, sondern drängte sich an dem Diener, der sie anmelden wollte, vorbei in Joséphines Boudoir. »Er will ihn noch heute Nacht erschießen lassen!«, fuhr sie dann unvermittelt fort, ohne sich näher zu erklären.

»Was sagen Sie da?« Verständnislos starrte Joséphine die alte Dame an. »Um wen geht es denn?«

»Natürlich um den Herzog von Enghien«, erwiderte Napoleons Mutter ungeduldig.

»Bonaparte will den Herzog noch heute Nacht erschießen lassen?«, fragte Joséphine ungläubig. »Wer behauptet das?«

»Talleyrand, dieser windige Schurke, hat das gesagt. Er war wie ich auf einer Soirée im Hôtel de Luynes. Als man ihn fragte, was mein Sohn mit dem Herzog von Enghien zu tun gedenke, hat dieser kaltschnäuzige Schuft behauptet, Napoleon wolle ihn noch in dieser Nacht erschießen lassen.«

Sie griff mit ihrer knochigen Hand so fest nach Joséphines nacktem Arm, dass diese zusammenzuckte. »Joséphine, wir stehen nicht zum Besten miteinander. Aber ich käme nicht zu dieser Stunde zu Ihnen, wenn nicht höchste Gefahr im Verzug wäre. Sie haben den meisten Einfluss auf Napoleon! Sie müssen das verhindern! Ich könnte es nicht ertragen, wenn mein Sohn zu einem feigen Mörder würde.«

Joséphine erschrak zutiefst. »Aber das kann doch gar nicht sein, Madame. Da müssen Sie etwas missverstanden haben. Der Herzog ist doch erst heute Nachmittag in Paris eingetroffen. Er könnte nur erschossen werden, wenn man ihn schon vor Gericht gestellt und für schuldig befunden hätte.«

»Genau das soll angeblich heute Nacht geschehen. Man will Enghien in der Festung von Vincennes den Prozess machen.«

»Mitten in der Nacht?« Joséphine konnte es noch immer nicht glauben.

»Bitte!« Die Stimme der alten Dame klang nun flehend. »Bitte! Nur Sie können noch etwas dagegen tun! Das darf Napoleon nicht zulassen. Es ist gegen jedes göttliche und menschliche Gebot! Man sagt doch, dass der Herzog vollkommen unschuldig sei. Und selbst wenn das nicht der Fall wäre, könnte doch nur ein ordentlicher Prozess seine Mittäterschaft an dieser Verschwörung ans Licht bringen!«

Joséphine wurde ganz beklommen zumute. »Warum sprechen Sie denn nicht selbst mit Ihrem Sohn, Madame? Sie sind schließlich seine Mutter.«

Die alte Frau sank kraftlos auf ein Sofa. In ihrem Gesicht arbeitete es. Dann hob sie entschlossen den Blick. »Ich habe es versucht, aber er hat mich in den Tuilerien nicht vorgelassen.«

Dieses Eingeständnis überzeugte Joséphine mehr als Letizias vorangegangene Worte. Wenn sie sich so weit demütigte, dass sie ihr, der verhassten Schwiegertochter, gegenüber zugab, von Bonaparte abgewiesen worden zu sein, musste es wirklich schlecht um den Herzog von Enghien stehen. Dennoch fragte sie nach. »Er hat Sie abgewiesen? Sie, seine eigene Mutter?«

Madame Letizia zog ein spitzengesäumtes Taschentuch aus ihrem Abendtäschchen und tupfte sich die Augen. »Nicht einmal er selbst, sondern sein Kammerdiener, dieser Unmensch. ›Ihr Sohn lässt Sie herzlich grüßen‹, hat er gesagt, ›doch dringende Amtsgeschäfte hindern ihn daran, Sie zu empfangen‹.«

Joséphine sank ebenfalls auf einen Lehnstuhl. Die Gedanken rasten durch ihren Kopf. Schließlich griff sie nach einem Strohhalm.

»Das muss noch nichts heißen, Madame«, versuchte sie, sich selbst und Napoleons Mutter zu beruhigen. »Ihr Sohn arbeitet häufig bis spät in die Nacht. Und selbst wenn man Enghien schon heute Nacht den Prozess macht, müsste Bonaparte sein Gnadengesuch, auf das jeder zum Tode Verurteilte ein Recht hat, ja erst ablehnen. Im schlimmsten Fall könnte man den Herzog also erst morgen hinrichten.«

Ein Hoffnungsschimmer glomm in den Augen ihrer Schwiegermutter auf. »Sind Sie da ganz sicher?«

Joséphine nickte mit vorgetäuschter Zuversicht. »Ganz sicher, Madame.«

Madame Letizia atmete sichtlich auf. »Dann sprechen Sie doch noch einmal mit ihm«, bat sie erneut. »Versuchen Sie herauszufinden, ob Talleyrands Geschwafel von Bedeutung ist. Wie ich diesen Speichellecker verachte, der sein Fähnchen nach jedem

Wind dreht! In Korsika hätte man diesen abtrünnigen Bischof schon längst beseitigt.«

Joséphine unterdrückte ein spöttisches Lächeln. *Die Gute scheint die korsische Vendetta für kein Unrecht zu halten.*

Laut sagte sie: »Ich danke Ihnen für Ihren Besuch, Madame. Doch es wäre vielleicht besser, wenn Sie jetzt nach Hause führen. Wenn Bonaparte uns zusammen hier antrifft, wird er meinen Argumenten weit weniger zugänglich sein, da er ein weibliches Komplott gegen sich wittern könnte.«

»Zumal wir, wie Sie bereits erwähnten, in der Regel ja keinen allzu vertrauten Umgang miteinander pflegen.« Diese Spitze konnte sie sich dann doch nicht verkneifen.

Madame Letizias Züge wurden starr. »Wenn ohnehin keine unmittelbare Gefahr im Verzug ist, erwähnen Sie tatsächlich besser nicht, dass ich hier war. Das ist auch ganz in meinem Sinne. Sie wissen ja auch so von der Entführung des Herzogs und können ihn vielleicht mit dem Ihnen eigenen weiblichen Charme«, die letzten Worte betonte sie abfällig, »nach dem Sachstand ausforschen.«

Nach diesem kurzen Schlagabtausch hatten sich die Frauen kühl voneinander verabschiedet.

Das Gespräch mit Napoleons Mutter lag jetzt schon über drei Stunden zurück. Und bereits kurz nach deren Abfahrt verstärkten sich Joséphines ohnehin schon bestehende Zweifel. *Ich weiß von Bonaparte selbst, dass er ein Exempel an dem Bourbonenprinzen statuieren möchte. Genauso hat er sich ausgedrückt. Und Talleyrand mag zwar ein wetterwendischer Geselle sein, aber er ist kein Dummschwätzer. Und schon gar kein Geheimnisverräter. Wenn er inmitten einer Abendgesellschaft behauptet, Enghien würde erschossen werden, muss da etwas dran sein.*

Nun straffte sie sich und trat ihrem Gatten mit ihrem strahlendsten Lächeln entgegen. »Wie schön, dass du es noch geschafft hast, herzukommen, mein Lieber. Ich vermute, du hattest einen anstrengenden Tag.«

Napoleon zog das Gesicht seiner Gattin zu sich heran und küsste sie herzhaft auf den Mund. »Das kann man wohl sagen, meine Liebste.« Er ließ seine Hand über ihr Dekolleté gleiten. »Aber nun bin ich ja da.«

Oh nein, das geht jetzt in die falsche Richtung. Wenn er jetzt mit mir schläft, wird er hernach schnarchen wie ein Bär. Doch sie ließ sich diese Gedanken natürlich nicht anmerken, sondern umschiffte dieses Problem mit Charme und Eleganz.

»Mein Liebster!« Sie setzte einen Ausdruck des Bedauerns auf, zog seine Hand sachte von ihrer Brust und küsste sie. »Ich fürchte, ich bin heute unpässlich.«

Er schnaubte enttäuscht. »Wie schade!« Dann ließ er sich auf das Sofa fallen, auf dem zuvor Madame Letizia gesessen hatte, und hielt ihr sein rechtes Bein hin. Ergeben zog Joséphine ihm die hohen Stiefel aus.

»Möchtest du noch einen Schluck Rotwein, bevor wir zu Bett gehen?« Napoleon nickte. Er leerte den Pokal, den ihm Joséphine eingoss, in einem Zug und hielt ihr das Kristallgefäß zum Nachfüllen hin. »Hattest du einen schweren Tag?«, fragte sie wie beiläufig.

Napoleon zuckte mit den Achseln. »Schwer würde ich ihn nicht nennen. Eher anstrengend! Aber sobald der Morgen graut, bin ich zumindest eine meiner Sorgen los.«

Joséphine schwante nichts Gutes. »Welche deiner vielen Sorgen ist damit gemeint?«

Napoleon nahm noch einen Zug aus dem Glas. Er blickte hinüber zu der kleinen goldenen Standuhr, die auf einer Kommode stand. »Genau in dieser Minute wird diesem Bourbonen der Prozess gemacht!«

»Was jetzt? Mitten in der Nacht? Warum denn das?« Joséphine tat überrascht.

»Je rascher es vorbei ist, desto besser ist es für alle!«

Joséphines Herz begann, schneller zu schlagen. »Meinst du, man wird Enghien schuldig sprechen?«

Napoleon grinste wölfisch. »Das steht bereits fest!«

»Wie – das steht bereits fest?«

Er trank ihr spöttisch zu. »Weil ich es so angewiesen habe, meine Teure.«

Joséphine war fassungslos. »Du hast angewiesen, den Herzog schuldig zu sprechen, bevor die Richter ihn überhaupt zur Sache vernommen haben?«

Napoleon zog misstrauisch die Augenbrauen zusammen. »Daran habe ich nie einen Zweifel gelassen, Joséphine. Wir haben doch schon einmal über dieses Thema disputiert.«

Joséphine musste sich setzen. »Ja, aber das war noch vor der Entführung. Als du dachtest, Enghien konspiriere mit Dumouriez. Aber vor zwei Tagen hast du mir selbst erzählt, dass sich der abtrünnige General nie in Ettenheim aufgehalten hat.«

»Trotzdem hat Enghien sich des Hochverrats schuldig gemacht und wird seiner gerechten Strafe nicht entgehen.« Plötzlich fixierte er sie scharf. »War meine Mutter etwa heute Abend bei Ihnen?«, verfiel er nun in die förmliche Anrede.

Joséphine spürte, dass sie errötete. »Wie kommst du denn auf diesen Gedanken? Weshalb sollte sie mir auf einmal einen Besuch abstatten?«, wich sie aus.

»Sie wollte mich schon in den Tuilerien mit dieser leidigen Angelegenheit belästigen. Ich habe sie aber nicht empfangen. Versucht sie es jetzt über Sie?«

Die Gedanken rasten durch Joséphines Kopf. *Wenn ich das jetzt einräume, wird Bonaparte allein schon aus Trotz auf seiner Meinung beharren.*

»Nein, Bonaparte. Du weißt doch von unserer Feindschaft. Natürlich war deine Mutter nicht bei mir«, log sie. Sie holte tief Luft. »Wohl aber die Prinzessin von Rohan-Rochefort.«

Napoleon musterte sie finster. »Soso. Die Nichte des Kardinals Collier. Man sagt, sie sei Enghiens Mätresse.«

»Sie ist seine heimliche Gemahlin«, stellte Joséphine richtig.

»Heimlich? Wieso denn seine *heimliche* Gemahlin?«

»Enghiens Großvater Prinz Condé billigt die Ehe der beiden nicht.«

Zu ihrer Überraschung begann Napoleon herzhaft zu lachen. »Der alte Knochen billigt es nicht, und der Enkel, kaum jünger als ich selbst, kuscht vor ihm? Oh, es lebe die Revolution, die mit solch alten Zöpfen aufgeräumt hat!«

»Sie ist sehr verzweifelt«, sagte Joséphine leise, »und sie dauert mich über die Maßen. Der Herzog ist ihre große Liebe!« Sie griff nach Napoleons Hand. »So wie du die meine bist!«

Ihre Worte zeigten zunächst Wirkung. Napoleon hörte auf zu lachen und schwieg. In seinem Gesicht arbeitete es. Dann zuckte er mit den Achseln.

»Es tut mir leid, der Dame Schmerz zuzufügen. Zumal sie meines Wissens schon einmal einen Verlobten verloren hat. Er starb während der Schreckensherrschaft, wenn ich mich richtig erinnere.«

Joséphine schöpfte schon leise Hoffnung. Doch Napoleon zerstörte sie bereits mit seinen nächsten Worten.

»Doch Politik kann auf diese Sentimentalitäten keine Rücksicht nehmen. Der Herzog ist schuldig und muss sterben.«

»Sterben? Das kann nicht dein Ernst sein!«

Napoleon schnaubte. »Glaub mir, das ist mein voller Ernst.« Er warf einen Blick auf die goldene Uhr. »Wenn sich Savary an den Zeitplan hält, dürfte das Urteil bereits gesprochen sein und in Kürze vollstreckt werden.«

»Savary? Du hast dieses charakterlose Scheusal mit dem Prozess betraut?«

Die Worte waren kaum heraus, als sie merkte, dass sie zu weit gegangen war. Napoleons Miene wurde eisig.

»Ich sehe, dass es ein großer Fehler war, heute nach Malmaison zu kommen, Madame. Sie sind nicht nur unpässlich, sondern auch unausstehlich. Ich empfehle mich jetzt und nächtige in einem der Gästezimmer! Schlafen Sie wohl!«

Damit stand er auf, nahm die Stiefel in beide Hände, verbeugte sich knapp und ging auf Strümpfen hinaus.

Wie gelähmt sah Joséphine ihm nach.

Festung Vincennes vor den Toren von Paris
Mittwoch, 21. März 1804, ein Uhr morgens

Erst als sie ihn in der Küche des Hauses des Festungskommandanten allein gelassen hatten, erlaubte sich Louis-Antoine einen Moment der Schwäche. Seine Beine versagten ihm den Dienst, kraftlos sank er auf den harten Küchenstuhl, um nicht zu schwanken oder gar zusammenzubrechen.

Zweiunddreißig, ich bin doch erst zweiunddreißig Jahre alt! Und soll nun schon sterben!

Andererseits war es nicht bereits eine Gnade, dass er überhaupt so alt geworden war? *In wie vielen Schlachten habe ich mich ins heftigste Getümmel gestürzt und bin bis auf ein paar Kratzer ungeschoren davongekommen? Berstheim, Oberkammlach, Konstanz,* die Namen schossen ihm durch den Kopf.

Er straffte sich entschlossen. »Nur eine halbe Stunde«, hatte ihm Savary, der Chef der Geheimpolizei, beschieden, als Enghien ihn darum bat, Charlotte einen Abschiedsbrief schreiben zu dürfen. »Und das Haus wird von allen Seiten aufs Strengste bewacht. Denken Sie nicht einmal an Flucht!«

Kurz überlegte Louis-Antoine, ob er auch seinem Vater nach London schreiben sollte, verwarf den Gedanken dann aber rasch. *Diesen Brief würden sie auf jeden Fall lesen und womöglich nicht einmal absenden. Dafür will ich nicht die letzten Minuten meines Lebens verschwenden.*

Aber Charlotte! Plötzlich fühlte er sich wieder ganz schwach. *Ich muss sie nun allein lassen! Ihr den gleichen Schmerz zufügen wie damals ihr Verlobter Vincent von Carignan. Dabei wollte sie so etwas nie wieder durchleiden.*

Seine Taschenuhr, die er vor sich auf den Tisch gelegt hatte, tickte unerbittlich. *Nur noch zwanzig Minuten, ich muss mich zusammenreißen!*

Dann begann er zu schreiben.

Schloss Malmaison
Mittwoch, 21. März 1804, gegen halb zwei Uhr nachts

Schlaflos wälzte sich Joséphine in den Seidenlaken ihres Prunkbetts von einer Seite auf die andere. Die Ereignisse der letzten Stunden hatten sie aufgewühlt. Nicht zum ersten Mal hatte sie Napoleon, den sie in den letzten Jahren zu lieben gelernt hatte, als einen grausamen und berechnenden Menschen erlebt. Aber die heutige Szene traf sie bislang am härtesten.

Er lässt einen Unschuldigen hinrichten, der die Schrecken der Revolution überlebt hat, nur um die Bourbonen in ihre Schranken zu weisen.

Sie glaubte sogar, Napoleons eigentliches Motiv zu kennen. *Er will einen der Ihren ermorden lassen, damit sie gar nicht erst auf den Gedanken kommen, ihm die Kaiserwürde, die er anstrebt, streitig zu machen.*

Nur Joséphine hatte Napoleon in einer schwachen Stunde anvertraut, dass er sich in höhere Sphären hinaufzuschwingen gedachte als jeder französische Herrscher vor ihm. »König waren schon viele andere vor mir. Nein, ich strebe nach mehr. Der Papst soll mich zum Kaiser krönen.«

Ihn, den Sohn eines unbedeutenden korsischen Advokaten! Und dafür geht er nun über Leichen. Und zerstört damit das Leben der Prinzessin von Rohan gleich mit. Aus ›politischem Kalkül‹! Was wird er noch alles aus ›politischem Kalkül‹ zu opfern bereit sein? Was ist ihm heilig, wenn es ihm weder die Ehre noch die Gerechtigkeit noch die Liebe ist?

Die Liebe? Einen kleinen Moment lang ahnte Joséphine, dass auch ihr Schicksal unter den Mühlen von Napoleons Ehrgeiz zermahlen werden könnte. Dann verdrängte sie diesen Gedanken.

Ich muss etwas tun! Sie warf die Daunendecke zur Seite. *Aber was?*

Sie stand auf, zog sich einen Schlafrock über und betrat ihr Boudoir. Da fiel ihr Blick auf den Strauß getrockneter Rosen, den sie in eine Vase gesteckt hatte. Sie hatte ihn Napoleon als Indiz für Charlottes heimliche Heirat mit dem Herzog zeigen wollen, wenn dies für ihn von Bedeutung gewesen wäre.

Stattdessen hat er nur über die beiden gespottet.

Charlottes Stimme ertönte plötzlich vor ihrem inneren Ohr. »Ich wollte Louis-Antoine ein Zeichen meiner Liebe senden.« Joséphine verharrte mitten im Schritt und begann zu rechnen.

Wie weit ist es von hier nach Vincennes? Wenn ich den Einspänner nehme, drei Stunden Fahrt? Er will ihn ja noch vor Tagesanbruch erschießen lassen!

Sie riss entschlossen an dem Klingelzug, der zum Zimmer ihrer Kammerzofe führte. Während sie wartete, ging sie unruhig auf und ab.

Soll ich zuvor noch Charlotte abholen? Damit sie sich wenigstens von ihrem Geliebten verabschieden kann? Nein, das würde zu viel Zeit kosten. Sie wohnt in einem kleinen Gasthaus in der Nähe der Champs-Élysées. Wenn ich dorthin fahre, verliere ich mindestens eine Stunde. Und was ist, wenn man sie gar nicht zu ihm lässt? Savary, diesem Schwein, wäre das zuzutrauen. Doch mich abzuweisen, wird er nicht wagen.

Als die verschlafene Zofe verstört Joséphines Boudoir betrat, war diese bereits dabei, sich ein einfaches Reitkleid überzustreifen.

»Zieh dir rasch etwas an, Susanne! Und dann lauf und wecke den Kutscher! Er soll sofort den Einspänner bereit machen. Ich komme mit dem Ankleiden allein zurecht, aber du musst mich begleiten. In spätestens zwanzig Minuten fahren wir ab.«

Es bleibt mir nichts anderes übrig, als ihm anstelle von Charlotte die Rosen zu überbringen. Als Abschiedsgruß in ein anderes Leben. Hoffentlich komme ich nicht zu spät!

Festung Vincennes vor den Toren von Paris
Mittwoch, 21. März 1804, gegen halb zwei Uhr nachts

Meine über alles geliebte Charlotte!
Wenn mir heute etwas das Sterben schwer macht, dann ist es allein der Gedanke an Dich und die wunderbaren Zeiten, die wir noch zusammen verlebt hätten, wenn ich nicht genau so stur wie mein Großvater gewesen wäre.
Was gabe ich heute darum, Dich schon vor Jahren geheiratet zu haben, spätestens nachdem Du mir sogar ins öde Dubno gefolgt bist! Was gäbe ich darum, wenn wir wenigstens seit unserer Hochzeit die letzten eineinhalb Jahre in aller Öffentlichkeit als Mann und Frau zusammengelebt hätten! Was gäbe ich darum, mit Dir noch viele Jahre weiterleben zu können, unsere Kinder aufwachsen zu sehen, auch wenn es bescheiden zugegangen wäre in unserem Haushalt, den wir allein mit unserer Hände Arbeit hätten unterhalten müssen. Ein stilles Glück, nach dem ich mich in dieser schlimmen Stunde vergeblich sehne!
Aber am meisten reut mich, nicht auf Dich, den guten Stuber und all die anderen wohlmeinenden Warner gehört

zu haben, die nicht müde wurden, mich auf die Gefahren hinzuweisen, die uns in Ettenheim drohten. Borniert war ich, hochmütig und arrogant! Ich glaubte mich unverwundbar, da ich mir ja nichts vorzuwerfen hatte! Und werde nun auf das Grausamste eines Besseren belehrt. Das ist der Fluch des Bourbonenbluts, das durch meine Adern fließt und mich mehr geprägt hat, als ich mir je eingestehen wollte. Wie mein Großvater, der alte Prinz, wollte ich das Rad der Geschichte nicht nur aufhalten, sondern sogar zurückdrehen. Ganz nach dem Motto: Es kann nicht sein, was nicht sein darf.
Dass eine Revolution meine geliebte Heimat erschüttert und mich meines Standes, meines Reichtums und all dessen beraubt hat, was mein Leben im Ancien Régime behäbig und wahrscheinlich sogar nutzlos gemacht hätte, nahm ich dem Schicksal, unserem Herrgott und vor allem den Franzosen übel, die uns davongejagt haben wie ein Rudel räudiger Hunde.
So dachte ich einst. Heute erkenne ich sehr wohl, wie verderbt vieles unter den Bourbonenkönigen geworden war, in welcher Pracht wir schwelgten, während die Menschen auf den Straßen verhungerten. Heute ist mir bewusst, dass Herkunft und Geblüt nicht automatisch das Recht verleihen, zulasten des Volkes zu prassen. Zumal ›Gottes gewollte Ordnung‹ wohl die schäbigste Ausrede für dieses Schmarotzertum war, die man sich vorstellen kann. Doch zurück zu uns! Wäre ich den Gepflogenheiten dieses überkommenen Systems nicht mit Fleisch und Blut verhaftet gewesen, ich hätte mich aufgelehnt gegen die Zwänge, die mein Großvater mir auferlegte. Spätestens nach dem Frieden von Lunéville hätte auch ich meinen Frieden mit dem Schicksal machen sollen. Anstatt wie Don Quichotte weiter gegen Windmühlen zu kämpfen.

So stehe ich nun bald als armer Narr vor den Mündungen der Gewehre eines gewissenlosen Diktators, der allerdings nicht schlimmer handelt als die glanzvollen Herrscher aus dem Bourbonengeschlecht vor ihm. Hat nicht auch der Sonnenkönig Ludwig XIV. all seine Gegner gnadenlos verfolgen und eliminieren lassen?
Bis zum Schluss war ich hoffärtig genug, darauf zu vertrauen, dass man es mir als einem Sprössling dieses unseligen Herrscherhauses verzeiht, dass ich keinen bürgerlichen Emporkömmling als Herrscher Frankreichs anerkennen will. Obwohl es zu diesem Zeitpunkt wahrscheinlich bereits zu spät war. Mein Schicksal war zweifellos schon besiegelt, als man mich in Ettenheim abholte. So sterbe ich zumindest aufrecht und ehrenvoll, genau so, wie ein echter Condé zu sterben hat.
Du bleibst nun allein in dieser grausamen Welt zurück. Aber wenn mir etwas Kraft und Mut in dieser furchtbaren Stunde gibt, dann mein Wissen um Deine Seelenstärke, mit der Du auch diesen Schicksalsschlag letztlich meistern wirst. Wo auch immer ich jetzt hingehen werde, ich werde bei Dir sein mit allen Fasern meines Seins und voller Sehnsucht darauf warten, dass wir uns im Jenseits wiedersehen.
Ich sende Dir eine Haarlocke und meinen Ehering, den ich an einem Halskettchen bei mir getragen habe, als letzten Gruß. Und ein unglaublicher Zufall hat mir eine Begegnung mit Jeannette beschert, jener Milchmagd, von der ich Dir einst erzählte und die meine erste Liebe war. Sie ist die Frau des Festungskommandanten von Vincennes. Ich hoffe, sie sorgt dafür, dass Mohiloff zu Dir nach Ettenheim zurückkommt.
Jeannette war meine erste Liebe, Du bist meine große Liebe. Niemals hat mir eine Frau mehr bedeutet als Du. Ich

würde die Hälfte meines verbleibenden Lebens dafür geben, wenn ich freikommen und wenigstens noch einige Jahre mit Dir zusammen sein könnte. So aber endet alles in weniger als zwei Stunden.
Es bleibt mir nur noch, Dich um Verzeihung zu bitten für all den Schmerz, den ich Dir heute zufüge und in den vergangenen Jahren unserer Liebe zugefügt habe. Und Dir zu versichern, dass Du das größte Glück warst, das mir in meinem armseligen Leben widerfahren ist.
Es herzt und küsst Dich noch einmal in Gedanken
Dein Louis-Antoine
gegeben in der Nacht zum 21. März in der Festung Vincennes bei Paris

Schloss Malmaison
Mittwoch, 21. März 1804, kurz vor zwei Uhr nachts

Napoleon erwachte aus seinem unruhigen Schlummer, als er Wagenräder über den Kies des Schlossplatzes knirschen hörte. Er sprang auf und trat ans Fenster.

Verblüfft sah er Joséphine mit ihrer Kammerfrau über den Hof eilen und ihren Einspänner besteigen, der bereits anfuhr, bevor er das Fenster öffnen konnte.

Während er den Lichtern in den Kutschenlampen nachsah, die den Einspänner seitlich beleuchteten, schüttelte er ratlos den Kopf. »Verstehe einer diese verfluchten Weiber! Wo will sie denn um diese Nachtzeit noch hin?«

Einen Augenblick lang war er versucht, ihr nachzureiten. Dann übermannte ihn wieder die Müdigkeit, die er vor allem der Karaffe Rotwein verdankte, die er fast bis zur Neige geleert hatte. Missmutig warf er sich auf sein Bett zurück. Doch in den Schlaf fand er nicht mehr.

Kapitel 28

Festung Vincennes vor den Toren von Paris
Mittwoch, 21. März 1804, kurz vor zwei Uhr morgens

Auf die Minute pünktlich kehrte der Festungskommandant Harel in die Küche zurück. »Ich bin gekommen, um Sie abzuholen, Herzog.« Enghien sah ihm an, dass er sich am liebsten weit weg gewünscht hätte.

Er selbst hatte in den letzten Minuten einen Entschluss gefasst. *Wenn sie mich schon ohne regulären Prozess abschlachten, sollen sie sich wenigstens an die Formalitäten halten, die mit einer Hinrichtung einhergehen.*

Nun setzte er eine erstaunte Miene auf. »Monsieur Harel, das kann nicht Ihr Ernst sein. Jeder zum Tode Verurteilte hat doch das Recht auf einen Priester und eine schmackhafte Henkersmahlzeit. Außerdem möchte ich die letzten Minuten mit meinem Hund verbringen. Wo haben Sie ihn eingesperrt?«

In Harels Gesicht arbeitete es. »Ich werde sehen, was ich tun kann, Herzog. Die Dogge kann ich gleich zu Ihnen lassen. Wir haben sie im Hof angebunden. Woher ich um diese Zeit einen Priester nehmen soll, weiß ich allerdings nicht. In Vincennes arbeitet schon lange kein Geistlicher mehr. Und was schwebt Ihnen als Hen… als letzte Mahlzeit vor?«

Louis-Antoine lächelte. »Die Pastete Ihrer Frau Gemahlin war ganz wunderbar. Und lassen Sie mir bitte auch eine Schere bringen. Ich möchte diesem Brief eine Haarlocke beifügen.«

Harel musterte ihn misstrauisch. Enghien erriet seine Gedanken. »Keine Sorge, Monsieur Harel. Ich habe nicht vor, mich selbst zu entleiben. Das besorgen Ihre Schützen weitaus routinierter, als ich es mit einer Schere könnte.«

Harel gab einen knurrenden Laut von sich. Dann verließ er

den Raum, um gleich darauf mit Mohiloff, einer Nähschere und einem Seidenband zurückzukehren, das wahrscheinlich aus dem Besitz Jeannettes stammte. Der Hund begrüßte Enghien freudig und sprang bellend an ihm hoch.

»Pscht!«, rief Enghien ihn zur Ordnung. »Du weckst ja noch das ganze Haus auf.«

»Hier schläft heute Nacht ohnehin niemand«, entfuhr es Harel, der sich alsdann erschrocken auf die Lippen biss, als hätte er bereits zu viel gesagt. Er beobachtete Louis-Antoine genau, während dieser sich eine Locke abschnitt und mit dem roten Band, das Harel zu diesem Zweck mitgebracht hatte, zusammenband.

»Ich danke Ihnen.« Enghien gab ihm die Schere zurück. Harel knurrte erneut etwas Unverständliches vor sich hin.

»Bezüglich Ihrer anderen Wünsche muss ich erst mit Monsieur Savary sprechen.«

Enghien lauschte den gedämpften Stimmen, die aus dem Hof zu ihm in den Raum drangen. Sie klangen erregt, die Worte konnte er nicht verstehen. Dann hörte er schwere Schritte die Stiege hinaufpoltern. Nur wenige Minuten später kehrte Harel mit seiner Gattin Jeannette in die Küche zurück. Sie hatte einen Schlafrock über ihr Nachtgewand gezogen und trug noch ihre Nachthaube. Sie mied Enghiens Blick, nachdem sie seinen Gruß mit leiser Stimme erwidert hatte, und machte sich alsdann am Herd zu schaffen.

»Savary ist damit einverstanden, dass meine Frau Ihnen eine letzte Mahlzeit zubereitet. Derweil können Sie sich hiermit beschäftigen.« Er warf ein in Leder gebundenes Gebetbuch auf den Tisch. »Einen Priester können wir nicht beschaffen. Das ist alles, was ich Ihnen anbieten kann.« Offensichtlich wurde Harel die gesamte Situation immer unerträglicher. Um dies zu überspielen, gab er sich immer grimmiger.

Bevor er den Raum verließ, zischte er Jeannette noch etwas zu. »Du sprichst kein Wort mit ihm, verstanden? Ich stehe gleich vor der Tür und würde es hören. Dann setzt es was!«

Er wollte sich schon abwenden, als Enghien ihm nachrief: »Monsieur! Was geschieht nun mit dem Brief und später mit meinem Hund?«

»Um den Köter werden wir uns schon kümmern! Lassen Sie den Brief auf dem Tisch liegen, wenn ich Sie später abholen komme. Und nun wünsche ich Ihnen eine gesegnete Mahlzeit!«

Genau eine Stunde später kam Harel zurück. Er sah noch grimmiger aus als zuvor. »Herzog, nun ist Ihre Zeit endgültig abgelaufen.«

Louis-Antoine wischte sich mit der Serviette über den Mund und stand auf. Zu seinem eigenen Erstaunen hatte ihm die Lammpastete wunderbar gemundet. Auch zwei Stück von Jeannettes Nusskuchen verspeiste er mit Genuss.

Während Harel draußen Wache gestanden hatte, verständigten Jeannette und er sich mit Gesten und Blicken. Louis-Antoine zeigte auf den Brief und den Hund und bedeutete Jeannette, sich um beides zu kümmern. Mit tränenüberströmtem Gesicht versprach sie es ihm gleichfalls wortlos mittels Gesten.

Dennoch sagte Enghien jetzt laut zu Harel: »Kann ich mich darauf verlassen, dass Sie die Verantwortung dafür übernehmen, dass dieser Brief ordnungsgemäß zugestellt wird? Er ist für eine Dame in Ettenheim bestimmt, das liegt nahe am Rhein in Baden, an der in dieser letzten Stunde mein ganzes Herz hängt. Ich möchte, dass sie das weiß.«

Anstatt einer Antwort knurrte Harel wieder nur undefinierbar vor sich hin. Enghien war froh, sich zuvor mit Jeannette verständigt zu haben.

Mehr Sorge bereitete ihm Harels Reaktion auf seine zweite Bitte. »Den Hund nach Ettenheim bringen? Ja, wie stellen Sie sich das denn vor, Monseigneur? Unsereins reist doch nicht alle Tage durch die Lande.«

Louis-Antoine griff in seine Westentasche und zog seine goldene Taschenuhr hervor. »Vielleicht finden Sie mithilfe dieses

Schmuckstücks einen Weg?« Er hielt Harel die Uhr auf der flachen Hand entgegen. »Es ist ein Erbstück meiner Familie. Die kleinen Edelsteine rund um das Zifferblatt sind Diamanten.«

Er versuchte, die aufflackernde Gier in Harels Augen zu ignorieren. *Bedauernswerte Jeannette,* dachte er stattdessen. *Ihr Gatte ist wirklich ein rechter Grobian.*

Harel streckte schon die Hand nach der Uhr aus, als Enghien sie noch einmal zurückzog. »Lassen Sie Mohiloff noch ein Stück mit mir gehen! Er ist das einzige Wesen, das mir teuer ist und von dem ich mich verabschieden kann.«

Harel zögerte, dann nickte er. »Aber nur, wenn er angeleint ist. Jeannette, besorge mir einen Strick!«

Während seine Frau davonhuschte, sagte er zu Enghien: »Legen Sie das Schreiben hier auf den Tisch! Ich werde mich darum kümmern. Und für den Hund eine Lösung finden.«

Er streckte wieder die Hand aus. Mit einem unterdrückten Seufzer übergab ihm Enghien die Taschenuhr, die der Festungskommandant sofort in seiner Uniformjacke verschwinden ließ.

Als Jeannette zurückkam, band Enghien Mohiloff selbst den Strick um den Hals. Währenddessen tuschelte Harel in einer Ecke des Raumes mit seiner Frau. Enghien ahnte mehr, was Harel sagte, als dass er dessen Worte verstand.

»Gib den Brief Monsieur Savary, wenn er kommt, um die Prozessakten zu holen!« Jeannette nickte.

An der Tür drehte sich Louis-Antoine noch einmal zu ihr um. »Leben Sie wohl, Madame Harel. Und vielen Dank für alles, was Sie für mich getan haben.«

Jeannette verstand die verborgene Bedeutung der Worte. »Ich habe es gern getan, Herzog.« Ihre Stimme zitterte. »Und ich werde für Sie beten, dass Ihre letzten Wünsche in Erfüllung gehen.«

Mit diesem stummen Versprechen als einzigem Trost verließ Louis-Antoine den Raum.

Draußen im Schlosshof empfing sie ein scharfer Wind, der eisige Kälte verströmte. Ein bleicher Halbmond spendete kaum Licht. Enghien schauderte und zog mit der freien Hand seine Jacke über der Brust zusammen. Mohiloff versuchte zunächst, von ihm wegzustreben, bis ihn die ungewohnte Leine am Hals zurückriss.

»Pscht, gib Ruhe, mein treues Tier!« Enghien streichelte über Mohiloffs Kopf. Die Dogge blickte ihn beunruhigt an. *Spürt er, dass etwas vor sich geht?*

Von Soldaten mit aufgepflanztem Gewehr umringt, folgte Enghien diesen über den Hof bis zu einer steilen Holztreppe, die in die Festungsgräben hinabführte. Aus dem Augenwinkel heraus sah er plötzlich, dass zwei Männer eine Grube aushoben. Einen Moment lang war es mit Louis-Antoines Fassung vorbei. *Wollen sie mich etwa gleich hier an Ort und Stelle verscharren? In einem namenlosen Grab ohne Stein?*

Dann riss er sich zusammen. *Was macht das schon für einen Unterschied, wenn ich erst tot bin? Dass Napoleon mir ein Ehrenbegräbnis zuteilwerden lässt, war ja wohl kaum zu erwarten. Und selbst eine schlichte Grabstätte auf einem öffentlichen Friedhof könnte rasch zum Pilgerort für die von ihm gehassten Royalisten werden, die in mir zweifelsohne einen Märtyrer sehen werden.* Jetzt stahl sich sogar ein zynisches Lächeln auf seine Lippen.

Sie gingen durch einen langen Teil des Grabens, bis dieser eine scharfe Biegung machte. Weiter hinten leuchteten einige Fackeln. Enghien erblickte Savary, den Leiter der Geheimpolizei, in einem langen Wollmantel. Neben ihm stand ein junger Offizier im Rang eines Leutnants. Im Hintergrund sah Louis-Antoine weitere Soldaten, deren Gesichter er nicht genau erkennen konnte. Sie trugen Gewehre über der Schulter.

Der Offizier mied seinen Blick, als er auf Enghien zutrat. »Wollen Sie mir bitte folgen?« Er wies auf die im Dunkeln liegende Rückwand des Grabens. »Den Hund können Sie aber nicht mitnehmen!«

Louis-Antoine verspürte ein plötzliches Zittern in den Knien. Er holte tief Luft, dann kniete er sich neben Mohiloff und umarmte das Tier. Für einen zeitlosen Augenblick grub er sein Gesicht tief in Mohiloffs Fell und genoss die Wärme und den strengen Geruch der Dogge. Mohiloff winselte leise. Als Louis-Antoine den Kopf hob, schleckte sie ihm mit ihrer rauen Zunge über das Gesicht.

»Leb wohl, mein treuer Gefährte, und grüße mir Ettenheim!«

Dann gab Louis-Antoine sich einen Ruck, stand auf und übergab Harel den Strick. Es schnitt ihm ins Herz, als Mohiloff laut bellte, sich aufbäumte und ihm zu folgen versuchte. Harel riss den Hund brutal zurück.

»Halt!«, fuhr Enghien den Festungskommandanten an. Dann sprach er noch einmal zu der Dogge. »Platz, Mohiloff! Warte hier mit dem Herrn!«, befahl er ihm sanft, und wie immer gehorchte ihm der Hund aufs Wort.

Dann folgte Louis-Antoine dem Leutnant ins Dunkel.

Erst als der junge Offizier zwei Laternen entzündete, die an der Rückwand des Grabens hingen, erblickte Louis-Antoine den Holzpfahl, der zwischen ihnen in der Erde stak.

Er schnaubte. »Sie wollen mich doch wohl nicht anbinden wie einen Feigling?«, fuhr er den Mann an.

Der starrte ihn verwirrt an. Auch ein wenig Angst glaubte Enghien in seinen Augen zu erkennen. Wieder überkam ihn die innere Ruhe wie einst vor der Schlacht. Und eine Erinnerung. *Henri, Charlottes Bruder. Bei seinem Tod ahnte auch ich mein Ende einen Augenblick lang voraus. Und tue es ihm jetzt nach.*

»Ein Bourbon-Condé stirbt hoch aufgerichtet und mit unverbundenen Augen.« Seine Stimme klang fest und so arrogant wie eh und je, wenn er jemanden in die Schranken wies, den er verachtete. Er ging zum Pfahl, stellte sich genau davor und ließ die Arme zu beiden Seiten herabhängen.

Geradezu schüchtern hielt der Leutnant ihm ein schwarzes Tuch entgegen. »Möchten Sie diese Augenbinde wirklich nicht umlegen, Herzog?

»Ich sagte doch schon, ein Bourbon-Condé stirbt mit geöffneten Augen!«

»Verzeihen Sie, ich habe es nur gut gemeint.«

Plötzlich erkannte Enghien, wie jung der Mann war, der da vor ihm stand. *Fast noch ein Kind, nicht älter als zwanzig Jahre,* schätzte er. Er spürte seine Gesichtszüge weicher werden.

Spontan streckte er dem Offizier die Hand entgegen. »Wie heißen Sie, Monsieur?«

Der Offizier starrte ihn ratlos an. »Paul Glacier ist mein Name.«

»Nun, Monsieur Glacier. Ich danke Ihnen für Ihre Fürsorge und möchte mich von Ihnen verabschieden.« Enghien hielt seine Hand weiterhin ausgestreckt. Zögernd ergriff sie der Leutnant. Seine Hand war schlaff und feucht.

»Ich verzeihe Ihnen, dass Sie den Befehl zu meiner Erschießung geben müssen. Ich war genauso jung wie Sie, als ich zum ersten Mal für den Tod von Menschen verantwortlich zeichnete. Wenn auch nicht als Befehlshaber eines Erschießungskommandos, sondern als Befehlshaber in der Schlacht. Doch da sehe ich heute keinen Unterschied mehr.«

»Was treiben Sie denn da, Glacier?«, erscholl Savarys Stimme grob von der anderen Seite des Grabens. »Binden Sie den Kerl und dann tun Sie gefälligst Ihre Pflicht!«

Jetzt wurde der Händedruck des Leutnants fester. »Ich danke Ihnen, Herzog. Ich tue das hier nicht gern«, stammelte er. »Doch ich habe ein Weib und ein kleines Kind, und es gab eine Prämie.«

Louis-Antoine erwiderte den Händedruck. »Gehen Sie ohne Sorge!« Plötzlich tat ihm der junge Mann beinahe leid.

»Ich versichere Ihnen, meine Männer schießen gut. Es wird im Nu vorbei sein«, sagte der noch. Dann drehte er sich auf dem Absatz um und ging zurück.

Louis-Antoine schloss die Augen. Wie von selbst erschien Charlottes Gesicht vor ihm. Sie lächelte ihn an. Wie aus der Ferne vernahm er die Stiefeltritte des Erschießungskommandos und den Befehl: »Legt an!« Dann knallten die Schüsse.

Ungerührt sah Savary zu, wie die Männer des Erschießungskommandos Enghiens Leichnam an Armen und Beinen ergriffen, um ihn zu der Grube zu schleppen, in der er verscharrt werden sollte. Zuvor hatte sich der Leutnant noch davon überzeugt, dass der Herzog tatsächlich tot war.

Zu jung für eine solche Chose, dachte Savary verächtlich. *Hat Mitleid mit dem Feind.*

Um ein entsprechend gegenteiliges Zeichen zu setzen, befahl er den Soldaten, den Leichnam vor ihm abzulegen. Enghiens Gesicht war zerschmettert, auch Brust und Bauch waren getroffen.

»Gut gemacht, Kerle«, lobte Savary die Soldaten. Dann stieß er dem Leichnam mit dem Fuß grob in die Seite.

Jetzt ging alles sehr schnell. Fast im gleichen Augenblick hörte er hinter sich ein Rumoren, ein heftiges Knurren und Bellen. Dann sprang Mohiloff ihn von hinten an.

Savary fiel flach aufs Gesicht, über Enghiens noch warmen Leichnam und mitten in den Matsch des Grabens. Er spürte den Hund auf seinem Rücken und ruderte panisch mit Armen und Beinen.

»Haltet diesen Köter zurück!«, wollte er schreien, doch sein Mund war voller Dreck.

Ein scharfer Schmerz durchzuckte ihn. Die Dogge verbiss sich durch den dicken Wollstoff hindurch in seinem rechten Arm.

Endlich knallte der erlösende Schuss.

Ein kleiner Gasthof in der Nähe der Champs-Élysées in Paris
Mittwoch, 21. März 1804, drei Uhr morgens

Charlotte träumte. Lange Zeit hatte sie sich schlaflos in ihrem Bett von einer Seite auf die andere gedreht, jedem Glockenschlag gelauscht, der von den Kirchtürmen in ihr Zimmer drang. Erst nach Stunden war sie eingeschlummert.

Nun ging sie durch eine dicht belaubte Allee. Der Himmel über ihr war kaum zu erkennen, es war düster und kalt zwischen den Bäumen. Eine merkwürdige Unruhe trieb sie an.

Ich darf nicht zu spät kommen. Auf keinen Fall darf ich zu spät kommen.

Doch das Ziel ihres Weges erschloss sich ihr nicht. Voller Angst schritt sie schneller und schneller voran.

Da tauchte plötzlich Licht am Ende des Baumtunnels auf. Im Traum begann Charlotte zu laufen.

Dort! Da vorne muss es sein!

Wie bezaubert sah sie sich um, als sie endlich aus dem Dunkel der Allee ins helle Sonnenlicht trat. Da war eine grüne saftige Wiese, über und über von blühenden Sommerblumen bedeckt. Mohn, Kornblumen, Margeriten blühten in verschwenderischer Fülle.

Plötzlich sah sie eine vertraute Gestalt aus der Ferne näher kommen. Ihr Herz schlug höher. *Louis-Antoine, das muss Louis-Antoine sein!* Sie wollte ihm entgegenlaufen, doch ihr Schritt wurde merkwürdig schwer. Sie kam kaum von der Stelle.

Doch das machte ihr auf einmal nichts aus. Denn Louis-Antoine kam näher und näher. Er strahlte über das ganze Gesicht. In seiner Hand hielt er ihren Brautstrauß aus den gelbrosafarbenen Rosen. Etwa drei Schritte vor ihr blieb er stehen.

Charlotte! Sie hörte seine warme Stimme. *Charlotte! Wie ich dich liebe! Wie ich dir danke, dass du mir diesen Gruß geschickt hast! Ich bitte dich nur, dich nicht allzu sehr zu grämen. Bald sind wir alle wieder vereint! Mohiloff und ich warten auf dich.*

Mohiloff? Charlotte sah sich beunruhigt um. *Wo war Mohiloff?* Da sah sie die treue Dogge auch schon. Sie rannte über die blühende Wiese auf Louis-Antoine zu und sprang an ihm hoch. Mit der Zunge leckte sie dem Geliebten über das Gesicht.

Louis-Antoine! Mohiloff! Sie streckte die Arme aus. *Kommt zu mir! Lasst euch umarmen! Ich bin ja so froh, dass es euch gut geht.*

Doch beide kamen nicht näher. Stattdessen lächelte Louis-Antoine sie herzlich an. *Ja, mein Lieb, uns geht es gut. Denke immer daran, und sei nicht allzu traurig. Es dauert doch nur eine kurze Weile, bis wir uns wiedersehen.*

Bis wir uns wiedersehen? Aber wir sehen uns doch gerade, wollte sie rufen. Doch kein Laut drang ihr über die Lippen. Sie wollte weitergehen, doch auch ihre Füße gehorchten ihr nicht.

Louis-Antoine warf ihr eine Kusshand zu. *Wir müssen jetzt gehen, meine Geliebte. Bis du zu uns kommst, werden wir beide über dich wachen. Und uns auf den Moment freuen, in dem wir wieder vereint sein werden.*

Er wandte sich zum Gehen, Mohiloff neben sich. *Louis-Antoine, bleib da! Geh noch nicht!,* wollte sie rufen, doch wieder blieb sie stumm.

Hilflos blickte sie den beiden nach, die sich immer weiter entfernten. Noch einmal drehte Louis-Antoine sich um und winkte ihr zu. Dann verschwanden Mann und Hund aus ihrem Blickfeld.

Charlotte fuhr hoch und sah sich verstört um. Sie saß inmitten ihres Betts in der kleinen Kammer des Gasthauses. Neben ihr prustete Piroschka leise auf ihrer Strohmatratze.

Er ist tot. Der Gedanke sprang sie mit unumstößlicher Gewissheit an. *Louis-Antoine ist tot. Und Mohiloff auch.* Ihre Brust tat weh, ihre Augen brannten.

Ein plötzlicher Schmerz durchzuckte ihren Unterleib. Dann rann ihr eine warme Flüssigkeit zwischen den Schenkeln hinab. Prüfend führte sie ihre Hand zu ihrem Schoß und betrachtete sie dann im schwachen Mondlicht, das durch das kleine Fenster hereinschien. Es war Blut.

Sie erinnerte sich an ihren Traum und verstand ihn auf einmal zu deuten. *Louis-Antoine, ich danke dir für deinen letzten Gruß. Du willst mir sagen, dass es dir und Mohiloff gut geht, da, wo ihr jetzt seid. Und dass ihr dort auf mich warten werdet, bis wir dereinst wieder vereint sind.*

Es war ihr letzter klarer Gedanke, bevor sie in haltloses Schluchzen ausbrach.

Haus des Stadtkommandanten in der Festung Vincennes
Mittwoch, 21. März 1804, gegen fünf Uhr morgens

»Geht es wieder, Monsieur?« Forschend musterte Kommandant Harel den Leiter der Geheimpolizei Savary, der erschöpft auf demselben Stuhl an seinem Küchentisch kauerte, auf dem kurze Zeit zuvor noch Enghien gesessen hatte.

Savary nahm noch einen Schluck von dem scharfen Branntwein, der in einem Wasserglas vor ihm stand. Kurz zuvor hatte Jeannette ihm damit auch die tiefe Bisswunde ausgewaschen, die ihm Mohiloff zugefügt hatte.

»Es tut höllisch weh«, zischte er. Auf dem Weg zum Haus des Kommandanten war er sogar kurz ohnmächtig geworden. »Wie konnte das denn passieren?«

Harel zuckte mit den Schultern. »Die Dogge gebärdete sich plötzlich wie rasend, als Sie den Leichnam traten … an den Leichnam herantraten«, verbesserte er sich. »Ich hielt sie mit Leibeskräften fest, doch schließlich glitt mir der Strick aus den Händen, ich fiel sogar rückwärts in den Dreck. Dann sprang der Hund Sie an.«

»Versager! Alle seid ihr Versager«, knurrte Savary. »Hätte das Biest mich von vorne erwischt, es hätte mir glatt die Kehle durchgebissen. Habt ihr den Köter zusammen mit seinem Herrn verscharrt?«

»Die Grube musste deshalb beträchtlich vergrößert werden, Monsieur. Doch beide liegen jetzt unter der Erde.«

Savary versuchte aufzustehen und sank stöhnend vor Schmerz wieder auf den Stuhl zurück. »Es brennt wie Feuer! Hoffentlich hat diese Bestie keinen bleibenden Schaden angerichtet, oder die Wunde wird am Ende noch brandig. Ich muss sofort zurück nach Paris zu einem richtigen Arzt.«

Er machte eine weitere Anstrengung, aufzustehen. Diesmal gelang es ihm. Mit zusammengebissenen Zähnen ertrug er, dass Jeannette ihm in seinen Mantel half. Dessen Vorderseite war über und über mit Blut bedeckt, der rechte Ärmel zerrissen. Doch sein Arm war ohnehin so dick bandagiert, dass er nicht mehr in ihn hineingepasst hätte.

»Und der teure Mantel ist auch ruiniert«, knurrte Savary anstatt eines Danks. Er machte mit dem Kinn eine Bewegung in Richtung des ersten Stockwerks des Hauses. »Schaffen Sie mir die Prozessakten hinunter! Wo sind eigentlich die Mitglieder des Tribunals?«

»Die haben die Festung alle kurz nach dem Urteilsspruch verlassen.«

»Memmen! Feiglinge«, zischte Savary erneut. »Weichlinge, die es zu nichts bringen werden!«

Harel ignorierte diese Äußerungen. »Jeannette, lauf hoch und bring Monsieur Savary die Akten! Sie liegen zu einem Bündel geschnürt auf dem Tisch!«

Jeannette war noch nicht zurück, da pochte es heftig an der Haustür. Harel ging, um nachzusehen, und kehrte unmittelbar darauf zurück. Er wirkte aufgeregt.

»Draußen wartet eine Dame, die Sie unbedingt sprechen will, Monsieur Savary.«

»Eine Dame? Was für ein Luder kann das denn um diese nachtschlafende Zeit sein?«

Harels Gesichtsausdruck konnte er nicht recht deuten. Doch die Antwort verriet ihm rasch den Grund.

»Ich fürchte, es ist kein Luder, Monsieur. Es ist Madame Bonaparte, die Gattin des Ersten Konsuls.«

Joséphine musterte Savary mit einem finsteren Blick ihrer dunklen Augen, als Harel sie in die Wohnküche führte. Ihre Miene verzog sich angeekelt, als sie seinen blutdurchtränkten Mantel bemerkte. Ihre ganze Haltung brachte zum Ausdruck, dass sie über das Vorgefallene bereits informiert war. Wahrscheinlich hatte der Offizier, der die Wache befehligte, sie unterrichtet.

Da sie keine Anstalten machte, ihn zu begrüßen, presste Savary kurz die Lippen zusammen, bevor er eine knappe Verbeugung andeutete.

»Guten Abend, Madame Bonaparte. Was verschafft mir zu dieser ungewohnten Stunde die Ehre?«

»Die Schurkerei, die Sie zu verantworten haben, Savary«, erwiderte sie brüsk unter Missachtung jeglicher Höflichkeitsfloskel. »Sie haben einen Mann nach einem höchst zweifelhaften Gerichtsverfahren, das mitten in der Nacht stattfand, aufgrund eines dubiosen Urteilsspruchs erschießen lassen, ohne ihm die Gelegenheit zu geben, meinen Gatten um Gnade zu bitten, so wie es das Recht gebietet.«

Sowohl Savary als auch Joséphine wussten natürlich, dass dies alles nicht nur mit dem Einverständnis, sondern sogar auf den ausdrücklichen Befehl Napoleons hin geschehen war. Geschickt nutzte es dessen Gattin nun aus, dass er dies natürlich nicht offen aussprechen konnte. Wie hätte eine Kreatur ihres Gemahls den mächtigsten Mann Frankreichs auch vor Zeugen einer solchen Verletzung von Recht und Gesetz zeihen können?

Savary presste erneut die Lippen zusammen und erwiderte nichts. Joséphine reckte entschlossen das Kinn. Sie wirkte nach wie vor angeekelt.

»Wo ist der Leichnam, Savary? Ich möchte dem Herzog von Enghien zumindest ein Begräbnis in Würde ermöglichen.«

Erneut sah sich der Leiter der Geheimpolizei zu einer Antwort gezwungen. »Der Herzog wurde bereits auf dem Festungsgelände bestattet.«

Joséphine zuckte zusammen, fing sich aber sogleich wieder. »Das entspricht Ihrem widerwärtigen Charakter, Savary. Den Mann auch noch wie einen Verbrecher zu verscharren, ohne Messe und Gebet. Ich werde mit meinem Gemahl ein Wort über Sie zu sprechen haben. Eine solch zweifelhafte Person wie Sie sollte nicht weiter mit wichtigen Aufgaben betraut werden.«

Wieder wussten sowohl Savary als auch Joséphine, wie haltlos ihre Ankündigung war. Natürlich würde Napoleon ihn wegen seines Handelns nicht kritisieren, geschweige denn degradieren. Aber vor den Augen und Ohren des Ehepaars Harel musste sich Savary unwidersprochen demütigen lassen.

Joséphine zu beleidigen oder ihr auch nur zu widersprechen, könnte unabhängig vom Anlass den Zorn Bonapartes erregen, das wussten Savary wie auch Joséphine nur allzu gut. Napoleons Gattin zu kränken, kam einem persönlichen Angriff auf den Ersten Konsul gleich.

Savary biss die Kiefer so fest zusammen, dass seine Zähne knirschten.

»Also, wo liegt das Grab, Savary?«

Er schnappte nach Luft. »Warum möchten Sie das wissen, Madame?«, rang er sich ab.

»Weil ich ihm einen letzten Gruß von der Frau überbringen möchte, die ihn liebt.«

Savary verstand überhaupt nichts mehr. »Einen letzten Gruß?«

»Sie haben mich recht verstanden, Monsieur. Doch ich erachte Sie als meinen Begleiter an diesen Ort für ungeeignet. Sie befinden sich in einem außerordentlich desolaten Zustand, wie ich sehe. Befleckt mit dem Blut des Herzogs, den Sie so schmählich ermordet haben. Ich habe von den Wachen gehört, Sie wälzten sich in seinem Blut wie ein Wiedergänger? Nachdem sein treuer Hund Sie angefallen hat, weil Sie den Leichnam traten. Das Tier hatte mehr Ehre im Leib, als Sie jemals haben werden. Und es hat dafür wie sein Herr mit dem Leben bezahlt.«

Wieder konnte Savary nichts erwidern. Er spürte, dass sich ein Stück Zahn löste, als er die Kiefer wieder fest zusammenbiss.

Joséphine wandte sich nun an Harel. »Monsieur, wären Sie so freundlich, mich zu der Grabstätte zu begleiten?« Nun klang ihre Stimme sanft. Ihre Lippen verzogen sich sogar zu einem schwachen Abglanz ihres betörenden Lächelns. »In der Gegenwart dieses Individuums schaudert es mich.«

Harel warf einen unsicheren Blick auf Savary, der wortlos nickte. Ohne ihn eines weiteren Blicks zu würdigen, verließ Joséphine die Küche.

Sie ließ Savary in ohnmächtiger Wut zurück. *Du Metze, eines Tages schlägt auch dir die Stunde. Dann bin ich es, der dich verspotten und über deinen tiefen Fall frohlocken wird.*

Plötzlich merkte er, dass die Frau des Festungskommandanten noch im Raum war und ihn verstohlen ansah. Auch in ihren Augen glaubte er puren Abscheu zu erkennen.

»Geben Sie mir die Akten, Madame«, befahl er ihr brüsk. Sie half ihm wortlos, das Bündel unter seinen unverletzten Arm zu klemmen, und hielt ihm die Tür auf.

Als er grußlos hinausstürmte, nahm sie den Brief, den sie unbemerkt an den Rand des Tisches geschoben hatte, an sich und verbarg ihn in ihrem Mieder.

Erst als Joséphine das Haus Harels verlassen hatte und dem Festungskommandanten mit ihrer Zofe, die draußen wartete, über den dunklen Schlosshof folgte, ließ sie ihren Tränen freien Lauf. Doch sie weinte lautlos und unterdrückte jeden Schluchzer.

Wie kann der Mann, den ich liebe, nur so grausam handeln? Er will den Fürsten Europas ebenbürtig sein, sogar Kaiser werden. Nun wird ihm jeder vor die Füße spucken und ihn zutiefst verachten. Warum tut er sich und damit auch mir so etwas an? Kein Bourbone hätte niederträchtiger handeln können.

Erst als sie, fast blind vor Tränen, stolperte, riss sie sich zusammen. Sie wies den Arm ihrer besorgten Zofe zurück und holte tief Luft. *Bonaparte wird es mir ohnehin übel nehmen, dass ich hierhergekommen bin. Er darf nie erfahren, dass ich vor Trauer und Schmerz über seine Untat sogar öffentlich geweint habe. Das würde er mir nicht verzeihen.*

Einigermaßen gefasst stieg sie eine steile Holztreppe hinunter und durchschritt einen düsteren Graben. Trotz ihres pelzgefütterten Umhangs fröstelte sie.

Vor einem flachen Erdhügel blieb Harel schließlich stehen. »Hier wurde der Herzog beerdigt.« Seine Stimme klang belegt. Er räusperte sich.

Beerdigt? Sie meinen wohl eher verscharrt wie ein räudiger Hund, lag ihr die Erwiderung schon auf der Zunge. Doch sie verkniff sich die Bemerkung.

»Ich danke Ihnen«, antwortete sie stattdessen. »Bitte treten Sie nun zurück. Ich möchte ein Gebet für den Verstorbenen sprechen.«

Harel und auch die Zofe gehorchten. Doch die Worte des Vaterunsers wollten Joséphine partout nicht einfallen. Stattdessen flehte sie stumm.

Ich bitte Sie um Verzeihung, Herzog, für dieses unaussprechliche Unrecht, das Ihnen angetan wurde. Sollten Sie nun an einem besseren Ort sein, als es diese Erde derzeit ist, bitte ich Sie um Vergebung für meinen Gatten, der dies alles zu verantworten hat. Er ist nicht immer so schlecht, wie Sie ihn erlebt haben. Manchmal vollbringt er auch viel Gutes. Ich liebe ihn, so wie Ihre Charlotte Sie geliebt hat, von der ich Ihnen diesen letzten Gruß überbringe. Mögen Sie sich im Jenseits daran erfreuen.

Damit öffnete sie den Lederbeutel, den sie sich über den Arm gehängt hatte, und zog den Rosenstrauß vorsichtig daraus hervor. Sie bückte sich und legte die getrockneten Blumen auf den flachen Hügel.

Charlotte, *Sie selbst haben diese Rosen* Charlotte *genannt, nach der Frau, die Sie lieben und die Sie geliebt hat. Spenden Sie ihr aus dem Jenseits den Trost, den sie brauchen wird, um trotz dieses furchtbaren Schicksalsschlags ihr Leben weiter leben zu können.*

Wieder strömten Joséphine Tränen über das Gesicht.

An ihrer statt sage ich Ihnen Lebwohl, Herzog. Mögen Sie einst in einer besseren Welt wieder vereint sein. Das wünsche ich Ihnen von ganzem Herzen.

Eine Weile noch verharrte Joséphine vor dem namenlosen Grab, bis ihre Zofe sie schüchtern anrief. Am Horizont dämmerte schon der Morgen herauf.

»Madame, wir sollten zurückfahren. Es sind drei Stunden Weges bis nach Malmaison. Es wäre nicht gut, wenn jedermann von Ihrer nächtlichen Abwesenheit erführe.«

Joséphine straffte die Schultern. Susanne hatte recht. Plötzlich spürte sie, dass sie bis auf die Knochen durchgefroren war.

Als sie der Zofe und Harel durch die düsteren Gräben zurück zu ihrer Kutsche folgte, fühlte Joséphine sich zum ersten Mal in ihrem Leben steinalt.

EPILOG

Val-sous-Meudon, gegen acht Uhr abends am 1. Mai 1841

Charlotte war wach, als Madame Helène auf die Minute genau um acht Uhr abends an ihre Schlafzimmertür pochte und ihren Großneffen Clément hereinführte. Irgendwann, während Charlotte vor sich hindämmerte, musste sie auch die kleine Katze wieder hineingelassen haben, die sich eng an Charlottes faltigen Arm kuschelte.

Sie lächelte. Plötzlich kam ihr eine Idee. »Das ist Louis-Antoines Botschaft an mich, dass er mich nun in Kürze erwartet«, erwiderte sie Cléments Gruß und wies dabei auf das Kätzchen.

Ihr Großneffe, ein hochgewachsener Mann von Anfang zwanzig, zog seine dunklen Augenbrauen in die Höhe und blickte sie erstaunt an.

»Ich erzähle dir gleich, was ich damit meine«, versprach Charlotte. »Aber gib deiner alten Großtante zunächst einen Kuss.«

Gehorsam beugte Clément sich zu ihr hinab und drückte seine Lippen auf ihre Stirn. »Liebe Tante«, seine Stimme erinnerte sie an die ihres Großonkels, des Kardinals von Rohan. »Man hat mir Merkwürdiges gesagt, als ich heute Nachmittag das erste Mal vorsprach, um Sie zu besuchen. Warum glauben Sie, dass Sie uns heute verlassen werden?«

»Ich glaube es nicht nur, ich weiß es«, erwiderte Charlotte. »Und ich freue mich sehr darüber, wenn gerade du mir in meinen letzten Stunden Gesellschaft leistest.«

Clément wirkte betroffen. Doch er kannte Charlotte gut genug, um zu wissen, dass sie es ernst meinte. Sowohl, dass sie noch heute sterben würde, als auch, dass sie seine Gesellschaft schätzte. Deshalb widersprach er ihr nicht.

Charlotte hatte Clément, dem Enkel ihrer jüngeren Schwester Clémentine, sein Studium an der Sorbonne finanziert, das sich seine unverschuldet in Not geratenen Eltern nicht leisten konnten. Ihr Großneffe dankte es ihr, indem er sie nicht nur regelmäßig in Val-sous-Meudon besuchte, sondern sie auch aufrichtig mochte.

Charlotte rührte der traurige Ausdruck in seinen Augen. Sie streckte ihre welke Hand aus, die er sogleich ergriff.

»Es ist nicht schlimm zu sterben, Clément. Zumal, wenn man weiß, dass ein besseres Dasein als das Irdische im Jenseits auf einen wartet.«

»Was macht Sie da so sicher?«

»Ich weiß seit dem Tag seines Todes, dass ich Louis-Antoine dort wiedersehen werde.«

»Sie meinen Ihre große Liebe, den Herzog von Enghien?«

Charlotte nickte. »Ja, er hat es mir damals versprochen.«

Clément biss sich auf die Lippen. »Frag ruhig, was du wissen willst«, ermunterte ihn Charlotte, die seine Gedanken erriet.

Ihr Neffe holte sichtbar Luft. »Stimmt es, liebe Tante, dass Sie und der Herzog heimlich vermählt waren?«

Charlotte zögerte nur einen Moment, dann entschloss sie sich, die Frage ehrlich zu beantworten.

»Ja, das ist wahr, Clément. Doch du musst mir versprechen, dies auch nach meinem Tod für dich zu behalten. Nur wenige Menschen wussten davon, und die meisten von ihnen sind nicht mehr am Leben.«

Wehmütig dachte sie an Abbé Weinborn, der sie einst getraut hatte, an die Zofe Piroschka, an Enghiens Diener Joseph Canone. Der Abbé war friedlich im Bett gestorben, Piroschka dagegen schon vor zwanzig Jahren von einer Kutsche überfahren worden. Joseph Canone hatte sich mit zunehmendem Alter als Vielfraß erwiesen. Heute war er fettleibig und lebte nahezu unbeweglich in einer Dachwohnung in Paris. Charlotte hatte ihm eine kleine Rente ausgesetzt, die er auch nach ihrem Tod erhalten würde, war ihm aber seit Jahren nicht mehr persönlich begegnet.

»Wer wusste denn davon?«, unterbrach Clément ihre Gedanken.

»Die meisten Personen würden dir nichts sagen. Aber den Namen Joséphine von Beauharnais wirst du noch kennen. Obwohl sie schon vor fast dreißig Jahren verstorben ist.«

»Joséphine von Beauharnais? Sie meinen Napoleons Frau?«

Charlotte lächelte wehmütig angesichts Cléments ungläubigen Tonfalls. Dann erzählte sie ihm in groben Zügen, was Joséphine damals für sie getan hatte.

»Sie war auch diejenige, die mir die furchtbare Nachricht überbrachte. Ich ahnte es zwar bereits, da ich in der Nacht von Louis-Antoines Tod einen seltsamen Traum hatte. Aber es ist doch immer noch etwas anderes, anstelle einer Ahnung endgültige Gewissheit zu haben. Ich bat Joséphine damals, niemandem von unserer Hochzeit zu erzählen.«

»Warum haben Sie die Hochzeit geheim gehalten?«

»Louis-Antoines Großvater war das damalige Familienoberhaupt der Bourbon-Condés. Er war ein furchtbarer Tyrann und verbot uns zu heiraten. Louis-Antoine brauchte lange Jahre, um sich ihm zumindest insgeheim zu widersetzen. Als er mich dann endlich zur Frau nahm, wollten wir abwarten, bis ich schwanger war, um den Alten vor vollendete Tatsachen zu stellen. Denn die Dynastie drohte, ohne einen männlichen Erben auszusterben, was dann nach Louis-Antoines Tod auch tatsächlich eingetreten ist. Wir hofften, der alte Condé würde unsere Verbindung letztendlich billigen, wenn dies die einzige Chance wäre, legitime Nachkommen in die Welt zu setzen.«

»Aber Sie wurden nie schwanger?«, mutmaßte Clément.

Charlotte horchte in sich hinein. Auch dieser Aspekt, der sie viele Jahre lang geschmerzt hatte, tat ihr heute nicht mehr weh.

»Ich weiß es nicht«, antwortete sie wahrheitsgemäß. »Kurz vor Louis-Antoines Tod glaubte ich, es zu sein. Aber in der Nacht, in der er starb, begann ich zu bluten. Ich weiß nicht, ob es nur die verspätet eingesetzte Monatsregel war oder ein vorzeitiger Abgang.«

Auch Scham spielt am Tag des eigenen Todes keine Rolle mehr, konstatierte sie. *Nie zuvor hätte ich mit einem jungen Mann derart offen über weibliche Geheimnisse gesprochen.*

Falls auch Clément über ihre Antwort befremdet war, ließ er es sich nicht anmerken. Er drückte sanft ihre Hand.

»Sie haben ein schweres Schicksal tapfer bewältigt«, sagte er stattdessen. »Aber aus welchem Grund haben Sie denn nach dem Tod Ihres Gatten Ihre Vermählung immer noch nicht offengelegt? Als Ludwig XVIII. auf den französischen Thron zurückkehrte, hat er Ihnen die Würde einer Herzogin von Enghien doch sogar offiziell angetragen.«

Nun überkam Charlotte doch noch ein Anflug von Bitterkeit. »Ich hatte das gleich nach Louis-Antoines Tod dem alten Prinzen Condé nach London geschrieben und ihm unsere Vermählung mitgeteilt. Doch auch diesen Brief hat er nicht beantwortet. In einem Anfall von Wut zerriss ich daraufhin die Heiratsurkunde, das war lange bevor ich Monate später Louis-Antoines letzten Brief erhielt. Und dieses Zeugnis seiner Liebe zu mir war mir zu intim, um es als Beweis für unsere Eheschließung vorzulegen und mich dadurch zu legitimieren.«

»Hätte Ludwig denn einen solchen Beweis verlangt?«

»Das weiß ich nicht«, gab Charlotte offen zu. »Doch zwölf Jahre nach Louis-Antoines Tod war es mir herzlich gleichgültig, ob man mich als seine Witwe betrachtete oder nur als seine ehemalige Geliebte. Unser Verhältnis an sich war ja nicht geheim geblieben.«

Plötzlich fühlte Charlotte sich sehr müde. Das lange Sprechen strengte sie an.

Doch Cléments Wissbegier war ungebrochen. »Sie haben einen letzten Brief von Ihrem Gatten erhalten? Wie kam es dazu?«

Charlotte erzählte Clément von Jeannette, die Louis-Antoine durch einen unglaublichen Zufall am Tag seiner Hinrichtung wiedergetroffen hatte. »Er bat sie, den Brief an sich zu nehmen und dafür Sorge zu tragen, dass ich ihn erhalte. Ihr Mann wollte das verhindern, denn er hatte von Savary, dem Leiter der Geheimpolizei, der Louis-Antoines Prozess und die Vollstreckung des Todesurteils beaufsichtigte, den Befehl erhalten, jedes Schriftstück des Herzogs zu konfiszieren und ihm auszuhändigen. Doch das verhinderte Mohiloff.«

»Mohiloff?«

»So hieß unser treuer Hund, ein Doggenmischling, den wir als Welpen in der Nähe von Dubno gefunden hatten. Er folgte Enghien, als er entführt wurde, und durchschwamm dafür sogar den Rhein. Als Savary Louis-Antoines Leichnam trat, fiel er ihn an und verletzte ihn schwer. Der Hund bezahlte es mit dem Leben, doch Savary war dadurch so verwirrt, dass er den Brief vergaß, den Jeannette zuvor schon unbemerkt ein Stück zur Seite geschoben hatte und dann an sich nahm.«

»Und wie kam der Brief schließlich zu Ihnen?«

»Jeannette erzählte ihrem Mann, Savary hätte ihn mitgenommen. Eine Dienstreise ihres Gatten nutzte sie aus, um eine von Joséphine Beauharnais' wöchentlichen Audienzen zu besuchen. Ich habe dir ja schon einmal erzählt, dass ich Napoleons erste Gemahlin gleichfalls auf diese Weise als Helferin gewann. Joséphine gab Jeannette das Reisegeld, und diese fuhr unter einem Vorwand nach Ettenheim, um mir den Brief zu überbringen.«

Sie griff in die offene Schatulle, die sie aufs Bett gestellt hatte. »Hier ist sein Abschiedsschreiben. Ich habe es heute noch einmal gelesen, obwohl ich es auswendig aufsagen könnte.«

Durch ihre Bewegung irritiert, schreckte das schlafende Kätzchen auf.

»Oh nein, bleib bei mir!«, bat Charlotte.

Als würde das Tier den Ernst der Stunde spüren, beruhigte es sich wieder, drehte sich einmal um die eigene Achse und suchte sich dann ein neues Plätzchen in den Kissen. Clément sagte zwar nichts, runzelte aber die Stirn.

»Ach ja«, erinnerte sich Charlotte. »Ich wollte dir ja noch sagen, warum mich das Tierchen an Louis-Antoine erinnert. Die ersten Wochen und Monate in Ettenheim waren furchtbar für mich. Ich litt unsäglich und verließ lange Zeit nicht einmal mehr das Bett. Auch damals leistete mir eine kleine Katze Gesellschaft. Louis-Antoine hatte sie halb verhungert auf einem Jagdausflug im Wald gefunden. Ich nannte sie Mimi. Auch sie war eine Glückskatze, so nennt man Katzen mit einem dreifarbigen Fell. Da ja auch unser Hund Mohiloff nicht mehr da war, fühlte ich mich unendlich einsam. Nur die Katze linderte meinen Schmerz.«

Sie schloss einen Moment lang erschöpft die Augen. Clément wartete geduldig, bis Charlotte wieder etwas zu Kräften gekommen war.

Sie streichelte das Tier. »Dieses Kätzchen kenne ich gar nicht. Es war heute Morgen plötzlich da. Es gleicht meiner Mimi, und daher glaube ich, Louis-Antoine sendet mir über das Tier eine Botschaft.«

Wenn Clément diese Annahme merkwürdig fand, ließ er es sich wiederum nicht anmerken. Charlotte spürte ihre Liebe zu ihm in diesem Augenblick stärker als je zuvor.

Er erinnert mich an den Sohn, den ich mir immer gewünscht, aber nie gehabt habe. Nun mischte sich doch etwas Wehmut in ihre Gedanken. *Aber ich habe in meinem Testament gut für ihn gesorgt. Es wird ihm auch nach meinem Tod an nichts fehlen.*

»Sie haben sich wirklich innig geliebt«, stellte Clément nach einer kleinen Pause fest. »Und Sie, liebe Tante, müssen eine sehr starke Frau sein, wenn Sie sich letztlich doch noch von diesem

Schicksalsschlag zumindest so weit erholt haben, dass Sie ins Leben zurückgekehrt sind.«

»Das verdanke ich vor allem Louis-Antoine. In seinem Abschiedsbrief bestärkte er mich, mein Leben weiterzuleben. Nach Jeannettes Besuch rappelte ich mich auf und fuhr mit Mimi und meiner damaligen Zofe Piroschka auf mein ungarisches Gut. Dort blieb ich, bis Napoleon endgültig abgedankt hatte. Unmittelbar danach übersiedelte ich nach Paris. Nach Ettenheim kehrte ich nie mehr zurück. Alles in diesem Ort erinnerte mich an unsere Liebe. Ich verdanke es meiner treuen Zofe und einem guten Freund, dem Oberamtmann Michael Stuber, dass sie meine Angelegenheiten dort für mich ordneten.«

Die kleine Standuhr schlug neun. Wieder schloss Charlotte erschöpft die Augen. Clément ergriff erneut ihre Hand.

»Brauchen Sie etwas, teure Tante?« Seine Stimme zitterte leicht.

Mit geschlossenen Augen schüttelte Charlotte zunächst den Kopf. Plötzlich fiel ihr doch noch etwas ein.

»Ich habe in meinem Testament eine Summe ausgesetzt, die für Louis-Antoines Grabschmuck verwendet werden soll. Kannst du dich darum kümmern?«

»Natürlich, Tante Charlotte. Was soll ich tun?«

»Als ich nach Paris zurückkehrte, erbat ich von Ludwig XVIII. die Erlaubnis, Louis-Antoines und Mohiloffs Gebeine aus der Grube im Festungsgraben, in der sie lieblos verscharrt worden waren, zu exhumieren und in der Sainte-Chapelle von Vincennes beizusetzen. Seither habe ich jedes Jahr an Louis-Antoines Geburtstag, dem 2. August, und an seinem Todestag, dem 21. März, einen Kranz aus gelbrosafarbenen Rosen auf der Marmorplatte, unter der sie nun ruhen, niederlegen lassen.«

»Sie waren selbst nie am Grab?«

Charlotte verneinte. »Ich wollte die beiden so in Erinnerung behalten, wie ich sie zuletzt erlebt hatte. Lebendig und fröhlich. Nicht als Inschrift auf einem kalten Stein.«

»Und warum sollen es gelbrosafarbene Rosen sein?«

»Du kannst die Kränze in einer Gärtnerei in Malmaison bestellen. Sie führen diese Sorte, selbst im Winter ziehen sie die Pflanzen in ihren Gewächshäusern«, wich Charlotte einer konkreten Antwort aus.

Sie hatte Jeannette bei ihrem Besuch in Ettenheim die versprochenen Ableger für Joséphine mitgegeben. Allerdings bat sie darum, die Sorte nicht mehr »Charlotte« zu nennen. Seitdem war sie unter dem Namen »Gloria Dei« bekannt und wegen ihrer Robustheit und Schönheit weit verbreitet.

Clément fragte nicht noch einmal, als Charlotte wieder die Augen schloss. Mit ihrer Hand in der seinen und dem Kätzchen an ihrer Seite schlummerte sie ein.

Plötzlich sah sie sich wieder auf der blühenden Blumenwiese. Aus der Ferne näherten sich eine Gestalt und ein Hund. Louis-Antoine und Mohiloff! Mit freudigem Gebell und heraushängender Zunge rannte der Hund auf sie zu. Dahinter folgte ihr Geliebter. Er sah so jung aus, wie sie ihn in Erinnerung hatte. Eine überirdische Freude erfüllte sie. Sie lief auf ihn zu.

Plötzlich drehte Louis-Antoine sich um. Er winkte jemandem zu. Anfangs konnte Charlotte nicht erkennen, wer die Gestalt war, die sich nun von der Seite her näherte. Dann setzte ihr Herz einen Schlag lang aus. Es war Vincent! Seine markanten Gesichtszüge und seine schwarzen Locken waren unverkennbar. Zögernd blieb er in einiger Entfernung stehen und setzte sich erst wieder in Bewegung, als Louis-Antoine ihm noch einmal einen Wink gab.

Dann drehte sich Louis-Antoine wieder zu ihr um. »Endlich ist es so weit!«, rief er. »Wir haben so lange auf dich gewartet. Aber nun sind wir bald wieder vereint.«

Er wies auf Vincent. »Und schau einmal, wen ich noch mitgebracht habe. Auch er freut sich auf ein Wiedersehen mit dir. Ich hoffe, es ist dir recht! Möchtest du dich nun auf den Weg machen?«

Im Traum begann Charlotte noch schneller zu laufen. Auch sie war wieder jung und schön. Und diesmal wichen die Gestalten nicht vor ihr zurück, sondern erwarteten sie mit strahlenden Gesichtern.

Als Charlottes Atemzüge schwerer wurden, stand Clément leise auf, um seine schlafende Tante nicht zu stören. Behutsam öffnete er die Tür und winkte nach Madame Helène. »Ich glaube, es ist so weit. Sie liegt im Sterben.«

Beide verharrten erstaunt im Schritt, als plötzlich Charlottes Stimme ertönte, so kraftvoll, wie sie schon lange nicht mehr geklungen hatte.

»Natürlich! Ich komme! Ich freue mich so auf euch.«

Noch bevor Clément und Helène das Bett erreichten, tat Charlotte ihren letzten Atemzug. Auf ihrem Gesicht lag ein glückseliges Lächeln.

Anhang

Wahrheit und Fiktion

»Das war schlimmer als ein Verbrechen. Das war ein Fehler.« Dieser zynische Ausspruch über den politischen Mord an Louis-Antoine von Bourbon-Condé, Herzog von Enghien, wird Charles-Maurice von Talleyrand, dem Chamäleon der Französischen Revolution, zugeschrieben. Wie kein anderer Politiker verstand es der ehemalige Bischof, seine einflussreiche Stellung und seine Ämter während der Revolution, der Napoleonischen Zeit und später sogar unter Ludwig XVIII. zu behalten und auszubauen.

Beschäftigt man sich dagegen mit dem Schicksal des letzten Herzogs von Enghien, so ist man mit dem genauen Gegenteil konfrontiert. Quasi mit einem silbernen Löffel im Mund geboren, als einziger Enkel des mächtigen und sehr reichen Prinzen Bourbon-Condé und dadurch eng verwandt mit dem Königshaus, wird der junge Mann seit dem Sturm auf die Bastille zeit seines Lebens vom Pech verfolgt.

Zwar entgeht er dem zunehmenden Terror der Revolution, da seine ganze Familie Frankreich vorausschauend schon Mitte 1789 verlässt. Doch im Gegensatz zu Talleyrand, der sich an jede neue Gegebenheit anpasst und sein Fähnchen geschickt nach dem Wind zu drehen versteht, schien mir, dass Enghiens Tragödie gerade in dem Umstand, dass er sich treu bleibt, ihren Ausgang nimmt. Niemals weicht er von den Werten des Ancien Régime ab. Seine Jugend verbringt er größtenteils auf den vielen Schlachtfeldern der Kriege, die die Revolution nach sich zieht. Und noch an seinem Todestag prangert er das Unrecht an, das ihm und seiner Familie dadurch widerfahren ist.

Schon lange vor seiner unrechtmäßigen Hinrichtung ist Enghien daher eine tragische Figur. Er kann sich nicht aus den Zwängen seiner Erziehung lösen und opfert diesen nicht nur seine eigene Jugend, sondern letztlich auch sein Lebensglück: seine Verbindung mit Charlotte von Rohan-Rochefort.

Während Louis-Antoine von Enghien jedoch zumindest Kennern der Napoleonischen Ära ein Begriff ist, steht jene Frau, die über viele Jahre hinweg sein Schicksal teilte, eher im Schatten der Geschichte. Auch sie ist ein Opfer der Revolution. Sie folgt ihrem Großonkel, dem Kardinal von Rohan, ins Exil ins badische Ettenheim und erlebt dort den unaufhaltsamen Niedergang seiner verbliebenen geistlichen und weltlichen Herrschaft aus nächster Nähe mit. Sie verliert nur wenige Jahre oder Monate nach ihrer heimlichen Vermählung mit Louis-Antoine (über den genauen Zeitpunkt gibt es widersprüchliche Aussagen in den Quellen) auch den geliebten Mann. Ausgerechnet auf Betreiben Napoleon Bonapartes hin, der damit an den Exil-Bourbonen ein Exempel statuieren wollte, um sie daran zu hindern, seinen narzisstischen Anspruch auf die französische Kaiserwürde infrage zu stellen.

Man stelle sich Charlottes Schmerz vor: Der Geliebte wird bei Nacht und Nebel erschossen und wie ein Hund in den Festungsgräben von Vincennes verscharrt, weil er sich gegen einen Usurpator stellt, der einen großen Teil der Errungenschaften der Revolution, die beide einst aus dem Land vertrieben hat, wieder zunichtemacht. Was für ein sinnloser Tod!

Die mir zugänglichen Quellen weisen Charlotte von Rohan dennoch nur als Nebenfigur in dieser Tragödie griechischen Ausmaßes aus. Wenig ist über ihren Charakter bekannt, kaum etwas über ihre Kindheit und Jugend. Lediglich, dass sie Enghiens heimliche Ehefrau war, ist nahezu unstrittig, auch wenn es dafür nur Vermutungen von Zeitzeugen als valideste Quelle gibt, keine objektiven Beweise.

So war meine Beschäftigung mit Charlotte gleichzeitig eine schriftstellerische und eine psychologische Herausforderung. Ihr Großonkel, dem sie nach Ettenheim folgt, ist jener berüchtigte »Kardinal Collier« aus der sogenannten Halsbandaffäre, die der Sargnagel für die Herrschaft Ludwig XVI. und seiner österreichischen Frau Marie-Antoinette werden sollte. Es erschien mir daher unerlässlich, diese Affäre mit ihren weitreichenden Folgen in den ersten Teil des Romans mit aufzunehmen.

Dies führte mich rasch mitten in die Ereignisse der Französischen Revolution. Um Charlottes Jugend in Frankreich nachstellen zu können, behalf ich mir mit einem dramaturgischen Kunstgriff: Ich erfand die Figur des Vincent von Carignan und machte ihn zum ersten Verlobten Charlottes, um die Ereignisse der Revolution vor dem Hintergrund ihrer fiktiven Beziehung möglichst lebhaft und spannend, zugleich jedoch historisch korrekt schildern zu können. Vom Sturm auf die Bastille über den Zug der Marktweiber nach Versailles bis hin zu den Septembermassakern hat sich alles genauso ereignet, wie ich es beschrieben habe.

Wann genau sich Charlotte und Louis-Antoine das erste Mal begegnet sind, oder wann sie sich gar ineinander verliebt haben, ist nicht überliefert. Im Roman habe ich die »Taufszene« ausgewählt, bei der Enghien offiziell in die königliche Familie aufgenommen wurde. Hier nimmt allerdings nur Charlotte ihn zur Kenntnis, nicht er auch sie. Der Altersunterschied von fast fünf Jahren hätte den dreizehnjährigen Louis-Antoine damals wohl auch kaum zum interessanten Partner für die achtzehnjährige Charlotte gemacht.

Diese Begegnung Charlottes mit Enghien ist also fiktiv, die Taufszene an sich nicht. Sie fand allerdings zirka ein Jahr früher im Mai 1795 statt. Ich habe sie in den April 1786 datiert, um die

»Halsbandaffäre« mit einfließen lassen zu können, die ein Jahr zuvor noch nicht aufgeflogen war.

Weit besser lässt sich bestimmen, wann sich die erwachsenen Protagonisten begegnet sind und sich schließlich ineinander verliebt haben. Das muss im kleinen badischen Städtchen Ettenheim geschehen sein, das ihrem Großonkel Louis von Rohan zusammen mit einigen anderen Ländereien seines einst üppigen Fürstbistums Straßburg auf der deutschen Seite des Rheins zunächst noch geblieben war. Er machte sein Ländchen tatsächlich zu einer Anlaufstätte für französische Emigranten.

Dass Charlotte und Louis-Antoine tatsächlich ein Paar waren, dafür gibt es noch heute Beweise in Ettenheim. Am eindrücklichsten sind jene ins Fensterglas eingravierten Sprüche Enghiens, allesamt Liebeserklärungen an Charlotte. Aber auch zahlreiche Zeitzeugen berichten von der Liebe der beiden und der Bedeutung des Gartens mit dem kleinen Pavillon, welcher bis heute unverändert erhalten geblieben ist.

Enghiens Leben bis zum Frieden von Lunéville im Februar 1801 nachzuzeichnen, ist nicht schwer: Man braucht nur den Schlachtfeldern zu folgen, auf denen die Emigrantenarmee kämpfte. Berstheim, Oberkammlach, Konstanz, das alles sind Orte, an denen Enghien als hoher Offizier tollkühn sein Leben riskierte, ohne dass die Emigrantentruppe, der er angehörte, je eine einzige Schlacht gewann. Ein weiterer Aspekt seiner persönlichen Tragik.

Dass Enghien vergeblich um Prinzessin Karoline von Baden freite, ist ebenso belegt wie seine Aufenthalte in St. Petersburg und Dubno im Dienste des russischen Zaren Paul I. Doch was war während dieser Zeit mit Charlotte?

Hier musste ich wieder Zuflucht zu meiner Fantasie und den wenigen, oft sogar widersprüchlichen Anhaltspunkten nehmen, die mir die Quellen über die Ereignisse in den Neunzigerjahren des 18. Jahrhunderts in Ettenheim liefern.

So verschwenderisch der Kardinal von Rohan als »geistlicher Lebemann« zur Zeit der Herrschaft Ludwigs XVI. auch gewesen war, so fromm und bescheiden lebte er später in Ettenheim. Über seine Leutseligkeit gibt es einige Anekdoten, die auch Eingang in mein Buch gefunden haben. Daher habe ich mir auch seine Nichte Charlotte als bürgernah und ohne die typischen Allüren einer Adelsdame des Ancien Régime vorgestellt. Ihre Freundschaft mit der Familie des Amtmannes Stuber ist überdies durch Quellen verbürgt.

Auch der Anschlag auf den Kardinal, den Julian von Espiard plante, ist historisch belegt. In der Realität wurde er allerdings schon vor der Ausführung vereitelt, während ich mir im Buch die fiktive Variante des misslungenen Attentats erlaubt habe.

Dass Charlotte von Rohan mehrmals vor feindlichen Revolutionstruppen, die den Rhein überquerten, aus Ettenheim floh, ist ebenfalls belegt, nicht aber, wo genau sie sich danach jeweils aufhielt. Deshalb habe ich ihre Flucht im Jahr 1796 aus wahren und fiktiven Elementen zusammengesetzt. Ich lasse sie mit der tatsächlich ebenfalls geflohenen und vom Vater getrennten Familie Stuber nach Mindelheim fliehen, in eine Stadt, die tatsächlich durch das beherzte Eingreifen der Frau Cäcilie Dreer, die die Stubers in Wahrheit aber nicht kannten, vor der Zerstörung durch die Franzosen bewahrt wurde. Darüber, wie die Franzosen im besiegten Feindesland hausten, gibt es allerdings beeindruckende Quellen. Die fiktiven Ereignisse, die Charlotte und ihren Begleiterinnen zustoßen, könnten sich also tatsächlich genau so abgespielt haben.

Widersprüchlich sind die Quellen über das Schicksal von Charlottes Familie. Letztlich habe ich mich der Version angeschlossen, dass ihr jüngerer Bruder Henri im Militärdienst hingerichtet wurde, auch wenn ich Zeit, Ort und Anlass verändert habe. Henri diente ebenfalls mit der Emigrantenarmee im Sold des Zaren Paul I. und hat angeblich gegen die unmenschlichen

Verhältnisse in der russischen Armee aufbegehrt, doch hat ihn dies nicht das Leben gekostet.

Charlottes ältester Bruder Charles und ihre Mutter waren jedoch nie in der aufständischen Vendée. Ich habe sie deshalb dorthin versetzt, weil mich die mir zuvor völlig unbekannte Tatsache fasziniert hat, das sich dieser kleine bretonische Landstrich gleich mehrfach gegen die Revolutionäre erhoben hat und dafür einen furchtbaren Blutzoll zu entrichten hatte. Der später als Attentäter historisch bedeutsame Georges Cadoudal stammt hingegen tatsächlich aus der Vendée.

Auch bei einigen Personen aus Charlottes direktem Umfeld habe ich mir Freiheiten erlaubt. Henriette Stuber gehört zu den wichtigsten Zeitzeugen in Ettenheim, war aber in Wahrheit noch ein Kind, als Charlotte dort lebte, und nie ihre Zofe. Abbé Weinborn ist ebenfalls eine historische Persönlichkeit aus dem Umfeld ihres Onkels, hatte aber eine andere Funktion inne als die im Roman beschriebene Führung der Regierungsgeschäfte. Die Fülle an bedeutsamen Daten und wichtigen historischen Persönlichkeiten hat mich ohnehin zeitweise nahezu erschlagen. Weshalb ich nicht noch mehr Figuren einführen wollte, zumal wenn diese für Charlottes Schicksal letztlich nicht relevant waren.

Absolut historisch verbürgt sind jedoch die meisten Ereignisse rund um die Vorbereitung und Durchführung der Entführung des Herzogs von Enghien. Napoleons früherer und späterer Polizeiminister Fouché schickte tatsächlich Spione nach Ettenheim, es waren allerdings ausschließlich Männer. Und Joseph Canone wurde von einer Zeitzeugin tatsächlich verdächtigt, unbedacht geplaudert und dadurch den Eindruck erweckt zu haben, der verräterische General Dumouriez habe mit Enghien in Ettenheim konspiriert. Was dann letztlich den Ausschlag zu Napoleons Befehl gab, den Herzog gegen das geltende Völkerrecht entführen zu lassen. Ich habe im Buch aus dramaturgischen Gründen daraus die Liebelei von Canone mit der fiktiven Spionin Elsa gemacht.

Wie sich die Entführung, die Reise nach Paris, der Scheinprozess in Vincennes und die Hinrichtung abgespielt haben, ist wiederum weitestgehend den historischen Fakten nachgestellt. Gleiches gilt auch für die Besprechungen Napoleons mit seinen Vertrauten im Vorfeld, die sogar überlieferte Originalzitate enthalten. Verbürgt ist ebenso das Attentat auf ihn mit der »Höllenmaschine« an Heiligabend 1800.

Nur einige wenige Fakten rund um Enghiens Tod habe ich verändert. Die treue Dogge Mohiloff folgte ihm tatsächlich auf der Flucht und durchschwamm dabei sogar den Rhein. Sie war auch bei seiner Hinrichtung dabei, griff aber niemanden an und überlebte daher. Im Roman lasse ich sie dagegen den in den Quellen als widerlich beschriebenen Leiter der Geheimpolizei, René Savary, attackieren, um diesem verachtenswerten Subjekt sein Handeln wenigstens in der Fiktion heimzuzahlen.

Nicht historisch korrekt ist auch, dass Charlotte Enghiens Abschiedsbrief erhielt. In Wahrheit wurde er konfisziert, auch dies habe ich aus dramaturgischen Gründen verändert.

Die größte Fiktion im Abschlussteil ist jedoch Charlottes Begegnung mit Joséphine von Beauharnais. Wie kam ich darauf?

Charlotte reiste Louis-Antoine tatsächlich bis Straßburg nach, erhielt aber keinen Passierschein nach Paris und entging selbst nur knapp der Verhaftung. Sie wandte sich daraufhin an den Markgrafen Karl Friedrich von Baden, in dessen Land ja die völkerrechtswidrige Entführung stattgefunden hatte, erfuhr von seiner Seite aus aber keine Hilfe.

Im Buch lasse ich jenen Unterstützer aus Straßburg, der Enghien tatsächlich noch am Tag vor der Entführung zu warnen versuchte, Charlotte dabei helfen, nach Paris zu gelangen, wo sie sich an Joséphine von Beauharnais wendet. Diese hat sich verbürgtermaßen bis hin zum Kniefall vor Napoleon für den Herzog eingesetzt, blieb damit aber ebenso erfolglos wie Napoleons Mutter Letizia.

Natürlich sind sich Charlotte und Joséphine in der Realität nie begegnet. Und wahrscheinlich wird Joséphine auch nie an Enghiens Grab gestanden haben und falls doch, ist darüber nichts bekannt. Aber wenn jemand in der Nacht der Hinrichtung nach Vincennes gelangen und Savary zur Rede hätte stellen können, wäre sie es gewesen und nicht Charlotte. Deshalb möge mir der geneigte Leser verzeihen, dass ich den Herzog nicht so sang- und klanglos sterben lassen wollte, wie es die nüchternen Quellen berichten.

Wie Charlotte ihr Leben nach Enghiens Tod meisterte, liegt wieder weitestgehend im Dunklen und spielt daher auch nur eine kleine Rolle in meinem Roman. Tatsächlich hat Prinz Condé, Enghiens Großvater, sie nie als Gattin seines Enkels anerkannt. Tatsächlich schlug sie die Herzoginnenwürde aus, die ihr Ludwig XVIII. nach seiner Thronbesteigung anbot. Und tatsächlich verstarb sie in ihrem Schlösschen in Val-sous-Meudon am 1. Mai 1841 im Alter von dreiundsiebzig Jahren. Dabei wollte ich es im Roman bewenden lassen.

Ein paar persönliche Worte zum Abschluss:

Wieder bin ich natürlich allen Verantwortlichen bei Droemer Knaur zu Dank verpflichtet, die die Entstehung des Buches ermöglicht haben und sich für seine Verbreitung einsetzen werden.

In Ettenheim hatte ich nicht nur die Gelegenheit, das Ichtratzheim'sche Haus von innen kennenzulernen, sondern auch von Herrn Dr. Reinhard Jäger, dem jetzigen Besitzer, wertvolle Informationen und Quellen über Charlotte von Rohan und den Herzog von Enghien zu erhalten. Herr Karlheinz Weber führte mich durch die Stadt und das dem Kardinal von Rohan gewidmete kleine Heimatmuseum. Bei beiden Herren möchte ich mich ganz herzlich für ihr Engagement bedanken.

Allerdings ist es auch an der Zeit, eine persönliche Bilanz meiner bisherigen Autorinnentätigkeit zu ziehen. Schaue ich auf die nunmehr über fünf Jahre zurück, die seit dem Erscheinen meines

Debütromans »Hexenliebe« vergangen sind, so erkenne ich, dass es vor allem drei Menschen sind, denen ich es verdanke, dass ich nach wie vor mit Begeisterung schreibe und auch angesichts der diversen Enttäuschungen, die eben auch zum Leben einer Schriftstellerin gehören, nie daran gedacht habe, damit aufzuhören.

Hier ist an erster Stelle mein Literaturagent Thomas Montasser zu nennen, der es versteht, neue Türen zu öffnen, wenn sich andere schließen, und der unverbrüchlich an mich als Autorin und mein schriftstellerisches Talent glaubt.

Das Gleiche gilt für meine Lektorin Heike Fischer, die mir auch bei diesem Roman mit ihrem unerschöpflichen Wissen über die Historie zur Seite stand und an die ich mich mittlerweile jederzeit auch als Freundin wenden kann.

Besonders viel verdanke ich jedoch meinem Mann Jürgen Fitzek. Während auch heute noch viele Ehemänner ihrer Frau neiden, wenn sie bekannter wird als sie selbst, war und ist das in unserer nunmehr achtunddreißigjährigen Beziehung niemals der Fall gewesen. Im Gegenteil, mein Mann unterstützt mich vorbehaltlos, nicht nur im Geiste, sondern auch tatkräftig bei der Organisation meiner vielen Lesungen.

Dennoch würden es auch diese drei Menschen nicht vermögen, mich zu weiteren Romanen zu motivieren, wenn es Sie, meine treuen Leserinnen und Leser, nicht gäbe, die von Buch zu Buch zahlreicher werden und deren Feedback mir so manche bittere Stunde versüßt hat. Ihnen allen möchte ich daher aus ganzem Herzen »Danke!« sagen.

Das Buch ist meinem kleinen Kätzchen Tina gewidmet, das uns über mehr als sechzehn Jahre Freude bereitet hat und das genau an dem Tag friedlich starb, an dem ich mit der »Rose des Herzogs« begonnen habe.

Zeittafel bedeutender Ereignisse

Der folgende Überblick soll eine Orientierung über die für die Handlung bedeutsamen Ereignisse ermöglichen.

ab Januar 1785	Sogenannte Halsbandaffäre
15. August 1785	Verhaftung des Kardinals von Rohan aufgrund seiner Verwicklung in die Halsbandaffäre
31. Mai 1786	Freispruch des Kardinals
14. Juli 1789	Sturm auf die Bastille; Beginn der Französischen Revolution
Juli 1789	Emigration der Familie Bourbon-Condé aus Frankreich
5. Oktober 1789	Zug der Marktweiber nach Versailles
Juli 1790	Emigration des Kardinals von Rohan und Charlottes von Rohan-Rochefort nach Ettenheim
1791	Aufbau der Emigrantenarmee des Prinzen Condé
20./21. Juni 1791	gescheiterte Flucht der königlichen Familie nach Varennes
20. April 1792	Frankreich erklärt Österreich den Krieg; Beginn des Ersten Koalitionskrieges
10. August 1792	Sturm auf die Tuilerien
2. – 6. September 1792	Septembermassaker in Paris
20. September 1792	Schlacht von Valmy; erster Sieg der Revolutionsarmee im Ersten Koalitionskrieg
21. Januar 1793	Hinrichtung Ludwigs XVI.
März 1793	Beginn der Aufstände in der Vendée
Juni 1793	Beginn der sogenannten Schreckensherrschaft

16. Oktober 1793	Hinrichtung der Königin Marie-Antoinette
8. Dezember 1793	Treffen von Berstheim unter Beteiligung der Emigrantenarmee
5. April 1794	Hinrichtung Dantons und seiner Anhänger
28. Juli 1794	Hinrichtung Robespierres und Ende der Schreckensherrschaft
8. Juni 1795	Tod des französischen Kronprinzen unter ungeklärten Umständen
24. Juni 1795	Ludwig XVIII. erklärt sich in Verona zum französischen Exilkönig
5. Oktober 1795	Niederschlagung eines royalistischen Aufstands in Paris durch Napoleon Bonaparte
31. Oktober 1795	Wahl des ersten fünfköpfigen Direktoriums zur neuen französischen Regierung
24. Juni 1796	General Moreau führt seine Truppen bei Kehl über den Rhein auf deutsches Gebiet
13. August 1796	Schlacht von Oberkammlach unter Beteiligung der Emigrantenarmee
24. Oktober 1796	Rückzug der Armee Moreau nach Frankreich nach der Schlacht von Schliengen
18. April 1797	Vorfrieden von Leoben (Frankreich mit Österreich)
17. Oktober 1797	Friede von Campo Formio und Ende des ersten Koalitionskrieges; Österreich erkennt Frankreich als Sieger an; Niederlage der Emigrantenarmee
März 1799	Beginn des Zweiten Koalitionskrieges eines Bündnisses aus Russland, Österreich und Großbritannien gegen Frankreich; die Emigrantenarmee ist zunächst im Sold Russlands, später im Sold Großbritanniens am Krieg beteiligt
März bis August 1799	Französische Niederlagen in Deutschland und Italien

25./26. September 1799	Erster bedeutender Sieg der Franzosen in der Zweiten Schlacht um Zürich
Oktober 1799	Vergeblicher Versuch der Emigrantenarmee, bei Konstanz den Rückzug der Koalitionstruppen zu sichern
9. November 1799	Staatsstreich Napoleon Bonapartes und Einrichtung des Konsulats mit Napoleon als Erstem Konsul
24. Dezember 1800	Royalistisches Attentat auf Napoleon Bonaparte mit der sogenannten Höllenmaschine
9. Februar 1801	Friede von Lunéville mit Frankreich als Sieger; Auflösung der Emigrantenarmee
15. Juli 1801	Konkordat Napoleons mit dem Papst
September 1802	Im Vorgriff auf den Reichsdeputationshauptschluss verliert Kardinal von Rohan seine rechtsrheinischen Gebiete an den Markgrafen Karl Friedrich von Baden.
16. Februar 1803	Tod des Kardinals Rohan in Ettenheim
25. Februar 1803	Reichsdeputationshauptschluss mit Enteignung der rechtsrheinischen Gebiete unter geistlicher Herrschaft
August 1803	Landung der von Großbritannien finanzierten Verschwörer gegen Napoleon Bonaparte in Frankreich
Januar bis März 1804	Verhaftung der maßgeblichen Verschwörer in Paris
2. Dezember 1804	Napoleon krönt sich selbst zum französischen Kaiser

Verzeichnis der wichtigsten Quellen

Zum Leben Charlottes von Rohan-Rochefort und Enghiens

Domke, H., Der Tod des Herzogs von Enghien. Ein Schicksal im Schatten Bonapartes. München: Prestel-Verlag, 1984

Ferdinand, J.B., Französische Emigranten in Ettenheim 1790 bis 1803. In: *Ferdinand, J.B.* (Hrsg.) Episoden aus der Geschichte Ettenheims. Ettenheim: Buchdruckerei Josef Leibold, 1935/1936, S. 3–20

Ferdinand, J.B., Ein Frauenleben um 1800 in der südwestdeutschen Grenzmark. In: *Ferdinand, J.B.* (Hrsg.) Episoden aus der Geschichte Ettenheims. Ettenheim: Buchdruckerei Josef Leibold, 1935/1936, S. 21–31

Ferdinand, J.B., Rohan und Enghien in Ettenheim – Kurzer Abriss als Beitrag zur Heimatgeschichte von Ettenheim. In: *Ferdinand, J.B.* (Hrsg.), Miniaturen aus Ettenheim – Ettenheim am Rande des Weltgeschehens – Bilder aus Ettenheims Geschichte Ettenheim: Verlag Franz X. Stückle, 1949, S. 61–93

Zum Leben des Kardinals Louis von Rohan

Sieger, J., Kardinal im Schatten der Revolution. Kehl: Morstadt Verlag, 1986

Zu den Ereignissen auf deutschem Boden im Rahmen des Ersten Koalitionskrieges

Helml, S., Franzosen gegen Österreicher in Bayern 1796. Sulzbach-Rosenberg: Strobl Druck- und Verlags-GmbH, 1996

Zu den Ereignissen vor und während der Französischen Revolution

Bertaud, J.-P., Alltagsleben während der Französischen Revolution. Freiburg: Ploetz Verlag, 1989
Fraser, A., Marie Antoinette. The Journey. London: Phoenix, 2001
Lachenicht, S. Die Französische Revolution. Darmstadt: Wissenschaftliche Buchgesellschaft, 2012

Zur Affäre um den Herzog von Enghien

Holmberg, T., The d'Enghien Affair. Crime or Blunder? 2005
www.napoleon-series.org/research/miscellaneous/c_enghien.html

Glossar

Agent Provocateur Lockspitzel, der Dritte zu gesetzeswidrigen Handlungen provozieren soll

Ancien Régime Bezeichnung für die Regierungsform der Bourbonen vor der Französischen Revolution

Apanage monatliche Zuwendung zur Finanzierung eines standesgemäßen Lebenswandels

Apokalypse Beschreibung des Jüngsten Tages im Johannes-Evangelium

Avantgarde Vorhut einer Armee

Bagage französisch: Gepäck; hier verächtlicher Ausdruck für »Familienangehörige«

Barbier von Sevilla Schauspiel in vier Akten von Beaumarchais

Bastille Pariser Gefängnis für Häftlinge des Königs

Beau französisch: Schönling

jemandem beiwohnen mit einer Frau sexuell verkehren

Boudoir französisch: ursprünglich ein Raum für die Dame des Hauses, spater Ankleidezimmer

Brennschere Friseurwerkzeug, um Locken zu erzeugen

um jemandes Gunst buhlen sich um die Gunst eines anderen bemühen, oft mit übertriebenen Mitteln

Chaiselongue kombiniertes Sitz- und Liegemöbel für eine Person

Chose französisch: Sache

Cimitière französisch: Friedhof

Coiffeur französisch: Friseur

Contenance bewahren die Fassung/Haltung bewahren

Danton, Georges Jacques französischer Revolutionär, während der Schreckensherrschaft hingerichtet

jemand dauert mich jemand tut mir leid

Demoiselle französisch: Fräulein

Dünkel altes Wort für »Hochmut«

dünken – mich dünkt Bezeichnung für »ich denke«
Égalité französisch: Gleichheit
Elle altes Längenmaß; eine Elle ist zirka 0,5 Meter
Fähnlein Infanterie-Einheit von zirka dreihundert Mann
Fauxpas französisch: Fehler, Taktlosigkeit
Fayence französische Keramik
Feldscher Militärarzt
Fuß altes Längenmaß; ein Fuß ist zirka dreißig cm
Gazette Französisch: Zeitung
jemanden dingen gegen Lohn in Dienst nehmen
Geisha japanische Unterhaltungskünstlerin
Großalmosenier höchster geistlicher Kleriker im Ancien Régime
Guillotine Gerät zur Enthauptung
Guinee britische Goldmünze
Gulden vor der Reichsgründung in Deutschland gebräuchliche Währung
Harpye Ungeheuer aus der griechischen Mythologie in Gestalt einer geflügelten Frau
Hydra Ungeheuer aus der griechischen Mythologie in Gestalt einer vielköpfigen Schlange
Jakobiner Mitglieder eines radikalen politischen Klubs während der Französischen Revolution, die sich für die Abschaffung der Monarchie einsetzten
Joppe alte Bezeichnung für »Jacke«
Kalesche vierrädriger Reisewagen
Kartätsche Artilleriegeschütz wie auch -munition
Kasel priesterliches Messgewand
Kentaur Mischwesen aus Pferd und Mensch in der griechischen Mythologie
Kleiner Trianon Lustschloss im Park von Versailles
Kokarde Abzeichen oder Aufnäher mit militärischer oder politischer Bedeutung
Kompanie militärische Einheit aus 60 bis 250 Soldaten

Kopeke russische Münze von geringem Wert
Kratzfuß Verbeugung
Kretin schwachsinnige Missgeburt
Kronentaler große Silbermünze, ursprünglich aus den österreichischen Niederlanden
Lafette zweirädriges Gestell zum Transport von Kanonen
Livree einer Uniform nachgestellte Kleidung männlicher Dienstboten
Livre französische Währung bis 1795
Louisdor französische Goldmünze bis 1793
Mairie französisch: Bürgermeisteramt
Malheur französisch: Ungeschicklichkeit oder Unglück
Medusa weibliches Ungeheuer aus der griechischen Mythologie
Megäre Rachegöttin aus der griechischen Mythologie
Meile altes Längenmaß; 1 Meile ist zirka 7,5 km
Modistin Hutmacherin
Moiré Gewebe, meist aus Seide, mit einer Holz- oder Wellenmaserung
Molière französischer Dramatiker
Nymphe weibliches Wasserwesen, halb Frau, halb Fisch
Pariser Kommune Stadtregierung zur Zeit der Französischen Revolution
Permis Passierschein; Reiseerlaubnis
Petit-Point-Stickerei feine Stickarbeit aus bunten Garnen
Pike Stangenwaffe von Fußsoldaten
Pontonbrücke Brücke aus miteinander verbundenen Schwimmkörpern
Posse derbes Bühnenstück oder derber Witz
poussieren französisch: flirten; jemanden umwerben
rien französisch: nichts
Rousseau, Jean-Jacques französischsprachiger Philosoph zur Zeit der Aufklärung

Sansculottes Pariser Arbeiter und Kleinbürger zur Zeit der Revolution, die im Gegensatz zu den von Adligen und Klerus getragenen Kniebundhosen lange Hosen (ihre Arbeitskleidung) trugen

Schindanger Platz, wo Tierkadaver gehäutet oder verscharrt wurden

Sou bis 1795 französische Münze von geringem Wert

Souper französisch für festliches Abendessen mit geladenen Gästen

Spießrutenlaufen militärische Leibesstrafe: Der Verurteilte läuft dabei durch eine von seinen Kameraden gebildete Gasse und erhält von jedem einen Hieb mit eine Hasel- oder Weidenrute

Tric Trac französische Backgammon-Variante

Trikolore blau-weiß-rote Fahne der Revolution

Tuilerien Pariser Stadtschloss der französischen Könige

Usurpator Person, die widerrechtlich die Gewalt im Staat an sich reißt

Va de Bon Cœur Beiname des Herzogs von Enghien; bedeutet ungefähr: »geht tapfer voran«

Vive le roi französisch: Es lebe der König!

Voltaire französischer Philosoph und Schriftsteller

weiland altes Wort für »einst«, »einstmals«

weißer Terror Vergeltungsakte königstreuer Franzosen gegen Anhänger der Revolution in den ersten Jahren nach dem Ende der Schreckensherrschaft 1794

Wiedergänger Untoter

wohlfeil altes Wort für »billig«, »preiswert«

jemanden zeihen jemanden beschuldigen

Zoll alte Maßeinheit; ein Zoll ist zirka 2 bis 3 cm